गोबरगणेश

गोबरगणेश

रमेशचन्द्र शाह

राजकमल प्रकाशन

ISBN : 978-81-267-0816-1

मूल्य : ₹995

पहला संस्करण : 1977
छठा संस्करण : 2016
पहली आवृत्ति : 2024

प्रकाशक : राजकमल प्रकाशन प्रा.लि.
1-बी, नेताजी सुभाष मार्ग, दरियागंज
नई दिल्ली-110 002

शाखाएँ : अशोक राजपथ, साइंस कॉलेज के सामने, पटना-800 006
पहली मंजिल, दरबारी बिल्डिंग, महात्मा गांधी मार्ग, प्रयागराज-211 001
1, अनमोल सोराबजी संतुक लेन, धोबी तलाव, मरीन लाइंस, मुम्बई-400 002

वेबसाइट : www.rajkamalprakashan.com
ई-मेल : info@rajkamalprakashan.com

मुद्रक : राजकमल प्रेस
नई दिल्ली-110 002

GOBARGANESH
Novel by Ramesh Chandra Shah

दिवंगत काकाजी की स्मृति में
दया, उमा और पप्पू
के लिए

अनुक्रम

प्रथम खंड : अन्न-जल

शकुनाखर	13
चलता-फिरता श्लोक	27
दास मलूका और गाली का अर्थ	35
मित्र लाभ	42
नारायण डूम है	52
भूतनाथ का भाषण	58
गिदारी अम्मा और एक खास दोपहर	70
स्वाधीन क्लब	87
कौन ठगवा नगरिया...	99
भारतमाता का नक्शा	111
भीतर चल, भीतर	118
मैं नहीं बताऊँगी	121
गोल्ल देवता	128
तात जनक तनया यह सोई	135
प्राइवेट सेक्रेटरी	146
टाइगर पुराण	149
स्वाधीन क्लब	157
तुम्हारी बेटी सरोज	160
मथुर काका और ज्ञानू बाबू	167
जगन काका की वापसी	173
डॉन क्विकजोट और सांकोपांजा	176
डायरीवाला जगन काका	180
खिड़की से निकला हुआ हाथ	190

द्वितीय खंड : त्रिपार्श्व और वर्णपट

बन्द घड़ी में रेंगता समय 201
गांधीजी की अंग्रेजी 206
रूम पार्टनर 215
सरोज और शान्तम् 219
आई एम योर वाइफ़ इफ... 228
खबरदार गुड्डन ! 234
अन्धड़ और हितोपदेश की शाम 239
मम्मी 250
खुर्दबीन और दूरबीन 259
कॉफी हाउस 266
जिरह 269
त्रिपार्श्व और वर्णपट 280
तेरी दीदी सरोज 292
शान्तम् ! मेरी शान्तम् ! 301

तृतीय खंड : अपने हिस्से का आसमान

घर की घड़ी 311
विनायक की डायरी से 314
अपने हिस्से का आसमान 317
और...अन्त में 324

गोबरगणेश

प्रथम खंड

अन्न-जल

शकुनाखर

एक

आसमान आज सबेरे से ही बड़बड़ा रहा है। मुझे एक खास दोपहर और उसमें गूँजते एक खास पक्षी का स्मरण, पता नहीं क्यों हो रहा है। यह स्मरण बिल्कुल अप्रासंगिक है। इसका कोई तुक नहीं है।

आसमान की बड़बड़ाहट चालू है। एक कोना चुप हुआ नहीं कि दूसरा शुरू हो जाता है। हर कोना दूसरे कोने को पुकार रहा है। हर कोना मुखर होना चाहता है। ऐसी हर मुखरता के बाद एक अजीब सी स्तब्धता छा जाती है। फिर एकाएक बड़े जोर की गड़गड़ाहट उठती है और भीतर ही भीतर दूर-दूर तक फैलती धँसी चली जाती है।

अब हवा चलने लगी है–हा-हा हू-हू करती हुई हवा क्रमशः तेज होती जा रही है। थोड़ी देर और; फिर यह अन्धड़ बन जाएगी और इस सारी नमी के चिथड़े उड़ा देगी। कल यही हुआ था। और हाँ, परसों भी। वैसे यह बादलों का मौसम है नहीं, लू और बगूलों का ही मौसम है। फिर भी...

ऐसी ही किसी दोपहर को मेरी भी शुरुआत हुई थी, कहते हैं। न भी कहते तो मुझे पता चल ही जाता। मुझे ये ही महीने साल के सबसे अच्छे महीने लगते हैं, मेरा आत्मविश्वास भी इन दिनों जरा बुलन्द रहता है और मेरी खास-खास बीमारियाँ भी अपनी पकड़ ढीली कर देती हैं। जेठ और वैशाख–मैं उलटा बोल गया–जाने दीजिए, सुनने में ऐसा ही अच्छा लगता है।...सुना किसी ज्योतिषी ने मेरी जन्मकुंडली देखकर कहा था–इसे या तो बहुत बड़ा नेता होना चाहिए या बहुत बड़ा समाज-सुधारक। मुझे जैसे और किसी चीज में विश्वास नहीं है, वैसे ही ज्योतिष में भी नहीं है। फिर भी मुझे प्रसिद्ध होना है यह जानकर मैंने चुपके से कुंडली की एक नकल अपने पास रख ली। इसलिए नहीं कि वह मेरे पक्ष में जाती थी; बल्कि इसलिए कि आखिर हर्ज ही क्या है ?...क्या यह सोचना अच्छा नहीं लगता कि इस विराट ब्रह्मांड में कुछ शक्तियाँ ऐसी भी हो सकती हैं जो आदमी जैसी नगण्य चीज का भी खयाल रखती हैं–उसकी पिद्दी हरकतों में भी दिलचस्पी ले सकती हैं ? बेशक यह भी एक कल्पना ही है पर मेरा खयाल है कि खाली बुद्धि से, खाली अनुभव से आदमी की गुजर नहीं हो सकती। कोई भी आदमी महज आदमी होकर रहने से सन्तुष्ट नहीं होता। उसे यह महसूस करना अच्छा लगता है कि उसकी भी एक नियति है, कि उसे कुछ और, कुछ और होना है। मेरा बचपन बहुत

धार्मिक किस्म का था। बरसों तक मेरी बुद्धि, मेरी पढ़ाई-लिखाई भी उस धार्मिकता के समानान्तर चलती रही। पर एक दिन ट्रेजेडी हो गई। मैंने साइंस को रटने की बजाय समझना शुरू कर दिया और जैसे ही साइंस मेरी समझ में आई, मेरे अठारह साल के संस्कारों का जड़मूल से सफाया हो गया। तैंतीस करोड़ देवताओं से बसा हुआ वह जादुई संसार एकाएक भरभराकर गिर पड़ा और मैं बिल्कुल ही दिवालिया हो गया। उस शॉक से मैं कभी नहीं उबर पाऊँगा। हमारे हॉस्टल के वार्डन थे—पंडित गंगादत्त चतुर्वेदी एम. एस-सी.; डी.एस-सी.; एफ.एन.आई.। रसायन शास्त्र के प्रोफेसर थे। यूनिवर्सिटी में उनकी धाक थी। उनके बारे में मशहूर था कि वे सुबह दो घंटे तक पूजापाठ किया करते हैं। मुझे विश्वास नहीं होता था। एक दिन मैंने छिपकर टोह ली। बात सही निकली। मैं उनके पीछे पड़ गया। काफी टाल-मटूल और डाँट-फटकार के बाद उन्होंने एक शाम मुझे ज्ञानामृत पिलाया जिसका मुझ पर कोई असर नहीं हुआ। नहीं, असर तो हुआ, पर यही, कि वे मेरी श्रद्धा खो बैठे। इतना ही नहीं, उस दिन से मेरे मन में खामखाह एक बात बुरी तरह बैठ गई कि हिन्दू होने और साथ में बुद्धिजीवी होने का मतलब ही पाखंडी होना है। मेरी हालत और भी खराब हो गई। सौभाग्य से उन्हीं दिनों मुझे एक खूबसूरत लड़की का ट्यूशन हाथ लग गया और मैं पागल होते-होते बच गया। क्राइसिस टल गई जो अभी तक टलती आ रही है। उससे सचमुच मुठभेड़ करने के लिए शक्ति-संचय मैं अभी कर ही रहा हूँ। यह भी कोई कम बड़ी बात नहीं है—इस तरह मैं हिन्दुत्व के सामने घुटने टेक देने से बचता रहा हूँ। हिन्दू दिमाग बड़ा खुराफाती होता है। वह क्राइसिस पैदा ही नहीं होने देता। हर चीज को पालतू बना देता है। कहीं यह ज्योतिष भी उसके इसी खब्त का—पूरे ब्रह्मांड को अपने पक्ष में कर लेने की साजिश का ही फल तो नहीं था ? गंगादत्तजी, सुना था, हाथ भी देखते हैं और कुंडली भी। इसका फायदा कुछ नजदीकियों को ही मिलता होगा। हम लोगों को कभी नहीं मिला। हमारे लिए तो उनका एक ही चेहरा सुलभ था और वह बहुत रोबदार चेहरा था—वैज्ञानिक और मशहूर शोधकर्त्ता का। उनके लिए धर्म और विज्ञान के अलग-अलग खाने थे।

मगर नेता या समाज-सुधारक !...इस पर मुझे सख्त एतराज था। प्रसिद्ध तो मैं जरूर होना चाहता था और उस मामले में अपनी कुंडली पर शक भी नहीं करना चाहता था, पर वैसे कोई लक्षण मुझमें शुरू से ही नदारद थे। हालाँकि इतना मुझे याद है कि पहली ही तुकबन्दी जो मैंने छह या सात वर्ष की उम्र में जमाई थी, वह यूँ थी—

हा रोती विधवा बेचारी, कैसी उस पर विपदा भारी।

मगर इस महान विस्फोट के पीछे कोई भावी समाज-सुधारक नहीं था, बल्कि 'चाँद' का एक टूटा-फूटा अंक था जो मुझे रामू हलवाई की दूकान में पड़े एक रद्दी के ढेर में मिला था। साहित्यिक संस्कार के नाम पर यही एक घटना मुझे याद रह गई है। वैसे दो पत्रिकाएँ नियम से हर माह हमारे घर आती थीं—एक तो काका हाथरसी का 'संगीत' और दूसरे गीताप्रेस, गोरखपुर का 'कल्याण'। और हाँ, इसके अलावा कुछ सालों तक 'हरिजन सेवक' भी आता रहा था हर हफ्ते—जिसके प्रति मेरा आकर्षण खास इसलिए

था कि उसमें अक्सर छपनेवाला एक नाम मुझे बहुत मजेदार लगता था–'किशोरलाल घन मश्रूवाला'। मैं अक्सर इस नाम का जप किया करता था क्योंकि वह मुझे एक जरा अलग किस्म की चौपाई लगता था–अधूरी चौपाई, जिसे पूरा करने के लिए मैंने न जाने कितनी पंक्तियाँ बनाई थीं। अलग-अलग तुकोंवाली। तुक ढूँढ़ने और मिलाने का यह शौक मुझमें पता नहीं, क्यों और कैसे पैदा हो गया। खुद ही मिलाता था और खुद ही मजा लेता था। कोई दूसरा मेरे इस खेल में हिस्सा नहीं बँटा सकता था। किसी को दिलचस्पी नहीं हो सकती थी–मैं जानता था। पता चलने पर हँसी उड़ सकती थी, पोल खुल सकती थी। वह एक निषिद्ध सुख था, अनधिकृत विलास था।

पर एक दिन मेरी पोल खुल ही गई। मैं रँगे हाथों पकड़ा गया। दूकान पर बैठे-बैठे मैं बोर हो रहा था। सब लड़के मजे मार रहे थे, एक मैं ही गिरफ्तार था। बहुत देर से कोई ग्राहक भी नहीं आया था। उस दिन सुबह-सुबह हमारा बैतालेश्वर जाने का प्रोग्राम था। लच्छू मेरा इन्तजार करता होगा। हो सकता है, वह अब तक कुढ़कर अकेला ही चला गया हो, किसी और को–चन्दू या घंटी को साथ ले गया हो। मेरी बेचैनी बुरी तरह फड़फड़ाने लगी। अभी-अभी 'राम नाम सत्य है'...चिल्लाता हुआ एक जुलूस सामने से गुजरा था...मैंने अपने पिताजी को भी उसमें शामिल देखा था। तो मेरे बदले वे जा रहे थे बैतालेश्वर मुर्दा फूँकने। शाम से पहले क्या आएँगे ! मेरे लिए यह आजन्म कारावास था। मुझसे अच्छा वह मुर्दा था। वह बैतालेश्वर जा रहा था...एकाएक मेरी आँखों के आगे अँधेरा छा गया। मेरी दूकान, सामने की दूकान, बाजार में चलते-फिरते लोग...सब उस अँधेरे में बिला गए। मैं रस्सी तुड़ाकर भाग निकला। मेरे कानों में सुआल का शोर भर गया। तेज भागती, टेढ़ा-मेढ़ा दौड़ती-हाँफती सुआल मेरे पास, एकदम पास आ गई और उसने मुझे अपने में समेट लिया। मैं तैर रहा था, हाथ-पाँव फेंकता और देख रहा था दूर उस विशाल देवदारु को जो मेरी ही तरह जोर-जोर से हाथ हिला रहा था मुझे देखकर...वह मुझे बुला रहा था...उसके पास ही महादेव-मन्दिर के चबूतरे पर दो भभूत-लिपटे काले-कलूटे बाबा लोग गाँजे की दम लगा रहे थे और 'बमभोले-बमभोले' कर रहे थे। खूब चमकीली धूप निकल आई थी...मैं उसी ओर बढ़ रहा था। कुछ ही दूरी पर एक चिता जल रही थी, एकदम ताजी चिता। उसकी लपटें धीरे-धीरे ऊँची, और ऊँची होती जा रही थीं। चबूतरे पर अब लोगों का जमघट लग गया था। मुर्दा फूँकने आए लोग नहा-धोकर सुस्ता रहे थे। एक आदमी झोले से निकाल रहा था फल, मेवे-मिष्टान्न...और बाँट रहा था सबको एक-एक करके...। सब खा रहे थे। मैं देख रहा था। इतने में...

'पासिंग शो'...एकाएक कोई चीखा मेरे कान में। मैंने हकबकाकर देखा, एक आदमी मेरे सामने खड़ा मुझे घूर रहा है।

'दूकान में बैठता है, मजाक करता है ? नींद आ रही है तो घर में जाके सो। कब से चिल्ला रहा हूँ सुनता ही नहीं। आने दे अपने बाप को।'

'क्या चाहिए आपको ?'

'तेरी खोपड़ी। ला, निकाल दो 'पासिंग शो।'

मैंने दो 'पासिंग शो' निकाल के चुपचाप उसके हाथ में थमा दिए। वह बड़बड़ाता हुआ इकन्नी फेंककर चल दिया और मैं हाथ में 'पासिंग शो' का खाली पैकेट लिये उसकी जाती पीठ को तब तक घूरता रहा जब तक बाम्हनीखोला की गली ने उसे पूरा निगल नहीं लिया। गली के ऊपर दोपहर की धूप तिरछी लटकी हुई थी। उसने पल भर को वह पीठ उजाल दी। उजाले की वह कौंध...एकाएक मेरे भीतर भी जैसे कुछ कौंध गया। मेरे हाथ में पासिंग शो की पीठ थी...जाने कब मैंने खाली पैकेट को खोल डाला था और उसकी कोरी उजली पीठ मुझे घूर रही थी। वह मेरी प्रेरणा थी—उसने मुझे द ार दबोचा। नाचती हुई एक पंक्ति आई और उस कोरी पीठ पर बैठ गई—

'नदी भागती आई मेरे पास। गोद में लेकर मुझको लगी सुनाने लोरी...'

बदला ! एक निहायत मौलिक और भरपूर बदला अपने पिता से, लच्छू-चन्दू से...सबसे अपनी गिरफ्तारी का बदला ! पासिंग शो की पीठ अब खाली नहीं थी, लगभग डबडबा आई थी। बस, एक आखिरी पंक्ति और...

पर नहीं। वह आखिरी पंक्ति नहीं आई सो नहीं आई। 'माता तू है नदी, पिता तू महाकाल की छाया'...अब इसके आगे ? आगे गाड़ी ठप्प।

ऐसी ही दोपहर थी वह। नहीं, बादल नहीं थे। उजला आसमान था। पर थे यही जेठ या वैशाख के दिन। बाजार सुन्न पड़ा था। मक्खियों की एकरस भिनभिनाहट में दूकानें ऊँघ रही थीं।

फिर धूप सरकती गई, सरकती गई। बाजार उठ बैठा सजग होकर। मेरी दूकान पर भी लोग घिरने लगे, टूटने लगे...शाम हो गई। सामने बलढौटी की विशाल, हरे-भरे चीड़ों से सरसराती पीठ भी स्याह पड़ गई...शाम रात में ढलने लगी। मेरी दूकान पर भी भीड़ बढ़ती गई।

'जै बमभोले। कहाँ है भगत ?' एक बाबा सामने खड़े थे। मैंने इकन्नी निकाल कर उनके कमंडल में डाल दी—जैसा कि अपने पिताजी को और मथुर काका को भी कई बार करते देखा था—और एक चमेली अगरबत्ती का पैकेट भी। सिर नीचा करके पानी में भीगा एक बासी कनेर का फूल उस पर झेल लिया। सिर उठाया और देखा मथुर काका आ गए हैं।

मैं घर की ओर बढ़ रहा था मगन...भीतरी जेब में पहुँचाई हुई दो चवन्नियों को टटोलता...तभी याद आई वह पासिंग शो की पीठ। बाप रे! अब क्या होगा ? गए काम से। खाना खाकर मैं सीधा बत्ती बुझाकर लेट गया। पिटना ही होगा तो कल पिटूँगा, आज नहीं। फिर बत्ती जलाई और कापी में टीप लीं वे पंक्तियाँ। याद ही थीं। गिनीं—कुल उन्नीस। बस, एक आखिरी पंक्ति और चाहिए। 'छाया' की तुक भी। क्या हो सकता है ?...जवाब इसका नींद ने दिया।

दूसरे दिन स्कूल से आकर बस्ता पटका ही था कि दूकान से बुलावा आ गया– 'गुड्डन को फौरन भेजो।' काटो तो खून नहीं। पहुँचा दूकान पर। रास्ते में भीगी बिल्ली था। पहुँचते-पहुँचते शेर बन गया। देखा जाएगा जो होगा।

मथुर काका के हाथ में मेरी करतूत थी। वे उसे पढ़ रहे थे और सिर खुजला रहे थे। मुझे देखकर उनकी भौंहें सिकुड़ गईं। बोले, 'यह क्या है ?'

'यह कविता है,' मैंने कहा–'कल लिखी थी यहीं पर।'

'हूँ। तो बिक्री-बट्टे के नाम पर यही सब करते रहे। तभी...'

तभी एक चमत्कार हुआ। मथुर काका मुस्कुराने लगे। 'ये कवित्त-फवित्त हमारे किस काम के ?' उन्होंने कहा, कुछ इस तरह, जैसे अपने आप से कह रहे हों, 'इससे क्या फायदा ?'

यह मेरे लिए एक नई उलझन थी। कविता से कोई फायदा भी हो सकता है ? मुझे तुक मिलाते-मिलाते बरसों हो गए थे मगर यह बात मुझे कभी नहीं सूझी थी। क्या बेतुकी बात थी !

'मेरी तो कुछ समझ में नहीं आया तेरा यह कवित्त,' उन्होंने 'पासिंग शो' का वह टुकड़ा मेरी ओर फेंकते हुए कहा। मैंने लपककर उसे जेब में ठूँस लिया और कहा, 'क्या जरूरी है आपका समझना ? आपके लिए थोड़े लिखी थी।'

मगर तभी एक दूसरा चमत्कार हो गया। वह चमत्कारों का ही दिन था। मेरी उस कुढ़न पर भड़कने की बजाय काकाजी मुस्कुराए और बोले, 'इसीलिए तो मैंने तेरे को बुलाया कि तुझे अगर कवित्त लिखना ही है तो ऐसा लिख कि मेरे भी समझ में आवे, दुनिया की समझ में भी आवे। मेरा भी फायदा हो, तेरा भी फायदा हो।'

'मगर यह कैसे होगा ?' मैंने परेशान होकर पूछा।

'बताता हूँ,' मथुर काका सहसा ताव खा गए, 'तू बैठ तो सही। इस नन्दादेवी के मेले में हमें अपनी टाइगर बीड़ी का जोरदार परचार करना है। कम्पनीवालों ने इसके लिए तीन सौ रुपया मंजूर कर दिया है। हमने मजखाली से एक पार्टी बुलाई है। चनरसिंह का नाम तो तूने सुना होगा ?...अरे, चनरसिंह का नाम नहीं सुना ? लानत है तेरे को। कवि बनता है और अपने इलाके के इतने मशहूर कवि का नाम तक नहीं जानता। अरे गधे ! सुनता नहीं रोज लखनऊ टेसन से मालूशाही कौन सुनाता है ? वही तो चनरसिंह है।'

'वाह वा !' मेरी यह खुल्लमखुल्ला तौहीन थी। मुझे तैश आ गया। कहाँ मालूशाही, कहाँ चनरसिंह और कहाँ कविता! क्या जोड़ी मिलाई है ? अरे जनाब, कविता वह है जो मैथिलीशरण गुप्त और रामधारी सिंह 'दिनकर' ने लिखी है और जो मेरे कोर्स में लगती है। मैं उस बिरादरी का कवि हूँ। चनरसिंह के बाप ने भी लिखी थी कविता ? हे भगवान, कैसे कुल में जनम दिया तूने मुझे, जहाँ कवियों का अपमान होता है, जहाँ नए साल की शुरुआत ही चोपड़ी-पूजा से होती है। जहाँ चोपड़ी के माने भी किताब नहीं, बही होती है जिस पर गलत-सलत आँकड़े होते हैं। न...! मुझसे नहीं होगा। मैंने

एक जोर का झटका दिया अपने लटके हुए सिर को और सीधे मथुर काका की आँखों में देखा।

'क्यों रे ! किस सोच में पड़ गया ? नहीं लिख सकता है तो रहने दे। किसी और से लिखवा लेंगे। हमारी बीड़ी का परचार तो चनरसिंह के गीतों से ही हो जाएगा। वो तो तेरा कवित्त देखा तो एक बात सूझ गई। वरना हमको क्या करना है तेरी हिन्दी-फिन्दी से।'

'ठीक है तो फिर,' मैं उठ खड़ा हुआ, 'हद है, हद है। राष्ट्रभाषा का अपमान।... राष्ट्रभाषा की जय।'

'मैं तेरे भले के लिए ही कह रहा था। कम्पनी वाले जब इतना खर्च कर ही रहे हैं तो दो-चार रुपए तेरे हाथ भी लग जाते। मैं तेरा कवित्त परचार के वास्ते पास करा लेता।'

मेरे भीतर उथल-पुथल मच गई। पाँव अंगद हो गए। एक तो मौका हाथ लगा है। क्यों न दिखा दूँ जलवा इनको भी। अब न चूक चौहान। आज से चोरी-छिपे लिखना बन्द। बस, एक बार इनके मन की कर दे, फिर मैदान तेरे हाथ में है। तोड़ दे यह गढ़ एकबारगी; लचा दे, झुका दे इस गद्दी को हमेशा-हमेशा के लिए अपने पक्ष में—इससे बढ़िया मौका फिर नहीं आने का। बस, एक छोटी सी तुकबन्दी, एक छोटा सा समझौता। फिर आजादी ही आजादी।...फिर इस भयानक चश्मे का खौफ सदा-सदा के लिए मिट जाएगा। फिर तू इस दूकान की गुलामी से इनकार कर सकेगा और जब चाहे, बैतालेश्वर जा सकेगा। कविता लिखने के लिए। फिर भला किसकी मजाल है जो तुझे रोक सके, टोक सके।

'ठीक है, मैं कोशिश करूँगा,' मैंने कहा, 'क्या साइज होगी ?'

'बहुत लम्बी भी नहीं, बहुत छोटी भी नहीं। मगर इतना याद रखना गाने लायक हो। माइक पर गाने लायक। हजारों लोगों के सुनने लायक। मेले के अन्दर...और सुन...इतनी जल्दी कहाँ की हो रही है तुझे ? सीधे घर जाना। और सुन...जितनी भी बीड़ियाँ मार्केट में हैं, उन सबका नाम आना चाहिए और भाव यह होना चाहिए कि वे सब अपनी 'टाइगर' के सामने बेकार हैं।'

उस रात मुझे नींद नहीं आई। वह रचना की आधी रात थी। नीचे धन्नू सुनार की भट्ठी सुलग रही थी। ऊपर मेरी। वह चाँदी गला रहा था—गहने बना रहा था मोटे-मोटे—अर्जेंट, शादी के। मेरा यह पहला कमीशन था। कमीशन से भी ज्यादा यह मेरा प्रेस्टिज इशू था। मैंने एक कागज पर टाइगर के सारे प्रतिस्पर्धियों के नाम लिख लिये थे। मुझे उन्हें एक-एक करके पीटना था और उनसे अपने 'टाइगर' को अलंकृत करना था। 'घोड़ा' और 'पानसुन्दरी' मेरे निकटतम प्रतिद्वन्द्वी थे। वे अभी तक इस इलाके के बादशाह थे। घोड़ा का सोल एजेंट माणिकलाल जिले का पुराना कांग्रेसी कार्यकर्ता था।

हाल ही में जेल से छूटकर आया था। त्यागी पुरुष और तपा हुआ आदमी होने के बावजूद वह बेहद रंगीन और खुशमिजाज था। हमारे शहर की रामलीला उसके बिना अनाथ हो जाती थी। अपने लड़कपन में वह राम का पार्ट किया करता था। अब चूँकि उसे नाचना भी आता था, उसने शूर्पणखा का रोल सँभाल लिया था। जिन लोगों ने उसे राम के रूप में रामलीला के स्टेज पर लगातार दस सालों से एकछत्र राज्य करते देखा था, वही उसे अब 'खर-दूषण संहार' वाले दिन नाक कटाते देखने के लिए हजारों की तादाद में उमड़े चले आते थे। शहर के कोने-कोने से ही नहीं, दूर गाँव-देहातों से भी। वह उनकी स्मृति में कील की तरह ठुँका हुआ था। उसने लाखों को रुलाया था। अब वह लाखों को हँसा रहा था। मुझे यह अजीब लगता था। पर घर के लोग जो कुछ बताते थे, उस पर अविश्वास करने का कोई कारण नहीं था। मेरी माँ बताती थी कि राम वन-गमन के दिन, जिस वक्त उसका सीता के साथ संवाद होता था...पूरा नन्दादेवी का मैदान श्रोताओं की सिसकियों से भर जाता था। वह सचमुच करुण रस की धारा बहा देता था। मेरी माँ बताती थीं कि इस मामले में उससे भी दस कदम आगे मेरे जगन काका थे जो उस जमाने में लक्ष्मण का पार्ट किया करते थे और अब इलाहाबाद में, पता नहीं क्या कर रहे थे। मेरी समझ में नहीं आता था कि अगर ऐसा था तो दोनों के बीच वैसी दोस्ती क्यों नहीं हुई और जगन काका ने एक बार भी उसकी चर्चा मुझसे क्यों नहीं की।

बहरहाल, मेरे पास इस माणिकलाल रामचन्द्र उर्फ घोड़ेवाले के व्यक्तित्व से आतंकित होने लायक स्मृतियों का खजाना तो नहीं था पर सुनी-सुनाई बातें ही काफी थीं। वह एक जीता-जागता चलता-फिरता मिथक था। उसकी लोकप्रियता का कोई हिसाब नहीं था। उसकी एक जेब में उसका क्लासिकल अतीत था और दूसरी जेब में एक रोमांटिक वर्तमान। ऐसे महाबली के खिलाफ हमारे 'टाइगर' को सिर्फ अकेले अपने बूते पै लड़ना था। जाहिर है कि उसे हमारी परवाह बिल्कुल नहीं थी। वह हमें मिट्टी का शेर समझता था और हमसे उसकी सत्ता को कोई खतरा भी हो सकता है, यह बात उसे स्वप्न में भी नहीं सूझ सकती थी।

'पानसुन्दरी' वाला नम्बर दो पर था। उसने घोड़ेवाले के साथ गठबन्धन कर रखा था। पहले कोई उसे दो टके को भी नहीं पूछता था। वह हमारे कस्बे का था भी नहीं, मुरैना से आया था और शुरुआत उसने पान की थोकदारी से ही की थी। जब हमारे सामने उसकी एक नहीं चली तो उसने एक नया हथकंडा अपनाया। उसने नए दूकानदारों को–छोटे-छोटे ठेकेवालों को–उधारी पर माल सप्लाई करना शुरू कर दिया। इस तरह उसने साल-भर के अन्दर हमारा पटरा बिठा दिया क्योंकि मथुर काका वसूली के मामले में जरा बेमुरौवत थे। पर जल्दी ही उसकी कलई खुल गई जब उसने अपनी इस कामयाबी से उछलकर अपने हाथ-पाँव पसारने शुरू कर दिए। उसके हिसाब में धोखाधड़ी दीखने लगी और वह पिटते-पिटते बचा। हमारे कस्बे की यह खसूसियत ही है कि वह पहले तो 'आउटसाइडर' को हाथोहाथ लेता है, खूब उछल-कूद मचाने देता

है पर जैसे ही वह 'इनसाइडर' बनने की कोशिश करता है, वैसे ही उसे ठिकाने लगा देता है, और बता देता है कि बेटा, तुम्हारी जगह यह है। नतीजा यह होता है कि वह फिर कभी सिर नहीं उठा पाता। पानसुन्दरीवाले के साथ यही हुआ। पर वह काफी चालाक था। उसने मथुर काका की तरफ दोस्ती का हाथ बढ़ाया जिसे मथुर काका ने निहायत ही बेवकूफ नफरत के साथ झटक दिया। वहाँ से रास्ता सीधा घोड़ेवाले की तरफ जाता था और वह वहीं पहुँचा भी। घोड़ेवाले ने तुरन्त उसके आँसू पोंछे और उसे अपनी गोद में बिठाकर सेल्समैन बना दिया। यह नौकरी उसे फल गई। उसे इसी चाकरी में अपना भविष्य दिखाई देने लगा। वह जी-जान से उसके प्रचार में जुट गया। यह उसके अस्तित्व का सवाल था। व्यक्तित्व को गिरवी रख देने में ही फिलहाल कुशल थी। इतनी दूरदर्शिता उसमें बची थी। उसने हिसाब यह बिठाया कि सेल्समैन की हैसियत से वह अपने आश्रयदाता के समूचे इलाके में घुसपैठ कर सकेगा और सारा भेद जान लेने के बाद एक दिन चुपके से उसे विस्थापित करके खुद कब्जा जमा लेगा। मगर घोड़ेवाला उसके चरित्र को समझता था। उसे कोई धोखा नहीं दे सकता था। वह उसके लिए सिर्फ एक दुधारू गाय था। दो-तीन बरस उसने उसे खूब दुहा, खूब दुहा और इसके बाद उस पर तरस खाकर उसे पानसुन्दरी की एजेंसी दिलवा दी। वह समझा कि अब वह स्वतन्त्र हो गया है, पर उसका मुगालता जल्दी ही टूट गया। नहीं, टूटा नहीं, बना रहा। घोड़ेवाला बेहद अनुभवी था। उसने उसे पर काटकर उड़ा दिया था। जहाँ दस बंडल घोड़े बिकते थे, वहाँ एक बंडल पानसुन्दरी का भी खप जाता था। इससे ज्यादे की गुंजाइश घोड़ेवाले की उदारता में नहीं हो सकती थी और पानसुन्दरीवाला अपने लाइलाज आशावाद में इसी से मगन था। उसकी भ्रान्ति को चिरस्थायी करने के लिए घोड़ेवाले ने सालमपट्टी का एक पूरा बंजर उसके नाम पै कर दिया था। दस-बारह फटेहाल गाँवों की उस पट्टी को रौंदने में कोई खास मजा न आता देखकर घोड़ेवाले ने उसे 'पानसुन्दरी' के इतराने के लिए छोड़ दिया था।

'टाइगर' की असली भिड़न्त इन्हीं दोनों से थी। पर इधर दो-एक साल से कुछ और बीड़ीवाले भी मैदान में आ गए थे और हालाँकि अभी उनकी पहुँच सिर्फ खास कस्बे तक ही सीमित थी, वे धीरे-धीरे भीतर की ओर रेंग रहे थे। इनमें 'सैनिक' और 'नम्बर छै' सबसे ज्यादा टर्रा रहे थे। उनके मालिक लोग मैदान में अपना सिक्का जमा चुके थे और पहाड़ में उनकी महत्त्वाकांक्षाएँ बहुत सीमित किस्म की थीं। उन्होंने अन्धाधुन्ध इनाम घोषित कर रखे थे। मशहूर हो गया था कि उनके हर छह बंडलों में से एक के अन्दर इनामी कूपन जरूर होता है। इन दोनों के अलावा एक 'हाथी' छाप बीड़ी भी कुछ ही दिन पहले बाजार में दीखना शुरू हुई थी और मथुर काका का कहना था कि उसका मालिक खुद नागपुर से एक तगड़ी प्रचार पार्टी लेकर मेले में पहुँचनेवाला है और उस पार्टी के पास एक से एक भजन और कीर्तन की धुनें हैं। यही नहीं, उन्होंने लोगों को आकर्षित करने के लिए हर दसवीं बीड़ी में चरस का एक पुट दे रखा है, जिसका चस्का लग जाने के बाद आदमी और कहीं जा ही नहीं सकता। यहाँ तक कि

हनुमान मन्दिर के महन्तजी खुद एक दिन, सुना यह प्रस्ताव लेकर हमारी दूकान में पहुँचे थे कि हम लोगों को 'टाइगर' को छोड़कर हाथी की एजेंसी ले लेनी चाहिए क्योंकि हाथी का मालिक सच्चा भगत है और बड़ा दान-पुण्य करनेवाला है। सुनने में आया था कि हनुमान मन्दिर की सीढ़ियों का जीर्णोद्धार भी हाथी के मालिक ने ही अपने पैसे से करवाया था। उसकी धार्मिकता का सबसे बड़ा सबूत तो यही था कि वह अपना एजेंट भी किसी धार्मिक व्यक्ति को ही बनाना चाहता था। जब वह मथुर काका को नहीं फुसला सका तो उसने हमारे ही एक ऐसे बिरादर को छाँटा जिसके साथ एक पीढ़ी पहले तक तो दाँत-काटी रोटी थी पर पिताजी के जमाने से सम्बन्ध ठंडे हो चले थे। भले ही आपस में बोल-चाल भी नहीं थी पर धर्म कार्य में, फकीरों की आवभगत में दोनों के बीच एक अचेतन होड़-सी मची रहती थी। घोड़ेवाला धरम-वरम से जरा दूर ही रहता था। धर्म के मामले में रामलीला से आगे बढ़ने में उसे खतरा मालूम देता था। यों लक्ष्मण के बड़े भाई के नाते मेरे पिताजी का वह काफी सम्मान करता था। उसके रागात्मक ऐश्वर्य में हमारे संगीत-प्रेमी और भजनानन्दी परिवार के लिए तो थोड़ी-बहुत जगह निकल भी आती थी पर हाथीवाले को वह नेस्तनाबूद कर देना चाहता था। उसमें उसे साम्प्रदायिकता की बू आती थी।

वह रात मुझे हमेशा याद रहेगी। जब तक मेरी ढिबरी का तेल पूरी तरह चुक नहीं गया, मैं रचनारत रहा। यहाँ तक कि धन्नू सुनार के हथौड़े का बजना भी बन्द हो गया...तब तक मैंने तीन-चार बन्द लिख डाले थे। फिर एकाएक ढिबरी बुझ गई और मैं अपनी प्रेरणा को लिए-दिए न जाने कब नींद की खाई में गिर पड़ा।

मुझे याद है मैं स्कूल से लौटकर बस्ता पटककर बिना नाश्ता किए सीधे दूकान पर जा पहुँचा था और जेब से निकालकर कविता बड़े चाव से मथुर काका के सामने पटक दी थी और प्रतिक्रिया की राह देखे बिना वापस भाग गया था।

दिन गुजरते गए। मैं दम साधे निर्णय की प्रतीक्षा करता रहा। निष्फल। नन्दादेवी का मेला ज्यों-ज्यों पास आता जा रहा था त्यों-त्यों मेरी रचना का भाग्य भी अधिकाधिक सन्दिग्ध होता जा रहा था। मेरे सब्र का बाँध आखिर टूट ही गया। रात का खाना खाकर मथुर काका हुक्का गुड़गुड़ाते हुए आँगन में बैठे थे। मैं भी हिम्मत करके पास बैठ गया। आँगन में अँधेरा था। सिर्फ तारों की रोशनी थी। मथुर काका एकदम गुमनाम लग रहे थे। न वे मेरा चेहरा पढ़ सकते थे, न मैं उनका।

'आपने बताया नहीं मेरी कविता के बारे में,' मैंने आखिरकार पहल कर ही दी। अपनी ही आवाज मुझे अँधेरे में एक चीख की तरह लगी। मैं सहम-सा गया।

एकाएक अँधेरे में एक हरकत हुई और मुझे सुनाई पड़ा, 'कैसी कविता ? कहाँ की कविता ?'

'वही जो आपने ऑर्डर की थी,' मेरा मुँह सहसा खुल गया, 'मैं जानना चाहता हूँ आप उसका उपयोग कर रहे हैं कि नहीं ?'

एक गहरी निस्तब्धता।...और उसमें बुलबुलों की तरह उभरती हुक्के की

गुड़गुड़ाहट। फिर उस गुड़गुड़ाहट में एक धमाका।

'चनरसिंह को आने दो। वही फैसला करेगा।'

'चनरसिंह जाए भाड़ में,' मैंने कहा, 'आपको अच्छी लगी या नहीं, यह बताइए।'

'मुझे तो कुछ समझ में नहीं आ रहा,' हुक्का बुड़बुड़ाया, 'मैंने तुमसे गाना लिखने को बोला। तुमने कवित्त लिख के धर दिया। फिर...'

'मगर किसने कहा, इसे गाया नहीं जा सकता,'...मेरे भीतर आशा मचल उठी, 'आप कहें तो मैं इसे राधेश्यामी तर्ज पर गा के दिखा दूँ।'

'हुँह ! राधेश्यामी-सीतारामी कुछ नहीं चलेगा। मैंने क्या इसे मन्दिर में गवाना है ? मेले के लायक चीज चाहिए मुझे।'

मेरे प्राण नहों में समा गए। मेरे उत्साह पर नीले आसमान से गाज आ गिरी। 'फिर भी...फिर भी आप सुनिए तो सही...' बिल्कुल कथावाचक पंडित जयदत्त की स्टाइल में मैंने गाना शुरू कर दिया–

'टाइगर' की बढ़ती साख देख 'घोड़ा' दुम दाबे भाग गया
'हाथी' की अक्ल चिराग हुई, 'सैनिक' भी डरकर दुबक गया
जब 'पानसुन्दरी' ने देखा मेरी न दाल अब गलने की
जाकर 'नम्बर छै' से बोली–'अब करो तयारी टलने की।'

'बस-बस हो गया, हो गया,' हुक्के से आवाज आई, 'यह चलेगा नहीं। फिर भी चनरसिंह को आने दो। वो जैसा कहेगा, वैसा करेंगे।'

मैं चमककर उठ खड़ा हुआ। 'आप मेरी कविता फौरन वापस कर दीजिए,' मैंने कहा, 'मैं उसे फाड़कर फेंक दूँगा लेकिन...आखिर होता कौन है चनरसिंह मेरी कविता के भाग्य का फैसला करनेवाला ?'

हुक्का खामोश हो गया। अदालत जारी रही। अँधेरे में 'वाह बेटा ! इतनी जल्दी ताव खा गए' की एक आखिरी गुड़गुड़ हुई और वह अपनी राख झाड़कर कोने में शीर्षासन करने लगा। उस रात मुझे नींद नहीं आई। अपमान और ग्लानि से तिलमिलाता हुआ मैं बड़ी देर तक बेचैन करवटें बदलता रहा।

दूसरे दिन फिर पेशी हुई। दो रुपए का एक फड़फड़ाता हुआ नोट मेरी ओर फेंकते हुए मथुर काका बोले, 'हमने फैसला किया है कि तुम्हारी कविता को पर्चियों पर छाप के मेले में बाँटा जाए। गाने लायक तो वो है नहीं, फिर भी जब तुमने मेहनत की ही है तो अकारथ क्यों जाए।'

मेरा मन हुआ उस नोट के टुकड़े-टुकड़े कर दूँ और कविता को भी नाले में बहा दूँ। मगर...सहसा मैं ठिठक गया। मुझे अपनी रचना की यह परिणति ज्यादा गौरवास्पद प्रतीत होने लगी। आखिर मेरी कविता छपेगी। न सही पत्रिका में, पर्ची पर ही सही, छपेगी तो, बँटेगी तो। हजारों की तादाद में लोग पढ़ेंगे। चनरसिंह उसे रेंकेगा, अपने घटिया डमरू के साथ-साथ मेरी बढ़िया बीन को भी इस भैंसिया भीड़ पर फेंकेगा, इससे तो यह इनडिपेंडेंट उड़ना ज्यादा श्रेयस्कर है। यह ठीक है कि गलेबाजी और पर्चेबाजी

के बीच चुनाव की बहुत ज्यादा गुंजाइश तो नहीं है; फिर भी आखिर हर्ज ही क्या है? एक तरह से देखो तो क्या यह ज्यादा ठोस सामाजिक स्वीकृति नहीं है ?

'ठीक है,' मैंने कहा, एक गहरी साँस छोड़ते हुए, और नोट उठाकर जेब में खोंस लिया। कल कासारदेवी की पिकनिक पर जाने का प्रोग्राम भी है। मौके से जुगाड़ हो गया। बिना दन्द-फन्द के। पसीने की कमाई है–पहली कमाई। कविता की कमाई। मतलब, कविता से भी फायदा होता ही है।

'सुनो...' मेरे कान में पड़ा। मथुर काका के स्वर में थोड़ी हिचकिचाहट सी लगी। उनके हाथ में मेरी पांडुलिपि थी। मेरा माथा ठनका। अब क्या मुसीबत है ? कहीं पारिश्रमिक तो नहीं घटाने जा रहे हैं ?

'सुनो...थोड़ा चेंज नहीं कर सकते इसमें ? जरा व्यक्तिगत आक्षेप हो गया है इसमें। तुमने घोड़ेवाले के साथ जरा ज्यादती कर दी है। वो दुम दाब के क्या भागेगा ? उसने तो उलटे, हमारी खोपड़ी दाब रखी है। नाम 'टाइगर' होने से क्या होता है ? वो सरपट दौड़ रहा है। हमी घिसट रहे हैं कछुए की तरह। भले ही जीत आखिर में कछुए की ही हो। तुम इस तरह से भी तो बात को रख सकते थे। या घोड़े को बेलगाम बता देते और टाइगर को सरकस में भरती कराके उसके करतब गिना देते। बात बन ही जाती। क्यों ? कुछ तो प्रेस्टिज का खयाल करना ही पड़ता है। फिर वो जगन्नाथ का साथी रहा है किसी जमाने में। तुम्हें पता है कि नहीं ?'

मुझे हँसी आ गई। तो यह किस्सा है ! उनके सीधेपन पर मुझे तरस आया। जाहिर था कि घोड़ेवाले की ऐसी-तैसी होते देखकर उन्हें मन ही मन काफी मजा आया था। चाहते वे भी यही थे। मगर उसके साथ नैतिकता का छौंक भी उन्हें जरूरी लग रहा था। वे भावुक हो रहे थे। नन्दादेवी के मेले के साथ रामलीला को गड्डमड्ड कर रहे थे। मगर इसका इलाज भी मेरे पास मौजूद था। इस चालाक सीधेपन से मैं पहले भी निपट चुका था। आखिर भतीजा किसका था !

मैंने पांडुलिपि उनके हाथ से ले ली और नितान्त गम्भीर होकर उसका मुआयना करने लगा। 'मेरा खयाल है,' मैंने कहा, 'इससे कोई फर्क नहीं पड़ता। बिजनेस में यह सब चलता है। फिर यह तो एक खेल है। होली के स्वाँग सरीखा। इसमें कोई किसी को कुछ कह दे, कोई बुरा थोड़े ही मानता है।' ...मैं एक पल को ठिठका–अपनी चाल की प्रतिक्रिया भाँपता–और फिर चालू हो गया। 'माणिक खुद इतना मजाकिया आदमी है। आप बेफिकर रहें, वह इसका बिल्कुल बुरा नहीं मानेगा। उलटे मजा लेगा। जो आदमी राम से लगाकर शूर्पणखा तक सब कुछ बन सकता है, वह कुछ भी झेल सकता है, कुछ भी पचा सकता है। आप बेफिकर रहें।'

मथुर काका के मुख-मंडल पर एक पल के लिए अविश्वास की छाया उभरी...फिर वे मुस्कुराने लगे। मैदान अब मेरे हाथ में था। मैंने लगाम ढीली कर दी। 'ठीक है फिर रहने दो,' उन्होंने कहा और कविता उठाकर सन्दूकची में डाल दी।

उस साल का नन्दादेवी का मेला अद्‌भुत और अभूतपूर्व रहा। सबसे ज्यादा मजमा हमारे तम्बू के आसपास ही जुड़ा रहा। चनरसिंह और उसकी पार्टी मेले का सबसे बड़ा आकर्षण बन गई। उसके पास एक से एक बढ़िया लोक-गीतों का कभी न चुकनेवाला खजाना था। अलावे इसके वह आशु-कवि था। रटी हुई चीजों के बजाय वह उसी वक्त माइक के सामने दनादन जोड़ पे जोड़ लगाता चला जाता था। हर गीत की तान उसकी एक टेक पर टूटती थी...'ओ टाइगरा बीड़ी। यो भाली बीड़ी छौ। हो द्वी आना बंडला। पीणा में मजा छौ'...। दरअसल बीड़ी तो निमित्त मात्र थी; सव्यसाची भाषा के उस झरने में नहाते हुए लगता ही नहीं कि यह बीड़ी का प्रचार हो रहा है। वह कविता का मेला बन गया था। लोग झूम रहे थे। चनरसिंह के बाल हवा में उड़ रहे थे...आँखें आकाश हुई जा रही थीं। उसका पूरा शरीर गा रहा था...उसे अपनी सुध-बुध नहीं थी...। लोग कह रहे थे उस पर देवता उतर आया है, उसे सिद्धि है, उसे देवी का वरदान है। हालत यह हो गई थी कि दूसरे बीड़ीवालों के स्टालों पर कोई झाँकने भी नहीं जा रहा था...उन पर मक्खियाँ भिनक रही थीं। बल्कि घोड़ेवाले ने जो पार्टी काशीपुर से बुलाई थी, वह खुद अपना मोर्चा छोड़कर हमारे खेमे में आ गई और चनरसिंह के सुर में सुर मिलाकर गाने लगी। उसने उन्हें मन्त्र-मुग्ध कर दिया था। मुझे याद है मैं पढ़ना-लिखना सब भूल-भालकर दिन-रात स्टाल पर ही डटा रहता था और छाया की तरह चनरसिंह के आगे-पीछे डोलता रहता था। उसका जादू मुझ पर भी बुरी तरह चल गया था...इस बुरी तरह, कि मैं अपनी हिन्दी-फिन्दी कविता के बारे में बिल्कुल ही भूल गया। आज मैं अपनी याददाश्त पर बहुतेरा जोर डाल रहा हूँ पर इस वक्त मुझे इतना तक याद नहीं आ रहा कि वे पर्चियाँ छपी भी थीं कि नहीं। अगर नहीं छपीं तो मैंने कैसे इस पराजय को पी लिया ? वह सारा संघर्ष और विरोध क्या हुआ ? और अगर पर्चियाँ छपी थीं तो मुझे कैसा लगा ? चनरसिंह को कैसी लगी मेरी कविता ? उसने देखा भी कि नहीं ?

अब तो मुझे इसमें भी शक होने लगा है कि चनरसिंह की यह दिग्विजय उसी साल घटित हुई कि उससे अगले साल। क्योंकि वह लगातार दो-तीन साल तक नन्दादेवी के मेले में हमारी बीड़ी का प्रचार करता रहा था।...मेरे स्मृति-यन्त्र में ही कुछ खराबी आ गई है। वरना इतनी महत्त्वपूर्ण बातें भी मुझे ठीक से याद क्यों नहीं आतीं ? ऐन क्लाइमेक्स पर जवाब क्यों दे जाती है मेरी याददाश्त ? ऐसे कैसे चलेगा ? विश्वास ही नहीं हो पाता कि हाँ, निश्चयपूर्वक मेरे साथ यह घटना घटी थी।

हमारे घर में एक घड़ी है जो कभी भी—किसी भी क्षण बन्द हो जा सकती है। उसे हम किसी घड़ीसाज को भी नहीं दिखाते, क्योंकि उसके कल-पुर्जे उस जमाने के हैं जब मिलावट का नाम भी लोग नहीं जानते थे। हमें डर बना रहता है कि घड़ीसाज का ईमान इसके हृदय में झाँकते ही डिग सकता है। ठीक तो वह कर ही देगा परन्तु...। उतना महँगा सौदा हम नहीं करना चाहते। इतनी उम्र तो इसने जैसे-तैसे रोते-गाते नाप ही दी,

बाकी भी किसी तरह भुगता ही देगी। इसे चालू करने के कुछ खास गुर हैं जो सिर्फ हमीं को मालूम हैं। आखिर चीज हमारी है; इतने अरसे से हमारे साथ रही है; सुख के, दुख के, हर तरह के दिन हमारे साथ देखे हैं...जन्म से लेकर मृत्यु तक हमारी जिन्दगी का साथी इसके सिवा और हम किसको बनाएँ ?...जैसे ही बन्द होती है, हम इसे हाथ में लेकर हिलाते हैं जैसे शीशी का मिक्श्चर हिलाते हैं। जब यह उपाय काम नहीं देता तो इसे डमरू की तरह डुलाते हैं। इतने पर भी आवाज न सुनाई दे तो इसे धीरे-धीरे जमीन पर लुढ़काते हैं।...और भी कई टोटके हैं जो अनुभव ने हमें सिखाए हैं और जिन्हें हम बता नहीं सकते, सिर्फ इस्तेमाल कर सकते हैं। थोड़ी सी फुरसत लगती है, उसके बाद घड़ी फिर से चलने लगती है बदस्तूर। एक और भी खासियत इस घड़ी की यह है कि इसे जमीन पर उलटा लिटाकर रखना पड़ता है, तभी यह चलती है। सीधा किया नहीं कि फौरन बन्द हो जाएगी। पता नहीं कैसे कल-पुर्जे हैं इसके, जो धरती में मुँह गाड़कर ही ठीक रहते हैं। जैसे ये धातु के न हों, मिट्टी के ही कल-पुर्जे हों।

जेठ-वैशाख की ये दोपहरियाँ मुझे बहुत अच्छी लगती हैं। जब सारे संसार पर बेहोशी छाई रहती है, एक मैं ही जागता रहता हूँ और मुझे लगता है चाहे जैसा भी हूँ, मैं हूँ। मेरा भी एक अस्तित्व है, इस संसार के साथ भी, इस संसार के बिना और इससे अलग भी।...यह उमस, यह निचाट, यह स्मरणहीन, अर्थहीन समय मुझे एक अजीब अपनापा देता है। यही समय मुझे सचमुच अपना लगता है। जाहिर है, ऐसा तालमेल आदमी और मौसम के बीच जन्मसिद्ध से कम हो ही कैसे सकता है ! इसीलिए मैंने कहा कि मुझे कोई नहीं भी बताता तो भी मुझे पता चल ही जाता कि मेरी पैदाइश इसी जेठ या वैशाख की होनी चाहिए।

जिन दिनों मैं यूनिवर्सिटी में पढ़ रहा था, उन्हीं दिनों की बात है, इलाहाबाद में एक महान प्रतिभाशाली ज्योतिषी का आगमन काशी से हुआ। मेरा अधपगला रूम पार्टनर जिसने उन्हीं दिनों 'अन्ध-विश्वासों की वैज्ञानिकता' नामक एक लेख किसी दैनिक अखबार में छपाया था–वह ऐसी बातों की खबर रखता था और वही जबर्दस्ती मेरी कुंडली की नकल मेरे बक्से से निकालकर उन्हें दिखाने लेता गया। सुना, मेरी कुंडली पर दृष्टिपात करते ही वे समाधि में चले गए। पूरे पन्द्रह मिनट तक इस हालत में रह चुकने के बाद उन्होंने एक संक्षिप्त प्रवचन दिया जिसका सारांश यह था कि यह कुंडली एक महान प्रतिभाशाली व्यक्ति की है और इस आदमी को 'धर्मकर्माधिपत्य' नाम का योग है जिसके मुताबिक इसे अत्यन्त उच्चकोटि की आध्यात्मिक सिद्धि या तो हो चुकी है या होनेवाली है।

वे वैशाख के दिन थे। पर मेरी हालत खस्ता थी। इम्तहान सर पर था और उधर मैं एक दूसरे इम्तहान में गिरफ्तार था। थर्ड डिवीजन के ही लाले पड़े हुए थे। सक्सेना ने आकर फलादेश सुनाया तो तबीयत जल-भुनकर खाक हो गई। मैं और योगी !!!

इससे तो वह नेता और सुधारकवाली नियति क्या बुरी थी ! नाले से उबरे तो नदी में गिरे। मैंने उसे पाँच का नोट पकड़ाया और पुनः पठाया कि जा पूछ के आ कि यह महान प्रतिभाशाली योगी इस साल परीक्षा में पास भी होगा कि नहीं ?

यह मेरे लिए तब भी 'न्यूज' थी और आज भी 'न्यूज' ही है कि योगी होने के लिए भी महान प्रतिभा की दरकार होती है। मुझे योगभ्रष्ट कहलाना ज्यादा पसन्द है क्योंकि उसमें दोनों हाथ लड्डू रहते हैं। योगभ्रष्ट के कवि होने के चांसेज ज्यादा रहते हैं। पता नहीं यह मिथ मैंने अपने मन से गढ़ी है कि कहीं किसी किताब में पढ़ी है कि कवि पिछले जन्म का योगभ्रष्ट होता है। मुझे अपनी स्मृति पर भरोसा नहीं रहा। पिछले साल मैंने 'डिवाइन कॉमेडी' पढ़ी तो मुझे यह देखकर बड़ी हैरत-भरी तसल्ली हुई कि दान्ते ने भी कवियों और कलाकारों के लिए आखिरकार वही जगह छाँटी जो, अगर मेरा बस चलता, तो मैं छाँटता। लिम्बो–जो स्वर्ग तो नहीं ही है, नरक भी नहीं है; हाँ, नरक की सबसे ऊपर की मंजिल जरूर है। नरक की यह इमारत भी मुझे खासी 'स्काइ-स्क्रैपर' लगती है। यहाँ से कभी-कभी नीचे कूद पड़ने को मन करने लगता है मारे ऊब के। क्योंकि इस कदर पास-पास रहने से कौतूहल भी मर गया है और रहस्यभाव भी। औरों की नहीं जानता, मेरी तो एक आँख में दूरबीन ठुँकी है और दूसरी में खुर्दबीन। दूरबीनवाली आँख में मोतियाबिन्द पड़ गया है इसलिए यह ठीक से काम नहीं करती। दूसरी ने–आप खुद कल्पना कर सकते हैं–मेरा जीवन किस कदर हराम कर रखा है। नरक के सारे अकथ्य, अश्रव्य, दृश्य हर क्षण मेरे खून में रेंगते-कुलबुलाते रहते हैं। मुझे अक्सर नींद नहीं आती और मैं तंग आकर शैतान की शरण में चला जाना चाहता हूँ। बस, चाहता भर हूँ, चाहने में मेरा जवाब नहीं। मैं नियति भी चाहता हूँ, वरण की स्वतन्त्रता भी चाहता हूँ। मैं ईश्वर पर विश्वास करना चाहता हूँ। मैं मनु के पुत्र पर भी विश्वास करना चाहता हूँ। मैं पूरब होना चाहता हूँ, मैं पश्चिम होना चाहता हूँ। मैं व्यक्ति होना चाहता हूँ, मैं समूचा विश्व होना चाहता हूँ। मेरे चाहने की कोई सीमा नहीं है। मैं जो घोर बुद्धिवादी और घोर रहस्यवादी हूँ, घोर चेतन और घोर जड़ हूँ, घोर संस्कारी और घोर अघोरी हूँ।...'नान्तोऽस्ति मम दिव्यानां विभूतीनां परन्तप'। ...क्या मैं श्लोक ठोकने लगा ? 'श्लोकत्वमापन्नः यस्य शोकः' ?

चलता-फिरता श्लोक

दो

अनन्याश्चिन्तयन्तो मां ये जनाः पर्युपासते,
तेषां नित्याभियुक्तानां योगक्षेमं वहाम्यहम्।

...एक हाथ में उबले हुए सगिया मिरच की थाली और दूसरे में पानी का गिलास उठाए एक बालक सीढ़ियाँ उतर रहा है। सहसा वह जहाँ का तहाँ ठिठक जाता है और बड़ी देर तक ठिठका रहता है। उसे लगता है कि यह श्लोक उसने कहीं सुना जरूर है...पर कहाँ ?

अलूणिया बाबा दुमंजिले की कोठरी में आँख मूँदे पालथी मारकर बैठे हैं। बालक थाली और गिलास उनके सामने रख देता है और पुकारता है, 'बाबा !' बाबा आँखें खोल देते हैं और उसे देखकर बहुत खुश हो जाते हैं। 'अरे तू कित्ता बड़ा हो गया! तू तो अपने ननिहाल में ही रहता था ना ? कब से नहीं देखा तुझे।'

'बाबा ! अभी-अभी आप जो गा रहे थे...मैं सुना दूँ,' और वह उत्साह से हाँफता हुआ ज्यों का त्यों पूरा श्लोक सुना देता है। बिना उनकी हाँ का इन्तजार किए।

बाबा विस्मित-चकित थोड़ी देर उसे देखते ही रह जाते हैं जैसे अपने कानों पर विश्वास ही न कर पा रहे हों। फिर एकाएक चिल्ला पड़ते हैं, 'अरे ओ भगत ! यहाँ तो आ जरा...'

'बाबूजी जरा दूकान गए हैं एक जरूरी काम से। अभी आ जाऊँगा बोल गए हैं।'

'शाबाश बेटा, शाबाश! तू तो बिल्कुल भगत पे गया है,' बाबा कुछ उदास और अन्यमनस्क-से हो जाते हैं। 'तेरे बाबू को मैं तब से जानता हूँ जब वो लड़का ही था। तेरे बराबर तो नहीं, तुझसे काफी बड़ा था...स्कूल में पढ़ता था...बहुत ही हुश्यार था। मगर बिचारे की किस्मत खोटी थी...पढ़ नहीं सका। पढ़ गया होता तो जाने कहाँ-कहाँ पहुँच जाता। मैंने तेरे दादा से बहुतेरा बोला। उसकी समझ में ही नहीं आया। बोलता था बनिए के लड़के को ब्राह्मण बना के क्या करूँगा ? मेरी दूकान कौन सँभालेगा ? उन दिनों यहाँ मिडिल तक ही था। इकलौते लड़के को पढ़ने बाहर कैसे भेजूँ, इस डर से उसने उसे पढ़ाया नहीं। जानता है मिडिल में तेरा बाबू फर्स्ट हुआ था, फर्स्ट ?...'

बालक की आँखें विस्मय से फैल गईं। उसे यह सोचकर बड़ा मजा आया कि उसके

बाबूजी भी कभी उसी की तरह छोटे थे और उन्हें भी पहाड़े रटने पड़े होंगे। उसे अपने पिता पर पहली बार गर्व हुआ और बड़ा गुस्सा भी आया कि जब वे मिडिल पास हैं तो उसे खुद ही क्यों नहीं पढ़ाते ? मथुर काका तो...माँ कहती थी...छठी भी पास नहीं हैं।

'बाबा मुझे इस श्लोक का अर्थ समझा दीजिए,' बाबा को थाली अपनी ओर सरकाते देखकर वह बोल पड़ता है। उसे बाबा की बातों में बहुत मजा आ रहा है। एक बार खाना शुरू कर देने के बाद बाबा फिर बोलेंगे नहीं और अभी तो बाबूजी भी नहीं आए हैं। बाबूजी के आ जाने पर उसका पत्ता साफ हो जाएगा। उसके पहले ही बाबा से सब कुछ पूछ डालना है। ऐसा मौका फिर कहाँ मिलनेवाला है।

बाबा एकटक मिरचों को निहार रहे हैं, 'तुम्हारी अम्मा सूजी के पुए भी खिलाती थी। आज नहीं बनेंगे क्या ?'

'नहीं, पुए-वुए तो कुछ बनते नहीं दिखाई दे रहे थे,' बालक सिर हिला देता है। तो बाबा को उसकी बात सुनाई नहीं दी। उसे चिढ़ लग जाती है। इन बाबा लोगों को आखिर भूख ही क्यों लगती होगी।

बाबा एक मिरचा उठाकर मुँह तक ले जाते हैं और फिर जाने क्या सोचकर उसे वापस थाली में रख देते हैं और धीरे से बुदबुदाते हैं, 'भगत आया नहीं अभी तक।'

'वे आ जाएँगे, आप शुरू तो कीजिए,' बालक कह तो देता है पर मन ही मन यही मानता है कि शुरू न करें तो अच्छा। वह झटपट अपना सवाल दोहरा देता है।

'श्लोक का अर्थ तो तू अपने बाबू से ही पूछना।'

'मगर बाबू को संस्कृत कहाँ आती है ?' बालक परेशान हो उठता है। क्या बाबा को इतना भी नहीं मालूम ? कहीं ऐसा तो नहीं कि इन्हीं को नहीं आता इसलिए टाल रहे हों ?

बाबा खिलखिलाकर हँस पड़ते हैं, 'अरे, भगत को सब आता है। उस श्लोक का अर्थ उसी को मालूम नहीं होगा तो और किसे होगा ? चलता-फिरता श्लोक समझ तू अपने बाबू को। समझा।'

बालक कुछ नहीं समझ रहा है। वह अपनी माँ का भक्त है। माँ की तारीफ सभी करते हैं; पिता की तारीफ कोई नहीं करता। औरों के पिता जिस तरह अपने बच्चों को प्यार करते हैं वैसे उसके बाबू तो नहीं करते। पहले रोज अपने साथ मन्दिर ले जाते थे, हुक्का क्लब की संगीत की बैठकों में भी ले जाते थे, अब कहीं नहीं ले जाते। कभी-कभी तो कई दिन गुजर जाते हैं, बातचीत तक नहीं होती।

अलूणिया (नमक न खानेवाले) बाबा के बारे में मशहूर है कि वे कैलाश पर्वत पर ही रहते हैं। सिर्फ जाड़ों में एकाध हफ्ते के लिए इस शहर में दिखाई देते हैं। बालक को उनके बारे में बेहद कौतूहल है और वह कौतूहल उस दिन ज्यादा बढ़ जाता है जब बाबा उसे कैलाश पर्वत के बारे में, वहाँ तक की यात्रा के बारे में विस्तार से बताते हैं। बालक मन ही मन निश्चय कर लेता है कि वह भी पढ़-लिखकर बाबा की तरह ऐसे

ही कपड़े पहनकर, ऐसी ही लम्बी दाढ़ी रखकर कैलाश पर्वत पर चला जाएगा, वहीं ठाठ से रहेगा और सिर्फ जाड़ों में दो-एक महीनों के लिए नीचे उतरेगा और कई नगरों से गुजरेगा, जहाँ हर नगर में उसका एक भगत होगा जिसके यहाँ वह एक-एक दिन ठहरेगा और सगिया मिरच का साग और सूजी के पुए उड़ाएगा और श्लोक पै श्लोक ठोकेगा। बस, थोड़ा बड़ा हो ले, कुछ पढ़-लिख ले। बाबा अलूणिया काशी पढ़े हैं, उन्हें ढेर सारी संस्कृत आती है। ऐसा उसने पिता को कई बार अपने संगी-साथियों के बीच कहते सुना है।

अभी हाल ही की तो बात है–एक रिश्ते के भाई का व्रतबन्ध हुआ था। दो दिन तक खूब चहल-पहल रही थी। वे लोग खूब पैसेवाले भी तो हैं। कितना बढ़िया मंडप बना था। केले के पत्तों और रेशम के कपड़ों का। बीच में वेदी बनाई गई थी, हवन हुआ था। क्या बढ़िया घी की खुशबू उड़ रही थी। पुरोहित जमनादत्त त्याड़ीजी एक चौकी पर बैठे थे, सामने दूसरी चौकी पर भाई।–जमनादत्तजी श्लोक बाँच रहे थे, भाई के हाथ से सिक्के पर सिक्के निछावर किए जा रहे थे। एक लाल रेशम के बिछे हुए वस्त्र पर...। हर आठ-दस श्लोक पर एक सिक्का...फिर वे सारे सिक्के जमनादत्तजी समेटकर ले गए थे। उसके बाद एक बड़ा भारी तराजू टोकरियों का आँगन के बीचोबीच लटकाया गया था। एक पलड़े पर भाई को बैठाया गया था और दूसरे में गेहूँ, चावल, दाल, कपड़े, मेवे, फल और जाने क्या-क्या अल्लम-गल्लम ठँसा हुआ था...जब पलड़े बराबर आ गए तो दूसरे पलड़े की सारी चीजें जमनादत्तजी को दे दी गई थीं। इससे भी ज्यादा मजेदार सीन वह था जहाँ अन्त में भाई पीली रेशम की धोती और वैसी ही पीली जनेऊ पहने हाथ में एक पोथी...पोथी क्या, बहीखाता...लिये काशी विद्याध्ययन के लिए जाने को तैयार खड़े थे। बालक को यह देखकर बड़ा अचरज हुआ था कि वे गए-वए कहीं नहीं...दूसरे दिन वहीं उसी दूकान पर उसी तरह बैठे कपड़ा बेच रहे हैं। उसने पूछा भी था, 'क्या दादा ? तुम तो काशी चले गए थे, इतनी जल्दी वापस कैसे आ गए ? क्या तुम्हें वहाँ एडमिशन नहीं मिला ?' दादा को बड़ी हँसी आई थी, 'अरे उल्लू, वो तो झूठमूठ का था, तुझे सच्ची आ गई ?'–'तो फिर झूठमूठ का स्वाँग रचाने की क्या जरूरत थी ?' उसने चिढ़कर पूछा था। उल्लू हैं ये सारे लोग जो ऐसा झूठा काम करते हैं और उसमें भी इतना हल्ला-गुल्ला मचाते हैं। इसका मतलब ये हुआ कि बाकी सारे त्योहार और ब्याह-बरात और बरसगाँठ वगैरह भी सब स्वाँग ही होते होंगे। बालक बहुत उदास हो गया था। इन बड़ों की किसी भी बात का कोई भरोसा नहीं।

शाम को स्कूल से लौटकर घर में कदम रखा ही था कि मथुर काका ने दरवाजे पर ही कान उमेठ दिए थे, 'क्यों रे ! बड़ों के मुँह लगता है ? उन्हें अनाप-शनाप जवाब देता है ?'

बालक रोता-रोता अपनी माँ के पास पहुँचा था। मगर वहाँ भी उसकी अपील खारिज हो गई थी। माँ ने भी मथुर काका का ही पक्ष लिया। बाबू घर में थे नहीं; बैठकी रामलीला में दशरथ का पार्ट करने गए थे। बालक ने पिता से कुछ नहीं कहा।...पिता

ने ही दूसरे दिन उसे बुलाया और कहा, 'तुझे अपने दाज्यू को ऐसा उलटा जवाब नहीं देना था। इसमें स्वाँग की क्या बात है ? यह तो एक रसम है, पुरखों की यादगार है।'

'तो क्या हमारे पुरखे भी स्वाँग करते थे ? वे भी इसी तरह झूठमूठ–।'

'फिर वही बात। तू बहुत बहसबाजी करता है। कुछ दिन रुक जा, फिर सब समझ में आ जाएगा। हमारे पुरखे सचमुच काशी जाते थे। या काशी नहीं तो, दूसरे किसी गुरुकुल में किसी बहुत बड़े आचार्य के पास विद्या सीखने जाते थे। आज भी लोग आगे की ऊँची पढ़ाई के लिए बाहर जाते हैं कि नहीं जाते ? अपने जमनादत्तजी का लड़का भी तो काशी गया है पुरोहिती सीखने...।'

'तो क्या जितने भी पूजा-पाठ करवानेवाले होते हैं, वे सब काशी पढ़े होते हैं ?' बालक ने पूछा। पूजा में उसे बहुत मजा आता था, आए दिन घर में ऐसे आयोजन चलते रहते थे।...आँख, कान और जीभ तीनों को तृप्त करनेवाले आयोजन।...पूजा की संस्कृत उसे हुक्का क्लब के शास्त्रीय संगीत की महफिलों से भी ज्यादा स्वादिष्ट लगती थी। हालाँकि जमनादत्तजी के बारे में उसे लगता था कि वे आधा श्लोक चबाते और एक चौथाई निगल जाते हैं। काशी पढ़े होते तो ऐसा क्यों होता ?

'सब तो नहीं होते,' बाबूजी ने समझाया, 'मगर पुरखों की विद्या को बचपन से ही घोखते रहते हैं इसलिए उन्हें अपने-आप आ जाती है।'

बाबूजी जाते-जाते दरवाजे पर ठिठक गए थे–'आजकल साइंस का जमाना है। सभी होशियार लड़के साइंस पढ़ते हैं।'...वे एक क्षण हिचकिचाए। फिर जरा पास आकर दबी आवाज में फुसफुसाए, 'बच्चीलाल के लड़के को ही देख। हाईस्कूल में साइंस लिया था। फट्ट से ओवरसियरी में छँट गया। रिजल्ट निकलते ही यहीं अपने घर की पी.डब्ल्यू.डी. में लग गया। कहाँ तो खाने के ही लाले पड़े रहते थे और कहाँ आज देखो क्या ठाठ हैं ! सारा दलिद्दर दूर हो गया।'

ओ हो हो !...तो यह बात है ! साइंस से दलिद्दर दूर होता है। उसने अपने पिता को कई बार कहते सुना था, 'अपने भाग का दलिद्दर कहाँ जाता है ?' अच्छी-खासी दूकान थी। इन्हीं की लापरवाही से चौपट हो गई। यह बालक की अपनी राय नहीं थी। घर में सबकी राय थी। बालक तो स्पंज की तरह सारी बातें सोख लेता था।

अब जाकर पहली बार उसकी समझ में आया कि खुद संगीत के नशे में आठों पहर पागल रहनेवाले पिता उसे अपनी वायलिन में तो दूर, उस टूटे-फूटे हारमोनियम में भी हाथ क्यों नहीं लगाने देते जिसे बजा-बजा के सरोज दीदी ने इतने सारे गाने सीख लिये हैं। सरोज से कुछ नहीं कहते, खुद बैठ के सिखाते हैं और मुझसे, 'जा, अपना पढ़।' नहीं पढ़ना मुझे, बस। माना दीदी की आवाज बहुत अच्छी है, पर इससे क्या ? वायलिन बजाना तो सीख ही सकता था। और आवाज भी, कौन कहता है, बुरी है ? बच्चन मास्टर ने कैसी पीठ थपथपाई थी उस दिन रघुनाथ मन्दिर में। मेरे सामने ही तो बोला था इनसे...'इसे मेरे पास भेजो रोज, मैं इसे सिखाऊँगा। लड़के का स्वर-ज्ञान बहुत अच्छा है।' उनके सामने तो हाँ-हाँ कर दिया था। बस। वे क्यों चाहेंगे मैं संगीत

सीखूँ ? वे तो यह भी नहीं चाहते कि मैं संस्कृत सीखूँ, विद्वान बनूँ। 'कल्याण' तक तो नहीं पढ़ने देते। आजकल पता नहीं क्या हो गया है इनको ? पहले तो खुद ही पढ़कर सुनाते थे। अब कहते हैं यह सब बाद में अपने-आप हो जाएगा। पहले अपना स्कूल का काम करो। कहाँ तो खुद ही कहते थे पहले 'बचपन में ही संस्कार पड़ जाने चाहिए नहीं तो ये चीजें बाद में कभी नहीं आतीं।' और अब बिल्कुल उलटी बातें करने लगे हैं। उनकी देखा-देखी आजकल सरू दीदी भी बहुत 'पढ़-पढ़' करने लगी हैं। अपना तो इतना अच्छा गाती हैं। और मुझसे ढोलक बजवाती हैं। क्या मैं ढोलकिया हूँ ? ढोलक बजाना तो लड़कियों का काम है। जब अपना मन भर जाता है तो कहती हैं, 'चल अब तू गा, मैं ढोलक बजाती हूँ।' पर उनके गाने के बाद मुझे अपना गाना बिल्कुल अच्छा नहीं लगता। अपनी ही आवाज मुझे भद्दी और बेसुरी लगने लगती है। मुझे चिढ़ आ जाती है। उन्हें तो बाबूजी सिखाते हैं। मुझे कौन सिखाता है ! बस, दो-चार भजन नानाजी ने सिखाए हैं।

'गुड्डन ?'...तिमंजिले से दीदी की आवाज आ रही है। बालक चौंक पड़ता है। दीदी भी आ गईं।...अलूणिया बाबा ने सारी मिरचें साफ कर दी हैं। पानी पी रहे हैं। क्या इनका पेट अभी नहीं भरा होगा? कितनी सारी मिरचें थीं। पूरी सेर भर। वही तो लाया था दूकान से सबेरे-सबेरे। अब क्या चाहिए ?

'गुड्डन !'...फिर आवाज आती है। सीढ़ियों के ऊपर से सरू दीदी का चेहरा झाँक रहा है। खुद क्यों नहीं ले आतीं ?...क्या शरम लगती है ? नहीं, शरम-वरम कुछ नहीं। उन्हें बाबा लोगों से चिढ़ लगती है, इसलिए।

'जाओ बेटा, देखो तो...' बालक दौड़कर सीढ़ियाँ चढ़ जाता है। 'क्या है भई ?' ...सरू दीदी उसे पकड़कर अपने पास खींच लेती हैं और उसके कान में फुसफुसाती हैं, 'क्यों रे, बड़ी घुट-घुट के बातें हो रही थीं। मुझे भी तो बता क्या बातें हो रही थीं ?'

'तुमसे क्या मतलब ?'...बालक हाथ छुड़ाकर रसोईघर की ओर भागता है। ऐसे कैसे सारी बातें बता देगा ? अच्छा ही हुआ जो ये नहीं आईं। नहीं तो बाबा इन्हीं से उलझ जाते और मैं उल्लू की तरह देखता रहता। दीदी तो जहाँ भी जाती हैं, दो मिनट में अपना रोब जमा देती हैं। मुझे मौका ही नहीं मिलता। सब इन्हीं में मस्त हो जाते हैं।

'क्यों रे ! तू तो जहाँ जाता है, वहीं रह जाता है। क्या कर रहा था वहाँ बैठा-बैठा ? खाते वक्त तंग करने बैठ गया। पहले उन्हें खा तो लेने देता,' माँ का स्वर झल्लाया हुआ है। उनके बालों में राख भरी हुई है। मारे धुएँ के आँखें लाल हो गई हैं। लकड़ियाँ ठीक से सुलग नहीं रही हैं।

'माँ, तू छोड़, इधर आ जा। मैं सुलगाती हूँ,' सरोज कहती है, 'आज मुझी को बनाने दे। तेरी तबीयत ठीक नहीं है। कहीं फिर बुखार चढ़ गया तो ?'

माँ कुछ नहीं बोलतीं, चुपचाप चूल्हा फूँकती रहती हैं। इसका मतलब साफ है। माँ सरोज दीदी से नाराज हैं। जब माँ नाराज होती हैं तो बोलना बन्द कर देती हैं। हाँ,

अब समझ में आया, दीदी आज सबेरे से अपनी एक सहेली के यहाँ निमन्त्रण में गई थीं। लौटने में देर हो गई इसीलिए माँ कुढ़ी बैठी हैं। बेचारी दीदी ! अब माँ दिन-भर उनसे नहीं बोलेंगी। न किसी काम में हाथ लगाने देंगी। दीदी एक कोने में बैठ के रोती रहेंगी। इससे बड़ी सजा उनके लिए क्या हो सकती है ?

'लो, ये ले जाओ,' माँ एक थाली में कुछ मिरचें और परोसते हुए कहती हैं। 'अरे ! बाबा तो खा चुके। अब और क्या खाएँगे ? वे तो हाथ-मुँह भी धो चुके। बालक कहता है।'

'तो फिर ये ले जा,' माँ एकाएक हड़बड़ाकर उठती हैं और आलमारी से दही का कटोरा निकालकर देती हैं, 'मुझे तो याद ही नहीं आया। तेरे बाबू देखेंगे तो चिल्लाएँगे। जा, दे आ जल्दी से।'

'आज सूजी के पुए नहीं बनेंगे माँ ? बाबा पूछ रहे थे।'

माँ बुरी तरह चिड़चिड़ा जाती हैं, 'इन जोगी-भगौतियों के मारे मैं तंग आ गई हूँ। कहलाएँगे जोगी-संन्यासी, और खाने को चाहिए सूजी के पुए। यहाँ बच्चों के भात में डालने को भी दो बूँद घी नहीं होता और इनको पुए चाहिए। कहाँ से आते हैं पुए ? तुम्हारे बाबू की तो मति ही मारी गई। जाने कहाँ-कहाँ से पकड़ लाते हैं। यह भी नहीं देखते कि घर में क्या है, क्या नहीं है। करना तो मुझी को पड़ता है। इनका क्या है ? जा ले जा जल्दी से, नहीं तो जोगी कुड़कुड़ाने लगेगा।...तेरे बाबू भी आ गए लगता है। जा जल्दी।'

बालक जल्दी से कटोरा उठाकर सीढ़ियों की ओर भागता है। लो, बाबू भी आ गए। अब क्या बात होगी। सारा मजा किरकिरा हो गया। वह पीछे मुड़कर एक निगाह अपनी बहन पर डालता है। बहन वैसी की वैसी अपनी जगह पर निश्चल खड़ी है। उसका चेहरा रोने-रोने को हो रहा है। बालक सोचता है, बस यह कटोरा पहुँचाकर आता हूँ और इनका मूड ठीक करता हूँ। दीदी को खुश करने में क्या देर लगती है। वह हल्की सी ताली बजाकर सरोज का ध्यान अपनी ओर आकर्षित करता है और मुस्कुराता हुआ इशारे से उसे जतलाता है कि 'तुम ऊपर छत पर पहुँचो। मैं अभी आया'...मगर सरोज उसकी मुस्कुराहट के जवाब में सदा की तरह मुस्कुरा नहीं रही है। बालक निराश होकर सीढ़ियाँ उतरने लगता है। सहसा वह ठिठक जाता है। यह क्या ?...बाबा तो उसी के बारे में बात कर रहे हैं। बालक दबे-पाँव जाकर दरवाजे की ओट में खड़ा हो जाता है।

'...यह सब फालतू बात है। हमारे चाहने-न चाहने से कुछ नहीं होता भगत। तू तो उसे जो भी पढ़ना चाहता है...पढ़ने दे। उसमें बाधा मत बन। बल्कि तू तो उसे नियम से अपने साथ ले जाया कर सत्संग में...। अभी से कान में शास्त्र पड़ेंगे तो अच्छे संस्कार बनेंगे। अरे, हम कौन होते हैं भगवानदास ! माता-पिता तो निमित्त मात्र हैं। असली चीज तो वे संस्कार हैं जो बालक पूर्वजन्मों से अपने साथ लेकर आता है और फिर इसमें घबराने की क्या बात है ? तेरा लड़का तेरे जैसा नहीं होगा तो किसके जैसा होगा ?'

'मगर महाराज, मैं नहीं चाहता कि वह मेरे जैसा निकले,' यह पिता की आवाज

है। पिता की आवाज तो सिर्फ महफिल में ही खुलती है। घर में तो, कई बार समझ में ही नहीं आता क्या कह रहे हैं।

'देख भगत, तेरे चाहने-न चाहने का सवाल नहीं है,' अलूणिया बाबा का स्वर सहसा तेज हो जाता है, 'हो भी, तो तू क्या जानता है सचमुच, कि तू क्या चाहता है ? तू खुद ही नहीं जानता तू क्या चाहता है। मैं तेरे को अच्छी तरह पहचानता हूँ। मैं समझ रहा हूँ तेरे मन में क्या है। जो-जो काम तू नहीं कर सका, जो-जो इच्छाएँ तेरी पूरी नहीं हो सकीं, तू चाहता है, तेरा लड़का उन्हें पूरा करे। अरे ! ऐसा कहीं होता है ? होता भी हो तो क्या यह अच्छी बात है ? भगवान की मर्जी के ऊपर अपनी मर्जी थोपना...? यह क्या अत्याचार नहीं है ? जीवात्मा का अपमान नहीं है ?'

'वो सब ठीक है, महाराज। मगर अब मेरा मन इस सबसे उचाट हो गया है। कहाँ तक इस झमेले में पड़ूँ। जगन्नाथ जब से जेल गया, तब से मेरा दिमाग ही अजीब हो गया है। मथुरिया मुझसे कहने लगा क्या इसको भी जगन्नाथ के रास्ते डालोगे ? मैंने तो कह दिया मुझे क्या करना है। तू जैसा चाहता है, वैसा कर। मगर महाराज, मथुरिया भी क्या गलत कहता है ? मेरा पुरुषारथ तो थक गया। घर जो चल रहा है, उसी के बूते चल रहा है। वो मुझसे ज्यादा समझदार है। मुझसे ज्यादा दुनिया का ऊँच-नीच समझता है,' बाबूजी का स्वर और धीमा फुसफुसाने जैसा हो गया है। पता नहीं क्या बोल रहे हैं।

'देख भगत। मथुरा उसे पढ़ाता है, सो तो ठीक है। मगर तेरी भी तो कोई जिम्मेदारी है। तेरे बाप ने जो गलती की, उसे क्या तू इस तरह सुधारना चाहता है, और मैं तो कहता हूँ जो हुआ सो हुआ, तू पढ़ भी जाता तो ऐसा क्या हो जाता ? तू रहता तो तू ही। जाने कितनी माया भुगतनी पड़ती ? तू आज कैसी बातें कर रहा है ? तू क्या समझता है, ये दूकानदारी तुझसे नहीं निभी तो सरकारी चाकरी निभ जाती ? अरे ! उसमें तो तेरा 'जीव' और भी ज्यादा घुट-घुटकर मरता। उसकी खबर लेने की फुर्सत भी मिलती तुझे ? नहीं रे। जो हुआ, ठीक हुआ। 'जेहि विधि राखे राम ताहि विधि रहिए'...तुझे मैं क्या समझाऊँ, तू तो खुद ही समझा-समझाया है।...जिन्दगी-भर जिसकी चिन्ता नहीं की, उसके प्रति अब कैसा मोह।...लोग अपनी काया के मोह में पड़े रहते हैं; तूने अपना देही बचाया...क्या गलत किया ?'

बालक बुरी तरह चौंक पड़ा। यह 'देही' क्या होता है ? एकाएक उसकी निगाह अपने हाथ के कटोरे पर पड़ी। हद हो गई, बाबा यह क्या कह रहे हैं। वह तुरन्त भीतर जा घुसा।

'बाबा, लीजिए देही'...कटोरा सामने रखकर वह उलटे पाँव वापस लौट पड़ा।

'रुको, यहाँ आओ'...बाबा ने उसे हाथ पकड़कर अपने पास बिठा लिया। बालक ने एक शंकाकुल दृष्टि अपने पिता पर और दूसरी बाबा पर डाली। नीचे बाजार से लच्छू की किलकारी सुनाई दे रही है। आज अभी से सेवन टाइम शुरू हो गया है लड़कों का। छुट्टी का दिन जो है। बालक अधीर हो उठा। अब मेरा यहाँ क्या काम है ?

'कितने में पढ़ते हो बेटा ?'

'दर्जा दो में।'

'किस स्कूल में पढ़ते हो ?'

'आर्य कन्या पाठशाला में,' बालक ने बड़े गर्व से एक-एक शब्द पर जोर देते हुए कहा।

बाबा के माथे पर बल पड़ गए, 'अरे, क्या लड़कियों के स्कूल में पढ़ते हो ? क्यों भगवान, इसे लड़कों के स्कूल में क्यों नहीं भेजा ?'

'महाराज, बहुतेरी कोशिश की। नरसिंगबाड़ी में नाम लिखाया, वहाँ से रोज भाग आता था। ब्रांच स्कूल में ले गए, वहाँ इसने पहले ही दिन वो रोना-धोना मचा दिया कि क्या बताएँ। असल में ये घर से ज्यादा ननिहालवालों के साथ हिला हुआ है। अपने नाना से ही पढ़ता रहा है। स्कूल जाने से बहुत घबराता है, महाराज। वो तो अपनी दीदी के कारण जाने लगा...नहीं तो बड़ी मुश्किल हो गई थी। अब तो खैर, इसे वहाँ अच्छा लगने लगा है। पहले तो दीदी को भी बहुत परेशान करता था।'

'यह तो बहुत बुरी बात है जी। ऐसा करोगे तो विद्वान कैसे बनोगे ? मेरी मानो भगत, तो इसे जी.आई.सी. में दाखिल करवा दो। वहाँ अपना भगौती परसाद वाइस-प्रिंसिपल है। मैं उससे बोल दूँगा। सुनो जी, तुम खूब मन लगाकर पढ़ना। और खूब श्लोक याद करना। अगले साल मैं फिर आऊँगा तो देखूँगा तुमने क्या-क्या पढ़ा। जिस दिन तुमको एक हजार श्लोक याद हो जाएँगे, उसी दिन तुम्हें कैलाश पर्वत घुमाने ले चलेंगे।'

दास मलूका और गाली का अर्थ

तीन

जी.आई.सी.। जिले का एक मात्र सरकारी स्कूल। स्कूल नहीं, कॉलेज। दर्जा तीन से बारह तक।

'व्हाट इज योर नेम ?'

'जी, घर में मुझे गुड्डन बोलते हैं। मगर स्कूल का नाम है विनायक चन्द्र।'

'व्हाट इज योर फादर्स नेम ?'

'माई फादर्स नेम इज भगवानदास। गॉड सर्वेंट।'

'व्हाट आर दीज ?'

'दीज आर माई अंगुलियाँ।'

'व्हाट डज योर फादर डू ?'

'माई फादर इज...' बालक गड़बड़ा जाता है। कुछ रटाया तो था मथुर काका ने...वेजीटेबिल...?...नहीं, एक और शब्द था...याद ही नहीं आ रहा है। क्या करूँ ?

'माई फादर इज वेजिटेबिल,' वह बोलता है और तुरन्त जोड़ता है, 'सब्जी की दूकान।'

मारे हँसी के लड़कों की हालत खराब है। टेस्ट लेनेवाले मास्टर भी हँस रहे हैं। विनायक को भी हँसी आ रही है हालाँकि वह शरमा भी रहा है। इतने सारे लड़के एक साथ कभी देखे नहीं। वह लड़कियों का आदी है, लड़कों का नहीं।

फिर हिन्दी का टेस्ट। फिर गणित का। एडमिशन हो गया।

पहला दिन। पहला पीरियड। हिन्दी का। मास्टर अनोखेलाल भार्गव। दुबली-पतली संटी-सी काया पर बन्द गले का कोट। पढ़ाते-पढ़ाते बीच-बीच में नथुने सिकोड़कर जोर की 'सूँ' करते हैं और उसी के साथ आप से आप उनके कन्धे भी उचक जाते हैं।

अजगर करै न चाकरी, पंछी करै न काम।
दास मलूका यों कहें, सबके दाता राम।

'वाह वा ! वाह रे मलूकदास !...वाह !...क्यों गधो ! कुछ समझ में आया मलूकदास क्या कह रहे हैं ? मलूकदास...' अनोखेलाल मास्टर बीच में ही रुक जाते हैं, उनके कन्धे उचके ही रह जाते हैं। कक्षा में सन्नाटा छा जाता है। विनायक देखता है अनोखेलालजी के कन्धे धीरे से गिर गए हैं। एकाएक वे तीर की तरह छूटते हैं और पीछे की बेंच

पर बैठे एक लड़के का कान पकड़कर बेंच पर खड़ा कर देते हैं और फिर तीर की तरह छूटकर वापस अपनी जगह पर लौट आते हैं।

'चलो लिखो अर्थ इस दोहे का–लिखो सब जने–निकालो कापी फटाफट...' अनोखेलालजी अर्थ बोलते जा रहे हैं। लड़के सिर झुकाकर टीपते चले जा रहे हैं। एकाएक विनायक चौंक पड़ता है। बिजली की तरह उसका हाथ ऊपर उठ जाता है और जोर-जोर से हिलने लगता है।

'क्यों रे ! क्या हुआ तुझे ?' अनोखेलालजी के माथे पर तीन सल पड़ गए हैं।

'मास्टरजी...'

'मास्टरजी नहीं रे! 'सर' बोल 'सर'। गाँव से आया है क्या गोबरगणेश ?'

पूरी क्लास खिलखिला पड़ती है। विनायक एक क्षण हक्का-बक्का रह जाता है फिर साहस बटोरकर बोल पड़ता है 'बिल्कुल ऐसी ही बात भगवान कृष्ण ने भी गीता में लिखी है। सुनाऊँ ?'

अनोखेलाल मास्टर की आँखें चश्मे को फोड़कर बाहर कूद पड़ती हैं और विनायक के चेहरे पर ठहर जाती हैं। अजीब जंगली है। हिम्मत तो देखो इसकी। 'क्या बात है जी, बोलते क्यों नहीं ?'

'मास्टरजी !...नहीं...सर !' बालक सुना देता है वही श्लोक अलूणिया बाबावाला। 'योगक्षेमं वहाम्यहम्।' सबके दाता राम। सबके दाता कृष्ण। एक ही तो बात है।

अनोखेलाल ज़ोर से सर झटकारते हैं। श्लोक का अर्थ उन्हें नहीं मालूम। छोकरा नक्शे दिखा रहा है। 'क्या मतलब हुआ इसका ? बोलता क्यों नहीं बे गोबरगणेश ?'

विनायक सकपका जाता है। पूरी क्लास की निगाहें उसी पर जमी हैं। पिटेगा साला। उसकी समझ में नहीं आता मास्टरजी इस तरह चिल्ला क्यों रहे हैं ? उसने किया क्या ? वह सिर झुकाए धीरे-धीरे श्लोक का अर्थ समझाने लगता है।

'बेवकूफ। गधा। मलूकदास के दोहे से इसका क्या लेना-देना ? पूरी क्लास को डिस्टर्ब कर दिया। बड़ी बहादुरी छाँटता है...चल निकल बाहर...गेट आउट। पढ़ना-लिखना कुछ नहीं। बड़ा आया श्लोकवाला।'

विनायक स्तम्भित रह जाता है। उसके मुँह से सिर्फ इतना ही निकलता है, 'मुझे तो अलूणिया बाबा ने ऐसा ही बताया था।'

'तो जा उसी के पास। यहाँ क्या झख मारने आया है ? उसी से पढ़ हिन्दी। चल मुँह क्या देख रहा है खड़ा-खड़ा ? बेहूदा कहीं का। मुँह लगता है ?'

विनायक चुपचाप बस्ता समेटकर क्लास से बाहर हो जाता है। उसका सारा शरीर आतंक और अपमान से थर-थर काँप रहा है। उसके पाँव बरबस ही घर की ओर मुड़ जाते हैं पर दो-चार कदम चलके फिर ठिठक जाते हैं। नरसिंहबाड़ी में यही हुआ। ब्रांच स्कूल में यही हुआ। घर में मार पड़ेगी। अब तो मथुर काका का राज है। अलूणिया बाबा इन जाड़ों में फिर आएँगे–पूछेंगे तो क्या जवाब देगा ? बालक सोच में पड़ जाता है। नहीं। यह ठीक नहीं है। अलूणिया बाबा नाराज हो जाएँगे।

विनायक लौट पड़ता है। अभी क्लास चल रही है। थोड़ी सैर ही कर ली जाए। कितना बड़ा स्कूल है। कितना बड़ा खेल का मैदान। मैदान पार करके वह उस तरफ पहुँच जाता है—गधेरे के पास, जिसमें बरसात का पानी खलबलाता हुआ बड़े शोर के साथ नीचे घाटी की ओर दौड़ रहा है। गधेरे के ऊपर-ऊपर से एक छोटी सी पगडंडी टेढ़ी-मेढ़ी बल खाती हुई उतरती चली जा रही है। किधर को जाती होगी यह ? विनायक दौड़कर उस पर सवार हो जाता है। बारिश के बाद की चमकीली धूप चारों तरफ खिली हुई है। क्या इस पगडंडी से ठेठ नीचे कोसी नदी तक पहुँचा जा सकता है? अब तो सीढ़ीनुमा खेत भी खत्म हो गए...बिल्कुल नंगे टीले हैं, हरियाली का कहीं नामोनिशान नहीं...बहुत नीचे कोसी की बाँक को ढकते-से दो-चार पक्के मकान दिखाई दे रहे हैं और हरियाली भी। जरूर कोई गाँव होगा। चला जाए वहीं ?...लेकिन वह तो बहुत दूर है। विनायक को प्यास लग आई है...वह मुड़कर पीछे ऊपर की ओर देखता है और बुरी तरह चौंक पड़ता है...अरे बाप रे, मैं कहाँ आ गया ! बहुत ऊपर—आसमान में मानो जी. आई.सी की लाल टीन की छत चमक रही है धूप में।...कहीं कोई आदमी भी नहीं दिखाई पड़ता।...सहसा एक बड़ी भारी चील अपने बड़े-बड़े डैने फटकारती हुई उसके सिर के ऊपर से बहुत पास से गुजरी है...बालक एकाएक भयभीत हो उठता है। और दौड़ता हुआ उसी पगडंडी से ऊपर चढ़ने लगता है।

यह क्या ?...गधेरे के पुल पर से एक लम्बी कतार लड़कों की गुजर रही है। अरे, ये तो अपनी ही क्लास के लड़के हैं। कहाँ जा रहे हैं ये सब ?...विनायक दौड़कर लाइन में लग जाता है। पर वह जिधर से घुसने की कोशिश करता है, उधर ही से लड़के उसे कुहनी मारकर बाहर कर देते हैं।

'चल साला भगोड़ा। गोबरगणेश।'

'पूरे दो पीरियड गायब रहा।'

'अबे, तेरे को क्लास से निकाल दिया तो तूने अपनी छुट्टी समझ ली। अब कल प्रिंसिपल साहब के सामने पेशी होगी, तब पता चलेगा।'

'अरे यार, ये गोबरगणेश वहाँ भी श्लोक सुनाने लगेगा।'

'सब्जी बेच, सब्जी।'

'पान लगा, पान।'

'इधर आओ विनायक,' एक गोरा चिट्टा खूबसूरत-सा लड़का, जिसकी वेश-भूषा बाकी सबसे अलग है—उसे बुला रहा है। विनायक उसके आगे खड़ा हो जाता है। लाइन रेंगती हुई आगे बढ़ रही है—म्यूजिक हॉल की तरफ।

लम्बे-चौड़े हाल में दरी बिछी है। लड़के लोग सब बैठ गए हैं। सामने तखत पर नेने मास्टर हारमोनियम पर कुछ बजा रहे हैं। 'राग यमन कल्याण'। विनायक के मुँह से निकल जाता है। हारमोनियम रुक जाता है। नेने मास्टर घूरकर देखते हैं।

'क्या नाम है जी तुम्हारा ?'

'विनायक चन्द्र।'

'आज ही एडमिशन हुआ क्या ?'

'जी।'

'तुम्हारे पिता का नाम।'

'लाला भगवानदास।'

'ओह !' नेने मास्टर मुस्कुराते हैं–'तो तुम भगवानदास के लड़के हो। चलो इधर आओ। कुछ सुनाओ। आता-वाता है कुछ ?'

'जी!' विनायक थोड़ा सहम जाता है। आता तो क्यों नहीं। पर...कैसे कहें ? कुछ गलत-सलत हो गया तो ?...लड़कों की निगाहें उसी पर जमी हुई हैं। देखो, साला यहाँ भी रंग जमा रहा है।

'जाओ-जाओ, सुना क्यों नहीं देते ?'...वही गोरा लड़का उसके कान में फुसफुसा रहा है, '...मास्साब बहुत अच्छे हैं।...जाओ जल्दी।'...विनायक उठ खड़ा होता है। एक लड़का तो कम से कम उसकी तरफ है, वह भी क्लास का सबसे सुन्दर, सबसे होशियार दीखनेवाला लड़का। विनायक पहुँच जाता है मास्टरजी के पास और उनसे हारमोनियम ले लेता है। संगीत कार्यालय हाथरस के एक गाने की स्वरलिपि उसने परसों ही चोरी-छिपे सीखी है। सरोज दीदी को सुनाई भी है। सरोज दीदी ने पीठ ठोकी थी। उसकी आवाज थोड़ी काँपती है पहले, फिर ठीक हो जाती है। नेने मास्टर इशारे से बुलाते हैं उसी गोरे लड़के को। वह आकर तबला खींच लेता है।

चरण कमल बंदौ हरि राई।
जाकी कृपा पंगु गिरि लंघहिं, अन्धे को सब कछु दरसाई।

'शाबाश !'...नेने मास्टर उसकी पीठ ठोकते हुए कहते हैं।

'देखा गधो ! यह नया लड़का आज ही आया है। कितना साफ और शुद्ध गाता है। एक तुम हो...आज हफ्ते-भर से तुम्हारे पीछे लगा हूँ–फिर भी तुम जहाँ के तहाँ हो।...'

'गुरुजी। गुरुजी–' पीछे से एक लड़का चीखता है, 'इसने मेरी कापी फाड़ दी।'

'इसने मुझे माँ की गाली दी,' एक लड़का उठ खड़ा होता है। यही है वो, जिसने मुझे भगोड़ा कहा था, विनायक सोचता है। अब पता चलेगा।

नेने मास्टर फुफकारते हुए उठते हैं। कोने में रखे जूते के भीतर से एक मोजा निकालते हैं और उसे चाबुक की तरह घुमाते हुए उस लड़के की ओर बढ़ते हैं। 'सुअर का बच्चा।...उसने तुझे गाली दी तो मुझसे क्यों नहीं बोला ? कापी फाड़ता है ? तेरे बाप ने खरीद के दी थी कापी उसको ?'...सड़ासड़ मोजा बरस रहा है। लड़के के मुँह पर, खोपड़ी पर, पीठ पर। 'चल मुर्गा बन,' नेने मास्टर उस जाते हुए को लात जमाते हैं। लड़का गिरते-गिरते बचता है और चुपचाप कोने में क्लास की ओर पीठ करके खड़ा हो जाता है और खेड़े-खड़े टाँगों के भीतर से हाथ निकालकर अपने कान पकड़ लेता है।

अब दूसरे लड़के की बारी है। नेने मास्टर एक जोर की धप उसके सिर पर लगाते

हैं। 'क्यों बे। क्यों दी उसे माँ की गाली ? बोल...,' एक लात। फिर दूसरी। फिर तीसरी। 'खड़ा रह घंटे-भर।'

यह क्या है ? विनायक अवाक् देख रहा है नेने मास्टर को ? मास्साब की यह कैसी गन्दी आदत है–छिः छिः छिः !!! गन्दे मोजे से बच्चों को पीटना। लात मारना। यह कैसा स्कूल है, कैसे मास्टर हैं ? कोने से सिसकने की आवाज आ रही है; मुर्गा बना लड़का रो रहा है। विनायक की सारी सहानुभूति अब उस लड़के की तरफ है। संगीत के मास्टर क्या सभी ऐसे ही होते होंगे ? मगर...वो हिन्दीवाले भी क्या कम हैं ? क्या पता और मास्टर लोग भी ऐसे ही हों या इनसे भी खराब हों। विनायक को आर्य कन्या पाठशाला की मास्टरनियाँ याद आने लगती हैं। कितना प्यार करती थीं सबकी सब उसे ? यहाँ तो क्या लड़के, क्या मास्टरजी लोग, बिना गाली के बात ही नहीं करते। सरू दीदी कितनी उदास हो गई थीं। अब उनको अकेले जाना पड़ता है। क्या कर रही होंगी इस वक्त। अभी छुट्टी का घंटा बजेगा तो उन्हें फिर गुड्डन की याद आएगी। उन्हें क्या पता यहाँ मुझे कितना बुरा लग रहा है।

विनायक की आँखों में आँसू आ जाते हैं। वह तुरन्त उन्हें पोंछ लेता है। नेने मास्टर एक सरगम गीत सिखा रहे हैं। यह तो मुझे पहले से आता है–विनायक सोचता है। दीदी से सुन-सुन के ही आ गया था। कोई नई चीज सिखाएँ तो कुछ मजा आए।

'चल बैठ अपनी जगह पै। आइन्दा ऐसी हरकत की तो जान से मार डालूँगा,' नेने मास्टर हारमोनियम बन्द करके एक ओर खिसका देते हैं। मुर्गा बना लड़का सिर झुकाए धीरे-धीरे चलता हुआ अपनी जगह आकर बैठ जाता है।

'क्यों नारायण ! क्या गाली दी थी रे इसने तेरे को ?'

नारायण सिर झुकाए बैठा रहता है। चुप। नेने मास्टर उठकर उसके पास जाकर खड़े हो जाते हैं और मुस्कुराते हुए कहते हैं, 'अरे बोलता क्यों नहीं बे, क्या कहा था इसने ?'

लड़के की गर्दन और नीचे झुक जाती है। नेने मास्टर खड़े-खड़े उसके बाल पकड़कर चेहरा ऊपर उठाते हैं, 'बोल रे नारायण, बोल। इसमें शरमाने की क्या बात है, बोल।'

लड़के की त्रस्त निगाहें एक क्षण को ऊपर उठती हैं और दूसरे ही क्षण वह दोनों हाथों से अपना मुँह ढाँप लेता है और रोने लगता है जोर-जोर से...'इसने...इसने बोला तेरी माँ की...'

'बस इतना ही ?' नेने मास्टर ठठाकर हँस पड़ते हैं और लड़के की पीठ थपथपाते हुए कहते हैं, 'जानता है इसका मतलब क्या होता है ?'

क्लास में सन्नाटा है। दो-एक लड़के मुस्कुरा रहे हैं। लड़के का पूरा शरीर हिचकियों में हिल रहा है। उसकी गर्दन नीचे लटकती जा रही है जैसे जमीन में धँस जाना चाहती हो।

'चुप हो जा, चुप हो जा'...नेने मास्टर धीरे से आकर अपने तख्त पर बैठ जाते

हैं, 'इसका कोई मतलब नहीं होता। क्या है इसमें गधो ! वर्णमाला के उन्हीं अक्षरों से यह वाक्य बना है जिन्हें तुम सीखते हो, बोलते हो। सीखते हो कि नहीं ? बोलते हो कि नहीं...? च, चा, चि, ची, चु, चू...। त, ता, ति, ती, तु तू...। ये अक्षर नहीं हैं तो क्या हैं ? अरे कैसी गाली और कहाँ की गाली ? सब सुनी-सुनाई बात है। मान लो तो गाली है, नहीं मानो तो क्या है ? कुछ नहीं है। समझे कि नहीं समझे ?'

लड़के की गर्दन ऊपर नहीं उठ रही है। उसका चेहरा दिखाई नहीं देता। नेने मास्टर चाहते हैं, वह दिखे।

इतने में घंटी बज उठती है। घनन...घनन...घनन। लड़के बस्ता उठाकर भागते हैं बाहर की ओर...। नेने मास्टर का व्याख्यान अधूरा ही रह जाता है।

भेड़ों की तरह तितर-बितर होते लड़कों को मानीटर मनीश तेवाड़ी लाइन में लगाता है। वही गोरा-चिट्टा खूबसूरत-सा लड़का विनायक का हाथ पकड़कर उसे अपने साथ कर लेता है।

'मेरा नाम त्रिभुवन सेन है। तुम्हारा नाम विनायक है न ?'

विनायक उसे टुकुर-टुकुर ताकता हुआ मुस्कुराता है।

'मेरे घर चलोगे छुट्टी के बाद ? मेरे साथ चाय पीना। फिर मेरा अर्दली तुम्हें तुम्हारे घर छोड़ आएगा। कहाँ रहते हो तुम ?'

'सुनार मुहल्ले में। और तुम ?'

'मैं ?...तुमने ब्राइटन कार्नर देखा है ? वही जो पार्क की बगल में बड़ा सा बँगला है सड़क के ऊपर, उसी में।'

विनायक रौब खा जाता है। शहर की सबसे खूबसूरत और आलीशान जगह... ब्राइटन-कार्नर...जहाँ से कोसी की धार सबसे लम्बी दिखाई देती है। और हिमालय की पाँच-छह प्रसिद्ध चोटियाँ भी एक साथ देखी जा सकती हैं।

'मैं आज तो नहीं आ सकूँगा, त्रिभुवन।...फिर कभी आऊँगा। जरूर से जरूर,' वह कहता है, 'मगर यह तो बताओ, तुम्हें तबला किसने सिखाया ?'

त्रिभुवन हँसता है, 'अरे इन्हीं नेने साहब ने। ये हमारा ट्यूशन करते हैं। रोज शाम को दो घंटे ट्रेनिंग देते हैं। डैडी इन्हें साठ रुपया माहवार देते हैं।'

'और...तुम्हारे पिताजी क्या करते हैं, त्रिभुवन ?'

त्रिभुवन गम्भीर हो जाता है, 'मेरे पिताजी...कुछ नहीं करते। हमारी रौयल फेमिली है। डैडी काशीपुर के राजा थे। तुमने सुना है काशीपुर का नाम ? कभी गए हो ?'

'नहीं, गया तो नहीं। पर नाम सुना है। हमारे एक रिश्तेदार वहाँ रहते हैं। सुना वहाँ बड़ी गर्मी पड़ती है। मच्छर भी बहुत होते हैं।'

त्रिभुवन चुप रहता है। बुरा तो नहीं मान गया कहीं ?...विनायक तुरन्त बात बदल देता है, 'ये मास्साब तुमको कैसे लगते हैं, त्रिभुवन? मुझे तो बिल्कुल अच्छे नहीं लगे।'

'क्यों ?' त्रिभुवन पूछता है और विनायक की ओर से कोई उत्तर न पाकर कहता है, 'मास्साब बहुत अच्छे हैं। पहले ये काशीपुर में ही थे। मम्मी इनसे वायलिन सीखती

थीं। नेने मास्साब बहुत बढ़िया वायलिन बजाते हैं। गाते भी बहुत बढ़िया हैं। मास्साब अच्छे घरों के लड़कों से कभी कुछ नहीं कहते। ये तो लड़के ही गन्दे हैं। सभी क्लासों में पिटते हैं। तुमसे थोड़ी ऐसा करेंगे। मास्साब अच्छे घरों के लड़कों को कभी नहीं डाँटते-पीटते।'

विनायक घर लौट रहा है। रास्ते-भर वह त्रिभुवन के ही बारे में सोचता रहता है। राजकुमार त्रिभुवन सेन। घर पहुँचकर दीदी को और बाबू को बताएगा कि काशीपुर के राजा का लड़का उसका दोस्त बन गया है और उसने उसे अपने घर पर भी बुलाया है। आर्य कन्या पाठशाला में ऐसी दोस्ती कैसे होती ?

मित्र लाभ

चार

'क्यों विनायक ! सोहन तुम्हें दो साल बाद पछाड़ देगा, उसे वजीफा मिल जाएगा तो क्या तुम भी इसी तरह रोओगे ?'

विनायक चुपचाप सिर हिला देता है। उसे मन ही मन झुँझलाहट हो रही है। बेचारे को उलटा चिढ़ा रहे हैं। उसका बस चले तो वह वजीफा सोहन को दिलवा दे। सोहन कितना गरीब है। वो तो सिर्फ हिन्दी और गणित का टेस्ट हुआ था। अगर अंग्रेजी का भी हुआ होता तो सोहन उसे जरूर पछाड़ देता और वजीफा उसी को मिलता।

इन दो महीनों में विनायक के कई दोस्त बने। खुद उसी के मोहल्ले का एक लड़का चन्दू भी उसका क्लासफेलो बन गया है। रोज उसी के साथ आना-जाना होता है। तो भी सोहन का साथ उसे सबसे अच्छा लगता है। चन्दू तो खैर अपने मोहल्ले का ही है मगर और किसी के घर जाना उसे इतना अच्छा नहीं लगता जितना सोहन के यहाँ। वह पाँच-छह बार हो आया है हालाँकि उसका घर काफी दूर पड़ता है। उसका घर उसे बिल्कुल अपने घर जैसा लगता है। वैसी ही तंग सीलन-भरी छोटी-छोटी कोठरियाँ, और वैसा ही धुआँ...। फिर भी कुछ बात है कि सोहन का घर ज्यादा साफ-सुथरा, लिपा-पुता रहता है। सोहन भी उसी की तरह मलेशिया का पाजामा और मलेशिया का कुरता पहने रहता है। उसके पिताजी भी वही पहने रहते हैं। जाड़ों में भी एक स्वेटर तक उसके बदन पर नहीं देखी। सोहन के पिताजी उसे रोज सुबह-शाम खुद बैठकर पढ़ाते हैं। तभी तो इतना होशियार है वह। अगर बाबूजी भी मुझे खुद इसी तरह पढ़ाएँ तो ? विनायक का जी उदास हो जाता है। बाबू ने तो बिल्कुल ध्यान देना ही बन्द कर दिया है। यही है कि जब से अलूणिया बाबा से बात हुई तब से फिर से हनुमान मन्दिर अपने साथ ले जाने लगे हैं। और रघुनाथ मन्दिर के महन्तजी के यहाँ से किताबें भी ला देते हैं। अभी 'हितोपदेश' लाए थे। कितना मजा आया था। तीन-चार दिन तक और कुछ पढ़ने को मन ही नहीं हुआ था। 'मित्र लाभ' पढ़कर सरू दीदी को भी सुनाया था। उन्हें भी कितना मजा आया था। बाबूजी को तो अपनी महफिलों से ही फुर्सत नहीं मिलती। कभी पूछते भी नहीं कि क्या पढ़ा तुमने, कितनी कहानियाँ याद हुईं। मथुर काका को तो बस, फर्स्ट आने से मतलब है। हनुमान मन्दिर जाना भी उन्हें पसन्द नहीं। अगर वे विनायक को 'हितोपदेश' या 'कल्याण' तक पढ़ते हुए देख लें तो शामत आ गई समझो। इतवार

का दिन तो विनायक के लिए फाँसी की सजा है क्योंकि उस दिन मथुर काका दूकान नहीं खोलते और दो बजे से शाम के पाँच बजे तक विनायक की खोपड़ी पर सवार रहते हैं। जरा-सा सवाल गलत होने पर अंट-शंट गालियाँ बकने लगते हैं। यह तो सच्ची बात है कि अगर उन्होंने महीना-भर लग के पढ़ाया न होता तो वजीफा नहीं मिलता। मगर. ..इससे तो पहले ही अच्छा था। वजीफा मिला, इसीलिए मुसीबत हो गई। अब तो रोज एक ड्यूटी यह भी लग गई है कि स्कूल में जो भी पढ़ाया-लिखाया जाए, उसकी रिपोर्ट मथुर काका को नियम से दी जाए। जब बाबूजी तक कुछ नहीं कहते-पूछते, तो इनको ऐसी क्या पड़ी है, समझ में नहीं आता। बाबूजी अगर इस तरह डाँटें-फटकारें तो इतना बुरा न लगे। मथुर काका क्यों इतना रौब दिखाते हैं। पता नहीं क्यों सब लोग उनसे इतना दबते हैं।

सब दबते हैं। सिर्फ एक दीदी को छोड़के। दीदी तो उनसे बात ही नहीं करतीं। वे भी उनसे कुछ नहीं बोलते। जब तक विनायक आर्य कन्या पाठशाला में पढ़ता था, तब तक तो ऐसा लगता था जैसे और किसी की आज्ञा मानने की जरूरत ही नहीं है। दीदी ही सबसे महत्त्वपूर्ण हैं। मथुर काका कभी-कभार पढ़ाने को भी बैठते थे तो डाँटते-डपटते कुछ नहीं थे। तब वे इतना अधिकार भी नहीं जताते थे। दिन-भर दीदी छाया की तरह साथ रहती थीं, शाम को बाबूजी के साथ कभी यहाँ तो कभी वहाँ। मथुर काका को पूछता कौन था! मगर जब से ये जी.आई.सी. की बात चली, तभी से दीदी का प्रभाव घटता गया और मथुर काका का बढ़ता गया।

जब भी विनायक मथुर काका की शिकायत लेकर दीदी के पास पहुँचा है, तब-तब दीदी एक ही वाक्य दुहरा देती हैं—'तू फिकर मत कर, जगन काका को आने दे। सब ठीक हो जाएगा।' यह जगन काका कौन हैं ? विनायक को उनके बारे में कुतूहल ही कुतूहल है मगर कोई ठीक से बताता नहीं, समझाता नहीं। उसे तो याद भी नहीं था, मालूम ही नहीं था कि जैसे मथुर काका हैं, वैसे ही एक काका और भी हैं। दीदी इतना ही बताती हैं कि जब तू बहुत छोटा था तभी जगन काका जेल चले गए थे। 'क्यों चले गए थे ? क्या उन्होंने चोरी की थी ?' 'नहीं रे, जगन काका बहुत बड़े देशभक्त हैं। वे देश की आजादी के लिए जेल गए हैं। वे बहुत बड़े क्रान्तिकारी हैं।' 'क्रान्तिकारी क्या होता है ?' 'तेरा सिर'...सरोज झुँझला गई थीं, 'तू मेरा दिमाग मत चाट। थोड़ा बड़ा हो ले, फिर सब समझने लगेगा।' तो क्या मैं अभी बच्चा हूँ ? दीदी कौन बड़ी हैं ? जाने क्या समझती हैं अपने आपको। मगर माँ से भी तो कितनी बार पूछा। वे भी तो कुछ नहीं बतातीं। उन्हें भी कुछ नहीं मालूम। बाबूजी भी तो जाने क्या बोलते रहते हैं। उनकी बातें समझ में ही नहीं आतीं। उन्हें तो अलूणिया बाबा ही समझ सकते हैं। उस दिन, नारायण तेवाड़ी देबाल से लेकर अपनी दूकान तक डेढ़ मील रास्ते-भर वे जगन काका के बारे में ही तो बात करते रहे। मगर विनायक की समझ में तो खाक-पत्थर भी नहीं आया। सिवाय इसके कि जगन काका बहुत पढ़े-लिखे, होशियार आदमी हैं और बड़े बहादुर हैं। उनके जैसा पूरे अलमोड़े में कोई नहीं है। कभी लगता था वे उनकी बड़ाई

कर रहे हैं, कभी लगता था वे उनकी बुराई कर रहे हैं। यही तो कह रहे थे न वे, कि महात्मा गांधी जगन काका से ज्यादा अच्छे हैं। जगन काका ने किसी अंग्रेज पर बम गिरा दिया, और भी तोड़-फोड़ का काम किया, इसलिए उन्हें जेल में बन्द कर दिया। मगर बाबूजी तो महात्मा गांधी को भी देशभक्त बता रहे थे और जगन काका को भी। विनायक को बाबूजी की बातें कुछ समझ में नहीं आतीं। कई बार इच्छा होती है कि मथुर काका से पूछा जाए मगर बहुत डर लगता है। मथुर काका जरूर सारी बातें जानते होंगे। मगर जिस तरह बाबूजी, दीदी और माँ जगन काका को याद करते रहते हैं, उस तरह मथुर काका तो नहीं करते। क्या पता उनकी लड़ाई हो उनसे। पूछने पर कहीं उलटे नाराज न हो जाएँ।

...अब अंग्रेजी का घंटा है। पॉल साहब का। विनायक सबसे ज्यादा अंग्रेजी से ही डरता है। आज तो त्रिभुवन की कापी से नकल कर ली है। मगर ऐसे कब तक चलेगा ?. ..बहुत शर्म लगती है नकल करते हुए। मगर किया क्या जाए ! दीदी को आती नहीं अंग्रेजी; मथुर काका को भी नहीं आती, अंट-शंट कुछ भी बता देते हैं। यह भी नहीं कहते कि मुझे नहीं आती। उस दिन उनसे पूछके होमटास्क करके ले गया था तो पॉल साहब ने पूरे घंटे-भर उसे खड़ा रखा था और पूरी क्लास के सामने उसका मजाक उड़ाया था...उस दिन विनायक कितना रोया था। घर जाकर दीदी के सामने। दीदी कहने लगी, 'तू फिकर मत कर। जगन काका को बहुत अंग्रेजी आती है। वे तुझे ऐसी अंग्रेजी सिखा देंगे कि तू दो महीने में ही उलटे पॉल साहब की अंग्रेजी सुधारने लगेगा।' फिर बड़े रहस्य-भरे अन्दाज में फुसफुसाने के, से स्वर में उसने कहा था, 'तुझे मालूम है जगन काका कविता भी लिखते हैं। वे बहुत अच्छे कवि हैं।'...विनायक को यह जानकर कितना अचरज हुआ था। विनायक ने भी तो कविता लिखना शुरू कर दिया है। दीदी के अलावा घर में इस रहस्य को कोई नहीं जानता। क्या जगन काका मुझसे भी ज्यादा अच्छी कविता लिखते होंगे...? विनायक को एकाएक विश्वास नहीं होता। अभी तो पता नहीं, कितने दिन लगेंगे उनको आने में। साल-दो साल भी लग सकते हैं। दीदी तो इस तरह बोलती हैं जैसे बस आनेवाले ही हों। विनायक की मुश्किल कोई नहीं समझता। आए दिन अंग्रेजी के क्लास में इन्सल्ट होती है। पॉल साहब तो पीछे पड़ गए हैं विनायक और चन्दू के। पता नहीं, कैसी भाषा है। कितना ही रटो याद ही नहीं होती। समझ में ही नहीं आती।

एक ही इलाज है। अगर विनायक रोज त्रिभुवन के यहाँ जाए, उसकी मदद ले तो काम बन सकता है। त्रिभुवन ही तो हीरो है अंग्रेजी क्लास का। पॉल साहब तो इस तरह पेश आते हैं जैसे उसके नौकर हों। एक दिन त्रिभुवन हँसी उड़ा रहा था उनकी। कह रहा था कि पॉल साहब गलत उच्चारण करते हैं।

विनायक का मन पढ़ने में बिल्कुल नहीं लग रहा है। कोई अंग्रेजी कविता पढ़ाई जा रही है। कापियाँ पॉल साहब ने इकट्ठी करवाके रख ली हैं। घर पर जाँचेंगे। चलो, जान बची। जल्दी-जल्दी में नकल की है। गलती भी हो सकती है। किसी तरह घंटा

बजे, तो जान छूटे। पता नहीं क्या पढ़ाते हैं। भीतर धुकधुकी होती रहती है। कहीं खड़ा करके कुछ पूछ न लें। वे जानबूझकर इन्सल्ट करने के लिए सबसे पहले विनायक और चन्दू को ही खड़ा करते हैं। मारे डर के विनायक मुँह उठाकर सामने भी नहीं देखता। त्रिभुवन बगल में बैठा है यही गनीमत है। वहाँ सरोज दीदी रक्षक थीं, यहाँ त्रिभुवन। मगर सरोज दीदी तो चौबीस घंटे साथ रहती थीं। त्रिभुवन के तो और भी दोस्त हैं। फिर उसका घर भी तो कितना दूर है।

विनायक सोचता है, उसे उस तरह नहीं जाना था। वो बेचारा उस दिन खुद ही अपने साथ ले जा रहा था। उसी के साथ चला जाता तो ठीक रहता। विनायक का मुँह लाल हो जाता है, उस दिन की याद करते ही। सरू दीदी से आज तक कुछ नहीं छिपाया मगर ये बात उन्हें भी कैसे बताई जाए। वे भी हँसी उड़ाएँगी। कहेंगी, 'तू गधा है। क्यों गया तू वहाँ ?' विनायक अपनी हँसी नहीं उड़वाएगा। उनको तो बस हर बात में हँसी ही सूझती है। एक दिन कहने लगीं तू त्रिभुवन को लेके हाफ टाइम में मेरे स्कूल में आना। मैं भी तो देखूँ राजा का लड़का कैसा है जिसकी तू इतनी तारीफ करता है। फिर हम लोग नीचे गधेरे में हिसालू तोड़ने जाएँगे। एकाध पीरियड गोल भी हो जाएगा तो कोई बात नहीं। दीदी अजीब हैं। उन्हें कुछ समझ भी है ? जी.आई.सी. से भागके आना क्या इतना आसान है ? और फिर त्रिभुवन को हिसालू खाने में क्या दिलचस्पी हो सकती है ? दीदी सच में बहुत सीधी हैं। उन्हें इतना भी नहीं पता कि राजा का लड़का हिसालू नहीं खाता।

'उठो भाई...कहाँ हो ?'...त्रिभुवन उसकी बाँह पकड़े खड़ा है। दूर कहीं घंटी बज रही है। लड़के दरवाजे की ओर लपक रहे हैं। अब बुक-क्राफ्ट का पीरियड होगा। बुक-क्राफ्ट के मौलवी साहब बहुत ही मजेदार हैं। बच्चों को बहुत प्यार करते हैं। विनायक को इसी पीरियड में सबसे ज्यादा मजा आता है। 'त्रिभुवन, तुम मेरे साथ हनुमान मन्दिर चलोगे।' वह सहसा उत्साह से भर उठता है, 'वहाँ आजकल बहुत सारे सन्त-महात्मा आए हुए हैं। इतनी बढ़िया बातें सुनाते हैं कि जी चाहता है बैठे ही रहें। भूख-प्यास सब भूल जाए, ऐसी बातें। ये लोग हिमालय पर्वत से आते हैं, पैदल जंगल-पहाड़, नदी-नाले सब पार करते हुए। उन्हें किसी से डर नहीं लगता। वे गाँजा पीते हैं। मुझे गाँजे की खुशबू बहुत अच्छी लगती है। एक दिन स्वाद भी देखना है, कैसा होता है। वहाँ अंगूर का पेड़ है। महन्तजी मुझे रोज एक गुच्छा तोड़के देते हैं। जानते हो त्रिभुवन, मैं वहाँ बाबा लोगों को रोज एक अध्याय पद्मपुराण पढ़के सुनाता हूँ। बहुत ही मजा आता है। तुमने पढ़ा है त्रिभुवन, पद्मपुराण ?'

'न, मैंने तो नाम भी नहीं सुना,' त्रिभुवन कहता है, 'क्या है उसमें ?'

'मैं तुम्हें बताऊँगा। उसमें एक से एक कहानियाँ हैं। इसके पहले वाल्मीकि रामायण हुआ था पूरा। तुमने तो पढ़ा होगा न वाल्मीकि रामायण ?'

'न, मैंने तो नहीं पढ़ा। हमारे यहाँ तो सत्यनारायण की कथा हुई थी परसों। तुम तो आए ही नहीं उस दिन के बाद। क्या बात है?'

'त्रिभुवन, मैं तो रोज शाम को आजकल वहीं चला जाता हूँ। हनुमान मन्दिर। मुझे वहीं अच्छा लगता है। मैं आजकल घूमने भी नहीं जाता। खेलना भी बन्द है। स्कूल से लौटकर दाल-भात खाकर थोड़ी देर दूकान में बैठता हूँ। फिर सीधे वहीं पहुँच जाता हूँ। सच, इतना मजा आता है कि तुम्हें क्या बताऊँ। तुम चलो तो सही एक दिन।'

त्रिभुवन मुस्कुराता है और जोर से सिर हिला देता है। 'तुमको पता है मेरी मम्मी मुझे कहीं नहीं जाने देती। हम लोग अपने लॉन पर ही खेलते हैं। कलेक्टर साहब के बच्चे भी वहीं आ जाते हैं। हम लोग बैडमिंटन और पिंग-पाँग खेलते हैं।'

'मुझे बैडमिंटन खेलना आता ही कहाँ है,' विनायक उदास हो जाता है, 'फिर तुम्हारा घर भी तो कितना दूर है। आऊँ भी तो कैसे ?'

'वाह !' त्रिभुवन नाराज हो जाता है। उस दिन कैसे आ गए थे, वैसे ही आओ। हरीश तो हर इतवार को हमारे घर आता है। वो तो बता रहा था, तुम्हारा घर उसके घर के पास ही है। उसी के साथ आ जाया करो।

विनायक का मुँह खुला रह जाता है। तो यह बात है ! अब हरीश से पटने लगी है त्रिभुवन की ? विनायक की आँखों के आगे वह शाम घूम जाती है जब वह त्रिभुवन के घर गया था। फाटक खोलते ही एक बहुत बड़ा झबरीला कुत्ता बरामदे में निकलकर भौंकने लगा था। विनायक बुरी तरह डर गया था। झक सफेद वर्दी पहने हुए एक आदमी दूर से ही चिल्लाया था, 'कौन है? क्या काम है ?' विनायक फाटक से चिपका रहा था। उसके मुँह से आवाज ही नहीं निकली थी। वह वहीं खड़ा-खड़ा चपरासी के पास आने की प्रतीक्षा करता रहा। 'कौन हो तुम ? यहाँ क्यों आए हो ?' चपरासी ने डपटकर पूछा था।

'मैं त्रिभुवन का दोस्त हूँ। त्रिभुवन मेरी क्लास में पढ़ता है। उसने मुझे बुलाया है,' विनायक एक साँस में बोल गया था। उसकी छाती में अपने-आप धड़-धड़ होने लगी थी।

चपरासी उसे सिर से पाँव तक घूर रहा था। विनायक ने अपनी एकमात्र पैंट... खाकी जीन की...पहन रखी थी जिसके पीछे टल्ला लगा हुआ था और मलेशिया की कमीज पर दीदी का बुना हुआ नया स्वेटर डाल रखा था। जूता जरूर थोड़ा फटा हुआ था।

'राजा साहब गुसल कर रहे हैं। तुम यहीं खड़े रहो। मैं जाकर रानी साहिबा को खबर करता हूँ,' चपरासी चला गया।

विनायक कील की तरह वहीं उसी जगह ठुँका रहा। मैं कहाँ आ गया, क्यों आ गया, वह सोच रहा था। मन कर रहा था कि चुपचाप खिसक जाए पर दूसरी तरफ उसे यह भी लग रहा था कि अभी त्रिभुवन दौड़ता हुआ आएगा, उससे लिपट जाएगा और तब इस बदतमीज चपरासी को पता चलेगा।

मगर वैसा कुछ नहीं हुआ। चपरासी उसी अकड़ के साथ धीरे-धीरे चलता हुआ उसके पास आया और बोला, 'चलो मेरे साथ।' विनायक उसके पीछे-पीछे लग गया। वह पहली बार इस बँगले को भीतर से देख रहा था। कितनी तरह के गुलाब थे। जैसे

पहले कभी देखे ही नहीं। सेव, नारंगी, नाशपाती के पेड़ थे और एक पेड़ अखरोट का भी। 'क्या यह दाँती अखरोट है ?' उसने चपरासी से पूछा मगर चपरासी ने सुना-अनसुना कर दिया। मैं त्रिभुवन से इसकी रिपोर्ट करूँगा, पिटवाऊँगा साले को...विनायक ने मन ही मन कहा।

बरामदे में तीन-चार बेंत की कुर्सियाँ पड़ी थीं। उन्हीं में से एक की ओर इशारा करते हुए चपरासी ने कहा, 'बैठो यहीं पर। राजा साहब अभी आ रहे हैं।'

पाँच-दस-पन्द्रह मिनट !...विनायक बैठे-बैठे उकता गया। उसे त्रिभुवन पर बेहद गुस्सा आ रहा था। अजीब लोग हैं। वह तो कहता था उसकी माँ बहुत अच्छी है। वो क्यों नहीं आती? मेरी माँ तो ऐसा नहीं करती। चन्दू आता है तो उससे भी कितने अच्छे से बोलती है, चाय-नाश्ता भी कराती है।

विनायक उठकर बाग में टहलने लगा। टहलते-टहलते वह बँगले के पिछवाड़े पहुँच गया। उसने देखा एक जालीदार कोठरी है और वैसी ही झक सफेद वर्दी पहने हुए एक आदमी वहाँ कुछ खटर-पटर कर रहा है। यह कौन होगा, वह सोच ही रहा था कि वह आदमी बाहर निकल आया और चिल्लाया, 'कौन है ?'...और उसके साथ ही कुत्ते के भौंकने की आवाज फिर से सुनाई देने लगी। इतने में वही पहलेवाला चपरासी न जाने कहाँ से आ टपका और चिल्लाने लगा, 'तुमसे क्या बोला मैंने ? इधर क्यों आ गए तुम ? चलो जाओ, उधर ही बैठो, जहाँ बताया था।'

'मगर त्रिभुवन कहाँ है ? क्यों नहीं आ रहा है,' विनायक सकपका गया।

'बोला न, राजा साहब तैयार हो रहे हैं, अभी आते हैं,' चपरासी ने झुँझलाकर कहा। विनायक धीरे-धीरे बरामदे की ओर लौट चला।

'हल्लो वीनू,' त्रिभुवन बरामदे में खड़ा हाथ हिला रहा था, 'तुम कहाँ चले गए थे ?'

'मैं तो यही था। तुम्हारा बगीचा देख रहा था,' विनायक बोला, 'तुम कर क्या रहे थे, मैं कितनी देर से यहाँ बैठा हूँ।'

'अरे, मुझे पता ही नहीं था। मैं तो सो रहा था। मम्मी ने मुझे जगाया, कहा तुम्हारा कोई क्लासफेलो आया है। हाथ-मुँह धोके कपड़े बदल लो, फिर जाना।'

'वाह ! कपड़े बदलने की क्या जरूरत थी?'...अब जाकर विनायक का ध्यान त्रिभुवन के कपड़ों पर गया। क्या त्रिभुवन घर में भी इतने बढ़िया कपड़े पहने रहता है। उसे बड़ा अजीब लगा। 'मम्मी कहती है, लोगों के सामने बिना अच्छी तरह ड्रेस-अप हुए मत निकला करो।'

विनायक का मन हुआ कहे, क्या बेवकूफी की बात है। दोस्ती में कहीं ऐसा होता है ? मगर उसने कुछ कहा नहीं। कहना ठीक नहीं होगा। त्रिभुवन बुरा मान जाएगा। फिर उसका भी क्या कसूर है ? उसे त्रिभुवन की मम्मी पर बड़ा गुस्सा आया। 'तुम्हारा चपरासी बहुत बदतमीज है,' उसने कहना चाहा पर उसका वाक्य बाहर निकला नहीं। मुँह में ही फँसकर रह गया। उसे अजीब असुविधा होने लगी। किसी तरह यहाँ से बाहर निकले तो चैन मिले। उसने त्रिभुवन का हाथ अपने हाथ में ले लिया और उसे झुलाता

हुआ बोला, 'चलो त्रिभुवन, कहीं घूमने चलें। तुमने द्योलीडाने का मन्दिर देखा है ? वो उधर सामने चोटी पर है ? कर्बला चुंगी के ठीक ऊपर। हम आध घंटे में वहाँ पहुँच जाएँगे। वहाँ से बहुत बढ़िया दृश्य दिखाई देता है।'

त्रिभुवन का मुँह लटक गया, 'नहीं यार, मम्मी नहीं जाने देगी। तुम क्या अकेले वहाँ चले जाते हो ?'

'और क्या ?' विनायक को बड़ी हँसी आई। वैसे तो लच्छू-चन्दू भी आते हैं। पर कभी-कभी तो अकेले भी चला जाता हूँ। मुझे अकेले घूमने में मजा आता है। मैं घंटा-घंटा-भर वहाँ बैठा रहता हूँ। वहाँ कोई शेर-भालू थोड़े हैं जो खा जाएँगे।'

'और तुम्हारी मम्मी तुम्हें जाने देती है ?' त्रिभुवन बोला। 'मेरी माँ बहुत अच्छी है,' विनायक को मौका मिला, 'वह मुझे किसी बात में नहीं रोकती-टोकती। न मेरे पिताजी ही कुछ कहते हैं। बल्कि पिताजी जब दूकान के लिए सब्जी खरीदने दूर गाँवों में जाते हैं तो मुझे भी साथ ले जाते हैं छुट्टियों के दिन। बहुत मजा आता है। वो देखो वो, जहाँ नन्दादेवी का शिखर दिखाई दे रहा है उसकी बगल में वो पहाड़ है न, उसके ऊपर मन्दिर का कलश चमक रहा है। वो कासारदेवी का मन्दिर है। बहुत बढ़िया जगह है, पूरा अलमोड़ा वहाँ से दिखाई पड़ता है। उसके ठीक नीचे पहाड़ की पीठ पर शैल, घुरस्यूँ नाम के गाँव हैं...वो मकान दिखाई दे रहे हैं न, वहीं। यहाँ से चार मील होंगे। वहाँ मैं जाने कितनी बार पिताजी के साथ गया हूँ।'

'तुम्हारे बहुत ठाठ हैं, यार,' त्रिभुवन बोला, 'हम तो कभी-कभार थोड़ा टहलने को निकलते भी हैं तो चपरासी साथ में लगा ही रहता है या फिर मम्मी के साथ कार में।'

'त्रिभुवन, मुझे अपना घर तो दिखाओ,' विनायक ने अधीर होकर उसे बाँह से खींचते हुए कहा। त्रिभुवन एक क्षण असमंजस में ठिठका रहा। फिर बोला, 'चलो।'

क्या बढ़िया हॉलनुमा कमरा था। बढ़िया नक्काशीदार कुर्सियाँ और मेजें...फर्श पर बढ़िया गलीचे, दीवारों पर कहीं शेर, कहीं चीते, कहीं हिरन और साँभर की खालें मढ़ी हुईं...।

'ये कहाँ से आए ?' विनायक ने पूछा। 'मेरे डैडी ने मारे थे। डैडी को शिकार करने का बहुत शौक है। मेरे पास भी छर्रे की बन्दूक है, दिखाऊँ ?'—त्रिभुवन बन्दूक उठा लाया।

'राजा साहब, आइए। रानी साहिबा चाय के लिए बुलाती हैं,' वही चपरासी बड़े अदब के साथ सामने खड़ा था।

अहा, कितनी सुन्दर है त्रिभुवन की माँ ? विनायक ने इतनी सुन्दर स्त्री कभी नहीं देखी थी। वह उन पर से अपनी नजर ही नहीं हटा पा रहा था। रानी साहिबा मुस्कुराई थीं उसे देखकर। उनके देखने के अन्दाज में ही जाने क्या था कि त्रिभुवन एकाएक घबरा गया था और अपने जूतों की ओर देखने लगा था। रानी साहिबा ने देख लिया है शायद।

'मम्मी, यह विनायक है। बहुत अच्छा गाता है। और मम्मी, यह पढ़ने में भी बहुत

होशियार है। फर्स्ट आता है क्लास में।'

'तुम्हारी मम्मी भी गाती होंगी न ?' विनायक ने पूछा। रानी साहिबा मुस्कुराईं ? क्या ये बोलती नहीं, गूँगी हैं ?...विनायक ने सोचा। 'मम्मी वायलिन बजाती हैं,' त्रिभुवन बोला, 'इन्हें अंग्रेजी गाने ही पसन्द हैं। हमारे यहाँ बहुत सारे अंग्रेजी गानों के रिकॉर्ड हैं। तुम सुनोगे, वीनू ?'

विनायक ने सिर हिला दिया। वह खाने में जुटा था। केक, पेस्ट्री, आलू की टिकिया...कितनी सारी तो चीजें थीं। एक बड़ी सी रकाबी में तराशे हुए सेब की फाँकें रखी थीं। त्रिभुवन बहुत धीरे-धीरे खा रहा था। विनायक को तेज भूख लगी थी, वह जल्दी-जल्दी भकोस रहा था। जब उसने तश्तरी समेत प्याला उठाया तो उसे डर लगा कहीं चाय छलक न जाए। उसका हाथ आप से आप काँपने लगा...उसने प्याले को कसकर दबाए रखा और जल्दी-जल्दी सुड़क गया। उसका मुँह भी जल गया। उसने देखा कि त्रिभुवन की मम्मी उसकी सारी हरकतें गौर से देख रही है।

'डिम-डिड़ाम-डिड़ाम,' अंग्रेजी रेकॉर्ड बजने लगा था। 'यह कैसा संगीत है...जैसे कोई चीख रहा हो...रो रहा हो...' विनायक के मुँह से निकल पड़ा। त्रिभुवन अपनी मम्मी की ओर देखकर मुस्कुराया। 'मम्मी को तो यही अच्छा लगता है। मुझे तो नहीं लगता।'

'शट-अप !' रानी साहिबा चीखीं। विनायक की समझ में नहीं आया, यह क्या हो गया। वे क्यों एकाएक नाराज हो गईं। मगर लो, ये तो मुस्कुराने लगीं। एकाएक त्रिभुवन अपनी सीट से उछला और दोनों बाँहें उनके गले में डालकर झूलने लगा। 'माई स्वीट मम्मी डार्लिंग।'...और मम्मी ने 'यू नॉटी ब्वाय' कहते हुए उसके गाल का चुम्मा ले लिया। विनायक इस दृश्य को देखकर भौंचक्का रह गया। पर उसे अच्छा लगा। त्रिभुवन से उसे ईर्ष्या हुई। काश ! ये मुझे भी ऐसे ही...

'जाओ खेलो तुम लोग...' रानी साहिबा त्रिभुवन को अपने से अलग करती हुई उठ खड़ी हुईं। विनायक इस उम्मीद में टुकुर-टुकुर उन्हें देखता रहा कि वे अब उससे बोलेंगी, उसे भी प्यार करेंगी। मगर वे बिना उसकी ओर एक नजर भी डाले धीरे-धीरे चलती हुई एक कमरे में घुस गईं। विनायक उन्हें ताकता रह गया।

'चलो बैडमिंटन खेलें,' त्रिभुवन बोला, 'क्या देख रहे हो ?'

विनायक जैसे सोते से जागा, 'मुझे कहाँ आता है बैडमिंटन खेलना ?' उसका स्वर एकदम बुझा हुआ था। 'अब मैं चलूँगा,' उसने कहा।

मगर त्रिभुवन नहीं माना, 'वाह-वाह ! अभी तो आए हो। ऐसे कैसे चले जाओगे ? अभी नरेन-महेन भी आ जाएँगे। तुम देखना हमें खेलते हुए। हम तुम्हें सिखलाएँगे। तुम्हें पिंग-पाँग तो आता ही होगा।'

विनायक चिढ़ गया, 'तुम तो ऐसे-ऐसे खेलों के नाम लेते हो जो मैंने कभी सुने ही नहीं। हम लोग कबड्डी, सेवन-टाइम, गुल्ली-डंडा और कंचे खेलते हैं। तुम नहीं खेलते क्या ?'

'नहीं, तुम चलो तो सही,' त्रिभुवन उसका हाथ पकड़कर हॉल पार करके एक दूसरे

कमरे में ले गया। काफी लम्बा कमरा था। बीचोबीच एक बड़ी भारी मेज लगी थी, उसके आर-पार जाली जैसी तनी हुई थी।

त्रिभुवन ने आलमारी से एक अंडे जैसा कुछ निकाला और बल्ला विनायक के हाथ में थमा दिया, 'तुम इधर से खेलो, मैं उधर से खेलता हूँ। जैसे मैं करूँ, वैसे ही करना। अच्छा लो, मैं सर्विस देता हूँ। तुम गेंद को मेरी तरफ लौटाना।'

गेंद आई। विनायक ने उसे बल्ले से छुआ ही था कि वह मेज के पार हो गई और दूर दीवाल से जा टकराई। त्रिभुवन हँसते-हँसते दोहरा हो गया, 'अरे यार, तुमने तो क्रिकेट ही समझ लिया। ऐसे करो, ऐसे...' त्रिभुवन बुरी तरह झेंप गया।

'शाबाश ! बस, ऐसे ही खेलो। यूँ पकड़ो बैट को। हाथ ढीला रखो ताकि रिस्ट आसानी से घूम सके। यह रिस्ट का खेल है। ये देखो, इस तरह...।'

विनायक से गेंद बार-बार आउट हो जाती थी। वह खीझ जाता था। त्रिभुवन उसे बराबर हौसला बँधा रहा था। पर उसे कुछ मजा नहीं आ रहा था। त्रिभुवन का मन रखने के लिए वह आज्ञाकारी शिष्य की तरह उसकी नकल कर रहा था बेमन से।

'देखो आ गया न ? कितनी जल्दी सीख गए तुम ? रोज खेला करो तो एक हफ्ते के अन्दर तुम मुझे हरा सकते हो। सच में।'

खेलते-खेलते विनायक को एकाएक टट्टी लग आई। वह बड़े चक्कर में पड़ गया। घर यहाँ से दो मील। पहुँचते-पहुँचते...देर हो जाएगी। रास्ते में पानी कहाँ मिलेगा ?

'त्रिभुवन ! मैं जरा...टट्टी जाना चाहता हूँ।'

'अरे !' त्रिभुवन ने अपनी हँसी रोकने की निष्फल कोशिश की। 'बचीसिंह !' उसने जोर से आवाज दी। बचीसिंह दौड़ता हुआ आया। 'सुनो, साहब को लैट्रीन दिखा दो।'

बचीसिंह के माथे पर बल पड़ गए, 'चलो...चलिए साब'...विनायक पैंट में कमीज खोंसता हुआ उसके पीछे हो लिया।

'जाओ, उधर चले जाओ,' उसने एक कोठरी की ओर इशारा करते हुए कहा। विनायक ने कोठरी में घुसकर भीतर से सिटकनी चढ़ा दी और अकबकाया-सा चारों ओर देखने लगा। अरे ! यहाँ टट्टी कहाँ है ? एक ओर दीवाल के पास एक कुर्सी लगी थी उसके बीचोबीच एक छेद था और उस छेद से एक सफेद बाल्टी लटकी हुई थी। उसी के पास कोने में कील से एक तार लटक रहा था जिसमें अखबार के कुछ टुकड़े फँसे थे। विनायक भौंचक्का देखता रहा। लोटा-वोटा कुछ भी नहीं। अब क्या होगा ? वह चपरासी का बच्चा अभी भी वहीं खड़ा होगा। कुछ गड़बड़ हो गई तो ? वह समझ जाएगा और कितनी हँसी उड़ेगी। खड़े-खड़े विनायक को पसीना छूट आया। उसने खामखाह नल खोलकर पास रखे साबुन से हाथ धोया और धीरे से सिटकनी खोलकर बाहर आ गया। यह देखकर उसे बड़ी तसल्ली हुई कि चपरासी कहीं नहीं है। वह जल्दी-जल्दी गलियारा पार करके बैठक के कमरे में आ गया। त्रिभुवन वहाँ नहीं था। बाहर से आवाजें आ रही थीं। विनायक झपटकर बाहर आ गया। उसने देखा त्रिभुवन के साथ दो लड़के और हैं। वे बैडमिंटन के लिए नेट बाँध रहे हैं।

'अच्छा त्रिभुवन, मैं चलता हूँ। मैं तो भूल ही गया था, पिताजी के साथ एक जगह जाना था। वे नाराज हो रहे होंगे,' वह बिना रुके बेतहाशा फाटक की ओर लपका जा रहा था।

'...अरे-अरे सुनो तो वीनू,'...त्रिभुवन नेट बाँधते-बाँधते चीखा। विनायक सुनकर भी अनसुना करता हुआ फाटक खोलकर बाहर आ गया और जल्दी से सड़क पार करके नीचे झाड़ियों में उतर गया। वो तो गनीमत थी कि अँधेरा हो आया था वरना मुसीबत हो जाती।

घर लौटते हुए विनायक ने कान पकड़कर कसम खाई थी, 'अब कभी नहीं जाऊँगा त्रिभुवन के घर।'

नारायण डूम है

पाँच

'कल शाखा में क्यों नहीं आया विनायक ? गुरुजी नाराज हो रहे थे।'

'मैं अब कभी नहीं आऊँगा। मुझे वहाँ अच्छा नहीं लगता।'

'क्यों, क्या बात है ?' तिवाड़ी मानीटर ने डपटते हुए पुचकारा।

विनायक थोड़ा सहम गया। तिवाड़ी मानीटर को नाराज करने का मतलब है साइंस के पीरियड में खामखाह खड़े रहना या डुक्के खाना। मगर ऐसे कब तक चलेगा। आज हफ्ता-भर हो गया, हनुमान-मन्दिर भी नहीं जा पाया। कपीन महाराज आए हुए हैं, कल आर्य समाज में भी उनका भजन हुआ था। वार्षिकोत्सव हो रहा है...पिछले साल कितना मजा आया था। तब तो वह वहीं पढ़ता भी था। कल जगन काका के साथ जानेवाले थे। फिर पता नहीं क्या हुआ, जगन काका जाने कहाँ रह गए, आए ही नहीं और सरोज-विनायक रास्ता ही देखते रह गए। क्या बाबूजी की तरह जगन काका को भी आर्य समाज में अच्छा नहीं लगता ? कह तो रहे थे कि चलेंगे। आज तो ले ही जाना है उन्हें पकड़के। भजन तो सुनने को मिलेगा ही, इस यमदूत से भी पिंड छूटेगा। इसके आने से पहले ही चल देंगे।

'क्यों यार, बताता क्यों नहीं ? किसी ने कुछ कहा हो तो बता, मैं साले की खाल उधेड़ दूँगा,' तिवाड़ी मानीटर एक बाँह से उसे घेरकर अपनी तरफ खींचता है। विनायक कसमसाकर बाँह छुड़ा लेता है, 'नहीं यार, ऐसे ही। मुझे वहाँ अच्छा नहीं लगता।'

'क्यों ?' तिवाड़ी मानीटर झुँझलाकर पूछता है। विनायक घबरा रहा है। डरपोक कहीं का। घोंचू। जगन काका ने क्या कहा था ? बोल क्यों नहीं देता साफ-साफ जो उन्होंने बोला था। डर किस बात का ? कितने नाराज हुए थे जगन काका कल ! 'मन्नी।' कोई पुकार रहा है कैंटीन की तरफ से। मन्नी मानीटर विनायक के कन्धे से हाथ हटा लेता है और उस तरफ जाने को लपकता है। फिर पीछे मुड़कर विनायक से कहता है, 'अगर आज तू पहली सीटी पर घर से बाहर नहीं निकला तो समझ लेना।'

विनायक वहीं का वहीं खड़ा है। इधर कई दिनों से चन्दू भी नहीं आ रहा है। उसके पाँव में चोट लगी है। मगर मन्नी मानीटर से तो वो भी डरता है। और नारायण ? नारायण को पूछता कौन है ? रग्घू, मुच्ची, नित्यानन्द पन्त सारे लड़के तिवाड़ी मानीटर के दोस्त हैं। त्रिभुवन की भी अब उन्हीं के साथ घुटती है। विनायक बिल्कुल अकेला

पड़ गया है। मथुर काका कहते हैं बाजार के लड़कों की सोहबत मत करो। जगन काका ऐसा तो नहीं कहते। मगर उनका भी तो एक भी दोस्त बाजार का नहीं है।

'वीनू !'...कोई उसे बुला रहा है क्या ?... विनायक ने पीछे मुड़कर देखा। नीचे फील्ड की तरफ से भागता हुआ नारायण आ रहा था, उसी की ओर।

'अरे यार, चल नहीं रहा है मैच देखने ?'...नारायण हाँफ रहा है बुरी तरह।

'मैच ? कैसा मैच ?' विनायक चौंक जाता है।

'अरे, तुझे यह भी पता नहीं है ? क्रिकेट मैच है न आज। कल तो आया था नोटिस क्लास में। तू तो आया नहीं था कल। अब आज पढ़ाई नहीं होगी। चल।'

दोनों नीचे उतर के एक पाँगर के पेड़ के नीचे बैठ जाते हैं। मैच शुरू होने जा रहा है। पूरी ढलान लड़कों से भरी हुई है जैसे बहुत सारे पक्षी आकर बैठ गए हों एक पेड़ पर। एकाएक विनायक चौंक पड़ता है। जहाँ वे लोग बैठे हुए हैं, उसके ठीक नीचे कुछ दूरी पर एक चट्टान के ऊपर मनीश तेवाड़ी एंड कम्पनी बैठी हुई है। विनायक का जी एकाएक बहुत उदास हो जाता है। यही हैं वे लड़के जिनके साथ घुलने-मिलने की कोशिश वह साल-भर से कर रहा है और जो एक-एक करके उससे कटते चले जा रहे हैं। आखिर क्यों ? उनके साथ रहकर भी वह उनके साथ एक क्यों नहीं महसूस करता ? विनायक को पिता का वह वाक्य याद आता है–

'दोस्ती बराबरीवालों के बीच ही ठीक रहती है।' तो ये बराबरीवाले नहीं हैं क्या ? एक क्लास में पढ़ते हुए, रोज पाँच-छह घंटे साथ गुजारने के बाद भी बराबरी नहीं होती तो फिर कैसे होती है ? बराबरी के माने क्या हैं ? क्या ये सब बड़े घरों के लड़के हैं? मगर सोहन तो उससे भी ज्यादा गरीब है। वह भी क्यों उससे कतराता है ?

वजीफेवाली घटना के बाद सोहन भी उससे कटा-कटा रहने लगा था। उसने अपनी सीट भी बदल ली थी। अब वह मन्नी मानीटर के पास ही बैठता है...नित्यानन्द की बगल में। चन्दू एक दिन कह रहा था, 'वह तुमसे जलता है।' मगर छमाही इम्तहान में तो वही फर्स्ट आया है। विनायक तो दूसरे पर भी नहीं, तीसरे नम्बर पर खिसक आया। अब तो सोहन को खुश हो जाना चाहिए था। उलटे उसके बाद तो उसने बोलना-चालना ही बन्द कर दिया है। शाखा में भी नहीं बोलता। शाखा की याद आते ही विनायक के भीतर झुरझुरी दौड़ जाती है। अब मैं वहाँ कभी नहीं जाऊँगा।

'क्यों नारायण ! मनीश ने कभी तुमसे भी कहा...शाखा में भरती होने के लिए ?'

'नहीं तो। ये शाखा क्या होती है ?' नारायण को सचमुच शाखा के बारे में कुछ भी नहीं पता।

'शाखा ?' विनायक कुछ देर सोचता रह जाता है। शाखा के बारे में उसे भी क्या मालूम है ? जगन काका ने पूरा लेक्चर ही पिलाया था। उस वक्त तो लगा था सारा भेद खुल गया। मगर अभी तो कुछ भी याद नहीं पड़ता। उन्होंने क्या-क्या बताया था ? कुल पाँच-छह मरतबा तो गया है वहाँ। वह भी तेवाड़ी के डर से। साइंस मास्साब के डुक्कों से बचने के लिए। सच में जब से शाखा जाना शुरू किया, तब से एक बार भी

मार नहीं पड़ी।

'वहाँ एक गुरुजी होते हैं। मुझे बिल्कुल अच्छे नहीं लगते। उन्हें लड़के प्रणाम करते हैं। मुझे घिन लगती है। वे व्याख्यान देते हैं जिसे लड़के बहुत ध्यान से सुनते हैं। मुझे उनकी बातें बहुत बुरी लगती हैं। उनसे ज्यादा मुझे आता है। वे जो कहानियाँ सुनाते हैं, मुझे बिल्कुल मजा नहीं आता। इससे अच्छी तो हनुमान मन्दिर में मैं सुनाता हूँ। वहाँ की पी.टी. भी अपने स्कूल जैसी नहीं होती। यहाँ अंग्रेजी में हुक्म चलाते हैं, वहाँ संस्कृत में। खेल-कूद भी उनके अजीब ही होते हैं। मुझे अच्छे नहीं लगते। ये लोग लड़ने-भिड़ने की ही बात सिखाते हैं।'

'क्यों वीनू, खेलने में तुम्हारा मन नहीं लगता क्या ?' नारायण पूछता है। विनायक को हँसी आ जाती है, 'तुम नहीं जानते नारायण। ये लोग अच्छे नहीं होते, खतरनाक होते हैं,' वह कहता है और अटक जाता है, जगन काका ने यही तो कहा था।

'ये लोग मुसलमानों से नफरत करते हैं। कहते हैं हिन्दुस्तान हिन्दुओं का देश है।'

'तो ठीक तो कहते हैं, क्या गलत कहते हैं ?' नारायण कहता है।

'वाह ! अभी पांडेजी ने जागरफी में क्या पढ़ाया था। भारत में दस करोड़ मुसलमान और एक करोड़ ईसाई बसते हैं। तो क्या हिन्दुस्तान उनका नहीं है ?'

नारायण विनायक के उत्तेजित चेहरे को विस्मय से ताकता है। उसकी समझ में कुछ नहीं आता। उसका मन मैच में लगा है। जी.आई.सी. के अट्ठावन रन बन गए और अभी एक भी खिलाड़ी आउट नहीं। विनायक भी कहाँ-कहाँ की बातें ले आता है। इतना बढ़िया मैच हो रहा है, उसे शाखा की पड़ी है।

'ये लोग देशभक्ति-देशभक्ति चिल्लाते हैं, बड़े भारतमाता के गीत गाते हैं मगर मेरे जगन काका तो अभी-अभी जेल से छूटके आए हैं। उन्होंने एक अंग्रेज कलेक्टर का सर फोड़ दिया था। वे देशभक्त नहीं हैं ? वे तो कहते हैं ये लोग खतरनाक हैं। वे क्या झूठ बोलते हैं ? उन्होंने कितनी सारी किताबें पढ़ी हैं। कितने सारे लेख और कविताएँ लिखी हैं।'

'अच्छा ?'...नारायण की आँखें आश्चर्य से फैल जाती हैं, 'तो तुम मत जाया करो वहाँ। क्यों जाते हो ?'

विनायक झेंप जाता है। जगन काका कहते थे, 'तुम डरपोक हो।' कहीं नारायण भी यही न कह दे। वह तेवाड़ी की ओर उँगली उठाकर कहता है, 'ये मुझे जबर्दस्ती वहाँ ले जाता है।'

'कैसे ले जाता है ? तुम मना क्यों नहीं कर देते ! मत जाओ आज ही से। कर क्या लेगा साला तुम्हारा ?'

विनायक चुप रहता है। कहना आसान है। जिसको डुक्के पड़ते हैं वही जानता है। सहसा उसे एक बात याद आ जाती है। बात उसके ओठों तक आके रुक जाती है। नहीं, यह बात नारायण को बताना ठीक न होगा।

उस दिन साइंस मास्टर की मार खाके लौटते हुए घर के रास्ते में चन्दू से उसने

पूछा था, 'क्यों चन्दू ! तेवाड़ी मानीटर नारायण का नाम क्यों नहीं लिखता ? वही तो मुझे उसकी चुटिया दिखा-दिखाके हँसा रहा था। वह तो तेवाड़ी की नकल भी उड़ा रहा था।'

'वो डूम है,' चन्दू बोला था, 'मास्साब ब्राह्मण हैं। डूम को कैसे छुएँगे ?'

विनायक हैरत में आ गया था। डूम क्या होता है, उसे मालूम था। उसने अपनी माँ को कई बार 'डूम-डूम' कहते सुना था। माँ की बीमारी के दिनों में कई दिनों तक बर्तन माँजने के लिए एक औरत उनके घर आती रही थी। वह भी—माँ ने बतलाया था—डूम है। माँ यों तो उसके साथ बड़े प्रेम से बोलती थी...मगर उसे छूती नहीं थी। कोई रोटी, कपड़ा या रुपया-पैसा भी देना होता तो ऊपर से ही उसके फैले हुए हाथ या आँचल में डाल देती थी।

'तो क्या नारायण डूम है ?' विनायक ने पूछा था।

'और नहीं तो क्या ?' चन्दू उसके अज्ञान पर तरस खाता हुआ बोला था, 'तुम इतना भी नहीं जानते उसके पिता क्या करते हैं ?'

'उसके पिताजी ? उसके पिताजी तो लोहार हैं,' विनायक की समझ में कुछ नहीं आया था।

'लोहार डूम ही होते हैं यार,' चन्दू बोला था।...'तो तुम भी तो सुनार हो,' विनायक के मुँह से निकल गया था। चन्दू भड़क गया था। 'सुनार मोहल्ले में रहते हो और फिर भी ऐसी वाहियात बात करते हो। अपने पिताजी से जाके पूछना सुनार क्या होते हैं,' चन्दू सच में बेहद नाराज हो गया था। कई दिन तक बोला भी नहीं था।

विनायक चकरा गया था। फिर उसने स्थिति को सँभालने की कोशिश की थी, 'चन्दू, सच में, मेरा मतलब यह नहीं था कि तुम भी डूम हो। तुम तो वर्मा हो, मुझे मालूम है। नारायण तो 'राम' है। तो क्या चन्दू ! जितनों के आगे 'राम' लिखा होता है, वे सब डूम होते हैं ?'

'हाँ, वे सब डूम होते हैं,' चन्दू बोला था। उसके बाद उसने रास्ते-भर कोई बात नहीं की थी।

'चन्दू की तबीयत अब कैसी है ? तुम गए थे उसे देखने ?' नारायण पूछ रहा था।

विनायक एकाएक चौंक गया। अगर नारायण को वह बात मालूम हो जाए तो उसे कितना बुरा लगेगा। वैसे तो चन्दू उससे अच्छे से ही बोलता है। इस बीच विनायक की भी अच्छी पटने लगी है। चन्दू स्कूल आने लगे तो अच्छा तिगड्डा बन जाएगा। क्या जरूरत है इन घमंडी लड़कों के पीछे लगे रहने की। भाड़ में जाएँ। हम तीन काफी हैं।

'चलो नारायण चलें। बहुत देर हो गई,' विनायक उठ खड़ा हुआ। उसका ध्यान बराबर मनीश तेवाड़ी एंड कम्पनी पर जमा हुआ था। कहीं ये लोग भी उठ गए और तेवाड़ी पीछे लग गया तो ? रास्ता भी तो एक ही है। तेवाड़ी बाम्हनीखोला में रहता है। विनायक की दूकान के सामने से ही गली आगे मुड़ती है।

'मेरे पास एक चवन्नी है। चलो पदिया बादशाह की दूकान में बूँदी खाएँगे। फिर

ब्राइटन कार्नर घूमते हुए घर जाएँगे।'

बूँदी का नाम सुनकर नारायण के चेहरे पर चमक आ गई। 'चलो फिर'...वह तपाक से उठ खड़ा हुआ और अपनी टाँगें झाड़ने लगा। 'ब्राइटन कार्नर क्यों जाना चाहते हो ? त्रिभुवन तो वो बैठा है सामने,' नारायण ने इशारा किया।

विनायक का चेहरा तमतमा आया, 'तुमसे किसने कहा कि मैं त्रिभुवन के घर जाता हूँ ?'

'लड़के लोग कह रहे थे। तुम ज्यादातर त्रिभुवन के साथ ही रहते हो न, इसलिए। रग्घू मुच्ची एक दिन कह रहा था, तुम उसके पिट्ठू हो।'

'पिट्ठू क्या होता है ?' विनायक ने पूछा। पर वह समझ गया था। बहुत देर तक उसके मुँह से आवाज नहीं निकली। दोनों चुपचाप बादशाह की दूकान की ओर बढ़ते रहे। नारायण ने पिट्ठू का मतलब समझाने की कोशिश की, फिर हारकर वह भी चुप हो गया। दूकान पहुँचकर बूँदी का ऑर्डर देते विनायक का चेहरा उसने गौर से देखा और कहा, 'क्या पिट्ठू गाली होती है, वीनू ?'

'और नहीं तो क्या तारीफ होती है ?' विनायक ने चिढ़कर जवाब दिया, 'मैं उसके घर आज तक कभी नहीं गया। तुम सच मानो। पिट्ठू तो ये लोग हैं। साला हरीश तो रोज उसके घर जाता है और बैडमिंटन खेलता है।'

विनायक ने ढेर सारी बूँदी हड़बड़ी में मुँह में भर ली थी। बूँदी एकदम गरम थी। उसका मुँह जल गया। वह जीभ बाहर निकालकर थोड़ी देर सी-सी करता रहा। फिर बोला, 'तुमने देखा होगा नारायण, आजकल तो मैं तुम लोगों के साथ ही ज्यादा रहता हूँ। तुम, अहमद, परमेसरी और चन्दू। पाँचवाँ कौन है ?'

नारायण विनायक की उत्तेजना का कारण नहीं समझ पाया।

'क्या तुम्हारी त्रिभुवन से लड़ाई हो गई ?' उसने पूछा।

'नहीं यार, लड़ाई क्यों होगी। मगर बाबूजी कहते हैं दोस्ती बराबरीवालों के बीच ही ठीक रहती है। जैसे तुम्हारी और मेरी दोस्ती है। जैसे चन्दू की और मेरी दोस्ती है। है कि नहीं ?'

नारायण को एकाएक जैसे कुछ याद आया हो, बोल पड़ा, 'तुम्हें मालूम है वीनू, रग्घू मुच्ची और हरसिंह मुझे 'डूम-डूम' कहके चिढ़ाते थे। जब से चन्दू के साथ मेरी दोस्ती हुई, उन्होंने चिढ़ाना बन्द कर दिया है क्योंकि एक दिन चन्दू ने हरसिंह को बुरी तरह पीट दिया। तुम्हें चन्दू अच्छा नहीं लगता क्या वीनू ?'

विनायक चौंक गया, 'यह तुमसे किसने कहा ? अच्छा नहीं लगता तो मेरी उससे दोस्ती कैसे हो जाती ?'

नारायण कुछ देर चुप रहा, फिर बोला, 'चन्दू एक दिन कह रहा था कि तुम त्रिभुवन और हरीश के ही साथ रहना पसन्द करते हो क्योंकि वे भी पढ़ाई में तेज हैं।'

'वाह,' विनायक के मुँह से निकला। मगर उसे लगा कि चन्दू की बात गलत भी नहीं है। वो तो मुहल्ला एक होने के कारण साथ हो जाता है वरना उसके साथ वैसी

दोस्ती कहाँ है जैसी होनी चाहिए। ठीक है, अब चन्दू अच्छा होके स्कूल आने लगेगा तो उसी के साथ बैठूँगा।

'तुम मनीश तेवाड़ी की परवाह मत करो,' नारायण बूँदी की पत्तल साफ करते हुए बोला, 'उसके लिए चन्दू अकेला ही काफी है।'

'और तुम ? तुम भी तो उसे पटक सकते हो,' विनायक बोला।

'मैं ?' नारायण एक क्षण को हिचकिचाया और फिर बोला, 'हाँ-हाँ, मैं भी उसे पटक सकता हूँ। क्यों नहीं ?'

'बादशाह, एक-एक प्लेट बूँदी और दो। जरा जल्दी,' विनायक दरवाजे से उठकर बाहर झाँक आया। कहीं तेवाड़ी का बच्चा पीछा न कर रहा हो। वह अपने डर पर खुद ही झेंप गया।

'नारायण, तुम आज शाम को मेरे घर आओगे ? वहाँ से आर्यसमाज चलेंगे। वहाँ बड़ा भारी उत्सव है। जोरदार भाषण होंगे। कपीन महाराज के भजन भी। ऐसी आवाज है, कि क्या बताऊँ ?'

'आऊँगा, जरूर आऊँगा,' नारायण उठ खड़ा हुआ। विनायक की आँखों के आगे सहसा तेवाड़ी का चेहरा घूम गया। साला ठीक साढ़े पाँच बजे सीटी बजाने लगेगा। उससे पहले ही नारायण आ जाए तो अच्छा रहे ! जगन काका ने वादा तो किया है मगर कहीं कल की तरह आज भी कर दिया तो ?...उनका क्या भरोसा। पचीसों लोग उनसे मिलने आते हैं, आज यहाँ निमन्त्रण तो कल वहाँ। घर में गप मारने को सरोज दीदी हैं। विनायक को कौन पूछता है।

भूतनाथ का भाषण

छह

घर के पिछवाड़े एक कोठरी है, जो जगन काका का छज्जा करके प्रसिद्ध है। वहाँ से कुछ आवाजें आ रही हैं, इसका मतलब यह कि जगन काका घर पर ही हैं। विनायक सीढ़ियाँ चढ़कर दबे पाँव उधर की ओर बढ़ने लगता है। जगन काका के छज्जे तक पहुँचने के लिए बीच में कई छोटी-छोटी कोठरियाँ पार करनी पड़ती हैं जहाँ दिन में भी घोर अन्धकार छाया रहता है। एक कोठरी सोने की है, यहाँ विनायक के माता-पिता, भाई-बहन सोते हैं, उसके भीतर जो कोठरी है, उसमें बक्से ही बक्से भरे पड़े हैं। इसकी सफाई कभी नहीं होती–दिवाली में भी नहीं। यह सारे बक्से विनायक के ननिहालवालों के हैं; मामा का तबादला हुआ तभी से शायद यह कबाड़ यहाँ ठुँसा हुआ है। कोई नहीं जानता। घर में किसी को यह जानने की दिलचस्पी नहीं है कि इन बक्सों में क्या है।

विनायक कोठरी के बीचोबीच खड़ा है। इस कोठरी की एक अँधेरी सीलनभरी गन्ध है जिसमें वह एकदम निरापद अनुभव करता है। अँधेरा और सीलन तो दूसरी कोठरियों में भी है पर इस कोठरी की बात ही कुछ और है। यहाँ सुरू दीदी की भी पहुँच नहीं है : यह एक ऐसा रहस्य है जिसमें केवल विनायक, केवल विनायक का प्रवेश है। जगन काका तक को इसके बारे में कुछ भी नहीं मालूम। अगर जगन काका को पता चल जाए तो ये बक्से यहाँ से गायब हो जाएँगे और वहाँ पहुँच जाएँगे–उस छज्जे में। जगन काका के आने के पहले वहाँ ताला पड़ा रहता था। कभी-कभी सुरू दीदी उसे खोलकर उसमें झाड़ू लगा आती थीं। किसी को–गुड्डन तक को उसमें घुसने की इजाजत नहीं थी। इसलिए कि, एक दिन जब सरू दीदी झाड़ू लगा रही थीं, गुड्डन को जगन काका के पुस्तकालय के प्रति अपनी बहुत दिनों से दबी पड़ी उत्सुकता को सक्रिय अभिव्यक्ति दे डालने का सुनहरा मौका हाथ लग गया था। वह कोई मोटी सी अंग्रेजी की किताब थी, जिसमें जगह-जगह तस्वीरें भी बनी थीं। गुड्डन को तो याद नहीं है, दीदी ही बताती हैं कि जब तक उसका ध्यान उस ओर गया, तब तक पचास पन्ने अलग हो चुके थे यानी एक तस्वीर और दूसरी तस्वीर के बीच में जितनी बाधाएँ आई होंगी, गुड्डन उन्हें बहुत ही सफाई के साथ हटाते गए–सिर्फ आखिरी पन्ने से जूझते हुए थोड़ी 'चर्र' हो गई और दीदी ने देख लिया वरना...। बस तभी से विनायक के लिए जगन काका का छज्जा बन्द हो गया। वह बहुत पहले की बात है जब विनायक निरक्षर

थे। अब यह दूसरी बात है कि उस घटना के तीन बरस बाद भी, जबकि विनायक जी. आई.सी. में दाखिल होकर फर्स्ट आ चुके थे, और पूरे घर पर उनकी साक्षरता का रौब पड़ चुका था, तब भी एक सरू दीदी ही थीं, जो गुड्‌डन के बारे में अपनी धारणाओं में कोई संशोधन जरूरी नहीं समझ रही थीं। वो तो एक दिन विनायक रग्घू मुच्ची के घर से 'लाल पंजा' उठा लाया था तो सरू दीदी से रहा नहीं गया था और उनके मुँह से निकल गया था कि जगन काका के पास तो एक से एक उपन्यास रखे हैं और यह 'लाल पंजा' तो बहुत ही सड़ी-सी किताब है। इस पर विनायक उनके पीछे पड़ गया था और उसने धमकी दे दी थी कि यदि जगन काका का पुस्तकालय उसके लिए नहीं खोला गया तो वह इससे भी सड़ी गन्दी किताबें ला-लाकर पढ़ता रहेगा। दीदी पर इस धमकी का असर जरूर हुआ होगा क्योंकि उसी दिन उन्होंने जगन काका की कोठरी का ताला खोलकर दो मोटी-मोटी किताबें निकालकर गुड्‌डन को थमा दी थीं–'भूतनाथ' और 'चन्द्रकान्ता सन्तति'। दीदी ने समझा होगा कि चलो अब कम से कम महीने-भर की छुट्‌टी तो हो ही गई। मगर विनायक एक हफ्ते के अन्दर ही दोनों पोथियों को चाट गया था। फिर एकाएक जगन काका के जेल से छूटने की खबर भी आ गई थी और दीदी सहसा बहुत उदार हो आई थीं। दो-तीन दिन तक लगातार जगन काका की कोठरी और किताबों की झाड़-फूँक होती रही थी और इस अभियान में गुड्‌डन का पूरा सहयोग सरू दीदी ने लिया था। उसी दिन पहली बार विनायक के सामने वह बरसों से दबा पड़ा रहस्य एक-एक करके खुला था। उस छोटी सी कुठरिया के अन्दर इतनी किताबें और कापियाँ समा सकती हैं, इसकी कल्पना भी नहीं थी उसे। खेद यही था कि उनमें ज्यादातर किताबें अंग्रेजी में थीं और उनमें ऐसी फाड़ने लायक तस्वीरें भी नहीं थीं। बाकी हिन्दी की जितनी भी किताबें थीं उन्हें विनायक ने तीन-चार दिन में ही निपटा दिया था। विनायक को यह देखकर बड़ी निराशा हुई थी कि उन किताबों के भीतर ऐसा कुछ भी नहीं था जिसका 'भूतनाथ' या 'चन्द्रकान्ता सन्तति' से दूर का भी कोई रिश्ता बैठता।

किताबों का तो नहीं, मगर खुद जगन काका का रिश्ता 'भूतनाथ' के साथ बिठाने में विनायक को काफी सहूलियत हो गई थी। दीदी ने और बाबूजी ने जितना कुछ उसे उनके बारे में बताया था, वह उसकी समझ में तभी आया था। क्रान्तिकारी अब विनायक के लिए उतना बड़ा रहस्य नहीं रह गया था। तिलिस्म और ऐयारी की उन कथाओं ने उसकी समझ बिल्कुल साफ कर दी थी। रही-सही कसर 'अरेबियन नाइट्स' ने पूरी कर दी थी; किताब भले ही अंग्रेजी में हो और सरू दीदी भी अंग्रेजी न जानती हों, मगर इससे क्या ? दीदी को वे सारी कहानियाँ याद थीं और उन्होंने गुड्‌डन को मुँहजबानी सब सुना भी दी थीं। इसका सीधा मतलब हुआ कि दीदी को बाकी सभी किताबों के बारे में भी पता होगा मगर वे बताना नहीं चाहतीं। न बताएँ, विनायक के हाथ में एक दूसरी ऐसी दुनिया आ गई है जो जगन काका की उस कोठरी से भी ज्यादा रहस्यमय है। उस रहस्य को एकबारगी जान लेने की उतावली भी नहीं है विनायक को। धीरे-धीरे

भेद खुलेगा। अभी तो दो ही बक्से ऊपर-ऊपर से टटोले हैं—एक में लगता है कि नाना की किताबें हैं, दूसरी में मामा की। इसका मतलब नाना हमेशा से अन्धे नहीं थे, कभी उसी की तरह पढ़ते-लिखते थे। इसका मतलब मामाजी भी छिपे रुस्तम थे। कहाँ-कहाँ से किताबें इकट्ठी कर रखी हैं। क्या उन्हें कभी इनकी याद नहीं आती होगी ? चलो अच्छा ही है कि नहीं आती। सरू दीदी कैसे जगन काका की लाइब्रेरी पर अपना हक जताती थीं। जताती रहें; विनायक ने एक उससे भी बड़ी लाइब्रेरी खोज निकाली है। किताबें चाहे जिसकी भी हों, खोज तो उसी की है! अच्छा हुआ कि इधर जगन काका घर में आए, उधर विनायक ने यह आविष्कार कर मारा। नहीं तो जगन काका पर सरू दीदी का एकाधिकार विनायक के लिए असह्य था। अगर सरू दीदी के पास एक रहस्य की चाबी है, तो विनायक के पास भी एक दूसरे रहस्य की चाबी है और विनायक मान नहीं सकता कि सरू दीदी के रहस्य से उसका रहस्य किसी भी माने में कम या घटिया है। अब उसे क्या पड़ी है कि जगन काका से उन हिन्दी किताबों को माँगकर पढ़े जो वह नहीं पढ़ सका था। नाना का भंडार ही क्या कम है ? किस्सा तोता-मैना, सिंहासन बत्तीसी, योगवाशिष्ठ, संक्षिप्त महाभारत...जाने क्या-क्या तो ठुँसा पड़ा है। और हाँ, वाल्मीकि रामायण।...सबसे पहले तो वही हाथ में आई थी। सारे पन्ने फटे हुए... महीना-भर तो उन्हें एक-एक करके जोड़ने-मिलाने में ही लगा रहा। अभी भी पूरी कहाँ है ? बालकांड है, अयोध्याकांड है और किष्किन्धाकांड है, इतने तो पूरे मिला दिए। बाकी थोड़े से पन्ने बचे हैं, वे पता नहीं किस कांड के हैं, समझ में नहीं आता। शायद लंकाकांड के होंगे। बीच के कितने सारे पन्ने जाने कहाँ खो गए हैं। विनायक की बड़ी इच्छा थी कि बाबूजी को दिखाए, उनकी मदद ले, क्या पता वे बाकी भी खोज निकालें और किसी जिल्दसाज को देकर बढ़िया बँधवा दें। मगर उसकी हिम्मत नहीं पड़ी। कहीं छीन न लें।

जगन काका किससे बात कर रहे हैं ? इस आदमी को भी अभी ही आना था। बाद में नहीं आ सकता था ? जगन काका को तो अपने दोस्तों से ही फुर्सत नहीं मिलती। मिलती भी है तो सरू दीदी आकर उनके सिर पर सवार हो जाती हैं। सबेरे वे बिल्कुल खाली होते हैं, फुर्सत में होते हैं, कोई आता भी नहीं। फिर भी उनके दरवाजे बन्द होते हैं और सरू दीदी कहती हैं इस वक्त जगन काका लिख रहे हैं, उन्हें डिस्टर्ब मत करो। झूठ बात है। विनायक ने एक बार चुपचाप दरवाजे की फाँक से भीतर झाँककर देखा था—जगन काका न तो कुछ लिख रहे थे, न पढ़ रहे थे। वे तो फर्श पर चटाई के ऊपर पालथी मारे आँख मूँदे बैठे थे। पता नहीं क्या कर रहे थे। पूजा तो ऐसे नहीं की जाती। पूजा के लिए घर में एक कोठरी है जिसे देवता-थान कहते हैं। जहाँ बाबूजी और मथुर काका दोनों खाने के लिए पहले धोती पहनकर सन्ध्या करते हैं और जहाँ एकादशी को, चतुर्दशी को, जनमवार के दिन और—और भी कितने ही अवसरों पर जमनादत्त त्याड़ीजी पूजा कराने बैठते हैं। जगन काका तो वहाँ भी नहीं बैठते, सन्ध्या-वन्ध्या भी कुछ नहीं करते। क्या उनका व्रतबन्ध अभी तक नहीं हुआ होगा। एक दिन माँ डाँट रही थीं उनको हँसी-हँसी में—'तुम तो लला, जेल जाके बिल्कुल

मलेच्छ हो गए हो। बिल्कुल ईसाइयों जैसे लच्छन दिखाई दे रहे हैं तुम्हारे।' जगन काका खाते-खाते जोर से हँस पड़े थे और बोले थे, 'सच्ची भाभी, तुम बहुत चतुर हो, तुमने कैसे भाँप लिया कि मैं ईसाई हो गया हूँ। सच में, भाभी, जेल में मेरे साथ जो लोग थे उनमें एक पादरी भी था। उसने मुझे एक दिन ऐसा पाठ पढ़ाया, ऐसा पाठ पढ़ाया कि मुझे अपना हिन्दू धरम बिल्कुल बेकार लगने लगा। बस तो दूसरे ही दिन मैं उसके पास पहुँच गया और कहा, हे महाराज ! मुझे यीशु मसीह की शरण में ले लो। बस उसने फौरन मुझे ईसाई बना दिया।' विनायक ने देखा माँ का चेहरा एकदम फक्क पड़ गया था...इतने में सरू दीदी चिल्ला पड़ी थीं, 'माँ, जगन काका झूठमूठ कुछ तो भी बक रहे हैं, तुमको तो सच्ची आ जाती है।' जगन काका खिलखिलाकर हँस पड़े थे। बाद में जब विनायक जगन काका की कोठरी में बैठा पढ़ रहा था तो सरू दीदी ने आकर जगन काका को खूब डाँटा था। जगन काका ने कान पकड़े थे कि अब से ऐसा झूठ नहीं बोलेंगे। बात चाहे हँसी-मजाक की ही थी, तो भी विनायक को यह देखकर बड़ा मजा आया था कि जगन काका भी सरू दीदी से डरते हैं। विनायक को याद आया जब वह फर्स्ट आया था तो मथुर काका ने उन्हीं दिनों यह प्रस्ताव रखा था कि जगन काकावाला कमरा विनायक को पढ़ने के लिए दे दिया जाए और वहाँ का कबाड़ उठाके इन्हीं कोठरियों में डाल दिया जाए। दीदी यों तो मथुर काका से बहुत कम बोलती-चालती हैं पर उस दिन उन्होंने मथुर काका को ऐसा जवाब दिया था कि फिर दोबारा मथुर काका की हिम्मत ही नहीं पड़ी थी कहने की और बात जहाँ की तहाँ रह गई थी।

...लगता है कोई जोरदार बहस छिड़ी हुई है। इस आदमी के उठने के तो कोई लक्षण नहीं दिखाई देते। विनायक अब और प्रतीक्षा नहीं कर सकता। वह सीधे झपटता हुआ कोठरी में घुस जाता है और बस्ता रखके वहीं बैठ जाता है। जैसे वह सिर्फ एक हवा का झोंका हो, उसके आने से कोई फर्क नहीं पड़ता। मगर ये लोग इतने गुस्से में क्यों भरे हैं ? इस आदमी को पहले भी कहीं देखा जरूर है, पर कहाँ ? कुछ याद नहीं पड़ता।

'तुम गद्दार हो,' जगन काका सहसा चिल्ला पड़ते हैं और हाथ की किताब बड़ी जोर से जमीन पर पटक देते हैं।

'और तुम...तुम टैररिस्ट हो,' वह आदमी जगन काका के कन्धों को बुरी तरह झँझोड़ रहा है। विनायक झट से बस्ता खोलकर कापी निकालता है और नोट कर लेता है—'टैररिस्ट।' जगन काका ने ही तो कहा है, जब भी कोई नया शब्द तुम्हारे सुनने में या पढ़ने में आए, उसे फौरन नोट कर लिया करो और मुझसे पूछ लिया करो। शब्दकोश ऐसे ही तो बढ़ता है। जब यह आदमी चला जाएगा, तब पूछ लेगा अर्थ और स्पेलिंग भी।

'तुम अपने को क्रान्तिकारी समझते हो ? तुम फासिस्ट हो, फासिस्ट। समझे ?'

विनायक फिर से पेंसिल उठाता है और टीपता है। जगन काका पहली बार उसे ध्यान से देखते हैं और मुस्कुराते हैं। 'देखो भुवन। मुझसे बहस करनी हो तो सीधी भाषा

में बात करो। उधारी का रौब मत गाँठो। आज से पाँच साल पहले भी तुम इसी तरह की बात करते थे और आज से दस साल बाद भी तुम्हारा यही हाल रहेगा। तुम अपने को कम्युनिस्ट कहते हो ? कम्युनिस्ट वो होता है जो दिल का काम भी दिमाग से लेता है। तुम दिल और दिमाग दोनों के काम अपनी जबान से ले लेना चाहते हो। मुझे विचार चाहिए, विचार। विचारधारा नहीं। और काहे की विचारधारा? अवसरवादी और कैरियरिस्टों की विचारधारा से मैं क्या करूँ ?'

'शट-अप !' भुवन बाबू चीखे, 'तुम्हें शर्म नहीं आती जगन, मुझे कैरियरिस्ट कहते हुए। तुमने एक भावुक उन्माद में कॉलेज छोड़ा। नशा उतर जाएगा तो फिर चिपक जाओगे। तुम्हारी रिस्क क्या है ? जबकि मैं आज पाँच साल से चप्पल चटका रहा हूँ...'

'किसने कहा, तुम चप्पल चटकाओ,' जगन काका धीरे से बुदबुदाते हैं। भुवन बाबू ने नहीं सुना। अरे ये तो अंग्रेजी में गाली देना शुरू कर दिया। विनायक मुँह बिचकाता है। जगन काका के होंठों पर एक पतली-सी मुस्कुराहट उभरती है। भतीजा चंट है।

'याद है जगन, किस तरह तुम पागलों की तरह जोशीजी के पीछे लगे रहते थे ? मैंने ही उनसे तुम्हारा परिचय कराया था। उन्होंने ही तुम्हें सारा लिटरेचर लाके दिया था—मुफ्त। उन दिनों तुम ऐसा दिखाते थे जैसे मार्क्सवाद का सारा ठेका इस शहर में तुम्हीं ने ले रखा है। भूल गए अपने दिनों को ?...अवसरवादी तुम हो कि मैं ?'

'मैं तुम्हारी अकेले की बात नहीं कर रहा हूँ, भुवन ! मुझे समझने की कोशिश करो। आदमी में विकास भी तो हो सकता है। आदमी अपने अनुभव से भी तो कुछ सीखता है। क्या तुम ऐसा नहीं समझते ? बेशक मैं उस वक्त जोशीजी से प्रभावित हुआ था। मुझे इसका पछतावा नहीं है। आज भी मेरे हृदय में उनके लिए सम्मान है। वह सब जरूरी था उस वक्त। अब नहीं है। अब मुझे उससे कोई प्रेरणा नहीं मिलती। वह मुझे जितना दे सकता था, जितना मुझे उससे मिल सकता था, मिल गया। मैं गांधीवादी नहीं हूँ। मगर इतना जानता हूँ कि गांधी जिस भाषा में बात करता है, वह हमारी जिन्दगी की, हमारे अपने संस्कार की भाषा है। मुझे कहने दो कि तुम उस जिन्दगी और उस संस्कार से बिल्कुल कटे हुए हो। कौन सुनता है तुम्हारे भाषण? कौन पढ़ता है तुम्हारे लेख ? बेशक हिन्दुस्तान को कम्युनिज्म चाहिए। मगर ऐसा कम्युनिज्म, जो उसकी मिट्टी से निकला हो। मुझे बताओ वह कहाँ है?'

'यह सब फालतू की बकवास है,' भुवन बाबू बोले, 'मार्क्सवाद एक इंटरनेशनल चीज है। उनका सन्देश दुनिया-भर की भूखी-नंगी शोषित-पीड़ित मानवता के लिए है। तुम अन्धी राष्ट्रीयता से ग्रस्त हो। तुममें और फासिस्टों में क्या फर्क है ?'

विनायक ने फिर टीपा। क्या बात है ! हर अंग्रेजी गाली में इष्ट जरूर लगता है ?...उसने देखा जगन काका एकाएक उठकर खड़े हो गए हैं। वह भाषण सुनने को तैयार हो गया।

'फर्क है भुवन। बहुत बड़ा फर्क है। पर वह तुम्हें नहीं दिखाई देगा,' जगन काका

कुछ क्षण चुप रहे और फिर चालू हो गए, 'सच्ची अन्तर्राष्ट्रीयता की बुनियाद ही सच्ची राष्ट्रीयता है। हिन्दुस्तान हिन्दुस्तान है, जर्मनी नहीं। राष्ट्रीयता का जो अर्थ यूरोप के लिए है, वह हमारे लिए नहीं है। जैसे हमारी धार्मिकता भीतर से धर्मनिरपेक्ष है, वैसे ही हमारी राष्ट्रीयता की कल्पना भी राष्ट्र-निरपेक्ष होगी। जो खतरा तुम्हें दीखता है, वह मुझे नहीं दीखता। क्योंकि तुम हिन्दुस्तान के इतिहास में यूरोप का इतिहास पढ़ते हो। तुम्हारी अन्तर्राष्ट्रीयता मैं खूब अच्छी तरह समझता हूँ। वह एक मानसिक विलास के सिवा क्या है, मुझे बताओ। मेरा देश एक गरीब देश है, वह उतनी महँगी चीज नहीं खरीद सकता। उसे उसकी जरूरत भी नहीं है ? वह तुम्हीं को मुबारक हो। अगर मैं फासिस्ट हूँ तो दयानन्द, विवेकानन्द, अरविन्द और गांधी सभी फासिस्ट हैं। तुमने बंकिम का आनन्दमठ पढ़ा है ?'

विनायक का हाथ बिजली की तरह उठा और हिलने लगा, 'मैंने पढ़ा है जगन काका। मुझे पूरी कहानी याद है, सुनाऊँ ?'

जगन काका मुस्कुराए और विनायक को चुप रहने का संकेत किया। भुवन बाबू ने बुरी तरह मुँह बिचकाया और कहा, 'हाँ-हाँ, वही, जिसे अंग्रेज सरकार के डर से बंकिम ने दोबारा लिखा था। डरपोक कहीं का।'

'तुमने पढ़ी है या नहीं, यह बताओ,' जगन काका कुछ बौखला-से गए।

भुवन बाबू ने जोर से हाथ हवा में फटकारा और खिड़की के बाहर पच्च से थूक दिया। 'मेरे पास ऐसी फालतू रॉटन किताबें पढ़ने का वक्त नहीं है। मैं जानता हूँ, अच्छी तरह जानता हूँ तुम्हारा यह उग्र राष्ट्रवाद, यह गन्दा टैररिज्म वहीं से निकला है। बंकिम वाज ए फैनेटिक। गांधी फैनेटिक तो नहीं है, पर बनिया है, पेटी-बूर्ज्वा है। यह आकर बीच में खामखाह न कूद पड़ा होता तो हमारी सीधी टक्कर तुम फासिस्टों से...बंकिम के चेलों से...हो जाती और हिन्दुस्तान की राजनीति बदल जाती। इस बुड्ढे ने आकर सब गुड़ गोबर करके रख दिया...।'

'यह हुई कुछ बात,' जगन काका चिल्ला पड़े और भुवन बाबू की पीठ ठोंकने लगे, 'तुम भी यार भुवन, कभी-कभी कमाल कर जाते हो। क्या बारीक कातते हो ?...इस पर कभी तुमसे बहस होगी। मगर फिलहाल मैं तुमसे एक बात कहना चाहता हूँ। तुम गांधी की इस आँधी से बूर्ज्वा कहके छुट्टी नहीं पा सकते। चूँकि वह सबको साथ लेकर चलना चाहता है; तुमको उसमें बूर्ज्वा उदारवाद दिखाई देता है। इस गलतफहमी में मत रहना कि गांधी बूर्ज्वा है। तुम्हारे 'पर्ज' से उसकी साधन की पवित्रता कहीं ज्यादा बूर्ज्वा नैतिकता की दुश्मन हैं। उसका विचार तुम्हारी विचारधारा से कहीं ज्यादा रेडिकल है...तुम उसके भीतर घुसके देखो तो पता चलेगा। गांधी विचारधारा नहीं है भुवन ! उसके विचार बुद्धिजीवी के विचार नहीं हैं। तुम क्या समझते हो, हिन्दुस्तान का आदमी बुद्धिजीवियों की परवाह करता है, बुद्धिजीवी के पीछे चलता है ? अरे, इससे बड़ा भ्रम क्या होगा ? हिन्दुस्तान का आदमी बुद्धि को बुद्धि की जगह पर रखना जानता है। तुम लोगों को तो इतना मोटा सत्य भी आँख से नहीं दिखाई देता कि हिन्दुस्तान

में राज्य की सत्ता नहीं है, धर्म की सत्ता है और वह समाज की सत्ता से गुँथी हुई है। तुम लोग राज्य की सत्ता हथियाकर समाज को बदलने का ख्वाब देखते हो... तुम्हारे पाँव अपनी जमीन पर नहीं हैं न, इसलिए। तुम स्वप्नजीवी हो, रोमैंटिक हो, नेहरू की तरह। गांधी पक्का रियलिस्ट है। उसके यहाँ स्वप्न की, रोमांस की कोई गुंजाइश नहीं है... थोड़ी होती तो अच्छा रहता। पर नहीं है। गांधी तो सीधे इस धर्म की सत्ता में ही सेंध लगा रहा है और धर्म के हथियारों से ही लगा रहा है। मैं जानता हूँ भुवन, हिन्दुस्तान क्रान्ति माँगता है पर इतना अब इन तीन-चार सालों में मेरी समझ में भी आ गया है कि वह क्रान्ति लाना तुम्हारे बस की बात नहीं है। तुम आउटसाइडर हो, और रहोगे। गांधी असली इनसाइडर है। और अगर जैसा तुम कह रहे हो, हम लोग फासिस्ट हैं तो हमको सबसे बड़ा खतरा गांधी से ही होना चाहिए, तुम लोगों से नहीं। क्योंकि तुम लोगों को तो उस सत्ता का कोई अन्दाज ही नहीं है, जो हमारे जीवन को हर क्षण चला रही है। तुम लोग नास्तिकता का दम जरूर भरते हो, पर हो नास्तिक भी नहीं उस अर्थ में, जिस अर्थ में क्रान्ति से पहले के रूस के युवक निहिलिस्ट हुआ करते थे। हो भी कैसे सकते हो ? मैंने कहा न, तुम हिन्दुस्तान की धरती पर एक अजूबा हो और अजूबा ही रहोगे। लाख तुम जनता-जनता चिल्लाते रहो, पर जनता तुम्हारे अस्तित्व तक से बेखबर है। उसमें तुम्हारी कोई जड़ें ही नहीं हैं। तुम्हें यहाँ कोई घास भी नहीं डालेगा भुवन, तुम बेफिकर रहो।...'

भुवन बाबू के चेहरे पर अब वह पहलेवाली उत्तेजना नहीं थी। उनका ध्यान बहक रहा था। एकाएक वे जोर से हँस पड़े और जगन काका से लिपट गए। 'अब बस भी करो यार, मैं अभी बहस के मूड में नहीं हूँ, फिर कभी तुमसे निबटूँगा फुर्सत से। वैसे मेरा आधा काम तो तुम खुद ही किए दे रहे हो। तुम्हारी ही बातें तुम्हारी बातों को काट कर फेंक देती हैं...इतना अन्तर्विरोध है तुम्हारी बातों में। तुम जेल जाके और भी कन्फ्यूज हो गए हो। खैर छोड़ो। तुम तो यार जेल क्या हो आए, पूरे फिलॉस्फर ही बन गए। वैसे भी पहले ही तुम्हारे पाँव धरती पर कहाँ रहते थे ? अब तो, लगता है वे हवा में भी नहीं रहे। अभी कल भवानी से मिलके आया था। वह तो सिर्फ साल-भर जेल में रहा, मगर उसकी तो हुलिया ही बदल गई है। पूरा महात्मा बन गया है। मैंने गलती की जो तुम लोगों के साथ मैं भी जेल नहीं चला गया।'

जगन काका अपने में ही खोए हुए थे...उन्होंने जैसे कुछ सुना ही नहीं। फिर वे बोले, कुछ इस तरह जैसे कमरे में कोई नहीं हो और वे अपने आप से बोल रहे हों, 'तुम ठीक कह रहे हो भुवन, जेल ने मुझे बहुत कुछ दिया। हमारा घर, हमारा समाज हमें कभी अकेला नहीं होने देता।...मेरा बस चले तो मैं हर हिन्दुस्तानी युवक के लिए जेल जाना अनिवार्य कर दूँ। सच में भुवन, यह दिल्लगी नहीं है। जेल में मुझे लगा मैं पहली बार सोचना सीख रहा हूँ...जेल ने मुझे सचमुच सोचना सिखाया।'

'वही तो...वही तो,' भुवन बाबू ने फिर एक जोर का ठहाका लगाया। जगन काका का स्वर उसी में डूब गया।

'भाभी, अभी चाय नहीं बनी क्या ?' जगन काका कोठरी से बाहर निकलकर चिल्लाने लगे। माँ चाय के गिलास लिये सीढ़ियाँ उतर ही रही थी। भीतर घुसते ही विनायक को देखकर हैरान हो गई—'क्यों रे गुड्डन ! मैं तो यहाँ फिकर के मारे मरी जा रही हूँ कि क्या हो गया, अभी तक क्यों नहीं आया होगा। और तू यहाँ घुसा हुआ है। स्कूल से आके मुँह-हाथ धोना, खाना-पीना कुछ नहीं, बस बैठ गया आके। क्यों लला, ये क्या लच्छन हैं ? मेरे लड़के को भी नेता बना दोगे क्या ?'

जगन काका जैसे नींद में से जगे हों, एक मुस्कुराहट धीरे-धीरे उनके समूचे चेहरे पर फैल गई। वे बच्चों की तरह मचलते हुए बोले, 'और नहीं तो क्या भाभी ! नेता क्या ऐसे ही बन जाते हैं ? अभी से ट्रेनिंग मिलेगी तभी तो कुछ होगा। मगर यह भाभी, तुम तो बिल्कुल खुश्क चाय का पानी उठा लाई हो। भुवन बाबू आज कितने साल बाद हमारे घर में आए हैं...ऐसी भी कंजूसी क्या ?'

भुवन बाबू ने नकली गुस्से से जगन काका को आँख तरेरकर देखा, 'लो, सुनो इसकी बात। मैं क्या कोई बाहर का हूँ। जितना भाभी ने तुम्हें खिलाया होगा, उससे ज्यादा ही मुझे खिलाया है। बहुत दिन बाद भेंट हुई, इसका मतलब यह तो नहीं कि अब मैं मेहमान हो गया।'

जगन काका ने इस बात पर एक ठहाका लगाया। माँ ने एक झेंपभरी मुस्कुराहट के साथ जगन काका की ओर देखा और कहा, 'तुम्हारे बराबर अधीरजवाला भी कोई नहीं होगा लला। मेरे क्या चार हाथ हैं ? चाय लाई हूँ तो कुछ खाने को भी लाऊँगी ही। चल गुड्डन मेरे साथ।'

विनायक दुखी हो गया। वह वहाँ से उठना नहीं चाहता था। पर उठे बिना छुटकारा भी नहीं था। वह लपकता हुआ माँ के पीछे-पीछे सीढ़ियाँ चढ़ गया और शकरपारे की तश्तरी उठाके नीचे को भागा।

'अरे अरे कहाँ जा रहा है रे ? दूध नहीं पीना है क्या ? तेरा भात भी गरम करके रखा है,' माँ पीछे से चिल्लाई। 'अभी नारायण आनेवाला है माँ, उसके साथ चाय ही पी लूँगा,' वह सीढ़ी पर से ही चिल्लाया। सीढ़ियाँ उतरते हुए माँ की बड़बड़ाहट उसका पीछा करती रही, 'जाने कहाँ-कहाँ के डूम-ढाढ़ियों को बुला लाता है।'

वे अब बहस नहीं कर रहे थे। जोर-जोर से हँस रहे थे। विनायक को बड़ी तसल्ली हुई उन्हें दोस्तों की तरह बतियाते देखके। 'लो भई, तुम भी लो,' भुवन बाबू ने दो शकरपारे अपने मुँह से ठूँसते हुए तश्तरी विनायक की ओर सरका दी, 'कितने में पढ़ते हो ?'

'चौथी में। अब पाँचवीं में जाऊँगा,' विनायक ने तुरन्त उत्तर दिया। 'वीनू ! ये भी तुम्हारे काका हैं। इन्हें भुवन काका कहा करो,' जगन काका बोले।

एकाएक बड़ी जोर की सीटी सुनाई दी। विनायक का चेहरा फक्क पड़ गया। और दिन तो बाजार की तरफ से सीटी देता था। आज पीछे से भी पहुँच गया। कैसे पता चला होगा साले को ? अब क्या होगा ? नारायण तो अभी तक नहीं आया।

'ये कौन सीटी दे रहा है ?' जगन काका ने खिड़की की चिक उठाकर नीचे को झाँका। विनायक का दिल धड़-धड़ करने लगा।

'देखो तो वीनू। तुम्हारा कोई दोस्त है क्या ?'

'आप कह दीजिए न, विनायक घर में नहीं है,' विनायक ने दीन आँखों से काका को देखा।

जगन काका की भौंहों पर बल पड़ गए, 'क्यों रे, झूठ क्यों बोलता है ? यही सिखाया है मैंने तुझे ? सच्ची बता कौन है ये? बुलाऊँ उसको यहीं ?'

'नहीं-नहीं,' विनायक घबराकर बोला, 'यह मनीश तेवाड़ी है, हमारी क्लास का मानीटर। वो ही, जो मुझे जबर्दस्ती शाखा में ले जाता है। मुझे वहाँ बिल्कुल अच्छा नहीं लगता।'

'तो मना क्यों नहीं कर देता ? मैंने तुझे बोला था न ? डरपोक कहीं का। ऐ लड़के, ऊपर आओ। विनायक तुम्हें बुला रहा है।'

अब क्या होगा ? विनायक का दिल और जोर से धड़-धड़ करने लगा। उसे अपने ऊपर शर्म आई। सहसा वह तनकर बैठ गया। जो होगा देखा जाएगा। जगन काका का भतीजा होके डरता है ?

खाकी निकर और खाकी कमीज पहने हाथ में एक डंडा लिये मनीश तेवाड़ी दहलीज पर खड़ा है।

'बैठो भाई मनीश,' जगन काका ने उसे अपने सामने बिठा लिया, 'तुम क्या विनायक को बुलाने आए हो ?'

मनीश तेवाड़ी के माथे पर बल पड़े। उसने विनायक को घूरकर देखा। कुछ दाल में काला नजर आया।

'कहाँ ले जाओगे इसे ?' जगन काका ने पूछा।

'शाखा में। विनायक आठ-दस रोज से मेरे साथ जा रहा है,' तेवाड़ी बोला।

'क्यों वीनू, तुम अपनी मर्जी से वहाँ जाते हो ?'

विनायक ने सिर हिला दिया। फिर साहस बटोरकर कहा, 'नहीं काका, ये मुझे जबर्दस्ती डरा-धमकाकर ले जाता है। मुझे वहाँ बिल्कुल भी अच्छा नहीं लगता।'

'क्यों भाई, जबर्दस्ती क्यों करते हो ? जब वह नहीं जाना चाहता तो तुम क्यों ले जाते हो ?'

'कौन कहता है जबर्दस्ती ले जाता हूँ। झूठ बोलता है साले ?' तेवाड़ी मारे गुस्से से हकलाने लगा।

'काहे की शाखा ? आर.एस.एस. की ?' भुवन बाबू ने पूछा।

तेवाड़ी ने सिर हिला दिया। भुवन बाबू ने एक अर्थपूर्ण मुस्कुराहट जगन काका पर निछावर की। जगन काका की निगाह तेवाड़ी पर जमी थी।

'यह डंडा किसलिए है ?' जगन काका ने पूछा।

तेवाड़ी चुप रहा। फिर सहसा उठ खड़ा हुआ, 'तो तू नहीं आएगा ?'

'नहीं,' विनायक ने दृढ़ स्वर में उत्तर दिया। जगन काका ने बारी-बारी से दोनों को देखा।

'वीनू तुम्हारी शाखा से, तुम्हारे गुरुजी से और तुमसे भी नफरत करता है। आइन्दा कभी यहाँ मत आना। समझे ?...और सुनो...'

तेवाड़ी सीढ़ियों पर ठिठक गया।

'अगर तुमने विनायक को छेड़ने की कोशिश की तो याद रखना, तुम्हारे ही डंडे से तुम्हारे हाथ-पाँव तोड़ दूँगा।'

'ब...ब...ब...बहुत देखे ऐसे हाथ-पाँव तोड़नेवाले,' तेवाड़ी हकलाता हुआ बोला और जल्दी-जल्दी सीढ़ियाँ उतरकर भागा।

'अब यह झूठमूठ मेरी शिकायत करेगा और मुझे मार खिलवाएगा क्लास में,' विनायक एकदम रुआँसा हो गया।

जगन काका ने एक जोर का धौल उसकी पीठ पर जमाया, 'राम-राम। तुम तो लड़कियों से भी गए-बीते हो। अपने सहपाठियों से ही डरते हो ? ऐसे कैसे चलेगा ? तुम अपने मास्साब से सच्ची बात बता देना। यदि इतने पर भी तुम्हें सजा मिले तो प्रिंसिपल से रिपोर्ट करना। तुम जितना डरोगे, वह उतना ही तुम्हें सताएगा। दुनिया बहुत बेरहम है वीनू ! वह कमजोर पर रहम नहीं खाती। अपनी रक्षा आप ही करना सीखो, नहीं तो हर कदम पर मार खाओगे।'

एकाएक भुवन बाबू जोर से खिलखिला पड़े। जगन काका ने अचरज से उन्हें देखा और कहा, 'क्यों भुवन, क्यों हँस रहे हो ?'

'तुम भी यार जगन, कमाल हो, उस बेचारे ने आखिर तुम्हारा क्या बिगाड़ा था? आखिर था तो तुम्हारा अपना आदमी। अपने बिरादरों के साथ क्या यही सलूक किया जाता है ?'

जगन काका मुस्कुराए, 'मैं जानता था तुम यही कहोगे। तुम मुँह खोलो, इसके पहले ही मुझे पता चल जाता है तुम क्या बोलने जा रहे हो। तुम इसके आगे सोच भी नहीं सकते, भुवन। तुम्हें मालूम है श्री अरविन्द सुभाष बाबू को कितना प्यार करते थे।...मगर अभी परसों ही देबदा पांडिचेरी आश्रम से लौटके आए हैं। वे मुझे बता रहे थे कि श्री अरविन्द अब सुभाष बाबू से भी नाराज हैं। कहते हैं, सुभाष ने आसुरी शक्तियों की तरफ हाथ क्यों बढ़ाया ?

'मगर मैं भी कहाँ की बात ले बैठा।' जगन काका हँसने लगे, 'तुमने तो भुवन, जहाँ तक मेरा खयाल है, श्री अरविन्द का कुछ भी नहीं पढ़ा होगा।'

'तुम बहुत रौब झाड़ने लगे हो जगन,' भुवन बाबू चिढ़ गए, 'तुम्हारे हीरो बदलते रहते हैं। कभी मार्क्स, कभी गांधी...और अब अरविन्दो। यह सरासर ऑब्सक्योरैंटिज्म है।'

'क्या कहा भुवन काका ?' विनायक ने पेंसिल-कापी भुवन बाबू के हाथ में पकड़ा दी, 'स्पेलिंग भी लिख दीजिए और उच्चारण भी।'

जगन काका हँसते-हँसते लोट-पोट हो गए, 'लिख दो भुवन, लिख दो। लड़का कुछ तो सीखे तुमसे। याद करेगा बड़े होने पर। दुआ देगा तुमको।'

'अपने जगन काका से ही पूछ लेना,' भुवन बाबू के स्वर की झुंझलाहट विनायक से छिपी नहीं रह सकी। मत बताओ। जगन काका ने इतने सारे शब्द सिखाए हैं तो ये भी सिखा देंगे। जगन काका के पास एक बहुत बड़ी डायरी है जिसमें वे रोज कुछ न कुछ लिखते रहते हैं। एक दिन, जब जगन काका उसे कमरे में छोड़कर किसी काम से ऊपर गए थे तो विनायक ने देखा था। उलटा-पुलटा भी था। कुछ पल्ले नहीं पड़ा। घबराहट भी थी...कहीं आ गए तो, देख लिया तो ? जगन काका के कमरे में किसी को जाने की इजाजत नहीं है। सरू दीदी चौबीस घंटे पहरा देती हैं। वो तो विनायक ने देख लिया उस दिन। नहीं तो सरू दीदी कहाँ बतानेवाली थीं ? मालूम तो होगा ही उन्हें। बीच-बीच में अंग्रेजी भी लिखी थी। तो क्या अंग्रेजी के बिना जगन काका का काम भी नहीं चलता ? विनायक बहुत जल्दी अंग्रेजी सीख डालेगा। पर...विनायक एकाएक उदास हो जाता है। उसे लगता है, अंग्रेजी उसे कभी नहीं आएगी। पॉल साहब जानबूझकर उसकी इन्सल्ट करते हैं। पता नहीं, इन ब्राह्मण लड़कों को कैसे इतनी अच्छी अंग्रेजी आ जाती है। सबसे अच्छे नम्बर भी इन्हीं लोगों के आते हैं और हाँ, त्रिभुवन के भी। त्रिभुवन की तो माँ खुद उसे पढ़ाती है, एक अंग्रेज बुढ़िया भी लगा रखी है। और लोगों को उनके पिताजी पढ़ाते होंगे। बड़ी मुश्किल से इधर चार-पाँच दिन से जगन काका को पकड़ रखा है। वो भी माँ ने लगातार कच-कच लगाई, तब। मन तो लगता नहीं पढ़ाने में, भाषण चाहे जितना दिलवा लो इनसे।

'जगन काका ! तुम कहीं फिर से जेल नहीं चले जाना।'

जगन काका की वाग्धारा में खलल पड़ गया है। वे अचकचाकर उसे देखते हैं एक क्षण, फिर पूछते हैं धीरे से 'क्यों, क्या हुआ ?'

'आप चले जाएँगे तो हमें अंग्रेजी कौन पढ़ाएगा ?'

'हाँ-हाँ, क्यों नहीं,' जगन काका उसकी पीठ थपथपाते हैं। उनका ध्यान कहीं और है। पता नहीं उन्होंने विनायक की बात सुनी भी, कि नहीं।

'कहिए-कहिए जगन महाशय। कह डालिए। मुझसे अच्छा श्रोता आपको कहाँ मिलेगा...' भुवन बाबू का चेहरा विनायक को अजीब-सा लग रहा है। विनायक को चिढ़ आ रही है उस पर। ये क्या यहीं बैठे रहेंगे ? कितनी देर तो हो गई।

'छोड़ो भुवन, मैं तो जेल से छूटकर आया हूँ। बरसों तक दीवारों से ही बात करता रहा। यहाँ आके सबसे पहले तुम्हारी खोज की। तुम थे नहीं। जी चाहता है बोलता रहूँ दिन-भर...रात-भर। मेरे अन्दर कितना कुछ जमा है। मैं खुद ही स्पष्ट नहीं हूँ कि मैं क्या चाहता हूँ। तुम्हारी स्पष्टता से मुझे ईर्ष्या होती है। पर मैं चाहता हूँ, सचमुच चाहता हूँ कि अपनी अँधेरी प्रतीतियों को खुले में, उजाले में खींचकर ला सकूँ; उन्हें दूसरों के विचारों के साथ दौड़ा सकूँ। अकेलेपन का भी एक नशा होता है, वह मैंने जेल में जाना पहली बार। अब मुझ पर बकने का नशा सवार हो गया है। तुम बोर हो रहे हो...मैं

जानता हूँ। मैं तुम्हारा हाजमा नहीं बिगाड़ना चाहता। चलो बेदा के होटल तक चलें। क्या खयाल है ?'

भुवन बाबू उठ खड़े होते हैं, 'मेरा हाजमा सचमुच खराब हो गया है, जगन। आज मुझे जरूरी काम से कहीं जाना है। पार्टी की मीटिंग है कल को। उसकी भी तैयारी करनी है। मैं तुमसे परसों मिलूँगा। बोलो मैं आ जाऊँ यहीं या तुम ही मेरे घर आ जाओगे ?'

'ठीक है, फिर मैं ही आ जाऊँगा,' जगन काका कहते हैं और भुवन बाबू को नीचे तक छोड़ आने को उठ खड़े होते हैं।

'मगर हाँ, तुम अपनी बात तो पूरी कर लो,' भुवन बाबू को चलते-चलते, एकाएक कुछ याद आ गया हो जैसे, ठिठक जाते हैं, दरवाजे पर ही।

'क्या बात थी यार, मैं तो भूल ही गया। वीनू ने बीच में टोक दिया।'

'अरे वही...तुम बताने जा रहे थे न, कि अरविन्दो को तुमने कैसे डिस्कवर किया...' 'डिस्कवर' पर जोर डालते हुए भुवन बाबू अजीब ढंग से मुस्कुराते हैं।

'हाँ हाँ...' जगन काका माथे पर की खाल को बुरी तरह नोच रहे हैं, 'मैं तुमसे बता रहा था...मैं पहले अरविन्द को बिल्कुल पसन्द नहीं करता था। सुनी-सुनाई बातों के आधार पर मैं भी उन्हें तुम्हारी ही तरह औब्स्क्योरैंटिस्ट और जाने क्या-क्या समझता था। पर अब मेरे विचारों में बहुत परिवर्तन आ गया है। मुझे लगता है हमने श्री अरविन्द को ठीक से समझा ही नहीं है। मुझे लगता है...मुझे लगता है भुवन, कि अरविन्द के पास वह चीज है जो गांधी के पास नहीं है। हालाँकि यह भी शायद उतना ही बड़ा सच है कि गांधीजी के पास भी वह दृष्टि है जो अरविन्द के पास नहीं है। मेरी हालत पेंडुलम की तरह हो गई है। क्या हम गांधी और अरविन्द के बीच चुनाव कर सकते हैं ? नहीं ! नहीं कर सकते। यही तो मुश्किल है। दोनों जरूरी हैं और फिर भी दोनों में तालमेल नहीं है। हमें उसे खोजना होगा। हमारी सारी उलझी हुई सच्चाइयाँ इसी विरोधाभास में से झाँकती हुई मुझे नजर आती हैं।...मेरा मन कहता है कि वे मिलेंगे हमारे भीतर. ..कभी न कभी...। अवश्य मिलेंगे। तो कामरेड भुवन, वही हमारी नियति है। वही हमारे इतिहास की दिशा है...' जगन काका चुप हो गए। विनायक को लगा जगन काका को अभी और बोलना था पर उन्होंने जबर्दस्ती रोक लगा दी है।

'इतिहास की दिशा मत कहो, जगन। अपनी दिशा, बल्कि अपनी दशा की ही बात करो। मुझे तुमसे सहानुभूति है। तुम जिस दुश्चक्र में पड़ गए हो, उससे उबरना तुम्हारे लिए कठिन है। मुझे तुमसे कितनी उम्मीदें थीं। तुम्हारा भी यही हश्र होना था। तुम्हारी दिशा अब एक ही है, जगन।...तुम पांडिचेरी ही पहुँचोगे। मगर...याद रखना, इतिहास तुम्हें कभी क्षमा नहीं करेगा।'...भुवन बाबू खटाखट सीढ़ियाँ उतर गए। जगन काका कुछ देर वहीं अपने आप में डूबे-से खड़े रहे। फिर उन्होंने एक लम्बी साँस छोड़ी और विनायक को देखकर मुस्कुराए, 'जाओ, मुँह-हाथ धो लो, दूध-वूध पी लो। फिर जहाँ कहोगे, तुम्हारे साथ चले चलेंगे। सरू भी आ गई होगी। उसे भी ले चलेंगे।'

गिदारी अम्मा और एक खास दोपहर

सात

'शकूना दे शकूना दे, काज ये अती नीको सो, रँगीलो पाटलो आँचली
कमलो को फूल...'

...गिदारियाँ गा रही हैं। आज विनायक का जन्मदिन है। विनायक को यह शकुनाखरवाला गीत बहुत ही अच्छा लगता है...जाने इस गीत में, इसकी धुन में ही क्या बात है कि सुनते-सुनते आप से आप विनायक की आँखें डबडबा आती हैं...और मन अजीब-सा हो जाता है। सरू दीदी गौर से देखती हैं उसे, 'क्या हुआ गुड्डन !'

गुड्डन क्या बताएँ उन्हें क्या हुआ है। आप से आप गीत के बोल कान में पड़ने के साथ ही आँखें मुँद जाती हैं जैसे कोई थपकियाँ देकर सुला रहा हो...और गले में कुछ फँस-सा जाता है और अपने आप आँखों में भर आता है...और जी करता है वह ऐसे ही सुनते रहें...गाना कभी खत्म ही न हो। अब सरू दीदी ने भी गिदारियों के स्वर में स्वर मिलाकर गाना शुरू कर दिया है...बहती नदी में जैसे एक झरना दौड़ता हुआ चुपचाप आके मिल गया हो।

हर साल नियम से गिदारियाँ आती हैं इस दिन...। साल में सिर्फ एक बार... सुबह-सुबह...। विनायक को इस दिन की बड़ी प्रतीक्षा रहती है। जिस दिन विनायक का जन्मदिन होता है उसकी पहली शाम को दीदी विनायक को साथ लेकर गिदारी आमा के घर जाती हैं बुलाने–

'गिदारी आमा ! गिदारी आमा ! कल तुम्हारा बुलौवा है।'

वे दोनों विधवा बहनें हैं...एक को कुछ दिखाई नहीं देता, दूसरी को कुछ सुनाई नहीं देता।...बाम्हनीखोला के एक छोटे से गोठ में उनका घर है। बहुत ही गरीब...उनका कोई नहीं है। शकुनाखर गाकर ही उनकी जीविका चलती है। जनमवार, व्रतबन्ध, शादी-ब्याह–ऐसे ही मौकों पर उनकी बुलाहट होती है। कोई हँसी-खुशी का काम-काज बिना उनकी असीस के शुरू नहीं हो सकता।

गिदारियाँ सरू दीदी को बहुत प्यार करती हैं। सरू दीदी को भी उनके साथ शकुनाखर गाना बहुत अच्छा लगता है। कई बार तो सरू दीदी ही उन दोनों को हाथ पकड़कर जहाँ उन्हें जाना होता पहुँचा आती थीं। वे जुड़वाँ बहनें हैं। एक साथ जन्मीं और एक साथ विधवा भी हो गईं। एक साथ ही भगवान के घर भी जाएँगी। क्या कह

रही थी उस दिन गिदारी आमा परुली बुआ से...'ब्वारी, दगड़ै जाण छु वाँ लै'...वहाँ भी साथ ही जाना होगा। 'वहाँ यानी भगवान के घर'—सरू दीदी ने बताया था। विनायक बेहद उदास हो गया था। दो साल हुए उसकी भी तो दो बहनें एक साथ हुई थीं और एक साथ ही भगवान के घर चली गई थीं। 'जब भगवान के घर ही जाना था तो हमारे घर आने की क्या जरूरत थी ?' इस सवाल का जवाब किसी के पास नहीं था। 'और भगवान का घर कहाँ है ?' उसने पूछा था। 'वहाँ वो हिमालय के पीछे'—बाबूजी ने बताया था। विनायक का समाधान नहीं हुआ था। इन बड़ों की बात का कोई भरोसा नहीं। अगर इतनी अच्छी जगह भगवान का घर है तो इतना रो क्यों रहे थे, चिल्ला क्यों रहे थे ? मरना जरूर अच्छी बात नहीं है।

गीत की नदी बहती जा रही है...अब उसमें एक-एक करके परिवार के सब लोगों के नाम आ-आकर जुड़ रहे हैं...ये बाबूजी, ये मथुर काका, ये जगन काका, ये विनायक, ये सरोज रानी...ये...कितने मीठे लगते हैं सबके-सब !...वे छोटी-छोटी बहनें अगर भगवान के घर में न चली गई होतीं तो उनके नाम भी गिदारी आमा गा देती। मगर गिदारी आमा का भी तो कोई नाम होगा। गिदारी आमा ! अपना नाम भी तो गाओ। क्या वहाँ भगवान के घर में भी जनमवार मनाया जाता होगा ? वहाँ भी गिदारियाँ होती होंगी ? जब गिदारी आमा वहाँ चली जाएगी तो भगवान के घर भी शकुनाखर ही गाएगी ? फिर यहाँ कौन गाएगा ?...विनायक उठकर भीतर हड़चाख में चला जाता है और खिड़की से मुँह बाहर करके बाजार को देखने लगता है। उसे सचमुच रोना आ रहा है।...गिदारी आमा ! अभी मत जाना भगवान के घर। अभी यहीं रहना। नहीं तो मेरा जनमवार कौन मनाएगा ? शकुनाखर कौन गाएगा ? सरू दीदी ? और जब सरू दीदी भी डोले में बैठके अपनी ससुराल चली जाएँगी तो उसके बाद ?...उसके बाद ?

'गुड्डन !' सरू दीदी बुला रही हैं, 'चल रे जल्दी कर। त्याड़ज्यू आ गए।'

'ब्वारी...' नीचे धन्नू सुनार की दूकान से पुकारते हुए जमुनादत्त तिवाड़ीजी अपना पोथी-पत्रा, पोटली-सोटली बगल में दबाए धम्म-धम्म करते सीढ़ियाँ चढ़ रहे हैं। विनायक को एक बड़ी सी परात में बिठा दिया गया है। सरोज दीदी तेल और हल्दी लगा रही हैं। विनायक को कुतकुती लग रही है। दीदी जानबूझकर कुतकुती लगाती हैं। गुड्डन से ज्यादा गुड्डन के जनमवार का कौतुक उन्हें रहता है।

नहा-धोकर, नई टोपी पहनकर विनायक देवता-स्थान में एक पीढ़े पर बिठा दिए गए हैं। जमुनादत्त त्याड़ज्यू दूसरी चौकी पर जम गए हैं। एक चौकी पर सामने देवता लोग विराजमान हैं। आज उन्हें भी खूब नहलाया-धुलाया गया है। ताँबे के, पीतल के, नारियल के, सभी देवतागण आज चमाचम हो रहे हैं। गणेशजी इनमें सबसे जोरदार लग रहे हैं। पूजा ही उनकी है। आज दिन ही उन्हीं का है। 'ओम विष्णवे नमः...' जमुनादत्तजी चालू हो गए हैं, 'ओम श्री सिद्धि विनायकाय नमः...ओम्...बोलो मेरे साथ-साथ बोलो—ओम्...'मुझे अच्छी बुद्धि-वाणी देना। बस, अब अर्घ्य उठाकर पानी मेरे हाथ में डालो।' डाल तो दिया पर वह चमचमाती हुई चवन्नी, जिस पर विनायक की

टकटकी इतनी देर से लगी थी, उसे उठाकर जमुनादत्तजी ने अपनी जेब में खोंस लिया है। अभी एक रुपया और इनको मिलेगा। चवन्नी रखी रहने देते तो ?

एक लाल वस्त्र में हल्दी की कच्ची गाँठ और ताँबे का पैसा बाँधके घड़ी जैसा बनाके गणपति के सामने रखा है। जमुनादत्तजी उसे कोई मन्त्र बुदबुदाते हुए विनायक के बाएँ हाथ पर बाँध देते हैं और तिलक लगा देते हैं। इसके बाद त्याड़ज्यू से शुरू करके बारी-बारी से सबके पाँव छूकर प्रणाम करना है।

खूब धुआँ है। रसोई के ठीक ऊपर, जहाँ धुआँ निकलने के लिए छत का पत्थर खिसकाके एक छेद बना दिया गया है, वहाँ से सबेरे की धूप का एक बड़ा सा धब्बा फर्श पर पड़ रहा है। मारे धुएँ के सबकी आँखें मिचमिचा रही हैं। अब आरती होगी। सिद्धि विनायक की। विनायक ही विनायक की आरती उतारेंगे। फिर बाबूजी, फिर माँ फिर मथुर काका, फिर सरू दीदी, त्याड़ज्यू शंख हाथ में लेके जोर से फूँकते हैं... पूँऽऽऽऽऽ। विनायक को लगता है छत की सुराख और फर्श के उस धब्बे के बीच अटकी वह धूप की शहतीर ही धुएँ के साथ मिलकर 'पूँऽऽऽऽऽ' कर रही है।

अभी तक मथुर काका नहीं आए हैं। जगन काका भी जाने कहाँ हैं ?...अब सरू दीदी आरती कर रही हैं। यह हुआ ढंग आरती करने का।...विनायक मन्त्रमुग्ध-सा देख रहा है। एक बहुत ही सुन्दर लय में चढ़ती-उतरती बातियों की लौ में उनका चेहरा कैसा दिप रहा है। विनायक को आज पहली बार दीदी बड़ी सुन्दर लग रही हैं। वैसे दीदी को सुन्दर कोई नहीं कहता। वे कुछ ज्यादा ही साँवली हैं। उस दिन विनायक के कान में पड़ गया—परुली बुआ माँ से कह रही थीं, 'ये इतनी काली कैसे निकल गई ? हमारे खानदान में तो सभी गोरे थे। इसे ले कौन जाएगा ?' इस पर माँ ने एक गहरी साँस छोड़ते हुए कहा था, 'ले कौन जाएगा, जहाँ इसका अन्न-जल होगा, वहीं जाएगी।'

'दीदी तुम्हारा जनमवार क्यों नहीं होता ?' एकाएक विनायक के मुँह से निकल पड़ा।

दीदी आरती लिये गोल घूम रही थीं। जहाँ की तहाँ ठिठक गई। उनके हाथों की, पाँवों की वह लय गति पल-भर को जम-सी गई। विनायक को फौरन महसूस हो गया उसे यह बात नहीं पूछनी थी। पर अब क्या किया जाए ?

विनायक की नजर बारी-बारी से सबके चेहरों पर दौड़ गई। कहीं कोई प्रतिक्रिया नहीं थी। इसका मतलब, उसका प्रश्न निरर्थक था। जमुनादत्तजी अर्घ्यदान में पड़े हुए सिक्के बटोर रहे थे। माँ सीधे का सामान सहेजकर उनकी पोटलियों में बाँध रही थी।

खाना खाते हुए विनायक से फिर नहीं रहा गया, 'माँ, तुमने बताया नहीं। दीदी का जनमवार क्यों नहीं होता ?'

माँ गीली लकड़ियों को फू-फू करते-करते परेशान हो गई थी। चिढ़ गई, 'तुझे तो रट्ट-सी लग जाती है। फालतू की बातों में बड़ा मन लगता है तेरा। कह तो दिया लड़कियों का जनमवार नहीं होता।'

'क्यों ?' विनायक ने पूछना चाहा किन्तु माँ के स्वर की अतिरिक्त कड़वाहट ने

उसे सहमा दिया। ये कैसी लकड़ियाँ हैं जो सुलगती भी नहीं। सुबह...शाम, जब देखो धुआँ ही भरा रहता है घर-भर में। हमारे ही यहाँ ऐसी लकड़ियाँ क्यों आती होंगी ? लच्छू, चन्दू, हरीश, नित्यानन्द किसी के यहाँ भी तो इतना धुआँ नहीं होता।

'वीनू,' नीचे से कोई पुकार रहा है। अरे, जगन काका आ गए। विनायक जल्दी-जल्दी बची-खुची दाल-भात निबटाकर मुँह-हाथ धोए बिना नीचे को दौड़ पड़ता है। सीढ़ियों के नीचे अपनी कोठरी के बाहर ही जगन काका खड़े हैं। बड़े खुश दिखाई दे रहे हैं। अरे, उनके हाथ में ये किताबें कैसी हैं ?

'लो ये तुम्हारे लिए हैं,' जगन काका कहते हैं, 'तुम्हारे जन्मदिन की भेंट। और ये दूसरी किताब सरोज के लिए है। कहाँ है सरोज ? सरू बेटा ! ओ सरू बेटा ! जल्दी आओ।'

सरू धीरे-धीरे सीढ़ियाँ उतरती हुई काका के सामने आ खड़ी होती है। उसका चेहरा उदास है। क्यों उदास है ? अभी-अभी तो कितनी चहक रही थी। अभी-अभी क्या हो गया ? अरे हाँ...वही बात होगी।

'जगन काका ! माँ कहती है लड़कियों का जनमवार नहीं होता। ऐसा क्यों काका ?'

जगन काका बुरी तरह चौंक जाते हैं। फिर सरोज का हाथ पकड़कर अपनी ओर खींचते हैं और खूब जोर से हँसते हैं। 'अरे बेवकूफ ! माँ को कुछ याद भी रहता है ? तू खामखाह तंग करता है उनको। कौन कहता है लड़कियों का जनमवार नहीं मनाते हैं। हम तो मनाते हैं। जगन काका तो सबसे पहले सरू बेटे का जनमवार मनाते हैं। है न बेटा ? यह लो तुम्हारे लिए हम वीनू से भी अच्छी किताब लाए हैं। जगन काका सरोज को हाथ की किताब खोलकर पकड़ा देते हैं। विनायक झाँकके देखता है—'मुकुल'—सुभद्रा कुमारी चौहान। सरोज का चेहरा एकदम से खिल उठा है। 'लाओ गुड्डन, तुम्हारी किताब देखें,' वह विनायक के हाथ की किताब छीनकर देखती है—'पंचतन्त्र की कहानियाँ'। वाह ! एक की बजाय दो-दो किताबें पढ़ने को मिलेंगी।

जगन काका ! यह वाली किताब मैं लूँगा। मुझे 'झाँसी की रानी' याद है। दीदी की समझ में ये नहीं आएगी ! उनको वो वाली किताब दे दो।'

जगन काका मुस्कुराते हैं और धीरे से किताब विनायक के हाथ से छीनकर सरोज को पकड़ा देते हैं, 'तू बहुत लालची है। दीदी की समझ में क्या आता है और क्या नहीं आता, यह मैं जानता हूँ। कविता याद हो जाने से क्या होता है ? पहले तू अपनी किताब पढ़ ले। फिर सरोज से उसकी किताब माँगके पढ़ लेना। वो क्या तुझे मना करेगी ?'

'काका, इसका मन है तो इसी को दे दो। मैं ही बाद में पढ़ लूँगी,' सरोज वापस किताब विनायक की ओर बढ़ा देती है। गुड्डन नाराज हो गया है। मगर जगन काका नहीं मानते। किताब खोलकर दिखाते हैं। ये देखो, तुम्हारा नाम लिखा है कि नहीं ? 'सरोज के योग्य'। तो बस। वीनू फिर पढ़ ही लेगा। और वीनू ! तुम, देखूँ कितनी कहानियाँ इनमें से याद कर सकते हो।

यह हुई कुछ बात ! चुनौती स्वीकार है विनायक को। किताब के पन्ने पलटते ही समझ में आ गया था कि वही हितोपदेशवाला मामला है। जगन काका को क्या मालूम ! एक दिन के अन्दर पढ़के सुना दूँगा सबकी-सब। 'सरोज के योग्य !' हुँह !...और विनायक के योग्य क्यों नहीं ? खैर, चलो कोई बात नहीं। आएगी तो आखिर अपने ही हाथ में।

जगन काका आज बड़े खुश नजर आ रहे हैं। कुछ बात जरूर है।

'सुनो बेटा, हमें दो बजे की गाड़ी से रानीखेत जाना है। वहाँ हमारा इंटरव्यू है। तुम हमारा बिस्तर बाँध दो। कल ही वापस आ जाएँगे। अगर नौकरी लग गई तो तुम लोगों के लिए ढेर सारी मिठाइयाँ लाएँगे। चल भइया, हमें जल्दी से खाना खिला दे,' जगन काका उठ खड़े होते हैं।

सरोज बड़े उत्साह से ऊपर दौड़ जाती है। जगन काका रानीखेत जा रहे हैं। भगवान करे जगन काका की नौकरी लग जाए। 'ये इंटरव्यू क्या होता है, काका !' विनायक पूछता है।

'इंटरव्यू !' जगन काका रोटी तोड़ते-तोड़ते रुक जाते हैं और गौर से विनायक को देखते हैं, 'इंटरव्यू तो, यार मुझे भी नहीं मालूम क्या होता है। देके आऊँगा तभी बता पाऊँगा।'

'...भाभी मुझे आशीर्वाद दो, मेरी नौकरी लग जाए,' जगन काका माँ के पैरों पर झुक गए हैं। एकाएक बाजारवाली सीटियाँ बज उठती हैं।

'मैं भी चलता हूँ जगन्नाथ, तेरे साथ। कुछ कहना-सुनना पड़ेगा...' मथुर काका जाने कहाँ से एकाएक प्रकट हो गए हैं। सब लोग एकाएक सहम जाते हैं। जगन काका से तो मथुर काका की बोलचाल ही बन्द थी।

'नहीं मथुर दा ! मेरे लिए किसी से कहने-सुनने की जरूरत नहीं है। आप रहने दीजिए। मेरा होना होगा तो वैसे ही हो जाएगा,' जगन काका मथुर काका की ओर देखे बिना खटाखट सीढ़ियाँ उतर जाते हैं। मथुर काका एक क्षण भौंचक्के-से रह जाते हैं, फिर उनके पीछे-पीछे लपकते हैं, 'तो फिर ये चिट्ठी तो लेते जाओ। सेक्रेटरी को दे देना।'

'नहीं, मुझे किसी की सिफारिश नहीं चाहिए,' जगन काका चिल्ला रहे हैं। कुछ देर बाद मथुर काका बौखलाते हुए लौट आते हैं।

'देख रहे हो इसकी अकड़ ? पता नहीं अपने को समझता क्या है ? ऐसे लोगों को कभी नौकरी मिल सकती है ? कभी नहीं मिल सकती। तुम देख लेना...सब जगह इसका नाम दर्ज है। ये समझ रहा होगा प्राइवेट स्कूल में कौन देखता है। अरे वहाँ का मनीजर, सेक्रेटरी दोनों वकील-बैरिस्टर हैं। वे क्या इसे घुसने देंगे ? सरकार की नजर में ये खूनी है, क्रान्तिकारी है। अपनी जिद करता है। अरे 'बीती ताहि बिसार दे अब आगे की सुध लेय'...मगर अब भी इसकी समझ में कुछ नहीं आ रहा है। आएगा, जब भीख माँगने की नौबत आ जाएगी और भीख भी नहीं मिलेगी, समझे ? करम साले कोढ़ियों के, और पाँव सातवें आसमान पर। तुम देख लेना, तुम भी यहीं, मैं भी यहीं।

याद करना उस बखत मथुरिया ने क्या कहा था। कीड़े पड़ेंगे सालो, कीड़े। मेरे बाप का क्या जाता है ? मैं तो इसी के भले के लिए कह रहा था। मुझे क्या पड़ी थी, मुझी से नहीं रहा गया। मैं तो बात नहीं करता। अरे बात उससे करो जिसे बात सुनाई दे, जिसे अपना बुरा-भला आँख से दिखाई दे। अन्धों और पागलों से बात करके भी क्या फायदा ! अरे ऐसी ही जो अकड़ है तो फिर नौकरी भी क्यों ढूँढ़ते हो ? खाओ पड़े-पड़े। जोड़ तो गए हैं तुम्हारे बाप-दादा तीन पुश्तों तक खाने को। अरे, मेरा क्या है ? चला जाता तो सेक्रेटरी के हाथ-पाँव मैं जोड़ता। इसके बाप का क्या बिगड़ जाता ? इज्जत जाती तो मेरी जाती—नौकरी तो इसी को मिलती। और नौकरी भी क्या ? मास्टरी। इतना पढ़-लिखकर दो कौड़ी की मास्टरी। और वो भी नहीं मिलेगी। तुम देख लेना, कल को अपना-सा मुँह लेके वापस नहीं आया तो मेरा नाम मथुरलाल नहीं।'

विनायक हक्का-बक्का रह गया। दीदी कहाँ गई ? जाने कब की उठकर चल दीं। वहीं गई होगी नीचे, जगन काका के पास। विनायक भी भाग जाना चाहता है पर हिम्मत नहीं होती।

एकाएक मथुर काका ने हाथ की चिट्ठी फाड़के टुकड़े-टुकड़े करके फेंक दी, 'भाड़ में जाओ मेरी तरफ से।'

'किसकी चिट्ठी थी लला ?' माँ ने अचानक घुटनों पर से सिर उठाया।

'तुम्हें क्या करना है जिसकी भी थी,' मथुर काका गरजे और फिर धीरे से बड़बड़ाए, 'कितनी खुशामद करके लिखवाई थी। ज्ञानदत्त बाबू को तो तुम जानती ही हो किस ढच्चर का आदमी है। उससे चिट्ठी लिखवाना क्या आसान काम है ? वो जो सेक्रेटरी है, ज्ञानू का सगा साढू है। कहने लगा, 'मुझे इस चक्कर में क्यों फँसा रहा है ?' उसका कहना भी वाजिब ही था। वो भी सरकारी नौकर ठहरा। ऐसा कौन उल्लू का पट्ठा होगा जो जानते-बूझते अपनी गर्दन फँसवाएगा। मगर मेरा दुख देख के वो पसीज गया। मैंने उससे कहा, 'यार ज्ञानू, तू देख ही रहा है मेरी हालत, तुझसे छिपी नहीं है। दाज्यू की तरफ से एक कौड़ी की मदद नहीं। मैं कहाँ तक अकेला पिसूँ। तू ही बता, तेरा ही सगा भाई अगर जवानी के जोश में पड़के ऐसा गलत-सलत कर बैठता तो तू क्या उसे भूखा मार देता ?...' बेचारा ज्ञानू रहमदिल आदमी है, मेरी बात उसे लग गई। कहने लगा, 'ले यार कैप्टेन, तू भी क्या कहेगा। जैसे तेरा भाई, वैसे मेरा भाई। तेरी खातिर क्या मैं इतना भी नहीं कर सकता ?...अब बताओ मैं ज्ञानू को क्या मुँह दिखाऊँगा। कल को वो पूछेगा तो मैं क्या जवाब दूँगा ? उस सेक्रटरी के बाप की भी हिम्मत थी जो ज्ञानू की बात टाल देता ? मरो सालो, भुगतो अपनी करनी। मुझे क्या ?...'

मथुर काका खटाखट सीढ़ियाँ उतर गए। माँ पीछे-पीछे दौड़ी और पुकारने लगी, 'खाना तो खा जाओ लला...' मगर लला ने सुनी-अनसुनी कर दी। माँ वहीं सीढ़ियों पर सिर थामे बैठ गई। विनायक कुछ देर तक भौंचक्का खड़ा रहा, फिर माँ के पास जाकर बैठ गया। धीरे से बोला, 'मथुर काका किसलिए गुस्सा हो रहे थे माँ ?'

माँ थोड़ी दूर चुप रही फिर कहने लगी, 'गुस्सा होने की बात ही है। तेरे छोटे काका

ने अच्छा नहीं किया जो उनकी बात नहीं मानी। चले ही जाते साथ, तो क्या हो जाता ? कम से कम चिट्ठी तो ले जाते। तेरे बाबू का अभी तक पता नहीं है। वो समझाते तो शायद मान भी जाते। उनको तो दुनियादारी से कोई मतलब ही नहीं। सारा पढ़ाया-लिखाया अकारथ गया।'

विनायक की समझ में कुछ नहीं आ रहा। माँ भी मथुर काका की तरफदारी करने लगी। जगन काका तो इतने पढ़े-लिखे हैं। मथुर काका तो उनके सामने गँवार जैसे लगते हैं। फिर...उन्हें नौकरी क्यों नहीं मिलेगी ? मथुर काका के जाने से क्या हो जाता?

'जगन काका रानीखेत क्यों जा रहे हैं, माँ ?' विनायक पूरी बात जानना चाहता है।

माँ सीढ़ी से उठके ऊपर चटाई पर पसर जाती है। 'कोई स्कूल खुला है नया। उसमें मास्टरी की जगह खाली है। मैं सोच रही थी कि वहाँ लग जाते तो तुझे भी उनके साथ ही भेज देती। यहाँ की दिन-रात की कट-कट से तो छूटता।'

विनायक खुशी के मारे उछल पड़ा, 'सच्ची माँ।'...इससे बढ़िया बात क्या हो सकती है।...इस जी.आई.सी. से पिंड छूटेगा। मथुर काका का डर भी नहीं रहेगा। जगन काका खुद जहाँ मास्टर हों, वहाँ विनायक के ठाठ ही ठाठ होंगे।...बस यही दुख है कि लच्छू, चन्दू, अहमद, नारायण वहाँ नहीं मिलेंगे। पर रानीखेत है ही कितनी दूर ? दो घंटे तो लगते हैं मुश्किल से वहाँ से आने में। छुट्टी में तो यहीं आ जाएगा। फिर दीदी वहाँ नहीं रहेगी तो जगन काका पर विनायक का ही एकाधिकार रहेगा। छिः छिः !...विनायक को अपने ऊपर झेंप आई। दीदी तो मुझे कितना प्यार करती हैं। अपनी किताब तक मुझे देने को तैयार हो गई थीं।

'जाओ, अपने काका को मोटर में बिठा आओ। सरोज के साथ जाना और वहाँ से सीधे घर आना। इधर-उधर कहीं गया तो मारूँगी हाँ।'

'नहीं माँ, मैं सीधे आ जाऊँगा,' विनायक खुशी से उछलता हुआ जगन काका की कोठरी की ओर लपका।

जगन काका का बिस्तर बँध गया लगता है। विनायक को सीढ़ियों से ही दिखाई दे रहा है। भीतर जगन काका और सरोज की कुछ खुसर-फुसर चल रही है। क्या बात कर रहे होंगे ये लोग ?...विनायक को एक अजीब कुतूहल ने जकड़ लिया। वह दबे-पाँव चलता हुआ कोठरी के दरवाजे की आड़ में जाकर खड़ा हो गया।

'तूने उसे बुलाया क्यों ?' जगन काका की आवाज है।

'मैंने उसे नहीं बुलाया, काका। वो खुद ही कहने लगी अपने भाई के जनमवार में मुझे नहीं बुलाएगी ? मैं क्या कहती ? मैंने कहा, 'क्यों नहीं भत्ती दीदी। आप जरूर आइए।'

जगन काका को हँसी आ गई है, 'तू तो बिल्कुल पगली है, सरू ! तूने कभी देखा उसे यहाँ ? वो आज तक हमारे यहाँ नहीं आई। फिर आज ही कैसे आ जाएगी ? मैं परसों भुवन के साथ गया था उसके यहाँ। तेरे बारे में पूछ भी रही थी। पर तुझसे उसकी भेंट हुई और ये बात हुई ऐसा तो उसने कुछ नहीं बताया। तुम दोनों तो मिलके मेरे खिलाफ षड्यन्त्र जैसा कर रही हो। मगर ये तो बता मुझे, मिल कहाँ गई वो ?'

'मैं उसके कॉलेज गई थी, काका ! वहाँ मेरा गायन था। मुझे इनाम भी तो मिला था।'

'अरे !' जगन काका कहते हैं, 'तूने मुझे बताया तक नहीं। कितने बजे आने को कह रही थी ?'

'शाम को चार बजे। पर आप तो अभी चले जाएँगे।'

जगन काका को फिर हँसी छूट रही है, 'पहले एक इंटरव्यू में तो पास होने दे पगली। फिर दूसरे की सोचूँगा। असली इंटरव्यू तो यही है सरू।'

सरोज खिलखिलाकर हँस पड़ती है, 'यह तो हुआ-हुआया ही समझो जगन काका। किसकी हिम्मत है जो हमारे जगन काका को फेल कर दे। क्यों काका ! इसमें किस चीज का इम्तहान होगा ? क्या कोई तुम्हारा भी इम्तहान ले सकता है ?'

जगन काका की हँसी फिर सुनाई पड़ी। जमीन पर चप्पलों की आवाज भी। विनायक तुरन्त सीढ़ियों के पास जाके खड़ा हो जाता है ताकि अभी, बिल्कुल अभी ऊपर से आता हुआ दीखे।

'इम्तहान तो मेरा कोई भी ले सकता है, बेटा, खुद भगवान ही मेरा रोज इम्तहान ले रहे हैं।...वैसे इम्तहान-विम्तहान क्या होगा—ऐसे ही कुछ पूछ-पाछ लेते होंगे। सर्टिफिकेट भी देख लेते होंगे। फिर जिसको लेना हो। पता नहीं, कितने लोग आएँ। मथुर दा तो भविष्यवाणी कर ही गए हैं।'

'जगन काका...' सरोज की आवाज बड़ी हिचकिचाई हुई है, 'तुमने मथुर काका से वह चिट्ठी क्यों नहीं ली? वे बहुत गुस्सा हो रहे थे। कह रहे थे कि यह नौकरी तुम्हें नहीं मिल सकती क्योंकि तुम क्रान्तिकारी ठहरे। जगन काका ! क्रान्तिकारी तो देशभक्त होते हैं। उन्हें नौकरी क्यों नहीं मिल सकती ?'

कोठरी में भारी सन्नाटा छा गया है। जगन काका सरोज की बात का कोई जवाब नहीं दे रहे हैं। उन्हें बुरा लग गया है शायद। दीदी बिल्कुल बेकार की बात करती हैं। यही बात मैं पूछता तो मुझे डाँट देतीं।

अब यहाँ खड़े रहना ठीक नहीं है। जगन काका किसी भी क्षण बाहर आ सकते हैं। विनायक आगे बढ़ जाता है। तभी उसके कानों से एक वाक्य आकर टकरा जाता है, 'मुझे काम चाहिए सरोज। भीख नहीं।'

जगन काका विनायक को एकदम सामने पाकर अचकचा-से जाते हैं। विनायक तुरन्त बोल पड़ता है, 'काका, माँ ने कहा है कि तू और दीदी काका को मोटर में बिठाके आओ।'

जगन काका के चेहरे की सिलवटें एकबारगी मिट जाती हैं। वे जोर से हँस पड़ते हैं, 'वाह-वाह ! मैं क्या बच्चा हूँ जो मोटर में अकेला नहीं चढ़ सकता। इस धूप में तुम लोग कहाँ भटकोगे। चलो बैठो यहीं। अच्छा सरू बेटा, हम चलें,' जगन काका झटपट एक हाथ में दरी में लिपटा छोटा सा बिस्तर और दूसरे में झोला लटकाए सीढ़ियाँ उतरने लगे। सरोज हड़बड़ाकर उनके पीछे दौड़ी और उसकी देखा-देखी विनायक भी। 'बिस्तर

मुझे दो काका,' उसने जबर्दस्ती काका के हाथ से बिस्तर छीन लिया और विनायक ने इशारा समझकर फौरन दूसरे हाथ का झोला अपने कब्जे में कर लिया।

जगन काका को स्टेशन पहुँचाकर, मोटर में बिठाकर दोनों भाई-बहन घर को लौट रहे हैं। स्टेशन से घर दूर नहीं है। बस यह किलेखाई की चढ़ाई चढ़े कि वह रहा घर। विनायक के भीतर अजीब उथल-पुथल मची हुई है। पर कुछ पूछने को साहस नहीं होता। दीदी एकदम चुप और गुम्म-सुम्म बनी हुई है। पता नहीं किस सोच में पड़ी है।

जगन काका की कोठरी के पास पहुँचकर सरोज ने कोठरी की साँकल चढ़ाने को हाथ बढ़ाया तो विनायक ने उसका हाथ पकड़ लिया और बहुत ही लाड़ से भरकर कहा, 'दीदी, आज यहीं जगन काका के तखत पर बैठके पढ़ने को मन कर रहा है। तुम भी यहीं पढ़ो न। मुझे वो कविताएँ सुनाओ अपनी किताब की।'

सरोज ने रुककर एक क्षण गम्भीरतापूर्वक छोटे भाई के इस अभूतपूर्व प्रस्ताव पर विचार किया और फिर विनायक का हाथ पकड़कर भीतर दाखिल हो गई। 'वो तो ऊपर ही रह गई रे। कुछ और पढ़ ले। इतनी सारी किताबें हैं।'

विनायक ने घूम-घूमकर जगन काका के पुस्तकालय का मुआयना शुरू कर दिया। सरोज उसे देखती रही। गुड्डन भी, लगता है जगन काका की तरह ही पढ़ाकू निकलेगा क्या ?...बैठे-बैठे वह ऊँघने लगी। इतने में ऊपर से संजू के रोने की आवाज सुनकर वह हड़बड़ाकर उठ खड़ी हुई और ऊपर चली गई।

विनायक अब जगन काका की कोठरी में अकेले थे। दीदी किसी भी वक्त टपक सकती हैं। लेकिन अभी एकदम से तो नहीं ही आएँगी। उन्होंने कोठरी के दरवाजे से, फिर आगे बढ़कर सीढ़ियों पर से ऊपर की टोह ली और आश्वस्त होकर भीतर चले आए और दरवाजा भीतर से भेड़ दिया।

छोटी सी कोठरी में किताबों से भरे हुए बाँस के पाँच-छह रैक हैं। एक खुली आलमारी है, वह भी किताबों से ही पटी हुई है। दो काठ के सन्दूक हैं और एक बड़ा लोहे का ट्रंक। विनायक ने एक बक्से का ढक्कन उठाया...वह डायरी जो उस दिन देखी थी—कहाँ है...बक्से में किताबों के साथ-साथ कुछ कापियाँ भी हैं। ये...कविताएँ। और ये ? लेख होंगे। डायरी तो लाल रंग की थी। विनायक ने उसे बन्द करके दूसरा बक्सा खोल डाला। जल्दी-जल्दी सब उलट-पुलट डाला। पत्रिकाएँ ही पत्रिकाएँ भरी पड़ी हैं। वह लाल जिल्दवाली कापी तो कहीं दिख ही नहीं रही। ट्रंक में ताला लगा है। विनायक हताश होकर तखत पर ढेर हो गया। अब ?...सहसा उसकी निगाह तखत के पासवाले रैक पर जम गई। वह क्या किताबों के पीछे उभरा-उभरा-सा दीख रहा है ? विनायक फुर्ती से उस ओर झपटा। यह रही डायरी जगन काका की। किस तरकीब से छिपाकर रखी है। मगर विनायक को चकमा देना क्या इतना आसान है ? 'ओम् श्री सिद्धि विनायकाय नमः'। विनायक चट से एक बार फिर दरवाजे तक जाकर टोह ले आया और फिर आराम से तखत पर लेटकर जगन काका की डायरी पढ़ने लगा...।

आठ

'...पिछले दो महीनों से निरन्तर श्री अरविन्द के साथ। भला हो पार्थसारथी का, जिसने मुझे जेल में ही 'एसेज ऑन गीता' और 'ऑन द वेदाज' पढ़वा दिए। बिना उसकी प्रेरणा के मैं इस तरफ मुड़ नहीं सकता था। कहाँ होगा वह इस वक्त ?...उससे मिलना बहुत जरूरी है।'

ध्यान में कुछ स्थिरता आई तो है। फिलहाल लिखना-पढ़ना कुछ भी जरूरी नहीं लगता। सिर्फ ध्यान...और अधिक ध्यान। चित्त को चुप करने की एकाग्रता। पढ़ता भी हूँ तो वही श्री अरविन्द का 'इंटीग्रल योग' और 'ऑन योग'। इन दो महीनों में इन तीन ग्रन्थों के अलावा और कुछ पढ़ने को मन ही नहीं किया। साहित्य...ऐसा लगता है जैसे बहुत दूर की चीज हो गई है। मेरा उससे सम्बन्ध ही टूट गया हो जैसे। ऐसा होना नहीं चाहिए। दोनों साथ-साथ चलना चाहिए। श्री अरविन्द तक अपने साधकों को कविता छोड़ने की सलाह तो नहीं देते। हालाँकि कविता के बारे में उनके विचार मुझे कुछ जमते नहीं। उनके लिए तो कविता भी जैसे साधना का ही एक जरिया है। यही मेरी समझ में नहीं आता। यह तो कविता का भी कंडीशनिंग जैसा है। फिर वह कविता रही ही कहाँ ? 'सावित्री' पढ़ने की मैंने इतनी बार कोशिश की पर...। शायद वह भी दीक्षागम्य कविता है। दीक्षा भी काव्य की नहीं, योग-साधना के ऊँचे स्तरों की। सवाल जो मन में उठता है वह यह कि ऐसी कविता का सिवा कुछ थोड़े से साधकों को छोड़कर औरों के लिए क्या मतलब है ? फिर वह कविता कैसे हुई ? खैर, मुझे इस बात को लेकर खामखाह परेशान नहीं होना चाहिए। यही क्या कम है कि श्री अरविन्द के दर्शन में कविता के लिए, आदमी की ऐस्थेटिक प्रवृत्तियों के लिए भी जगह है। वे कम से कम कला को अध्यात्मविरोधी तो नहीं मानते। गांधीजी के यहाँ तो लगता है, कला के लिए, कल्पना के लिए, सौन्दर्य-बोध के लिए कोई गुंजाइश ही नहीं है।

फिर आज अभी सहसा वह अनुभव हुआ। एकाएक अपने-आप से टूटकर अलग हो जाने का...गहरे डूबते चले जाने का। भीतर जैसे सहसा कुछ टूट गया हो, खाली हो गया है; कोई 'दूसरा' उसमें प्रवेश कर गया हो और उसने मेरी सारी चेतना पर कब्जा जमा लिया हो। अचानक स्विच ऑफ हो गया—वर्तमान का, अतीत का; जैसे किसी और की

जिन्दगी में–नहीं, किसी और जीव या वनस्पति की चेतना में फेंक दिया गया हो मुझे। पहली ही प्रतिक्रिया डर की हुई...यह मुझे क्या हो रहा है...? अभी क्या होगा ?...मैं साहसपूर्वक यथासम्भव निरुद्विग्न भाव से उस रूपान्तरण की प्रतिक्रिया से चिपटा रहता हूँ...प्रार्थना करता हूँ अपने भय के विरुद्ध...मस्तक के ऊपरी हिस्से को कोई एक खास बिन्दु पर दबा रहा है...वह दबाव क्रमशः बढ़ता जा रहा है। जैसे कोई बहुत बलवान शक्ति-तरंग भीतर घुसना चाहती हो...और वह दबाव बहुत तेज हो जाता है जैसे अब मस्तक वहाँ से फटने-चिरने ही वाला हो। मैं घबरा जाता हूँ। धीरे-धीरे दबाव ढीला पड़ने लगता है और मैं वापस लौटने लगता हूँ...जैसे अन्तरिक्ष में फेंक दिया गया था और अब तेजी से धरती के वायुमंडल में वापस आ रहा हूँ। मुझे एकाएक आवाजें सुनाई देने लगती हैं ऊपर रसोईघर से भाभी की...भाई साहब की...नीचे गली के परिवेश की...मैं फिर जगन्नाथ हो गया हूँ। नार्मल (?) आ गया हूँ।

आज मैं अपने भय पर नियन्त्रण रख सका। तुम जो परम अभय हो, तुम्हारे अवतरण पर भय कैसा ? आप से आप मस्तक पर कल की ही जगह ध्यान एकाग्र हो गया...वही तेज दबाव; फिर वैसा ही तेज दबाव भौंहों के बीच...और एक प्रखर सफेद चौंध जैसी रह-रहकर लपक जाती आँखों के ऊपर...मानो माथे को चीर ही डालना चाहती हो, जैसे तड़ित् आकाश को चीर देती है। मैं उसे बिल्कुल आश्वस्त और समर्पित भाव से झेल सका–ऐसा तो नहीं कह सकता। अरविन्द के मुताबिक तो वह क्षण एकदम निरुद्वेग समर्पण का होना चाहिए। मुझमें कहीं चंचलता थी पर पहले की तरह नहीं। कहीं आश्वस्ति भी थी, टिकाव भी था। आज उस दिन से अधिक देर तक वह चौंध ठहरी। फिर वह विलीन हो गई। उसके साथ ही मस्तक पर का वह तेज दबाव भी हट गया और मुझे लगा वहाँ एक अत्यन्त सूक्ष्म रन्ध्र-सा खुल गया है और वह शक्ति-तरंग उस रास्ते अन्दर प्रवेश कर रही है। कैसा अजीब सेंसेशन था वह...एक पतली, बेहद बारीक मगर उष्ण धार की तरह वह उतर रहा है धीरे-धीरे मस्तक को समूचा भेदकर कंठ में...और फिर वहाँ से नीचे छाती की तरफ उतर रहा है। बीच-बीच में घर की आवाज का कोई टुकड़ा मुझे सुनाई दे जाता–एक बार सरू की, एक बार मथुर दा की–इतना तक मुझे अनुमान हुआ उस अवस्था में भी। फिर वह आवाज एकदम गायब हो जाती। कोई विक्षेप नहीं, कोई विघ्न नहीं...। बाहरी संसार के बीच-बीच में महसूस हो जानेवाले इन झटकों के बावजूद मैं अपने अनुभव में लीन और स्थिर रह सका। घड़ी देखकर चौंक जाना पड़ा। क्या मुझे इस तरह बैठे-बैठे सचमुच तीन घंटे हो गए ? कोई थकान नहीं ?

क्या मेरी यह फीलिंग निराधार है कि हमारे यहाँ साहित्य को–साहित्य में चरितार्थ

होनेवाली जीवनानुभूतियों को भी–उतनी उत्कटतापूर्वक नहीं जिया गया जितना कि आध्यात्मिक अनुभव को ? तो क्या इन दोनों के बीच कहीं कोई सम्बन्ध नहीं ?

मुझे रोमांच हो आया श्री अरविन्द का वह वाक्य पढ़कर जो उन्होंने किसी साधक के पत्र का उत्तर देते हुए लिखा है, 'हाउ कैन आई टैल यू दैट आई हैव बीन एसेल्ड बाइ द मोस्ट टैरिबल डाउट्स एनी ह्यूमन बीइंग माइट हैव एक्सपीरिएंस्ड सो फार।' यह सच है–मेरा मन कहता है श्री अरविन्द की यह बात सोलहों आने सच है। फिर भी. ..फिर भी...यह कीर्केगार्द क्यों बार-बार मेरे सामने आकर खड़ा हो जाता है ?

आज एक अभूतपूर्व घटना घटी। आँखों के गोलकों पर बहुत ही सुखद दबाव और फिर उनका पिस्टन की तरह आगे-पीछे हलचल करना...फिर एकाएक भौंहों के बीच एक खोखल बन गया और अनिर्वचनीय आनन्द की अनुभूति होने लगी।...आँखों की पलकों पर जैसे कोई बहुत ही हौले-हौले फूँक मार रहा हो...बहुत ही हौले-हौले, मगर लगातार। कितना शीतल और सुखद था वह स्पर्श...ठंडी हवा की बेहद पतली करेंट्स-सी...फिर दरार का खुलना मस्तक में–उसी जगह...और वहाँ से ठंडी हवा के बुरादे जैसा झरता हुआ लगातार बर्फ की फुहार की तरह...। फिर एकाएक छाती में बाईं तरफ एक जगह तीखी चुभन...जैसे कोई चीज वहाँ अटक गई हो और बस, बाहर निकलना चाहती हो...।

कितने दिनों बाद आज ध्यान का गहरा अनुभव लौटा। अभी तक वह सूक्ष्म प्रसरण मस्तक के भीतर उसी तरह चल रहा है। वही शक्ति अब भी मेरे भीतर कार्यरत है। यह इस तरह लिखने बैठना इन अनुभवों को...किस कदर भोंडा और बेमानी लगता है ! शायद यह गलत है। शास्त्र ठीक कहता है इस रहस्य को रहस्य ही रहने दो; पर शास्त्रविरुद्ध आचरण की बात भी जाने दूँ–सहज अनुभव भी तो इसके विरुद्ध जाता है। ध्यान में सबसे पहले जीभ का ऐंठना शुरू होता है–दाँतों की जड़ों पर, तालू पर और कंठ के भीतर ही सबसे पहले प्रभाव पड़ता है–यानी वाणी के तमाम स्रोत अवरुद्ध हो जाते हैं, तब जाकर 'वह' शक्ति अपने को अभिव्यक्त करती है। इसका मतलब...उसे शब्द नहीं चाहिए...वह भाषा से परे है और इसलिए इस तरह उसे भाषा में खींचना अपराध है, विश्वासघात है। वैसे भी जो मैं लिखता हूँ...वह क्या उस अनुभव को रत्ती-भर भी पकड़ सकने में समर्थ है। कतई नहीं। क्या यह नितान्त हास्यास्पद नहीं है ? किसी दूसरे के लिए तो दूर रहा, खुद मेरे लिए इस टीपने की क्या सार्थकता है ? क्या मुझे स्मृतिभ्रष्ट हो जाने का डर है ? बकवास, एकदम बकवास। फिर मैं क्यों रखना चाहता हूँ कोई लेखा इन अनुभवों का ? क्या यह डायरी का विषय है ? डायरी तो अपने सुख-दुख की होती है, अपने दिल और दिमाग की उलझनों को साफ करके देखने के लिए होती है। आज तक किसी योगी ने डायरी लिखी ? मगर श्री अरविन्द के शिष्य तो उनकी देख-रेख में साधना करते थे...फिर अपने अनुभवों को उन्हें लिख भेजते थे।

मेरा गुरु कौन है ? मैं किससे अपने अनुभवों के बारे में परामर्श करूँ ? सिवा इस कोरे कागज के ?

गुरु का आइडिया ही मुझे अजीब सा लगता है। क्या यह मेरा अहंकार है ? यूँ तो क्या है जो हमारा अपना पैदा किया है। सभी कुछ तो दूसरों का है, दूसरों का ही प्रसाद है। फिर भी...फिर भी...यह अनुभव जो मुझे हो रहा है, क्या यह मेरा अपना नहीं है ? मैंने तो किसी से दीक्षा नहीं ली, मेरा तो कोई गुरु नहीं है। भुवन कहता है यह झूठ है, भ्रम है। इसलिए कि यह कंडीशंड है ? क्या भुवन ही सही है ? यह सन्देह तो भुवन से भी पहले मुझमें उपजा था। नहीं, मेरा मन कहता है दो, नहीं तीन ही चीजें इस संसार में ऐसी हैं जो कंडीशंड नहीं हैं—एक तो कविता, दूसरे यह यौगिक-आध्यात्मिक अनुभव और तीसरे...यह प्रेम, जो बिना किसी कारण के मुझे दूसरे के साथ जोड़ता है। दूसरा बना देता है। नहीं भुवन, तुम सही नहीं हो। आदमी के अन्दर कहीं एक चीज ऐसी जरूर है जो कंडीशंड नहीं है या कि कंडीशनिंग के विरुद्ध है। और यही वह बिन्दु है, यही वह स्रोत है जहाँ से स्वतन्त्रता फूटती है। असन्दिग्ध स्वतन्त्रता।

इस कोठरी से मुझे अजीब सी ममता है। जेल में भी मुझे इसी के सपने आते रहते थे। मैं इस घर के प्रति इतना मोहग्रस्त क्यों हूँ। ध्यानावस्था में मुझे लगता है यह सब मिथ्या है, माया है। रिश्ते-नाते, घर-परिवार, यहाँ तक कि देश और देशभक्ति और गुलामी और आजादी की लड़ाई...सब एक स्वप्न है। या तो सब स्वतन्त्र हैं या फिर सभी बन्दी हैं। मैं कहाँ जा रहा हूँ ? किस दिशा में ? मुझे जबरन अपने को खींचकर वापस अपने परिवार और अपने दोस्तों के बीच लाना पड़ता है। हालाँकि उनके साथ रहता हूँ तो यह योग-वोग सब अयथार्थ लगने लगता है। एक अनधिकार अनुभव जो खामखा मुझ पर थोप दिया गया है। भुवन इसे एलीटिज्म कहता है। काहे का एलीटिज्म ! मेरी सारी अनुभूतियों की अनुभूति यही है कि जो मुझे हो रहा है, वह किसी को भी हो सकता है; सभी उसके पात्र हैं। इतना साधारण मैंने अपने को कभी अनुभव नहीं किया। लेख लिखते वक्त, कविता लिखते वक्त जरूर अपने औरों से अलग और विशिष्ट होने का अनुभव होता है। पर साधना के दौरान यही विशिष्टता कितनी तुच्छ, कितनी वाहियात लगने लग जाती है। सबके साथ एक होने की, कहीं से भी अलग न होने की, सब कुछ का एक हिस्सा-भर हो जाने की यह अनुभूति है जो अहं को गला देती है। और इस अनुभूति में कैसा आनन्द ! जैसा किसी दूसरे अनुभव में नहीं होता। इसका मतलब–ध्यानावस्था ही मनुष्य की नार्मल, स्वस्थ अवस्था है। इसका मतलब–ध्यान में जाना पलायन करना नहीं है। बल्कि सही दिशा में जाना है।

अपने वर्ग की चेतना से पलायन असम्भव है। ठीक है। पर मैंने पलायन चाहा ही कब ?

मुझे यह हो क्या रहा है ? मुझे शक्ति दो कि मैं इसे सह सकूँ। क्या यही कृपा है ? अभी भी उस अनुभव ने मुझे छोड़ा नहीं है...क्या यह पाप है...जो कुछ मुझे हुआ उसे इस तरह लिखने बैठना ?...अभी भी पलकों पर, आँखों के अन्दर, रीढ़ के भीतर, छाती में...सब जगह वह शक्ति सक्रिय है।

जैसे सहस्रों सुइयाँ एक साथ मेरे शरीर में चुभा दी गई हों...जरा भी तकलीफ नहीं...एकदम भारहीन हो जाने का अनुभव और...निश्चय ही वह शक्तिपात था...सारा शरीर झनझना रहा था...और मैं बिल्कुल भी भयभीत नहीं था–सारा भय चला गया था...मुझे जैसे कोई अन्तरिक्ष में ईथर की लहरों में झुला रहा था...।

नहीं, उसे याद नहीं करना है। बखानना नहीं है। शब्द उसके लिए बने ही नहीं हैं। उसकी अभिव्यक्ति वही है...वही शक्ति-तरंगों की लीला...। कोई भी दूसरी अभिव्यक्ति–यह यथातथ्य रिपोर्टिंग भी नाजायज होगी। मैं नहीं था; इसी से वह सब कुछ था।

ईश्वर !

नौ

...ऐसी ही दोपहर थी वह; नहीं...शायद बादल नहीं थे...उजला आसमान था। पर यही जेठ या वैशाख के दिन थे...मक्खियों की एकरस भिनभिनाहट में जगन काका की कोठरी ऊँघ रही थी।

जगन काका की डायरी खुली पड़ी थी...विनायक जाने कब का सो गया था। जगन काका की डायरी पढ़ते-पढ़ते...। क्या पढ़ा होगा उसने तब ? क्या समझा होगा ?

'...जेठ-वैशाख की ये दोपहरियाँ मुझे बहुत अच्छी लगती हैं। जब सारे संसार पर बेहोशी छा जाती है, एक मैं ही हूँ जो जागता रहता हूँ और मुझे लगता है मैं हूँ। चाहे जैसा भी हूँ, मैं हूँ। मेरा भी एक अस्तित्व है–इस संसार के बिना भी, इससे अलग भी। यह उमस; यह निचाट, यह स्मरणहीन, अर्थहीन समय मुझे एक अजीब अपनापा देता है। यही समय मुझे सचमुच अपना लगता है। जाहिर है ऐसा तालमेल आदमी और मौसम के बीच जन्मसिद्ध से कम हो ही कैसे सकता है। इसीलिए मैंने कहा कि मुझे कोई नहीं भी बताता तो भी मुझे पता चल ही जाता कि मेरी पैदाइश इसी जेठ या वैशाख की होनी चाहिए।...'

वैशाख की उस दोपहर में जगन काका की कोठरी में योग-निद्रा में डूबे विनायक को एकाएक लगा–कोई गा रहा है। क्या वह सपना देख रहा है ?...गिदारियाँ गा रही हैं शकुनाखर...? नहीं, यह तो सरू दीदी की आवाज है। हाँ, है तो सरू दीदी की ही आवाज; पर शकुनाखर नहीं, कोई दूसरा गीत है। लोकगीत।

फुली गेछ दैणा...नरैणा
ऐगे रितू रैणा...
कफुवा बासण लागो, ओ मेरी बैणा
ऐगे रितू रैणा... *

विनायक अब पूरी तरह जग चुके थे और उन्हें गीत नहीं सुनाई दे रहा था, सिर्फ अपने भयभीत हृदय की धड़धड़ सुनाई दे रही थी। मारे डर के उनका शरीर जड़ और निश्चल था...। उन्होंने याद करने की कोशिश की कि वह डायरी जो वे पढ़ रहे थे,

---

* खेतों में सरसों फूल आई। वनों में कफुवा पक्षी की पुकार भी गूँजने लगी। तेरा भाई तुझे लिवाने आया है...ओ मेरी बहन !–भिटौली की ऋतु आ गई।

कहाँ होगी ? मुँदी आँखों से ही उन्हें दिखाई दे रहा था कि कोठरी में सरू दीदी ही नहीं, एक जना और भी है। वह कौन होगा या होगी ?...सहसा उन्हें अभी-अभी छिपकर सुना हुआ सरोज और जगन काका के बीच का वह रहस्यमय संवाद याद आया। अरे ! क्या इतनी जल्दी चार बज गए ? उनकी आँखें खुलने के लिए बेतरह फड़फड़ाने लगीं किन्तु वे उसी तरह जड़ बने रहे। भय उनकी उत्सुकता पर कुंडली मारकर बैठा था।

'सच में तू कितना अच्छा गाती है, सरू ? तुझे किसने सिखाया ?'

'कहाँ दीदी !' सरू को शरम लग रही है। अपनी तारीफ से वो बुरी तरह झेंप जाती है। 'दीदी, तुमने तो जगन काका का गायन सुना है। उनके सामने मैं तो कुछ भी नहीं हूँ। पहले उन्होंने ही मुझे सिखाया। फिर बाबूजी ने।'

'भत्ती !'...नीचे से कोई पुकार रहा है, 'भइया आ गए। अब मैं चलूँ सरोज। यह लो, इसे दे देना अपने भइया को।'

'ये क्या दीदी ! इत्ती जल्दी चली जाओगी ? अभी-अभी तो आई हो। अब कब आओगी दीदी ?'

एकाएक विनायक को बुरी तरह झकझोर डाला सरोज ने, 'उठ रे गुड्डन ! कितना सोएगा। तू तो बिल्कुल कुम्भकरण हो गया है।'

विनायक नाराज होने का अभिनय करते हुए आँखें खोलता है और फिर बन्द करके करवट बदल लेता है। 'उसे सोने दे सरोज। मत जगा...' उसके कान में आवाज पड़ती है। वे लोग कोठरी से बाहर चले गए हैं। सरोज नीचे तक छोड़ने जाएगी उसे।

विनायक चट से उठता है और खिड़की से मुँह निकालकर झाँकता है गली में... वहाँ एक आदमी खड़ा है। सीढ़ियों से उतरकर एक लड़की दरवाजे के पास खड़ी हो गई है। विनायक देखता है और देखता रह जाता है। 'त्रिपुरसुन्दरी !'...उसके होंठ आप से आप बुदबुदाने लगते हैं। लाला बाजार के नुक्कड़ पर जो त्रिपुरसुन्दरी का मन्दिर है, वहाँ एक दिन जगन काका ले गए थे। उन्होंने ही बताया था, 'यह टिपुरसुन्दरी नहीं, त्रिपुरसुन्दरी हैं विनायक। इनसे अधिक सुन्दर कोई देवी नहीं होती।'

विनायक अपलक देख रहा है। यह कैसा जागरण है—एक स्वप्न से दूसरे स्वप्न में. ..। त्रिपुरसुन्दरी जगन काका से मिलने आई थीं, क्यों आई थीं ? नहीं, ये तो मेरे जनमवार के लिए आई थीं। देखूँ तो सही क्या लाई हैं मेरे लिए। विनायक लपककर सामने रखा डिब्बा खोल डालता है। रंगीन पेंसिलें हैं और एक तस्वीर बनाने की किताब। हुँह ! इनसे मुझे क्या करना है ? अहमद को दे दूँगा जब उसका जनमवार होगा। वो चित्रकार है। मैं तो कवि हूँ कवि। कवि होना चित्रकार होने से ज्यादा बड़ी बात है।

सहसा सरू दीदी झपाटे से अन्दर आती हैं और विनायक को कान पकड़कर खड़ा कर देती हैं, 'क्यों रे, अभी तुझे उठाया तो उठा क्यों नहीं ? लड़कियों की तरह शर्माता है। दीदी से मिल तो लेता। तेरे लिए तो आई थीं वे, और तू जंगलियों की तरह सोया रहा। और क्यों रे ! तुझे किसने कहा जगन काका की डायरी पढ़ने को ? बोल ?'

विनायक हकबका जाता है। उस बात को तो वह भूल ही गया था त्रिपुरसुन्दरी

के सामने। अब क्या जवाब दे ?

विनायक की भयभीत मुद्रा देखकर सरोज को हँसी आ गई, 'देख रे गुड्डन, डायरी पढ़ना बहुत बुरी बात है। समझा ? अब से कभी हाथ भी लगाया तो याद रखना। मैं जगन काका से कह दूँगी और जगन काका फिर तुझसे कभी नहीं बोलेंगे।'

विनायक ने अपने कान पकड़े, 'नहीं, अब से कभी नहीं।'

स्वाधीन क्लब

दस

जगन काका आजकल दीखते ही नहीं। सुबह बारह बजे तक रहते हैं जब विनायक स्कूल में होता है। आजकल सबेरे का स्कूल लगता है। जब तक विनायक लौटकर आता है तब तक वे गायब हो जाते हैं। दो-तीन ट्यूशनें करते हैं—उन्हें दोपहर में निबटा देते हैं ताकि शाम खाली मिल जाए। आजकल जगह-जगह बैठकी होलियाँ चल रही हैं। कभी किसी के यहाँ, कभी किसी के यहाँ। जगन काका उन्हीं में मस्त रहते हैं। रात बारह-एक बजे से पहले नहीं लौटते। वसन्त पंचमी के बाद बैठकी होलियाँ शुरू हो जाती हैं। नेने मास्टर कहते हैं ऐसी होली मैदानों में कहीं नहीं होती। बाबूजी कह रहे थे जब नेने मास्टर पहले-पहल यहाँ आए थे तो रात-दिन झींकते रहते थे। मगर अब वे पहाड़ियों के साथ इस कदर घुल-मिल गए हैं कि मनाते हैं कि उनका कभी यहाँ से तबादला न हो।

हर साल की तरह इस साल भी मुहल्ले के लड़कों ने होली की कमेटी बनाई है। विनायक एक तरह से नेता ही बन बैठा है। जगन काका को यहाँ रहते-रहते साल-भर हो गया—कुछ तो उनकी सोहबत का असर पड़ेगा। उसकी जिद है कि अहमद और नारायण को भी इस कमेटी में जरूर शामिल किया जाए, मगर ये बाजार के लड़के मानते ही नहीं। ठीक कहते हैं मथुर काका, इन बाजार के लड़कों की सोहबत नहीं करनी चाहिए। जगन काका जरूर ऐसा नहीं कहते—वे तो लच्छू, चन्दू के साथ बहुत ही घुल-मिलके बात करते हैं। मगर खुद उनका एक भी दोस्त बाजार का नहीं है। सभी मोहल्लों के, यानी ब्राह्मणों के लड़के हैं। मगर...विनायक सोच में पड़ जाता है। दोस्ती क्या जबर्दस्ती हो जाती है ? विनायक खुद बाजार के लड़कों के साथ ज्यादा घुलना-मिलना नहीं चाहता था। मगर उसका क्या कसूर है ? एक-एक करके सभी ने तो उससे कन्नी काट ली है। पहले त्रिभुवन, फिर सोहन, फिर रग्घू मुच्ची, फिर हरीश...जब से तेवाड़ी मानीटर के साथ झगड़ा हुआ और चन्दू ने उसकी ठुकाई की, तब से तो वे सबके-सब एक तरफ हो गए हैं। कोई उससे नहीं बोलता। सालाना इम्तहान में विनायक ने फिर से सोहन को पिछाड़ दिया था मगर इस छमाही में वो फिर फर्स्ट हो गया है। अब जो सालाना होगा, वह वजीफे का इम्तहान होगा। सोहन उसके लिए दिन-रात भिड़ा रहता है। कहीं उसी को मिल गया तो सबके सामने विनायक को नीचा देखना पड़ेगा। जगन काका भी अजीब हैं। एक तो स्कूल की किताबें पढ़ने में वैसे ही मन नहीं लगता,

दो-दो पुस्तकालय घर में ही खुले हुए हैं, उन्हीं से फुर्सत नहीं मिलती। तिस पर जगन काका कहते हैं फर्स्ट के पीछे क्यों पड़े हो ? क्या होता है फर्स्ट आने से ? पढ़ाने को भी कहो तो थोड़ी देर में उनका मन उचट जाता है। क्या करें, बेचारे को फुर्सत भी तो नहीं मिलती। जब से रानीखेत से निराश होकर लौटे, तब से कुछ अजीब उदास रहने लगे हैं। ध्यान-व्यान भी सब छोड़ दिया है।

बाबूजी कहते हैं दोस्ती बराबरीवालों में ठीक रहती है। सब बेकार की बात है। जिन-जिनकी अंग्रेजी अच्छी होती है, वे सब एक तरफ हो जाते हैं। जिन-जिनकी जात एक है, वे सब एक तरफ हो जाते हैं। उस दिन जगन काका के साथ आर्य-समाज के जलसे में गया था। जगन काका भी तो तारीफ कर रहे थे उनकी, जिन्होंने सबसे लम्बा भाषण दिया था और कहा था कि जाति जन्म से नहीं, गुण और कर्म से होती है। रास्ते-भर जगन काका का भी भाषण चलता रहा था–विनायक के पल्ले कुछ भी नहीं पड़ा था। मगर यही सोचके कि जगन काका कहीं उसे बुद्धू न समझ लें, वह रास्ते भर हाँ-हूँ करता हुआ बड़ी समझदारी के साथ सिर हिलाता रहा था। अब तो खैर, जगन काका ने विनायक को अपना दोस्त ही समझ लिया है। जब उनके भुवन बाबू और शेखर बाबू कहीं चले जाते हैं तो विनायक ही साथ देता है। समझ में कुछ आए, न आए अच्छा तो लगता ही है। जगन काका जब घूमने ले जाते हैं तो भूल ही जाते हैं कि बगल में भुवन बाबू नहीं, विनायक चल रहा है। बस, स्कूल की पढ़ाई छोड़के और सारी बातें सीख लो उनसे। इधर उन पर संगीत का नशा सवार है तो बस, और कुछ नहीं सूझता–पन्द्रह-बीस दिन हो गए, कोई बातचीत ही नहीं हुई। जगन काका गाते बहुत अच्छा हैं। अपने घर में तो मुद्दत हो गई, बैठक ही नहीं जमी। एक दिन ले गए थे अपने साथ किसी दोस्त के यहाँ बैठक में। काफी देर हो गई थी लौटने में। माँ ने उनको डाँट दिया, तब से नहीं ले जाते। बुरा मान गए जगन काका।

जगन काका अभी तक नहीं आए। उन्हीं के चक्कर में तो आज विनायक हनुमान मन्दिर भी नहीं गया। आज कमेटी की मीटिंग बुलाई है। अपने ही घर के गोठ में मीटिंग होगी। अध्यक्षता उन्हीं से करवानी है। तभी फैसला विनायक के पक्ष में होगा। नारायण और अहमद को हर हालत में लेना ही है। कल शिवरात्रि है। सबेरे-सबेरे उठके लकड़ियाँ माँगने जाना होगा। मुहल्ले के हर घर में जाके गाना गाते हैं और लकड़ियाँ बटोरते हैं, 'ऐ नथवाली, लकड़ी दे दे। लकड़ी नहीं है तो पैसा दे दे। पैसा नहीं है तो पूरी पका दे...।' विनायक को इस गीत में बहुत हँसी आती है। खड़ी होली के गीतों की पूरी किताब आनसिंह बुकसेलर से खरीद ली है। उसमें तो ये गीत नहीं हैं। अब बैठकी होली की भी किताब खरीदनी है मगर किताब से क्या होगा ? विनायक को जगन काका पर बहुत गुस्सा आता है। न तो अंग्रेजी पढ़ाते हैं, न शास्त्रीय संगीत ही सिखाते हैं। न सिखाएँ। खुद ही सीख लेंगे। संगीत कार्यालय हाथरस में छपी सहगलवाली होली तो उसने स्वरलिपि देख-देखके खुद ही हारमोनियम पे तैयार कर ली है। सरू दीदी ने सुन लिया है। 'ठीक है' कह रही थीं। जब उन्होंने 'ठीक है' कह दिया तो जगन काका को

सुनाने में क्या हर्ज है, जगन काका तो उन्हें कंठ-कोकिला समझते हैं। अबकी जगन काका को भी एक रात जबर्दस्ती पकड़के अपनी बैठक में गवाना है। सरू दीदी को भी।

मगर सबसे पहले तो ये नारायण और अहमद का फैसला करना है। चन्दू तो तैयार है। शेखर और घंटी भी अपनी तरफ हो गए। मगर ये लच्छू और देबिया बहुत अकड़ रहे हैं। देबिया की तो परवाह नहीं; मगर लच्छू के बिना काम ही नहीं चल सकता। चन्दा उगाहने में सबसे कुशल वही है। ढोलक कितनी बढ़िया बजाता है। मगर कहता है डूम को भी नहीं लेंगे, मुसलमान को भी नहीं लेंगे। लच्छू तो शाखा में कभी नहीं गया। फिर वो क्यों ऐसा सोचता होगा ? मुहल्ले में और भी मुसलमान लड़के हैं—मोहसिन, इम्तियाज, गरीबुल्ला। सबके-सब हमारे साथ गुल्ली-डंडा खेलते हैं, सेवन टाइम खेलते हैं फिर होली क्यों नहीं खेलते होंगे ? अहमद का मन है तो उसे हम क्यों नहीं खिलाएँगे !

ईद के दिन घर में ढेर सारी जलेबियाँ आती हैं। पर माँ बताती है कि ये जलेबियाँ उनके घर से नहीं, सीधे बनारसी हलवाई की दूकान से आती हैं। वे लोग अपने हिन्दू पड़ोसियों के लिए अलग से मिठाई का ऑर्डर देते हैं। नहीं तो हिन्दू लोग उनका छुआ कैसे खाएँगे ? मगर एक दिन वह अहमद को घर ले आया था तो माँ ने उसे चाय-नाश्ता कराया था और उसका जूठा गिलास और जूठी तश्तरी भी खुद ही आके ले गई थी। तो क्या बच्चों की छूत नहीं लगती ? सिर्फ बड़ों की ही लगती है। अहमद को पहाड़ी भी नहीं आती। वो हिन्दी भी जरा अलग किस्म की बोलता है। वह उर्दू जानता है। विनायक को उर्दू बिल्कुल नहीं आती। विनायक उसकी कापी से नकल कर लेता है। कभी-कभी, बल्कि अक्सर अहमद खुद लिख देता है। मौलवी साहब समझते हैं उसे भी विनायक के बराबर ही उर्दू आती होगी। वो तो अच्छा है कि उर्दू के नम्बर जुड़ते नहीं, वरना क्या होता?

अहमद के पिता को लोग 'दाढ़ी चाचा' कहते हैं। हनुमान मन्दिर से लौटते हुए विनायक रोज दाढ़ी चाचा की दूकान से दो-रसा तम्बाकू की पुड़िया लाता है बाबूजी के लिए। बाबूजी साथ में रहते हैं तो अहमद के पिता से खूब हँसी-ठिठोली चलती है। दोनों बूढ़े बच्चों की तरह किलकने लगते हैं। अहमद और विनायक अपने पिताओं की यह लीला देखके मस्त हो जाते हैं। बाबूजी कहते हैं कि ब्रांच स्कूल में प्राइमरी तक दोनों साथ-साथ पढ़े थे। पुरानी यारी जो ठहरी।

विनायक के दिमाग में एक जबर्दस्त योजना है। इस मीटिंग में वह इस योजना को पेश करेगा। वह एक 'क्लब' बनाने की सोच रहा है जिसका जो चाहे सदस्य बन सकता है। इसमें जाति-धर्म की कोई रुकावट न होगी। मगर हर सदस्य में कोई न कोई खूबी हो। या तो वह अच्छा खिलाड़ी हो या अच्छा वक्ता हो या अच्छा गाने-बजानेवाला हो, या फिर विनायक की तरह कविता-कहानी लिखता हो। जगन काका इस क्लब के अध्यक्ष होंगे। सेक्रेटरी तो विनायक को ही बनना पड़ेगा। होली से बढ़िया मौका ऐसा क्लब शुरू करने का कहाँ मिलेगा ? चन्दे में जितना रुपया इकट्ठा होगा वह सबका-सब खाने-पीने में न उड़ाके पाँच-दस रुपए बचा लेंगे और वही 'स्वाधीन क्लब' की आरम्भिक

पूँजी हो जाएगी। एक रुपया माहवार चन्दा रहेगा। धीरे-धीरे खेल-कूद का सामान जुटा लिया जाएगा। जब क्लब चल पड़ेगा तो एक हस्तलिखित पत्रिका भी निकलेगी, जिसका नाम भी विनायक ने अभी से सोच लिया है—'सन्देश'। उसके मुखपृष्ठ के चित्र और डिजाइन वगैरह बनाने का काम अहमद के सिपुर्द रहेगा। अहमद के हाथ में हुनर है, ऐसा जगन काका तक कहते हैं। वह अपनी दूकान के सामने बीच बाजार में एक चौड़े पत्थर पर चाक से कभी शेर, कभी भालू, कभी कुत्ता-बिल्ली बनाया करता है। भीड़ लग जाती है। जो कोई उधर से गुजरता है, बस देखता ही रह जाता है। सम्पादकीय तो खैर, विनायक को ही लिखना पड़ेगा। मगर क्लब के हर सदस्य को उसमें कुछ न कुछ छपाना पड़ेगा—चाहे चुटकुला ही सही। चिरंजीलाल मास्साब स्थायी परामर्शदाता रहेंगे। उनके लड़के परमेसरी को सहायक सम्पादक बना लेंगे। परमेसरी की हिन्दी बहुत अच्छी है, अंग्रेजी भी अच्छी है। मगर उसमें एक आदत बहुत खराब है। सिवा पढ़ने-लिखने के और किसी चीज में दिलचस्पी नहीं है उसकी। ऐसा कैसे हो सकता है कि संगीत तक में आदमी की रुचि न हो ? जगन काका कहते हैं, ठीक ही तो है, आदमी को एकढल्याँ होना चाहिए। विनायक को जगन काका की यह बात बिल्कुल नहीं जमी। बाबूजी ऐसा कहें तो एक बात भी है। कुछ बातें जगन काका की बिल्कुल बाबूजी जैसी हैं। वैसी ही लापरवाही और बैठकबाजी। अगर ऐसा ही है तो खुद क्यों इतने कामों में हाथ डाल रखा है ? क्रान्तिकारी बनने की क्या जरूरत थी ? तभी तो घर के सब लोग नाराज रहते हैं। खामखाह जोश में आके पढ़ना छोड़ दिया, सब चौपट कर दिया। माँ कहती है जगन काका इस मारपीट में न पड़े होते तो डिप्टी कलेक्टर जरूर बन जाते। अपने हाथ से अपने पाँव में कुल्हाड़ी मार ली। अब जब तक अंग्रेज का राज है, उन्हें न तो कहीं एडमिशन मिलेगा, न नौकरी मिलेगी। इतनी जगह अर्जी भेज दी, कोई बुलाता तक नहीं। बस पिछले साल रानीखेत बुलाया था, वहाँ भी कुछ नहीं हुआ। माँ कहती है पहले बाबूजी की अच्छी दूकान चलती थी। जितना पैसा था लड़के की जगह इनको समझकर सब इनको इलाहाबाद पढ़ाने में फूँक दिया। एम.ए. भी पूरा नहीं कर सके। बाबूजी यही समझते रहे कि जगन्नाथ पढ़-लिख जाएगा तो फिर किस बात की कमी रहेगी। मगर अपने भाग का दलिद्दर कहाँ जाता है ? सारा पैसा बर्बाद हो गया, दूकान भी चौपट हो गई और अब साल-भर से बेकार बैठे हैं। बस पचास-साठ रुपया माहवार ट्यूशन करते हैं। 'जगन काका तेरे बराबर थे, तब से इनको मैंने ही पाला,' माँ कहती है।

विनायक का मन कभी जगन काका की तरफ झुकता है, कभी माँ की तरफ। 'जब से इस घर में आई हूँ, हाय-तबाही ही देखी। अपने बाबूजी की हालत देख ही रहा है। कोई मतलब नहीं, घर में क्या हो रहा है, कैसे चल रहा है ? वो तो मथुर काका के कोई बाल-बच्चे नहीं हैं, इसलिए निभ रहा है जैसे-तैसे। जब इनके अपने बच्चे हो जाएँगे तब तेरे को कौन पूछेगा ? कौन पढ़ाएगा-लिखाएगा तेरे को ? तेरे जगन काका ने तो हद ही कर दी। दुनिया-भर को दुश्मन बनाके रख दिया। यह भी नहीं सोचा कि भाई

ने किस मुसीबत से अपना पेट काटके पढ़ाया है। बस आव देखा न ताव, कूद पड़े जलती आग में।'

विनायक मन ही मन महसूस करता है—घर का वातावरण अब पहले जैसा नहीं रहा। जगन काका के जेल से छूटके आने के बाद महीनों तक घर में कैसी चहल-पहल मची रहती थी। कितने सारे लोग जगन काका से मिलने आते थे। माँ फिरकनी की तरह इधर-उधर डोलती रहती थी। जगन काका घंटों रसोई में बैठे-बैठे उनसे गप-शप करते रहते थे। वे सबको हँसाते रहते थे। अब तो उनको किसी से बात करने की फुर्सत ही नहीं मिलती। विनायक को जाड़े की वे रातें अक्सर याद आती हैं जब घंटों आग के पास सब लोग जुटे रहते थे और जगन काका अपने जेल-जीवन के किस्से सुनाते रहते थे। बाबूजी बड़े ध्यान से सुनते रहते थे। कभी-कभी मथुर काका भी आकर बैठ जाते थे। तब क्या उनकी जगन काका से लड़ाई नहीं हुई थी ?

हर मंगलवार को बाबूजी तबला लेके बैठ जाते और जगन काका हारमोनियम लेके। खूब गम्मच रहती थीं। सरोज दीदी हर बार एक नया गाना सुनाके जगन काका को आश्चर्य में डाल देती थी। रात बारह-एक बजे तक बैठक जमी रहती थी। माँ चाय और आलू के गुटके बनाके खिलाती थी। उस वक्त मथुर काका को क्यों नहीं डिस्टर्ब होता था ? बाद में क्यों होने लगा ? सबेरे पाँच बजे से रात के बारह बजे तक अकेले खटते रहने के बाद भी उन दिनों माँ के चेहरे पर थकान का नाम नहीं रहता था। कितनी प्रसन्न रहती थी माँ उन दिनों ? और अब ? क्या हो गया ?

किसी के सीढ़ी उतरने की आवाज आ रही है। माँ होगी। नीचे से लकड़ियाँ लेने जा रही होगी। विनायक लपककर एक किताब उठा लेता है और पढ़ने का नाटक करने लगता है।

माँ नीचे बाजार की तरफ जानेवाली सीढ़ियों पर उतरते-उतरते सहसा ठिठक जाती है। धुएँ की आँखों से कुछ भी साफ नजर नहीं आता। 'कौन गुड्डन ? आज खेलने नहीं गया ? जा रे। अपनी आँख क्यों फोड़ रहा है ?'

'अभी जाता हूँ माँ। परसों अंग्रेजी का टेस्ट है। सोच रहा था जगन काका से कुछ पूछ लूँगा आज।'

'जगन काका ?...जगन काका कभी पढ़ाते भी हैं तुझे ? उन्हें फुर्सत भी है ?'

विनायक माँ के स्वर में छिपे व्यंग्य और कड़वाहट को साफ महसूस करता है।...'नहीं माँ। जगन काका पढ़ाते तो हैं। वो तो इधर होली की बैठकों के कारण उनसे भेंट नहीं हो रही है। सुबह मैं स्कूल चला जाता हूँ। मैं उन्हीं का तो रास्ता देख रहा था। उनका पढ़ाया मुझे बहुत याद रहता है माँ।'

'अरे उनका कोई ठिकाना नहीं। आजकल वो भी तेरे बाबू की तरह किसी जोगी के चक्कर में पड़े हुए हैं,' माँ का स्वर बहुत थका-थका-सा है।

'आज हमारी मीटिंग है माँ !' विनायक सहसा बड़े उत्साह में भर जाता है, 'हमें होली का प्रोग्राम बनाना है। मैं नारायण और अहमद को भी अपनी होली में शामिल

करना चाहता हूँ। पर लच्छू नहीं मान रहा है।'

'जो तेरे मन में आए, सो कर भइया...' माँ लड़कियों का बोझा सँभाले धीरे-धीरे ऊपर रसोईघर को जानेवाली सीढ़ियाँ चढ़ रही है। सहसा वह रुक जाती है और विनायक की ओर पलट जाती है, 'क्या कहा, अहमद ? तू होश में है कि परहोश हो गया है अपने बाबू की तरह ? तूने मुसलमानों को कभी होली खेलते देखा है ?'

विनायक माँ को मनाने की कोशिश करता है। माँ जरूर मान जाएगी। 'होली न भी खेलें माँ ! हमारी महफिल में वो भी आ जाए तो क्या बिगड़ जाएगा ? वो बेचारा खुद ही जिद कर रहा है कि मेरा भी चन्दा ले लो। बता मैं कैसे मना कर देता ? कल वो हमारे साथ देवथल भी चलेगा।'

'तेरी अकल पर तो पत्थर पड़ गए हैं...' माँ कहती है, 'अहमद के माँ-बाप को पता चलेगा तो वे क्या कहेंगे ? देख जिद मतकर। नरैण आता है तो आने दे। उसके लिए मैं कुछ नहीं कहती। मगर अहमद को शामिल मत कर। वो तो बिचारा बच्चा ठहरा। उसके लिए तो यह सब खेल-कौतुक ही हुआ। मगर बड़े ऐसा नहीं समझते बेटा ! हमारा धरम अलग है; उनका धरम अलग है।'

'किसका धरम अलग है भाभी ?' जगन काका सीढ़ियों से ही चिल्लाते हुए आ रहे हैं।

'अपने भतीजे से ही पूछो लला। तुम्हीं समझाओ इसे,' कहती हुई माँ ऊपर चली जाती है। जगन काका एक पल अचकचाए-से खड़े रहते हैं, विनायक की कोठरी की दहलीज पर। फिर भीतर आकर बैठ जाते हैं और विनायक के कन्धे झकझोरते हुए पूछते हैं, 'क्या बहस कर रहे थे भई, माँ के साथ ? कुछ हमें भी तो बताओ।'

'वीनू !' एक साथ कई आवाजें बाजार की तरफ से। विनायक खिड़की से गर्दन बाहर निकालकर देखता है। चन्दू, लच्छू, मोहन, शेखर...। 'आओ भई ऊपर आओ। जगन काका भी आ गए हैं,' विनायक जोश में आ जाता है। मजा आ गया, 'जगन काका, चलो नीचे गोठ में दरी बिछा रखी है। आज हमारे क्लब की पहली मीटिंग है।'

जगन काका चकरा गए हैं, 'कैसा क्लब रे ! काहे की मीटिंग ?' जगन काका अभी खुद एक मीटिंग से उकता के चले आ रहे हैं। और लो, यहाँ घर पर भी एक मीटिंग हाजिर है।

'कल शिवरात्रि है न काका—हम लोग देवथल जा रहे हैं। रात में जागरण भी होगा। होली का पूरा प्रोग्राम भी बनाना है,' विनायक जोश में आकर ताबड़तोड़ अपनी पूरी योजना सुना डालता है। लड़के हैरान रह जाते हैं। यह बात तो इसने कभी बताई ही नहीं। 'क्यों भई, तुम लोगों का क्या खयाल है ?' जगन काका बारी-बारी से सबका चेहरा पढ़ते हैं।

'बहुत बढ़िया, बहुत बढ़िया,' लड़के लोग एक साथ चिल्ला पड़ते हैं, 'चलो गोठ में चलें, वहीं तय करेंगे।' विनायक उठ खड़ा होता है, 'चलो काका, चलो।'

जगन काका काफी थके हुए लग रहे हैं। मगर वीनू को टरकाना मुश्किल है, 'चलो

फिर, चलो।' सब लोग उछलते-कूदते गोठ में पहुँच जाते हैं।

'नारायण नहीं आया क्या ?' चन्दू पूछ रहा है, 'मैंने लच्छू को तैयार कर लिया है विनायक ! लच्छू खुशी से राजी हो गया है। नारायण भी हमारे साथ होली खेलेगा।'

'और...अहमद ?' विनायक अधीर हो उठता है।

लड़के लोग चुप हो जाते हैं। जगन काका कुछ भाँपने की कोशिश कर रहे हैं... 'अहमद !...बात क्या है लच्छू ?'

'अहमद मुसलमान है,' लच्छू कहता है, 'आप ही बताइए जगन काका, हम उसे अपने त्योहार में कैसे शामिल कर सकते हैं ? विनायक खामखा जिद कर रहा है।'

जगन काका के माथे पर बल पड़ गए हैं। मामला टेढ़ा है। भतीजा ताव में है।

'देखो भई लच्छू, तुम लोग एक ही साथ पढ़ते हो कि नहीं ? खेलते हो कि नहीं ?'

'वो तो ठीक है जगन काका !' लच्छू कहता है, 'मगर स्कूल और खेल के मैदान की बात दूसरी है। इसी मुहल्ले में चार-पाँच मुसलमान घर हैं। मगर न तो वे कभी हमारे घर आते हैं, न हम कभी उनके घर जाते हैं। हम लोग उनके हाथ का छुआ तक नहीं खाते।'

'झूठ मत बोल लच्छू !' चन्दू बीच में ही चिल्ला पड़ता है, 'कितनी बार हमने एक ही नासपाती को बारी-बारी से कटकाया है और...वो कल शाम पनदा के होटल में मोहसिन के साथ बैठके चाट कौन खा रहा था ?'

लच्छू इस पर गरम हो जाता है, 'नासपाती की बात दूसरी है, साथ-साथ तोड़ते हैं तो खा भी लेते हैं। मैं तो घर की बात कर रहा था। होटल में बैठके चाट खाने से क्या होता है ?'

'मान लो,' जगन काका लच्छू की पीठ थपकाते हुए पूछते हैं, 'मान लो लच्छू, तुम मोहसिन के घर जाकर उसके साथ खा लेते हो। तो क्या हो जाएगा ?'

'क्या हो जाएगा ? कुछ भी नहीं,' चन्दू बोल पड़ता है।

'तुम कितनी बार खा आए हो उसके यहाँ ?' लच्छू चिढ़ जाता है,' 'मुझसे ज्यादा तो गरीबुल्ला तुम्हारा दोस्त है। कभी अपने घर ले जाके खाना खिलाया उसको ?'

'घर !'...चन्दू सिर खुजलाने लगता है। यह बात तो कभी सूझी ही नहीं कि हम एक-दूसरे के घर क्यों नहीं जाते ? मोहसिन की माँ और चन्दू की माँ घंटों छत पर बैठके बतियाती रहती हैं मगर एक-दूसरे के घर के अन्दर क्यों नहीं जातीं ? मोहसिन के पिता और चन्दू के बाबूजी इतने पुराने दोस्त हैं, साथ ही घूमने जाते हैं, साथ ही घंटों शतरंज खेलते बैठे रहते हैं। फिर भी चन्दू ने कभी उन्हें अपने घर में आते या खाते-पीते नहीं देखा। जबकि और सारे लोग तो आते रहते हैं जो इतने अच्छे दोस्त भी नहीं हैं।

'बोलो, अब चुप क्यों हो गए चन्दू ?' लच्छू ललकारता है।

जगन काका गम्भीर हो जाते हैं, 'यही तो सारी मुश्किल है लच्छू !...यही अलगाव, यही छुआछूत तो सारी मुसीबतों की जड़ है। एक साथ ही एक ही मुहल्ले में रहते हुए भी हमें एक-दूसरे से डर लगता है। क्या यह एक कायर और कमजोर जाति के लक्षण

नहीं हैं ? अच्छा लच्छू, एक बात बताओ, जिन्हें तुम लोग शिल्पकार कहते हो, डूम भी कहते हो, वे तो हिन्दू ही हैं। फिर तुम उन्हें क्यों नहीं अपने साथ खिलाते ?'

'वे नीच कौम के होते हैं,' शेखर बोल पड़ता है।

'तुम्हें कैसे मालूम ?' जगन काका टोकते हैं।

'मेरे पिताजी कहते हैं,' शेखर तुरन्त जवाब देता है।

'तुम्हारे पिताजी गलत कहते हैं,' जगन काका एकदम भड़क जाते हैं। फिर एकदम शान्त स्वर में धीरे-धीरे समझाने लगते हैं, 'तुम्हारे पिताजी का भी क्या कसूर है? उन्हें उनके पिताजी ने यही सिखाया होगा। गुलाम देश के बच्चों को यही सिखाया जाता है कि अपने से ज्यादा ताकतवर के सामने गिड़गिड़ाओ और कमजोरों को दबाओ। मगर अब यह सब नहीं चलेगा। हिन्दुस्तान आजाद होने जा रहा है बच्चो। तुम स्वतन्त्र भारत के नागरिक हो, तुम्हें स्वतन्त्र आदमी की तरह सोचना और जीना चाहिए। सैकड़ों बरसों से हम गुलाम हैं। क्यों हैं ? तुमने कभी सोचा बच्चो ! इतना बड़ा देश मुट्ठी-भर लोगों का गुलाम आखिर कैसे बन गया ? इसलिए बन गया कि हम कायर थे; स्वतन्त्रता हमारे स्वभाव में ही नहीं थी। जो अपनों की स्वतन्त्रता का आदर नहीं करेगा, वह खुद भी स्वतन्त्र नहीं रह सकता। हमने एक-दूसरे पर कभी भरोसा नहीं किया। एक देश, एक राष्ट्र की तरह कभी नहीं जिए। तुम्हारा मुहल्ला ही नहीं, हिन्दुस्तान का पूरा समाज शताब्दियों से बीमार है बच्चो ! इस बीमारी को पहचानो और उसकी जड़ पर प्रहार करो। नहीं तो यह आजादी तुम्हें गुलामी से भी ज्यादा सालेगी, गुलामी से भी ज्यादा मारेगी। याद रखो, हम लोगों से ज्यादा बुरी तरह तुम्हें भुगतना पड़ेगा। हजारों-लाखों नवयुवकों ने तुम्हारी आजादी के लिए अपना खून बहाया है। तुम लोग जो आजाद हिन्दुस्तान के नागरिक बनोगे, सो किसके बूते ? इसी खून की कीमत पर। तुम्हारी जिन्दगी को तुम्हीं को जीना है। भूल जाओ तुम्हारे पिता या दादा क्या कहते हैं। भविष्य तुम्हारा है, उनका नहीं। समाज को भी वही बदल सकता है जो अपने को बदल सकता है और अपने को बदलने के लिए जवान खून चाहिए, बुड्ढी खाल नहीं। हम और हमारे जैसे हजारों-लाखों नवयुवक किसकी आवाज सुनकर इस लड़ाई में कूदे ? हमने पढ़ाई क्यों छोड़ी ? डिग्री को लात क्यों मारी ? अपना भविष्य क्यों चौपट किया ? क्या हमारे माता-पिता ने हमें इसलिए पढ़ने भेजा था ? नहीं, मगर हमने अपने माता-पिता की आवाज नहीं सुनी, चन्द्रशेखर आज़ाद की आवाज सुनी, शहीद भगतसिंह की पुकार सुनी। क्यों सुनी ? इसलिए कि उनके जवान खून ने हमारे जवान खून को ललकारा था। उन्होंने अपना सर्वस्व दाँव पर लगा दिया था। उनका कोई स्वार्थ नहीं था। अधेड़ों-बूढ़ों की तरह हिसाब-किताब से नहीं चलते थे वे। आजादी स्वार्थों का सौदा नहीं है, मेरे बच्चो ! आजादी खून माँगती है, बलिदान माँगती है। हजारों-लाखों नवयुवकों का खून बहा है इस आजादी के लिए, इसे कभी मत भूलना। सोचो, अगर तुम आजाद होने के बाद भी गुलामों की तरह इसी डर और नफरत से चिपके रहोगे तो उन शहीदों की आत्माएँ–जो तुम्हारे आसपास ही मँडराती रहेंगी–कितनी दुख पाएँगी ? तुम्हें कितना

धिक्कारेंगी ? क्या तुम यही चाहते हो ?'

'नहीं,' चन्दू जोश में आकर चिल्ला पड़ता है। लच्छू एकटक जगन काका को देख रहा है।

'जगन काका !' वह कहता है, 'क्या आजादी की लड़ाई में हिन्दुओं के साथ मुसलमान भी शामिल हैं ? मैंने तो एक का भी नाम नहीं सुना। आपके साथ कितने मुसलमान थे ?'

'फालतू बात मत करो जी,' जगन काका डपट देते हैं। विनायक लच्छू को हैरत से ताक रहा है। यह बात तो उसके दिमाग में भी नहीं आई थी। इसका मतलब जी.आई.सी. से ज्यादा अच्छी पढ़ाई लच्छू के रामजे स्कूल में होती है।

'सन् सत्तावन में हिन्दू-मुसलमान दोनों ने साथ-साथ रक्त बहाया था आजादी के लिए। आज भी दोनों कन्धे से कन्धा भिड़ाकर अंग्रेजों से लड़ रहे हैं,' जगन काका की आवाज में वह पहलेवाली तेजी नहीं है। वे सोच में पड़ गए हैं।

'पिताजी कहते हैं...' लच्छू फिर चालू हो गया है।

'पिताजी को जाने दो,' जगन काका उसे बीच में ही टोक देते हैं, 'पिताजी पुराने जमाने के हैं। तुम अपने दिमाग से सोचो।'

'पिताजी कहते हैं सारे मुसलमान जिन्ना के साथ हैं। वे कांग्रेस को हिन्दुओं की जमात समझते हैं। उन्होंने अपनी मुस्लिम लीग अलग बना ली है। पिताजी कहते हैं यहाँ के सारे मुसलमान भीतर से मुस्लिम लीगी हैं। वे भी, जो सफेद टोपी पहनते हैं।'

'यह सब बकवास है,' जगन काका चीख पड़ते हैं, 'देश की एकता का ठेका क्या कांग्रेसियों ने ही ले रखा है ? देश की एकता के लिए चाहिए क्रान्तिकारी विचार और जवान खून। कांग्रेसियों के पास क्या है ? सिवा महात्मा गांधी के ?'

'नहीं, जगन काका। मैंने खुद सुना है ये लोग रात-रात-भर मीटिंग करते हैं, उसमें हिन्दुओं को गाली देते हैं। जिन्ना की तारीफ करते नहीं अघाते। ये लोग महात्मा गांधी को भी नहीं मानते। अपना अलग पाकिस्तान बनाना चाहते हैं।'

'क्यों नहीं चाहेंगे ?' जगन काका बुरी तरह बौखला जाते हैं, 'तुम्हारा तो यह हाल है कि एक मुहल्ले में पीढ़ियों से रहते-रहते भी तुम उनके घर नहीं जा सकते; उनको अपने घर नहीं बुला सकते और उनसे तुम यह उम्मीद करते हो कि वे राजनीति में चुपचाप तुम्हारे पिछलग्गू बन जाएँगे ? नेता क्या होता है ? जैसा समाज वैसा नेता। महात्मा गांधी की बात अलग है। वे नेता नहीं हैं; न रहेंगे। तुम और हम क्या सोचते हैं, क्या जीते हैं, सवाल इसका है। मुझे बताओ लच्छू, जब तुम उन्हें अपना नहीं समझते तो वे तुम्हारे साथ क्यों रहें ? अच्छी तरह, पूरी तरह अलग ही क्यों न हो जाएँ ?'

'देखिए जगन काका,' लच्छू कहता है, 'जहाँ तक स्वाधीन क्लब का सवाल है, मुझे अहमद को उसमें शामिल करने में कतई कोई ऐतराज नहीं है। वह जैसे विनायक का दोस्त है, वैसे ही मेरा भी दोस्त है। मगर होली...? आप खुद सोचिए, यह कैसे हो सकता है ? पिछले साल की बात है, मैंने यूँ ही करीम पे रंग डाल दिया था–डाला किसी दूसरे

लड़के पर था–करीम उधर से आ रहा था, उस पर पड़ गया तो उसका बड़ा भाई आकर मुझे सीढ़ियों से जबर्दस्ती घसीटकर गली में गिरा ले गया और जेब से चाकू निकाल लिया। वो तो अल्लादिया चाचा उसी वक्त बीच में आ पड़े वरना वो मुझे चाकू मार देता और आपको पता है काका ! क्या होता ? दंगा हो जाता दंगा। क्या आप समझते हैं अहमद के पिताजी उसे हमारे साथ होली खेलने देंगे ? वो भागकर अपनी मर्जी से आ जाएगा तो भी वे यही समझेंगे कि हमने उसे फुसलाया। काकाजी, आप ही सोचिए यह कैसी बेकार की जिद है।'

'मैं कहाँ जिद कर रहा हूँ ?' विनायक कहता है, 'अहमद खुद ही मेरे से बोल रहा था।'

'अहमद के बोलने से क्या होता है ?' लच्छू टोकता है, 'मैं कहता हूँ जगन काका, आप ही जरा हम लोगों को साथ लेकर दाढ़ी चाचा के पास चलिए। कहके देखिए जरा। कल को कुछ हो गया तो इसकी जिम्मेदारी किस पे होगी ? ये लोग हर चीज को धरम का मामला बना देते हैं।'

'और तुम ? तुम लोग नहीं बनाते ?' जगन काका चीख पड़ते हैं और फिर सहसा चुप हो जाते हैं। कुछ देर सन्नाटा खिंचा रहता है, फिर विनायक को सहसा कुछ याद आ जाता है, 'माँ भी यही कह रही थी जगन काका, जिस वक्त तुम आए थे।'

'लच्छू ठीक कह रहा है काका,' चन्दू बोलता है। बाकी लड़के भी उसकी हाँ में हाँ मिलाते हैं।

'मगर कल को अहमद हमारे साथ देवथल जाएगा। मैंने उसे बोल दिया है।'

लच्छू हँसता है, 'देवथल जाने में कोई हर्ज नहीं है यार ! वो तो पिकनिक जैसी हुई। अहमद हमारे साथ नहा सकता है, तैर सकता है। मन्दिर में भी चला जाए तो वहाँ कौन पहचानता है ? ये सारी मुसीबत तो शहर में ही होती है।'

'फिर भी लच्छू जैसा कह रहा है, अहमद के पिताजी से पूछ लेना ही ठीक होगा,' जगन काका की आवाज कहीं दूर से आती जान पड़ती है, 'चलो चलें।'

सब लोग दाढ़ी चाचा की दूकान की ओर चल पड़ते हैं लच्छू कहता है, 'अहमद के पिताजी वैसे हैं बहुत अच्छे। पिछले साल याद है विनायक, चन्दा माँगने गए थे तो एक रुपया थमा रहे थे। हमने कहा, 'चचाजान ! आपसे एक रुपया लेंगे ? हद हो गई। कम से कम दो रुपए तो दीजिए। उन्होंने पाँच का नोट निकालकर थमा दिया था। याद है न ?'

'हाँ-हाँ, मुझे सब याद है,' विनायक कहता है।

दाढ़ी चाचा दूकान बन्द करने ही जा रहे हैं। जगन काका को देखके दूर से ही चिल्ला पड़ते हैं, 'क्यों जगन ! ये बन्दरों की फौज लेके कहाँ जा रहे हो ? हनुमानजी से मिलने जा रहे हो क्या इत्ती रात को ?'

'मान गया चचाजान ! आपने खूब भाँपा,' जगन काका पास आकर कहते हैं, 'मैं सचमुच आपसे ही मिलने आ रहा था।'

दाढ़ी चाचा ठठाकर हँस पड़ते हैं, 'आओ भई, बैठो जगन, तुम तो ईद के चाँद हो गए। न मिलना, न जुलना। भगवान से तो हर तीसरे-चौथे मुलाकात होती रहती है। तुम तो आजकल, सुना होली की बैठकों में ही मस्त रहते हो।'

'हाँ चाचा, बरसों से तरसा हुआ हूँ। पिछले साल ऐन होली के मौके पे बाहर जाना पड़ा था,' जगन काका दूकान की पटिया पर जम जाते हैं', 'आप तो चचाजान बैठकों में भी नहीं दिखाई देते। पहले तो बड़ा शौक था आपको।'

'शौक सब मिट गया जगन ! दाढ़ी चाचा उदास हो जाते हैं, 'जब से अब्बाजान का इन्तकाल हुआ, तब से बस यह दूकान है और मैं हूँ। उनके रहते कभी महसूस ही नहीं हुआ मेरी भी कोई जिम्मेदारी है। और अब...? अब तो लगता है बस जिम्मेदारियाँ ही जिम्मेदारियाँ हैं। जिन्दगी जैसे एक बोझ बन गई है।'

'मगर चाचा, अहमद भी तो बैठता होगा। वह भी तो आपकी मदद करता होगा।'

'हाँ यार, करता तो है। मगर अभी बच्चा ही तो है। अभी से दूकान में क्यों झोंकूँ उसे ? हमने जितना ऐश किए अपने लड़कपन में, वो तो उसे क्या नसीब होंगे। सोचता हूँ अभी अपना खेले-कूदे। बाद में तो खपना ही है इस सब में।'

'वो तो है ही,' जगन काका सिर हिलाते हुए कहते हैं, 'वो है कहाँ ? बहुत दिनों से देखा नहीं। बस एक दिन आया था घर पर वीनू के साथ। तब से दीखा ही नहीं।'

'वो आज जल्दी सो गया होगा...' दाढ़ी चाचा अपनी दाढ़ी पर हाथ फिराते हुए कहते हैं, 'बोल रहा था कल सबेरे-सबेरे उठना है। वीनू के साथ देवथल जाऊँगा। मैंने कुछ कहा नहीं–मुझे अपने दिन याद आ गए। तू तो बहुत छोटा था जगन, शायद पैदा भी नहीं हुआ था–मैं और भगवान–तेरा भाई रात-रात-भर मस्ती करते रहते थे। क्या जमाना था वो भी...!' दाढ़ी चाचा एक गहरी साँस छोड़ते हैं, 'अब जमाना बदल गया जगन, अब वो बात कहाँ ?'

जगन काका एकटक चाचा को ताकते रहते हैं। फिर कहते हैं, 'जमाना खराब है, इसीलिए तो चचाजान ! जब वीनू मुझसे बोला कि होली की पार्टी में अहमद भी शामिल होना चाहता है तो मैंने कहा पहले चचाजान से तो पूछ लो–उन्हें कोई ऐतराज तो नहीं है।...इसी बहाने मैं भी मिल लेता हूँ।'

'ऐतराज !' दाढ़ी चाचा एकाएक बहुत उदास पड़ गए हैं। 'ऐतराज मुझे क्या होगा जगन ? मैंने लड़के से कुछ नहीं कहा–क्या कहता ? उस वक्त मौलवी साहब भी पास बैठे हुए थे। बेहद खफा हुए। कहने लगे, 'यह क्या तमाशा है ? मना क्यों नहीं कर दिया लड़के को ?' मैं चुप लगा गया। उनसे क्या बहस करता ? मैं जानता हूँ इन मामलों में बहस करने का कोई मतलब नहीं होता। इतनी जिन्दगी काट दी...आगे भी अल्लाह खैर करेगा। मैं बच्चे का दिल नहीं तोड़ सकता। मगर बेटा, रहना तो इन्हीं लोगों के साथ है। सुनना भी पड़ता ही है...।' दाढ़ी चाचा चुप हो गए। जगन काका सिर झुकाए सुनते रहे।

'जमाना बहुत खराब है,' चचाजान फिर कहने लगे, 'देवथल जाने में क्या हर्ज है।

हम भी तो जाते थे। हम नहीं जाते थे क्या ?...मगर...तुम तो रहोगे न जगन ! तुम भी इनके साथ जाओगे ?'

जगन काका मुस्कुराए, 'हाँ चचाजान ! मैं तो जाऊँगा ही। पुरानी यादें ताजा करनी हैं। ऐसा लगता है जैसे पिछले जनम की बात रही हो। मैं तो चचाजान, आजकल इन लोगों के साथ इस कदर मस्त रहता हूँ जैसे मेरा बचपन फिर लौट आया हो।'

दाढ़ी चाचा हो-हो करके हँसने लगे, 'तू तो यार, जैसे बुड्ढा ही हो गया है ऐसी बात कर रहा है। अभी परसों तक तो चड्ढी पहने घूमता रहता था। बच्चा तो है ही तू, और क्या ? हमारे सामने।'

दाढ़ी चाचा की इस बात पर लच्छू हँसते-हँसते लोट-पोट हो गया और पटिया से नीचे गिर पड़ा। जगन काका को भी हँसी आ गई।

'बस तो ठीक है, जगन। फिर मुझे कोई फिकर नहीं। मगर सुनो होली-वोली में मत ही रखो तो ठीक रहेगा। कहीं रंग-वंग पड़ गया तो खामखा बवाल मचेगा। यहाँ का माहौल अब पहले जैसा नहीं रहा भइया।'

'ठीक है चचाजान ! आप बेफिक्र रहें,' जगन काका उठ खड़े हुए, 'अभी मैं चलता हूँ। फिर किसी वक्त फुर्सत में हाजिर हो जाऊँगा। बहुत सारी बातें आपसे करनी हैं।'

कौन ठगवा नगरिया...

ग्यारह

'ठीक है तुम लोग जाओ। मैं देख लूँगा,' मन्नी मानीटर उठ खड़ा होता है।

विनायक का हाथ पैंट की रेजगारी टटोल रहा है। अरे अभी तो काफी पैसे हैं। 'बैठो यार मन्नी, अभी घंटी बजी कहाँ है ? बादशाह ! एक-एक प्लेट बूँदी और दो।'

'मन्नी को जाने दो विनायक,' चन्दू कहता है, 'घंटी बजने ही वाली होगी। यही पकड़ा गया तो हमें कौन बचाएगा ?'

'हाँ यार, हाँ, तू जा,' नारायण चन्दू से सहमत हो जाता है।

मन्नी मानीटर थोड़ा गुस्से से नारायण को देखता है। उसे नारायण का 'तू' कहना अच्छा नहीं लगता। एक प्लेट बूँदी और जम जाती तो ठीक रहता। इन भगोड़ों को इतने सस्ते में कैसे छोड़ दूँ ?

'ले यार, जल्दी-जल्दी खा ले। तू तो रेस लगाके पहुँच जाएगा एक मिनट में,' विनायक उसके हाथ में गरमा-गरम बूँदी का प्लेट पकड़ा देता है।

'शाम को तू शाखा से लौटकर सीधे हमारे घर आना,' विनायक उसे एक बाँह से घेर लेता है। 'चीर भैया के पास बैठके हम गाने गाएँगे। फिर हमारी पूरी टोली बाजार का राउंड लगाएगी। लच्छू ढोलक लेगा, मैं मँजीरा। तू देखना तो सही, हम लोग कैसे चन्दा ऐंठते हैं। फिर रात को बढ़िया बैठक होगी।'

मन्नी मानीटर जल्दी-जल्दी बूँदी गपक रहा है। साले ये बजरिया लड़के ! भीख माँगते शर्म भी नहीं आती। फिर भी देखना तो चाहिए इन लोगों की होली आखिर कैसी होती है।

एकाएक 'टन्न' की आवाज सुनाई पड़ती है। मन्नी मानीटर बची-खुची बूँदी एक साथ मुँह में ठूँसता हुआ कॉलेज की ओर भागता है।

तीनों मित्र हँसते-हँसते लोट-पोट हो जाते हैं और एक-दूसरे से लिपट जाते हैं। 'कैसी रही ट्रिक ?' चन्दू बोलता है।

'मैं तुझे मान गया,' विनायक कहता है। साम-दाम-दंड-भेद। उसे 'हितोपदेश' याद आ रहा है जो बाबूजी ने लाके दिया था। आइडिया उसका है। मगर करके दिखाया चन्दू ने।

'अब ये हमारे खिलाफ जा नहीं सकता,' नारायण कहता है।

'चलो देर हो रही है। लच्छू, शेखर, मोहन, घंटी सब आ गए होंगे। हमारा रास्ता

देख रहे होंगे। कहीं हमारी तरह उन लोगों की अर्जी भी ग्रांट न हुई तो ?'

चन्दू जोर से सिर झटकारता है। 'हुँह, रामजे में कोई नहीं पूछता। जब चाहो, तब छुट्टी मिल जाती है।'

विनायक चकित होकर चन्दू को देखता रह जाता है। क्या ही अच्छा होता अगर वह भी वहीं पढ़ता होता। चन्दू, नारायण और अहमद को छोड़कर बाजार के बाकी सारे लड़के वहीं तो पढ़ते हैं। मगर सभी कहते हैं अच्छी पढ़ाई तो जी.आई.सी. में ही होती है। आग लगे इस पढ़ाई को। आर्य कन्या पाठशाला में क्या ठाठ थे ! सरोज दीदी अक्सर कहती रहती हैं, 'अब भी मास्टरनियाँ तुझे बहुत याद करती हैं रे। मुझे भी तेरे बिना अच्छा नहीं लगता।'

आजकल विनायक का मन पढ़ने में नहीं लगता है। स्कूल की दुनिया उसे अपने घर और अपने निजी पुस्तकालय की दुनिया से बिल्कुल अलग लगती है। पहले-पहल तो रात सपने में भी उसे स्कूल की लाल टीन की छत दिखाई दे जाती थी और वह डर जाता था। माँ ने सिखाया था जब तुम्हें डर लगे तो हनुमान चालीसा जपने लग जाओ। 'भूत-पिसाच निकट नहिं आवे। महावीर जब नाम सुनावे।' सचमुच रेवती नन्दन मास्साब, अनोखेलाल मास्साब और पॉल साहब और मन्नी मानीटर की आकृतियाँ उन दिनों उसे भूत-पिसाच की तरह अपने बिस्तर के आस-पास मँडराती प्रतीत होती थीं। पहले तो वह और दीदी और माँ और संजू एक ही कोठरी में सोते थे। पर जब से वह फोर्थ में फिर से फर्स्ट आया, यह कोठरी उसे दे दी गई थी। पहले इसमें देवता-स्थान रहा करता था। अब देवताओं को वहाँ से हटाकर ऊपर सीढ़ी के जंगले और हड़चाख के बीच के छोटे से तंग गलियारे में अँटा दिया गया था। यह मथुर काका के आदेश पर किया गया था। वजीफेवाले इम्तहान के बाद से उन्होंने चिल्लाना शुरू कर दिया था कि विनायक का पढ़ने का कमरा अलग होना चाहिए।

'चन्दू यार ! आजकल पढ़ने में बिल्कुल मन नहीं लगता। अगले महीने इम्तहान होंगे। मुझे बहुत डर लग रहा है।'

चन्दू ने अविश्वास से उसकी ओर देखा, 'क्या बेकार की बात करता है। तू तो इतना होशियार है। जब देखो पढ़ता ही रहता है।'

होशियार ! विनायक अपनी इस होशियारी से तंग आ चुका है। कितना अच्छा होता यदि लच्छू-चन्दू की तरह वह भी पढ़ने में फिसड्डी होता। फिर सिर पर ये बोझ तो नहीं रहता। विनायक को हमेशा यही लगता है जैसे वजीफे के इम्तहान में फर्स्ट आके उसने भारी पाप कर दिया हो जिसका फल अब उसे जिन्दगी-भर भुगतना पड़ेगा। इस बार अलूणिया बाबा आएँगे तो उनसे कहेगा, 'वाह बाबा ! अच्छा फँसाया तुमने मुझे।' दीदी उन दिनों ननिहाल में ही रहती थीं। वह भी वहीं पड़ा रहता था। अब तो वे लोग भी नैनीताल चले गए। मामा का तबादला हो गया। साल-भर से भी ज्यादा हो गया नाना से मिले। कहाँ तो वह रोज वहीं पहुँच जाता था। पढ़ना तो जब सीखा, तब सीखा। उससे पहले ही ये सारी कथाएँ रामायण की, महाभारत की, पुराणों की–सब नाना ने

ही तो मुँह-जबानी सुनाई थी उसे। उन दिनों हनुमान मन्दिर का चस्का कहाँ लगा था। नाना बिल्कुल अन्धे थे। कहीं आ-जा नहीं सकते थे। 'बुल्या !'...वह नीचे बाजार से ही चिल्लाता। 'आ गया मेरा लाल !'...नाना बेहद खुश हो जाते। उसने कभी किसी आदमी को नाना के पास बैठे नहीं देखा। 'क्या नाना के कोई दोस्त नहीं हैं ? जैसे पिताजी और काकाजी के हैं ?...यह प्रश्न उसके मन में आज उठता है। तब नहीं उठता था। तब तो विनायक ही उनका एकमात्र दोस्त था। कहानी सुनाने का उनका अन्दाज ही निराला था। लगता था नाना एक आदमी नहीं हैं, सौ आदमियों के बराबर हैं। जैसी–जिसकी कहानी सुनाते थे, वैसे ही लगने लग जाते थे। वैसी ही ऐक्टिंग कर देते थे। उनकी आवाज भी बदलती रहती थी। कहानी सुनाते-सुनाते वे बिल्कुल बच्चों की तरह रो पड़ते थे...और फिर बच्चों की तरह ही हँस भी पड़ते थे। नाना को वहाँ नैनीताल में कितना सुनसान लगता होगा ? कौन उन्हें हाथ पकड़कर इधर-उधर ले जाता होगा ? कौन उनकी चिलम भरके उन्हें देता होगा ? कौन उनसे कहानी सुनाने की, गीत सुनाने की जिद करता होगा ? गीत भी तो उसे जितने आते हैं, सब नाना ने ही सिखाए हैं। इस साल गर्मियों की छुट्टी में जरूर से जरूर नाना के पास जाएँगे–विनायक जिद पकड़ लेगा माँ से। देखें, कैसे नहीं भेजते ?

'वो देखो लच्छू, शेखर, मोहन सब खड़े हैं,' चन्दू दौड़ जाता है।

विनायक जोर से हाथ हिलाता है। रामजे स्कूल से भाग आने में कौन सी बहादुरी है ? जी.आई.सी. से भाग के आओ, तब जानें।

'अहमद कह रहा था–आज तो मैं भी चलूँगा। मेरे लिए रुकना,' नारायण को सहसा याद आ गया।

'अरे, उसे आना होता तो हमीं लोगों के साथ नहीं आ जाता ?' चन्दू झुँझलाकर कहता है।

'कौन ?' लच्छू पूछता है। वह इन लोगों का रास्ता देखते-देखते उकता गया है। उसके हाथ में कुल्हाड़ी है। आज के दिन का हीरो वही है। पेड़ पर चढ़के उतनी मोटी डाल काट लाना उसी के बूते का काम है।

'वो बेचारा भी क्या करे?' विनायक अहमद का पक्ष लेता है। पाँचवाँ पीरियड मौलवी साहब का है। अहमद कह रहा था कि उर्दू का पीरियड खत्म हुआ नहीं कि मैं सीधे तुम्हारे घर पहुँचूँगा।'

'रुक जाओ यार,' मोहन कहता है, 'अभी तो पूरा दिन पड़ा है।'

लच्छू अधीर हो उठता है, 'अभी घंटा-भर और बिगाड़ोगे। पता भी है सालो, भैंसवाड़ा कहाँ है ? जाती बेर तो खुर-खुर उतर जाओगे। मगर जब चीर भैया को लाद के दो मील की चढ़ाई चढ़नी पड़ेगी तब पता चलेगा बेटा।'

विनायक लच्छू से लिपट जाता है, 'नाराज मत हो यार। अहमद आता ही होगा। पीरियड खत्म भी हो गया होगा अब तक तो।'

'ठीक है फिर, रुक जाते हैं,' लच्छू ढील दे देता है, 'क्या वह रात को हमारे साथ

जागरण भी करेगा ?'

'कैसी बात करते हो लच्छू ! मार खिलानी है क्या उसे ?' चन्दू खीज उठता है।

'उस दिन देवथल में उसे कितना मजा आया था !' लच्छू कहता है।

'इसीलिए तो,' विनायक बोल पड़ता है, 'जब उसे हमारे साथ इतना मजा आता है तो उसे क्यों न ले जाएँ। हमीं तो उसके दोस्त हैं। बाकी लोगों को–हरीश और रग्घू मुच्ची जैसों को तो–वह मुँह ही नहीं लगाता। जबकि उसका आर्ट देखके सभी लड़के उससे दोस्ती गाँठना चाहते हैं, जानते जो लच्छू ! ड्राइंग मास्साब कहते हैं अहमद एक दिन बहुत बड़ा आर्टिस्ट बनेगा।'

'वो देखो अहमद,' नारायण चिल्लाता है और उछल पड़ता है।

जैसे ही अहमद पास आता है, लच्छू कुल्हाड़ी जमीन पर पटक देता है और लपककर अहमद को अपने कन्धे पर उठा लेता है और चिल्लाता है, 'हिप-हिप !...हुर्रे !'

'चलो-चलो,' विनायक सबसे आगे बढ़के बाँसगल्ली की ओर लपकता है। पूरी टोली उसके पीछे दौड़ पड़ती है। खगमरा तक तो रास्ता ठीक है। फिर उसके बाद बहुत पतली पगडंडी है। खगमरा तक तो विनायक भी कई बार जा चुका है। एक बहुत ऊँचे टीले पर मन्दिर बना हुआ है। वहाँ एक बड़े क्रोधी बाबा रहते हैं। उन्होंने नासपाती-आड़ू-खुबानी के कई पेड़ मन्दिर के चारों तरफ लगा रखे हैं। वे दिन-भर बगीचों में घूम-घूमके रखवाली करते हैं। उनके पास गोफन है जिसमें पत्थर रखके घुमाकर फेंकते हैं। मजाल है कि कोई पास भी फटक जाए। सारे अलमोड़े में वे 'दुर्वासा' करके मशहूर हैं।

लड़के लोग मन्दिर के पास पहुँच गए हैं। सहसा लच्छू रुक जाता है और अपना हाथ मुँह तक ले जाकर लड़कों को इशारा करता है। लड़के जहाँ के तहाँ जम जाते हैं।

'अरे यार खाने-पीने को तो कुछ लाए ही नहीं। भूख के मारे जान निकल जाएगी। चलो नासपाती तोड़ें,' लच्छू विनायक के कान में फुसफुसाता है।

'तेरा तो दिमाग ही खराब हो गया है। बाबा देख लेगा तो सिर फोड़ देगा,' विनायक उसका हाथ पकड़के घसीटता है, 'चल यार।'

लच्छू अंगद की तरह अड़ गया है, 'तुम लोग आगे बढ़ जाओ। वहाँ उधर पाँगर के पेड़ के पास बैठे रहना। मैं और चन्दू अभी आते हैं।'

विनायक चन्दू को समझाने लगता है। चन्दू दो पार्टी के बीच फँस जाता है। वह लच्छू के सामने अपने को डरपोक सिद्ध नहीं करना चाहता। पर इस प्रस्ताव के लिए भी वह तैयार नहीं है। वह एक बार पिट भी चुका है यहाँ।

'छोड़ यार लच्छू,' वह कहता है, 'बहुत देर हो जाएगी। साँझ पड़ जाने पर यहाँ चुड़ैल आती है। छल लग गया तो होली चौपट हो जाएगी।'

लच्छू दाँत पीसता है, 'फट गई साले इतने में ही ?'

'कौन साला डरता है बे। चल,' चन्दू कुल्हाड़ी घंटी को थमाता हुआ आगे बढ़ जाता है, 'चल साले चल।'

'रुको,' विनायक कहता है, 'मेरी एक बात मानोगे ? बाबा के पास हारमोनियम और ढोलक है। बाबा भजन के बड़े शौकीन हैं। मैं कई बार बाबूजी के साथ आया हूँ। मैं भजन सुनाऊँगा तो वे खुश हो जाएँगे। फिर चाहे जितनी नासपाती माँग लेना।'

लच्छू-चन्दू अविश्वास से एक-दूसरे को ताकते हैं। प्रस्ताव उन्हें कुछ जम नहीं रहा। इतने में अहमद आके लच्छू के कान में फुसफुसाता है। लच्छू उछलकर उससे लिपट जाता है।

'सुनो विनायक,' लच्छू उसके कान में कहता है, 'तुम चार जने ऊपर चले जाओ और दुर्वासा को भजन में उलझाए रखो। जैसे ही तुम्हारे गाने की आवाज सुनाई देने लगेगी, मैं पेड़ पर चढ़कर नासपाती तोड़ने लगूँगा। फिर हम उस पाँगर के नीचे बैठके तुम्हारा इन्तजार करेंगे। तुम लोग फुर्सत से आना। जल्दी मत मचाना।'

विनायक रुआँसा हो जाता है, 'इससे तो मेरा आइडिया क्या बुरा था ! तुम तो भाग जाओगे। हम बुरी तरह फँस जाएँगे।'

'फट गई साले !' लच्छू दाँत पीसता है। विनायक के आग लग जाती है। इतनी गन्दी गाली किसी ने उसे आज तक नहीं दी। उसका चेहरा तमतमा उठता है। उसकी नजर अहमद पर पड़ जाती है। क्या अहमद भी उसे डरपोक समझ रहा होगा ? नहीं, अहमद की नजर में नहीं गिरेगा।

'तुम मुझे समझते क्या हो ?' विनायक अकड़कर बोलता है, 'चलो शेखर, मोहन, घंटी ! चलो मेरे साथ। डरना मत। तुम्हें कुछ नहीं करना है। सिर्फ मेरे साथ रहना है। और लच्छू ! नासपाती जल्दी-जल्दी तोड़के भागना। देर मत लगाना। रखोगे किसमें ?'

'मेरे पास झोला है,' लच्छू जेब से झोला निकालकर दिखाता है। अच्छा ! तो साले ने पहले से ही प्लान बना रखा था। लच्छू अपने साथ रहता तो ठीक होता। उसे एकाएक बात सूझ जाती है, 'अरे यार लच्छू ! तू तो यहाँ रहेगा, वहाँ ढोलक कौन बजाएगा ?'

लच्छू मुस्कुराता है। वह भाँप गया है शायद। 'तू फिकर मत कर, मैं तेरे साथ चल रहा हूँ,' वह कहता है, 'नासपाती तो चन्दू भी तोड़ लेगा। घंटी को भी यहीं रहने दो। हम चार जने बाबा के लिए काफी होंगे।'

सीढ़ियाँ चढ़के वे लोग ऊपर गए हैं। बाबा कहाँ होंगे ? कहीं दूसरी तरफ के बगीचे में तो नहीं ? भगवान करे वे अपनी कोठरी में ही हों।

'कौन ?' एक कड़कती हुई आवाज। मारे डरके रोंगटे खड़े हो गए विनायक के। लच्छू समेत तीनों लड़के उसके पीछे दुबक गए हैं। लो, लच्छू तक डर गया।

'चलो-चलो, डर किस बात का !' विनायक जिधर से आवाज आई थी उधर ही को बढ़ता है। बाबा कोठरी से बाहर निकल आए हैं; उनके हाथ में वही गोफन है। अब ?

विनायक दौड़कर बाबा के पैरों पर लमलेट हो जाता है। बाकी लड़के भी उसका अनुसरण करते हैं।

'बाबा ! पिताजी ने मुझे आपके पास भेजा है कि जाओ बहुत दिन से बाबा को भजन नहीं सुनाया, सुना आओ।'

'तेरे साथ ये कौन हैं ?' बाबा गोफन नचाते हुए उसे एकटक घूर रहे हैं।

'ये...? ये लच्छू है बाबा, बहुत बढ़िया ढोलक बजाता है। ये शेखर है, बहुत अच्छा मँजीरा बजाता है और ये मोहन भी बजाता है। हम एक ही क्लास में पढ़ते हैं बाबा। साथ ही हनुमान-मन्दिर भी जाते हैं। मैं आजकल वहाँ रोज श्रीमद्भागवत का पाठ कर रहा हूँ,' विनायक एक साँस में बोल जाता है।

'आज स्कूल की छुट्टी है क्या ?' बाबा लच्छू को घूरते हुए पूछते हैं, 'इत्ती दोपहर को तुम लोग कैसे आ गए ? यह कोई भजन करने का समय है ?'

विनायक के पाँव-तले धरती खिसकने लगती है, 'आज छुट्टी है बाबा ! इस बार एक दिन पहले से ही प्रिंसिपल साहब ने होली की छुट्टी कर दी। कल मुझे रघुनाथ मन्दिर में भजन गाना है। पिताजी बोले, जाओ पहले बाबा को सुनाके आओ। वो पसन्द करेंगे तभी तुम्हें वहाँ गवाएँगे, नहीं तो नहीं।'

'आओ फिर बैठो,' बाबा अनमने-से कोठरी में घुस जाते हैं। गोफन को एक कोने में रख देते हैं।

'यह क्या है, बाबा ?' विनायक निहायत भोलेपन के साथ पूछता है।

'यह बदमाशों के लिए है,' बाबा कहते हैं, 'मैंने बड़े जतन के साथ पहाड़ काट-काटकर इस जंगल में फल लगाए। कोई अपने लिए नहीं; भगत लोग आते हैं, उन्हीं की परसादी के लिए। साले बाजार के कुछ बदमाश छोकरे यहाँ से चोरी कर ले जाते थे। मेरी आँखों से दीखता नहीं साफ। परन्तु कान बहुत पक्के हैं। जरा भी खटका हुआ कि मैं उधर ही निशाना लगाके फेंक देता हूँ। दस-बारह की खोपड़ी तो तोड़ ही चुका हूँगा। मेरा निशाना अचूक है। बिल्कुल शब्दवेधी बाण समझो। शब्दवेधी बाण क्या होता है—जानते हो ?'

'जी बाबाजी !' विनायक हाथ खड़ा कर देता है और फिर झेंपकर नीचे कर लेता है, 'राजा दशरथ ने शब्दवेधी बाण ही तो मारा था जो श्रवणकुमार बेचारे को लग गया था।'

'शाब्बाश, तुझे बड़ा याद है रे ! क्या नाम तेरा...मैं तो भूल जाता हूँ,' बाबा खुश होकर विनायक की पीठ पर जोर का धौल जमा देते हैं।

'मेरा नाम विनायक है बाबा ! मैंने पूरी रामायण पढ़ी है। वाल्मीकि रामायण और तुलसीकृत रामायण भी।'

बाबा के चेहरे पर विस्मय का भाव फैल जाता है। 'अरे भगवानदास का छोकरा बड़ा तेज मालूम पड़ता है, कितने में पढ़ता है रे तू ?'

'चार में ! अब पाँचवीं में जाऊँगा,' विनायक अधीर हो उठता है। देर हुई जा रही है। कहीं चन्दू जल्दी में...वह इस आशंका से काँप उठता है और तुरन्त बोल पड़ता है, 'बाबा ! अब आज्ञा हो तो हारमोनियम-ढोलक निकाल लूँ।'

'हाँ-हाँ, निकाल। उस आलमारी में रखा है,' बाबा चाबी का गुच्छा उसके हाथ में थमा देते हैं। विनायक झपटकर हारमोनियम निकालता है और चालू हो जाता है।

लच्छू जोर-जोर से ढोलक पर थाप देता है और घुटने से विनायक को ठसकाता है। चल रेंक जल्दी।

पायो जी मैंने राम रतन धन पायो।। पायो जी मैंने।।
वस्तु अमोलक दी मोरे सतगुरु
किरपा कर अपनायो।। पायो जी मैंने।।

'वाह बेटा वाह,' बाबा लच्छू के हाथ से ढोलक छीनकर खुद ही फतोड़ने लगे हैं। बेतहाशा। 'वाह !'...विनायक अपने फेफड़ों का पूरा जोर लगा देता है। अब यह आखिरी पंक्ति है...एक क्षण को उसे लगता है भद्द से नासपाती गिरी...दूसरे ही क्षण उसे दिखता है कि चन्दू खुद अरराकर पेड़ से टपक पड़ा और अहमद, घंटी बिलख रहे हैं। वह विस्फारित नेत्रों से बाबा को देखने लगता है। बाबा की आँखें मुँदी हुई हैं। वे अन्धाधुन्ध ढोलक पीटे जा रहे हैं। उनकी नाक से पानी बहता-बहता ठुड्डी से नीचे को टपकने ही जा रहा है।

'हाँ-हाँ फिर से...हरख-हरख जस गायो जी मैंने...' बाबा खुद ही चिंघाड़ने लगे। कितनी खराब आवाज है बाबा की ! शेखर मुँह में कुरता ठूँसे हँसी दबा रहा है। विनायक झट से पंक्ति को बीच ही में लपक लेता है और चालू हो जाता है।

लच्छू चिकोटी काट रहा है। अब बस भी करेगा कि रेंके जाएगा ? साले ! तू तो यहाँ ऐसा जम गया जैसे सचमुच भजन करने ही आया हो।

'राम रतन धन पायो। पायो जी मैं ऽ ऽ ऽ ऽ ऽ ऽ ने,' विनायक धीरे से विलम्बित पे आके तान तोड़ देता है। अब क्या पाना शेष है ? वस्तु अमोलक तो अभी तक पाँगर के पास पहुँच ही गई होगी। अब फूटो यहाँ से।

'वाह बेटा, वाह ! तबीयत खुश कर दी तैंने। एक और सुना ऐसी ही कोई फड़कती हुई चीज।'

'बाबा अभी तो आज्ञा दीजिए। दो-चार दिन में फिर आऊँगा...' विनायक फिर से बाबा के पैरों पर लमलेट हो जाता है, 'मेरे सतगुरु तो आप ही हैं।'

'तो फिर तू नहीं सुनाता तो मैं तेरे को सुनाता हूँ,' बाबा हारमोनियम खींच लेते हैं और ढोलक विनायक की गोद में पटक देते हैं। विनायक उसे लच्छू की तरफ बढ़ा देता है। लच्छू आग्नेय नेत्रों से उसे घूरता है।

'तू बजाएगा ? तो लगा कहरवा आठ मात्रे की, आता है ?'

लच्छू दाँत पीसता हुआ ढोलक फतोड़ने लगता है, 'ऐ छोरे ! धीरे-धीरे...। कहाँ की जल्दी हो रही है ?' बाबा कड़कते हैं।

कौन ठगवा नगरिया लूटल हो
कौन ठगवा ?...

बाबा गाते-गाते आँख मिचकाते हैं और मुस्कुराते हैं। विनायक घबराकर लच्छू की ओर देखता है। यह क्या ?...लच्छू के चेहरे पर हवाइयाँ क्यों उड़ रही हैं ? उसके हाथ बहक क्यों रहे हैं ? जैसे चक्कर आ रहा हो। साला बिल्कुल बेताल हुआ जा रहा है।

'ऐ छोरे !'...बाबा लच्छू के हाथ से ढोलक छीन लेते हैं, 'बजाना नहीं आता तो काहे को फोड़ रहा है ? तू बजा विनायक।'

'बाबा सच में मेरे को ढोलक बजाना नहीं आता,' विनायक सफेद झूठ बोल देता है। बाबा फिर चालू हो जाते हैं। पर फिर रुक जाते हैं। उनका मूड ऑफ हो गया है।

'बाबा ! यह तो बहुत ही बढ़िया भजन है। मुझे भी सिखा दीजिए न,' विनायक गिड़गिड़ाता है।

'और नहीं तो काहे को गा रहा था गधे !...तुझे ही तो सिखा रहा था। इस लौंडे ने सब चौपट करके रख दिया। बगैर ताल के मजा नहीं आता। तू फिर कभी अइयो अपने पिता के संग।'

'बहुत अच्छा बाबा, मैं जल्दी ही आऊँगा,' विनायक फिर एक बार दंडवत करता है और लपककर कोठरी से बाहर निकल आता है। लच्छू, शेखर, मोहन उससे पहले ही बाहर आ गए हैं।

'रुको !' बाबा की कड़कती हुई आवाज उन्हें जहाँ का तहाँ गाड़ देती है, 'लो, एक नासपाती बची है। बाँटके खा लेना।'

विनायक नासपाती लेकर भागता है। सबके-सब भागते हैं उसके पीछे। आखिरी सीढ़ी फलाँगते हुए वे देखते हैं...बगीचे में कोई नहीं है। इसका मतलब—लाइन क्लीयर...।

'वो देखो वो बैठे हैं,' मोहन उँगली से दिखाता है। चारो दौड़ लगाते हैं। कितना नजदीक दिखता है मगर है कितना दूर। साँस फूल जाती है विनायक की।

चन्दू लपककर विनायक को गोद में उठा लेता है। लच्छू अहमद को और मोहन घंटी को।

'गिनो। पूरी पैंतीस हैं,' चन्दू झोला उलट देता है।

'ओ बाबा ! तुम तो पूरा बगीचा ही लूट लाए,' शेखर चिल्ला पड़ता है।

लच्छू एक नासपाती कटकाता हुआ कमर में हाथ रखके नाचना शुरू कर देता है, 'कौन ठगवा नगरिया...'

'लूटल हो,' विनायक सुर में सुर मिलाकर नाचने लगता है।

'चलो रे चलो। देर हो रही है,' लच्छू कुल्हाड़ी कन्धे पर लटका लेता है, 'अभी डेढ़ मील नीचे उतरना है।'

'चलते हैं यार, जरा गला तो तर कर लेने दे,' विनायक कहता है।

'क्या रसीली नासपाती है !'

नासपाती खाकर सब लोग ढलान पर लुढ़कते चले जाते हैं। भर...भर...भर...सूनी दोपहर में...बकरियों की तरह। जैसे सूखी मिट्टी पर बौछार पड़ रही हो।...बकरियों की बारिश...।

एकाएक विनायक एक टीले पर चढ़ जाता है और कान लगाकर सुनने लगता है। क्या यह हवा है ? मगर यहाँ पेड़ तो एक भी नहीं है। ऐसी आवाज तो चीड़ के जंगलों में ही सुनाई देती है।

'क्या कर रहे हो, विनायक ?' लच्छू चीखता है, 'उतरो फौरन। देर हो रही है। अभी एक मील पूरा उतरने को पड़ा है।'

विनायक नहीं सुनता। वह कुछ और सुन रहा है। वह उँगली होंठों पर रख लेता है, 'चुप।'...लड़के उसे घेरकर टीले के नीचे खड़े हो जाते हैं, 'क्या है विनायक ?'

'तुम्हें कुछ सुनाई दे रहा है ?' विनायक कहता है, 'यह कैसी आवाज आ रही है ?'

लड़के कान लगाकर सुनते हैं। सहसा लच्छू चिल्ला पड़ता है—

'अरे यह नदी की आवाज है। सुआल नदी बहती है न, नीचे घाटी में—अभी थोड़ा आगे बढ़ने पर दिखने भी लगेगी।'

'लच्छू, तुझे पता है ये जो पत्थर यहाँ लगे हैं, एक सीध में—ये क्या हैं ?' चन्दू एकाएक बोल उठता है।

विनायक का ध्यान उधर जाता है। चन्दू जिधर हाथ दिखा रहा है उस ओर बड़े-बड़े चपटे पत्थरों की एक टेढ़ी-सी कतार उसे दिखाई देती है। 'क्या हैं ये ?'...वह बिना किसी कुतूहल के पूछ लेता है। चन्दू तो ऐसे धीमे फुसफुसा रहा है जैसे कोई बड़े रहस्य की बात हो। विनायक को इस वक्त अपने साथियों की उपस्थिति बहुत खल रही है। उसका मन है यहीं इस चट्टान पर लेट जाए और चुपचाप सुनता रहे इस अजीब पुकार को...। उसे लगता है नदी उसी को पुकार रही है। उसी को बुला रही है।

'यहाँ बच्चे गाड़े जाते हैं,' सहसा चन्दू की आवाज उसके कानों से आ टकराती है।

'क्या ! ! !' सबके-सब एक साथ चिल्ला पड़ते हैं और एक-दूसरे का हाथ पकड़ लेते हैं, 'तुम कह क्या रहे हो चन्दू ?' अहमद बोलता है, 'तुम्हारे यहाँ तो मुर्दे जलाए जाते हैं। गाड़ने का रिवाज तो हमारे यहाँ है।'

'तुम नहीं जानते अहमद !...' चन्दू की आवाज विनायक को कहीं बहुत दूर से आती जान पड़ती है, 'हमारे यहाँ बच्चों को जलाते नहीं हैं। गाड़ देते हैं। ये जो पत्थर देख रहे हो न, हर पत्थर के नीचे एक बच्चा दबा है। मेरा छोटा भाई भी यहीं कहीं...।'

चन्दू की आवाज भरभरा जाती है और एकाएक वह जोर-जोर से रोने लगता है। बच्चे एकदम सहम जाते हैं। 'रो मत चन्दू...' लच्छू उससे लिपट जाता है और खुद भी रोने लगता है।

मोहन और घंटी टीले पर चढ़ जाते हैं और विनायक को पकड़ लेते हैं। उन्हें डर लग रहा है। विनायक निश्चल खड़ा है। उसे क्या हो रहा है ?... नहीं ! वह नहीं रोएगा। अलूणिया बाबा ने क्या बताया था ? वह आँखें मूँद लेता है और जोर से गा उठता है—

नैनं छिन्दन्ति शस्त्राणि, नैनं दहति पावकः।
न चैनं क्लेदयन्त्यापो, न शोषयति मारुतः॥

'सुनो लच्छू ! सुनो चन्दू !' विनायक मोहन और घंटी का हाथ पकड़े टीले से ही पुकार उठता है, 'तुम्हारा भाई यहाँ नहीं है। वह तो कभी का नया जन्म धारण कर चुका है। अलूणिया बाबा कहते हैं यह शरीर मिट्टी है। असल चीज तो आत्मा है जो अजर-अमर है। इस आत्मा को न तो कोई काट सकता है, न जला सकता है, न गला

सकता है, न सुखा सकता है। और चन्दू ! मेरी माँ कहती है जिन बच्चों को भगवान बहुत प्यार करता है, उन्हें अपने पास बुला लेता है।'

चन्दू लच्छू के कन्धे से अपना मुँह धीरे से उठाके विनायक की तरफ करता है। अब वह नहीं रो रहा है। विनायक मुस्कुराता है और धीरे-धीरे चन्दू के आँसुओं से गीले चेहरे पर भी एक मुस्कान उभर आती है। सहसा वह दौड़कर विनायक के गले से लिपट जाता है।

'जगन काका कहते हैं कितने ही नौजवान क्रान्तिकारी इस श्लोक को गाते हुए हँसते-हँसते फाँसी के तख्ते पर झूल गए।'

शेखर झोले से नासपाती निकालकर सबको एक-एक बाँटता है, 'चलो भइया, अब चलें। नहीं तो बहुत देर हो जाएगी।'

अब और भी सरपट ढलान है। वे दौड़ नहीं रहे हैं। आप से आप लुढ़कते जा रहे हैं। सहसा विनायक खुशी से चिल्ला पड़ता है, 'वो देखो—नदी।'

सामने नीचे घाटी में सुआल दौड़ रही है। टेढ़ी-मेढ़ी भागती हाँफती हुई सुआल कैसा शोर कर रही है !

'बस अब पहुँच ही गए समझो,' लच्छू की चाल तेज हो जाती है। वह बिल्कुल नदी की तरह दौड़ रहा है, टेढ़ा-मेढ़ा।

वे लोग अब एकदम नदी के किनारे पहुँच गए हैं। 'वो देखो वो, चीर मैया !...' लच्छू एक ओर को इशारा करता है और रेत में लोट-पोट हो जाता है।

जहाँ वे हैं, वहाँ से सिर्फ बीस कदम के फासले पर वह पेड़ खड़ा है। जैसे अभी-अभी नदी में डुबकी लगाकर निकला हो। एकदम ताजा धुला, निखरा !...हरी-हरी पत्तियाँ बेहद चमकीली और मुलायम लग रही हैं।

'चलो भई चन्दू !' लच्छू कुल्हाड़ी लेकर लपकता है, 'पहले यही काम कर डालें। फिर तुम लोग एक मिनट रुकना। मैं नहा आऊँगा।'

लच्छू दौड़कर पेड़ पर इस तरह चढ़ जाता है जैसे अपने घर की सीढ़ियाँ चढ़ रहा हो। विनायक एकटक उसे देख रहा है। 'बजरिया-बजरिया' करके साले हमें चिढ़ाते हैं वे रट्टू तोते। पढ़ाई के सिवा जानते क्या हैं ?

अर्जी फाड़कर फेंकते हुए प्रिंसिपल ने कहा था, 'तुम्हें शरम आनी चाहिए। वजीफा पानेवाले लड़के होकर अंग्रेजी में फेल होते हो ? दोनों टेस्टों में जीरो है। चलो भागो यहाँ से।'

और पाल साहब दूकान में आके बाबूजी से शिकायत कर गए थे, 'तुम्हारा लड़का बहुत बुरी सोहबत में फँस गया है।'

विनायक का चेहरा तमतमा उठता है। पढ़ाई वह थी जो नाना के यहाँ होती थी। पढ़ाई वह है जो हनुमान मन्दिर में होती है। पढ़ाई वह है जो जगन काका के साथ घूमते हुए होती है। स्कूल में क्या पढ़ाई होती है ? नहीं, मुझे सोहन, हरीश और परमेसरी की तरह रट्टू तोता नहीं बनना है। खिलाड़ी और लेखक बनना है। मुझे रटने की क्या

जरूरत है। क्या कह रहे थे उस दिन जगन काका सरू दीदी से ? 'ये तो विनायक है। पक्का विनायक। जन्मजात लेखक। स्वयं देवताओं ने जिसके हाथ में कलम पकड़ाई है। पूरी महाभारत इसने अपने हाथ से लिखी है। क्यों विनायक ?' फिर जगन काका ने सरू दीदी को भी वह कहानी सुनाई थी।

'बोलो चीर मैया की !'

'जै ऽ ऽ ऽ ऽ'

पूरी शाख अरराकर नीचे आ गई है। अरे बाप रे ! यह शाखा क्या है ? यह तो पूरा पेड़ ही है। कैसे ले जाएँगे इसे ?...'तू फिकर मत कर,' लच्छू बोलता है और दौड़कर नदी में घुस जाता है। विनायक एकटक, मन्त्रमुग्ध द्रेखता रह जाता है। लच्छू के हाथों-पाँवों की उस सुन्दर लयबद्ध गति को। मन करता है कूद पड़े वह भी लच्छू की तरह सुआल की गोद में ! सुआल उसे बुला रही है। कब से बुला रही है। नदी माँ है। 'माता तू है नदी...'

'झोला देना घंटी जरा,' किनारे पर खड़ा है लच्छू। पैयाँ के पेड़ सरीखा। बदन पर पानी चमक रहा है। बच्चे नासपातियाँ अपनी जेबों में भर लेते हैं और झोला लच्छू की ओर फेंक देते हैं।

शेखर जेब से पुड़िया निकालके खोलता है। गुलाल का टीका लगाता है सबको। 'बोलो चीर मैया की...जै ऽ ऽ ऽ ऽ'

आगे-आगे लच्छू है। एकदम पीछे चन्दू। सबसे ज्यादा वजन सिरों पर ही होता है। बीच में सींकिया पहलवान लोग। विनायक, मोहन, शेखर, घंटी। अहमद लच्छू के पीछे और विनायक के आगे।

'चीर मैया की !'...'जै ऽ ऽ...।' एकाएक शोर थम जाता है। लच्छू ने चाल बढ़ा दी है। अब वो और चन्दू जगह बदल लेते हैं। वे उसी जगह से गुजर रहे हैं जहाँ अभी-अभी विनायक चट्टान पर खड़ा हो गया था।

'तुझे क्या हो गया था विनायक ?' अहमद उसके कान में फुसफुसा रहा है, 'तेरा चेहरा कैसा अजीब हो गया था। मैं तो तुझे देखता ही रह गया।'

विनायक सोच में पड़ जाता है। क्या सचमुच उसे कुछ हो गया था ?

'जानता है विनायक, उस वक्त मैं क्या सोच रहा था ?'

'क्या सोच रहे थे अहमद ?'

'यही, कि तेरी तस्वीर बनाऊँ। और तेरे उस पोज को हमेशा के लिए कागज पर उतार डालूँ।'

'सच्ची ?...' विनायक के मुँह से निकल पड़ता है और वह अपनी ही उतावली पर झेंप जाता है। अहमद आर्टिस्ट है, कुछ भी कर सकता है, कुछ भी बना सकता है।

'मैं कभी याददाश्त से ही सही, तेरी वह तस्वीर बनाऊँगा जरूर...'

अहमद कह रहा है, 'मुझे वह भूलेगा नहीं। तू क्या बोल रहा था, मैंने कुछ सुना नहीं। मैं तो सिर्फ तुझे देख रहा था।'

'बोलो चीर मैया की...'

'जै ऽ ऽ ऽ ऽ ऽ'

बाँसगल्ली आ गई। वे विनायक के घर के पिछवाड़े खड़े हैं। सरू दीदी दूर से ही आवाज सुनके दरवाजा खोले खड़ी हैं। 'मैंने चीर मैया के लिए आँगन लीपके, गड्ढा खोद के तैयार कर रखा है, लच्छू।'

विनायक देखता है दीदी ने आँगन को बढ़िया साफ लीप रखा है। बीचोबीच गेरू की पृष्ठभूमि में पिसे चावल के घोल से माँडला भी बनाया है। अहमद झुककर गौर से देखता है। 'कितना खूबसूरत बनाया है !' विनायक गर्व से दीदी की ओर देखता है। दीदी बहुत खुश हैं। सच्ची तारीफ जो है।

'तुम लोग चीर मैया को लगाओ। तब तक मैं तुम लोगों के लिए चाय बना के लाती हूँ,' सरोज दीदी कहती हैं, 'और ये कत्तर हैं बाँधने के लिए।'

सीढ़ियों पर लेटी हुई चीर मैया को उठाकर लड़के सीधा खड़ा करते हैं और गड्ढे में जमाके पत्थर ठोंक देते हैं। वाह ! जैसे सचमुच का पेड़ उग आया हो आँगन में !

'चलो बाँधो जल्दी-जल्दी,' लच्छू कत्तरों का ढेर उठा लाता है। लड़के व्यस्त हो जाते हैं। लाल, नीले, पीले, हरे, सफेद...कई रंगों के कपड़ों की कतरनें। हर टहनी पर, हर फुनगी पर एक रंगीन पताका...

अहमद आँखें फाड़े सीढ़ी पर बैठा-बैठा यह कौतुक देख रहा है। मजा आ गया ! अब समझ में आया कि 'चीर मैया' क्यों कहते हैं। 'चीर मैया तो ये अब हुई विनायक ! जब तुम लोगों ने चीर बाँधे इनको। तुम लोग तो रास्ते-भर चीर मैया, चीर मैया चिल्ला रहे थे।'

लड़के खिलखिला पड़ते हैं। लच्छू लपककर अहमद से हाथ मिलाता है, 'वाह यार, यह बात तो मेरे दिमाग में भी नहीं आई थी ! तुमने खूब पकड़ा। सच में। क्यों विनायक, तुझे मालूम था ?'

विनायक मुस्कुराता है। लच्छू के भोलेपन पर उसे बड़ा प्यार उमड़ रहा है, 'नहीं यार, सच में मेरे को मालूम नहीं था।'

सरोज दीदी गोबर-मिट्टी लेके चीर मैया की एक कुहनी पर थोप देती हैं। माँ भीतर से एक जलता हुआ मिट्टी का दीया आँचल की ओट करके ला रही हैं। सरोज दीदी माँ के हाथ से दीया लेकर उस जगह जमा देती हैं। दीये की लौ नाच रही है झुरमुट में। पत्तियाँ जैसे नींद में से जगकर हिलने-डुलने लगती हैं।

'अब हम घर हो आते हैं,' लच्छू उठ खड़ा होता है। अभी सब लोग अपने-अपने घर सिधारो। फिर खाना-वाना खाके ठीक आठ बजे यहाँ मिलेंगे। फिर चन्दा माँगने निकलेंगे। क्यों विनायक ! ढोलक और मँजीरा तैयार है न ?'

'सब तैयार है। हारमोनियम भी जगन काका ने ठीक कर दिया है,' विनायक कहता है, 'चलो चन्दू ! अहमद को उसके घर छोड़ आएँ।'

भारतमाता का नक्शा

बारह

वे कंकर कोठी से नीचे ब्राइटन कार्नर को जानेवाली पगडंडी पर उतर रहे हैं। बारह बजे के निकले अब तीन बजने आ रहे हैं। आज होली का आखिरी दिन है।

'कितने हुए घंटी ?' लच्छू ढोलक फतोड़ता हुआ पूछता है, 'अभी तीस हुए कि नहीं ?'

घंटी ठिठककर हिसाब लगाने लगता है। वह स्वाधीन क्लब का खजांची है। है भी वह खजांची मुहल्ले का ही।

'थोड़ी देर यहीं बैठो यार। इस पेड़ की छाया में,' नारायण का सुझाव सबको पसन्द आ गया है। हिसाब-किताब भूलकर वे जहाँ-तहाँ ढेर हो गए हैं। चीड़ के झरे हुए तिनकों से पूरी ढाल पटी हुई है। इससे बढ़िया गद्दा कहाँ मिलेगा ?

सामने स्याही देवी का पर्वत घाम में अलसाया हुआ पसरा है। नीचे उसके पाँव पखारती कोसी बह रही है। दुबली-उजली कोसी। एकाएक विनायक चौंक पड़ता है।

'लच्छू ! नारायण ! देखो तो सही, स्याही देवी बिल्कुल भारतमाता के नक्शे जैसी दिखाई दे रही है। है न ?'

कोई उत्तर नहीं। नारायण और घंटी इधर लुढ़के हुए हैं। चन्दू-लच्छू उधर। लच्छू ढोलक छाती से चिपटाए उसी पर सिर रखके सो गया है। नारायण तो ऐसे ठाठ से पसरा हुआ है जैसे घर पर ही सो रहा हो।

विनायक की आँखों में भी नींद भर रही है। कई रातों का जागरण जो हो गया है। आज होली का आखिरी दिन है। आज चीर मैया को जलाया जाएगा। रात-भर फिर जागरण होगा। नींद का पहला झोंका करीब बारह बजे के आसपास लगता है। उसी वक्त सरोज दीदी चाय और आलू के गुटके लेके आ जाती हैं। बस, नींद उड़ जाती है और गाना फिर शुरू हो जाता है। जब दूसरा झटका नींद का लगता है, तब सब घूमने निकल पड़ते हैं। आजकल...जगह-जगह बैठकी होली बड़ों की जमती रहती है।...बड़ों को नींद भी नहीं आती। उनके गाने भी क्लासिकल होते हैं। दो-दो घंटे चलते हैं। इसलिए उनका खाना-पीना भी दो बजे से पहले नहीं होता। कहीं सिर्फ आलू-चाय ही मिलती है; कहीं गरमा-गरम गोजों का भी इन्तजाम रहता है। लच्छू इस सबकी खबर रखता है और ऐन मौके पर लड़कों को लेके पहुँच जाता है। कल कितना मजा आया

था यूनियन क्लब में ! क्या गोजे उड़े थे ! इतने में जाने कहाँ से जगन काका आ गए थे। सब लोग उनके पीछे पड़ गए थे।

'अब जगन्नाथ की बारी है। आज आया है पकड़ में,' प्यारे दाज्यू चिल्ला पड़े थे।

जगन काका कुछ उखड़े-उखड़े-से लग रहे थे। कहने लगे, 'आज होली गाने का बिल्कुल मन नहीं प्यारे ! आज रहने दे।'

मगर लोग नहीं माने थे। हारमोनियम उनके सामने कर दिया गया था और बदर उस्ताद ने तबला ठोंकना शुरू कर दिया था। जगन काका ने अनमने ढंग से हारमोनियम पर हाथ फिराया और बोले, 'होली नहीं सुनाऊँगा दोस्तो, सुमित्रानन्दन पन्त की एक कविता मैंने ट्यून की है। उसी को सुनाता हूँ।'

लोग एक-दूसरे का मुँह देखने लगे थे। विनायक बारी-बारी से सब लोगों के चेहरों को पढ़ रहा था। सभी हक्के-बक्के दिखाई दे रहे थे।

मगर जगन काका अपने-आप में खोए हुए थे। उन्हें लोग क्या कहेंगे, इसकी उसे परवाह ही नहीं थी। सहसा उनकी आवाज काँपने-सी लगी–

तीस कोटि सन्तान नग्न तन
अर्द्ध क्षुधित, शोषित, निरस्त्र जन
युग-युग के तम से विषण्ण मन
वह अपने घर में प्रवासिनी।
भारत माता ग्राम-वासिनी।

जगन काका का गाना खत्म हो गया। दो-एक क्षण तक ऐसा सन्नाटा छाया रहा जैसे कोई जादू कर दिया गया हो और लोग हिलना-डुलना तक भूल गए हों। इतने में मंडली में जो सबसे बुड्ढे मोहनसिंहजी थे, जिन्हें सारा बाजार मोहनदा-मोहनदा कहके पुकारता है, धीरे से कहने लगे, 'बेटा जगन्नाथ, आज कितने बरस बाद तेरी आवाज सुनने को मिली। तू गा रहा था बेटा, और मुझे ऐसा लग रहा था जैसे एक बार फिर मैं बद्रेश्वर के मैदान में दशरथ बना बैठा हूँ और तू लक्ष्मण का पार्ट कर रहा है। कैसी याद जगा दी बेटा तूने ? अबके तू आ ही गया तो फिर से हुक्का क्लब में रामलीला खेलेंगे। बैठकी ही सही। तू बनेगा बेटा लक्ष्मण ?' मोहनदा की आवाज एकाएक भर्रा आई, 'पता नहीं तब तक मैं जिन्दा भी रहता हूँ कि नहीं।'

जगन काका एकटक मोहनदा के भाव-विभोर, झुर्रियों के झोले जैसे चेहरे को ताकते रहे। फिर उनकी आँखें भी डबडबा आईं, 'ऐसी कुबाणी काहे को बोलते हो कक्का। अभी तो जाने कितनी लीला करोगे। अभी तुमको हुआ क्या है ?'

मोहनदा ने जोरों से सिर हिलाया, 'नहीं जगन्नाथ ! अब चलाचली का ही मामला समझ। मुझसे अब उठा-बैठा तक नहीं जाता। ये तेरा दाज्यू भगवान नहीं माना। मुझे कन्धे पर बिठाके जबर्दस्ती ले आया। यह मेरी आखिरी होली समझ बेटा।'...फिर जैसे कोई रोते-रोते हँस पड़ा हो, इस तरह कहने लगे, 'और कब तक जिलाएगा यार ! जानता है मैं तेरे बाप से भी बड़ा हूँ। वो तो बिचारा भागवान था, कब का चला गया। मैं उसका

लँगोटिया अपनी मट्टी पलीद कराने यहाँ बैठा रह गया। बिना मेरे उसका वहाँ क्या मन लग रहा होगा। वो इन्दर की सभा में भी बैठा होगा तो वहाँ भी मेरी याद मे तड़पता होगा। और जगन्नाथ ! तेरा बड़ा भइया मेरा अनुवा भी तो वहाँ अकेला पड़ा होगा। दो ही तो दोस्त थे उसके–एक मैं और दूसरा तू...चल बेटा उससे मिल आएँ, उसकी खबर ले आएँ... ।'

जैसे साँप सूँघ गया हो...महफिल में सन्नाटा छा गया। कहाँ अभी थोड़ी देर पहले की वह मौज-मस्ती...और कहाँ एकाएक यह क्या हो गया ! विनायक ने बारी-बारी से अपने साथियों की ओर देखा। सबके-सब एकदम सहमे हुए। एकाएक लच्छू उसके पास सरक आया। धीरे से उसके कान में फुसफुसाया, 'मोहनदा को फिर दौरा पड़ गया लगता है। जब से इनका लड़का आनन्द आजादी की लड़ाई में गोली खाके मरा, तब से इनकी यही हालत है। बीच में तो बिल्कुल ठीक हो गए थे। फिर जाने क्या हो गया आज। शायद तेरे काका को देखके उनको अपने लड़के की याद आ गई होगी। दोनों साथ ही तो पढ़ते थे। तू पूछना अपने काका से, वे तुझे बताएँगे। आनन्द की तो शादी भी हो गई थी... ।

'जगन्नाथ बेटा ! क्या पता मैं रामलीला तक बचूँ, न बचूँ। तू मुझे आज सुना ही दे वो गीत...वो ही बेटा, जिसे सुनके पत्थर भी रो देता है न...'कोई तो बता दे जल-नीर, सिया प्यासी है।' '

सब लोग हक्के-बक्के रह गए। गणेशीलाल चाचा हड़बड़ाकर उठे और मोहनदा के पास जाकर समझाने लगे, 'कैसी बात करते हो मोहनदा ! अभी-अभी अच्छी-खासी होली खुद ही सुना रहे थे, अभी-अभी तुमको यह कैसी मति आ गई ? होली में रामलीला का गाना अच्छा लगता है ? ऐसा तो न कभी देखा, न सुना। क्यों भगवान् ददा ! यह तो बहुत ही अपशकुनी बात है।'

विनायक ने, और बाकी सबने भी बाबूजी की ओर देखा। वही स्थिति को सँभाल सकते हैं। और कोई नहीं। 'मोहनदा अगर किसी की बात मानेंगे तो सिर्फ तेरे बाबूजी की...' लच्छू विनायक से कह रहा था। मगर बाबूजी ने गणेशीलाल को हाथ पकड़कर वापस अपनी जगह बिठा दिया और भाई से बोले, 'सुना दे जगन्नाथ, सुना दे। तूने हमेशा इनका कहना माना है। आज कैसे नहीं मानेगा ? ये तेरे पिता की जगह है। आनन्द जैसा बड़ा भाई जिन्होंने तुझे दिया। जैसा हुक्म देते हैं, वैसा कर।'

फिर गणेशीलालजी को समझाने लगे, 'असगुन-वसगुन कुछ नहीं होता गणेशी। यह सब तेरे मन का वहम है। अपना अहोभाग्य समझ कि मोहनदा तेरी बैठक में आ गए। तू ये क्यों समझ रहा है कि महफिल उखड़ गई। अरे, अभी तो आधी रात बकाया है।'

'गा जगन्नाथ बेटा ! गा। ला बदर, तबला मुझे दे दे,' मोहनदा की आवाज में अजीब लड़खड़ाहट थी।

जगन काका अजीब ढंग से मुस्कुराए। उनकी उँगलियाँ हारमोनियम पर दौड़ने लगीं। मोहनदा के चेहरे पर अजीब से भाव आ-जा रहे थे। एकाएक उनकी आँखें चमक

उठीं, साँस फूलने लगी। वे और भी जोश में आकर तबला बजाने लगे। जगन काका ने गाना शुरू कर दिया था–

कोई तो बता दे जल-नीर, सिया प्यासी है
ऐसी महारानी, जल बिन तड़पे
उलट गई तकदीर॥ सिया प्यासी है॥

...यह क्या ! विनायक का सारा शरीर पत्ते की तरह थरथरा रहा है। स्याही देवी उसके आँसुओं में हिल रही है। यह भारतमाता है विनायक ! यह सीता महारानी है। और लक्ष्मण सीता माता के लिए पानी ढूँढ़ते-ढूँढ़ते जंगल में भटक गए हैं...और जंगल में आग लगी हुई है। 'कोई तो बता दे जल-नीर'...जगन काका बिलख रहे हैं... विनायक दौड़कर नदी के पास जाता है...नदी का पानी खारा है...यह पानी नहीं है जगन्नाथ ! यह पानी नहीं है विनायक !...हिचकियों में डूबता-उतराता एक स्वर धीरे से उभरता है–

गंगा यमुना में आँसू-जल
मिट्टी की प्रतिमा उदासिनी

...हिलता हुआ पहाड़ एकाएक थिर हो जाता है। मिट्टी की प्रतिमा उदासिनी। विनायक ! विनायक ! कोई उसे पुकार रहा है। कौन ? विनायक चारों तरफ आँख दौड़ाता है। उसके चारों साथी अभी तक अचेत पड़े हैं। कितनी देर हो गई ! स्याही देवी के पीछे सूरज डूब रहा है। कोसी का पानी चमक रहा है। लाल-लाल...विनायक एक-एक करके झकझोरता है सबको। उठो लच्छू, चन्दू, घंटी, नारायण ! उठो–कब से सो रहे हो। देखो कितनी देर हो गई।'

लच्छू आँख मलता हुआ उठता है। और घबराकर चारों ओर देखता है। फिर सहसा जैसे कोई बात याद आ गई है, कहता है, 'विनायक ! मैं गाना सुन रहा था। कोई गा रहा था क्या ?'

'कैसा गाना ?' विनायक पूछता है।

'कोई गा रहा था। बहुत ही अच्छा।'

चन्दू सिर खुजलाता हुआ उठ खड़ा होता है, 'विनायक ! अभी यहाँ कौन रो रहा था ?'

'हाँ चन्दू, हाँ। मैंने भी सुना, कोई रो रहा था,' नारायण लेटे-लेटे बोलता है।

'चलो-चलो,' लच्छू जल्दी से ढोलक गले में डाल लेता है, 'अभी तो एक आखिरी चक्कर मल्लीबाजार का भी लगाना है।'

'सुनो तो,' विनायक कहता है, 'मुझे भी नींद आ गई थी क्या ? नहीं, मैं तो यहाँ अकेला जगा बैठा था और तुम लोग सो रहे थे। मुझे लगा...' विनायक अचानक चुप हो जाता है।

'क्या लगा तुझे, बोल न जल्दी से,' लच्छू अधीर हो उठता है।

'जाने दे यार, इसकी तो बात ही निराली है। इसे तो जब देखो तब, कुछ-न-कुछ

लगता ही रहता है,' नारायण जल्दी-जल्दी पाँव बढ़ाता है।

'चलो आज दाढ़ी चाचा से कम-से-कम पाँच ऐठेंगे,' घंटी कहता है।

'इस बार चन्दा बहुत कम हुआ चन्दू !...सिर्फ उनतीस रुपए आठ आने।'

'अरे ! सिर्फ उनतीस ?' चन्दू हताश स्वर में कहता है। उसे अभी नींद ही लग रही है।

'सुनो नारायण !' विनायक चलते-चलते कहता है, 'मुझे तुम लोगों को उस तरह लुढ़का देखकर महाभारत की एक कहानी याद आ गई। जंगल में पाँचों पांडवों को प्यास लग आई। युधिष्ठिर ने सहदेव से कहा, 'जा यार देख, कहीं पानी है तो ला।' सहदेव गया। जंगल के भीतर एक छोटा सा तालाब उसे दीखा। पर जैसे ही वह पानी पीने उस पर झुका, वैसे ही तालाब के भीतर से आवाज आई, 'पहले मेरे पाँच सवालों का जवाब दो। फिर पीना। नहीं तो यहीं बेहोश होके गिर पड़ोगे।' सहदेव ने सुनी अनसुनी कर दी और जैसे ही उसने पानी में हाथ डाला, वैसे ही वह बेहोश होके गिर पड़ा। जब सहदेव बहुत देर तक नहीं लौटा तो युधिष्ठिर ने नकुल को भेजा। उसकी भी वही हालत हुई। इसके बाद अर्जुन आया तो उसकी भी वही दशा हुई। इसके बाद भीम पहुँचा। जैसे ही उसने अपने भाइयों को वहाँ गिरा देखा वह गुस्से से आग-बबूला हो गया और गाली बकने लगा। वह भी गिर पड़ा।'

'फिर क्या हुआ विनायक ?' चारो लड़के एक साथ चिल्लाए।

विनायक मुस्कुराया, 'अब युधिष्ठिर बड़े चकराए कि मेरे इतने पराक्रमी भाई, जिन्हें आदमी क्या देवता भी नहीं हरा सके, कहाँ फँस गए ? पहुँचे वे भी उसी तालाब के किनारे। उनको भी वही आवाज सुनाई दी। वे बड़े चालाक थे। समझ गए। बोले, 'पूछिए यक्ष महाराज ! पूछिए, मैं जवाब देने की पूरी कोशिश करूँगा।' यक्ष ने एक-एक करके सवाल पूछने शुरू किए और युधिष्ठिर ने सही उत्तर दिए। यक्ष सन्तुष्ट हो गया और तालाब से बाहर निकल आया। उसने चारों भाइयों को जिन्दा कर दिया। और खुद भी आकाश में उड़ गया। उसे किसी ने शाप दे रखा था। युधिष्ठिर के कारण ही उसे मुक्ति मिली।'

'वे पाँच सवाल क्या थे यार, यह तो बता ?' चन्दू ने पूछा।

विनायक सिर खुजलाने लगा, 'यार, ये तो मुझे भी पता नहीं है। बहुत कठिन सवाल थे। फिर कभी पढ़के बताऊँगा या जगन काका से पूछ लेना। मैंने तुमको यह कहानी क्यों सुनाई, जानते हो ? जब मैंने तुमको उस तरह बेखबर सोए देखा तो मुझे लगा तुम लोग नकुल, सहदेव, भीम और अर्जुन हो और मैं युधिष्ठिर हूँ।'

'और भीम तुमने मुझे ही समझा होगा ?' लच्छू गम्भीर होकर बोला। सब हँस पड़े।

'और यक्ष ? यक्ष कौन है ?' घंटी ने पूछा।

'तू तो नहीं ही है,' चन्दू बोला, 'तू बेफिकर रह।'

'वो देखो,' विनायक ने सामने की ओर उँगली से इशारा किया। काले पहाड़ के पीछे सूरज कभी का डूब चुका था। आसमान की ललाई भी पुँछ गई थी। अब वहाँ

से अन्धकार बरस रहा था।

'उस पहाड़ को देखो–स्याही देवी को–क्या वह नक्शे में भारतमाता की तरह नहीं दीखता ? मुझे लगा वही यक्ष है।'

'चलो, चलो,' घंटी घबराकर आगे-आगे दौड़ पड़ा, 'इस विनायक को भी जाने कैसी-कैसी बातें सूझती हैं।'

'तुम हमको डराने की कोशिश कर रहे हो,' चन्दू अकड़कर बोला, 'मुझे कोई नहीं डरा सकता।'

'और मुझे भी,' लच्छू ढोलक पर थाप देता हुआ बोला, 'जानते हो विनायक ! पिछले साल मैंने इन्हीं होलियों में आधी रात को बाँसगल्ली के पास खमसील बुज्यू को देखा।'

'खमसील बुज्यू कौन ?' नारायण डर गया। उसने भी कुछ सुना तो था खमसील बुज्यू के बारे में।

'बाँसगल्ली में पहले मुर्दों के बाँस बिका करते थे। वे बाँस खमसील बुज्यू बेचते थे। वे तो बरसों पहले मर गए। पर आज भी खमसील बुज्यू आधी रात को कभी-कभी अपने बाँस गिनने आते हैं,' चन्दू बोला।

'मैंने तो उन्हें देखा है,' लच्छू फुसफुसाया, 'बेहद लम्बे। सफेद कपड़े, सफेद दाढ़ी तीन फुट की, हाथ में अपने से भी दुगुना लम्बा बाँस। मुझे देखते ही वे बाँस उठाकर मेरे पीछे दौड़ पड़े। मैं भागकर अपने घर में घुस गया।'

'तब तो तू बड़ा बहादुर है,' नारायण बोला। वह सचमुच बहुत डर गया था।

'चल यार जल्दी कर,' चन्दू बोला।

'ये बँगला किसका है ?' लच्छू ने पूछा, 'यह तो हमसे छूट ही गया।'

विनायक ने सिर झुका लिया, 'यह त्रिभुवन का घर है।'

'कौन त्रिभुवन ! वही जो अपनी क्लास में पढ़ता है ?' चन्दू एकदम उत्साह से भर गया, 'चलो यार, पाँच मिनट हो ही आएँ। राजा का लड़का है तो चन्दा भी तगड़ा मिलेगा।'

'मैं नहीं जाऊँगा,' विनायक बोला, 'और तुम लोगों को भी नहीं जाने दूँगा।'

'कैसे नहीं चलेगा ?' लच्छू उसे जबर्दस्ती घसीट ले गया। 'गाओ रे गाओ,' लच्छू ने ढोलक बजाना शुरू कर दिया।...'मथुरा में खेलें एक घड़ी...'

'कौन है ?' भीतर से एक कड़कती हुई आवाज आई। इतने में त्रिभुवन बाहर निकल आया, 'कौन विनायक ? अरे, इत्ती रात को ?'

'त्रिभुवन ! हम लोग होली का चन्दा लेने आए हैं। अपने पिताजी को तो बुलाओ।'

त्रिभुवन दौड़कर भीतर चला गया। भीतर से उसकी आवाज सुनाई दी, 'डैडी, कुछ लड़के होली का चन्दा माँग रहे हैं। मेरे ही दोस्त हैं। आपको बुला रहे हैं।'

'नॉनसेंस !' भीतर से वही कड़कती आवाज फिर सुनाई दी, 'भिखमंगों के साथ दोस्ती करते हो ? भगाओ उनको यहाँ से।'

बच्चे हकबका गए। अँधेरे में उन्हें एक-दूसरे की सूरत भी नहीं दिखाई दे रही थी। 'चलो लच्छू, चलो यहाँ से,' विनायक झपटता हुआ फाटक से बाहर हो गया, 'मैंने मना किया था न तुमको।'

'वीनू !' त्रिभुवन चिल्लाता हुआ उनके पीछे-पीछे भाग आया, 'आई एम सॉरी वीनू। डैडी खामखाह गुस्सा हो गए। यह लो मम्मी ने पाँच रुपए दिए हैं, इसे रख लो,' त्रिभुवन हाँफ रहा था। उसने नोट घंटी को पकड़ा दिया।

'नहीं त्रिभुवन !' विनायक ने कहा, 'हम यह पैसा नहीं लेंगे। तुम्हारे डैडी ने हमारा अपमान किया है। घंटी, नोट वापस कर दो।'

घंटी जब तक कुछ सोचे समझे, लच्छू ने उसके हाथ से नोट छीनकर टुकड़े करके त्रिभुवन पर फेंक मारे, 'साले ! अपने बाप से कहना भिखमंगा तू है, तेरा बाप है।'

'लच्छू !' विनायक ने उसके मुँह पे हाथ रख दिया, 'क्या बक रहा है ? इसमें त्रिभुवन का क्या कसूर ? त्रिभुवन ! ओ त्रिभुवन !'

मगर त्रिभुवन रुका नहीं। बेतहाशा भागा भीतर को। लड़के लोग भी धीरे-धीरे अपने घर की ओर बढ़ने लगे।

'जो हुआ सो हुआ, अब मूड मत बिगाड़ो,' घंटी सबको गुमसुम देखकर बोला। उसे मन ही मन अफसोस हो रहा था। साले पाँच रुपए भी गए। चौंतीस रुपए आठ आने हो जाते। हरेक को दस-दस गोजे बँटते और फिर भी साढ़े तीन रुपए बचते। सीधा हिसाब था।

भीतर चल, भीतर

तेरह

दूकान के आगे तीन-चार ग्राहक खड़े हैं। मथुर काका फटाफट पान लगा रहे हैं। कम-से-कम पचास-साठ पान लगे हुए एक के ऊपर एक रखे हैं। कहीं शादी होगी, उसी के लिए लगा रहे होंगे। विनायक चप्पल उतारकर जल्दी-जल्दी गद्‌दी की ओर बढ़ता है।

'वहीं रह, वहीं,' मथुर काका कहते हैं। विनायक का एक पाँव जमीन पर और दूसरा हवा में ही उठा रह जाता है। एक अज्ञात आशंका से उसका दिल बुरी तरह धड़-धड़ करने लगता है। यह वह आवाज नहीं है जिसका वह आदी हो चुका है।

'रिजल्ट किस वक्त मिला था ?' वही बेहद धीमी और सख्त आवाज...

'दो बजे। विनायक जेब से कार्ड निकालकर काका की ओर बढ़ाता है और फिर धीरे से कहता है, 'साथ के लड़के सिमतोला जा रहे थे, तो मुझे भी खींच ले गए।'

मथुर काका एक नजर कार्ड पर डालते हैं और उसके टुकड़े-टुकड़े करके बाजार में फेंक देते हैं। फिर उनके मुँह से निकलता है, 'भीतर चल, भीतर। बताता हूँ।'

उनकी आवाज में कुछ ऐसा सर्द और भावहीन है कि विनायक का लहू भीतर-ही-भीतर जम जाता है।

'भीतर चल...भीतर।' बर्फ गिर रही है...पेड़ों पर, मकानों की छत पर, चारों ओर फैली हुई गारा, सिमतोला, दूनागिरि, मुक्तेश्वर, बानड़ी और स्याही देवी की पहाड़ियों पर...। विनायक अपनी छत पर खड़ा देख रहा है। मन्त्रमुग्ध...! बचपन की पहली बरफ। होश में आने के बाद ही पहली बरफ...।

सब कुछ सुनसान है। कहीं कोई आवाज नहीं। घर चुप है, बाजार चुप है, पेड़ चुप हैं, चिड़ियाँ चुप हैं...आसमान चुप है। फूल झर रहे हैं...बरफ के फूल झर रहे हैं विनायक के सिर पर, कन्धे पर, हाथों और पाँवों पर...और बानड़ी और मुक्तेश्वर की चोटियाँ एकटक देख रही हैं विनायक को।

ढक गया है मुक्तेश्वर। सफेद, बिल्कुल सफेद हो गई है बानड़ी। ऐसे ही मैं भी...सफेद हो जाऊँगा बिल्कुल।

'गुड्डन !' अचानक माँ पागलों की तरह दौड़ती हुई आती है और उसे गोद में

उठाकर नीचे ले जाती है। 'गुड्डन ! गुडड्न!' माँ रोती जा रही है। माँ क्यों रो रही है ?

साक्षी हो अन्तरिक्ष ! साक्षी हो मुक्तेश्वर ! साक्षी हो बानड़ी।

बारिश से धुली एक कच्ची सुबह !...विनायक माँ का हाथ पकड़े मन्दिर जा रहा है– नन्दादेवी के मन्दिर। आज नन्दादेवी का मेला है। इतने सबेरे भी बाजार में चहल-पहल है, भीड़ है औरतों और बच्चों की...। सब नन्दादेवी के दर्शन करने जा रहे हैं।

लाला बाजार से ऊपर नन्दादेवी के मन्दिर को टेढ़ा-मेढ़ा रास्ता चढ़ता चला गया है, उसके बीचोबीच एक पतली-सी नदी बह रही है लाल-लाल...जैसे मूसलाधार बारिश के दिनों में हो जाता है।

'यह क्या है माँ ?' विनायक पूछता है। वह बेहद डर गया है। 'यह बलि का खून है,' माँ कहती है, 'नन्दादेवी को इक्कीस भैंसों की और सैकड़ों बकरों की बलि चढ़ती है।'

माँ सुना रही है नन्दादेवी की कथा। देवी के रूप पर एक असुर मोहित हो गया और उनके पीछे दौड़ा। देवी भागकर एक केले के झुरमुट में छिप गई। उनको छिपते हुए देख लिया एक भैंसे ने। इसलिए हर साल देवी को भैंसों की बलि दी जाती है। तभी वे प्रसन्न होती हैं।

'भैंसा एक बार में थोड़ी कटता है,' नारायण बता रहा है, 'मैंने एक बार खुद जाके देखा था। इक्कीस चोटें पड़ीं, तब जाकर सिर धड़ से अलग हुआ। भैंसे को पहले खूब शराब पिलाई जाती है और फिर उसे एक खम्भे में कसकर बाँध दिया जाता है। बलि देनेवाला आदमी भी एक बोतल पूरी चढ़ाता है, तभी तो उसके हाथ में ताकत आती है। तुम चलोगे देखने ?'

विनायक बिलबिला उठता है। सचमुच में नहीं; कल्पना में।

हनुमान मन्दिर। विनायक बाँच रहा है। शुनःशेप की कथा। यज्ञ के खम्भे से बँधा हुआ शुनःशेप। प्रार्थना कर रहा है देवताओं से। और हाथ में खड्ग लिये बलि देने को उद्यत उसका पिता !!!

साक्षी हो...

विनायक दूकान पर बैठा है। नन्दादेवी के मेले का दिन है। बाबूजी और मथुर काका दोनों खाना खाने आए हैं। बाजार में रेलमपेल मची है। एक रेला नाचते-गाते आदमियों का उमड़कर आता है...। एक हाथ में रंगीन रेशम का रूमाल, दूसरे में आईना...पीछे-पीछे तीन हट्टे-कट्टे लोग एक भैंसे को जंजीर से घसीटते हुए ला रहे हैं।

विनायक की आँखें अपने-आप मुँद जाती हैं। आँखें खोलने पर भी कुछ नहीं दिखाई देता। बाहर दूकान में गैस की लालटेन जल रही है। भीतर कोठरी में असूझ अन्धकार है जिसके बीचोबीच विनायक खड़ा है। सिर्फ सामने एक छोटे से दरवाजे का उजला चौखट खड़ा है।

एकाएक विनायक के बालों को कोई बुरी तरह पकड़कर खींचता है और उसके साथ ही एक भरपूर थप्पड़ गाल पर पड़ता है। विनायक लड़खड़ाकर गिर जाता है... बिस्कुट के खाली बक्से के ऊपर। बक्से में उभरी एक कील उसकी टाँग में घुस जाती है। वह बिलबिला उठता है।

'टाँग पकड़कर चीर दूँगा। बोल कहाँ था इतनी देर तक ?' फिर से वही हाथ उसके बाल पकड़कर खड़ा कर देता है।

'बोलता क्यों नहीं ?...साले ! क्या बोला था मैंने तुझे, सीधे स्कूल से दूकान में आने को ? बोला था कि नहीं ?'

एक भरपूर चाँटा दूसरे गाल पर। विनायक फिर लड़खड़ाता है। विनायक बिलबिलाता हुआ भागता है उस उजले चौखट की तरफ। भटाक् से दरवाजा बन्द हो जाता है और घुप अन्धकार छा जाता है।

'हरामी के बच्चे ! तेरी खाल उधेड़ दूँगा। दस बार समझा दिया कुसोहबत में मत पड़। अब ठंडी पड़ी तुझे ?...वजीफा छिनवाकर ? बेशरम साले ! मुझे रिजल्ट दिखाता है ? डूब क्यों नहीं मरा उसी वक्त ? बोल किसके साथ गया था सिमतोला ? कौन-कौन था ?'

विनायक की घिग्घी बँध गई है। नहीं, वह किसी का नाम नहीं बताएगा। किसी हालत में नहीं।

'कसके एक लात पड़ती है और विनायक मुँह के बल गिरता है।

'नहीं बताएगा साले !...' बक्से के उसी कील-उभरे टुकड़े से उसे अन्धाधुन्ध पीटा जा रहा है।

दिन-रात एक करके तुम सालों का गड्ढा भरता हूँ। मैंने कर्जा लिया है तुम्हारे बाप का ?...हाथ रघोड़के फेंक दूँगा तुम सालों को बाजार में। भीख भी नहीं मिलेगी सालो– समझे ?...'

आगे विनायक कुछ नहीं सुन पाता। वह बेहोश हो गया है।

मैं नहीं बताऊँगी

चौदह

'गुड्डन, ओ गुड्डन !'...सीढ़ियों के पीछे से कोई फुसफुसा रहा है। कौन ? सरू दीदी ? 'चल रे वहाँ क्या कर रहा है ? इधर आ।'

विनायक सरू दीदी के पीछे-पीछे भीतरवाली कोठरी में चला जाता है। जहाँ उसकी गुप्त लाइब्रेरी है, उसकी बगल में।

'छिः छिः, गुड्डन ! बड़ों की बातें इस तरह चोरों की तरह छिपके सुनना क्या अच्छी बात है ? तुम्हें क्या मतलब इन बातों से ?' सरू दीदी झिड़क रही हैं। उनका झिड़कना भी प्यार करने जैसा लगता है। विनायक के चेहरे पर एक खिसियानी सी हँसी उभरती है और वह दीदी की गोद में मुँह छिपा लेता है।

'जगन काका कहते हैं, दीदी, तुम्हें मालूम है जगन काका तुम्हारे बारे में क्या कहते हैं ?'

'क्या कहते हैं रे ?'

जगन काका कहते हैं सरोज तो इस घर की अन्तरात्मा है,' विनायक अन्तर आतमा कहता है।

'यह क्या हुआ रे ?' दीदी का ध्यान कहीं और है। कैसी बन रही हैं, विनायक सोचता है। मतलब सब मालूम है। मुझे बेवकूफ बना रही हैं।

'अरे, तुझे मालूम है जगन काका का एक लेख छपा है 'चाँद' में। आज ही तो आया। चल तुझे दिखाऊँ,' दीदी जल्दी से उठकर दौड़ पड़ती है। छज्जे की ओर। विनायक भी पीछे-पीछे दौड़ रहा है। पिछले महीने जगन काका की कविता छपी थी पहले ही पृष्ठ पर। पढ़के सुनाई भी थी दोनों को। अब क्या छप गया ? 'ये देख,' सरोज आलमारी खोलकर चाँद का अंक निकालती है और उसे खोलकर दिखाती है, 'यह रहा जगन काका का लेख।'

विनायक देखता है और सोच में डूब जाता है, 'अरविन्द और गांधी : रास्ता इधर से है'। एकाएक उसे वह शाम याद आ जाती है जब भुवन काका और जगन काका में लड़ाई हुई थी। क्या कहा था भुवन काका ने ?—बड़ी लम्बी सी गाली थी। लिख देने को कहा था विनायक ने, तो नाराज हो गए थे। जगन काका से पूछना ही भूल गया। 'फासिस्ट' ?...नहीं, कोई दूसरी गाली थी। 'दीदी ! तुम्हारी समझ में आ जाता है ये ?'

विनायक पूछता है। उसे ईर्ष्या हो रही है। जिस अधिकार से दीदी जगन काका की आलमारी या ट्रंक खोलकर कुछ भी निकाल लेती हैं, वैसा तो उसने कभी नहीं किया। एक दिन हिम्मत की भी थी तो कैसे पकड़ा गया था। तब से हिम्मत ही नहीं पड़ी।

दीदी मुस्कुरा रही हैं, 'मैं कहाँ इतनी पढ़ी-लिखी हूँ रे ! मेरी तो उतना ही समझ में आता है जितना काका समझा देते हैं। वो बहुत अच्छा समझाते हैं।'

विनायक अचरज से दीदी को देखता है। जगन काका की बात छिड़ते ही दीदी के चेहरे पर कैसी अजीब चमक आ जाती है ? तो क्या जगन काका दीदी को भी पढ़ाते हैं ? कब पढ़ाते होंगे ? मेरे स्कूल चले जाने के बाद ? दीदी का तो दोपहर का स्कूल है।

'दीदी,' तुमने जगन काका की डायरी पढ़ी ?' विनायक के मुँह से एकाएक निकल पड़ता है। और वह घबरा जाता है।

'कौन सी डायरी रे ?' दीदी के माथे पर बल पड़ गए हैं। अरे तो क्या दीदी भूल गईं उस दिन की बात ? चलो अच्छा ही है।

'जगन काका तो रोज ही डायरी लिखते हैं रे। इतनी मोटी दो-दो कापियाँ तो भरी पड़ी हैं।'

विनायक चौंक जाता है। इसका मतलब दीदी जगन काका के ज्यादा निकट हैं। उन्हें बहुत सारी ऐसी बातें भी मालूम होंगी जिनके बारे में विनायक कुछ भी नहीं जानता। एक असहाय कुतूहल उसे बार-बार कोंचता रहता है।

'तब तो दीदी, तुमने सब डायरियाँ पढ़ रखी होंगी ?'

दीदी एक क्षण चुप रहती हैं। क्या जवाब दे ? विनायक एकटक उन्हें ताक रहा है। 'नहीं रे, दूसरों की डायरी पढ़ना अच्छी बात नहीं है। अच्छे आदमी कभी दूसरों की चिट्ठी खोलके पढ़ते हैं ? वैसे ही डायरी भी है।'

विनायक अविश्वास से देखता है। दीदी बिल्कुल भूल गई हैं। मैंने तो पढ़ी थी जगन काका की डायरी। तो क्या मैं बुरा आदमी हूँ ? दीदी झूठ बोल रही हैं। इन्होंने भी जरूर पढ़ी होगी। छिपकर भी पढ़ी होगी। बुरी बात तो तब हो, जब कुछ समझ में आवे। मगर इनको तो आती होगी।

'तुझे मालूम है गुड्डन ! जब जगन काका जेल गए थे, तब अपनी सारी किताबें और कापियाँ मुझी को सौंप गए थे, जेल से उन्होंने मुझे चिट्ठी भी लिखी थी। सच में गुड्डन, मुझे लगता ही नहीं था जगन काका जेल में हैं और बरसों तक नहीं आएँगे। मुझे लगता था वे यहीं हैं और कभी भी आ जाएँगे। इसीलिए मैं हर हफ्ते उनकी किताबें झाड़ देती थी। कोठरी को साफ रखती थी।'

'क्यों ?' विनायक बोला। बात उसे कुछ जमी नहीं। दीदी जरूर कुछ छुपा रही हैं। 'तुम सच कह रही हो, दीदी ! जब जगन काका यहाँ नहीं थे, तब भी तुमने उनकी डायरी नहीं पढ़ी ? ऐसा कैसे हो सकता है ?'

दीदी मुस्कुरा रही हैं। अब आईं पकड़ में, विनायक सोच रहा है। धीरे-धीरे दीदी

के चेहरे की मुस्कुराहट विलीन होती गई और वह बहुत गम्भीर दिखाई देने लगीं। जैसे कोई बहुत पुरानी बात याद करने की कोशिश कर रही हैं।...'मुझे उन दिनों क्या पता था रे कि डायरी क्या होती है। शायद उन दिनों लिखते भी थे कि नहीं ! मैं तो ऐसे ही देख लेती थी। किसी कापी में कविता होती थी, किसी में कहानी। डायरी होती भी होगी तो मेरे लिए वह तो कहानी ही थी। मैं तो डायरी को भी कहानी ही समझती हूँगी। अब पढ़ूँ तो शायद कुछ पल्ले पड़ भी जाए।'

'तो अब पढ़ो न दीदी,' विनायक जोश में आ गया, 'चलो अभी पढ़ डालें।'

'नहीं रे ! ये गन्दी बात है,' दीदी तुरन्त कहती हैं। विनायक को उनकी आवाज से लगता है दीदी का मन जरूर है पढ़ने का। पर थोड़ी हिचकिचा रही हैं।

'अरे दीदी ! इसमें गन्दी बात क्या है ? जैसे जगन काका की कविता छपी, यह कहानी छपी...'

'कहानी नहीं रे, लेख,' सरू दीदी ने टोका।

'हाँ-हाँ, लेख ही सही। जो भी जगन काका लिखते हैं, वह छप तो जाता ही है। डायरी भी तो कभी-न-कभी छपेगी ही; सारी दुनिया उसे पढ़ेगी। तब क्या गन्दी बात नहीं होगी। दीदी, तुम मेरे को बेवकूफ बना रही हो ?' विनायक सचमुच चिढ़ गया है।

...दीदी विनायक को अपने पास खींच लेती हैं, 'देख रे, जिद नहीं करते। अभी जगन काका देख लेंगे तो क्या कहेंगे ?...ये लोग चोरी-छिपे मेरी डायरी पढ़ते हैं। कितना बुरा लगेगा उन्हें ?'

'वाह ! तुम्हीं तो कह रही थीं जगन काका जेल जाते वक्त तुम्हें अपनी सारी कापियाँ दे गए थे। तो क्या उन्होंने मना किया था तुमको, कि खबरदार, इसे मत पढ़ना।'

दीदी चक्कर में पड़ गई हैं। यह लड़का सचमुच बहुत ही शैतान हो गया है। इसे कैसे समझाया जाए ?

'बोलो दीदी ! अब चुप क्यों हो गईं ?' विनायक छेड़ता है।

दीदी विनायक के सिर पर हाथ फेरती हुई थोड़ी देर चुप बैठी रहती हैं। फिर कहती हैं, 'देख रे, मना तो नहीं किया था। मना करते तो मैं क्यों पढ़ती ?'

'तो फिर तुमने पढ़ी तो मेरे को भी पढ़ने दो,' विनायक मचल उठता है और उठकर खड़ा हो जाता है, 'यह तो बताओ रखी कहाँ है ?'

मैं नहीं बताऊँगी, 'दीदी की आवाज सख्त पड़ जाती है।'

'नहीं बताएगी ? कैसे नहीं बताएगी ?' विनायक गुस्से के मारे पागल हो जाता है और सरोज के बाल पकड़कर जोर से घसीटता है। दीदी तखत के नीचे गिर पड़ती हैं और रोने लगती हैं।

विनायक हक्का-बक्का रह जाता है। यह मैंने क्या किया ? वह धम्म से जमीन पर दीदी के साथ बैठ जाता है। 'दीदी ! दीदी !...' वह खुद भी रोने लगता है।

तभी सीढ़ियों पर आहट सुनाई देती है। सरोज झट से अपने आँसू पोंछ लेती है

और उठ खड़ी हो जाती है।

जगन काका कमरे की दहलीज पर ठिठके खड़े हैं। उनका चेहरा कैसा अजीब हो रहा है जैसे मीलों धूप में पैदल चलके आ रहे हों। सहसा उनकी आँखें विनायक की आँखों से जा मिलती हैं। विनायक सकपका जाता है। अब क्या होगा ?

सरोज दीदी एकाएक मचलती हुई जगन काका की ओर दौड़ पड़ती हैं और उनका हाथ पकड़कर झुलाते हुए कहती हैं, 'काका ! हम लोग आपका लेख पढ़ रहे थे।' फिर वह जोर से खिलखिला पड़ती हैं, 'काका, ये विनायक लेख को कहानी बता रहा था। कितना बुद्धू है।'

जगन काका के माथे पर तीन सल पड़ गए। सरोज की ठुड्डी पकड़के उसका मुँह अपनी ओर करते हुए बोले, 'यह बता रो क्यों रही थी ?'

'मैं ! मैं कहाँ रो रही थी काका !' सरोज ने अपना मुँह फेर लिया, 'अरे वो तो मैं आपकी आलमारी झाड़ रही थी, स्टूल खिसक पड़ा तो नीचे गिर पड़ी और मेरे सर में लग गई, इसलिए रोना आ गया।'

जगन काका एकटक सरोज को देखते रहे फिर उनकी आँखें विनायक पर जम गईं। वह अब भी सिसक रहा था। 'और ये ? ये किसलिए रो रहा है ?' जगन काका ने पूछा।

'अरे, ये तो बहुत ही डरपोक है। मुझे रोते देखा तो खुद भी रोने लगा।'

सरोज काका को छोड़कर विनायक के पास आ गई और उसका हाथ पकड़कर खींचने लगी, 'उठ रे, उल्लू कहीं का ? मुझे कोई चोट थोड़े लगी है जो तू इस तरह रो रहा है।'

'सरू बेटा, मैं सब जानता हूँ, सच-सच बता,' जगन काका धीरे से आकर स्टूल पर बैठ गए, 'मुझे मालूम है तुम लोग झगड़ रहे थे। क्या तू मुझसे डरती है ?'

सरोज का छोटा सा सिर बड़े जोर से हिलने लगता है। 'नहीं तो !'...जगन काका से कौन डरता है ?

'तो फिर झूठ क्यों बोल रही है ? इसने तुझे मारा। है न ?'

सरोज का सिर धीरे से ऊपर-नीचे होता है। मारा तो। पता नहीं आज इसे क्या हो गया ! उसका हाथ अपने आप उस जगह चला जाता है जहाँ विनायक ने खींचा था। अभी भी दरद कर रहा है।

'क्यों रे बदमाश ! मथुरदा की मार खाते-खाते अब मथुरदा की तरह मारना भी सीख गया ?' जगन काका उठकर बेचैनी से टहलने लगते हैं। लच्छन अच्छे नहीं हैं इस घर के। क्या होगा ?...जगन काका विनायक का हाथ पकड़कर तखत पर बिठा देते हैं और कहते हैं, 'क्या बात है, वीनू बेटे ! तुम तो ऐसे नहीं थे। तुमको क्या हो गया ?'

विनायक अब भी सिसक रहा है। सरोज कहती है, 'काका, ये मुझसे कह रहा था मुझे जगन काका की डायरी दो, मैं पढ़ूँगा। मैंने मना किया तो इसने मेरे बाल खींचके मुझे जमीन पर गिरा दिया और खुद भी रोने लगा।'

जगन काका एक क्षण को अवाक्-स्तम्भित रह जाते हैं। फिर उठकर कोठरी में

टहलने लगते हैं। एकाएक ठठाकर हँस पड़ते हैं।

'क्यों रे, मेरी डायरी पढ़ने का शौक तुझे कैसे लग गया ? तेरे को समझ में भी आएगी ?'

विनायक के मन में आता है चट से जवाब दे, 'दीदी की भी तो समझ में नहीं आती। फिर दीदी काहे को पढ़ती है ? मुझे क्यों नहीं पढ़ने देती ?' किन्तु...वह चुप रहता है। दीदी की शिकायत नहीं करेगा। पर एक बात तो पूछनी ही पड़ेगी।

'क्यों काका !' वह पूछता है, 'दीदी कहती है डायरी नहीं पढ़नी चाहिए। पर जब ये छपेगी तो सभी पढ़ेंगे। है न काका ?'

जगन काका को हँसी आ गई है। विनायक थोड़ा झेंप जाता है। क्या उसने हँसने जैसी बात कही ?

'दीदी ठीक कहती है,' विनायक। डायरी दूसरों के पढ़ने के लिए नहीं होती।'

'तो फिर किसलिए होती है ?' विनायक पूछता है, 'हम भी नहीं पढ़ेंगे और कोई भी नहीं पढ़ेगा तो डायरी लिखने से क्या फायदा ?'

'ठीक है यार—ऐसी बात है तो फिर नहीं लिखेंगे,' जगन काका बनावटी गम्भीरता से कहते हैं और हँस पड़ते हैं, 'तू तो दिमाग चाट देता है। अच्छा, जब तुम लोग बड़े हो जाओगे, तब पढ़ लेना। ठीक है ?'

विनायक खुशी से सिर हिला देता है। यह हुई कुछ समझ में आनेवाली बात। बेकार का हौवा बनाके रख रखा है।

सहसा विनायक को कुछ याद आ जाता है और वह बोल उठता है, 'जगन काका ! जब आप चले जाएँगे तो हमको कौन पढ़ाएगा ?'

'क्यों ? मथुर काका तो हैं ?' जगन काका कहते-कहते बीच में ही रुक जाते हैं और गौर से विनायक को देखने लगते हैं। विनायक का चेहरा फक्क पड़ जाता है।

'मगर ये तुझे किसने बताया कि मैं जा रहा हूँ ?'

'क्या !!!' सरू का मुँह खुला का खुला ही रह जाता है। वह भी उठकर खड़ी हो गई है, 'काका ! तुम हमको छोड़कर फिर चले जाओगे ?'

'तुमको किसने बताया ?' जगन काका परेशान हो उठते हैं।

एकाएक सरोज के मुँह से निकल पड़ता है, 'काका ! जब तुम लोग बात कर रहे थे ऊपर—गुड्डन सीढ़ी पर छिपके सब सुन रहा था।'

जगन काका जल्दी-जल्दी कोठरी में चक्कर काटने लग जाते हैं। तो विनायक ने सब सुन लिया ? उन्हें बड़ा गुस्सा आ रहा है। मन होता है लगाएँ एक कसकर इसे। दूकान से पैसे चुराकर लाता है, छिपकर बीड़ी पीता है, यह तो लच्छू ने ही बता दिया था। अब ये करम भी करने लगा। लच्छन ठीक नहीं हैं इस घर के। क्या किया जाए !...छिपाने से फायदा भी क्या ? कब तक छिपेगा ? बच्चे वैसे ही सब भाँप जाते हैं। जो कुछ भी घर में होता है, उसका सीधा असर सबसे पहले बच्चों पर पड़ता है।

विनायक को तो वे कुछ ठीक-ठाक होते ही अपने साथ ले जाएँगे इलाहाबाद।

सरोज का क्या होगा ? सरोज के लिए वे क्या कभी कुछ कर सकेंगे ?

'सरू बेटा !' जगन काका की आवाज एकदम भर्रा आई। सरोज का चेहरा देखके उन्हें लगा वे एकदम रो ही पड़ेंगे।

'कहाँ जाओगे काका !' सरू की आवाज भी काँप-सी रही है। नहीं, वह जगन काका को उदास नहीं देख सकती। वह जबर्दस्ती धीरे से मुस्कुराती है।

'मैं कोई हमेशा के लिए थोड़ी जा रहा हूँ, पगली ! पढ़ने को नहीं गया था जैसे, हर छुट्टी में घर आ जाता था न जैसे, वैसे ही जा रहा हूँ। पहले विद्या कमाने गया था अब पैसा कमाने जा रहा हूँ। जब मेरे पास खूब पैसा हो जाएगा, तब मैं तुम्हारे लिए खूब सारी चीजें लाऊँगा और खूब पैसे दूँगा। तब तुम्हें किसी चीज की कमी नहीं रहेगी।'

'मुझे कोई चीज नहीं चाहिए, काका ! तुम तो यहीं रहो बस। पैसे के लिए उतनी दूर जाने की क्या जरूरत है, तुमको ?' सरू कहती है, 'हाँ, अगर महान लेखक बनने के लिए जा रहे हो तो ठीक है।'

जगन काका खिलखिलाकर हँसते हैं और फिर कुछ उदास से हो जाते हैं, 'तुम लोगों के बिना मेरा मन थोड़ी लगनेवाला है वहाँ। मैं फिर लौट आऊँगा सरू। और यहीं रहूँगा। यहीं इसी कोठरी में...। मगर महान लेखक बनने के लिए इलाहाबाद जाना जरूरी है, यह तुझसे किसने कह दिया ?'

'आप ही तो कह रहे थे, काका, उस दिन भुवन काका के सामने, कि हिन्दी के सभी महान लेखक इलाहाबाद में रहते हैं,' सरोज झट से जवाब देती है।

'जगन काका ! तुम किस अखबार में काम करोगे ?' विनायक पूछता है।

'क्यों रे ?' हौले से विनायक का कान पकड़कर खींचते हुए जगन काका कहते हैं, 'बड़ों की बातें छिपकर सुनना—यह क्या अच्छी बात है ?'

'और काका, इसे समझा दो, ये डायरी पढ़ने के लिए जिद नहीं करे आगे से,' सरोज मुँह फुला लेती है।

जगन काका विनायक का हाथ पकड़ लेते हैं और कहते हैं, 'मुझसे वादा करो वीनू, कि तुम अब से कभी सरोज का दिल नहीं दुखाओगे। हमेशा उसका कहना मानोगे।'

विनायक कान पकड़ता है। सरू खिलखिलाकर हँसती है और कहती है,' 'काका, ये मुझसे कभी नहीं लड़ता। आज ही पता नहीं, इसे क्या हो गया।'

'सरोज का कहना तो जगन काका तक मानते हैं। क्यों सरू बेटा !...फिर ये वीनू किस खेत की मूली है,' जगन काका जैसे अपने आपसे कह रहे हों।

'सरू इस घर की अन्तर आत्मा है,' विनायक जगन काका की नकल उड़ाते हुए कहता है। फिर जगन काका को भौंचक अपनी ओर ताकते देखकर जोड़ता है, 'आप ही ने तो कहा था जगन काका...उस दिन भुवन काका के सामने...याद है न ?'

'हाँ बेटा, याद है,' जगन काका का स्वर कहीं बहुत दूर से आता जान पड़ता है। जगन काका बिल्कुल खो गए हैं अपने-आप में।

'अरे हाँ, जगन काका ! एक बात पूछना तो भूल ही गया था,' विनायक कहता

है, 'उस दिन भुवन काका ने आपको क्या गाली दी थी ?'

'गाली !' जगन काका चौंक जाते हैं, 'क्यों रे, भुवन मुझे क्यों गाली देने लगा ?' तू बहुत बेकार की बातें करने लगा है। चल जा, अपना काम कर। मैं थका हूँ, मुझे आराम करने दे।'

सरोज इशारा समझकर उठ खड़ी होती है। माँ अकेली होगी, कितनी देर हो गई। वह जल्दी-जल्दी सीढ़ियाँ चढ़के ऊपर चली जाती है। विनायक खड़ा रहता है।

'वही काका, जो मैंने उनसे कापी में लिख देने को बोला था और उन्होंने नहीं बताया था। कहा था अपने काका से ही पूछ।'

'अरे रे,' जगन काका माथे पर की खाल को नोंचते हुए कहते हैं, 'वो गाली थोड़ी थी रे। वो तो एक शब्द था यूँ ही।'

'शब्द !' विनायक को नेने मास्टर की बात याद आ जाती है।

'शब्द तो हर गाली होती है। वर्णमाला के उन्हीं अक्षरों को जोड़ने से ही तो गाली बनती है।'

'तू तो मेरा दिमाग चाट लेता है। भुवन ने मुझे 'ऑब्सक्योरेंटिस्ट' कहा था। अब तू पूछेगा इसका मतलब क्या होता है। इसका कोई मतलब नहीं होता,' जगन काका के स्वर में एक हल्की सी उत्तेजना उभर आई है, 'जब भुवन को मेरी कोई बात समझ में नहीं आती तो वह इसी शब्द से मुझे चुप कर देना चाहता है। जैसे यह ब्रह्मास्त्र हो। उस बेचारे का भी क्या कसूर है। कुछ बातें ऐसी होती हैं जो समझाई नहीं जा सकतीं। उन्हें केवल अनुभव करके जाना जा सकता है। बल्कि कुछ अनुभव तो ऐसे होते हैं जिन्हें खुद अनुभव करनेवाला भी नहीं समझ सकता। और जब खुद ही नहीं समझ सकता तो दूसरे को कैसे समझा सकता है ? उस दिन मैं यही गलती कर रहा था। इसीलिए भुवन ने मुझे आब्सक्योरेंटिस्ट कहा। ठीक ही कहा उसने। क्या गलत कहा ? ऐसे अनुभवों से क्या फायदा–जिन्हें हम खुद ही न समझ सकें, जिनका हम कुछ भी न बना सकें...'

जगन काका एकाएक चुप हो गए और इस तरह भौंचक्के-से विनायक को देखने लगे जैसे नींद से उठा हुआ बच्चा देखता है। वे क्या बोल रहे हैं ? किससे बोल रहे हैं ?...'जाओ वीनू, तुम्हें क्या मतलब इन बातों से। अपना काम करो। चलो, भागो यहाँ से। मुझे सोने दो।'

'आजकल भुवन काका क्यों नहीं आते जगन काका !' विनायक जाते-जाते फिर से दरवाजे पर ठिठक गया, 'क्या आपकी उनसे लड़ाई हो गई ?'

'क्यों ?' जगन काका नाराज हो गए। करवट बदली और देखा विनायक चम्पत हो गया है।

गोल्ल देवता

पन्द्रह

वे कासारदेवी जानेवाले हैं। शहर से दूर, शहर से ऊपर एक चीड़-ढंके पर्वत की चोटी पर देवी का मन्दिर है। माँ ने एक काम भी सौंपा है। छमाही में विनायक के पास होने की खुशी में देवी को सिन्नी चढ़ाने का। आजकल उनकी तबीयत ठीक नहीं रहती। नहीं तो वे भी जातीं।

वैसे माँ ने कहा था चितई जाने को। चितई में गोल्ल देवता हैं। गोल्ल देवता की ही सबसे ज्यादा मान्यता है। वे यहाँ के आदि-देवता और नगर-देवता हैं। जगन काका कहते हैं वे अलमोड़े के आदिवासियों के देवता हैं। 'तो क्या हम लोग कहीं बाहर से आए थे ?' विनायक ने पूछा। जगन काका जरा चक्कर में पड़ गए। उन्हें शायद विनायक से ऐसे टेढ़े सवाल की उम्मीद नहीं थी। फिर वे हँस पड़े थे और गुनगुनाने लगे थे, 'कहीं से हम आए थे नहीं, हमारा अपना घर है यहीं।'

विनायक को हँसी आ गई। यह कविता तो उसके कोर्स में लगती है। चिरंजीलाल मास्साब ने क्या झूम-झूमकर पढ़ाई थी। 'वाह काका ! यह तो कविता है। मेरे सवाल का जवाब तो दो पहले।'

'तू तो यार, दिमाग चाट जाता है,' जगन काका बोले, 'तेरे सवाल का जवाब ही तो दिया था मैंने। तू सवाल ही ऐसे पूछता है जिनका जवाब कविता ही दे सकती है।'

विनायक कुछ देर सोचता रहा फिर बोला, 'जगन काका, चिरंजीलाल मास्साब कह रहे थे कविता बहुत अच्छी है क्योंकि देशभक्ति की कविता है। मगर इसके लेखक को इतिहास का ज्ञान नहीं है। हमारे पूर्वज हिन्दुस्तान के थोड़े ही थे। वे तो कहीं बाहर से आए थे। मगर काका हमारी किताब में तो लिखा है प्रसादजी इतिहास के विद्वान थे।'

'वो तो थे ही,' जगन काका बोले, 'यह भी कोई कविता पढ़ाने का ढंग है ? पूर्वज कहीं से भी आए हों इससे क्या ? हमीं लोगों के बारे में सुना जाता है कि हम कुछ सौ साल पहले राजस्थान या गुजरात से आए और यहीं बस गए। अब कौन कह सकता है कि हम यहाँ के नहीं हैं ? तुम्हारी माँ गोल्ल देवता को मानती है कि नहीं मानती ? जहाँ आदमी का अन्न-जल है, वहीं उसका भगवान भी है। अब यहाँ के आदिवासियों में और हममें क्या फर्क है ? कोई फर्क नहीं। हमारे उनके तीज-त्योहार एक, बाजार एक,

मरघट एक...। फिर अलग क्या है ?'

'मगर काका,' विनायक बोला, 'मुझे तो स्कूल में यही लगता है कि सब अलग-अलग ही हैं। ब्राह्मण लड़कों की एक अलग अपनी दुनिया है। हम लोगों को वे बजरिया कहके चिढ़ाते हैं। सात-आठ लड़के गाँवों के हैं। वे अलग अपना एक झुंड बनाके रहते हैं। उन्हें खसिया कहके चिढ़ाते हैं। काका ! ये खसिया क्या होता है ?'

'वे ही तो इस जगह के मूल निवासी हैं,' जगन काका बोले, 'खसिया यानी खास। खास यहाँ के। बाहर से आए हुए लोगों ने यही नाम रख दिया है उनका।'

'नाम क्या जगन काका ! ये तो गाली है।'

जगन काका गम्भीर हो गए, 'अच्छा तो अब जी.आई.सी. में ये भी होने लगा। और क्या होगा ? गलत बीज से गलत पेड़ ही तो उगेगा। जो नाम अलग करने के लिए दिया जाएगा, वह गाली के सिवा और क्या बनेगा ? जैसे-जैसे देश की आजादी समीप आती जा रही है, जोड़नेवाले नाम कम होते जा रहे हैं, अलग करनेवाले नाम बढ़ते ही जा रहे हैं।'

'मुझे तो इन लड़कों से घृणा हो गई है,' विनायक बोला।

'बेकार की बात मत कर,' जगन काका नाराज हो गए, 'उन बच्चों का कोई कसूर नहीं। उनके संस्कार ही ऐसे डाले गए हैं। तू ये घृणा की बात मन से निकाल दे। मनुष्य कभी घृणा का पात्र नहीं होता। बुरे से बुरा मनुष्य भी नहीं। प्रेम, केवल प्रेम ही वह चीज है जो मनुष्यों को एक-दूसरे से और भगवान से जोड़ सकती है। तेरे आर्य समाज में सब कुछ था; बस, एक इसी की कमी थी। इसीलिए इस मिट्टी में उसकी जड़ें नहीं जमीं। यह मिट्टी बहुत प्यासी है, विनायक। यह सारा ज्ञान-विज्ञान, धर्म-दर्शन सब पचाकर बैठी है मगर इस पर सदियों से प्रेम की वर्षा नहीं हुई। मुझे इस मिट्टी के लिए एक दूसरे ईसा मसीह की तलाश है।'

'किसकी तलाश है, काका ?' चिल्लाती हुई सरोज एकाएक सामने आ खड़ी हुई। विनायक का ध्यान बहक रहा था। उसे एक तरफ तो इस विघ्न से खुशी ही हुई कि चलो अब भाषण समाप्त हुआ। पर दूसरी तरफ हल्की सी चुभन भी हुई, लो अब जगन काका सरोज के पीछे लग जाएँगे। इतने धीरज से भाषण सुना उसने और मैदान मार ले जाएगी सरोज।

और सचमुच जगन काका ने सरोज का हाथ पकड़कर उसे अपने पास बिठा लिया और कहा, 'तेरी ही तलाश थी, बेटा।'

'आप आजकल कविता क्यों नहीं लिखते, जगन काका ?' विनायक ने सरोज की उपस्थिति को एकबारगी मिटा देना चाहा।

'कविता के लिए अवकाश नहीं है,' जगन काका ने कहा और हँसने लगे। विनायक को बड़ी चिढ़ लगी। इसमें हँसने की क्या बात है ?

'क्यों रे वीनू ! तुझे कविता की याद कैसे आ गई ?' जगन काका ने पूछा, 'मैं तुझसे कविता की बात तो कर नहीं रहा था ?'

विनायक एक क्षण चुप रहा। फिर बोला, 'जगन काका ! आप जब जोश में आके भाषण देने लगते हैं, तब कवि जैसे लगते हैं।'

'भाषण !...अरे बदमाश !' जगन काका ने एक ठहाका लगाया और फिर सरोज के कन्धे पर हाथ रखके बोले, 'मेरी कविता तो ये है।'

'और मैं ?' विनायक जल-भुनकर खाक होता हुआ बोला।

'तुम ?' जगन काका थोड़ा अटके और फिर बोले, 'तुम मेरी कहानी हो।'

मारे खुशी के विनायक के दाँत बाहर निकल आए। उसने चुनौती देने के-से भाव से सरोज की ओर देखा।

'अरे, मगर कहानी तो मैं लिखता ही नहीं,' जगन काका चिन्तित हो गए। विनायक के मुख पर फिर से झोल लटक गया।

'काका ! ये आपकी डायरी है,' सरोज खिलखिलाने लगी। विनायक को भी हँसी आ गई। जगन काका को भी। 'बिल्कुल ठीक !' उन्होंने सरोज की पीठ ठोकते हुए कहा, 'क्यों विनायक ! मंजूर है ?' विनायक ने खुशी से सिर हिला दिया।

सरोज उठ खड़ी हुई। किस काम से आई थी, वह सोचने लगी। हाँ, याद आया। 'काका ! माँ पूछ रही थी आप सिन्नी चढ़ाने कहाँ जा रहे हैं ? चितई या कासारदेवी ? चितई ही चलेंगे न ?'

'मैं चितई नहीं जाऊँगा,' विनायक बोला, 'वहाँ बकरे कटते हैं। मुझे वहाँ बिल्कुल अच्छा नहीं लगता। वहाँ से हिमालय तक नहीं दीखता।'

'हिमालय तो जागेश्वर से भी नहीं दीखता,' सरोज ने टोका।

'जागेश्वर की बात दूसरी है,' विनायक बोला, 'जागेश्वर में नदी है, देवदारु का इतना घना जंगल है, प्राचीन काल की एक से एक सुन्दर मूर्तियाँ हैं। चितई में क्या है–खाक ?'

इस ललकार से सरोज हतप्रभ हो गई। जब उसकी समझ में नहीं आया वह विनायक को क्या जवाब दे, तो उसने जीभ निकालके दिखा दी।

'विनायक कवि है,' जगन काका बोले, 'नदी, पहाड़ और मूर्तियों के बिना उसका काम कैसे चल सकता है ! और हमारी सरोज तो सीधी-सादी लड़की है। उसे गोल्ल देवता ज्यादा पसन्द हैं क्योंकि गोल्ल देवता भी सीधे-सादे देवता हैं। वे शहरवालों के नहीं, गाँववालों के देवता हैं। और मन्दिरों में लोग भजन करने जाते हैं, भगवान को रिझाने जाते हैं। गोल्ल देवता ऐसी खुशामद नहीं चाहते। वे थोड़ा ऊँचा सुनते हैं। वे संगीत की भाषा नहीं समझते। उन्हें संस्कृत श्लोक भी नहीं भाते। कहते हैं उन्हें सिर्फ एक ही चीज सुनाई देती है–मनुष्य का आर्त्तनाद। कहते क्या हैं–मैंने खुद अपनी आँख से देखा है सरू...मैंने वहाँ लोगों को सर पटक-पटककर रोते देखा है। मैंने वहाँ गाँव की औरतों को...'

जगन काका एकाएक खामोश हो गए। यह क्या ? इनको क्या हो गया ? 'क्या हुआ जगन काका ? क्या हुआ ?'

'कुछ नहीं बेटा, कुछ नहीं,' जगन काका कुछ देर तक वैसे ही दोनों हाथों से अपना माथा पकड़े बैठे रहे, जैसे उन्हें चक्कर आ रहा हो। फिर उठकर बाहर चले गए और तुरन्त ही कोठरी में वापस लौटकर अपनी जगह पर बैठते हुए बोले, 'मैं तुम्हें एक सच्ची घटना सुनाता हूँ। कोई दूर-ताड़ की नहीं, अभी हाल की आँखों-देखी; कानों-सुनी। शाम को मैं अक्सर अकेले दूर तक घूमने चला जाता हूँ।—कभी चितई, कभी कासार-देवी...। ऐसी ही एक शाम को मैं वहाँ चित्तई मन्दिर के बाहर चबूतरे पर बैठा था। मन्दिर सूना पड़ा था। उस वक्त कोई नहीं था वहाँ। अचानक एक औरत पागलों की तरह दौड़ती हुई आई और मन्दिर में घुसकर जोर-जोर से रोने लगी। इस तरह के दृश्य मैं पहले भी एकाध बार देख चुका था—कोई नई बात नहीं थी। मैं वहाँ से उठ ही रहा था कि मेरे कान में पड़ा, 'ओ गोल्ल देवता ! तेरा सत्यानाश हो !'...मेरे रोंगटे खड़े हो गए। मैं वहाँ से भाग जाना चाहता था। फौरन। पर मुझे जाने क्या हुआ, मुझे जैसे किसी ने घसीटकर मन्दिर के दरवाजे पर खड़ा कर दिया और वहाँ जो दृश्य मैंने देखा, उसे मैं जिन्दगी-भर नहीं भूल सकता।

'वह औरत गोल्ल देवता की मूर्ति को दोनों हाथों से कूट रही थी। उसके हाथ से खून बह रहा था पर उसे इसका बिल्कुल होश ही नहीं था। वह दोनों हाथों की मुट्ठियाँ कसकर गोल्ल देवता के सिर पर मार रही थी। गोल्ल देवता फटी-फटी आँखों से घूर रहे थे...।

'तूने ही मेरा सुहाग मिटाया। तूने ही मेरा सत्यानाश किया। फिर भी तुझे कल नहीं पड़ी। ओ गोल्ल देवता! तेरा सत्यानाश हो। ओ हत्यारे ! तेरी नमेट हो—तेरे सिर पर वज्र पड़ जाए। तेरे टुकड़े-टुकड़े हो जाएँ...वह बिलखती जा रही थी और कभी मूर्ति का, तो कभी अपना ही कपाल मुट्ठियों से कूटती जा रही थी...हाय मेरा लाल ! अब मैं क्या करूँ ? कहाँ मरूँ ?

'सहसा वह उठ खड़ी हुई और गला फाड़-फाड़कर चिल्लाने लगी—क्या बिगाड़ा था उसने तेरा कसाई ? अब बोलता क्यों नहीं ? उसने क्या बिगाड़ा था तेरा ? जाने कहाँ सात समुन्दर पार जाके मरना था उसे। ला, उसकी लाश ही ला। मेरे मरे हुए बेटे का मुँह ही मुझे दिखा...हत्यारे ! अब बताता क्यों नहीं उसे किसने हाथ लगाया ? मैं उसका खून पिऊँगी। मैं उसे जिन्दा नहीं छोड़ूँगी। हाय मेरा लाल! तू किसके भरोसे मुझे छोड़ गया ? ओ देबनिया ! क्या तुझे भी आखिर अपने बाप के ही पाँव पर पाँव रखना था ? बोल, तू जाने से पहले मेरे साथ इस कसाई के यहाँ आया था या नहीं ?...मेरा लाल नानेपन से ही तेरा बड़ा भक्त था रे गोलिया !...हर शनीचर को नियम से दो मील की चढ़ाई चढ़के तेरी देहरी पर मत्था टेकने आता था। तेरा परसाद बाँटता था। छुट्टी में आया तो सबेरे-सबेरे उठके कहने लगा—गोल्ल देवता के थान चल माँ। अबकी उनको बकरा चढ़ाऊँगा। कितना अधीरज हो रहा था उसे तेरे पास आने को।

'...ओ गोल्ल देवता ! मेरी माँ की रक्षा करना जब तक मैं लौटकर न आऊँ।' वो कह रहा था। तेरे कान फूट गए थे ? जब तू सब कुछ जानता था तो रोका क्यों नहीं

उसको ? कहा क्यों नहीं उससे कि देबनिया रे, मत जा अपने बाप के रास्ते मत जा...वहाँ मौत है देबनिया ! तेरी माँ तेरा मुँह भी नहीं देखेगी...तेरे बाप की तरह तेरी लाश को भी गीदड़-कुत्ते नोचेंगे...तेरी गति करने को भी कोई नहीं मिलेगा। छोड़ इस फौज की नौकरी को, आग लगा–अपने बाल-बच्चों का मुँह देख–अपनी माँ का खयाल कर।...तेरी मति पर भी पत्थर पड़ गए ओ कनफुट्टे ! जाती बखत भी वो अपनी मिलिटरी डिरेस पहनके लैफ्ट-राइट करता हुआ इधर ही से गया होगा। उसकी औरत भी अपने छोरे को लेके उसके साथ आई होगी। मैंने तो उसको घर से ही बिदा कर दिया था।

'अब तुझे ठंडी पड़ गई ?...विधवा बनाके छोड़ा न उसकी औरत को ? मेरा सुहाग मिटाके चैन नहीं पड़ा था न तुझे ? सबेरे-सबेरे चला गया रे वो मुझे उल्लू बनाके। अपने बाप की तरह। ऐसे ही एक दिन वो भी गया था। इसी तरह तूने उसका भी दिमाग खराब करा था। वो बड़ा पागल था मेरा देबनिया। मैं रोती जा रही थी, वो खी-खी करके हँस रहा था। अपनी माँ की हँसी उड़ा रहा था। कहने लगा क्या तू ही मेरी एक माता है। मेरे मुलुक पर विपत पड़ी है। मैं अपनी माँ के दुश्मनों से लड़ने जा रहा हूँ। माँ, मैं सिपाही हूँ। मेरे बहादुर सूबेदार पिताजी का नाम बदनाम होने दूँगा ? बिल्कुल अपने बाप जैसा था वो। इन लोगों को बातों में कौन हरा सकता है ? बड़ा धीरज दे रहा था मुझको। उल्लू बना गया रे ! मुझको उल्लू बना गया। अब कहाँ गई वो माता ? कितनों का खून पिएगी वो माता ? मेरे को तो बोलना भी नहीं आता।

'ओ गोलिया ! तेरे सिर पर वज्र पड़े। तूने उसे क्यों नहीं समझाया कि, देबनिया रे ! तेरी माँ तो वो है जिसे छोड़के तू जा रहा है। जिसने तुझे अपने हाड़-मांस से पाला है। आग लगा अपने मुल्क को। वो तेरी सौतेली माँ है। वो कभी तेरा भला नहीं चाहेगी। वो कहाँ की माँ आ गई रे। जाते-जाते बखत भी तेरा मुँह फूट गया होता तो उसको अकल आ जाती। वो तेरा कहना जरूर मान जाता और लैफ्ट-राइट, लैफ्ट-राइट करता हुआ घर को गुण-कुशल वापस आ जाता। तेरा लैफ्ट-राइट, लैफ्ट राइट ही तुझे ले गया रे देबनिया ! मुझे तो तेरी उस डिरेस को देखके ऐसा हो जाता था कि आग लगा दूँ। डिरेस में तो अब क्या आग लगाऊँगी मेरा, तो सत्यानाश ही हो गया रे गोलिया ! अब तो तेरे थान को ही आग लगाऊँगी...

'सरू बेटा !...उसकी आवाज इतनी धीमी हो गई कि ठीक से सुनाई भी नहीं दे रही थी। वह शायद बहुत थक गई थी। वह हाँफ रही थी और बड़बड़ाती जा रही थी। मैं एक कील की तरह वहाँ उस मन्दिर की देहरी पर गड़ गया था। मेरे हाथ-पाँवों को तो जैसे लकवा मार गया था।

'इतने में एकाएक हवा का एक तेज झोंका आया और जो एक छोटा सा दीया वहाँ मूर्ति की बगल में जल रहा था, वो भी बुझ गया। उसका बुझना था, कि जैसे भूचाल आ गया हो। वह औरत फिर से दहाड़ मारकर रोने लगी। अँधेरे में कुछ दिखाई नहीं दे रहा था...एक भुतैली परछाईं जैसी लग रही थी वह। मारे डर के मेरी आँखें बन्द हो

गई थीं पर मैं हिल तक नहीं सक रहा था। एकाएक बड़े जोर से किसी चीज के गिरने की आवाज हुई। वीनू बेटा ! उसने मूर्ति को गिरा दिया था नीचे और उसे दोनों हाथों से उठा-उठा के पटक रही थी।...सहसा उसके मुँह से एक ऐसी भयानक चीत्कार निकली जिसे सुनकर मेरे रहे-सहे होश भी उड़ गए और मैं चिल्ला पड़ा–माँ !

मेरा उस तरह चिल्लाना था कि उसका विलाप एकदम बन्द हो गया। वह झपटती हुई बाहर को आई और इससे पहले कि मैं कुछ सँभलूँ, कुछ समझूँ, वह बिजली की तरह मुझ पर टूट पड़ी। देबनिया ! मेरा लाल। उसने मुझे अपनी बाँहों में भींच लिया। और फूट-फूटकर रोने लगी।

'इतने में आहट हुई और मन्दिर का पुजारी हाथ में एक मशाल लिये मन्दिर के अहाते में दाखिल हुआ। कौन है ? वह दूर से ही चीखा। उसकी आवाज सुनकर उस औरत ने अपना सिर मेरी छाती पर से उठाया। उसकी पीठ मशाल की तरफ थी और रोशनी सीधे मेरे चेहरे पर पड़ रही थी। मेरी आँखें अपने-आप मुँद गई थीं। वह एक अन्धे की तरह अपनी उँगलियों से मेरे चेहरे को टटोल रही थी। सहसा उसकी उँगलियाँ थम गईं और उसी के साथ मेरी आँखें भी खुल गईं। वह सीधे मुझको घूर रही थी– निष्पलक। उसके चेहरे पर कोई भाव नहीं था। जाने क्या हुआ, मेरी आँखों से टपाटप आँसू गिरने लगे। पुजारी हक्का-बक्का उसी जगह खड़ा हम दोनों को देख रहा था– विस्फारित आँखों से। वह कुछ देर यों ही पत्थर बनी मुझे घूरती रही जैसे अभी-अभी गोल्ल देवता उसे घूर रहे थे–। फिर जैसे अभी-अभी होश में आई हो, उसके चेहरे पर एक हल्की सी हरकत हुई, पुतलियाँ काँपीं...उसने अपने को मुझसे धीरे से अलग किया और उँगली से मेरी ओर इशारा करते हुए फुसफुसाई–तू ?...

'मेरा नाम जगन्नाथ है माँ !' मेरे मुँह से निकला, 'मुझे अपना ही बेटा समझ।'

'बुढ़िया के चेहरे की झुर्रियाँ काँपीं। एक क्षण को वहाँ जैसे कोई पहचान-सी जगी। मुझे यह भी लगा–या शायद वह मेरा भ्रम ही था कि वह हौले से हँसी। फिर उसने दोनों हथेलियों में अपना मुँह छिपा लिया और फफक पड़ी–कैसे समझ लूँ बेटा ! कैसे समझ लूँ ? एकाएक उसने अपनी हथेलियाँ चेहरे से हटाकर मशाल की रोशनी में देखा– खून से रँगे हुए मेरे कुरते को देखा और फिर एकटक मुझे देखने लगी...वही, जैसे कुछ पहचानने की कोशिश कर रही हो। फिर वह मेरे पास आई। अपने दोनों हाथ मेरे सिर पर रखे और बोली–जा बेटा, घर जा। तेरी माँ तेरी राह देख रही होगी।

'सरू बेटा ! बुढ़िया का इतना कहना था कि मेरे भीतर जैसे बरसों का रुका बाँध एकाएक फूट पड़ा। मेरा सारा शरीर हिल उठा। मैं उसी तरह बिलख-बिलखकर रोने लगा जैसे अभी-अभी वह रो रही थी। मेरी माँ नहीं है, मैंने अपने को कहते पाया, मैं एक अनाथ लड़का हूँ माँ।...बिल्कुल अनाथ।...धीरे-धीरे मैं अपने में लौट आया और मुझे लगा वहाँ कोई नहीं है। 'माँ !'...मैं चिल्लाया।

'बेटा !'...कहीं बहुत दूर से एक आवाज आई और मैंने आँख खोलकर देखा वहाँ कोई नहीं है, पुजारी भी नहीं है, वह बुढ़िया भी नहीं है और मशाल की रोशनी भी नहीं

है। घुप्प अँधेरे में मैं न जाने कब से खड़ा हूँ।

'फिर क्या हुआ काका ?' सरू की आँखों में अजीब कातरता थी।

'फिर क्या हुआ? फिर क्या हुआ, कुछ भी नहीं बेटा ! मैं घर लौट आया। और क्या ?' जगन काका बोले।

सरू ने एक गहरी साँस छोड़ी। ऊपर रसोईघर से माँ पुकार रही थी। सरू हड़बड़ाकर उठी, 'तो काका हम कासारदेवी ही जा रहे हैं न ?'

'हाँ,' जगन काका बोले, 'माँ से बोल देना कि सिन्नी की मिठाई और अगरबत्ती वगैरह मैं सब ले आया हूँ।'

'कल भत्ती दीदी भी कासारदेवी जानेवाली हैं, काका,' सरू जाते-जाते रुक गई और मुस्कुराने लगी।

जगन काका का चेहरा कुछ अजीब सा हो आया और विनायक को लगा जगन काका कुछ खिसिया-से रहे हैं, कुछ परेशान-से दीख रहे हैं। वह होंठों ही होंठों में बुदबुदाया, 'त्रिपुरसुन्दरी।'

'क्या ?' जगन काका ने चौंककर उसकी ओर देखा। वीनू क्या बोल रहा है ?

'जगन काका !' विनायक ने झट से बात बदल दी, 'यह गोल्ल देवतावाली कहानी क्या उसी दिन की है जिस दिन आपने यूनियन क्लब की होली की बैठक में वो 'भारतमाता ग्रामवासिनी' वाला गीत सुनाया था ?'

जगन काका भौंचक्के-से कुछ देर विनायक का मुँह ताकते रह गए। फिर धीरे से बोले, 'हाँ रे, तू बड़ा भाँपता है। अब जा सो जा। कल सबेरे-सबेरे उठना है।'

तात जनक तनया यह सोई

सोलह

'जगन काका ! जगन काका ! उठो! चार बज गए।'

जगन काका हड़बड़ाकर उठ बैठे, 'तूने पहले क्यों नहीं जगाया मुझे ? अब सूर्योदय देखने को कैसे मिलेगा ?' ...वे जल्दी-जल्दी चाय सुड़कने लगे।

'उठिए, जल्दी से हाथ-मुँह धोकर तैयार हो जाइए। गुड्डन भी उठ गया है...' कहती हुई सरोज सीढ़ियाँ चढ़ने लगी। क्या चकमा दिया है ! कह तो दिया कि सूर्योदय देखेंगे पर उठना क्या इतना आसान है ! उसने कभी जगन काका को सात-आठ से पहले उठते नहीं देखा। आधी रात तक तो पढ़ते रहते हैं—नींद खुले कैसे ? अभी तो माँ भी नहीं उठी, जो घर में सबसे पहले उठती है। एक फर्लांग दूर से पानी ढोके लाना पड़ता है। नीचे गली से ऊपर तिमंजिले तक पत्थर की इतनी सारी सीढ़ियाँ चढ़ते-चढ़ते उसका दम फूल जाता है। कुछ महीनों से यह ड्यूटी सरोज की है। पहले-पहल तो उतनी बड़ी कलसी सिर पर उठा के सीढ़ियाँ चढ़ते हुए उसे लगता था वह अब गिरी...अब गिरी। अब तो खैर, आदत पड़ गई है। माँ कहती है जब इस घर में नई-नई ब्याहकर आई थी तब कुल बारह बरस की थी और तभी से उसका यह नित्य का नियम बन गया था। सरोज तो सोलह की होने आ गई। अब तो वैसे भी उसे माँ की इतनी मदद करनी ही चाहिए।

सरोज को याद है जब एक बार माँ सख्त बीमार पड़ गई थी तो महीनों तक जगन काका ही पानी भरते रहे थे। तब तो वह स्कूल भी नहीं जाती थी—पर उसे बड़ा मजा आता था। वह भी जगन काका के साथ ही उठ जाती थी और उनके आगे-पीछे दौड़ती रहती थी और पानी से भरा बर्तन उठाने की जिद करती थी। तंग आकर जगन काका ने उसे एक खिलौनेवाली बाल्टी ले दी थी। वे उसे भरकर इस तरह उठाते थे जैसे बड़ा भारी वजन उठा रहे हों और उसके सिर पर रखते हुए कहते थे, 'चल मेरी अम्माँ, धीरे-धीरे चल।'

उसे अच्छी तरह याद है वह पहले-पहल जगन काका को काका नहीं कहती थी, 'भइया-भइया' ही कहती थी। यह तो उसे बहुत बाद में बताया गया कि ये तेरे भइया नहीं हैं। सुनकर उसे बड़ा अजीब सा लगा था। फिर ये विनायक आ गया था और भइया का सम्बोधन उसने हथिया लिया था।

पर उसकी एक जिद अभी भी पूरी की जाती है। भैया-दूज के दिन विनायक के साथ-साथ जगन काका को भी बैठना पड़ता है। सरू इस तथ्य को मानने से इनकार करती है कि उसके कोई बड़ा भाई नहीं है।

अब उसका काम और बढ़ जाएगा। काम की तो खैर, परवाह नहीं; पर डर यही है कि कहीं इसके पीछे स्कूल न छुड़वा दें। जगन काका के रहते तो किसी की हिम्मत नहीं हो सकती। पर जब जगन काका इलाहाबाद चले जाएँगे, तब क्या होगा ? संगीत की जितनी भी यहाँ परीक्षाएँ थीं, सब पास कर लीं। बाबूजी पहले कहते थे तुझे लखनऊ भेजूँगा। मैरिस कॉलेज में। मगर अब चुप हैं। भत्ती दीदी तो वहीं से सीख के आई हैं। कितना आता है उनको। फिर भी कहती हैं, 'मुझसे ज्यादा तो तू जानती है!' आजकल तो बाबूजी भी ध्यान नहीं देते। पहले कितना रियाज कराते थे।

'सरू !' माँ पुकार रही है, 'जल्दी आना बेटा ! बहुत देर मत करना। नहीं तो काका नाराज होंगे।'

मँझले काका खाने को एक-दो बजे से पहले नहीं आते। सुबह दस बजे से खाना बनाकर बैठी रहती है माँ एक धोती पहने। चाहे जाड़ा हो या बरसात, इस दिनचर्या में कोई फर्क नहीं पड़ता। सरोज जानती है वे जानबूझकर सताने के लिए ऐसा करते हैं। उन्हें यही अच्छा लगता है कि माँ दिन-भर खटती रहे। दूकान के काम का तो बहाना भर है।

'तू जा, मैं बना लूँगी,' माँ मुँह धोती-धोती आँगन से ही चिल्लाती है। नीचे से विनायक की आवाज आ रही है, 'जल्दी करो दीदी।'

'नहीं माँ, बन गई,' सरोज चाय का गिलास ढक के रख देती है, 'यहाँ रखी है माँ, पी लेना।'

'तुम बहुत देर लगाती हो,' विनायक झुँझला रहा है।

'चलो-चलो, कोई देर नहीं हुई,' जगन काका झोला कन्धे से लटकाते हुए सरोज का हाथ पकड़ लेते हैं। विनायक लपककर उनका दूसरा हाथ अपने कब्जे में कर लेता है।

'अभी तो बिल्कुल अँधेरा है, सरू ! तू तो तभी चार कह रही थी।'

सरोज खिलखिलाकर हँस पड़ती है, 'काका ! मैंने रात में ही सुई खिसका दी थी आधा घंटा आगे। चार तो अब बजा होगा।'

जगन काका हँस पड़ते हैं, 'तू बड़ी चतुर सयानी है। ठीक किया तूने। अब हम लोग सूर्योदय से पहले ही वहाँ पहुँच जाएँगे।'

पूरा बाजार सुनसान है। 'कितनी लम्बी बाजार है,' विनायक कहता है, 'चिरंजीलाल मास्साब कहते हैं ऐसी पत्थर की बाजार दुनिया में कहीं नहीं है।...और काका यह जो दूकान है न, यहाँ की मिठाई सिंगापुर, जावा और सुमात्रा तक जाती है।'

'हो सकता है, हो सकता है,' जगन काका कहते हैं। वे लोग अब टेढ़ी बाजार की सीढ़ियाँ चढ़ रहे हैं। ऊपर नन्दादेवी का प्रसिद्ध मन्दिर है। विनायक को सहसा कुछ याद

आ जाता है।

'काका ! यह मन्दिर बहुत गन्दा है,' वह बोल पड़ता है।

'क्यों ?' जगन काका पूछते हैं।

विनायक एक क्षण चुप रहता है। फिर कहता है, 'इसकी एक दीवाल पर बहुत ही गन्दे चित्र खुदे हुए हैं।'

'चल रे,' सरोज नाराज हो जाती है, 'मैं कितनी बार तो यहाँ माँ के साथ आई हूँ, एक बार बाबूजी के साथ भी आई थी–कृपलानी का भाषण सुनने। मैंने तो कहीं कुछ नहीं देखा।'

विनायक बुरी तरह चिढ़ जाता है। यह क्यों खामखाह बीच में टपक पड़ती है ? 'मैंने खुद देखा है,' वह तुरन्त दाँतों से जीभ काट लेता है, 'नारायण मुझे जबर्दस्ती ले आया था एक दिन।'

जगन काका चुप रहते हैं। सरोज भी साथ में है। उनकी समझ में नहीं आता क्या कहना चाहिए। इलाहाबाद पढ़ते थे तब खजुराहो गए थे। उसकी बात दूसरी है। वह कला है। जमाना सचमुच बदल गया है–जगन काका सोचते हैं। आजकल बच्चे बहुत जल्दी सयाने हो जाते हैं। वे खजुराहो देख चुके थे। तब तक उन्हें पता नहीं था कि इस नन्दादेवी में भी ऐसा कुछ हो सकता है। क्या कहें इन बच्चों से। चुप ही रहो।

वे चर्च की बगल से गुजर रहे हैं। चर्च का घड़ियाल दिखाई दे रहा है। पर अक्षर नहीं दिखते। जगन काका एक क्षण रुककर पढ़ने की कोशिश करते हैं। पता नहीं कितने बजे होंगे।

सामने बलढोटी का जंगल नींद में बेसुध पड़ा है। इसी के पीछे से अभी सूरज उगेगा–विनायक सोचता है। एकाएक टुनन-टुनन की आवाज दूर कहीं से हवा में तैरकर आती जान पड़ती है।

'ये कैसी आवाज है, काका !'

'तू रुक क्यों जाता है यार, चला चल,' जगन काका उसका हाथ पकड़कर खींचते हैं, 'थक गया है तो कन्धे पर बैठ जा।'

'वाह ! मैं क्यों बैठूँ कन्धे पर ?' विनायक छिटककर दूर हो जाता है और फिर एकाएक दौड़ लगा देता है।

सरोज खिलखिला रही है। घंटियों की टुनटुनाहट धीरे-धीरे पास आती जा रही है।

सामने नारायण तेवाड़ी देवाल की डिग्गीवाले मोड़ पर ही विनायक खड़ा हो गया है। भर-भर-भर...एक अजीब आवाज उस टुनटुनाहट को चाँपती हुई...जैसे मिट्टी पर सहसा एक तगड़ी बौछार पड़ने लगती है...फिर सहसा उस मोड़ पर से एक मटमैली नदी-सी उमड़ आती है।

'ये तिब्बती लामा लोग हैं,' जगन काका कहते हैं, 'हर साल भेड़ों का रेवड़ लेके आते हैं। इनका ऊन यहाँ काटा जाएगा।'

भेड़ों की नदी बह गई है। विनायक अब भी वहीं चित्रलिखित-सा खड़ा है।

'कैसा लग रहा था !' वह कहता है, 'जैसे बलढोटी का पूरा जंगल ही नींद से उठकर सरकने लगा हो।'

'तू सचमुच कवि है,' जगन काका उसकी पीठ ठोंकते हुए कहते हैं, 'ऐसी उपमा एक कवि को ही सूझ सकती है। चल, अब तू भी सरक।'

अब खड़ी चढ़ाई है। इसे पार कर लें तो फिर समतल ही समतल है, 'थक तो नहीं गई ?' जगन काका सरोज से पूछते हैं।

'नहीं काका। चढ़ाई पारकर लें, फिर दो मिनट वहाँ उस टीले पर बैठ जाएँगे,' सरोज उँगली से इशारा करती हुई कहती है।

'पिछली बार लच्छू, चन्दू और अहमद भी थे तो कितना मजा आया था ! है न जगन काका ?' विनायक हाँफ रहा है, 'मैं तो भूल ही गया। लच्छू को पता चलेगा तो वह बहुत बुरा मानेगा।'

'तो ले क्यों नहीं आए उसे भी ?' जगन काका कहते हैं।

'मुझे लगा जगन काका, कि लच्छू आपको अच्छा नहीं लगता।'

जगन काका एक क्षण को अचकचा जाते हैं। लड़का बेहद चालाक है। 'नहीं वीनू ! ऐसी कोई बात नहीं है। मुझे तो तेरे सभी दोस्त अच्छे लगते हैं।'

'लच्छू बहुत मजे का लड़का है। मुझे तो उसको देखके ही हँसी आ जाती है,' सरोज कहती है, 'मगर वैसे अहमद सबसे अच्छा लगता है मुझे।'

'अरे, जगन काका ! मैं तो आपको बताना ही भूल गया था,' विनायक बोल पड़ता है, 'अहमद ने हमारी पत्रिका का मुखपृष्ठ बना दिया है। बहुत ही अच्छी तस्वीर है।' वह एक क्षण हिचकिचाता है फिर धीरे से कहता है, 'मेरी ही तस्वीर है।'

'ऐं !' जगन काका चौंकते हैं, 'तेरी तस्वीर !...तो क्या तू अपनी पत्रिका में अपनी ही तस्वीर छापेगा ?'

'नहीं काका !' विनायक जोर से सिर हिलाता है, 'जिस दिन चीर मैया को लेने गए थे उस दिन रास्ते में नदी की आवाज सुनके मैं एक चट्टान पे खड़ा हो गया था। अहमद को मेरा वह पोज बहुत पसन्द आ गया तो उसने याद से बनाया है। कोई ये थोड़ी जानेगा कि ये मेरी तस्वीर है। वह तो चट्टान पर खड़े किसी भी लड़के की हो सकती है और वह लड़का जैसे कोई सन्देश दे रहा है, ऐसा लगता है। अपनी पत्रिका का नाम भी 'सन्देश' ही है। तो कितना फिट बैठेगा ?'

'अच्छा ठीक है,' जगन काका कहते हैं, 'मुखपृष्ठ तो बन गया। पर भीतर क्या छपेगा उसमें ? रचनाएँ आ गईं ?'

विनायक का मुँह लटक जाता है, 'रचनाएँ तो अभी एक भी नहीं आईं। मैंने एक कविता लिखी है, बस।'

'हुँह ! एक कविता से क्या होता है ?' जगन काका हँसते हैं। विनायक सोच में पड़ गया है। जगन काका तो इलाहाबाद जा रहे हैं। यहाँ रोज दूकान पर ड्यूटी लगती

है। स्कूल का काम ऊपर से। मुझे फुर्सत तो मिलती नहीं। पत्रिका निकलेगी कैसे ?

चढ़ाई पार हो गई है। सामने एक दूकान है। एकाएक जगन काका को याद आती है, अरे ! खाने को तो कुछ रखा नहीं साथ में। बच्चे हैं, अभी भूख लग जाएगी–आठ मील चलना है। मेरी अक्कल तो देखो ! थोड़ी मिठाई-नमकीन तो रख ली होती।...पर पैसे कहाँ हैं ? 'चाँद' में लेख छपा था–उसके बीस रुपए आए थे, भाभी के हाथ में रख दिए। झूठ बोल दिया कि पचास आए थे। ट्यूशनें भी छूट गईं। बस, पचास रुपए बचा के रखे हैं। इलाहाबाद तक का सफर है। बीसेक और भुवन से माँगने पड़ सकते हैं तब तक। जाते समय कम से कम दसेक रुपए तो बच्चों के हाथ में रखने को चाहिए। दाज्यू मेरा कितना खयाल रखते थे। बेचारे वीनू को कुछ नहीं मिलता इसलिए तो दूकान से पैसे चुराता है।

'क्या सोच रहे हो, जगन काका ?' सरोज उनका हाथ पकड़कर जोर से झुला देती है।

जगन काका चौंकते हैं, 'कुछ नहीं बेटा ! कुछ नहीं !' फिर थोड़ा रुककर धीरे से बुदबुदाते हैं, 'आदमी को इतना गरीब भी क्यों होना चाहिए कि...'

विनायक गौर से सुन रहा है–आधी बात तो खा ही गए। उसे सहसा कुछ याद आ जाता है, 'जगन काका ! क्या ओवरसियरों के पास बहुत पैसा होता है ?'

'क्यों ?' जगन काका चकित होकर पूछते हैं ? 'ये तुझे क्या सूझी ?'

'पिताजी कहते हैं तू ओवरसियर बन। तभी अपने भाग का दलिद्दर दूर होगा।'

जगन काका चलते-चलते ठिठक जाते हैं और विनायक को घूरकर देखते हैं, 'दाज्यू ऐसा कभी नहीं कह सकते। तू झूठ बोलता है, मथुर काका ने कहा होगा।'

'नहीं,' विनायक दृढ़ स्वर में कहता है, 'बाबूजी ने ही कहा था। मथुर काका तो कहते हैं तू अंग्रेजी पढ़ और डिप्टी कलेक्टर बनके दिखा और मुहल्लेवालों के सबके मुँह पर चूना पोत दे।'

'अच्छा !'...जगन काका कहते-कहते चुप हो जाते हैं और एक गहरी साँस छोड़ते हुए किनारे के टीले पर बैठ जाते हैं।

'थक गए काका !' सरोज चिढ़ाती है। 'नहीं रे ! मैं क्यों थकूँगा ? तुम लोग जरूर थक गए होगे। बैठ जाओ दो मिनट' जगन काका की आँखें दूर-दूर भटक जाती हैं। अब दिशाएँ खुलने लगी हैं। पहाड़ों के रूपाकार भी स्पष्ट होने लगे हैं।

'चलो, फिर धीरे-धीरे। वहीं बैठेंगे;' जगन काका उठ खड़े होते हैं, 'बस, आधा मील और।'

रास्ते-भर जगन काका एकदम चुप रहते हैं। विनायक और सरोज ही आपस में बात करते रहते हैं। विनायक की समझ में नहीं आता जगन काका का मूड क्यों एकाएक खराब हो गया। उनका चेहरा ऐसा गुमसुम हो रहा है कि बोलने की हिम्मत ही नहीं पड़ रही।

'काका ! वो रही दीवानसिंह की दूकान,' विनायक सहसा चिल्लाया और दौड़ पड़ा।

वहाँ उस मोड़ से हिमालय ऐसा बिल्कुल सामने दिखाई देता है कि लगता है बस हाथ बढ़ाकर छू ही लेंगे। वैसे तो कितनी ही बार आया है पर सूर्योदय कभी नहीं देखा।

विनायक मोड़ पर जाकर खड़ा हो गया है। सामने नन्दादेवी, नन्दाकोट और त्रिशूल की चोटियाँ झलमला रही हैं, काँप रही हैं। 'जगन काका !' विनायक चीखता है और उसके दोनों हाथ एक-दूसरे में कस जाते हैं। मन्त्रमुग्ध वह देखता रह जाता है।

जगन काका और सरोज भी उसके पास आकर खड़े हो गए हैं। सूर्योदय जैसे उन्हीं की प्रतीक्षा में बैठा था। पल-भर में चोटियाँ लाल हो जाती हैं, फिर सुनहरी-पीली... अग्निशिखाओं-सी–जैसे किरनों ने लुके-छिपे शिखरों की समिधा छूकर उकसा दी हो।

'चलो, ऊपर चलें मन्दिर पर,' जगन काका विनायक को ठसकाते हैं। विनायक निश्चल खड़ा है। उसके दोनों हाथ एक दूसरे में वैसे ही कसे हैं।

'जगन काका ! यहीं बैठ जाओ न थोड़ी देर,' वह कहता है, 'अरे आधे रास्ते तक यही दृश्य रहनेवाला है।' जगन काका चल पड़ते हैं।

विनायक अनिच्छापूर्वक उनका अनुसरण करता है। चलते-चलते दृश्य को देखना उसे अच्छा नहीं लगता। जैसे दृश्य एक जगह खड़ा है, वैसे ही आँखें और पूरा शरीर भी एक जगह बिना हिले-डुले खड़ा रहे तभी ठीक रहता है। नहीं तो मन चंचल हो उठता है; ध्यान खामखाह इधर-उधर भटकने लगता है।

वे चढ़ने लगते हैं कासार पर्वत पर...आधा मील की चढ़ाई है। टेढ़ी-मेढ़ी पतली-सी पगडंडी चीड़ों के बीच चढ़ती चली गई है। 'वो देखो !' जगन काका बाईं तरफ नीचे घाटी की ओर इशारा कर रहे हैं जहाँ बहुत नीचे खड्ड में कोसी नदी की धार चमक रही है और उसी के साथ हलद्वानी जानेवाली मोटर सड़क भी बाँक लेती हुई घूम गई है।

'सुनो, एक कविता सुनाता हूँ,' जगन काका वहीं ढलान पर बैठ जाते हैं।

'अरे यहाँ से कहीं फिसल गए तो सीधे कोसी में जा गिरेंगे,' विनायक डर जाता है।

'कोसी में नहीं रे। उससे पहले ही एक-एक हड्डी बिखर जाएगी,' जगन काका कहते हैं, 'ढाई हजार फीट नीचे गिरना क्या होता है ?'

'क्या मरने-वरने की बात लगा रखी है तुम लोगों ने,' सरोज झुंझला जाती है। 'काका तुम तो कविता सुना रहे थे न ?'

'लो, सुनो फिर,' जगन काका कहते हैं–

पार्श्व गिरि का नम्र, चीड़ों में
डगर चढ़ती उमंगों-सी
बिछी पैरों में नदी–ज्यों दर्द की रेखा
मैंने आँख पर देखा
दिया मन को दिलासा पुनः आऊँगा
भले ही बरस-दिन-अनगिन युगों के बाद।

'यह कैसी कविता है, काका !'

'क्यों, कैसी है ?'

'यह अपने कोर्स में जो लगती है, वैसे तो नहीं है।'

'तो क्या हुआ ?' जगन काका कहते हैं, 'कोर्स में तो ऐसी ही रद्दी-सद्दी सी कविताएँ पढ़ाई जाती हैं। यह नई कविता है, ताजी-ताजी। अभी हाल में लिखी गई है।'

'किसकी कविता है, काका ? आप ही की है क्या ?' सरोज कहती है, 'बहुत ही अच्छी लगी मुझे।'

'नहीं सरू बेटा, इतनी अच्छी कविता हम कैसे लिख सकते हैं ? ये 'विशाल भारत' एक पत्रिका निकलती है, उसी में छपी थी। अभी-अभी पढ़ी है सो याद रह गई। किसकी लिखी है, यह तो याद नहीं है।'

'वाह-वाह ! कवि का नाम याद नहीं है और पूरी कविता याद हो गई। कमाल है !' विनायक हँसता है।

'ठीक तो है,' सरोज काका का पक्ष लेती हुई कहती है, 'गुड्डन भी क्या फालतू की बात करता है। कविता तो कविता ही है। किसी ने भी लिखी हो, इससे क्या ?'

'काका, चलें ?' सरोज उठ खड़ी होती है, 'अभी मन्दिर बिल्कुल सुनसान होगा। हमीं पुजारी होंगे।'

तीनों फिर चलने लगते हैं, एक के पीछे एक। अब जबर्दस्त चढ़ाई है। सामने शिखर पर मन्दिर का सुनहरा कलश चमक रहा है।

'जगन काका, आपने जो कविता सुनाई हमारी तो समझ में नहीं आई,' विनायक कहता है।

'मेरे को तो आ गई,' सरोज बोल उठती है, 'तेरे को कैसे नहीं आई। तू तो बड़ा कवि बनता है।'

'अरे हट,' विनायक चिढ़कर कहता है, 'अपने कोर्स की कविता तो याद नहीं रहती, ये कविता समझ में आ गई। सूरत तो देखो इनकी !'

'काका, देखो इसे !' सरोज रुआँसी हो जाती है। जगन काका उसका हाथ पकड़ लेते हैं और विनायक से कहते हैं, 'कविता याद हो जाना एक बात है, उसका असर हो जाना बिल्कुल दूसरी बात है। सरोज को कविता पसन्द आ गई तो समझ में भी आई। क्यों सरू बेटा ?'

'हुँह !' विनायक मुँह बिगाड़ता है, 'तरफदारी तो देखो जरा।'

जगन काका धीरे-धीरे कविता दोहराते जाते हैं। और चढ़ाई चढ़ते जाते हैं।

'काका ! इस कविता ने मेरा मन उदास कर दिया है।' सरोज कहती है। एकाएक वह ठिठक जाती है 'सच्ची जगन काका ! झूठ तो नहीं बोल रहे ? यह कविता आपकी लिखी नहीं है ?'

'नहीं बेटा, सच में मेरी नहीं है,' जगन काका बड़े प्यार से उसकी पीठ थपथपाते हुए कहते हैं, 'पर तेरी यह बात बिल्कुल सही है कि यह मन को उदास करनेवाली कविता

है। बहुत गहरी अनुभूति में से आई है।'

एक बहुत बड़ी चट्टान के खोखल के अन्दर एक आकृति अपने आप पत्थर पर खिंच गई है—यही असली कासारदेवी और पाषाणदेवी हैं। फिर भी किसी दानी सेठ ने नाम कमाने को इसके आसपास एक मन्दिर चुन दिया, अब यहाँ संगमर्मर की मूर्ति भी रख दी गई है। 'असली देवीजी तो यही हैं', सरोज उन्हें सिन्दूर चुपड़ती है और उसी खोखल में पुड़िया खोलके रख देती है...बताशे, पेड़े, एक खुबानी और कुछ फूल। फिर झोले में से शीशी निकाल के तेल दीये में उँडेलकर अपनी बाती सुलगा देती है। और हाथ जोड़ के घुटनों के बल बैठ जाती है। जगन काका और विनायक भी उसकी नकल करते हैं, 'या देवी सर्वभूतेषु, शक्तिरूपेण संस्थिता...नमस्तस्यै, नमस्तस्यै नमस्तस्यै, नमो नमः ...'

सरोज छोटी सी थाली में घी में डूबी बातियाँ निकालकर सुलगा देती है और जगन काका के हाथ में थमा देती है। पहले वे आरती उतारेंगे, फिर सरोज और विनायक। हो गई पूजा। सरोज पुड़िया उलट देती है और दो-चार बताशे और दो-तीन पेड़े उठाके कागज में रख लेती है और बाँटने लगती है परसाद।

'और वो,' विनायक खोखल में पड़ी हुई मिठाई की ओर इशारा करता हुआ कहता है, 'वो भी तो उठाओ। उसे कौन खाएगा ?'

'चल हट, देवीजी के लिए है,' सरोज झिड़कती है।

'वाह !' विनायक झपटकर दो पेड़े उठा लाता है और मुँह में ठूँस लेता है, 'हमारी मिठाई, और हमीं न खाएँ।'

सरोज गुस्सा हो जाती है, 'लालची कहीं का !'

'कोई बात नहीं, सरू बेटा ! खा लेने दे उसे,' जगन काका कहते हैं, 'इन बिचारे बच्चों को मिठाई मिलती ही कहाँ है ? तू भी खा बेटा,' जगन काका चढ़ाई हुई मिठाई में से दो पेड़े और निकालके सरोज के मुँह में ठूँस देते हैं। सरोज दुखी हो जाती है। ये जगन काका भी !...क्या फर्क है इनमें और इस गुड्डन में ? 'चलो, अब ऊपर चलते हैं। शिवजी के मन्दिर,' जगन काका कहते हैं।

वहाँ एक बड़ी भारी चपटी-सी चट्टान है ! एक बड़ा भारी देवदारु का पेड़ उस चट्टान की जड़ से ही उगा हुआ उस पर छाया किए हुए है। विनायक जाकर उस पर पसर जाता है। देवदारु की सुई जैसी पत्तियों में से छन-छनकर आती हुई सबेरे की बहुत मुलायम धूप विनायक के चेहरे पर पड़ रही है। देवदारु की शाखाएँ हवा में हौले-हौले चँवर डुला रही हैं। विनायक को नींद आ जाती है फौरन।

'अरे वीनू तो सो गया,' मन्दिर से आते हुए जगन काका और सरोज एक साथ चिल्ला पड़ते हैं।

वे दोनों भी उसी चट्टान पर विनायक के आसपास लेट जाते हैं। धीरे-धीरे सरोज की आँखें भी मुँदने लगी हैं। जगन काका की आँखें दूर पहाड़ों के पार जाने कहाँ-कहाँ भटक रही हैं। सहसा वे जैसे नींद में से जागते हैं और पुकारते हैं, 'सरू !'

कोई उत्तर नहीं। सरोज को नींद आ गई है। जगन काका की आँखें फिर पहाड़ों के पार भटक जाती हैं।

जाने कितना समय गुजर जाता है। जगन काका सरोज के सिर पर हाथ फेरते हुए बुलाते हैं, 'सरू बेटा ! उठ।'

विनायक की आँख खुल जाती है। एक क्षण वह चकित-सा जगन काका को घूरता रहता है जैसे पहचानने की कोशिश कर रहा हो। फिर हड़बड़ाकर उठ बैठता है।

'जगन काका ! मुझे नींद आ गई थी ?' विनायक सरोज को झकझोरने लगता है।

'दीदी, उठो बहुत देर हो गई है।'

सरोज आँखें मलती हुई उठती है। धूप कितनी तीखी हो गई है। पर यहाँ छाया है और बहुत ठंडी हवा चल रही है। पूरा जंगल गा रहा है, 'रीं-रीं-रीं-रीं...ठुक्क ठुक्क ठुक्क...' झींगुरों का स्वर और कठफोड़े का ठेका।

एकाएक उधर सीढ़ियों पर किसी के दौड़कर चढ़ने और खिलखिलाने की आवाज होती है। सरोज एकदम चंचल हो उठती है, 'कितने बजे होंगे काका ?'

'यही कोई नौ-दस,' जगन काका अन्दाज से बोल देते हैं। घड़ी तो भूल ही गए।

जहाँ सीढ़ियाँ खत्म होती हैं और एक बहुत बड़ा घंटा चीड़ के दरख्त से लटका हुआ है...वहीं धीरे से एक सिर उभरता है और फिर एक लड़की और उसके पीछे एक लड़का।

'दीदी !' सरोज किलक पड़ती है और भागकर उस लड़की से लिपट जाती है।

जगन काका मुड़कर देखते हैं और मुस्कुराते हैं। वह लड़की भी मुस्कुरा रही है। 'अरे त्रिपुरसुन्दरी !'...विनायक उठ खड़ा होता है और टुकुर-टुकुर ताकता रहता है उस चेहरे को। इसके सामने त्रिभुवन की माँ भी क्या है ? कुछ नहीं।

'जगन काका ! ये कौन हैं ?' विनायक निहायत भोलेपन के साथ पूछता है। जगन काका भी उसी ओर देख रहे हैं। वे कोई जवाब नहीं देते।

'जगन काका ! ये कौन हैं ?' विनायक का धीरज जवाब दे जाता है और वह उनके कन्धे पकड़ के दोनों हाथों से झकझोर डालता है।

जगन काका घूरकर देख रहे हैं विनायक को। एक बहुत ही मीठी मुस्कुराहट उनके चेहरे पर फैल जाती है। विनायक फिर उधर मुड़कर देखता है ! अरे, वह कहाँ गई ? शिवालय के भीतर चली गई होगी–विनायक सोचता है। तभी उसके कान में गुनगुनाहट होने लगती है। जगन काका उसे खींचकर अपने पास बिठा लेते हैं और गाने लगते हैं–बिल्कुल पहाड़ी रामलीला की स्टाइल में–

तात जनक तनया यह सोई। धनुष जग्य जेहि कारण होई॥
पूजन गौरि सखी ले आई। करत प्रकासु फिरत फुलवाई॥

'भत्ती !'...कोई पुकार रहा है नीचे से।

वही सिर, वही चेहरा ठीक उसी जगह उझककर देखता है और फिर एक आवाज, 'मैं यहाँ हूँ, अन्नू।'

बहुत सारे पाँव सीढ़ियों पर बज उठते हैं। देखते-देखते जहाँ अभी सब कुछ निस्तब्ध था, वहाँ बाजार जैसा शोरगुल मच जाता है।

'चल वीनू, अब चल नीचे। दीवान की दूकान खुल गई होगी। कुछ चाय-वाय पिएँगे।'

चाय का नाम सुनते ही विनायक के चेहरे पर रौनक आ जाती है। वह तुरन्त उठ खड़ा होता है।

'सरोज ! ओ सरोज !' जगन काका मन्दिर की देहरी पर खड़े होकर आवाज दे रहे हैं। भीतर खूब भीड़ मची है।

सरोज फुदकती हुई आती है, 'जगन काका, थोड़ा रुको। भत्ती दीदी के भाई के पास होने की मिठाई खाकर जाओ।'

'लाओ भई, जल्दी करो। हमें देर हो रही है,' जगन काका अधीर हो उठते हैं।

भीतर बड़ी खुसुर-पुसुर चल रही है। एक स्वर उभरता है, 'तू खुद जाके क्यों नहीं दे आती ?'

वह आती है। कितनी शरमा रही है ?–विनायक सोचता है। क्यों शरमा रही है त्रिपुरसुन्दरी ? उनके हाथ में एक चमकता हुआ थाल है। कितनी बढ़िया मिठाई है। विनायक के मुँह में पानी भर आता है। वह एक गुलाबजामुन उठाती है और जगन काका के सामने कर देती है। किन्तु यह क्या ? जगन काका हाथ नहीं बढ़ाते, सिर पीछे करके अपना मुँह खोल देते हैं। उसका मुँह लाल हो गया है। वह नाराज होने का अभिनय करती हुई मुस्कुराती है और गुलाबजामुन जल्दी से जगन काका के मुँह में ठूँसकर भीतर भाग जाती है। कई लड़कियों के एक साथ खिलखिलाने की आवाज आती है।

सरोज हँसते-हँसते दोहरी हुई जा रही है। 'अब चलेगी भी पगली! कि हँसती ही रहेगी ?' जगन काका उसका हाथ पकड़कर दौड़ते हुए सीढ़ियाँ उतरने लगते हैं। विनायक थोड़ी देर अबकबाया-सा वहीं खड़ा रह जाता है। क्या अब नहीं आएगी ? मेरा गुलाबजामुन भी नहीं दिया। दीदी ने तो भीतर ही जमा लिया होगा। वह निराश होकर त्रिपुरसुन्दरी को कोसता हुआ सीढ़ियाँ फाँदता जगन काका के पास पहुँच जाता है।

वे तीनों दौड़ रहे हैं। उतार ही उतार है। लो, कितनी जल्दी पहुँच गए। यह रही दीवानसिंह की दूकान।

'राम राम हो दीवान !' जगन काका पुकारते हैं। धुएँ से मिचमिचाई हुई आँखोंवाला एक चेहरा चूल्हे से बाहर उझककर देखता है और तुरन्त खड़ा होकर हाथ जोड़ता है। 'ओ हो...महाराज ! आज बहुत दिनों में ...'

एक टूटी-सी बेंच पड़ी है। जगन काका बच्चों समेत उसी पर जम गए हैं, 'पिलाओ हो दीवान ! खूब गटबड़ चहा। कुछ बणा भी रखा है खाने को ?'

'आलू उबले रखे हैं। अभी छौंक देता हूँ,' दीवान कहता है।

'बणा यार, बणा जल्दी से। बच्चों को भूख लगी है।'

'जगन काका ! वह लड़की कौन थी ?' विनायक अब भी वहीं है।

'बता तो दिया यार, कैसा बुद्धू है ?' जगन काका कहते हैं।

सरोज खिलखिलाकर हँस पड़ती है और बड़े प्यार से विनायक को देखती है, 'काका ! मैं समझ गई।'

'क्या समझ गई रे ?'...जगन काका के चेहरे पर बिल्कुल अबोध विस्मय झलक रहा है।

'वही जो आप गा रहे थे,' सरोज फिर खिलखिलाती है।

'चल हट, बड़ी आई,' जगन काका कहते हैं, 'मैं तो रामलीला का गाना गा रहा था। बरसों तक बद्रेश्वर की रामलीला में मैं ही लक्ष्मण बनता रहा। फिर दो-एक साल राम भी बना था। राम के रूप में यह चौपाई मुझे गानी पड़ती थी। सीता स्वयंवर वाले दिन। तुझे याद नहीं है ?'

'क्यों नहीं काका, मुझे अच्छी तरह याद है,' सरोज कहती है, 'जब तुम लक्ष्मण बनते थे न और वो वाला गाना गाते थे–कोई तो बता दे जलनीर, सिया प्यासी है...तो मुझे रोना आ जाता था, माँ भी रोने लगती थी। सभी लोग जितने वहाँ बैठे होते थे, सबको रोना आ जाता था। तब सबको रोते देखकर मैं चुप हो जाती थी।'

प्राइवेट सेक्रेटरी

सत्रह

'स्वाधीन' क्लब चल निकला है। पर 'सन्देश' पत्रिका का अभी तक कोई पता नहीं। विनायक बीच-बीच में बक्से से निकालकर देखता है वह चित्र...। कितना पुराना लगता है। कागज भी पीला पड़ गया है और अजीब से दाग भी पड़ गए हैं। लच्छू का कहना है इस पर मकड़ी ने मूत दिया है। अजीब लड़का है। बक्से के अन्दर मकड़ी भला कहाँ से आ जाएगी ? जगन काका जाते वक्त कह गए थे तुम मुझे भेज देना मैं इसे छापकर भेज दूँगा। भीतर से चाहे हाथ का लिखा ही हो, बाहर से तुम्हारी पत्रिका किसी बढ़िया से बढ़िया छपी पत्रिका से कम शानदार नहीं लगेगी। ऐसा ही था तो ले क्यों नहीं गए अपने साथ ही। विनायक को मन ही मन बहुत चिढ़ लगती है। इतने बरस हो गए, एक भी कविता नहीं छापी। बेवकूफ बनाते हैं। न लेखक बनने देते हैं, न सम्पादक। खुद तो दोनों बने बैठे हैं। इससे तो मथुर काका क्या बुरे हैं। एक चिट्ठी भी उनकी विनायक अंग्रेजी में लिख देता है तो मुहल्ले-भर को दिखाते फिरते हैं।

मगर क्या सचमुच जगन काका सम्पादक नहीं हैं। मथुर काका तो कहते हैं सम्पादक होता तो उसका नाम नहीं छपता ? फिर हर दूसरे-तीसरे अंक में उनके लेख कैसे छप जाते हैं ? मथुर काका जरूर उनसे जलते हैं। क्यों जलते होंगे ? जगन काका को गए पूरे दो साल हो गए। हर महीने एक मनीऑर्डर आता है पिताजी के नाम। पोस्टमैन पिताजी को देता है और पिताजी उन रुपयों को ज्यों का त्यों मथुर काका को पकड़ा देते हैं। एक-एक रुपया सरोज और विनायक को भी मिल जाता है।

शुरू-शुरू में जगन काका कितनी सारी चिट्ठियाँ लिखते थे। सरोज को अलग, विनायक को अलग, माँ को अलग, बाबूजी को अलग। धीरे-धीरे चिट्ठियों के बीच फासला बढ़ता गया। अब सिर्फ सरोज के नाम चिट्ठी आ जाती है कभी-कभी और उसी में वीनू को भी स्नेहाशीष लिखा होता है। क्या जरूरत है यह भी लिखने की ? न लिखें। पहले साल तो कितनी सारी किताबें भी भेजी थीं। अब कुछ नहीं भेजते। कहाँ तो वादा करके गए थे कि होली में भी आऊँगा, रामलीला में भी आऊँगा। और कहाँ तबसे दो-दो होलियाँ गईं, दो-दो रामलीलाएँ भी निकल गईं—ऐसा क्या मन लग गया वहाँ कि अब हम लोगों की याद भी नहीं आती ?

बिचारे भुवन बाबू आजकल रोज आके दूकान पर पूछ जाते हैं, 'जगन्नाथ की कोई

चिट्ठी आई ?'...भुवन काका की आजकल मथुर काका से जाने क्यों पटने लगी है। क्या करें बिचारे ? दोस्त नहीं हैं, तो दोस्त का भाई ही सही। बाबूजी तो जरा बुजुर्ग पड़ जाते हैं। फिर वो दूकान पर रहें, तब न ? पड़े-पड़े सब्जी सूखती रहती है। क्या फायदा ऐसी दूकान से ? मथुर काका ठीक तो कहते हैं।

इधर दो-तीन महीनों से जगन काका का कोई पत्र नहीं आया है। सरोज के पास भी नहीं। न मनीऑर्डर ही। मथुर काका कोई बीड़ी की एजेंसी लेनेवाले हैं। माँ बता रही थी कि उन्होंने जगन काका को चिट्ठी लिखी है फौरन घर वापस लौटने के लिए। बाहर गाँव के सेल्समैन का काम जगन काका सँभाल लेंगे और चिट्ठी-पत्री का भी तो काम चल निकलेगा।

'यह सब इस मन्थरा की करतूत है,' सरोज दीदी कहती हैं। मन्थरा यानी चाची। इसी ने चाचा के कान भरे हैं। नहीं तो उनकी ये हिम्मत ! 'जगन काका बीड़ी बेचेंगे ? तू किसी से कहना नहीं गुड्डन ! मैंने उनको लिख दिया है। खबरदार, कोई जरूरत नहीं यहाँ आने की।' दीदी भी क्या अजीब है ! इसी बहाने जगन काका आ तो जाते एक बार। चाहे फिर चले जाते। मथुर काका कहते हैं, 'इतना पढ़-लिख के डेढ़ सौ की नौकरी करना अपनी बेइज्जती कराना है। यहाँ चला आए तो घर बैठे दो सौ रुपया पगार तो मैं उसे कम्पनीवालों से कहके यूँ ही दिलवा दूँ। कविता ही लिखना है तो यहाँ भी लिख सकता है। गाँव-देहात का इलाका है, घूम-फिर के बीड़ी बेचनी है। कुली साथ में रहेगा ही। उसे करना क्या है ? लिखा करे अपना कवित्त-फवित्त। मेरे को भी सहारा हो जाएगा। मेरा क्या है ? न आन, न औलाद, तुम्ही लोगों के लिए यह सारा टंटा उठा रहा हूँ। कल को एजेंसी जम गई तो तुम्हीं लोगों का फैदा होगा।'

ठीक तो कहते हैं मथुर काका। आजकल मारते-पीटते भी नहीं हैं उतना। कभी एकाध झापड़ मार भी दिया तो उतना बुरा नहीं लगता जितना पहले लगता था। वे तो चाची को भी मार बैठते हैं। जहाँ गुस्से में आ गए तो, हाथ चले बगैर नहीं रहता उनका। उनका सुभाव ही ऐसा है। जब से चाची आई हैं, कुछ ठंडे पड़ गए हैं। कहाँ तो बिना गाली के बात ही नहीं करते थे और कहाँ आजकल सारी बातें विनायक से ही करते हैं। सारी चिट्ठियाँ उसी से लिखाते हैं। नागपुर बीड़ीवाले सेठ को अंग्रेजी में लिखाते हैं। उनके दिमाग में जाने कैसे यह बात बैठ गई है कि अंग्रेजी में लिखी चिट्ठी का सेठ पर ज्यादा प्रभाव पड़ता है। विनायक को जगन काका की किताबों के बीच एक 'लेटर-राइटिंग' की किताब मिल गई है। थोड़ा सा उसमें से नकल करके दो-चार वाक्य अपने मन से जमा देता है। मथुर काका को अंग्रेजी बिल्कुल नहीं आती। फिर भी वे विनायक के ड्राफ्ट को बहुत गौर से देखते हैं और कई बार चश्मा आगे-पीछे सरकाने के बाद उसे पास कर देते हैं। जिस दिन विनायक की पहली अंग्रेजी चिट्ठी का जवाब सेठ के यहाँ से आया, मथुर काका की खुशी का ठिकाना नहीं रहा। अंग्रेजी का महत्त्व अब विनायक भी खूब समझने लगा। उस दिन से मथुर काका का रुख ही बदल गया है। अब वे थोड़ी चिट्ठी-पत्री कराने के बाद खुद ही कह देते हैं–'जा घूम आ।'

कभी-कभी रम्मू हलवाई की दूकान से एक गिलास गरम दूध और छटाँक-भर गरमागरम जलेबी भी मिल जाती है। सिर्फ इतवार के दिन तीन-चार घंटे लगातार बैठना पड़ता है। और उसकी भी चवन्नी बाँध दी है उन्होंने।

एक दिन अनोखेलाल मास्टर दूकान पर टपक पड़े थे। विनायक वहीं बैठा नागपुर वाले सेठ की चिट्ठी का जवाब अंग्रेजी में सोच रहा था। विनायक ने हाथ जोड़कर नमस्कार किया तो अनोखेलालजी ने व्यंग्य से जवाब दिया, 'नमस्ते मुनीमजी, नमस्ते।' इस पर मथुर काका नाराज हो गए। बोले, 'मुनीम नहीं है महाराज, मेरा प्राइवेट सेक्रेटरी है।' विनायक की समझ में आया नहीं था पर अच्छा लगा था। इतना तो वह तुरन्त भाँप गया था कि प्राइवेट सेक्रेटरी होना ऊँची बात है। मुनीम तो मामूली नौकर होता है और बही-खाता देखता है। हिसाब-किताब के नाम से घबराहट होती है विनायक को।

अनोखेलाल मास्टर के चेहरे पर एक कुटिल मुस्कुराहट उभरी थी। जैसा फटीचर लड़का है, वैसी फटीचर दूकान है। मगर नक्शे तो देखो जरा। प्राइवेट सेक्रेटरी। हुँह !...विनायक चेहरा देखके भाँप जाता है कि इस आदमी का उसके प्रति क्या मनोभाव है। इस मामले में वह बेहद संवेदनशील है।

अनोखेलाल मास्टर की जाती पीठ को मथुर काका बड़ी देर तक घूर-घूर के देखते रहे थे। फिर बोले थे, 'क्या पढ़ाता है यह ? अंग्रेजी कि गणित ?'

'हिन्दी पढ़ाते हैं ?' विनायक ने उत्तर दिया था।

'वो तो मैं समझ ही गया था,' मथुर काका चिल्लाए, 'तेली सरीखा तो दीखता है। हिन्दी के सिवा और पढ़ा ही क्या सकता है। वो ही तो मैं कहूँ कि ये अंग्रेजी क्या पढ़ाता होगा।'

टाइगर पुराण

अठारह

विनायक को अब मथुर काका से वैसा खौफ नहीं लगता। वह सचमुच उनका प्राइवेट सेक्रेटरी हो गया है। मथुर काका का नियम है हर चतुर्दशी को बैतालेश्वर महादेव को जल चढ़ाने जाते हैं। इस बार विनायक को भी साथ ले गए थे। पक्का तीन मील है बाजार से। दम फूल जाता है लौटते हुए। मथुर काका तो लम्बे-तगड़े आदमी हैं। कहते हैं मथुर काका अपने जमाने में खासे खिलाड़ी थे। कुश्ती-वुश्ती भी करते थे। इसी से पढ़ नहीं पाए। अरे नहीं ! बता तो रहे थे उस दिन। बैतालेश्वर से लौटते हुए पूरी हिस्ट्री सुनाई थी। उस दिन उन्हें बोलने का ही सुर चढ़ा था।

'पूरी हिस्ट्री मेरे सिवा किसे मालूम है ? इस घर में कोई धर्मात्मा फकीर है, तो कोई क्रान्तिकारी है, नेता है। रहा तू—तो तू तो साले अपनी माँ के पल्लू से ही बँधा रहता है। बिल्कुल औरतों जैसी तेरी चाल-ढाल हो गई है। तेरी उमर में हम कितने फुर्तीले थे। कितना काम करते थे। उस दिन तेरे को दो हाथ क्या लगा दिए, तेरी माँ तीन दिन तक मुँह फुलाए रही। लड़के क्या ऐसे पाले जाते हैं ? मैंने तेरे को जान से तो मार नहीं डाला। हाथ-पैर तो तोड़ नहीं दिए। जरा जाके पूछ तो सही उससे—इस मथुरिया ने कितनी मार खाई है ? उस वक्त ये लाड़-प्यार कहाँ चला गया था ? अरे ! मैं भी तो लड़का ही था। मेरे हाथ-पाँव भी हाड़-मांस के ही थे। कोई पत्थर के तो नहीं थे ! इसी के सामने तेरे दादा ने मुझे उठाके दुमंजिले से नीचे पटांगण में फेंक दिया था। सिर फट गया था मेरा। तीन घंटे बेहोश रहा। तेरी दादी-अम्मा तो बहरी थी। उसे तो वैसे भी कुछ नहीं सुनाई देता था। पर तेरी माँ को क्या हो गया था ?

'क्या मेरी दादी बहरी थीं, काका ?' विनायक ने पूछा। माँ की आलोचना उसे सख्त नापसन्द थी। मथुर काका की यही आदत तो सबसे खराब है।

मथुर काका इस वक्त टोके जाने के मूड में नहीं थे। झल्लाकर बोले, 'हाँ-हाँ, बहरी थी। मगर अपने भगवान के लिए बहरी नहीं थी, जगन्नाथ के लिए बहरी नहीं थी। सिर्फ मेरे लिए बहरी थी। मुझे याद नहीं, कभी उसने प्यार का एक बोल भी मुझसे बोला हो। अरे साले, अपनी क्या कहता है ? तेरे तो ठाठ ही ठाठ थे। क्या घर, क्या ननिहाल सब जगह तेरी ही पूछ थी। चौबीस घंटे तुझी को उठाए फिरते थे। वो तुझे क्यों याद होगा ? मैं अपने हाड़ भी जला दूँ तुम लोगों की खातिर तो भी कुछ नहीं होगा—मैं अच्छी

तरह जानता हूँ। तुझे तो सभी ने बिगाड़ा। पहले तो मेरी जबान बन्द थी मगर इतना तो मैंने सोच ही लिया था कि तेरी जिन्दगी बर्बाद नहीं होने दूँगा। साले ! तुझे हमेशा अपने लड़के जैसा समझा। अगर मैं रात-दिन तेरे पीछे लगके तुझे नहीं पढ़ाता तो तेरी भी वही हालत होती जो तेरे बाप की हुई। अरे, इसी खातिर तो मैंने तुझे तेरे बाप की सोहबत में नहीं पड़ने दिया।'

विनायक को घबराहट होने लगी। माँ के बाद अब बाबूजी की शामत आई। कैसे इस प्रसंग को टाला जाए।

मथुर काका ने भतीजे के चेहरे को गौर से पढ़ा। लग गया न नाक अपने बाप का ? हाँ-हाँ सालो, मैं दुश्मन हूँ तुम्हारा। मुझे अच्छी तरह मालूम है जब तुम अपने ननिहाल जाते हो तो वहाँ भी मेरी बुराई करते हो। ऐसा ही दर्द है तो बुला क्यों नहीं लेते तुम लोगों को ? जिसको करना पड़ता है, वही जानता है। भुगतूँ मैं, गड्ढा सबका भरूँ मैं और अहसान मानना तो दूर, उलटे मेरी बदनामी भी करते हो ?'

'मैंने क्या बदनामी की है, आपकी ?' विनायक से नहीं रहा गया।

मथुर काका बुरी तरह चौंके। विनायक जवाब भी दे सकता है, यह बात उनकी कल्पना से बाहर थी। उन्होंने विनायक को अभी तक एक निरीह श्रोता के रूप में ही जाना-समझा था। बोले, 'तू न सही तेरी माँ तो करती ही होगी।'

विनायक का मुँह लाल हो गया। जैसे भी हो, यह सिलसिला अब बन्द करना ही होगा। कान पक गए सुनते-सुनते। 'यह सब बेकार की बात है,' उसने अपने आपको कहते सुना, 'मेरी माँ को इतनी फुर्सत ही कहाँ मिलती है कि आपकी बदनामी करती फिरे।'

गजब हो गया ! उस दिन सचमुच गजब हो गया। विनायक का मुँह खुल गया। आज उसने एक गढ़ जीत लिया। उसका दिल जोर से धड़-धड़ करने लगा है। वह आने वाले विस्फोट की प्रतीक्षा में है। देखा जाएगा। यह रोज की कट-कट कहाँ तक सुनी जाए।

वे दो मिनट विनायक को घंटों की तरह लगे। एकाएक वह चौंका। मथुर काका ने बड़ी जोर से साँस छोड़ी। 'ठीक है, ठीक है, तू अपनी माँ की तरफदारी नहीं करेगा तो और किसकी करेगा ?' मथुर काका थोड़ी देर चुप रहे फिर कहने लगे, 'मुझे तुम लोगों की यही आदत पसन्द नहीं आती। तुम लोग साफ-साफ मुँह खोलकर बात क्यों नहीं करते ? जिसके पेट में पाप होता है, वही ऐसा घुन्ना बना रहता है। मैं तो साफ बोलता हूँ। अपने पेट में कुछ नहीं रखता। मगर तुम लोग गुम-सुम बने रहते हो। आखिर तुम्हारी माँ मेरी भाभी है। मुझे उसने इतने से बड़ा किया है। मैंने तो उसे हमेशा अपनी माँ की तरह समझा है। उसे अगर मेरी कोई बात अच्छी नहीं लगती तो वह मुझे डाँट सकती है, फटकार सकती है। मगर नहीं !...गुम-सुम बनी रहेगी। मैंने घर में पाँव रखा नहीं कि सब साले सुन्न पड़ जाते हैं जैसे मैं कोई राक्षस हूँ जो कच्चा चबा जाऊँगा। पहले ऐसी नहीं थी वो...'

'तो अब कैसे हो गई ?' विनायक ने टोका।

मथुर काका मारे गुस्से के हकलाने लगे, 'ये उसी से पूछ। मैं क्या जानूँ ? पहले ये हाल था कि अगर घर में किसी को मेरा जरा भी दर्द था तो वह इन्हीं को था। मैं कृतघ्न नहीं हूँ सालो, तुम्हारी तरह। इन्होंने मेरी इतनी तरफदारी नहीं की होती तो दाज्यू मुझे इतना भी नहीं पढ़ने देते। ये ठीक है कि लाड़ला तो जगन्नाथ ही था, फिर भी...। और तो और, कोई मुझे इनसान ही नहीं समझता था। भौजी ने मुझे कम-से-कम इनसान तो समझा।'

'तो अब क्या हो गया आखिर ?' विनायक ने फिर टोका। वह अपने को एकाएक बहुत सयाना लगने लगा था। सारा आतंक जैसे एकबारगी झड़ गया था।

'क्या होगा ! मेरी तो किस्मत ही खराब है,' मथुर काका बोले, 'जगन्नाथ ने, या फिर तुम्हारी दीदी ने कान भर दिए होंगे। और क्या ?'

'यह झूठ है,' विनायक ने जोर से कहा, 'मेरी दीदी ऐसी नहीं है और जगन काका को क्या मतलब है इन बातों से कि...'

'तो साले, मैं ही राक्षस हूँ ?' मथुर काका इतनी जोर से चिल्लाए कि विनायक बुरी तरह डर गया, 'सब साले हरामजादे मुझी को नाम धरते हैं। मैं ही बदमाश हूँ, मैं ही झूठा और मक्कार हूँ। बाकी सब दूध के धुले हैं। मैं ही गधा हूँ, मैं ही उल्लू का पट्ठा हूँ। बाकी सब साले कलाकार हैं, सन्त-महात्मा हैं। किससे बात कर रहा हूँ मैं ? किसके साथ अपना दिमाग खराब कर रहा हूँ ? खबरदार जो अब से मेरे मुँह लगा। कहाँ तो सालों का मुँह ही नहीं खुलेगा और कभी खुलेगा तो साले ऐसी जली-कटी सुनाएँगे कि भीतर का गू तक जल जाए।'

सहसा मथुर काका लड़खड़ाए और धम्म से एक चट्टान पर बैठ गए। विनायक ने देखा, उनकी आँखें अजीब लाल-सी हो रही हैं। उसे याद आया, वहाँ मन्दिर में वो क्या घोटा जा रहा था, बड़ी देर तक सिल-लोढ़े पर...मथुर काका ने पूरा एक लोटा चढ़ाया था। उसे नहीं दिया था। जरूर इन्हें नशा चढ़ गया है तभी तो कैसी आँखें चढ़ी हुई हैं। ऐसे में अगर वो दो झापड़ कसके उसके लगा दें यहीं तो ?'

विनायक बुरी तरह डर गया और रोने लगा। मथुर काका को पहले तो कुछ देर तक कुछ समझ में नहीं आया। फिर एकाएक उनका ध्यान विनायक की तरफ गया और वे हड़बड़ा-से गए।

'क्या हुआ रे ! रो क्यों रहा है ? अरे मैंने तुझे मारा या कूटा कि क्या किया ? बोलता क्यों नहीं साले ?'

विनायक का रोना थम गया। उसे लगा अगर वह रोता रहा तो जैसे अभी इनकी हालत हो रही है, वैसे में ये इस बात पर भी उसकी धुनाई कर दे सकते हैं और इस बियाबान में उसकी चीख तक किसी को नहीं सुनाई देगी।

'साले ! तू काहे को रोता है ? रोना तो मुझे चाहिए जिसकी तकदीर में रोना ही रोना लिखा है। क्या जिन्दगी मिली है–सभी सुख तो भोग लिये मैंने ओ बमभोले ! सभी

सुख भोग लिये। न लड़कपन लड़कपन जैसा, न जवानी जवानी जैसी...तू काहे को रोता है रे ? मैं तेरे को थोड़ी कुछ कह रहा हूँ। तेरा क्या कसूर है। तू तो बच्चा है। साले, कल को पढ़-लिखकर के कुछ बन जाएगा तो हमको भी इतना ही सन्तोष होगा कि चलो अपने खानदान में कोई तो लायक निकला। मगर साले ! अपने पाँव धरती पर ही रहने देना। अपनी औकात से ज्यादा मत उछलना। हवा में मत उड़ जाना जगनुवा की तरह। क्या तकदीर है मेरी भी ! वो साला समझता है कि मैं उसका दुश्मन हूँ। अरे, मैं क्या नहीं जानता ? मैं क्या इतना गिरा हुआ आदमी हूँ कि इतना भी नहीं जानता क्रान्तिकारी किसे कहते हैं और उसके लिए कितना बड़ा कलेजा चाहिए। क्या था उसके पास ? किसने सिखाया उसे ? इन साले भिखमंगों को देखो जो राज कर रहे हैं, चाँदी पीट रहे हैं। जिनसे एक बाल भी नहीं उखड़ सकता। तेरे को क्या मिल गया तू ये बता। क्या तूने अपनी जवानी इसलिए चौपट की कि ये हरामजादे ऐश लूटें ? अरे साले ! अब कौन तुझे तेरी डिग्री वापस लाके देगा ? कौन तुझे उस कुर्सी पर बिठाएगा जिसके लायक तू था। क्या कहा था मैंने तुझसे उस वक्त–'जगन्नाथ ! सोच-समझ से काम ले। पागल मत बन। हमारा मुँह देख, ये देशभक्ति-वेशभक्ति इन हरामखोरों के लिए रहने दे। किए-कराए पे पानी मत फेर। देख लेना तुझे कोई दो टके को भी नहीं पूछेगा। हमारी तकदीर वैसी की वैसी रहेगी। अरे, इतनी मेहनत और तपस्या के बाद मिली तेरी विद्या-बुद्धि क्या भाड़ में झोंकने के लिए थी ? वो पढ़ाई, वो बुद्धि किस काम की, जो अपना भला-बुरा भी नहीं पहचान सके। अरे पहले अपनी और अपने घरवालों की तकदीर बदल। देश की तकदीर बदलना तेरा काम नहीं है। नहीं साहब, नहीं माना वो, गया अपने रास्ते। अब देख लो क्या हुआ ? मेरी बरमबाणी ही सच निकली न ? हो गया, तुम्हारा मुलुक आजाद भी हो गया और इसी आजादी की खातिर अपना खून बहानेवाला, अपनी जिन्दगी को लात मार देनेवाला बेवकूफ जगन्नाथ एक दो कौड़ी के अखबारवाले की गुलामी पीस रहा है। डिप्टी कलेक्टर होता इस वक्त कम-से-कम। पचास आदमी हाथ बाँधे खड़े रहते। क्या कमी थी उसमें ? ये साले कल के छोकरे जो टाई पहनके अकड़ते हुए निकलते हैं मेरी दूकान के सामने से...क्या हैं उसके सामने ? उसकी पैर की धूल भी नहीं हैं। और वो साला मर रहा है वहाँ। बड़ा शौक था न आजादी की लड़ाई लड़ने का ? अब हो गया शौक पूरा ? साल-भर तक यहाँ भटकता रहा, एक-दो कौड़ी की नौकरी के लिए तरस-तरस कर मरा...फिर भी साली वो ही अकड़, वो ही जिद्दीपना। कितनी बार समझाया...। हाँ-हाँ साले ! मैं तेरा भाई थोड़ा लगता था, मैं तो तेरा दुश्मन था, मेरी बात तू क्यों मानेगा। अरे अभागे...तू क्या जानेगा कैसी आग मेरे कलेजे में लगी हुई है ! बुरा तो मैं ही दिखता हूँ न ? साल-भर यहाँ रहा। कभी ढंग से बैठ के बात की ? मुझसे यूँ दूर भागता था जैसे मैं हैवान हूँ, आदमी नहीं हूँ। आखिर मैं भी तेरा सहोदर भाई हूँ। तेरी इज्जत में अपनी इज्जत समझी–तूने मुझे इस लायक भी नहीं समझा कि कभी मुझसे बैठके अपने मन की बात करता; मैं क्या तेरी तकलीफ नहीं समझता था ? आखिर तुझसे बड़ा हूँ; दो बात मेरी तुझसे बर्दाश्त

नहीं हुई ? पुलिस की लाठी खा गया, मेरी एक बात नहीं पचा सका ? अरे मुझे कौन सा सुख है ? कभी मुझसे पूछा, मथुर दा, तुम्हारे पर क्या बीत रही है ?

'मुझे तो सबसे ज्यादा गुस्सा तेरे बाप पे आता है। वो कह देता तो शायद जगन्नाथ मान जाता। मगर नहीं, उस वक्त इसका भी दिमाग खराब हो गया था। आप तो खुद महात्मा गांधी का नाम जपता रहता है। और उसे गोली-बन्दूक के रास्ते जाने दिया। आदमी को दबंग होना चाहिए जैसा वो साला जगनुवा। यह क्या कि जिधर झुकाया उधर झुक गए। उलटे मुझसे कहने लगा, 'जगन्नाथ क्या बच्चा है, जो उसे समझाऊँ ?' मेरे तो आग लग गई। ऐसा ही था तो मेरे बखत कहाँ चले गए थे ? उस वक्त तो दोनों बाप-बेटे मेरी जान को लगे रहते थे। मथुरिया इधर आ, मथुरिया उधर जा। मथुरिया यह मत कर, मथुरिया वो मत कर। ऐसी-तैसी करके रख दी मथुरिया की। अरे सब एक जैसे तो होते नहीं। ईश्वर ने एक हाथ की पाँच उँगलियाँ तक एक जैसी नहीं बनाईं। अपना-अपना सुभाव है। अपना-अपना कर्म-फल है। माना जगन्नाथ के जितना दिमाग नहीं था मेरा, मगर कुछ तो पढ़ ही सकता था। मैट्रिक भी कर लेता तो तुम्हारे मामू की तरह कचहरी में बाबू तो लग ही सकता था। तीन पीढ़ी से वही का वही दलिद्दर देख रहा हूँ। भुगतो सालो, भुगतो। तुम्हारी तो आँखें फूट गई हैं न ? अपने पास-पड़ोसवालों को देखके भी तुम्हें अक्ल नहीं आती। सभी ने घर-कूड़ी जोड़ रखी है। जमीन, जायदाद क्या नहीं है सालों के पास ! मगर इन सन्त-महात्माओं की बुद्धि को तो देखो जरा–जोड़ने-करने की तो बात ही कौन करे–उलटे जो कुछ पुरखों का कमाया-धमाया था, वो भी सब उजाड़ के धर दिया। कहने को बाप-बेटे थे, मगर लँगोटिया यारों जैसी छनती थी। कीर्तन करने जाएँगे एक साथ; रामलीला खेलेंगे तो एक साथ; होली की महफिल जमाएँगे तो एक साथ; और जुआ खेलेंगे एक साथ। और नहीं तो क्या ? इस तरह आँख फाड़के मुझे क्या देख रहा है ? क्या मैं झूठ बोल रहा हूँ ? अरे साले, इसीलिए तो कहता हूँ तुमसे ! अपने खानदान की हिस्ट्री तो समझो पहले। फिर जो तुम्हारा मन हो, करो। मेरी तरफ से भाड़ में जाओ सबके-सब। एक दिन तुझे बड़ा भाषण पिला रहा था–थोड़ा मेरे कान में भी पड़ गया था। मैंने ऐसे ही खाते वक्त पूछ लिया, 'क्या लेक्चर दे रहे थे अपने भतीजे को ?' बस मेरा इतना कहना था कि थाली छोड़के उठ गया। अरे, अन्धेर हो गया, मैंने ऐसा क्या कह दिया जो इतनी आग लग गई। मेरी जबान ही ऐसी है तो मैं क्या करूँ ? कहाँ से लाऊँ मक्खन-मिश्रीवाली बातें ?...इतना घमंड भी क्या ? मुझे भाषण देना नहीं आता इसका मतलब यह नहीं कि मैं बिल्कुल गया-बीता हूँ।...वो जो जरूरी बाजार के नुक्कड़ पर बड़ा सा मकान है, लकड़ी की नक्काशीवाला वो अपना ही मकान था। इन युधिष्ठिर महाराज की कृपा से वो भी गया। भौजी के पास दस-दस तोले सोने की सतलड़ी-पचलड़ी थी, वो भी उसी में गई। अरे कभी पूछना तो सही अपनी माँ से, वो बताएगी तुझे। क्या-क्या नहीं देखा इस घर में उसने ! मैं तो उस वक्त बच्चा था–सिर्फ थप्पड़-लात खाने और दूसरों के बच्चे क्या खा रहे हैं, क्या पहन रहे हैं, इसी को ललचाई आँखों से ताकते रहने के लिए

पैदा हुआ था। अरे ! मेरे मन में जो भी कलख है, वह जिन्दगी-भर नहीं धुलेगी। मैं इतना कमीना नहीं हूँ कि सगे भाई से डाह करूँ। मगर तू ही बता, इकन्नी महीना फीस पड़ती थी, उसके लिए भी मुझे कितनी बातें सुननी पड़ती थीं। इन धर्मात्माओं को वो भी अखरती थी। इसी इकन्नी के पीछे मेरे बाप ने मुझे लात मारके सीढ़ियों से नीचे गिरा दिया था। मरते-मरते बच गया। मर ही जाता तो अच्छा होता। जानता है मेरा कसूर क्या था ? सिर्फ इतना ही कि एक बार वह फीस की इकन्नी मुझसे खो गई थी। चार-पाँच दिन तक मारे डर के चुप रहा। पर स्कूल में रोज मार पड़ती थी और उन दिनों की मार ? तूने क्या देखा है रे छोकरे ! उन दिनों के मास्टर कैसे जल्लाद हुआ करते थे, ये तुझसे बताने लगूँ तो तू साले सुनके ही बेहोश हो जाएगा। अरे ! ऐसी बातें आदमी मरते दम तक नहीं भूल सकता। हजारों रुपए के गहने और रहने का मकान दाँव पर लगाते हुए जिसका हाथ नहीं काँपा उसी ने एक इकन्नी के लिए अपनी सन्तान का सिर फोड़ के रख दिया। उस वक्त मैं छठी क्लास में पढ़ता था। भगवान जानता है मैंने कितनी मेहनत की। मगर किस्मत में फेल होना लिखा था। फेल का कार्ड लेके घर में घुसने की हिम्मत कैसे करता ? मैं वैसे ही उन्हीं कपड़ों में भाग गया। दिन-भर, रात-भर, भूखा-प्यासा पैदल चलता हुआ भुवाली पहुँचा। वहाँ एक दूर के रिश्तेदार ने मुझे देख लिया। अपने घर ले गए, खिलाया-पिलाया, हलद्वानी तक का टिकट भी खरीद के दिया और उधर घर में खबर भिजवा दी कि तुम्हारा लड़का भाग रहा है, जाओ पकड़ो। इधर मैं काठगोदाम से बेटिकट आगरा फोर्ट में चढ़ने को तैयार था कि उधर से दाज्यू पहुँच गए। मुझे देखके रोने लगे। समझा-बुझा के वापस घर ले आए।

'बस, मैं भगोड़ा और लफंगा साबित हो गया। मेरा स्कूल भी छुड़वा दिया गया। साल-भर आवारागर्दी करता रहा। इस बीच तेरे दादा बीमार पड़ गए। भाभी ने दाज्यू को समझा-बुझा के फिर से मेरा नाम लिखवा दिया। मैं फिर भरती हो गया मगर तकदीर का हुमायूँ था; फिर फेल हो गया। बस, मेरी छुट्टी कर दी गई। जगन्नाथ तब तीसरी में पहुँच गया था। पहला पास हुआ था। दाज्यू को अपनी दूकान देखने के लिए नौकर की जरूरत थी ही। भाभी ने बहुतेरा समझाया मगर पिताजी ने एक नहीं सुनी। कहने लगे बहुत हो गया। कुपात्र को पढ़ाने से क्या फायदा। दाज्यू को मेरे ऊपर दया तो बहुत आई, मगर पिता की इच्छा से बड़ी दया तो वह थी नहीं। अरे ! तेरे बाप ने भी मेरे लिए कुछ नहीं किया। मारा-कूटा कभी नहीं, इतना जरूर है। पर ऐसी भी दया किस काम की ? पिताजी तो बीमार थे, साल-भर के अन्दर चल बसे। इसी ने अगर, मुझे मार-कूट के जबर्दस्ती पढ़ा दिया होता तो मैं न पढ़नेवाला कौन था ? जैसे मैंने तेरी ठुकाई की तो तू पढ़ा कि नहीं ? तेरा पढ़ने में मन लगता था ? बता तेरा मन लगता था ?...तेरे बाप ने ही कौन सा पढ़ लिया ? मैं छठी फेल हूँ और वह सातवीं पास है, बस इतना ही तो ! तू क्या समझता है तेरा बाप कम होशियार था ? वो तो उसकी सोहबत खराब हो गई–एक तो ये जुए की लत, दूसरे इस संगीत की–वरना ये जगन्नाथ भी उसके सामने कुछ नहीं था। आज भी तू पूछ ले उससे। तुझसे ज्यादा ही अंग्रेजी

आती होगी उसे।...मगर वही तो मैं कहता हूँ, अपने खानदान की हिस्ट्री तो समझो पहले, फिर जो मन में आए करो। अगर तेरा बाप इस महफिलबाजी के चक्कर में नहीं पड़ता तो किसी स्कूल का हेडमास्टर तो कम-से-कम बन ही जाता। तू तो देखता है रोज– बनियागिरी का एक भी लक्षण है उसमें ? उसके भरोसे छोड़ दूँ तो तीन दिन में दूकान चौपट करके रख दे।'

मथुर काका चुप हो गए और जेब से बीड़ी निकालकर सुलगाते हुए उठ खड़े हुए। अभी आध मील की चढ़ाई बाकी थी। मथुर काका ने झोले से परसाद की दो खुबानी और एक लड्डू निकाल के विनायक को दिए। 'ले खा ले, बहुत भूख तो नहीं लग रही है? चल, अब आधे घंटे में घर पहुँच जाएँगे। तुझे अपने बाप का नाक तो नहीं लग गया ? तू साले ये मत समझना कि मैं तेरे बाप की या अपने बाप की बुराई कर रहा हूँ तो तू भी वैसा ही करे। खबरदार।...तू जानता क्या है, तूने देखा क्या है ? ये आजकल के छोकरे क्या खा के मुकाबला करेंगे उनका ? उनकी बात ही निराली थी। उनमें एक बड़ा ऐब था, तो दस बड़े गुण भी थे। जिसने देखा है वो जानता है। तू क्या जानता है ? आज साले आड़ू-ग्याड़ू सब संगीतवाले बन गए हैं। उस जमाने में मेरे पिता के पास जो हुनर था, किसी के पास नहीं था। क्या रौब था उनका ! क्या इज्जत थी ! तेरे बाप ने उनका हुनर तो पाया मगर वो शान, वो दबंगपना कहाँ है इसमें ? इसे तो एक बच्चा भी ठग ले जाए। तेरे दादा की बात ही और थी। कैलास मानसरोवर सब घूम आए थे पैदल। कैसे-कैसे महात्माओं की संगत की थी। लाट-कमिश्नर किसी की परवाह नहीं करते थे। उस जमाने में जिसने जा के सलाम झुका दिया, जी-हजूरी कर दी, उसी के चमन हो जाते थे। कितनों ने हवेलियाँ खड़ी कर लीं, कितनों ने अपने भाई-भतीजों के लिए ये नौकरी, वो नौकरी हथिया ली। एक-एक का नाम गिना सकता हूँ। ये साले जितने भी बाजार-मुहल्लों में इज्जतदार लोग बैठे हैं, इन सबके बाप-दादों ने अंग्रेजी हुकूमत के तलवे चाटे हैं। मगर थे, दो-चार लोग उस वक्त भी थे, जो टूट भले जाएँ झुकना नहीं जानते थे। तूने अपने दादा की तस्वीर देखी है ? मैं सबसे उठकर पहले उसको प्रणाम करता हूँ। अति हर चीज की बुरी होती है। फिर चाहे वह संगीत हो, विद्या हो, भक्ति हो, सत्संग हो। यह क्या कि उसकी लत पड़ जाए, शराब की तरह, जुए की तरह ! इन लोगों में यही बड़ा ऐब था। यह भी नहीं देखा कि बच्चे पैदा करके रख दिए–क्या खाएँगे, कहाँ रहेंगे। बस अपनी लत के पीछे हमारी ऐसी-तैसी करके रख गए। उनका तो काम चल गया, हमारे पास क्या है ? न वो विद्या, न वो कैरेक्टर !...हम किसके बूते पर अकड़ें ? क्या है हमारे पास अकड़ने को ?...

'तुझे हँसी आ रही है साले ? वे जुआड़ी भी थे तो क्या हुआ ? ऐसा जुआ खेलने को भी कैरेक्टर चाहिए। ये साले फूँक-फूँक के कदम रखनेवाले बौने-दुच्चे लोग क्या खाके उनकी बराबरी करेंगे ? फिर वो जमाना दूसरा था। गुणी आदमी की कदर थी, पैसे को साले को कौन पूछता था। आज तेरे पिता की यह हालत है। मगर उस वक्त लड़ाई का जमाना था, कंट्रोल की दूकान इसके हाथ में थी। लोगों ने हजारों पीट लिये,

मकान खड़े कर लिये। यह चाहता तो इतना धन बटोर सकता था कि हम घर बैठे पचास साल तक ऐश कर सकते थे। मगर मजाल कि एक कानी कौड़ी भी इधर से उधर की हो। इसी ईमान-धरम के पीछे तो सब बर्बाद हो गया। अरे ! तू क्या जानता है ? भाई तो मेरा है। उसी का तो पुण्य-प्रताप है कि इज्जत बची हुई है और तू दो आखर पढ़ रहा है।

'मगर अब तू ही बता–इस पुण्य को, इस कैरेक्टर को लेकर चाटें ? आदमी वो, जो वक्त को देखे, उसके मुताबिक बदले। उस जमाने में मिडिल पास को भी कानूनगो बना देते थे। मगर हमारे पूज्य पिताजी नौकरी करना या करवाना अपनी शान के खिलाफ समझते थे। इसीलिए तेरे बाप को पढ़ने नहीं दिया। क्या फायदा ऐसी अकड़ से ? संगीत से भर गया पेट ? जिन्दगी-भर इन बामणों की सोहबत की हमने। क्या सीखा इनसे हमने–खाक ? हर मौके का फायदा उठाना ये जानते हैं, इसीलिए हर जगह आगे रहते हैं। रहेंगे ही ? क्यों नहीं रहेंगे। आदमी को अपना भला-बुरा सबसे पहले देखना पड़ता है; कला-वला फिर फुर्सत से होती रहती है। दलिद्दरी आदमी लाख गुणी हो, उसे कोई नहीं पूछता। गया वो जमाना। ये जमाना उन लोगों का है जिनमें लालच की तमीज है। इस दलिद्दरी मुल्क में त्याग और तपस्या का उपदेश भी वे ही देते हैं जिनमें खुद लालच की तमीज है। और हमारे भाई साहब दिन-रात ऐसे लोगों से घिरे रहने के बाद भी महात्मा गांधी के नाम की माला जपते हैं। दरिद्रनारायण की बात करते हैं। दरिद्रों का कोई नारायण-फारायण नहीं होता। नारायण क्या दरिद्री हैं ? उन्हें तो खुद ऐशो-आराम चाहिए। जगनुवा देश के भविष्य की बात करता है। अरे सालो ! पहले यह तो देखो तुम्हारा भविष्य क्या है, तुम्हारे बाल-बच्चों का भविष्य क्या है। ये सफेद टोपीवाले क्या देशभक्त नहीं हैं ? ये लोग नहीं गए जेल ? मगर एक-एक को देख लो। किस बात की कमी है? यहाँ जितने नम्बर एक के दन्दी-फन्दी वकील-बैरिस्टर हैं, सभी देशभक्त हैं, जितने बड़े-बड़े व्यापारी हैं, सब देशभक्त हैं। जितने भी नेता हैं महात्माजी के चेले, उन सबके बच्चे अंग्रेजी स्कूलों में पढ़ते हैं। जितने लोग जेल गए, उनमें से ज्यादातर अपना-अपना इन्तजाम करके, तब बेफिकर होके जेल गए। जेल जाने के लिए भी हैसियत चाहिए। हमारी क्या हैसियत थी ? सर के ऊपर एक छत और चारदीवारी तक तो है नहीं। यह घर जानता है, किसका है ? हमारे ननिहालवालों का। अब उन्होंने भी कह दिया है अपना इन्तजाम कर लो। तब हम कहाँ जाएँगे ? तेरे ननिहालवालों का जो मकान खाली पड़ा है तेरे मामू के तबादले के बाद, उसमें जाएँगे। और जब मेरे मामू रिटायर होके आ जाएँगे यहाँ, तो फिर हम कहाँ जाएँगे ? सड़क पर। यही न ? ये तो हालत है और चले हैं क्रान्तिकारी बनने। घर फूँक तमाशा देखना और किसे कहते हैं ? ये जितने लोग एक-एक महीने को भी जेल की तफरी कर आए, सबके नाम पर तराई भाबर में जमीनें एलाट हो रही हैं। तेरे क्रान्तिकारी चाचा को कौन पूछता है !

स्वाधीन क्लब

उन्नीस

'हिप-हिप–'

'हुर्रे !'

'स्वाधीन क्लब !'

'जिन्दाबाद।'

ये परेड ग्राउंड से उतरकर मल्ली बाजार में प्रवेश कर रहे हैं। विनायक लच्छू के कन्धों पर सवार है। शेखर, चन्दू, नारायण, अहमद, मोहन और घंटी के अलावा पाँच नए लड़के और इस जुलूस में शामिल हैं। स्वाधीन क्लब के नए सदस्य हैं, जिन्हें विनायक ने मन्नी मानीटर के दल से फोड़कर अपने दल में मिला लिया है।

आज फाइनल था हाकी मैच का। लच्छू कप्तान है। मगर आज का हीरो विनायक है। 'गोरखा इलेवन' को हराना कोई मजाक नहीं था। मगर आज तो विनायक ने हद कर दी। दोनों गोल उसी ने किए।

वे लोग पनुवा हलवाई की दूकान पर पहुँच गए हैं। गरमागरम आटे की जलेबियाँ छन रही हैं। एक बहुत बड़ी कड़ाही में गाढ़ा मलाईदार दूध भरा हुआ है। क्लब के बजट में से पाँच रुपए तो इसके लिए नियत थे ही। ऊपर से विनायक दो रुपए और अपनी तरफ से मिलाएगा। आजकल उसे पैसे चुराने नहीं पड़ते।

'आज तो तूने गजब कर दिया यार !' अहमद कह रहा है, 'पहले तो तूने कभी ऐसा खेल नहीं दिखाया।'

'यह ट्रम्प कार्ड इसने फाइनल के लिए ही बचा रखा था,' रग्घू मुच्ची कहता है।

विनायक का सिर चक्कर खा रहा है। क्या यह हकीकत है ? कहीं सपना तो नहीं देख रहा है ? वजीफे के इम्तहान में फर्स्ट आ जाने पर भी इतना अचरज नहीं हुआ था। दो साल हो गए खेलते-खेलते। मगर उसे अपने सभी साथी अपने से बेहतर खिलाड़ी लगते हैं और लच्छू और चन्दू के सामने तो वह अभी तक अपने को सिखनौड़ा ही समझता है।

'सच में यार, तेरे ही कारण हमने यह कप जीता है,' लच्छू गम्भीर होकर कहता है, 'सुनो यार हरीश ! इस साल हाकी का कैप्टेन विनायक को ही क्यों न बना दिया जाए। आज इसने जो खेल दिखाया...'

'फालतू बात मत कर,' विनायक टोकता है, 'तुम्हीं लोगों ने जबर्दस्ती मुझे खिलाड़ी बना दिया। वरना मेरे को आता क्या था ? चांस की बात है। ये समझो कि...' विनायक अटक गया है–उस दिन पिताजी ने क्या कहा था–बहुत बुरा लगा था वैसे विनायक को इस बात से...मगर क्या मुहावरा था वह ?...हाँ, याद आया।

'ये समझो कि बिल्ली के भाग्य से छींका टूट गया।'

सब लड़के जोर से हँस पड़ते हैं। चन्दू कहता है, 'कुछ भी हो, तूने आज किया कमाल ही। मैं तो देखता ही रह गया। तू हमेशा ऐसे ही क्यों नहीं खेलता विनायक, जैसे आज खेला ?'

विनायक थोड़ा झेंप जाता है। 'पता नहीं यार...असल में जैसे ही उन्होंने गोल धाँसा हम पर, मैं पागल हो गया। मुझे लगा स्वाधीन क्लब की इज्जत का सवाल है। और लच्छू ने ऐन मौके पर पास भी इतना बढ़िया दिया कि मेरी जगह कोई भी होता, तो गोल तो होना ही था।'

'और दूसरा गोल...?' नारायण कहता है।

'अरे वो भी हो गया यार। फ्लूक था। मैं कहाँ का खिलाड़ी हूँ। जगन काका कहते हैं आदमी को एकढल्याँ होना चाहिए, तभी...'

'जगन काका कहाँ हैं यार, आजकल ?' लच्छू बीच में टोककर पूछता है।

'पता नहीं यार ! महीनों से उनकी कोई चिट्‌ठी ही नहीं आ रही है। मैंने उनको लिखा था, हमारा क्लब शुरू हुए भी तीन साल बीत गए। आपने ही आइडिया दिया था। अब आप ही इंट्रेस्ट नहीं ले रहे हैं, यह भी कोई बात है ? हमारी पत्रिका का क्या होगा ?'

'हाँ यार, हमारी पत्रिका कब निकलेगी ? हम लोग तो खेल-कूद में ही रह गए।' नारायण बोल उठता है।

'खेल-कूद सबसे जरूरी है,' चन्दू कहता है, 'मैच जीतने से जितना नाम होता है, उतना पत्रिका निकालने से थोड़ी होता है।'

'वाह !' प्रेमबल्लभ जो अभी तक चुप था, बोल उठता है, 'लिखना खेलने से ज्यादा कठिन काम है। पत्रिका वर्षों तक रखी रहेगी। जब हम लोग खेल-कूद भूल जाएँगे, तब भी उसे पढ़कर मजा लेंगे। एक यादगार बनी रहेगी।'

लच्छू के होंठ कुछ कहने को फड़फड़ाते हैं पर बस फड़फड़ाकर ही रह जाते हैं। उसे कुछ सूझता नहीं ऐसे मामलों में। पत्रिका निकलनी जरूर चाहिए। जगन काका खुश हो जाएँगे, क्लब का भी नाम फैलेगा। बस, इससे ज्यादा वह कुछ नहीं जानता। लिखना तो आता नहीं। विनायक उसके नाम से एकाध चुटकुला लिखके छाप दे तो ? मजा आ जाएगा। कहके देखेगा किसी वक्त।

'हम लोगों ने जगन काका के साथ जितने भी प्रोग्राम बनाए थे, उनमें बस दो ही ठीक-ठाक चल रहे हैं,' अहमद कहता है, 'खेल-कूद और पिकनिक।'

'और गाना-बजाना ? उसे क्यों भूल जाते हो ?' घंटी बिगड़ जाता है।

'तो भी,' नारायण टोकता है, 'अभी तक हमारे क्लब की रामलीला कहाँ हुई ?'

'करेंगे यार, वो भी करेंगे,' विनायक सहसा उत्साहित हो उठता है, 'इस साल तो मुश्किल है। तालीम-वालीम तो कुछ हुई नहीं है। वैसे जगन काका आ जाएँ तो सोचेंगे।'

'जगन काका आ रहे हैं क्या ? तूने पहले क्यों नहीं बताया ?' लच्छू उत्तेजना के मारे उठकर खड़ा हो जाता है।

'कुछ ठिकाना नहीं यार। मथुर काका कह रहे थे भुवन बाबू को साथ लेकर इलाहाबाद जाएँगे उनका पता लगाने। उन्होंने उन्हें बुलाने के लिए बहुत पहले चिट्ठी लिखी थी। उसका जवाब ही नहीं आया। सरोज दीदी कहती हैं, जगन काका को जरूर कुछ हो गया है। उनकी चिट्ठी तक आना बन्द हो गई है।'

'क्या हुआ होगा यार ?' लच्छू चिन्तित हो जाता है। फिर एकाएक बोल उठता है जोर से, 'कुछ नहीं होगा। जगन काका को कुछ नहीं हो सकता। मेरा दिल कहता है।'

विनायक लच्छू के हाथ पकड़ लेता है जोर से, 'भगवान करे तेरी ही बात सच निकले। मगर सच में लच्छू ! दीदी की ही तरह मुझे भी कभी-कभी बहुत फिक्र हो जाती है।'

'तूने मेरी वह तस्वीर अभी तक भेजी नहीं ?' अहमद उलाहना देता है। उसका घर करीब आ गया है।

'अभी तो नहीं भेजी अहमद,' विनायक कहता है, 'कुछ पता तो चले पहले वो है कहाँ ? मैं सोच रहा हूँ जगन काका आ जाएँ तो पहला अंक निकाल ही डालें। प्रेमबल्लभ ने कहानी लिखकर रखी है। हरीश ने भी लिखी है, बता रहा था। नारायण और चन्दू बानड़ी की पिकनिक की रिपोर्ट लिखकर देंगे। मेरे पास एक दर्जन कविताएँ हैं। तुम सब लोगों को कुछ-न-कुछ लिखना ही पड़ेगा।'

'मुझे तो माफ ही करना,' लच्छू हाथ जोड़ देता है।

'मुझे भी,' घंटी, मोहन, शेखर एक साथ बोल पड़ते हैं।

'देखा जाएगा यार, विनायक हँसता है,' अच्छा भई, कल अपन मिल रहे हैं न 'भेल्लो खतडुआ' मनाने के लिए ?'

विनायक अपने घर की ओर बढ़ रहा है। वह अब अकेला है। मगर उसके दिमाग में बेतरह शोर मचा हुआ है। वह अपने को एक-एक करके पाँच खिलाड़ियों को बुरी तरह छकाते हुए आधा फील्ड पार करके वह 'जादुई' गोल करते हुए देख रहा है। अब कहे कोई उससे घरघुस्सू; अब कहे किसी की हिम्मत हो तो, कि वह लड़कियों जैसा है या कि अपनी माँ के पल्लू से बँधा रहता है। अब कहे कोई उससे ये किताबों का कीड़ा है। वह दिखा देगा एक-एक को। लच्छू तक मान गया। अब और क्या चाहिए ? बस 'सन्देश' का प्रवेशांक निकल जाए तो जी.आई.सी. में भी सिक्का जमा ही समझो। त्रिभुवन भी ललचा रहा है उसमें छपने को। छाप दूँगा उसको भी साले को। सदस्य भी बना लूँगा इसी बहाने, लच्छू को पटाना पड़ेगा जरा, बस। और इस छमाही में फिर से फर्स्ट आके नहीं दिखाया तो मेरा नाम विनायक नहीं।

तुम्हारी बेटी सरोज

बीस

तिमंजिले की सीढ़ियों पर पाँव रखते ही विनायक ठिठक गया। पूरा घर हिल रहा है। काकी को फिर से दौरा पड़ गया क्या ? कैसी गन्दी-गन्दी गालियाँ बक रही है और पाँव पटक रही है। विनायक दबे पाँव अँधेरी कोठरियों के बीच से रास्ता टटोलते हुए जगन काका के छज्जे की ओर बढ़ने लगता है। यह काकी को बीच-बीच में क्या हो जाता है ?...जब से यह तीसरा भाई आया...तब से यह और जल्दी-जल्दी होने लगा है। ऐसे मौकों पर माँ फूट-फूटकर रोने लगती है और विनायक की समझ में नहीं आता कि उसे क्या करना चाहिए। पहले वह भी जोर-जोर से रोने लगता था। दीदी उन दिनों ननिहाल गई थी। मथुर काका कहते हैं, तू इन औरतों के बीच में मत पड़ा कर। जब कभी ऐसा हो, सीधे दूकान में आके चुपचाप मुझे बता दिया कर। विनायक एक क्षण असमंजस में ठिठका रहता है। पता नहीं कब से यह कांड चल रहा है। माँ कहाँ होगी ? ऊपर ही होगी रसोईघर में...उसके रोने की आवाज तो नहीं सुनाई दे रही है। और दीदी ? वो क्या कर रही है? कहीं उसके साथ आज भी वैसी ही लड़ाई न हुई हो। क्या किया जाए, दूकान पे जाके खबर कर दी जाए ?

मगर उससे क्या होगा ? विनायक के रोंगटे खड़े हो जाते हैं। उसकी आँखों के आगे उस दिन का दृश्य घूम जाता है जब काकी ने चूल्हे की जलती लकड़ी उठाकर माँ के ऊपर फेंक मारी थी और फिर मथुर काका आए थे और काकी को घसीटते हुए ले गए थे। कितनी बुरी तरह चीख रही थी वो ! मथुर काका को चांडाल चढ़ जाता है तो फिर उन्हें कुछ नहीं दिखाई देता...अन्धाधुन्ध हाथ-पाँव चलाने लगते हैं। काकी के मुँह से खून बहने लगा था। वह बेहोश हो गई थी। विनायक बिलबिलाते हुए उनसे लिपट गया था, 'मत मारो, मत मारो उन्हें... ।' 'कुछ नहीं हुआ उसको। अभी फिर होश में आ जाएगी...' मथुर काका काकी को वैसे ही बेहोश छोड़कर खटाखट सीढ़ियाँ उतर गए थे और उसे भी हाथ पकड़कर अपने साथ उठा ले गए थे। रास्ते में क्या-क्या तो बोल रहे थे। सचमुच पत्थर का कलेजा है मथुर काका का...इतना बड़ा कांड हो जाने के बाद भी वे इस तरह दूकान में बैठे ग्राहकों को निबटा रहे थे जैसे कुछ हुआ ही न हो।

विनायक चोरों की तरह पाँव रखता हुआ नीचे बाजार की तरफ उतर गया है।

उसके पाँव दूकान की तरफ बढ़ रहे हैं पर कोई उसे जैसे लगातार पीछे की ओर खींच रहा है। ऐसे ही मौकों पर जगन काका की याद आती है। कुछ नहीं, जगन काका भी ऐसे ही निकले। ठीक कहते हैं मथुर काका; जगन काका सचमुच बहुत ही गैर-जिम्मेदार आदमी हैं। न तो खुद आए, न कोई खबर भेजी। दूकान का काम इतना बढ़ गया है। जगन काका आ जाते तो कितनी मदद हो जाती ! अब विनायक को वक्त ही कहाँ मिलेगा ? स्वाधीन क्लब का क्या होगा ? विनायक का मन होता है जोर-जोर से रोए। बीच बाजार में। इस घर में घुसने को मन नहीं करता। आए दिन झगड़ा, गाली-गलौज, मारपीट...। इससे तो पहले ही अच्छा था जैसा भी था। जगन काका को भी जाने क्या सूझी ? काकी को बुलाने की बात उन्होंने ही तो की थी। मथुर काका को यह बात कहाँ मालूम है ? नहीं जी, ये सब पिताजी का कसूर है। अलग दूकान करके अलग रहने लगें तो सारा बखेड़ा खत्म हो जाए। काकी यही तो चाहती है। उनके कोई बच्चा नहीं है और हम चार भाई-बहन हो गए। देख-देख के जी जलता है उनका।

विनायक जितना सोचता है, उतनी ही उलझन बढ़ती जाती है। उसे काकी पर बहुत दया आती है। औरों के लिए जैसी भी हो, विनायक के लिए तो अच्छी ही है। बिना माँगे पैसे दे देती है। उसी के कहने से इस साल पहली बार विनायक के लिए गरम कोट बना। नहीं-नहीं, विनायक के पाँव फिर घर की ओर मुड़ जाते हैं। काकी को मार पड़ेगी। बेतरह मार पड़ेगी। जाने दो–चुप रहो बस। ये माँ भी तो अजीब है। ठीक कहते हैं मथुर काका; उसके चुपचाप रहने से काकी का दिमाग और खराब हो जाता है। क्या जरूरत है माँ को इस तरह दबने की ? जैसे बाबूजी, वैसी माँ ! क्या जोड़ी मिली है। एक दिन मथुर काका ने डाँट दिया, 'क्या लड़के को भी अपने जैसा ही बनाना है ?' तो बस उस दिन से साथ ले जाना ही बन्द कर दिया। हारमोनियम बजाता था, वो भी बन्द करवा दिया। ठीक कहते थे जगन काका ! इन्हीं की कमजोरी का फल तो हम सबको भुगतना पड़ रहा है। फिर भी मुहल्ले के सब लोग पिताजी की ही तारीफ करते हैं। क्या सिर्फ इसलिए, कि वे कभी मथुर काका की चीख-चिल्लाहट का जवाब नहीं देते, चुपचाप सिर झुकाकर सुन लेते हैं ? यह तो कोई तारीफ की बात नहीं है। आखिर बड़े भाई हैं। मथुर काका तो उनसे कितने छोटे हैं। क्या कहा था उस दिन जगन काका ने, 'दुनिया बड़ी बेरहम है, वीनू ! वह कमजोर पर रहम नहीं करती।'

विनायक फिर वहीं खड़ा है जहाँ पहले खड़ा था। उसे तेज भूख लग आई है। पर ऊपर चौके में जाने की हिम्मत नहीं होती। काकी का चीखना-चिल्लाना अभी तक जारी है।...अरे ! यह किसके रोने की आवाज आ रही है।...जगन काका की कोठरी की तरफ से। विनायक जल्दी-जल्दी हाथ से टटोलता हुआ उस तरफ बढ़ता है।

भीतर हथबत्ती के मद्धिम प्रकाश में सरोज दीदी औंधे मुँह फर्श पर पड़ी हैं। पास में छोटू तखत पर सोया हुआ है। 'क्या हुआ दीदी ?' विनायक हौले से उनकी पीठ पर हाथ रख देता है, 'क्या हुआ ?'

सरोज उठकर बैठ जाती है और विनायक का हाथ पकड़कर अपने पास बिठा लेती

है। 'तू आजकल कैसा हो गया है, गुड्डन ? तुझे कुछ पता भी है, घर में क्या हो रहा है। पहले तो कभी-कभी भइया को खिला लेता था, मेरे पास बैठके दो-चार बात भी कर लेता था, आजकल तो तेरे दर्शन ही दुर्लभ हो गए हैं। ऐसा कैसा हो गया है रे तू ?'

विनायक चुप। कहाँ तो सोच के आया था कि घर पहुँचकर सबसे पहले दीदी को ही अपने पराक्रम की गाथा सुनाऊँगा–सबसे ज्यादा खुशी दीदी को ही होगी और यहाँ उलटे उलाहना सुनने को मिल रहा है। उसे अजीब अकुलाहट होने लगी। इस घर से तो जितनी देर बाहर रहो, उतनी ही कुशल है। घर में घुसो नहीं कि मुसीबत हो जाती है।

'गुड्डन ! सच बता तू मुझसे नाराज क्यों रहता है ?'

विनायक झल्ला जाता है, 'तुमसे मैं नाराज क्यों होने लगा ? तुम भी दीदी, क्या बेकार की बात करती हो। असल में...तुम देखती नहीं मुझे फुर्सत ही कहाँ मिलती है ?'

'ठीक है, गुड्डन ! तुझे फुर्सत क्यों मिलेगी ? फुर्सत तो मुझे है–न स्कूल जाना, न पढ़ाई करना, न खेलना-कूदना। गाने-बजाने को तो खुद ही मन नहीं करता अब। सारे कामों से तो मुझे छुट्टी मिल गई है। घर का थोड़ा काम रहता है, वह भी हो जाता है तो समझ में नहीं आता क्या करूँ, कैसे वक्त काटूँ। पहले तेरे साथ गप-शप हो जाती थी, साथ-साथ पढ़ते भी थे। अब तुझे भी फुर्सत नहीं मिलती।'

विनायक दीदी के चेहरे को गौर से देखता है। दीदी व्यंग्य कर रही है। ठीक है, गलती इनकी है, इसमें मैं क्या कर सकता हूँ ? नैनीताल गई ही थीं तो लौट क्यों आईं ? किसने कहा था ?

'तुमने बड़ी गलती की जो पढ़ाई छोड़ दी,' विनायक से रहा नहीं गया।

सरोज आश्चर्य से विनायक को देखती है। विनायक कह रहा है ? क्या इसे सच में कुछ भी नहीं मालूम ? उसका चेहरा पीला पड़ जाता है। 'पढ़ाई मैंने नहीं छोड़ी, गुड्डन,' वह धीरे से कहती है, 'मुझे बुला लिया गया। खैर, मुझे उसकी शिकायत नहीं है। घर की जैसी हालत है, वैसे में माँ के पास रहना ज्यादा जरूरी था। तू तो देख ही रहा है इस मन्थरा के आने के बाद...' दीदी चुप हो जाती है, फिर थोड़ी देर के बाद, 'मैं भी यहाँ नहीं होती तो तू क्या समझता है माँ जिन्दा भी बचती ? तुझे कुछ पता भी है, वह कितनी बीमार रहने लगी है छोटू के आने के बाद से ? तुझे तो अपने क्लब से, दूकान से, स्कूल से ही फुर्सत नहीं मिलती। बाबूजी मजबूर हैं...और सच बात तो यह है गुड्डन !...तू किसी से कहेगा तो नहीं ?'

'मैं क्यों कहने लगा ?' विनायक झुँझलाकर बोला, 'मुझे क्या लेना-देना है इस सबसे ?'

'हाँ रे ! तुझे क्या लेना-देना है। तू लड़का जो ठहरा,' सरोज उदास स्वर में कहती है और मुँह फेर लेती है।...विनायक के भीतर एक अजीब हलचल होने लगती है। इसी कमरे में इसी तरह बैठी थी सरू दीदी उस दिन...जगन काका ने क्या कहा था ?

'वादा करो तुम कभी सरोज का दिल नहीं दुखाओगे।'

यहीं इसी जगह उसने सरोज को बाल खींचकर नीचे गिरा दिया था और...

'दीदी !' विनायक की आवाज डबडबा आई है, 'मेरा मतलब यह नहीं था। तुम मेरा विश्वास क्यों नहीं करतीं। क्या मैं बच्चा हूँ ?'

'अरे !'...सरोज दीदी रोते-रोते खिलखिलाकर हँस पड़ती हैं और विनायक के सिर पर हाथ फेरती हुई कहती हैं, 'नहीं रे, तू तो बहुत ही सयाना हो गया है–इतना, कि समझ में ही नहीं आता, तुझसे बात कैसे की जाए।'

'तुम क्या कह रही थीं, दीदी ?' विनायक धीरे से अपना सिर दीदी के कन्धे पर टिका देता है। कितने दिनों बाद यह सुख मिला है उसे। रोने को मन हो रहा है। दीदी के सामने रोने में क्या शरम ? नहीं, मथुर काका कहते हैं, 'रोना लड़कियों का काम है। तू मर्द बच्चा है। मर्द को मजबूत-दिल होना चाहिए।'

सरोज दीदी बड़ी देर तक चुप रहती हैं। एक बार मुँह से निकल गया तो गुड्डन अब छोड़ेंगे थोड़ी ?

'मुझे वहाँ अच्छा नहीं लगता रे। वहाँ भी लोग बाबूजी की जब देखो बुराई ही करते रहते हैं। मैं किसी पर बोझ नहीं बनना चाहती गुड्डन,' सरोज का स्वर एकाएक बहुत धीमा हो जाता है–फुसफुसाने जैसा, 'जिसे देखो बाबूजी को नाम धरता है। यहाँ भी...कैसे हो गए हैं, मुझे तो उनको देख के ही रोना आ जाता है। कितने दिन हो गए वायलिन में हाथ तक नहीं लगाया। न मुझसे ही गाना सुनाने को कहते हैं। भीतर-ही-भीतर उनका चित्त बेहद अशान्त है। माँ भी उनसे अच्छे से नहीं बोलती। जब देखो जली-कटी सुनाती रहती है। खाते बखत भी। वैसे भी आजकल उनको भूख ही नहीं लगती। एक-दो रोटी खाके उठ जाते हैं। पता नहीं माँ आजकल कैसी तो चिड़चिड़ी हो गई है। मुझी पर जब देखो तब गुस्सा निकालती रहती है।'

विनायक भौंचक्का होकर दीदी को देखता है। दीदी यह कह क्या रही हैं ? लो अब मथुर काका की तरह दीदी भी माँ की बुराई करने लगीं। विनायक को जाने क्यों लगता है कि दीदी कहना कुछ चाहती थीं, और कह कुछ गई हैं। वह तो बात नहीं है। जरूर कोई दूसरी बात है जिसे दीदी छुपा गई हैं।

'सरोज !' ऊपर से माँ पुकार रही है। सरोज हड़बड़ाकर अपने आँसू पोंछती है और ऊपर को भागती है, 'चल गुड्डन, तुझे भी भूख लगी होगी।' एकाएक वह लौट पड़ती है और तखत पर रखी एक किताब के नीचे से एक लिफाफा निकालकर विनायक के हाथ में थमाती हुई कहती है, 'एक काम कर आ पहले गुड्डन। इस चिट्ठी को लेटर-बाक्स में डाल के आ। फिर सीधे आना। मैं तेरे लिए खाना लगाती हूँ।' सरोज ऊपर चली जाती है।

विनायक लिफाफा देखता है। जगन काका के नाम है। उसके दिमाग में बेतरह शोर मच जाता है। वह काँपते हाथों से लिफाफा खोल डालता है। जल्दी से पढ़ के फिर से चिपका के डाल आएगा।

'जगन काका !'

'यह सब क्या हो रहा है ? तुम चुप क्यों हो ? आज तीन महीने हो गए हैं तुम्हारी कोई चिट्ठी नहीं आई। तुम हो कहाँ ? वहाँ इलाहाबाद में हो भी कि नहीं ? मेरी पहलेवाली चिट्ठी भी तुम्हें मिली कि नहीं ? तुम पांडिचेरी भी तो जानेवाले थे। गए कि नहीं ?

'मैंने तुम्हें लिखा था जगन काका, कि भत्ती की शादी तय हो गई है। यह क्या हो गया ? उसने मुझसे बोलना क्यों बन्द कर दिया ? मैं पिछले महीने गई थी उसके यहाँ। उसकी माँ भी मुझसे नहीं बोली। तुमने उसे लिख क्या दिया काका ? छाया कह रही है तुमने भत्ती को लिख दिया है कि वह तुम्हारी प्रतीक्षा न करे, तुम्हें भूल जाए, तुम अब शादी करने ही वाले नहीं हो जिन्दगी-भर, यह सच है क्या ? छाया कह रही थी–यह सब बेकार का बहाना है। तुम्हारे काका को वहीं कहीं दूसरी लड़की मिल गई होगी। उन्होंने भत्ती के साथ धोखा किया है। यह सब क्या है, जगन काका ! मेरी तो कुछ समझ में नहीं आता। तुमने मुझे क्यों नहीं बताया ? मुझे इन लोगों की बातों का बिल्कुल यकीन नहीं आता। सच बात क्या है, बताओ न। तुम्हें शादी नहीं करनी थी तो उसे पहले ही साफ-साफ क्यों नहीं बता दिया ?

'भगवान न करे–मगर मुझे जाने क्यों यही धुकधुकी लगी है जगन काका, कि तुम्हारी तबीयत ठीक नहीं है और तुम बहुत तकलीफ में पड़े हो और इसीलिए जैसी तुम्हारी आदत है, अपने लोगों को, किसी को खबर नहीं दे रहे हो। मगर यह तुम्हारा अन्याय है। इन लोगों ने पहले तुम्हें बुलाने को लिखा तब उस वक्त तो मैंने ही तुम्हें लिख दिया था कि तुम मत आओ। मगर अब मुझे लगता है, मैंने गलती की। तुम देखते चिट्ठी के फौरन यहाँ आ जाओ, जगन काका। कुछ दिन के लिए ही सही–आ जाओ। घर की हालत तो ऐसी ही हो रही है। बाबूजी तुम्हारी कोई खबर नहीं मिलने से बहुत घबरा गए हैं। खाना भी ठीक से नहीं खा रहे हैं। कल मुझसे हँसी-हँसी में कहने लगे, 'यह अच्छा क्रान्तिकारी निकला जो आजादी के बाद फरार हो गया।' मेरी समझ में एक बात अब भी नहीं आई जगन काका, कि तुमने बाबूजी से क्यों नहीं साफ-साफ कह दिया कि तुम भत्ती से शादी करना चाहते हो ? वे क्या तुम्हें मना करते ? बिल्कुल मना नहीं करते। क्या तुम नहीं जानते उनके विचार कितने उदार हैं ? इस घर में कोई उनको कुछ नहीं समझता। पग-पग पर उनका अपमान होता है। यहाँ से गए, तभी तुमने यह फैसला कर लिया होता तो कितना अच्छा होता ! अब तो सारा खेल ही खतम हो गया। पता नहीं, तुम्हें यह क्या सूझी ! क्या तुम सचमुच पांडिचेरी से आने के बाद पूरे योगी बन गए हो ? आधे योगी तो पहले से ही थे। मुझे सब मालूम है, काका ! मैंने तुम्हारी सभी डायरियाँ पढ़ डाली थीं। तभी पढ़ डाली थीं जब तुम यहाँ थे। सच्ची काका ! मुझे ऐसा कभी नहीं लगा कि मैं चोरी से पढ़ के गलत काम कर रही हूँ। मुझे पढ़ना चाहिए था या नहीं, मैं नहीं जानती–मैंने तो गुड्डन को भी मना किया था। पर इतना जानती हूँ कि तुम इसका बुरा नहीं मानोगे क्योंकि तुमने मुझे शुरू से ही इतना मुँह लगा रखा है कि तुम्हारी कोई बात मुझसे छुपी रहे, यह मुझसे सहन नहीं होता। सच कहूँ जगन

काका—मुझे बड़ा डर लगा था तुम्हारी डायरी पढ़ते हुए। यह जैसे मेरे जगन काका नहीं थे, कोई और ही आदमी था, जिसे मैं बिल्कुल नहीं पहचानती थी।

'क्या तुम्हें मालूम था, जगन काका, कि मुझे मालूम है। मैंने कितनी बार तुमसे इस बारे में पूछना चाहा, पर मेरी जबान हर बार बन्द हो जाती थी। मैं कुढ़ जाती थी मन ही मन। फिर सोचती थी, तुम कभी-न-कभी इस बारे में मुझे खुद ही बताओगे। मेरी समझ में भी क्या आता था ! बस डर ही लगता था। आज मैं तुमसे बता रही हूँ—तुम्हारी जेल की डायरी पढ़ के लगता था तुम हमारे जगन काका नहीं हो, कोई और हो। और कोई अदृश्य शक्ति तुम्हें हमसे दूर खींचकर ले जा रही है और एक दिन तुम हम सबको छोड़कर हिमालय में चले जाओगे। जब तुमने पांडिचेरी जाने की बात अपनी चिट्ठी में लिखी तो एक अज्ञात आशंका से मेरा मन काँप गया। मैं दूसरे ही दिन गोल्ल देवता के मन्दिर में जा के तुम्हारे लिए प्रार्थना कर आई। उस दिन भत्ती दीदी भी मेरे साथ थी। मेरा मन इतना व्याकुल था कि मन हुआ उसी से सब कुछ कहकर अपने मन को हल्का करूँ। पर मैं कुछ भी नहीं कह सकी। रास्ते-भर तुम्हारे बारे में ही हम लोग बातें करते रहे और मैं मन-ही-मन छटपटाती रही। फिर भी कुछ नहीं कह सकी।

'मैंने यहाँ भी कितनी ही बार तुम्हें अपनी कोठरी में बैठकर ध्यान करते देखा था। फिर शायद तुमने बीच में छोड़ दिया था। तुम्हें फुर्सत ही कहाँ रहती थी। तुम्हारी डायरी पढ़ के लगता था तुम्हारे मन में बड़ी अशान्ति है। एक तरफ तुम बुरी तरह उस तरफ खिंचते हो और दूसरी तरफ उससे दूर भी भागना चाहते हो। तुम्हें याद है, जगन काका, एक दिन मैंने तुमसे पूछा था जगन काका, तुम तो कविता लिखते थे, आजकल क्यों नहीं लिख रहे हो ? तो तुमने हँसते-हँसते कहा था कि मुझे आजकल कविता से बड़ी चीज मिल गई है सरू, इसलिए कविता की जरूरत नहीं होती। मैंने भी हँसते-हँसते पूछा था, क्या भत्ती दीदी ? तुम चुप लगा गए थे जैसे मेरी बात ठीक हो। बहुत बाद में आकर मेरी समझ में आ रहा है कि तुम्हारा मतलब भत्ती दीदी से नहीं था बल्कि उन अजीब से अनुभवों से था जिनके बारे में तुमने अपनी डायरी में लिख रखा है।

'सच कहती हूँ, काका, मेरे मन में ऐसा डर समा गया था कि मैं यही मनाती रहती थी कि हे भगवान् ! जगन काका को इस योग से बचाओ। विनायक तो तुम्हारे पीछे ही पड़ा रहता था। मैं भी इसीलिए तुम्हारा खूब वक्त बरबाद करती थी कि तुम भूले रहो। तुम्हारा यहाँ खूब मन भी लगने लग गया था। तुम पहले की तरह ही हो गए थे और मेरा डर दूर होने लगा था। तुम्हारी डायरी मुझे झूठी लगने लगी थी। सबसे ज्यादा भरोसा मुझे भत्ती पर था। मैंने तो उसे भाभी कहके चिढ़ाना भी शुरू कर दिया था। यही सोचती थी कि उसके साथ तुम्हारा ब्याह हो जाएगा तो तुम योगी बनने से बच जाओगे। मैं नहीं चाहती थी तुम योगी बनो। तुम भी शायद नहीं चाहते मगर कोई तुम्हें जबर्दस्ती उस ओर खींच रहा है। है न ?

'कहाँ तो तुम कहते थे मैं हर साल तुम लोगों से मिलने आऊँगा और कहाँ तीन साल हो गए तुम एक बार भी झाँकने तक नहीं आए, न विनायक को ही अपने साथ

ले गए। वह तुम्हारे साथ होता तो मुझे इतनी फिकर नहीं होती। चाहे वो तुम्हें जितना भी तंग करता। जब मैं कल्पना करती हूँ तुम कहाँ कैसे रहते होगे, क्या खाते-पीते होगे, कौन तुम्हारी देख-भाल करता होगा, तो मुझे रोना आ जाता है। तुम कहते थे तुम्हें जेल में बहुत मजा आता था। पर मुझे विश्वास नहीं होता था। तुम तो हम लोगों के साथ इतने मगन रहते थे–कितना गाते-बजाते थे, कितना गप-शप करते रहते थे–तुमको वहाँ क्या अच्छा लगता होगा ? वो भी तुम्हारे लिए जेल सरीखा ही होगा। हाँ, अगर तुम सचमुच योगी बन गए हो तो बात दूसरी है। मगर हमें जगन काका चाहिए, योगिराज जगन्नाथ परमहंस नहीं। जब तुम यहाँ से जानेवाले थे तो मुझे बहुत बुरा लगता था पर यही सोचकर खुश रहने की कोशिश करती थी कि तुम अपनी उन्नति के लिए जा रहे हो। यहाँ तुम्हें अपने जैसे बुद्धिमान क्रान्तिकारी लोग नहीं मिलते। हमने तुम्हें महान लेखक बनने के लिए भेजा था, जगन काका ! योगी बनने के लिए नहीं। योगी तो तुम यहाँ भी बन सकते थे। मैं भी कितनी उलटी बात कर रही हूँ। हमें तुम्हें जाने ही नहीं देना था। अकेले पड़ जाने पर ही तुम्हें यह सारी बातें सूझती हैं। हमने तुम्हें अकेले जाने दिया, यही भारी गलती की। योगी लोगों को मोह-ममता से क्या लेना-देना ? तुम बुरा मत मानना, जगन काका ! मुझे तुम्हारे ऊपर इतना गुस्सा आ रहा है कि क्या बताऊँ ? अगर तुम्हें अब भी हम लोगों का कुछ खयाल है तो एक बार यहाँ आकर हमें देख जाओ। फिर जब चाहो, चले जाना। हम तुम्हें नहीं रोकेंगे। कहीं तुम अपनी सरू बेटी से इसलिए तो नाराज नहीं हो कि हमने पढ़ना क्यों छोड़ दिया ? अब यह तो तुम खुद ही समझ सकते हो कि कोई मजबूरी होगी, तभी नहीं पढ़े। तुम यहाँ आ जाओ तो हम फिर पढ़ने लगेंगे। असल में, हमको नैनीताल अच्छा नहीं लगता। लाख परेशानियाँ हों, अपना घर अपना ही होता है। फिर मैं भी यहाँ न रहूँ तो माँ की देखभाल कौन करेगा ? बेचारे बाबूजी को कौन देखेगा ? संजू और छोटू भी मेरे पास ही रहते हैं। विनायक तो अपने स्वाधीन क्लब में ही मस्त रहते हैं। आजकल उनसे बातचीत भी बहुत कम होती है। कहते हैं मैं मथुर काका का प्राइवेट सेक्रेटरी हूँ। अब तुम्हीं बताओ, इतने बड़े आदमी के साथ कैसे बात की जाए !

'अच्छा काका ! अब हमारा पत्र समाप्त होता है। तुम पढ़ते-पढ़ते उकता गए होगे। हम तुम्हारी तरह लेखक तो हैं नहीं। हमें लिखना कहाँ आता है। जाने कितनी तो गलतियाँ होंगी। इतना लम्बा पत्र हमने कभी नहीं लिखा। मगर लिखना पड़ा क्योंकि हम तुम्हें तीन-तीन पत्र लिख चुके, तुमने एक का भी जवाब नहीं दिया। इसलिए हमें बहुत गुस्सा आ गया है और हम बहुत डर गए हैं। झट से पहले दो लाइन लिख देना कि तुम्हारी तबीयत तो बिल्कुल ठीक है न। और यह भी लिखना कि तुम किस दिन पहुँचोगे। हम विनायक के साथ तुम्हें स्टेशन पर लेने आएँगे। बस तो–थोड़ा लिखना, बहुत समझना।

तुम्हारी प्यारी बेटी,
सरोज'

मथुर काका और ज्ञानू बाबू

इक्कीस

आखिर मथुर काका की महत्त्वाकांक्षा रंग लाई। विनायक छमाही के इम्तहान में फिर फर्स्ट आ गया। उसकी अंग्रेजी सुधर गई थी। मथुर काका ने अपने एक दोस्त को उसके पीछे लगा दिया था। वे उससे रोज ट्रांसलेशन करवाते थे। अनुवाद पर उनकी कुछ उसी तरह की आस्था थी जैसी आस्तिकों को ईश्वर पर होती है। बाबूजी जब 'हरिजन सेवक' को चाट जाते थे तो उसे मथुर काका के खाने में डाल देते थे। मथुर काका उसमें से अपनी समझ से सबसे कठिन पैरा निकालकर लाल स्याही से मार्क करके विनायक की कोठरी में डाल आते थे। विनायक को चौबीस घंटे के अन्दर उसका अंग्रेजी अनुवाद करके ज्ञानदत्त बाबू को दिखाना होता। ज्ञानदत्त बाबू का नियम था–रात खाना खाने के बाद पान खाने के लिए दूकान पर आना और घंटा-भर मथुर काका के साथ गप लड़ाना। अब ज्ञानदत्तजी आते ही अपने शिष्य के साथ उस भीतरवाली कोठरी में कैद हो जाते। वहाँ अब बिजली का बल्ब लग गया था। देखते-देखते वह कोठरी कंसेंट्रेशन कैम्प से सरस्वती मन्दिर में रूपान्तरित हो गई थी।

घंटे-भर के इस ज्ञान-यज्ञ की पूर्णाहुति रम्मू हलवाई के गरम दूध से होती थी। मथुर काका को ज्ञानदत्तजी के अंग्रेजी ज्ञान पर जितनी अखंड आस्था थी, उससे कुछ ज्यादा ही गरम दूध पर थी। उनकी थ्योरी यह थी कि और जो कुछ हम खाते-पीते हैं, वह तो शरीर को ही लगता है लेकिन गरम दूध सीधे दिमाग में घुस जाता है। इस थ्योरी को वे गुरु और शिष्य दोनों पर समान रूप से आजमाना जरूरी समझते थे। ज्ञानू बाबू पहले तो बहुत घबराए, 'यार कैप्टेन, मुझे दूध बिल्कुल अच्छा नहीं लगता। मेरे लिए तो तेरे हाथ का पान ही काफी है।' मगर मथुर काका कहाँ माननेवाले थे। सिद्धान्त आखिर सिद्धान्त है। मथुर काका की व्यवस्था में असहमति को कोई अवसर न था। वैसे भी एक ऐसा बुनियादी किस्म का झगड़ा दोनों के बीच चला आ रहा था जो किसी भी ऐसी-वैसी मैत्री की जान ले लेने को काफी था। फिर भी दोनों मित्र थे। उस झगड़े की सूरत यों थी। ज्ञानदत्त बाबू का कहना था कि अंग्रेजी सीखना है तो गांधीजी से बढ़िया आदर्श संसार में दूसरा नहीं है। दूसरी तरफ मथुर काका का तर्क यह था कि जो आदमी हिन्दी ही इतनी लँगड़ी लिखता है, वह अंग्रेजी क्या खाक लिखेगा ? 'गांधीजी का भाषण सुनके मुझे तो अजीब ही लगा।' वे कहते, 'इससे अच्छा भाषण तो मैं दे सकता हूँ।'

...'बेशक,' ज्ञानदत्त बाबू जवाब देते, 'बेशक तू गांधीजी से अच्छा भाषण दे सकता है। मगर भाषा भाषण है, यह तुझसे किसने कह दिया ?' इस पर मथुर काका का पारा चढ़ जाता, 'तू बात किससे कर रहा है, ज्ञानू ! मैंने पंडित मालवीय का भाषण सुना है, पंडित सुन्दरलाल का भाषण सुना है। इसे कहते हैं भाषण। गांधीजी तो अपने जैसा ही गँवार सबको समझते हैं। अंग्रेजी आती भी है उनको ?'

'नहीं-नहीं, तेरे को ही आती है।' ज्ञानू बाबू उखड़ जाते, 'तेरे नेहरू से तो लाख दर्जा अच्छी है गांधीजी की अंग्रेजी। इसी ने तो अंग्रेजों की हवा निकाल के रख दी। तू क्या समझता है, स्वराज तेरी इस भाषणबाजी से आया ? अरे स्वराज आया उन अंग्रेजी चिट्ठियों से जो गांधीजी ने एक के बाद एक वायसराय को जमाईं। उनकी एक-एक चिट्ठी एक-एक झापड़ के बराबर होती थी। जब इंग्लैंड के राजा ने पहली बार गांधी का ड्राफ्ट पढ़ा तो उसका दिमाग चक्कर खा गया। उसकी समझ में ही नहीं आया कि वह चिट्ठी पढ़ रहा है या बाइबिल बाँच रहा है।'

'बाइबिल ! वही जो पादरी लोग पढ़ते हैं ? तो क्या तू मेरे भतीजे को पादरी बनाएगा ? राम ! राम !' मथुर काका अपनी विट पर खुद ही मस्त हो जाते और जोर से हँस पड़ते। इस पर ज्ञानदत्त बाबू गम्भीर हो जाते, 'ठीक है तो ढूँढ़ ले कोई लच्छेदार अंग्रेजीवाला। अब अपने मुँह मियाँ मिट्ठू क्या बनूँ ? एक नहीं, सात-सात अंग्रेज कलेक्टर मैंने भुगताए। मजाल कि कभी मेरे लिखे हुए डाफ्ट में एक लफ्ज़ भी इधर से उधर हुआ हो।' इस पर मथुर काका का पारा एकदम नीचे चला जाता और वे खिसियाकर पान लगाने लग जाते, 'ये भी यार, कोई कहने की बात है, ज्ञानू ! कौन नहीं जानता ? ये साला छोकरा अंग्रेजी में एम.ए. भी कर ले, तो भी तेरे जैसा ड्राफ्ट इसका उस्ताद नहीं लिख सकता। अरे यार, इसीलिए तो तेरे हाथ-पाँव जोड़ रहा हूँ। नहीं तो जैसे गणित के मास्टर को लगाया, वैसे ही साले अंग्रेजी के पॉल मास्टर को भी बोल सकता था। मगर फिर मैंने कहा तू भी यार मथुरिया, किस चक्कर में पड़ रहा है ? अंग्रेजी का बाप तो तेरे घर में मौजूद है। तू क्यों फिकर करता है ? मैंने तो इस लौंडे से साफ बोल दिया है कि साले ! जो अंग्रेजी तुझे ज्ञानू पढ़ा सकता है, वो उस पॉल साहब का बाप भी नहीं पढ़ा सकता। अगर तूने ज्ञानू को खुश कर दिया तो समझ ले तेरी कलेक्टरी ये रखी है।'

ज्ञानदत्त बाबू मथुर काका के हाथ से पान का बीड़ा लेकर मुँह में ठूँस लेते और कुछ झेंपते हुए कहते, 'तू तो यार कैप्टेन, तारीफ भी करता है तो एकदम चने के झाड़ पे ही चढ़ा देता है। भतीजा तेरा होशियार है; मगर यार ! तू कलेक्टरी के ख्वाब मत देख। तू तो इसे मास्टरी लाइन में लगा।'

'बिल्कुल सही बात है। मैं भी यही कहता हूँ,' बाबूजी बगलवाले खाने से उछलकर इस तरफ आ जाते।

'तुम चुप रहो जी, तुमसे कौन पूछ रहा है ?' मथुर काका चिल्लाने लगते और बाबूजी घबराकर फिर अपने खाने में दुबक जाते। वहीं से उनकी अस्फुट बड़बड़ाहट

सुनाई देती, 'तेते पाँव पसारिए जेती लाँबी सौर...अरे अपने भाग का दलिद्दर कहाँ जाता है !'

'वो कभी नहीं जाएगा,' मथुर काका चीख पड़ते, 'भाग का दलिद्दर तो चला भी जाए; तुम्हारी तो बुद्धि में ही दलिद्दर है। और वो कभी नहीं जाएगा। बेफिकर रहो।'

ज्ञानू बाबू उठ खड़े होते। 'अच्छा कैप्टेन मैं चलूँ,' और दूकान के दूसरी तरफ जाकर बाबूजीवाले खाने में जम जाते। यारी उनकी मथुर काका के साथ थी; मगर अदब-लिहाज बाबूजी का था। यह दूसरी बात है कि इस अदब-लिहाज के बावजूद दूसरी तरफ के सत्संग की सदाबहार चिलम भी उन्हें उतना ही खींचती।

'जा भाग,' मथुर काका कहते, 'भेज उसे खाने को।'

विनायक उठकर बाबूजी की तरफ चला जाता। मथुर काका एक गहरी साँस छोड़ते और बहीखाता उठाकर उस पर जुट जाते। पहले बाबूजी खाना खाने जाएँगे, फिर मथुर काका और विनायक, यह बँधी हुई रीति थी।

आज विनायक जब फर्स्ट पास का रिजल्ट कार्ड लेकर दूकान में पहुँचा, तो ज्ञानदत्त बाबू वहाँ पहले से विराजमान थे। रिजल्ट उन्होंने ही पहले देखा और कहा, 'कैप्टेन, बधाई ! लड़का फर्स्ट आया है। अंग्रेजी में डिस्टिंक्शन लाया है। अब और तुझे क्या चाहिए ? आज अब रूखी रोटी क्या तोड़ूँ। कुछ तर माल खिला इस खुशी में।'

'अभी ले,' कहते हुए मथुर काका ने गल्ले से दो का नोट निकाला और विनायक के हाथ में थमाते हुए कहा, 'रमुवा के यहाँ खोए की जलेबी बनी है। जा, एक सेर ले आ।'

'तू एक काम कर,' ज्ञानू बाबू ने उस दो के नोट को गौर से देखते हुए कहा, 'दो रुपए और निकाल।'

'क्यों, क्या बात है ?' मथुर काका ने रिजल्ट पर आँख गड़ाते हुए पूछा और दो रुपए और निकालकर रख दिए।

ज्ञानदत्त बाबू ने वे दो रुपए अपनी जेब में खोंस लिये और अपने ओवरकोट की जेब से एक मोटी सी किताब निकालकर विनायक को देते हुए बोले, 'यह ले वो किताब जो मैं तुझे देना चाहता था। बड़ी मुश्किल से हाथ लगी।'

'क्या है यार ?' मथुर काका ने मोटे चश्मे के भीतर से घूरते हुए पूछा।

'तुझे क्या करना है कैप्टेन ! तेरे मतलब का कुछ नहीं है'–विनायक को दफा करते हुए ज्ञानू बाबू मुस्कुराए।

विनायक उछलता हुआ रम्मू हलवाई की दूकान पर पहुँचा। गैस के उजाले में उसने किताब को देखा। 'माई एक्सपेरिमेंट्स विद ट्रुथ–मोहनदास करमचन्द गांधी।' तत्काल वह समझ गया कि यह वही किताब है जो कुछ दिन पहले बाबूजी पढ़ रहे थे और उससे भी पढ़ने को कह रहे थे। वो हिन्दी में है। ये अंग्रेजी में है। मजा आ जाएगा। दोनों किताबों को आमने-सामने रख के पूरी चाट जाएगा। जाड़े की छुट्टियों में एक तो वो

उपन्यास पढ़ना है। क्या नाम है उसका 'पुनर्जन्म' टाल्सटाय का और एक ये। असली अंग्रेजी–ज्ञानू बाबू कहते हैं, इसी के अन्दर है। जगन काका के आने तक फर्र-फर्र अंग्रेजी न बोलने लगा तो मेरा नाम विनायक नहीं।

और हाँ, एक उपन्यास वो भी पढ़ना है जो जगन काका ने भेजा था। जिसके बारे में उन्होंने लिखा था कि यह एक महान उपन्यास का संक्षिप्त हिन्दी अनुवाद है जो उन्होंने खुद ही किया है। 'डॉन क्विकजोट'। आधा तो तभी पढ़ डाला था, फिर इस इम्तहान के चक्कर में रह ही गया। अब पढ़ डालूँगा।

गरमागरम जलेबियों का पत्तल लेके विनायक दूकान पर पहुँचा तो मथुर काका ने हाँक लगाई, 'आओ हो दाज्यू ! मुँह मीठा करो।' उधर से बाबूजी की आवाज आई, 'तुम लोग खाओ। मैं सन्ध्या किए बगैर कैसे खा लूँ ?'

मथुर काका झुँझला गए, 'हाँ-हाँ ! सन्ध्या का ठेका तो तुमने ही ले रखा है। मैं तो म्लेच्छ हूँ। क्या जड़भरत से पाला पड़ा है। किसी बात की तो खुशी हो इनको।'

विनायक के दिमाग में एकाएक गीता का वह श्लोक घूम गया जो बाबूजी अक्सर बड़बड़ाते रहते थे, 'यो न हृष्यति न द्वेष्टि, न शोचति, न कांक्षति...'। उसे अलूणिया बाबा की याद आई। इस बार अभी तक नहीं आए। और साल तो दिसम्बर शुरू में ही आ जाते थे। अबकी बार उनसे बहुत सारी बातें पूछनी हैं। ये योग-वोग के बारे में। उनके सिवा और कोई समझा नहीं सकता ? पिछले साल आए थे तो विनायक था नहीं; हलद्वानी गया था मामा के पास।

'जा रे, एक सेर जलेबी घर भी ले जा...और, सुन। कल अपने गणित के मास्टर को भी दे आना। कितने नम्बर आए इसके गणित में देखना तो ज्ञानू !'

'सौ में सौ हैं,' ज्ञानदत्त बाबू बोले।

'क्या ?' मथुर काका की आँखें आश्चर्य से फैल गईं। सौ में सौ ? इसके बाप ने भी कभी...? ला तो जरा, मुझे देखने दे। अरे ! इसका मतलब उस बेचारे ने खयाल रखा इसका। क्यों रे ! तू तो कह रहा था एक सवाल गलत हो गया है।'

विनायक चुप रहा थोड़ी देर। फिर बोला, 'बस, उत्तर ही तो गलत था। बाकी तो सब ठीक ही था।'

'खैर,' तू मिठाई जरूर पहुँचा आना उसके घर,' मथुर काका बोले, 'अरे साले तेरी खातिर यह सब भी करना पड़ता है। वरना मैं तो इन भुक्खड़ों को मुँह भी न लगाऊँ।'

विनायक जलेबी का पूड़ा हाथ में लिये घर की ओर बढ़ रहा है और सोच रहा है कि अगर ऐन इम्तहान के वक्त गणित का ट्यूशन न लगाया होता तो क्या होता ? छमाही में तो चलो छींका टूट गया। सालाना में न टूटा तो ? देखी जाएगी। अभी से फिकर क्यों की जाए ? जगन काका होली में आ रहे हैं। तब तक वो सारी किताबें पढ़ डालनी हैं। अपनी कविताओं का संग्रह भी तैयार कर लेना है। बस वो एक 'टाइगर' बीड़ीवाली कविता नहीं दिखानी है उनको। नहीं तो वे भी क्या सोचेंगे ? और जगन काका को क्या मालूम कि विनायक की एक कविता 'कूर्मांचल' में भी छप गई। वही

'माता तू है नदी'...वाली। सरू दीदी कितनी खुश हुई थीं ? कह रही थीं कि जगन काका की भी कविताएँ इसी अखबार में छपी थीं और बाबूजी तो कह रहे थे कि सुमित्रानन्दन पन्त की भी कविताएँ पहले-पहल इसी में छपी थीं। बाबूजी जो कभी विनायक के किसी काम में दिलचस्पी नहीं लेते, उस दिन बड़े चकित हो गए थे।

जगन काका को लिखा था कोई अप्रकाशित लेख भेजने के लिए। नहीं भेजा। पता नहीं क्या कर रहे हैं ? अब तो वह पत्रिका भी नहीं निकलती। प्रेस ही बन्द हो गया, सुना। पता नहीं जगन काका क्या नौकरी करते हैं ? मथुर काका तो कहते हैं, 'कुछ नहीं ! बेकार होगा।' मथुर काका ने जगन काका को सेल्समैन बनाने का विचार तो उसी दिन छोड़ दिया था जिस दिन बाबूजी ने बीच बाजार में उनसे लड़ाई की थी। बाप रे ! बाबूजी को ऐसा पागलों जैसा गुस्सा भी आ सकता है, विनायक कल्पना भी नहीं कर सकता था। सरोज दीदी ने भड़का दिया होगा उनको। जगन काका तो खुद ही कहते थे कोई काम ऊँचा या नीचा नहीं होता। फिर बाबूजी क्यों इतना भड़क गए थे? उस दिन तो मथुर काका खाने को आ ही नहीं रहे थे। फिर रात के ग्यारह बजे बाबूजी खुद उनको मना-मुनू के बड़ी मुश्किल से घर लाए थे और पहली बार विनायक ने दोनों भाइयों को इस तरह साथ बैठके खाना खाते देखा था।

सरोज की चिट्ठी का जवाब भी जगन काका ने काफी देर से, कोई साल-भर बाद दिया था। इस बीच मथुर काका नागपुर से लौटकर इलाहाबाद भी होते आए थे और जगन काका का कोई पता नहीं लगा था। एक दिन अचानक उनकी चिट्ठी सरोज के नाम आ गई थी। विनायक खुद दूकान से लेके आया था। तब सबकी जान में जान आई थी। विनायक के सामने ही सरू दीदी ने चिट्ठी खोल के पढ़ी थी। विनायक को नहीं दी थी। उसके मन में सन्देह था कि चिट्ठी पूरी नहीं पढ़ी गई है। कुछ बातें दीदी छुपा गई हैं। आखिर यह उस पत्र का जवाब था जो विनायक ने चुराकर पढ़ा था। वह भीतर ही भीतर घुटकर रह गया था। पता नहीं दीदी ने कहाँ छुपा दिया वह पत्र। पहले जो चिट्ठियाँ आती थीं वो तो कई बार दीदी खुद ही विनायक को पढ़ने को दे देती थीं।

विनायक को अपने ऊपर बहुत शर्म आती है। आज स्कूल से लौटकर उसने दीदी से माँग ही लिया आखिर वह पत्र। उतना ही था जितना सरोज दीदी ने पढ़ा था। क्या कहती होंगी दीदी भी !

'सरू बेटा ! तूने ठीक समझा। मैं सचमुच बीमार पड़ गया था। अब ठीक हूँ। चिन्ता की कोई बात नहीं। हाँ, मैं पांडिचेरी गया था। तेरा पत्र मुझे वहीं किसी ने भिजवा दिया था। उसके पहले मैं गांधीजी के आश्रम भी गया था। मुझे याद है जब मैं नोआखाली से लौटा था तो मैंने तुझे एक लम्बा पत्र लिखा था। क्या वह तुझे नहीं मिला ? नहीं बेटा, हम तुमसे बिल्कुल नाराज नहीं हैं। तुम्हारा यह सोचना बिल्कुल सही है कि वो डायरीवाला जगन काका तुम्हारा जगन काका नहीं है। मैं खुद अब यही सोचता हूँ। वह सब अब बहुत दूर की बात लगती है। तुम लोगों को मैं कैसे छोड़ सकता हूँ ?

मैंने योग-वोग सब छोड़ दिया है। मैंने तो लिखना भी छोड़ दिया है। इस बात से तुम्हें बहुत दुख होगा मगर अब मुझे उसमें भी कोई अर्थ नहीं दिखाई देता। बाकी बातें मिलने पर करूँगा। मैं आ रहा हूँ। होली तक पहुँच जाऊँगा। तब तुमसे और विनायक से खूब जमकर बातें होंगी।

तुम्हारा जगन काका।'

जगन काका की वापसी

बाईस

'डायरीवाला जगन काका !' कहाँ हैं जगन काका ?

'यह अच्छा क्रान्तिकारी निकला जो आजादी मिलने के बाद फरार हो गया।'

'जगन काका ! यह तुम्हारी डायरी है।'

'जगन काका ! जगन काका ! यह जीवित समाधि क्या होती है ?'

जगन काका दोनों हाथों से अपनी छाती को दबाए खाँस रहे हैं। यह कैसी खाँसी है–विनायक सोचता है–जो बन्द ही नहीं होती।

जगन काका हाँफते हुए लेट जाते हैं और धीरे से पूछते हैं, 'जीवित समाधि ! तू क्यों पूछ रहा है वीनू ? तुझे किसने कहा ?

विनायक के चेहरे पर एक अजीब से भय की परछाईं है।

'बाबूजी कहते हैं जगन काका, कि अलूणिया बाबा ने वहीं कैलाश पर्वत पर जीवित समाधि ले ली है। क्या वे अब यहाँ कभी नहीं आएँगे जगन काका ?'

जगन काका की आँखें मुँद जाती हैं। एक बहुत ही थका स्वर धीरे से उभरता है, 'नहीं वीनू ! अलूणिया बाबा अब कभी नहीं आएँगे। जीवित समाधि से आदमी कभी लौटकर नहीं आता।'

विनायक की आँखें डबडबा आती हैं। इसका मतलब अलूणिया बाबा मर गए। क्यों मर गए ? उन्हें इतनी जल्दी क्या थी ? कितनी सारी बातें इकट्ठा कर रखी थीं उसने अलूणिया बाबा से पूछने के लिए ? अब वे भी चले गए।

जगन काका चुप हैं। आजकल कितना कम बोलते हैं। कितने दुबले हो गए हैं ? भुवन काका के कोई पहचान के डॉक्टर हैं भुवाली में। भुवाली में बहुत बड़ा अस्पताल है। सरोज दीदी कहती है भुवन काका जगन काका को दिखाने वहीं ले जाएँगे।

विनायक को इन दिनों मथुर काका का घर में न होना बहुत खटक रहा है। मथुर काका आज एक महीने से बाहर हैं। उन्हें अकस्मात् नागपुर जाना पड़ा। कह रहे थे फैसला करके ही आऊँगा उस सेठ के बच्चे से। एजेंसी देकर छीन लेना क्या इतना आसान है ? सेठ ने मथुर काका पर पाँच हजार रुपए का दावा ऊपर से ठोक दिया

है। क्या किस्मत है मथुर काका की भी ! कितने जी-जान से लगे रहते थे रात-दिन इस टाइगर बीड़ी के पीछे। उस पुरबिया सेल्समैन ने धोखा दे दिया। रातोरात उगाही के रुपए लेकर चम्पत हो गया। अब वह कहाँ हाथ आएगा ? सारा काम तो उसी के भरोसे था। मथुर काका कह रहे थे–वह पाताल में भी पहुँच गया होगा तो वहाँ से भी उसे मैं खींच निकालूँगा। मेरा नाम मथुरलाल है। मुझसे बचकर वह जाएगा कहाँ ?

जाने कहाँ-कहाँ भटक रहे होंगे मथुर काका इस वक्त ? उस पुरबिया को ढूँढ़ रहे होंगे या उस सेठ के बच्चे की खुशामद कर रहे होंगे ?

विनायक का ज्यादातर वक्त दूकान पर ही बीतता है। वहीं बैठकर पढ़ाई भी करता है। अगले महीने मैट्रिक का इम्तहान है। फर्स्ट लाना जरूरी है।

'वीनू !' जगन काका की आवाज कितनी दूर से आती जान पड़ती है, 'खड़ा क्यों है ? बैठ जा बेटा।'

विनायक चारपाई के पैताने बैठ जाता है और एकटक जगन काका के चेहरे को देखता रह जाता है। अजीब डर-सा लगता है उसे।

'जगन काका,' वह फुसफुसाता है, 'सरू दीदी कहती थीं आप योगी हैं। अलूणिया बाबा भी तो योगी थे न जगन काका ?'

जगन काका मुस्कुराते हैं। विनायक को यह जबर्दस्ती की मुस्कुराहट लगती है। वह बहुत उदास हो जाता है। उनकी आँखें फिर डबडबा आई हैं।

'जगन काका ! जीवित समाधि क्या होती है ?'

जगन काका एक क्षण चुप रहते हैं। फिर कहते हैं, 'तुझे क्या करना है बेटा इन बातों से ? जा अपना काम कर।'

विनायक निराश हो जाता है। नहीं, इस तरह उसे बहुत टाला जा चुका है। आज जानकर ही रहेगा।

'काका ! बता दो।'

'तू बहुत तंग करता है,' जगन काका कहते हैं, 'जीवित समाधि एक प्रकार की इच्छा मृत्यु है।'

'जैसे भीष्म पितामह थे,' विनायक बीच में ही बोल पड़ता है। उसे सहसा अपने नाना की याद आ जाती है। नाना ने ही पूरा महाभारत सुनाया था। पितामह की कहानी सुनाते-सुनाते वे रो पड़ते थे। नाना की मृत्यु हुई हलद्वानी में, तब विनायक उनके पास ही था। अच्छे-खासे उससे बात कर रहे थे। शायद कोई कहानी ही सुना रहे थे। बीच में उससे चिलम भर के लाने को कहा था। जब तक विनायक चिलम भरकर लाया वे मर चुके थे। जैसे एकाएक साँस लेना भूल गए हों। एक मिनट भी नहीं लगा था उन्हें मरने में। तो क्या नाना भी योगी थे पितामह की तरह ?

'नहीं बेटा !' जगन काका के स्वर में एक हल्की सी उत्तेजना उभर आई है। वे उठकर बैठ गए हैं, 'पितामह योगी नहीं थे। योगी होना आसान है वीनू ! पितामह बनना बहुत कठिन है। जिन दिन पितामह कुरुक्षेत्र में अपने रथ से नीचे गिरे उसी दिन

महाभारत की वीरगाथा का अन्त हो गया था। क्या बचता है महाभारत में पितामह के घायल होकर गिर जाने के बाद–सिवा छल-कपट, अन्याय, प्रतिशोध और हत्या-बलात्कार के ? वह सब जो महान था, गरिमामय और उदार था, वह सब पितामह के साथ ही चला गया। बाकी बच जाती है केवल एक नंगे और कुत्सित यथार्थ की परछाईं, जो खिंचती चली जाती है एक अन्तहीन ऊब और दुहराव में...।

जगन काका फिर लेट गए, 'अब तू जा। तू नाहक मुझे बकाता है। तुझसे तो मेरी सरू बेटी अच्छी है जो कभी कुछ नहीं पूछती। तुझे करना क्या है इन बातों से ? जा अपना काम कर। मुझे सोने दे।'

डॉन क्विकजोट और सांकोपांजा

तेईस

जवाब इसका कौन दे
किसे अब इतना होश है
कि हिन्द आज किसके सोग में सियाहपोश है ?

विनायक अपनी कोठरी में टहल रहा है। उसके हाथ में एक पत्रिका है।... बीच-बीच में रुककर वह जोर-जोर से पढ़ने लगता है। जाने कितनी बार यह कविता वह पढ़ चुका है। आज सुबह से ही उसके भीतर खलबली मची है। 'सन्देश' का प्रवेशांक निकलने जा रहा है। बिल्कुल 'हंस' के नमूने का होना चाहिए—विनायक ने मन-ही-मन तय कर लिया है। जगन काका 'हंस' की पूरी फाइल अपने साथ उठा लाए थे।... इम्तहान का बवाल भी सिर से उतर गया। छुट्टियों के दिन हैं सो फुर्सत-ही-फुर्सत है। मथुर काका भी लौट आए हैं। अब तो बीड़ी का काम भी नहीं रहा।

प्रवेशांक के मुखपृष्ठ पर कविता होनी चाहिए। विनायक के सिवा वह किसकी हो सकती है ? और कविता हो तो फिर ऐसी हो जो पढ़नेवाले के मन में खलबली मचा दे। जैसी कि अली सरदार जाफरी की इस कविता ने विनायक के मन में मचा रखी है।

बिल्कुल इसी विषय पर, इसी तर्ज और लय में लिखना है। दिखा देना है कि वह सरदार जाफरी से कम नहीं है। विनायक आलमारी से मुखपृष्ठ का वह चित्र निकाल कर देखता है। बरसों बीत गए—एकदम बदरंग हो गया है। यह चलेगा नहीं—हालाँकि जगन काका कहते हैं यही ठीक है। अहमद भी अजीब लड़का है। उससे कहा इस पर फिर से रंग भर दो या ठीक ऐसा ही दूसरा बना दो पर वह कहता है यह नामुमकिन है। क्यों नहीं गांधीजी की ही एक तस्वीर बना देता अहमद ?...क्या जरूरत है अब इसकी ? विनायक गौर से देखता है, वैसे भी कहाँ मिलता है मुझसे ? विनायक फाड़कर फेंक देता है चित्र को। मुखपृष्ठ से ही तो इम्प्रेशन बनता है। अहमद अपने आप कुछ नया बना देगा।

और मैटर ? मैटर काफी है। लच्छू तो लिख नहीं सकता। उसके नाम से चार

चुटकुले विनायक ने खुद ही लिख डाले हैं। परमेसरी का आर्टिकल भी आ गया है। त्रिभुवन भी पट गया आखिर : अंग्रेजी में लेख लिख के दे दिया है उसने 'माई डॉग' शीर्षक। यह जरा दूसरे किस्म की अंग्रेजी है। एक लेख विनायक को भी लिखना पड़ेगा अब गांधीजीवाली अंग्रेजी में। तब जाकर बैलेंस ठीक होगा। चन्दू, अहमद, लच्छू सब बुरी तरह नाराज हैं कि त्रिभुवन को छापने की क्या जरूरत थी। अरे, ऐसे कहीं स्वाधीन क्लब का काम चल सकता है ? भले ही बैठक-वैठक में नहीं आता, चन्दा तो देता है। सबको साथ लेके चलना पड़ता है भई, तभी तो धाक जमेगी। तभी तो जी.आई.सी. के मास्टरों पर भी रौब पड़ेगा। अपने बजरिया दोस्त तो कुछ लिखते-पढ़ते हैं नहीं। बिना त्रिभुवन, हरीश, रग्घू मुच्ची और प्रेमबल्लभ के पत्रिका निकले कैसे ?

सबसे जोरदार आइडिया, जो आज तक किसी सम्पादक को नहीं सूझा, विनायक को सूझा है। इतनी सारी पत्रिकाएँ जगन काका अपने साथ लाए हैं। किसी में भी 'डायरी' नाम की चीज नहीं छपी है। विनायक संसार का पहला सम्पादक होगा जो 'डायरी' छापकर दिखा देगा अपनी पत्रिका के पहले ही अंक में। अभी जगन काका को इस बारे में कुछ भी नहीं मालूम है। छपा हुआ ही देखेंगे। और कहीं तो छपने से रही। कोई नाराज थोड़े ही होंगे। अब तो सरोज दीदी भी साथ में हैं। वह भी इस योजना को स्वीकृति दे चुकी हैं। फिर डर काहे का ? जैसे विनायक मथुर काका का प्राइवेट सेक्रेटरी है, वैसे ही सरोज दीदी जगन काका की प्राइवेट सेक्रेटरी मानी जा सकती हैं। सरोज दीदी ही तो प्रकाशक हैं इस पत्रिका की, उन्हीं की राइटिंग में पूरी पत्रिका लिखी जाएगी। छापे के अक्षर भी क्या होंगे उनकी लिखावट के सामने। कुमाउँनी लोकगीतों पर एक बढ़िया लेख भी उन्होंने लिख डाला है। कहाँ तो कह रही थीं 'चल रे चल, मैं क्या तेरी तरह लेखक हूँ' और अब कैसे लिख दिया। कितनी खुशामद की, तब लिखा ! आजकल काकी नहीं हैं न, मायके गई हैं। इसलिए मूड ठीक रहता है दीदी का।

दीदी बता रही थीं कि जगन काका जल्दी ही ठीक होके आ जाएँगे। इलाज अच्छा हो रहा है भुवाली में। मगर मथुर काका तो कह रहे थे, 'यह बीमारी कभी ठीक नहीं होती।' और भी तो बहुत कुछ कह रहे थे उस दिन–'भुवाली में अमीर आदमियों का इलाज होता है। इतना खर्चा मैं कहाँ से लाऊँ ? तू देख ही रहा है, किसी तरह सेठ को समझा-बुझा के आया हूँ। एजेंसी भी छिन गई। मेरे पास कोई जोड़ा हुआ धन तो है नहीं। जो कुछ कमाया, पेट के गड्ढे में चला गया। कांग्रेसी होता तो मुफ्त इलाज भी हो जाता। ये ठहरा क्रान्तिकारी। न कोई जानता है, न पूछता है। किसको पड़ी है जो उसकी सिफारिश करेगा।'

ये सारी बातें अगर सरोज दीदी के कान में पड़ जाएँ तो उन्हें कैसा लगेगा ? नहीं, विनायक किसी हालत में इसका जिक्र उनसे नहीं करेगा। वैसे भी आजकल मथुर काका जगन काका से कहाँ झगड़ते हैं ? कितने अच्छे से बात करते हैं !

दीदी आजकल हर शनीचर को गोल्ल देवता के मन्दिर जाती हैं। कभी-कभी विनायक भी साथ में जाता है। जगन काका की आलमारी अब दीदी ने विनायक के

लिए खोल दी है। अब उसे कोई रोक-टोक नहीं। बड़ा अचरज हुआ था विनायक को उस दिन, जब दीदी ने सिर्फ एक बार जिक्र छेड़ने पर ही जगन काका की दोनों डायरियाँ निकालकर उसके हाथ में थमा दी थीं। एकाएक कैसे वह इतना विश्वासपात्र हो गया और पहले क्यों नहीं था, यह बात उसे समझ में नहीं आई थी। शायद अब उनके लिए इतने बड़े रहस्य को अकेले सँभालना मुश्किल हो गया है, इसलिए उन्होंने गुड्डन को भी अपना साझीदार बना लिया है।

विनायक के लिए जगन काका सचमुच अब एक रहस्य की तरह हो गए हैं, जिसके भीतर झाँकने का, पास आने का जबर्दस्त कुतूहल होता है, पर डर भी बहुत लगता है। पहले तो ऐसा नहीं था। इलाहाबाद जाने से पहले जगन काका दोस्त थे। अब वे विनायक को बहुत ही दूर और अगम्य लगने लगे हैं। मगर सरोज दीदी के लिए तो उलटा ही जो हो गया है। पहले तो कभी डरती भी दिखाई देती थीं। अब तो वह जगन काका को ही इस तरह झिड़क देती हैं जैसे जगन काका गुड्डन हों। बड़ी भी तो हो गई हैं कितनी। कुछ दिन बाद शादी भी हो जाएगी। उस दिन दूकान पर क्या बातें हो रही थीं मथुर काका की बाबूजी से ? कुछ साफ समझ में नहीं आया था विनायक के। बस सिर्फ इतना ही भाँप पाया था कि काकी ने अपनी रिश्तेदारी में ही कहीं कोई लड़का ढूँढ़ लिया है। बाबूजी तो कोई दिलचस्पी ही नहीं दिखा रहे थे। मथुर काका ही बात किए जा रहे थे।

उस रात विनायक को एक भयानक सपना आया। वह गोल्ल देवता के मन्दिर के चबूतरे पर बैठा है। रात का समय है। अचानक एक औरत चीखती-चिल्लाती हुई आती है और मन्दिर में घुस जाती है। विनायक दौड़कर भीतर जाता है और दीये की रोशनी में देखता है उस औरत को और बुरी तरह चिल्ला पड़ता है।

'क्या हुआ गुड्डन ?' सरू दीदी बगलवाली कोठरी से दौड़ती हुई आती हैं, 'क्या हुआ तुझे ?...वह अन्दाज से दियासलाई टटोलकर लैम्प जला देती हैं। विनायक का चेहरा मारे डर के सफेद पड़ गया है। वह अभी भी थर-थर काँप रहा है।

'गुड्डन ! क्या हुआ, बोल न ?' सरू दीदी उसके सिरहाने बैठकर उसके सिर पर हाथ फेर रही हैं। विनायक एकटक दीदी को देखता रहता है। उसके मुँह से बोल नहीं फूटता।

'क्या हुआ रे ! तू इतनी जोर से क्यों चीखा ? मैं तो एकदम डर ही गई रे। कोई सपना देख रहा था ?'

विनायक ने सरोज का हाथ कसके पकड़ लिया और सिर हिला दिया, 'नहीं दीदी ! सपना-वपना कुछ नहीं देखा। मुझे अचानक डर लग गया। मुझे नींद नहीं आ रही है। तुम आज यहीं सो जाओ मेरे पास और लैम्प जला रहने दो। मुझे कुछ पढ़के सुनाओ।'

'क्या सुनाऊँ, गुड्डन?' सरोज की आँखों में नींद भरी है।

'कुछ भी दीदी ! कुछ भी,' विनायक दीदी की गोद में सिर रख देता है।

दीदी हाथ बढ़ाकर पास रखे लकड़ी के खोखे में से एक पुस्तक निकालती हैं। जगन

काका की भेजी किताब है–'डॉन क्विकजोट।' दीदी भी तो पढ़ चुकी हैं। कितना मजा आया था उन्हें ? दीदी सुनाने लगीं। सुनते-सुनते विनायक खुली आँखों एक सपना देखने लगा। वह सनकू है–सांकोपांजा। और जगन काका डॉन क्विकजोट हैं। वे हाथ में तलवार लिये घोड़े की पीठ पर बैठे सरपट भागे जा रहे हैं। पीछे-पीछे टट्टूसवार विनायक दौड़ रहा है। जगन काका का सांकोपांजा। और दीदी ? दीदी क्या हैं ? दीदी वह राजकुमारी हैं जिनकी रक्षा के लिए डॉन क्विकजोट हाथ में तलवार लिये अदृश्य शत्रुओं का पीछा कर रहा है।

डायरीवाला जगन काका

चौबीस

जगन काका की डायरी। विनायक पढ़ रहा है। 'सन्देश' का सम्पादक विनायक...।

'...रात बैठक हुई थी संगीत की। बहुत दिन बाद पटदीप गाया। अच्छा लगा। कोई एक बजे लौटकर आया। नींद तो तुरन्त आ गई थी मगर कोई चारेक बजे एकाएक नींद खुल गई। कैसा अजीब सपना था।

देखा मैं पांडिचेरी पहुँच गया हूँ। सपने में भी साफ देख और जान रहा हूँ कि मैं पांडिचेरी अरविन्द आश्रम में हूँ। श्री माँ जिन्हें समझ रहा हूँ वे एक भीड़ के बीचोबीच खड़ी आर्केस्ट्रा कंडक्ट कर रही हैं। मेरे हाथ में भी एक वायलिन आ जाता है और मैं सोच रहा हूँ कि वायलिन बजाना तो नहीं जानता फिर इतना सही कैसे बजा रहा हूँ। एकाएक दृश्य बदल जाता है...मैं बाजार में चल रहा हूँ...पता नहीं कहाँ का बाजार है। भत्ती और सरोज भी साथ में हैं। वे लोग एक दूकान के आगे रुक जाते हैं और मैं आगे बढ़ता जा रहा हूँ और भूल जाता हूँ उनको और सहसा पाता हूँ कि मैं एक जंगल के बीचोबीच खड़ा हूँ। मैं उस जंगल में से निकलने का रास्ता ढूँढ़ रहा हूँ पर कोई रास्ता नहीं दिखाई दे रहा। इतने में पायल की ध्वनि सुनाई पड़ती है और मैं अन्दाज से उसी तरफ भागता हूँ और क्या देखता हूँ कि दूर एक पेड़ के नीचे भत्ती खड़ी है। वह मुझे देखते ही बाँहें फैला देती है और मेरा नाम पुकारती है...मैं उसकी तरफ दौड़ रहा हूँ लगातार, मगर उसके और मेरे बीच की दूरी घटती ही नहीं। मैं दौड़ते-दौड़ते थक जाता हूँ। वह उसी तरह बाँहें फैलाए उसी पेड़ के नीचे खड़ी है। वह वहीं खड़ी है और मैं पूरी ताकत से उसकी तरफ दौड़ रहा हूँ और फिर भी मैं वहीं का वहीं हूँ। मैं थककर गिर पड़ता हूँ। मेरी साँस फूल रही है। इतने में क्या देखता हूँ कि भत्ती वहीं खड़ी-खड़ी जमीन के अन्दर धँसी जा रही है। 'भत्ती ! भत्ती !' पुकारता हुआ मैं उसकी ओर फिर दौड़ना शुरू कर देता हूँ। मुझे सिर्फ जमीन से ऊपर को उठी हुई उसकी दो बाँहें दिखलाई देती हैं। फिर सहसा वे भी गायब हो जाती हैं और मेरी नींद खुल जाती है।

'बहुत दिनों से मैं भत्ती के घर नहीं गया। अभी पिछले हफ्ते मन्दिर में मिली थी। सरोज बहुत नटखट है। उसने पहले से योजना बना रखी थी।

'नहीं, अब कोई निर्णय लेना ही होगा। इधर या उधर। क्या है जो मुझे वहाँ जाने से रोकता है ? कितनी बार मेरे पाँव बरबस मुझे उसके दरवाजे तक खींच ले गए हैं और मैं हर बार वापस लौट आता हूँ। क्या मैं अब भी उसी बिन्दु से शुरू कर सकता हूँ, जहाँ छोड़ा था ? यदि थोड़ी देर के लिए यह मान भी लूँ कि भत्ती के साथ मेरा निर्वाह हो सकता है या कि हम दोनों को जोड़नेवाली चीजें अब भी वही हैं और बीच की यह सारी उथल-पुथल, यह सारा अन्तराल कोई फर्क पैदा नहीं करता, तो भी क्या मैं इस स्थिति में सचमुच हूँ कि यह जिम्मेदारी उठा सकूँ ? क्या बात मेरे हाथ से निकल नहीं गई ? घर की हालत यह है। कमाने-खाने का कोई ठिकाना नहीं। मैं जा तो रहा हूँ इलाहाबाद पर मुझे उम्मीद नहीं है कि कोई चमत्कार मेरे साथ घटेगा। कभी घटे भी तो क्या वह तब तक मेरा रास्ता देखे बैठी रहेगी ? वैसे भी उसके पिता का रुख बिल्कुल आशाजनक नहीं है। उन दिनों की बात दूसरी थी। तब मैं पढ़ रहा था। उनकी नजर में मेरे सामने एक निश्चित कैरियर था, भविष्य था। अब क्या है ? ठीक भी है, इसमें किसी को क्या दोष दिया जा सकता है ? मेरी मानसिक स्थिति भी तो मेरी आर्थिक स्थिति से कम उलझन भरी नहीं। कई बार सोचा दाज्यू से इस बारे में बात करूँ पर घर की जैसी हालत है, वैसे में इस प्रकार की बात छेड़ना ही एक क्रूर मजाक जैसा लगता है। यह डाँवाडोल हालत कब तक चलेगी ? मुझे जाने से पहले किसी निर्णय पर पहुँचना ही होगा।

'पर काहे का निर्णय ! मेरा क्या निर्णय हो सकता है? परिस्थितियाँ अपने आप मेरी तरफ से निर्णय ले रही हैं।

'और इसका क्या अर्थ है ? इस सपने का ? अर्थ स्पष्ट है। अगर ऐसे ऊलजलूल सपनों का भी कोई अर्थ होता हो तो।'

विनायक कुछ देर तक सोचता ही रह जाता है। फिर जल्दी-जल्दी पन्ने पलटने लगता है। यह तो वही पुरानी कापी है। पूरी पलट डाली पर कहीं भी आगे इसका जिक्र नहीं। इसका मतलब दीदी ने या तो पढ़ा नहीं या भूल गईं। जगन काका ने भी उन्हें नहीं बताया। नहीं तो सरू दीदी को आखिर-आखिर तक यह विश्वास क्यों होता कि जगन काका भत्ती से ही शादी करेंगे ? या फिर कोई और कापी भी होगी जो मिल नहीं रही है या खो गई है।

विनायक फिर से पन्ने पलटता है। अभी एक कापी और है। आजकल में ही छाँटकर बता देना है दीदी को। 'सन्देश' का प्रवेशांक आधे से ज्यादा छप गया है यानी दीदी ने–जितना मैटर पास किया था–सब बढ़िया से अपनी राइटिंग में उतार डाला है। बस अब एक डायरी बची है और एक दीदी का खुद का लेख। दीदी अपना लेख सबसे आखिर में देना चाहती हैं। बहुत शर्माती हैं दीदी। खामखाह।

इस कापी में तो योग ही योग भरा पड़ा है। दूसरी में कुछ पढ़ने-लिखने की बातें

हैं, जिसमें लोगों को मजा नहीं आएगा। इसमें घर के और मुहल्ले के लोगों के बारे में लिखा है। दीदी ने सख्त मना किया है कि ऐसी बातें पत्रिका में नहीं छापी जाएँगी। विनायक को वही सबसे मजेदार लग रहा है। खैर, दीदी नहीं मानतीं तो जाने दो। वे नाराज हो जाएँगी तो सारा मामला चौपट हो जाएगा। बड़ी मुश्किल से मना-मुनू के तैयार किया है।...यह वाली डायरी अच्छी है। दीदी को दिखाता हूँ मान जाए तो।

'...एक भयानक अन्तर्विरोध मेरे जीवन को चला रहा है। मैं विश्वास नहीं करता और मैं विश्वास कर रहा हूँ। एक तरफ मुझे जीवन का कोई असन्दिग्ध अर्थ और उद्देश्य नहीं दिखाई देता : कर्म की प्रेरणा ही जैसे मर गई है—और दूसरी ओर मैं योग-साधना की ओर किस दुर्निवार ढंग से खिंचा जा रहा हूँ जैसे सब यथार्थों का यथार्थ वही हो। एक ओर मैं प्रार्थना करता हूँ—प्रार्थना का पूरा विगलन अपने भीतर महसूस करता हूँ—और दूसरी ओर मेरा ही दूसरा अंश—मेरी बुद्धि और मेरी जीवनानुभूति भी—उस प्रार्थना करनेवाले अंश का मखौल उड़ाती रहती है। क्या ऐसा व्यक्ति साधना का पात्र है ? पर क्यों नहीं ? अगर सब कुछ सन्दिग्ध है तो मेरा यह संशयात्मा ही क्यों असन्दिग्ध हो ? जो चीज, जो अन्तःप्रक्रिया मुझे इस मार्ग की ओर खींच रही है, वही क्यों झूठ है ?

'निश्चय ही जीवन एक बहुत बड़े यथार्थ का छोटा सा अंश है। उस यथार्थ से जुड़े बिना जीवन को वस्तुतः जाना नहीं जा सकता। किन्तु, क्या जीवन (जैसा भी वह है) और यह साधना क्या अलग-थलग रहने को अभिशप्त हैं ? उनका सहज जीवन्त मेल कैसे हो ? श्री अरविन्द भी मुझे इस प्रश्न का उत्तर नहीं देते। अगर मेरी साधना का निश्चित और स्पष्ट सम्बन्ध अपने और दूसरों के जीवन-संघर्ष से और जीवनानुभूति से नहीं जुड़ सकता तो मैं इस साधना से क्या करूँ ? मैं जो दो स्तरों पर जी रहा हूँ, वही क्या है ? यह मेरी साधना है और यह उसके बाहर का मेरा जीवन है। दोनों में तालमेल क्या है, जीवित सम्बन्ध क्या है ? पर यही तो मेरी जिज्ञासा है जिसका समाधान पाने तक मैं हाथ-पर-हाथ धरकर नहीं बैठ सकता। मेरे लिए दोनों उतने ही वास्तविक हैं।

'किस गुरु के पास जाऊँ ? गुरु का विचार ही मुझमें अजीब वितृष्णा उपजाता है। बड़े भाई साहब से किसी समय इसी बात को लेकर बहुत बहस होती थी। वैसी सहज श्रद्धामात्र भगवे वस्त्रों के प्रति मुझमें नहीं हो सकती। भाई साहब के पास जितने भी जोगी-भगौती आते थे, वे सब मुझे हास्यास्पद लगते थे। उनमें मुझे कहीं कोई आध्यात्मिक गरिमा नहीं दीख पड़ती थी। वीनू अलूणिया बाबा की बहुत बात करता है; भाई साहब तो उनके पुराने भक्त हैं ही। मगर मुझे तो उनमें भी कभी कोई विशेषता नजर नहीं आई। इतना ही है, कि मजेदार आदमी हैं, आम साधुओं की तरह बोदे नहीं हैं, बड़े विनोदी और जिन्दादिल आदमी हैं, पढ़े-लिखे भी हैं। मगर सवाल यह है कि संसार छोड़कर तुमने क्या पाया ? और उस पाए हुए को संसार को लौटाया कितना ? दाज्यू कहते हैं कि यह सवाल ही बेकार है। महात्मा वीतरागियों के लिए संसार को कुछ

सिखाने-करने का प्रश्न ही नहीं उठता क्योंकि वह तो अहंकार ही हुआ, राग ही हुआ। जैसे सिद्धियाँ व्यर्थ प्रलोभन हैं, वैसे ही संसार के लिए कुछ करने की भावना भी एक सूक्ष्म अहंकार है और इसलिए उससे भी मुक्त हो जाना जरूरी है। अनासक्ति-योग की दृष्टि से सेवा भी बन्धन है। संघर्ष भी रस है। दाज्यू के इस तर्क से मैं कभी सहमत नहीं हो सका, पर उसका जवाब भी नहीं दे सका। मेरे दाज्यू भी अजीब विरोधाभासों के पुंज हैं। वे महात्मा गांधी के पक्के अनुयायी हैं मगर सशस्त्र क्रान्तिवालों को भी उतना ही बड़ा त्यागी और आध्यात्मिक शक्ति से प्रेरित समझते हैं। मुझे उन्होंने एक बार भी नहीं टोका कि जगन्नाथ, यह तुम क्या कर रहे हो ? मुझे लेकर उनके कितने अरमान थे कि मैं यह बनूँगा, वह बनूँगा। मैंने उनके सारे मनोरथों पर पानी फेर दिया मगर उन्होंने एक शब्द भी शिकायत का मुँह से नहीं निकाला, जबकि उन्हें पूरा अधिकार था। अक्सर मुझे यह लगता है कि उनमें खुद में वह चीज है जिसे वे जीवन-मुक्ति कहते हैं। मगर साथ ही उनमें वह व्यसन, वह उत्कट भाव-विह्वलता भी है, जो एक कलाकार में होती है। असल में उन्हें कभी मौका ही नहीं मिला कि वे अपनी सामर्थ्य को समझ सकते, उसका उपयोग कर सकते। भीतर-ही-भीतर छीज गई उनकी सारी प्रतिभा और तेज। प्रतिकूल परिस्थितियों ने उनकी सारी सम्भावनाओं को कुंठित करके रखा दिया। क्या उनमें हीनभावना की ग्रन्थि बन गई है ? ऐसा भी एकाएक नहीं कहा जा सकता। दरअसल उन्होंने महत्त्वाकांक्षा जैसी चीज को कभी अपने अन्दर महसूस ही नहीं किया होगा—ऐसा मुझे लगता है।

'विनायक को देखकर कभी-कभी मुझे लगता है कि दाज्यू अपने बचपन में ऐसे रहे होंगे। यह भी लगता है कि विनायक शायद उस चीज को रियलाइज कर सके जो दाज्यू के भीतर थी लेकिन बाहर नहीं आ सकी। विनायक वैसे बहुत चंट है। नेतागीरी का शौक लग गया है उसको। फिर भी इस उम्र में उसकी बुद्धि, उसकी जिज्ञासा मुझे कभी-कभी हैरत में डाल देती है। घर का जैसा वातावरण है, वैसे में उसके भी कुंठित या गुमराह हो जाने का खतरा मुझे साफ-साफ दिखाई देता है। इसीलिए मैंने दाज्यू को कई बार समझाया कि आप वीनू को अपने साथ ही रखिए, इस पर भी उतना ही ध्यान दीजिए जितना मुझ पर देते थे। मगर इधर उनमें एक अजीब उदासीनता घर करती जा रही है जो पहले नहीं थी। उन्होंने विनायक को मथुरदा के हवाले कर दिया है। मैं तो जा रहा हूँ—जितना साथ उसको मेरा मिलता था—वह भी नहीं मिलेगा। पता नहीं कब मेरा ठौर-ठिकाना होगा, कब मैं उसे अपने साथ ले जा सकूँगा। दाज्यू इसी तरह उदासीन रहे तो विनायक का भगवान ही मालिक है। मेरी मथुरदा से कभी पटी नहीं। ऐसा भी नहीं कि मैंने उनके पास आने की, उन्हें समझने की कोई कोशिश नहीं की। की जरूर, पर सब बेकार गई। वे मुझे हमेशा अपना प्रतिद्वन्द्वी और दुश्मन ही समझते रहे। अब तो क्या हो सकता है...'

विनायक सोच में पड़ गया। इसे तो सम्पादित करना ही पड़ेगा। मथुर काका भी तो

उस दिन बैतालेश्वर से लौटते हुए यही कह रहे थे कि जगन काका उनको दुश्मन समझते हैं। किसको सच मानें ? बेकार है इस पूरे को छापना। सरू दीदी आ जाएँ तो उनसे सलाह लूँ। बड़ी देर लग गई उनको। गिदारियों को बुलाने गई थीं। घर में किसी की इच्छा नहीं थी मगर विनायक नहीं माना। जिद में अड़ गया कि नहीं, गिदारियों के बिना जनमवार नहीं मनेगा।

अभी तो मैटर कम है। विनायक ने बीस पृष्ठ पत्रिका के इस डायरी के मैटर के लिए रख छोड़े हैं। चलो अब उस वाली कापी से छाँटें...ये कैसा रहेगा ? इसमें अंग्रेजी भी है।

'जहाँ कविता समाप्त हो जाती है, वहीं शायद योग शुरू होता है। योग का अनुभव भाषा से परे है...वह अभिव्यक्ति के लिए कतई प्रेरित नहीं करता। हालाँकि कविता है ही इसीलिए कि जो चेतना के सीमान्तों पर घटित होता है, उसको पकड़कर भाषा में लाए और इस तरह उसे भी हमारी चेतना का अंग बना दे। अमानवीय को भी मानवीय बना दे और इस तरह आदमी की अनुभव सामर्थ्य को थोड़ा और विस्तृत कर दे। मैं समझता हूँ कविता की सबसे बड़ी सार्थकता यही है। कल रात के उस ध्यान अनुभव से सामान्य चेतना में वापस लौटने के बाद–क्या अजब है कि–मुझे कॉलरिज की वे पंक्तियाँ बेहद हांट करती रहीं...उस वक्त की मेरी मनःस्थिति के बिल्कुल अनुरूप...काश ! 'कुड आई रिवाइव विदिन मी, दैट सिम्फनी ऐंड सांग...

'यह महज संयोग नहीं था–इस कविता का उस मौके पर इस तरह अचानक स्मरण हो आना और मन पर छा जाना इतने दिनों बाद...। उसमें एक अनिवार्यता थी। 'कुबला खाँ' अंग्रेजी रोमैंटिक कविता का एवरेस्ट है, किसी ने कहा है और बिल्कुल ठीक कहा है। वह मुझे एक पुल की तरह अनुभव हुई उस अलौकिक अनुभव से अपनी सामान्य चेतना में वापस आने के लिए...और फिर भी, फिर भी उस अलौकिक को वह वहीं नहीं छोड़कर आ जाती–उसे भी अपने साथ खींच लाती है; उस दिव्य अनुभव के अनिर्वच आतंक और आह्लाद को भी...उसकी धड़कती हुई सजीवता में...। क्या ये पंक्तियाँ कॉलरिज के उस कवि जादूगर पर और एक योगी पर समान रूप से लागू नहीं होतीं ?

वीव ए सर्किल राउंड हिम थ्राइस
ऐंड क्लोज योर आइज इन होली ड्रैड
फॉर ही ऑन हनीड्यू हैव फैड
ऐंड ड्रंक द मिल्क ऑफ पैराडाइज

'मेरा मन दो टुकड़ों में बँट गया है। एक कहता है–जीवन का बड़े से बड़ा सुख और रस भी–यहाँ तक कि काव्यानन्द भी, जिसे अपने यहाँ ब्रह्मानन्द सहोदर तक कह दिया

गया–इस अनुभव के सामने कुछ नहीं है। जब आरम्भ की सीढ़ियों पर ये हालत है, तो जो सचमुच पहुँचे हुए योगी हैं–मेरे जैसे डरपोक और विभाजित मनवाले साधक नहीं, बल्कि चेतना के सीमान्तों के पार ही स्वाभाविक रूप से विचरण करनेवाले योगी–उनको क्या नहीं होता होगा ? मुझे लगता है कि हिन्दुस्तान की सबसे बड़ी देन, मानव जाति के लिए उसका सबसे बड़ा आविष्कार यही है। यह योग। ब्रह्मानन्द और किसे कहते होंगे। जिस सभ्यता ने योग का आविष्कार किया हो, ऐसे विराट अनुभव को–स्वयं ईश्वर को–अपनी स्नायुओं पर सिद्ध किया हो, उसे संगठित धर्म की या प्रॉफेट की क्या जरूरत पड़ सकती है। बल्कि साहित्य और कला के क्षेत्र में भी उस तरह महत्त्वाकांक्षी होने की गुंजाइश ही कैसे बचती है ? योग का अनुभव, बाकी सारे अनुभवों और विवेकों को गला देता है। वह चरम नम्रता और अकिंचनता का अनुभव है। लगता है वह सब झूठ और प्रवंचना है जो इस 'शक्ति' से संयुक्त और समरस नहीं है।

'मेरा दूसरा मन कहता है–मान लिया यही स्वयंसिद्ध अनुभव है। पर इससे क्या ? आदमी की सांसारिक स्थिति से उसका क्या सम्बन्ध है ? जीवन की जटिल समस्या को सुलझाने में उसका क्या योगदान हो सकता है ? यदि ईविल भी 'शक्ति' है और 'गुड' भी शक्ति है तो दोनों के बीच का विवेक गैरजरूरी है। दोनों समान रूप से सार्थक या निरर्थक हैं तो नैतिकता का स्रोत क्या है ? और बिना एक निश्चित ठोस नैतिक प्रेरणा और उसके असन्दिग्ध आधार के, मनुष्य-जीवन कैसे सम्भव है ? जिन्दा रहने का सही तर्क क्या है ?

'...मैं नहीं मानता कि सिर्फ एक नाथूराम गोडसे नाम के आदमी ने बापू की हत्या की। बापू की हत्या हम सबने मिलकर की है। जिस दिन मैंने नोआखाली में बापू को पहली बार देखा, उसी दिन मुझे लग गया कि वे अब ज्यादा दिन टिकेंगे नहीं। उनके चेहरे पर मैंने मृत्यु की छाया देखी। और उस दिन प्रार्थना सभा में–जब मेरे पास बैठे हुए सिख लोग किस कदर बेचैन हो रहे थे–उस दिन दूसरी बार मैंने बापू के चेहरे को ध्यान से देखा था और एकाएक मुझे लगा था–कितना भयानक था वह क्षण–मैं भीतर तक काँप गया था–मुझे लगा था वे बिल्कुल निस्सहाय और अकेले पड़ गए हैं...वे अपने अनुयायियों में से किसी को नहीं पहचान पा रहे हैं। जैसे वे एक बहुत गलत जगह आ गए हैं और उन्हें अकस्मात् पता चल गया है कि इस देश और इस समाज में उनके लिए कोई जगह नहीं है; कि इस देश और इस समाज ने उन्हें सचमुच पूरे मन से स्वीकार किया ही नहीं था। मैंने उनके उठे हुए हाथों में, उनकी दुबली आवाज में ढेर सारी थकान एकाएक उमड़ आती देखी। जैसे उनका सारा प्रयत्न, सारा पुरुषार्थ एक अवास्तविक लीला की तरह उनकी आँखों के सामने गुजर गया हो और वे सहसा विरक्त हो उठे हों, श्रीकृष्ण की तरह इस सबसे; और अपना हाथ खींच लेना चाहते हों।

'जो प्रजा गांधीजी की हत्या कर सकती है, वह अपने लिए भविष्यहीनता का वरण

करती है। वह उस आदमी को और उसकी नैतिक चेतना को अस्वीकार करती है, जिसने और मात्र जिसने हिन्दुस्तान के इतिहास में पहली बार उसके सामूहिक उद्धार की चिन्ता की, उसके बारे में सोचने और कर्म करने की तकलीफ उठाई।

'नहीं, जो कहता है कि गांधी हमारे ऋषि-मुनियों की परम्परा में आते हैं, वह गधा है और गांधी के सारे किए-धरे का मज़ाक उड़ाता है। गांधी की महानता यही है कि वह उस परम्परा में एक विचलन पैदा करती है। नया मोड़ देती है।

'इस डरपोक जाति को गांधी की सबसे बड़ी देन 'अभय' है; अहिंसा नहीं। 'अभय' ही उनका मूलमन्त्र था; 'अभय' उनके लिए मनुष्य के मनुष्य होने का अर्थ था। क्या हमने इसे समझा ?

'नैतिक पूर्णता का आध्यात्मिक पूर्णता के साथ अनिवार्य सम्बन्ध है, यह गांधी ने ही हमें सिखाया। और यह भी, कि इस मामले में हम ईसाई धार्मिकता से भी कुछ सीख सकते हैं।

'पूरब और पश्चिम यहाँ मिलते हैं गांधी में। और पूरब की शर्तों पर मिलते हैं। पश्चिम की शर्तों पर नहीं। यह आत्महीनता नहीं है, जातीय दर्प नहीं है, अतीत-पूजा नहीं है। यह समन्वय से भिन्न और बड़ी चीज है। यहाँ हिन्दुस्तान की बुनियादी नम्रता और बुनियादी आत्मविश्वास एक बार फिर एक विजातीय किन्तु प्राणवान जीवन और संस्कृति से टकराता है और रूपान्तरित होता है। यह हिन्दुत्व और ईसाइयत की असली मुठभेड़ और असली पहचान है एक-दूसरे की।

'गांधी ने पश्चिम को सचमुच पचाया। यही वह जगह थी, जहाँ से हमारे लिए पश्चिमी संस्कृति के नकलची या गरीब बिरादर बनते जाने की भयावह नियति से उबरना सम्भव था। गांधी की हत्या उस सारी सम्भावना की हत्या है और आनेवाली पीढ़ियाँ फिर से उस आत्मदया और आत्महीनता की दलदल में फेंक दी गई हैं जिससे हमें कोई नहीं उबार सकता। न ! श्री अरविन्द भी नहीं। मुझे श्री अरविन्द की उस बात ने बेहद क्षुब्ध किया—गांधीजी के उपवास के प्रति उनकी उस निहायत आत्मतुष्ट और संवेदनहीन प्रतिक्रिया ने—कि 'एक व्यक्ति पूरे समाज के पाप का प्रायश्चित करे, यह विचार ही मूर्खतापूर्ण है। यह ईसाई विचार है और हमारी परम्परा के विरुद्ध जाता है।' क्या विडम्बना है ! अरे विरुद्ध जाता है—यह भी मान लो, तो इसलिए तो—गांधीजी का विचार और कर्म क्रान्तिकारी है। श्री अरविन्द भी तो क्रान्तिकारी थे। इससे बड़ा दुर्भाग्य क्या हो सकता है कि एक क्रान्तिकारी को दूसरे क्रान्तिकारी की भाषा ही समझ में न आए ? क्या हमारे क्रान्तिकारी आन्दोलन में शुरू से ही उसकी मृत्यु के बीज निहित नहीं थे ?

'नहीं, मुझे ऐसा नहीं सोचना चाहिए। मैं कृतघ्न नहीं हूँ। हालाँकि कृतघ्नता हमारे खून में है। मैं जान रहा हूँ—साफ-साफ देख और महसूस कर रहा हूँ कि हमारी जनता हम क्रान्तिकारियों को बहुत जल्दी भुला देगी। हमारे समाज की श्रद्धा सिर्फ मुनियों और राजाओं के लिए सुरक्षित रही है। क्रान्तिकारी और कलाकार इस देश में हमेशा अजनबी रहेगा जब तक कि वह प्रतिष्ठान का एक अंग न बन जाए। अर्थात् मर न जाए। हम

छोटे क्रान्तिकारी थे। गांधी शायद हमसे ज्यादा बड़ा क्रान्तिकारी था। मैं कभी सोचता था कि गांधी की आँधी ने हम सशस्त्र क्रान्तिकारियों की हत्या की। हकीकत जबकि यह है कि हम दोनों की हत्या एक तीसरी ताकत के द्वारा की गई, जिसकी जड़ों का हमें अभी अन्दाज नहीं है।

'शायद मैं भावुक हो रहा हूँ। हो सकता है मैं अब सिर्फ इसी भावुकता के योग्य रह गया हूँ। लेकिन मुझे बापू का वह चेहरा, उनके उठे हुए हाथों का वह स्तम्भित भाव मृत्युपर्यन्त नहीं भूलेगा। श्री अरविन्द को मैंने देखा नहीं। तीन-चार महीने पांडिचेरी रह चुकने के बाद भी नहीं। पर उससे कोई फर्क नहीं पड़ता। उनका साक्षात्कार शायद उस चेहरे में कुछ नहीं जोड़ता जो उनकी किताबों में मौजूद है। जबकि गांधी को जिसने नहीं देखा, नहीं सुना उसने जरूर कुछ 'मिस' किया। हालाँकि यह भी मेरी भावुकता है क्योंकि जो गांधी के बहुत निकट रहे हैं, जिन्होंने उन्हें रात-दिन देखा है, मुझे सन्देह है कि गांधी उनकी हड्डियों में तो क्या, उनकी मोटी खाल के अन्दर भी कहीं सचमुच भिद सका है।

'देश गलत हाथों में चला गया है। पर मैं नहीं समझता कोई और विकल्प था। इस देश को राजनीतिक नेतृत्व की उतनी जरूरत नहीं है, जितनी समाज के बीच काम करनेवाले लोगों की। और ऐसे लोग कहाँ हैं ? अपने को ही टटोल लूँ तो क्या मुझमें यह प्रेरणा है ?

'पर मुझमें काहे की प्रेरणा है ? मुझमें कोई प्रेरणा नहीं है। साहित्य पर से भी मेरा विश्वास उठता जा रहा है। कविता भी मुझसे छिन गई। मुझे लगता है मैं एक फालतू उपस्थिति हूँ। बेकार चेतना का विलाप हूँ। मेरे लिए कहीं कोई जगह नहीं है। न यह एकान्त मेरा है, न ये लोग मेरे हैं। सब कुछ मायावी हो गया है। एकदम अवास्तविक। सिवाय मेरे घर के लोगों के, जो दूर होकर भी मुझे अपने से जकड़े हुए हैं और जिनके लिए मैं कुछ भी नहीं कर सकता। फिर भी मैंने वह जिया है, वह अनुभव किया है जो जीवन की परिधि से बाहर है। जहाँ कविता की भी पहुँच नहीं है। क्या यह मेरा दम्भ है ? क्या यह मेरी पराजय है ? क्या यह विक्षिप्तता का लक्षण है ? क्या यह भी मृत्यु का ही एक प्रकार नहीं ? फिर मैं क्यों इतनी आसक्ति से जीवन से चिपटा हुआ हूँ और चिपटे रहना चाहता हूँ।

'...क्या मेरी साधना में खतरे का बिन्दु सचमुच आ पहुँचा है। यह अहसास कितना पीड़क है कि मुझे मेरी पात्रता और जरूरत से ज्यादा दिया जा रहा है जिसके लिए मैं कतई प्रस्तुत नहीं हूँ। अब मुझे ध्यान में बैठने की भी जरूरत नहीं होती। किसी भी वक्त कहीं भी वह सारी प्रक्रिया शुरू हो जाती है और मैं अपने बावजूद उसे दे दिया जाता हूँ। इतनी तेजी से परिवर्तन घटित होते हैं कि मेरे लिए उन्हें एक-दूसरे से अलग कर अपने साक्षी मस्तिष्क में उभारना असम्भव हो गया है। वैसा करना अब वाहियात

लगता है।

'किन्तु मेरी जीवनासक्ति इस सारी साधना के बावजूद अधिकाधिक तीखी होती जाती है। मुझे 'ज्ञान' का आकर्षण नहीं रह गया है। मैं अपने अज्ञान में ही मस्त हो रहना चाहता हूँ। इतने सारे लोग...इतनी सारी जिन्दगियाँ...उनके बीच में कभी-कभी आनन्दातिरेक से रो पड़ने को मन उमड़ता है। मेरी जगह उनके बीच है—यहाँ इस ध्यान की कोठरी में नहीं—इनमें से प्रत्येक के अन्दर वही आत्मा, वही शक्ति कार्यरत है और यह महज एक क्षुद्र और अनधिकृत-सा संयोग लगता है कि मैं साधना कर रहा हूँ। मुझे यही लगता है कि उनमें से प्रत्येक उन सारे दिव्य अनुभवों का अधिकारी और पात्र है जो मुझे हो रहे हैं। एक क्षण के लिए भी मुझे कभी ऐसा नहीं लगता कि मुझे जो दिया जा रहा है, वह मेरी किसी विलक्षण योग्यता के कारण दिया जा रहा है। कदापि नहीं।

'...शुद्ध आतंक। मैंने घबराकर आँखें खोल दीं। मुझे साफ लगा मुझे कुछ होने जा रहा है अभूतपूर्व : अन्तिम रूप से निर्णायक और आप्लावी। मैंने उसे एकाएक सचेत होकर जहाँ का तहाँ स्थगित कर देना चाहा...जैसे डूब जाने से बचने के लिए आखिरी छटपटाहट हो। तुरन्त ही मैंने फिर आँख बन्द कर ली और टूटे तार को फिर से जोड़ने की कोशिश की। पाखंडपूर्ण दिलासा दिया खुद को—कि नहीं ! मैं डरा नहीं था; मुझमें एक भयंकर दुर्बलता का विस्फोट नहीं हुआ था।

'अब यह अतल ग्लानि। यदि तुममें साहस नहीं था सम्पूर्ण समर्पण का—खुद को उस अवश्यम्भावी परिणति तक जाने देने का तो तुम इस प्रक्रिया में उतरे ही क्यों ? आत्मरक्षा की प्रवृत्ति ? आत्मछल कहो—आत्मछल।

'उस महान आनन्द की अनुभूति के बाद भी जब तुम स्वयं को निःशंक होकर उसके हाथ में नहीं सौंप सके तो—जाहिर है कि अब तुम्हारा लौट जाना ही श्रेयस्कर है। तुम्हारा भय निर्मूल नहीं हुआ है। वह जहाँ का तहाँ है, यह आज प्रकट हो गया। यह भय है अपने रूपान्तरित हो जाने का, चेतना के रूपान्तरण का भय। तुम्हारी सारी प्रार्थना और एकाग्रता निरर्थक है क्योंकि तुम दिव्य शक्ति को पहले बुलाकर फिर उसे एक वाहियात, अनर्गल प्रतिरोध दे रहे हो। एक सुरक्षित दूरी कायम रखना चाहते हो अपने और उसके बीच। उससे फ्लर्ट करना चाहते हो। यह अक्षम्य अपराध है। यह पाप है। आत्मछल है।

'लौट जाओ अब भी। वक्त रहते...'

बस इतना मैटर काफी होगा। विनायक डायरी बन्द करके आलमारी में रख रहा है। सरू दीदी अपने आप उतारेंगी। निशान लगा दिए हैं। दीदी क्या अभी तक नहीं आईं ?

'वीनू !'...सरू दीदी दौड़ती हुई सीढ़ियाँ उतरकर आती हैं।

'चल नहा-धो ले। गिदारी आमा आ गई हैं,' एकाएक उनकी आवाज काँपने लगती है, 'बड़ी मुश्किल से हाथ-पाँव जोड़कर मनाकर लाई हूँ। आ ही नहीं रही थीं। तुझे मालूम है जो बड़ी बाली गिदारी आमा थीं, वे पिछले महीने मर गईं। अब सिर्फ छोटीवाली आमा रह गई हैं। वे कहीं नहीं जातीं। मुझे देखकर इतना रोईं, इतना रोईं कि मुझे भी रोना आ गया। बड़ी मुश्किल से समझा-बुझाकर लाई हूँ। तू जल्दी से आ।'

दीदी जल्दी-जल्दी सीढ़ियाँ चढ़ गईं। विनायक वहीं का वहीं खड़ा रह गया। ऊपर से शकुनाखर गाने की आवाज आने लगी थी। क्या दीदी भी गिदारी आमा के साथ गा रही हैं ? दो आवाजें हैं साफ-साफ। फिर भी दीदी की जैसी आवाज नहीं लग रही है। बड़ी गिदारी आमा ही जैसे लौट आई हैं। उसके जनमवार में शकुनाखर गाने के लिए।

खिड़की से निकला हुआ हाथ

पचीस

'सन्देश' का प्रवेशांक छप गया। तय हुआ कि जब तक स्वाधीन क्लब के बारहों सदस्य इसे पढ़ न लेंगे, किसी बाहरी आदमी को इसे छूने भी नहीं दिया जाएगा। इस पर एक सदस्य ने बहुत ही बुनियादी किस्म का सवाल उठा दिया कि जब स्वाधीन क्लब बन्द हो जाएगा, तब पत्रिका के अंकों का स्वामी कौन होगा ? प्रश्न पूछनेवाला रग्घू मुच्ची था। इस पर लच्छू बहुत गम्भीर हो गया और बोला, 'तुम नए-नए रंगरूट हो। तुमको क्या पता कि 'सन्देश' का आइडिया कितना पुराना है। पाँच साल तो इसको जन्म लेने में लगे। इसका मतलब यह हुआ कि अभी कम-से-कम दस साल इसे मरने में लगेंगे। तो तुम लोग अभी से ऐसी असगुनी बात क्यों सोचते हो ?'

सदस्यों को इस बात पर बड़ी हँसी आई। किन्तु लच्छू की गम्भीर मुखमुद्रा देखकर वह हँसी मुँह में ही अटकी रही, बाहर नहीं निकली। इतने में चन्दू जो बहुत देर से हरीश मुच्ची के द्वारा पैदा की हुई समस्या का मन्थन कर रहा था, अचानक बोल पड़ा, 'जिस अंक में जिसका लेख सबसे अच्छा हो, वो अंक उसका।'

'अबे, इसका फैसला कौन करेगा ?' नारायण बोला, 'मेरी समझ से तो सारी की सारी पत्रिकाएँ ऐसे मेम्बर के पास रहनी चाहिए, जिसका उसमें कुछ भी न छपा हो, जैसे मैं।'

'चल बे,' लच्छू ने झिड़का, 'तेरा क्या ? तू साले उसे रद्दी में बेच देगा।'

नारायण एक क्षण इस फटकार से हतप्रभ हो रहा, फिर परम विश्वास के साथ कहने लगा, 'एक न एक दिन तो रद्दी में बिकना ही है। अभी उस दिन मेरे सामने की ही बात है, विनायक की दूकान में कोई आधा बोरा रद्दी बेचने आया था। उसमें कितनी बढ़िया पत्रिकाएँ निकली थीं ! है न विनायक ?'

बात सही थी। पर विनायक को अच्छी नहीं लगी। कितनी मेहनत और लगन से दिन-रात एक करके पत्रिका निकाली और ये साले अभी से उसकी रद्दी बनाए दे रहे हैं। कुछ भी हो, हैं साले बजरिया ही।

'अब अगला अंक कब निकलेगा ?' नारायण ने पूछा।

'अबे, पहले ये तो पढ़ ले,' अहमद झुँझला गया, 'सम्पादक को फिक्र नहीं, स्टाफ आर्टिस्ट को फिक्र नहीं, ये साला खामखाह दुबला हुआ जा रहा है। ला यार, पहले

पत्रिका मुझे दे। तूने तो पढ़ ही ली होगी। सबसे ज्यादा मेहनत मुझे पड़ी है, इसलिए पहले हफ्ते मेरे पास रहेगी।'

रग्घू मुच्ची उदास हो गया। उसकी कहानी छपी थी। वह अपने डैडी पर रौब जमाना चाहता था। वे 'पायनियर' के रिपोर्टर हैं, यह बात उसने पहले ही जोर-शोर से क्लब के सदस्यों में प्रचारित कर रखी थी। आखिर उसने तुरुप चल ही दिया।

'मेरे डैडी कह रहे थे तुम पत्रिका लेकर आना। अच्छी लगी तो मैं उसकी न्यूज छपवा दूँगा।'

विनायक की आँखें चमक उठीं, 'ऐसा ! तो फिर ले जा यार, तू ही ले जा। दे-दे अहमद पहले इसी को पढ़ने के लिए।'

अहमद मन ही मन कट गया। उसने पत्रिका चुपचाप रग्घू मुच्ची के आगे फेंक दी। लच्छू ने उसे वापस उठाकर अहमद के सामने पटक दिया और कहा, 'मैं स्वाधीन क्लब का सेक्रेटरी हूँ। जो मैं कहूँगा, वही होगा। पत्रिका सबसे पहले अहमद को जाएगी। फिर मेरे पास आएगी। तब जाके रग्घू का नम्बर लगेगा।'

'वाह ! और मैं सम्पादक जो हूँ,' विनायक हकबका गया।

'सम्पादक हमेशा सेक्रेटरी के अंडर में होता है,' लच्छू ने टका-सा जवाब थमा दिया।

सहसा नारायण उत्तेजित होकर उठ खड़ा हुआ, 'अरे, आज तो रिजल्ट आनेवाला था। चलो स्टेशन चलें।'

इतने में बाजार की तरफ से एक हल्ला-सा सुनाई पड़ा। सबके-सब एक साथ खिड़की की ओर लपके। अखबार आ गया क्या ? अरे ! लड़के पागलों की तरह नीचे को दौड़ पड़े। सचमुच अखबार आ गया था। एक आदमी हाथ ऊँचा करके अखबार बचाते हुए भाग रहा था और चारों तरफ उसे घेरकर छीना-झपटी करते हुए लड़के दौड़ रहे थे।

इतने में मथुर काका बौखलाए हुए जाने कहाँ से प्रकट हो गए और 'लाओ तो महाराज ! जरा छोकरे का रिजल्ट तो देखूँ'...चिल्लाते हुए लड़कों की पूरी भीड़ को चीरकर उस लम्बे आदमी के पास पहुँच गए और जब तक वह आदमी सँभले, तब तक मथुर काका उसके हाथ से अखबार को पतंग की तरह लूटकर भागे।

'चलो, एक-एक करके बोलते जाओ अपने रोल नम्बर,' मथुर काका दौड़कर विनायक की कोठरी में चढ़ गए और वहीं खिड़की पर जम गए।

'पहले जी.आई.सी.।'

'नहीं, पहले ए.आई.सी.।'

'नहीं, पहले रामजे।'

इस बीच मथुर काका ने खुद ही जी.आई.सी. वाला पृष्ठ निकाल लिया था। 'रोल नम्बर तो बता रे बिनुवा।' वे चिल्लाए, 'फर्स्ट डिविजन तो कुल दो ही दिखाई दे रहे हैं पूरे जी.आई.सी. में।'

'साठ हजार बासठ,' विनायक नीचे से चीखा।

'फर्स्ट ! तू फर्स्ट आ गया !' मथुर काका चीख पड़े और फिर अपनी बौखलाहट पर खुद ही झेंप गए, 'और ये साठ हजार चौरासी कौन है?'

'ये तो त्रिभुवन का नम्बर है,' विनायक बोला, 'क्या वो भी फर्स्ट आ गया ?'

कोई घंटे-भर तक खिड़की के नीचे घमासान मचा रहा। मथुर काका को लग रहा था जैसे वे हाथी पर सवार हों और नीचे प्यादे-पिद्दी लोग खड़े हों। जब कोई रोल नम्बर नहीं मिलता तो वे चिल्लाते 'गोल है। आगे बढ़ो।' ज्यादातर लोग थर्ड डिवीजन निकलते और उनके लिए मथुर काका अपने स्वर में ढेर सारी हिकारत उँडेलते हुए कहते, 'तीन डंडे।'

इस तुमुल में आधे से ज्यादा खेत रहे। स्वयं स्वाधीन क्लब के सदस्यों में से तीन लोग गोल हो गए। लच्छू, चन्दू और घंटी। नारायण को तीन डंडे मिले और बाकी सबको दो-दो।

मथुर काका हाथी से उतरे और हताहतों के बीच से झूलते हुए दूकान की ओर चल दिए। विनायक को भी अपने साथ खींच ले गए। विनायक का जी बहुत उदास हो गया था। असली दोस्त तो फेल हो गए। चन्दू के बिना क्लास में बैठने की कल्पना ही दुखद थी।

दूकान पर पहुँचकर मथुर काका ने आराम से तकिए पर उठँगते हुए कहा, 'बोल, अब तेरी क्या इच्छा है ?'

विनायक की समझ में नहीं आया, उनका क्या आशय है। फिर भी उसने सोचा मन की बात कह डालने का इससे अच्छा अवसर फिर नहीं मिलेगा।

'चाचाजी ! मैं इंटर में आर्ट साइड लेना चाहता हूँ,' वह बोला।

मथुर काका को जैसे काठ मार गया हो। वे बड़ी देर तक विनायक को घूरते रहे फिर बोले, 'तेरा दिमाग तो खराब नहीं हो गया ? कौन पूछता है आर्टवालों को। साइंस का थर्ड भी आर्ट के फर्स्ट के बराबर है। तू मुझसे बहस मत कर। कल मेरा साला आनेवाला है नैनीताल से। वो इंजीनियरी पास है। अभी भुवाली गया था तो नैनीताल भी गया था। तेरे मामा भी कह रहे थे विनायक को यहीं भेज दो। वहाँ पढ़ाई भी बहुत अच्छी होती है।'

'क्या ?' विनायक को अपने कानों पर विश्वास नहीं हुआ, 'नैनीताल मैं क्यों जाऊँ ? यहाँ भी तो इस साल से साइंस खुलनेवाला है...'

'बहस मत कर,' मथुर काका चीख पड़े, 'मैं जो सोच रहा हूँ तेरे भले के लिए ही सोच रहा हूँ। अपने बाप से भी पूछ ले।'

उनके मुँह से इतना निकलना था कि बाबूजी बगल के खाने से उछलकर आ गए, 'मेरी समझ से तो, जिसमें इसका मन लगता है, वही पढ़ने दो। आर्ट साइड ही ठीक रहेगा।'

मथुर काका आगबबूला हो गए, 'आर्ट साइड ठीक रहेगा। क्यों मुझे गुस्सा दिलाते

हो ? तुम्हारी तो अक्ल ही मारी गई है। तुमसे तो किसी चीज पर राय लेना ही बेकार है।'

बाबूजी घबरा गए। एक क्षण अनिश्चित भाव से खड़े रहे फिर चुपचाप अपने खाने में वापस लौट गए। वहीं से उनकी बड़बड़ाहट सुनाई दी, 'जैसी तुम्हारी इच्छा हो। वैसा करो ! मुझसे पूछते ही क्यों हो ? जो इसके भाग में होगा, वही पढ़ेगा।'

विनायक एकाएक उतर पड़ा नीचे और बिना मथुर काका पर नजर डाले सीधे घर को चल दिया। उसे मथुर काका पर बेहद गुस्सा आ रहा था। पिताजी के ढुलमुलपन से वह और भी चिढ़ गया। कोई उसकी तरफ से बोलनेवाला, उसकी बात समझने की कोशिश करनेवाला नहीं। इससे तो फर्स्ट की बजाय थर्ड आ गया होता नारायण की तरह, या फेल ही हो गया होता लच्छू की तरह, तो ज्यादा अच्छा होता। तब किसको ये नैनीताल-फैनीताल की सूझती ? ऐसे विचित्र प्रस्ताव की तो उसे कल्पना भी नहीं थी। अब अगर सचमुच मथुर काका को जिद चढ़ गई और नैनीताल जाना पड़ गया तो सब मिट्टी हो जाएगा। स्वाधीन क्लब नष्ट हो जाएगा। पूरा जीवन ही नष्ट हो जाएगा।

विनायक ने निश्चय कर लिया–नैनीताल किसी हालत में नहीं जाना है। चाहे जान चली जाए। यह जबर्दस्ती बर्दाश्त नहीं की जाएगी।

मगर आखिर में हुआ वही, जिसका विनायक को डर था। मथुर काका के साले साहब आए और उन्होंने एक ऐसा लेक्चर उसे पिलाया कि विनायक का दिमाग ही चकरा गया। इन दिनों उसके मन की हालत बड़ी अजीब थी। एक तरफ उसे रोना आता था–अपने संगी-साथियों से, घर के लोगों से बिछुड़ने का विचार ही असह्य लग उठता था और दूसरी ओर मामा और मथुर काका ने मिलकर उसके दिमाग की ऐसी सूखी धुलाई कर दी थी कि उसे नैनीताल जाने में ही अपना भविष्य उज्ज्वल दिखाई देता था। और तो और, माँ भी उसके नैनीताल जाने के पक्ष में हो गई थी।

और सरोज दीदी ? सरोज दीदी बस एक ही बात दुहरा देती हैं, 'जगन काका को आने दो। जैसा वे कहेंगे, वैसा करना।' उन्होंने इस बारे में जगन काका को चिट्ठी लिख दी थी।

विनायक जगन काका का बड़ी बेसब्री के साथ इन्तजार कर रहा था। पर जगन काका थे कि वहीं भुवाली में रम गए था। सुनने में यही आता था कि जगन काका तो घर लौटने को बेचैन हैं पर भुवन काका वहीं डट गए हैं और चौबीस घंटे उनकी निगरानी करते रहते हैं।

बाबूजी भुवनबाबू की तारीफ करते नहीं अघाते। 'पूर्वजन्म का सहोदर होगा भुवन, तभी उसके साथ लगा हुआ है।' वे खुद दो बार भुवाली जाके मिल आए थे जगन काका से। उनका कहना था कि जगन्नाथ की तबीयत सुधर गई है मगर भुवन उसे अभी नहीं आने दे रहा है। कहते-कहते बाबूजी की आँखें छलछला आई थीं, 'कोई बड़ा भारी पुण्य

किया होगा जगन्नाथ ने, तभी भुवन जैसा दोस्त मिला। सगा भाई जो नहीं कर सकता, भुवन कर रहा है।'

विनायक के जाने का दिन भी आ गया, तब तक भी जगन काका नहीं पहुँचे। न उनकी चिट्ठी ही आई। अपनी पेटी में 'सन्देश' का प्रवेशांक सहेज के रख लिया विनायक ने। नैनीताल से भुवाली बहुत नजदीक है। जल्दी ही किसी दिन जाके मिल आएगा और दिखा देगा। कितने खुश होंगे जगन काका ! चकित रह जाएँगे। दीदी ने उनको डायरी के बारे में बताया ही कहाँ है ?

विनायक नैनीताल जानेवाली बस पर सवार हो गया है। मथुर काका और बाबूजी स्टेशन पहुँचाने आए हैं। दीदी ने घर से ही विदा कर दिया। उन्हें तो रोना ही आ रहा था। रामलीला की छुट्टी पड़ेगी तीनेक महीने बाद। उसमें घर आएगा।

गाड़ी स्टार्ट होने को हुई तो लच्छू, चन्दू और नारायण किलेखाई के उतार पर दौड़ते हुए दिखाई दिए। विनायक सबसे विदा ले चुका था। इस वक्त अपने दोस्तों को देखकर उसे जाने क्या हुआ, वह एकाएक फफककर रो पड़ा। मथुर काका की भौंहें सिकुड़ गईं। ये क्या बदतमीजी है !

लच्छू सीधे गाड़ी में घुस आया और उसके पीछे-पीछे चन्दू और नारायण भी, 'हम तुझे कर्बला चुंगी तक पहुँचाएँगे वीनू।'

गाड़ी भाग रही है। शहर पीछे छूटा जा रहा है। तीनों लड़के स्तब्ध बैठे हैं जैसे समझ ही न पा रहे हों यह क्या हो रहा है ?

'रोको,' लच्छू चिल्लाया। कर्बला चुंगी आ गई थी। कितनी-कितनी बार वे लोग यहाँ घूमने आए हैं साथ-साथ...।

'अच्छा वीनू ! जल्दी आना। हम लोग भी आएँगे नैनीताल,' चन्दू की आवाज काँप रही है। नारायण टुकुर-टुकुर विनायक को देख रहा है। उसकी आँखों में आँसू आ गए हैं। लच्छू कुछ नहीं बोलता। उसने मुँह फेर लिया है और विनायक की ओर पीठ कर ली है।

गाड़ी उतरती जा रही है। अभी थोड़ी देर तक हिमालय दीखेगा, फिर छिप जाएगा। नीचे कोसी का पानी चमक रहा है। मोटर सड़क मीलों तक कोसी के किनारे-किनारे दौड़ती चली गई है। स्याही देवी का पहाड़ भी, ज्यों-ज्यों पास आता जा रहा है, त्यों-त्यों बदलता जा रहा है।

विनायक खिड़की से सिर निकाले बाहर के बदलते दृश्य को देखता जा रहा है। अब अलमोड़ा बिल्कुल छिप गया है। स्याहीदेवी का पहाड़ अब भारतमाता के नक्शे जैसा बिल्कुल नहीं लगता।

गाड़ी भागती जा रही है। विनायक के भीतर एकाएक हाहाकार मच गया है। सब कुछ पीछे छूट गया है और आगे सब कुछ अनिश्चित है। वह एक बिल्कुल अजनबी दुनिया में जा रहा है जहाँ न सरोज दीदी हैं, न जगन काका, न बाबूजी, न लच्छू, चन्दू, अहमद और नारायण। उसे एकाएक भीषण आशंकाओं ने जकड़ लिया है। मन करता

है चलती गाड़ी से नीचे कूद पड़े और वापस चला जाए अपने दोस्तों के पास।

अभी भुवाली पड़ेगा रास्ते में। क्या ही अच्छा हो यह मोटर वहीं खराब हो जाए। कम से कम दो-चार घंटे वहीं पड़ी रह जाए तो विनायक जगन काका से मिल आए। पिछली बार बाबूजी ले गए थे। अभी भी अगर जगन काका कह दें जाओ लौट जाओ, नैनीताल मत जाओ तो वह लौट जाएगा। जगन काका के रहते मथुर काका से कौन डरता है ! मगर जगन काका आजकल कितना कम बोलते हैं। उनसे बात करने की हिम्मत ही नहीं होती एकाएक।

एकाएक विनायक बुरी तरह चौंक पड़ा। यह किसने उसका नाम पुकारा। इस निर्जन में ? उसे लगा अभी विपरीत दिशा से एक गाड़ी आकर उसकी बगल से गुजर गई और उसमें से एक हाथ खिड़की से बाहर निकला था और तभी वह आवाज सुनाई दी थी–'वीनू ?'

वह कौन था ? कहीं जगन काका तो नहीं ? पर जगन काका कैसे हो सकते हैं ? कोई खबर तो नहीं थी उनके आने की।

छब्बीस

वे सचमुच जगन काका ही थे। विनायक के पहुँचने के तीन-चार दिन के अन्दर ही सरोज की चिट्ठी मिली। उसी से पता चला। दीदी ने लिखा था जगन काका तुम्हारे इस तरह एकाएक चले जाने से बहुत उदास हो गए हैं। मथुर काका से उनका आते ही झगड़ा हो गया। उन्हें कुछ भी मालूम नहीं था इस बारे में। मैंने जो चिट्ठी लिखी थी, वह भी उनको नहीं मिली। कल मुझसे कहने लगे, 'तू भी मुझे ऐसे ही छोड़कर चली जाएगी, है न सरू।' मैंने कहा, 'नहीं काका ! मैं तुम्हें छोड़कर कभी नहीं जाऊँगी,' तो जगन काका बहुत जोर से हँसने लगे। वे तो तुझसे मिलने के लिए, जल्दी-जल्दी भाग आए थे। भुवन काका बहुत नाराज हो रहे हैं उनसे, 'गुड्डन ! तू कब आएगा रे, जल्दी आना। रामलीला की छुट्टी होगी आठ दिन की, उसमें आ जाना।'

सरू दीदी ने यह भी लिखा है कि जगन काका भुवन काका के साथ ही आए हैं। भुवन काका रोज आते हैं और घंटों बैठे रहते हैं। बाबूजी से कहते हैं, 'देख लेना, इसने मेरी एक नहीं सुनी। अपनी जिद पे अड़ा रहा। अब तबीयत जरा भी गड़बड़ हुई तो मैं जिम्मेदार नहीं रहूँगा।' जगन काका की तबीयत पहले से काफी अच्छी हो गई है, ऐसा घर में सब लोग कहते हैं। पर सच में गुड्डन ! मुझे ऐसा नहीं लगता। मुझे उनसे बहुत डर लगता है। पहले तो तू भी यहाँ था तो मन बहल जाता था। अब तो बिल्कुल अच्छा नहीं लगता। और सुन तो, मैंने बड़ी गलती की जो तुझे पत्रिका में डायरी छापने दी। जगन काका को कल मैंने इस बारे में बताया तो उन्हें अच्छा नहीं लगा ! डाँटा तो नहीं, पर गुमसुम हो गए और कुछ नहीं बोले। पत्रिका के बारे में भी कुछ नहीं पूछा। उन्हें बुरा लग गया है बहुत। तब से बोल ही नहीं रहे हैं मुझसे। आज सबेरे लच्छू और चन्दू आए थे, बहुत देर बैठे रहे। उनसे तो खूब अच्छी तरह बात की। ये भी कहा कि तुम लोग रोज मेरे पास आया करो।

विनायक का मन भी यहाँ कहाँ लग रहा है। उसे हर वक्त घर की याद आती है। वह जगन काका से मिलने को तड़प रहा है। उसे कॉलेज में भी अच्छा नहीं लगता। कैसे-कैसे तो लड़के हैं ! पढ़ाई जरूर जी.आई.सी. से ज्यादा अच्छी होती है पर अभी तो कुछ समझ में नहीं आती। बस एक ही अच्छी बात है कि त्रिभुवन भी यहीं आ गया है। विनायक उसी से चिपटा रहता है। बाकी किसी से अभी दोस्ती नहीं हुई। यह नैनीताल है। यहाँ अमीरों के लड़के पढ़ते हैं। एक से एक फैशन दिखाई देते हैं। विनायक

के पास ढंग के कपड़े भी नहीं हैं। बड़ी शरम लगती है। अलमोड़े में किसी की परवाह नहीं थी। यहाँ की बात दूसरी है।

विनायक यह सारी बातें लिखना चाहता है दीदी और जगन काका को। अपना जी हल्का करना चाहता है। पर जाने क्यों वह जब भी कागज-कलम लेकर लिखने बैठता है, कुछ और ही लिख जाता है। अपने मन की बात नहीं लिख पाता। लिख भी देता है तो काट देता है। अब गलती हो गई सो हो गई। रोने से क्या फायदा ? वापस तो लौटा नहीं जा सकता। रहना यहीं है। उसे जगन काका पर भी बहुत गुस्सा आता है। वक्त पर कोई काम नहीं आता। उस वक्त कहाँ थे ? अब भी उसे हिम्मत बँधाने की बजाय खुद ही गुस्सा होके बैठ गए हैं। एक चिट्ठी तक नहीं भेजते। यह भी कोई बात हुई !

यह एक बिल्कुल दूसरे किस्म का घर था। यहाँ भावुकता के लिए बिल्कुल ही गुंजाइश नहीं थी। बहुत बड़ा रईस खानदान था और उसके ढंग ही निराले थे। विनायक उसमें कहीं से भी खपता नहीं था। जब तक काकी यहाँ हैं, तब तक तो किसी तरह काम चल रहा है, बाद में क्या होगा, यह सोचकर विनायक परेशान हो उठता था। उस महल सरीखी विशाल कोठी में घुसने में ही उसे भय लगता था। उसे निचले तल्ले का एक कमरा रहने को दे दिया गया था।

इतनी ही गनीमत थी कि त्रिभुवन का बँगला पास में ही था। बड़े मामा (मथुर काका के साले साहब) को त्रिभुवन पसन्द आ गया था। वे उससे अंग्रेजी ही झाड़ते थे। विनायक अक्सर त्रिभुवन के यहाँ चला जाता था। उसे यह सोचकर कभी-कभी बड़ा अचरज होता कि कहाँ तो अलमोड़े में वह त्रिभुवन के साथ ऊपरी दुआ-सलाम के अलावा कोई सम्बन्ध ही नहीं रखना चाहता था और कहाँ अब उसी से मतलब पड़ रहा है। घर गया, स्वाधीन क्लब गया, लच्छू, चन्दू, अहमद, नारायण सब गए। बाकी क्या बचा ?–त्रिभुवन। पर इस वक्त वही एकमात्र सहारा लग रहा था। और कुछ नहीं तो, जी.आई.सी. की अच्छी-बुरी यादों से जोड़े रखने को ही सही।

मन लगे चाहे न लगे, अब एक भूमिका जो उस पर थोप दी गई थी, वह उसे निबाहनी ही थी। वह फर्स्ट आया था। उसे इस फर्स्ट को बनाए रखना था। कहीं त्रिभुवन फिर इंटर में फर्स्ट आ गया और वह नहीं आ पाया, तो ? इस 'तो' को वह उड़ा नहीं सकता था। त्रिभुवन के मार्क्स भी उससे ज्यादा आए थे। उसे पछाड़ना जरूरी था। विनायक के मन में एक जबर्दस्त स्पर्धा पनप गई थी। उसे न साइंस अच्छा लगता, न गणित। पर अब पसन्द-नापसन्द का सवाल नहीं था। प्रतिष्ठा का सवाल था।

दिन बीतते गए। रामलीला की छुट्टी को अब केवल एक सप्ताह शेष रह गया है। विनायक रोज सुबह उठकर कैलेंडर में से एक तारीख काट देता है। अब सिर्फ पाँच दिन और। फिर वह जगन काका को देखेगा, दीदी को, माँ को, बाबूजी को देखेगा। लच्छू, चन्दू, नारायण, अहमद सबसे मिलेगा। अरे हाँ, लच्छू की चिट्ठी आई थी। उसने लिखा था कि अहमद लखनऊ के आर्ट कॉलेज में भरती हो गया है। पाँच साल का

कोर्स है। पता नहीं इधर महीने-भर से दीदी की चिट्ठी क्यों नहीं आई।

आज बस आखिरी दिन है। विनायक त्रिभुवन के साथ कॉलेज से लौट रहा है। त्रिभुवन भी साथ चलेगा। रास्ते-भर त्रिभुवन से जगन काका के बारे में बात होती रही। त्रिभुवन ने 'सन्देश' का प्रवेशांक पूरा पढ़ लिया है। वह जगन काका से मिलने को बेहद उत्सुक है। विनायक ने वादा किया है कि इस बार वह त्रिभुवन को जगन काका से अवश्य मिलाएगा।

त्रिभुवन का बँगला आ गया है। त्रिभुवन उससे रुकने का आग्रह करता है। नहीं, आज नहीं। विनायक को जल्दी है। बहुत सारे काम निपटाने हैं। तैयारी करनी है। काकी भी साथ जाएँगी। उनके साथ बाजार भी करना है। विनायक के पास पैसे होते तो दीदी के लिए साड़ी ले जाता और जगन काका के लिए एक बढ़िया सी किताब। माल रोड पर एक जोरदार किताबों की दूकान खुली है।

विनायक अपने कमरे का दरवाजा खोल ही रहा है कि ऊपर से नौकर दौड़ा-दौड़ा आता है। और उसके हाथ में एक तार थमा देता है। 'जगन्नाथ एक्सपायर्ड।' नीचे मथुर काका के दस्तखत हैं। ऊपर काकी के भाई का नाम है।

द्वितीय खंड

त्रिपार्श्व और वर्णपट

बन्द घड़ी में रेंगता समय

सत्ताईस

यह भ्रम है। नहीं, यह सच है। यह कैसे हो सकता है ? अब तक तो वह जाने कहाँ-कहाँ पहुँच चुकी होगी।

सामने के क्वार्टर में बत्ती जल रही है। ये लोग शायद अभी सोए नहीं हैं। मतलब अभी बहुत रात नहीं हुई। यह वायलिन जैसी कौन बजाने लगा इत्ती वक्त ? ऐसा कौन संगीत प्रेमी आ गया इस पड़ोस में ?

जागते रहो ! जागते रहो !

उठकर एक गिलास पानी पीता हूँ और एक सिगरेट सुलगा लेता हूँ। सुलगी हुई सिगरेट का सिरा कश खींचते ही बुरी तरह भभक उठता है...इंजन के हेडलाइट की तरह...एकाएक मैं सहम जाता हूँ–मेरे रोंगटे खड़े हो गए हैं।

वह फिर सुनाई दी। नहीं, यह मेरा भ्रम नहीं है। यह सच है। यही सच है। यह किसकी प्रेतात्मा भटक रही है, इस अँधेरे में–सुने जाने की आशा से परे–जंगल में फेंक दिए गए किसी नवजात शिशु के रुदन-सी निरीह और सुदूर...

'सब रोगों की जड़ मन में होती है,' ठीक है। पर इस मन की जड़ कहाँ है?

'आपको नींद आती है ?' 'हाँ, आती है।' 'कभी अनिद्रा रोग से तो पीड़ित नहीं रहे ?' 'जी नहीं।' अच्छी, खूब अच्छी नींद आती है ?' यह तो मैं कैसे बता सकता हूँ ? अच्छी ही आती होगी।' 'अरे, आप भी अजीब आदमी हैं। मैं आपके रोग की जड़ तक जाना चाहता हूँ–आपको पूरा सहयोग देना होगा–एक-एक डिटेल साफ बताना होगा–नहीं तो निदान कैसे होगा ?...' 'अब डॉक्टर साहब ! मैं साफ-साफ ही तो बता रहा हूँ। नींद तो मुझे आती ही है। पर सबेरे उठने पर ऐसा कतई नहीं लगता कि शरीर को, मन को आराम मिला है। पेट पर जैसे एक भारी पत्थर रखा होता है। मैं जैसे अपनी कब्र में से उठकर आँख खोल रहा होता हूँ।'

'ठीक है, ठीक है। कभी-कभी आपको यह तो नहीं लगता कि नींद नहीं आएगी और इस डर के मारे ही आप सो नहीं पाते ?'

'जी ? जी नहीं।'

डॉ. शर्मा मुस्कुराए–एक सर्वज्ञ मुस्कुराहट। तो क्या वही सही थे। मैं ही गलत था ? आज तीन दिन हो गए–क्या मेरी नींद को मेरी ही नजर लग गई ? अगर मुझे सचमुच

नींद आ गई थी तो मैं उठ क्यों बैठा ? अब क्यों नहीं आती ? मैं पागलों की तरह चक्कर क्यों काट रहा हूँ ? वह कैसी नींद थी जिसे फोड़कर वह भयानक कूक मेरे फेफड़ों में घुस गई थी ? क्या वह अभी वहीं अटकी है–अब भी वहीं चक्कर काट रही है ?

'याद करिए कभी आपके साथ ऐसा भी हुआ कि एकाएक आपकी याददाश्त आफ हो गई हो–बिजली की तरह चली गई हो–और आपको बड़ी देर तक कुछ न सूझा हो ?'

'जी हाँ, जी हाँ। जी नहीं !'...'यह क्या ?' डॉक्टर चिड़चिड़ा गए, 'या तो 'हाँ' ही हो सकता है, या 'नहीं'...ठीक-ठीक, साफ-साफ एक ही जवाब क्यों नहीं देते आप ? देखिए, अगर आप मेरे साथ कोआपरेट नहीं करना चाहते तो जाइए किसी एलोपैथ या वैद को पकड़िए। वे आपसे कुछ नहीं पूछेंगे। सीधे थमा देंगे आपके हाथ में लम्बा नुस्खा।'

'प्लीज...प्लीज डॉक्टर साहब ! मुझे गलत मत समझिए। मैं कोई जान-बूझकर असहयोग थोड़े कर रहा हूँ। आई ऐम जेन्यूइनली कन्फ्यूज्ड...। मुझे अपने बारे में सोचते ही घबराहट होने लगती है। मैं सच बोलना चाहता हूँ–समूचा सच अपने बारे में–शायद इसीलिए नहीं बोल पाता। मुझे अपनी चीजें भी अपनी जैसी नहीं लगतीं। मुझे लगता है मुझे सपना देखे सालों गुजर गए...आप ठीक कह रहे थे। मेरी याददाश्त अक्सर फेल हो जाती है बिना किसी कारण के और वैसे भी मुझे लगता है जैसे मैं अधेड़ ही जन्मा था...और सुनिए, मैं कभी-कभी अपने घर का रास्ता ही भूल जाता हूँ...पढ़ाते-पढ़ाते जाने-पहचाने शब्दों के अर्थ भूल जाता हूँ। जी हाँ, ऐसा अक्सर होता है। मगर ये उतनी परेशानी की बात नहीं। मेरी सबसे बड़ी मुसीबत यह है कि मुझे बात करना ही नहीं आता। अच्छे पढ़े-लिखे लोगों के सामने तो मेरी सिट्टी-पिट्टी गुम हो जाती है। यह नहीं कि मैं नहीं जानता, मगर मेरा जानना बिल्कुल अकारथ हो जाता है, वह कभी भी मौके से मुझे याद नहीं आता और याद आता भी है तो जबान पर नहीं आता। एक तो मेरे वैसे ही मुश्किल से कोई दोस्त बन पाते हैं। जो बन जाते हैं, वे भी जल्दी ही मुझसे उकता जाते हैं–एक ने तो मुझे 'कावर्ड' ही कह दिया पाँच-छह लोगों के सामने। जी हाँ, उस वक्त मुझे बहुत बुरा लगा, पर बाद में मुझे लगा कि उसकी नीयत बुरी नहीं थी। वह सिर्फ मुझे उकसाना चाहता था–झटका मार के। आखिर उसी ने तो मुझे शराब पीना सिखाया था। जी नहीं, बहुत कम। मुश्किल से महीने में एक मरतबा। वह भी सिर्फ आवाज खोलने को। अपनी इस वाहियात हकलाहट पर काबू पाने को। उसने ठीक कहा था। इसीलिए तो उस तेज नशे की हालत में भी मुझे जैसे किसी बिच्छू ने काट खाया। वह मेरा दोस्त नहीं था, वह आकाशवाणी थी। वह अब भी मुझे कोड़े मार रही है, अब भी...। मगर डाक-साब ! मेरी समझ में नहीं आता आप यह सब क्यों पूछ रहे हैं ? इन सब बातों का मेरे पेट की तकलीफ से क्या लेना-देना है ? आप तो मुझे बका रहे हैं। आप तो मेरा मनोविश्लेषण जैसा कर रहे हैं क्या।'

'आपको ऐतराज है ?'

'जी नहीं, कतई नहीं। उलटे मुझे तो अच्छा ही लग रहा है। अपने बारे में बात

करने का मुझे मौका ही कहाँ मिलता है। इस तरह तो आज तक किसी ने मुझसे दिलचस्पी नहीं ली। मैं तो सिर्फ...जरा चौंक गया था...। होम्योपैथी में ये सब भी चलता है मुझे मालूम नहीं था।'

'मालूम कैसे होगा ?' डॉ. शर्मा चिढ़ गए, 'होम्योपैथी आपने पढ़ी है ?'

'जी नहीं, मगर कई होमियोपैथों से मिल चुका हूँ। उन्होंने तो कभी इस प्रकार...

'मैं होमियोपैथी की बात कर रहा हूँ, होमियोपैथों की नहीं। नीम हकीम कहाँ नहीं होते ? मैंने क्या उन सबका ठेका ले रखा है ? आपको मालूम होना चाहिए–होमियोपैथी का सबसे पहला पाठ ही यही है कि सब रोगों की जड़ मन में होती है।'

'अच्छा !' मारे खुशी के मेरे मुँह से चीख निकल पड़ी। मुझे लगा मेरे सारे दुख दूर हो गए। अभी, बिल्कुल अभी। बचपन में सुनी एक कहावत याद आई–बाबूजी अक्सर दुहराते रहते थे–'मन के हारे हार है, मन के जीते जीत।' एक अद्‌भुत भावातिरेक से मैं भर उठा। सामने बैठे डॉक्टर के प्रति मेरे मन में असीम श्रद्धा उमड़ आई। यह कोई ऐसा-वैसा डॉक्टर नहीं है, मैंने सोचा। यह उस विद्या का प्रतिनिधि है जिसका केन्द्र मनुष्य है। यह मुझे जानवर नहीं समझता। कर दूँ अपने को इसके हवाले ? लड़ने दूँ इसी को मेरे बदले अपनी देह का–नहीं, अपने कलेजे और भेजे का– कुरुक्षेत्र ?...एकाएक वह दवाखाना मुझे एक अति प्राचीन और पवित्र गिरजाघर लगने लगा। डॉक्टर शर्मा 'होली फादर' हो गए। मैं सब कुछ कन्फेस कर डालने को छटपटा उठा।

'पूछिए माई लार्ड, और पूछिए। मैं कयामत के दिन तक आपके सवालों के जवाब देता रह सकता हूँ। तुमने मुझमें असीम धीरज भर दिया है, डॉक्टर। मैं तुम्हारा कृतज्ञ हूँ।'

'आपको मीठा अच्छा लगता है कि नमकीन ?'

'मीठा।'

'खड़े रहना ज्यादा सूट करता है कि बैठे रहना ?'

'जी...वैसे तो बैठे रहना ही अच्छा लगता है। मेरा काम ही ऐसा है डॉक्टर ! बैठे ठाले का; इसलिए खड़े रहना भी अच्छा लगता है कभी-कभी। फॉर ए चेंज। वह भी अपने घर में या स्कूल में। बस-स्टॉप पर या राशन की दूकान पर नहीं।'

'ठीक है, ठीक है, अभी तो आप ये ले जाइए। इससे दर्द भी कम होगा और भूख भी खुलेगी। फिर बाद में कभी मिलिए फुर्सत से। तब निदान करके लम्बा इलाज शुरू होगा।'

अरे रे !....'मैं फुर्सत में ही हूँ डॉक्टर साहब ! आप भी फुर्सत में ही दिखाई दे रहे हैं। पूछिए न जो कुछ पूछना हो। खोदिए न, जितना खोदना हो और जहाँ भी मेरे मन की जड़ आपके हाथ में आ जाए, पकड़कर उखाड़ लीजिए एकबारगी–मैं चूँ भी नहीं करूँगा। यह फुर्सत का सवाल नहीं है डॉक्टर साहब, मेरी जिन्दगी का सवाल है। मैं पन्द्रह साल से इस मर्ज को पाल रहा हूँ। वो तो मेरी खुशकिस्मती कहिए कि आज आप

भी मूड में आ गए वरना मुझे पता भी नहीं चलता कि मेरी हालत कितनी नाजुक है।'

'ऊँह !' डॉक्टर शर्मा घड़ी पर नजर डालते हुए बोले, 'आप तो बहुत ही सेंटीमेंटल मालूम पड़ते हैं। कवि तो नहीं हैं ? हैं न ? मैं समझ गया था। कहा तो आपसे, कि फिर कभी फुर्सत से आइए। मेरा धन्धा मूड पर नहीं चलता आपकी तरह। मैं हमेशा इसी मूड में रहता हूँ। पुराना मर्ज है आपका, इतना मैंने पता लगा लिया। निदान करना कोई खेल तो है नहीं। भाँप मैं सब गया हूँ पर अभी और गहरी पड़ताल करना चाहता हूँ। काफी स्टडी करनी पड़ेगी मुझे। हालाँकि, निकलेगा उसके बाद भी वही जो मेरा इंट्यूशन अभी बताए दे रहा है। पर मैं जल्दी नहीं करना चाहता। इस वक्त भीड़ नहीं होती, आप जब भी आएँ, इसी वक्त आएँ। अभी आपको, हो सकता है, कई बार आना पड़े। यह तो एक अधूरा साक्षात्कार है। फिलहाल आपको ये पुड़िया मैंने दे ही दी। इसे खाते जाइए फिर आके हाल बता जाइए।'

मैं उठ खड़ा हुआ। चार मरीज एक साथ दवाखाने में घुस आए थे। 'लेकिन डॉक्टर साहब, यू विल एक्सक्यूज मी–एक आखिरी सवाल–फिर मैं जा रहा हूँ। आपने कहा कि हर रोग की जड़ मन में होती है। मगर इस मन की जड़ कहाँ होती होगी ?'

एक झुंझलाहट भरी मुस्कान के साथ डॉक्टर शर्मा ने मुझे स्टूल छोड़ देने का संकेत किया और दूसरे मरीज के साथ व्यस्त हो गए।

मैं अपने ही प्रश्न की नोंक पर टँगा-टँगा घर लौट आया। मुझे आज जाना था फिर से वहाँ–पुड़िया सब खत्म हो गई है–मैं निकला भी था घर से वहीं जाने के लिए–दवाखाने के पास तक पहुँच भी गया था–पर एकाएक जाने क्यों एक गहरे अनुत्साह ने मुझे धर दबोचा। क्या होगा ? मेरा क्या होगा ? अगर सचमुच जैसा यह डॉक्टर कहता है, वैसा ही हो, तो भी, इससे तो मामला और भी उलझ गया। वैद ही ठीक था इससे तो। वो शरीर को शरीर के हिसाब से ही निपटाता है। मन-वन का झमेला नहीं उठाता। नहीं, मुझे न होमियोपैथ की जरूरत है, न साइकिएट्रिस्ट की, न होली फादर की। सब सवालों का सवाल तो यह है कि आखिर इस मन की जड़ कहाँ है ?

लौटकर खाना खाया। कुछ देर पढ़ता रहा, फिर बत्ती बुझाकर लेट गया। बड़ी मुश्किल से आँख लगी ही थी कि वह कूक सुनाई दी। मेरी कच्ची नींद को फोड़कर वह मेरी रीढ़ में घुस गई और रेंगती रही...मुझे कई मिनट लग गए यह पहचानने में ही कि यह रेल की सीटी है।

वह मेरे भीतर से आ रही थी–बहुत-बहुत भीतर से–कई जन्मों के पार से जहाँ याददाश्त की भी जड़ खो जाती है। मुझे लगा वह अनन्तकाल से इसी तरह गूँज रही है...मेरे भीतर-बाहर चारों तरफ...सब कहीं वही एक आवाज है और कहीं कुछ नहीं है। उसने मुझे लपेट लिया...एक गुँजलक की तरह वह मुझ पर लिपटती गई, कसती गई...यहाँ तक कि मेरा दम घुटने लगा...मैं छटपटा उठा बुरी तरह और पसीने में नहा गया। मैंने किसी तरह उठकर बत्ती जला दी और खड़ा हो गया अपने सारे भय के साथ। निहत्था। अपनी खाल पर खड़े रोंगटों को देखता...।

उन कुछ क्षणों के लिए मैं जैसे अन्तरिक्ष में फेंक दिया गया था–बिल्कुल निराधार और निरावलम्ब। फिर मैं धीरे-धीरे लौट चला। मेरे पाँव ठोस धरती पर आ टिके। सहसा मुझे अपना वह प्रश्न याद आया।

'सब रोगों की जड़ मन में होती है। पर इस मन की जड़ कहाँ है ?'

उफ ! वह असह्य अनुभव था। था, अब नहीं है। मेरे हाथ चल रहे हैं...ये शब्द हैं जो मैं लिख रहा हूँ–सीखे हुए शब्द...कहाँ थे ये शब्द, जब वह पूरी इमारत मुझ पर गिर पड़ी थी और मैं उसके नीचे दफन हो गया था–'हफ्तों, महीनों, सालों, युगों...। क्या अब वह मलबा मेरे ऊपर से हटा लिया गया है और मैं अपना स्मारक बनकर खड़ा हूँ ठीक उसी जगह पर ? नहीं, मैं बोल रहा हूँ, चल-फिर रहा हूँ...कुछ बात है कि हस्ती मिटती नहीं हमारी...कुछ बात है, कि...क्या बात है ?

गांधीजी की अंग्रेजी

अट्ठाईस

विनायक इस बार फर्स्ट आया तो नैनीताल भी छोटा पड़ गया। जब अलमोड़ा छोटा पड़ा था तो मथुर काका के लिए छोटा पड़ा था। इस बार मथुर काका को कुछ नहीं कहना पड़ा। विनायक ही खुद अपने आप इस निष्कर्ष पर पहुँच गया कि नैनीताल उसकी प्रतिभा के लिए छोटा पड़ गया है और अब इलाहाबाद ही उसे चमका सकता है। मगर खर्चा ?...साठ रुपए माहवार तो वजीफा मिलेगा दो साल तक। मगर बीस-तीस रुपए महीने और चाहिए। वे कहाँ से आएँगे ? 'तू फिकर मत कर,' मथुर काका बोले, 'एक दाँव तेरे बाप ने लगाया था। एक मैं भी लगाकर देखता हूँ। और क्या साले, इसे भी एक किस्म का जुआ ही समझ।' मथुर काका ने काकी की पहुँचियाँ उतारीं और उन्हें बेचकर तीन सौ नकद विनायक के हाथ में रखते हुए बोले, 'फिलहाल ये ले जा। चला काम एकाध साल निकल जाए तो। नहीं तो बीच में ही अटक पड़ जाए तो इत्तला कर देना। अभी कुछ जेवर और पड़े हैं।' विनायक इलाहाबाद पहुँच गया। त्रिभुवन लखनऊ चला गया।

हमारे चरित नायक के इतिहास का यह अन्धकार-युग था। इस मानी में नहीं, कि उन्हें कोई बहुत बड़ी बर्बरता झेलनी पड़ी हो—बल्कि इस मानी में, कि उन्हें अपना इस काल का इतिहास अपना इतिहास बिल्कुल नहीं लगता, किसी और का इतिहास लगता है। वह जैसे एक चिप्पी थी जो बहुत जल्दी उखड़ गई और ऐसी उखड़ी कि उसके कारण आगे-पीछे के कई हरुफ़ धुँधला गए और पूरे चार-पाँच सालों का वाक्य-विन्यास अधर में लटक गया।

इसका मतलब यह नहीं कि यह काल घटना-विहीन था। जी नहीं, उपन्यास के शुरू में ही जो हमने तैंतीस करोड़ देवताओं के जादुई संसार के एकाएक भरभराकर गिर पड़ने की घटना का जिक्र किया है, वह इसी काल की देन थी। साइंस को रटने की बजाय समझना जो शुरू हो गया था।

शुरू-शरू में हालत खस्ता रही। उन्हें अमरनाथ झा होस्टल में रहना था, जहाँ सभी फर्स्ट क्लास थे। पढ़ाई में ही नहीं, रहन-सहन में भी। विनायक बजरिया तो थे ही; अब गँवारू भी सिद्ध हो गए। अमरनाथ झा होस्टल सौ फीसदी अभिजातों का होस्टल था। उसकी एक विशिष्ट परम्परा और आचार-संहिता थी। सीनियर लड़कों का कर्तव्य था

कि वे नए रंगरूटों को इस 'रहस्य' में बाकायदा दीक्षित करें। किंवदन्ती थी कि इस होस्टल का पहला वार्डन इंग्लैंड के एक प्रसिद्ध पब्लिक स्कूल में या तो पढ़ चुका था या मास्टरी कर चुका था और बुढ़ापे में अपने लड़कपन के दृश्यों को पुनर्जीवित करने की लालसा ने उसकी रगों में ऐसा जोर मारा कि देखते-देखते सात समन्दर पार के कीटाणु सिर्फ इसी होस्टल में ही नहीं, इलाहाबाद के और दूसरे मीडियाकर होस्टलों तक में सक्रिय हो गए।

विनायक दो-चार दिन तक तो मन-बेमन से बाँसुरी बजाकर या रामलीला के गाने सुना-सुनाकर सीनियरों का मनोरंजन करते रहे। पर जल्दी ही उनका लीलाभाव समाप्त हो गया और वे विषाद-योग में डूब गए। स्वाधीन क्लब का हैंगओवर अब भी कहीं दुबका पड़ा था। एक दिन वह सहसा फन काढ़कर बाहर निकल आया।

एक साँझ को अकेले फाफामऊ की तफरीह से लौट के वे अपने मेस में खाना खाने घुसे। भीतर एक बेंच पड़ी थी—उसके एक सिरे पर कोई सीनियर बैठा जीम रहा था। विनायक उसके दूसरे सिरे पर जम गए और बोले, 'उजागर महाराज ! खाना लगाओ।'

इतने में विनायक के कान में पड़ा, 'लीव द बेंच, यू ब्रूट।'

वह सीनियर था, कोई खेल नहीं था। वह होस्टल की पश्चिमी विंग का प्रीफेक्ट भी था और विनायक इस तथ्य से भी बेखबर था।

इस आकस्मिक ललकार से विनायक के अन्दर पहले तो भय की एक लहर दौड़ी, फिर वह दब गई। उन्हें याद आया कि होस्टल की अघोषित किन्तु स्वयंसिद्ध आचार-संहिता के अनुसार उन्हें पहले कमरे में घुसते ही सीनियर को फर्शी सलाम झुकाना चाहिए था और फिर दूसरी बेंच मँगाकर उस पर बैठना चाहिए था। सीनियर के साथ एक बेंच पर बैठना सरासर हिमाकत थी। पर विनायक अभी अपने दूसरे 'फर्स्ट' साथियों की तुलना में 'अबोध' थे। उनकी अपनी विंग का प्रीफेक्ट पहाड़ी था। अभी उनकी पुरी धुलाई नहीं हो पाई थी। बाँसुरी और गले का कवच भी था। थोड़ी छूट भी उनके साथ बरती जाती रही थी। विनायक जमे रहे अपनी जगह पर और क्रुद्ध दृष्टि से उस सीनियर को देखते रहे।

इतने में सीनियर का धीरज चुक गया। उसके मुँह से एक भद्दी गाली निकली और उसने बेंच को लात मारकर उलट दिया।

विनायक अब ठोस जमीन पर थे और लकड़ी की बेंच उनकी टाँग पर औंधी पड़ी थी। एक क्षण उनकी समझ में नहीं आया, यह क्या हो गया। दूसरे ही क्षण वह भद्दी गाली और अपनी भूमिसात् स्थिति उनकी बजरिया चेतना में बिजली की-सी कौंध के साथ लपकी और बैठे-बैठे ही उन्होंने पास पड़ा लोटा उठाकर पूरी ताकत लगाकर उस सीनियर की ओर रवाना कर दिया।

लोटा अकबरी नहीं था। देहाती था, निखालिस काँसे का दो किलो का। वह सीधे प्रीफेक्ट के भेजे से जा टकराया। प्रीफेक्ट उस वक्त अधखाया, बौखलाया मगर काफी कृतकृत्य मुद्रा में दरवाजे से बाहर को निकल रहा था। लोटा लगते ही उसके मुँह से

एक चीख निकली और वह लड़खड़ाकर वहीं दरवाजे पर ढेर हो गया।

'अरे बाप रे ! खून !' कहते हुए उजागर महाराज दौड़े और चिल्लाने लगे। पलक मारते आसपास की मेसों से निकल-निकलकर बीसियों लड़के घटनास्थल पर जमा हो गए।

विनायक उसी मुद्रा में भौंचक बैठे-बैठे अपनी करतूत का जायजा ले रहे थे। उनकी टाँग अभी भी बेंच के नीचे दबी थी और वे उसे निकालना जान-बूझकर भूल रहे थे। वे घटना के एकमात्र चश्मदीद गवाह उजागर महाराज पर जरूरत से ज्यादा भरोसा भी नहीं करना चाहते थे। उन्हें इस बात का पूरा अहसास था कि मामला गुरुकुल की अदालत में तो जब जाएगा तब जाएगा, उसके पहले ही उनके साथ शारीरिक सुलूक शुरू हो जाएगा। इसलिए अपनी भूमिसात् स्थिति को जहाँ का तहाँ फ्रीज करके बैठे रहने ही में उन्हें अपनी सुरक्षा और लोकमत को अपनी ओर लचाने की थोड़ी-बहुत सम्भावना नजर आ रही थी।

यह नाटक कोई पाँचेक मिनट जारी रहा और उसके साथ-साथ 'मारो साले को', 'इसी लोटे को दे मारो इसके सिर पर', 'वार्डन साहब को बुलाओ' इत्यादि सूक्तियाँ भी हवा में उछलती रहीं। आखिर प्रद्युम्न खन्ना नामक एक सीनियर इस यथास्थिति को तोड़ने के लिए आगे बढ़ा और विनायक का झोंटा पकड़कर खींचता हुआ चिल्लाया, 'उठ बे।'

एक क्षण के लिए विनायक को लगा उनका अन्त समीप है—आततायी धृष्टद्युम्न है और द्रोणाचार्य का मस्तक धड़ से अलग बस हुआ ही चाहता है। दूसरे ही क्षण उन्होंने जोर से अपना सिर झटकारा और पूरी ताकत के साथ चीख पड़े, 'लीव मी यू ब्रूट' और रोने लगे।

ब्रूट अचकचाकर एक कदम पीछे हट गया। इतने में एक नया दृश्य उजागर हुआ। हमलावर होश में आ गया था और उठने की कोशिश कर रहा था।...दो लड़के उसे पकड़कर बाहर ले जाने की कोशिश कर रहे थे और वह 'आइ'ल किल दैट स्वाइन'— 'आइ'ल किल दैट स्वाइन।' कहता हुआ डगमगा रहा था और विनायक पर झपटना चाहता था।

'टेक हिम टु हिज रूम। आइ ऐम हियर टु डील विद हिम,' ब्रूट दहाड़ा।

एकाएक विनायक की समझ में आया कि हमलावर सामान्य स्थिति में नहीं था— उसने शराब पी रखी थी। ओ हो ! अब समझ आया कि वार्डन साहब को बुलाने में देर क्यों हो रही है।

आधी से ज्यादा भीड़ छँट चुकी थी। हमलावर अपने रूम की ओर ले जाया जा चुका था। ब्रूट अपने ही आक्रोश और असमंजस के बीच एक दरार की तरह खड़ा-खड़ा जाने किसकी प्रतीक्षा कर रहा था।

इतने में 'नैना बरसे रिमझिम-रिमझिम' गाते हुए दो पहाड़ी सीनियर मेस में दाखिल हुए। ब्रूट ने उन्हें दरवाजे पर ही रोककर अंग्रेजी में चीखना शुरू कर दिया। उधर अपने

आंचलिक बन्धुओं को देखते ही विनायक बेंच को परे ठेलकर इस तरह उठा जैसे कुछ हुआ ही न हो और अकड़कर लँगड़ाता हुआ उनकी ओर चला।

'टू बैड ! टू बैड !' पहाड़ी बन्धुओं ने कुछ नकली, कुछ असली गुस्से से विनायक को डपटते हुए कहा, 'क्यों भाई, यह क्या बदतमीजी है ?'

विनायक आपे से बाहर हो गया, 'बदतमीजी उसने की, कि मैंने ?'

ब्रूट विनायक की ओर झपटा, 'शट-अप यू...।' पहाड़ी बन्धुओं ने बीच ही में उसे अपने आलिंगन में ले लिया और कहा, 'आप वार्डन साहब के पास चलिए। हम इसे लेकर वहीं आ रहे हैं।'

ब्रूट झींखता हुआ चला गया। तीनों ने जल्दी से खाना खाया और उजागर महाराज से पूछताछ की। फिर तीनों अपने पहाड़ी प्रीफेक्ट के कमरे में पहुँचे। वहाँ ताला लटका हुआ था। वे विनायक के कमरे में घुस गए और भीतर से सिटकिनी चढ़ा ली। 'अब क्या होगा,' पन्तजी बोले, 'साले ! तुमने पता है, तुमने जिसका सर फोड़ा है वह कौन है ?'

'वो कोई हो, मुझे क्या करना है,' विनायक गुर्राया। अब वह अपने कमरे में था—अपने लोगों के बीच। यह जी.आई.सी. थोड़े ही है। प्रयाग विश्वविद्यालय है, कोई खेल नहीं है।

'साले, वो राजा का लड़का है,' पांडेजी बोले, 'वार्डन तक उसका लिहाज करता है। तुझे हाथ नहीं चलाना था। हमसे आकर बोलना था। हम देख लेते उसे। तेरा केस इससे भी अपने आप मजबूत हो जाता कि वह पिए हुए था। तूने सारा मामला बिगाड़ के रख दिया। अब तो तू खुद ही फँस गया। क्यों पन्त ?'

पन्तजी एक क्षण विचारमग्न रहे, फिर बोले, 'मोहनदा को आने दो। वही कोई रास्ता सुझाएगा। विनायक, अगर वार्डन तुम्हें इस बीच बुलाएँ तो खूब जोर से उनके सामने रोना। उन पर रोने का असर जल्दी पड़ता है।'

विनायक भड़क गया, 'मैं क्यों रोऊँ ? मुझे नाटक नहीं, न्याय चाहिए। मैं रिटेन रिपोर्ट करूँगा। उसने मेरा अपमान किया तो मैंने भी उसका बदला ले लिया। क्या गलत किया मैंने ?'

'वो तो बेटा अभी पता चल जाएगा,' पांडेजी नाराज हो गए।

'छोड़ यार इसको। जो करता है करने दे। हम कहाँ-कहाँ तक इसे अपनी जेब में लिये घूमते रहेंगे ? यह अलमोड़ा नहीं है बेटा; यह इलाहाबाद यूनिवर्सिटी है। समझे ?'

पांडेजी बौखलाते रहे और विनायक का पारा चढ़ता रहा। तो यही है वह आंचलिकता, जिसे वह अपनी सबसे बड़ी निधि समझता था। एकाएक उसके भीतर एक वाक्य बज उठा, 'दुनिया बड़ी बेरहम है विनायक ! वह कमजोर पर रहम नहीं खाती।'

नहीं, वह कमजोर नहीं है। जगन काका का भतीजा होके डरता है ? इसी, इसी इलाहाबाद में जगन काका ने भी पढ़ा था। बरसों तक। यहीं उन्होंने लाठियाँ खाई थीं;

डिग्री और कैरियर को लात मारकर जेल चले गए थे। आज जैसा उसके साथ हुआ, वैसा जगन काका के साथ हुआ होता तो ? लोटे की तो नौबत ही नहीं आती। जैसे ही उसने 'लीव द बेंच यू ब्रूट' कहा था, वैसे ही जगन काका उसका कालर पकड़ के उसे दीवार पर दे मारते और कहते, 'क्या कहा—जरा फिर से कहना तो। मेरा नाम जगन्नाथ है। तुझे अपने बाप का नाम मालूम है ?'

'क्या बात है भई !' पांडेजी अचकचाए से उसे घूर रहे थे। विनायक झपटकर मेज पर जा बैठा और एक कागज फाड़कर उस पर लिखने लगा।

पहाड़ी बन्धु बैठे रहे। लड़का ताव खा गया है। रूड और जंगली है। इसे मुँह लगाना ठीक नहीं है। फिर भी...अभी इसे यहाँ अकेला छोड़ना ठीक नहीं होगा। हम गए और उधर पश्चिमी विंग का कोई 'गेस्टापो' आकर इसे घसीट ले गया तो ? मोहन दा नाराज हो जाएँगे ! पूछेंगे तुम लोग क्या कर रहे थे ? मोहनदा की धाक है होस्टल में। हालाँकि उतनी नहीं, जितनी उस लोटेवाले की। वो आखिर राजा का लड़का है। फिर भी वे सीनियर मोस्ट हैं। आठ साल से रह रहे हैं। दो-दो एम.ए. फटकार चुके हैं, आई.ए.एस. की तैयारी कर रहे हैं। दो बार रिटन में निकल चुके हैं। पर पता नहीं, क्या बात है, इंटरव्यू में रह ही जाते हैं। तो मोहनदा के आने तक इसकी अंगरक्षकी निभानी ही पड़ेगी।

विनायक लिख रहा है। गांधीजी की अंग्रेजी में। उसके कानों में ज्ञानदत्त बाबू के वाक्य गूँज रहे हैं।...'अरे स्वराज आया उन अंग्रेजी चिट्ठियों से, जो गांधीजी ने एक के बाद एक वायसराय के मुँह पर मारी। एक-एक चिट्ठी एक-एक झापड़ के बराबर साबित हुई। जब इंगलैंड के राजा ने पहली बार गांधीजी का ड्राफ्ट पढ़ा तो उसका दिमाग चक्कर खा गया। उसकी समझ में ही नहीं आया कि वह चिट्ठी पढ़ रहा है कि बाइबिल बाँच रहा है।'

विनायक अपना ड्राफ्ट पढ़ रहा है और देख रहा है खुली आँखों का एक अद्‌भुत दृश्य !...'पंडित गंगादत्त चतुर्वेदी एम.एस-सी., डी.एस-सी., एफ.एन.आई. उसका ड्राफ्ट बाँच रहे हैं और एक-एक वाक्य के साथ परम सात्त्विक क्रोध उनमें फूटा पड़ रहा है। अब उस राजपुत्र की शामत आ गई। गया वो जमाना राजे-महाराजों का। यह प्रजातन्त्र है स्वतन्त्र भारत का। 'तुम्हें शर्म आनी चाहिए,' चतुर्वेदी साहब गरज रहे हैं। राजपुत्र मौन सिर झुकाए उनके सामने खड़ा है। 'चलो क्षमा माँगो उससे अभी इसी वक्त'... और राजपुत्र का आँसू-भीगा चेहरा ऊपर उठता है और विनायक की आँखों से उसकी आँखें मिलती हैं और शर्म से फिर नीचे झुक जाती हैं। 'आइ एम सॉरी,' वह बुदबुदाता है। 'दैट्स आल राइट,' विनायक कहता है। क्षमा !...राजपुत्र क्षमा चाहता है। एक सीनियर प्रीफेक्ट उसके सामने गिड़गिड़ा रहा है। अब क्या चाहिए ? यह विनायक की, नहीं सत्य की विजय है। 'माई एक्सपैरिमैंट्स विद ट्रुथ।' राजपुत्र सिर नीचा किए चला जा रहा है। पंडित गंगादत्त चतुर्वेदी उसकी पीठ थपथपा रहे हैं हौले से...'बिल्कुल ठीक किया तुमने ! अब इस घटना को भुला दो और उससे दोस्ती कर लो। आफ्टर ऑल

यू आर ब्रदर्स।'

'यस सर,' विनायक कहता है और राजपुत्र के कमरे की ओर बढ़ जाता है। कितनी जोर की चोट लगी है ! कई टाँके पड़े हैं। फिर अभी-अभी जो चोट लगी है, वह उस लोटे की चोट से भी बड़ी है। उसका सार्वजनिक अपमान हुआ है जिसकी उसने कभी स्वप्न में भी कल्पना न की होगी। आखिर वह राजपुत्र है। गांधीजी तक खयाल रखते थे। नहीं-नहीं, जगन काका की डायरी में एक जगह लिखा है कि इन्हीं गद्दारों के कारण अंग्रेजों की हुकूमत हिन्दुस्तान में चलती रही। हाँ वहीं, जहाँ जगन काका और भुवन काका का उस दिन का डायलॉग लिखा हुआ है, वहीं उसी के आगे तो उन्होंने लिखा है कि इन्हीं लोगों ने बापू का अपमान किया था, गोलमेज कांफ्रेंस में। और मैं उससे क्षमा मागूँगा ? उस लोफर और शराबी से ? उससे कहूँगा—'फार गिव मी फार ब्रेकिंग योर हैड ?' राम ! राम ?...विनायक वापस लौट पड़ता है अपने कमरे की ओर।

'...लाओ तो देखूँ जरा, क्या लिखा तुमने ?' पन्तजी ने विनायक के हाथ से वह कागज छीन लिया।

इतने में दरवाजे पर दस्तक हुई। 'मोहन दा आ गए,' कहते हुए पांडेजी दरवाजा खोलने को लपके। वहाँ चौकीदार वृन्दासिंह हाथ में लाठी लिये खड़ा था। 'विनायक बाबू ! साहब ने याद किया है। चलिए फौरन।'

'चलो,' विनायक पन्तजी के हाथ से कागज छीनकर जेब में ठूँसते हुए निहायत लापरवाही के साथ अकड़ता हुआ चला। बैठक के दरवाजे पर पहुँचकर बिन्द्रासिंह ने हाँक लगाई, 'साहब ! विनायक बाबू हाजिर हैं।'

पंडित चतुर्वेदी अपनी बैठक से निकले। उनके पीछे-पीछे वह 'ब्रूट' भी और चार-पाँच लड़के और।

'क्यों मिस्टर ! यह क्या बदतमीजी है ? अभी कुल जमा दो दिन भी आए नहीं हुआ और ऐसी गन्दी हरकतें ! होस्टल में रहना है कि नहीं ?'

विनायक सन्न रह गया। यह कैसा गुरुकुल है ? उसका हाथ यन्त्रचालित-सा जेब की ओर बढ़ा। उसने कागज निकालकर साहब की ओर बढ़ा दिया। 'पहले आप यह तो पढ़ लीजिए।' 'क्या है ये ?' पंडित जी गरजे, 'मेरे पास फालतू वक्त बरबाद करने को नहीं है। मुँह से बोलो जो कुछ कहना है।' 'सर,' विनायक हकला गया, 'मैंने उसका कुछ नहीं बिगाड़ा था। बदतमीजी उसने की। वह शराब के नशे में था। उसने मुझ पर हमला किया...मुझे गन्दी गाली दी...'

'शट-अप,' वार्डन साहब बौखला गए, 'बदतमीज तुम हो। अपने सीनियरों की इज्जत करना भी नहीं जानते। ये होस्टल है। कानून अपने हाथ में लेते हुए शर्म नहीं आती ?'...फिर अपने पीछे खड़े लड़कों की ओर इशारा करते हुए बोले, 'ये तुम्हारे सीनियर सब झूठ बोल रहे हैं और तुम्हीं एक सत्यवादी हरिश्चन्द्र हो। तुम्हारी जगह होस्टल में नहीं है मिस्टर ! थाने में है। मैं अभी पुलिस को फोन करता हूँ। कितनी जोर की चोट आई है उन्हें, जानते हो ? मैं इसी वक्त तुम्हें रस्टीकेट कर दूँगा। समझे ?'

विनायक बुत बना खड़ा रहा। उसके होंठ काँपने लगे, 'जी ! आप कैसी बात...?' एकाएक वह फफककर रो पड़ा। उसे अपने ऊपर बेहद ग्लानि हो रही थी। मगर जितना ही वह अपने को संयत करने की कोशिश करता, उतना ही उसका रोना तेज होता गया।

'चुपो-चुपो,' पंडित चतुर्वेदी झल्लाए। फिर लड़कों की ओर मुड़कर बोले, 'आप लोग अपने-अपने कमरों में जाइए। मैं इससे बात करता हूँ, 'आइ'ल टेक द नैसेसरी ऐक्शन। आई एश्योर यू।'

पंडित चतुर्वेदी गेट तक लड़कों को छोड़ आए। फिर चिन्तामग्न बरामदे में टहलते रहे—विनायक के चुप होने की प्रतीक्षा में। मगर विनायक था कि रोए जा रहा था। आखिरकार पंडितजी का धीरज जवाब दे गया। वे झपटते हुए आए और विनायक की बाँह पकड़कर घसीटते हुए भीतर ले गए और उसे सोफे पर ढकेलते हुए बोले, 'अब चुप भी होगा कि नहीं ? घबरा मत, मैं तुझे रिस्टीकेट नहीं करूँगा। पर तुझे सबके सामने माफी माँगनी पड़ेगी और फाइन भी भरना पड़ेगा। तू अभी नया है, तुझे जरा भी अक्ल नहीं है। अक्ल होती तो इस तरह मार-पीट नहीं करता। बोल, सच-सच बता क्या हुआ था ?'

विनायक की हिचकियाँ काबू से बाहर थीं। बोलना उसके बस में नहीं था। उसकी मुट्ठी में वह कागज तुड़ी-मुड़ी होकर पड़ा था। उसने वही पंडितजी के सामने बढ़ा दिया।

'तेरे मुँह में जबान नहीं है क्या ?' पंडितजी चिड़चिड़ाए—और कागज खोलके पढ़ने लगे। हिचकियों के बीच विनायक उनकी मुखमुद्रा पढ़ता रहा। जब रोने का असर हो गया तो गांधीजी की अंग्रेजी का क्यों नहीं होगा ?

पंडितजी ने चिट्ठी बाँचकर जेब में डाल ली और सिर पकड़कर बैठ गए। विनायक का रोना थम गया।

'सर ! मैं उससे हर्गिज क्षमा नहीं मागूँगा चाहे आप कुछ करें। अगर आप मुझे मजबूर करेंगे तो मैं इस मामले को चीफ प्रॉक्टर और वाइस-चांसलर के पास ले जाऊँगा।'

पंडितजी ने अकबकाकर उसकी ओर देखा। 'ठीक है, तुम नहीं मानते तो मैं पुलिस को खबर किए देता हूँ। उसी से निपटना,' पंडितजी फोन की ओर लपके। विनायक थोड़ा घबरा गया फिर साहस बटोरकर बोला, 'प्लीज सर, पुलिस-वुलिस को फोन मत करिए। मैं मानता हूँ कि मुझे लोटा नहीं फेंकना चाहिए था। पर आप मेरी जगह होते तो वही करते जो मैंने किया। कसूर पहले किसका है यह तो देखिए ? आप भी उसकी तरफदारी करेंगे तो हमारी रक्षा कौन करेगा ? यहाँ तो आप ही हमारे गार्जियन हैं।...हम किसके पास जाएँ...?' विनायक की आवाज फिर काँपने लगी। पंडितजी ने झुँझलाकर फोन पटक दिया और बेचैनी से कमरे में चक्कर लगाने लगे।

'सर, मैंने जो आपको लिखकर दिया है, अक्षरशः सत्य है। आप उजागर महाराज

से पूछ सकते हैं। यह जो प्रद्युम्न खन्ना आपके पास आए थे, ये भी मुझे मारने जा रहे थे। दो सीनियरों ने बीच में पड़कर मुझे बचाया। और सर ! क्या हमारे होस्टल में शराब पीकर मेस में घुसना और अपने से छोटे लड़कों की बेइज्जती करना शराफत की बात समझी जाती है ? अगर मुझे ऐसा मालूम होता तो मैं शायद वैसा नहीं करता।'

'ठीक है, ठीक है।' पंडितजी झुँझलाए, 'माफी-वाफी की बात छोड़ो। पर तुमको मुझसे आकर रिपोर्ट करनी चाहिए थी कि नहीं ? तुम्हारे विंग का प्रीफेक्ट किसलिए बना है ? उससे जा के बताते। तुमने तो उसका सिर ही फोड़ के धर दिया। ऐसे तो होस्टल का डिसिप्लिन ही चौपट हो जाएगा। हर जूनियर जरा-जरा सी बात पर लोटा फेंकने लगेगा। क्या मुसीबत है ? कुछ तो ऐक्शन लेना ही पड़ेगा। वरना सारे सीनियर्स नाराज हो जाएँगे ?'

विनायक मन की मन मुस्कुराया। 'ये सीनियर-जूनियर क्या होता है सर ! आप ऐसा भेद-भाव क्यों करते हैं।'

'फालतू बात मत करो,' पंडितजी फिर बौखला गए, 'भेद-भाव इसमें क्या है ? तुम्हारी जगह कोई सीनियर होता तो क्या मैं उसे छोड़ देता ?'

'सीनियर के साथ ऐसा बर्ताव हो ही नहीं सकता सर,' विनायक बोला, 'आप खुद जानते हैं।'

पंडितजी सोच में पड़ गए, 'अच्छा तो तुम फाइन जमा कर देना ! बस, अब तो ठीक है ? और कल को वो अगर तुमसे उलटा रिवेंज ले, तुम्हारा सर भी फोड़ दे, तो मेरी कोई जिम्मेदारी नहीं है। समझे ? जाओ अब तुम।'

विनायक उठ खड़ा हुआ, 'मैं फाइन-वाइन कुछ नहीं दूँगा। मैं सीधे वाइस-चांसलर के पास जाऊँगा। मैंने किया क्या है ?'

'नहीं, तूने कुछ नहीं किया है। तू तो महात्मा गांधी है,' पंडितजी आपे से बाहर हो गए, 'गेट आउट। एक मामूली टोकन फाइन किया इतने बड़े अपराध के लिए, उसमें भी अकड़ता है। मेरी पोजीशन का बिल्कुल खयाल नहीं। चलो, भागो यहाँ से। कल रिस्टीकेशन ऑर्डर मिलेगा तब पता चलेगा।'

विनायक बौखलाकर बाहर निकल गया। पंडितजी ने जोर से दरवाजा बन्द करके कुंडी चढ़ा ली। तब एकाएक विनायक को लगा यह गलत काम हो गया। कह तो दिया वाइस-चांसलर के पास जाऊँगा। पर क्या यह इतना आसान काम है ? कौन उसका भरोसा करेगा ? नहीं, यह बेवकूफी होगी। माँफी तो माँगनी है नहीं। हिसाब बराबर हो ही गया। एक रुपया टोकन फाइन देने में क्या बिगड़ा जाता है।

विनायक ने लौटकर जोर से दरवाजा भड़भड़ाना शुरू कर दिया। 'कौन है ?' भीतर से पंडितजी की आवाज सुनाई दी, 'सर, मैं विनायक।'...पंडितजी ने दरवाजा खोल दिया।

'सर ! मैं टोकन फाइन दे दूँगा,' विनायक बोला।

'ठीक है, ठीक है,' पंडितजी मुस्कुराए और उसकी पीठ थपथपाते हुए बोले, 'जाओ

सीधे अपने कमरे में और आइन्दा ऐसी हरकत मत करना। कोई कुछ कहे तो मेरे से सीधे आके बोलना। समझे ? और जरा अपने विंग के प्रीफेक्ट को मेरे पास भेज दो।'

'जी सर,' विनायक बोला। पंडितजी ने हाथ का दबाव बढ़ाया और उसे बाहर करके सिटकिनी चढ़ा दी।

विनायक को लगा वह बाहर भले ही कर दिया गया हो, मगर भीतर भर दिया गया है। वह मस्त होकर मोहनदा के रूम की ओर बढ़ चला।

रूम-पार्टनर

उन्नीस

विनायक चार साल उस होस्टल में रहा, पर वह कभी उस होस्टल का नहीं हो पाया। वह आरम्भिक बागीपन उसे काफी महँगा पड़ा। उसे एक तरह से बिरादरी-बाहर कर दिया गया था। ऊपर से सब कुछ ठीक-ठाक लगता पर भीतर-भीतर सब गलत था। यहाँ तक कि आंचलिक बन्धु भी उससे कतराने लगे थे, बल्कि यह कहना ज्यादा ठीक होगा कि वही उनसे कतराने लगा था। बस एक मोहनदा से उसकी थोड़ी पटने लगी थी। मोहनदा अंग्रेजी साहित्य में एम.ए. कर चुके थे और अब रिसर्च कर रहे थे। विनायक को खासा चस्का लग गया था अंग्रेजी का। कोर्स की किताबें छोड़-छाड़कर वह मोहनदा की प्राइवेट लाइब्रेरी चाटने में जुटा रहता था।

मोहनदा के अलावा एक और भी साथी विनायक को मिल गया था। उसका नया रूम-पार्टनर सक्सेना। यह सही है कि अगर वह उसका रूम-पार्टनर न होता तो दोनों के बीच मैत्री होने की कहीं से कोई गुंजाइश नहीं थी। पर कभी-कभी महज संयोग भी अजीब गुल खिला देता है। दोनों के बीच कहीं भी कुछ भी कॉमन नहीं था। सक्सेना बहुत अमीर घराने का लड़का था—थोड़ा खब्ती किस्म का। उसके दो ही खब्त थे। एक तो 'डिसेक्शन' और दूसरी 'पामिस्ट्री'। उसके पास अपनी निजी खुर्दबीन थी। कोई दिन ऐसा नहीं जाता था जब वह किसी-न-किसी जीव की चीर-फाड़ करता हुआ या खुर्दबीन पर आँख फोड़ता हुआ न दिखाई दे। विनायक गणित और भौतिकशास्त्र का विद्यार्थी था। उसे इस जीवशास्त्र में कोई दिलचस्पी नहीं थी। मगर सक्सेना के साथ एक ही कमरे में रहते हुए अपनी निर्लिप्त स्थिति बनाए रखना असम्भव था। 'पार्टनर !'...वह खुर्दबीन पर आँख गड़ाए सहसा चीख पड़ता, 'देखो, देखो...' और विनायक को देखना पड़ता और पूरा व्याख्यान भी सुनना पड़ता। विनायक को खुद कविता लिखने का खब्त था पर सक्सेना उस खब्त के प्रति अबध्य था। उसके पास विनायक के इस खब्त के लिए एक ही नाम था 'हरामगीरी'। इस तिरस्कार के लिए विनायक के मन में उसके प्रति कृतज्ञता ही थी क्योंकि उस जैसे खुर्दबीनी आदमी के लिए विनायक की कविता को सुन लेना और सुनकर एंज्वाय कर लेना ही काफी नहीं था। विनायक ने सिर्फ एक बार यह गलती की थी और तब से कान पकड़ लिये थे।

सक्सेना के वार्डन के साथ बहुत अच्छे टर्म्स थे। दरअसल वार्डन साहब ने ही उसे

विनायक के साथ रखा था। वरना पहले तो विनायक का रूम-पार्टनर भी पहाड़ी ही था। विनायक शुरू-शुरू में इस व्यवस्था से बहुत प्रसन्न था पर दो-एक महीने के अन्दर ही नौबत यहाँ तक पहुँची कि दोनों ने एक साथ तलाक की अर्जी वार्डन साहब को पेश कर दी। लिहाजा उसको एक दूसरे पहाड़ी के साथ बाँध दिया गया और विनायक को वार्डन साहब के प्रिय शिष्य सक्सेना के साथ। यह गृहस्थी विनायक को रास आ गई थी पहले दिन से ही। सक्सेना भले ही अमीर आदमी का लड़का था पर अपने रहन-सहन में फूहड़पन की हद तक लापरवाह था। नहाने से उसकी पैदाइशी दुश्मनी थी। दाढ़ी वह हफ्ते में सिर्फ एक बार बनाता था। उसी उस्तरे से जिससे वह कबूतरों, चूहों, मेढकों और जाने कहाँ-कहाँ के कीड़ों-मकोड़ों को काटता था। होस्टल में आए दिन सांस्कृतिक कार्यक्रम होते रहते थे पर उसे उनसे कोई वास्ता नहीं था। हाँ, मार-धाड़वाली फिल्में वह जरूर देखता था और विनायक को भी जबर्दस्ती अपने साथ घसीट ले जाता था।

सक्सेना के पास जितनी कोर्स की किताबें थीं—उनसे भी ज्यादा पामिस्ट्री की किताबें थीं। डिसेक्शन बाक्स बन्द करके वह उन पर टूट पड़ता था। विनायक को पहले-पहल उसके इस खब्त से बड़ी चिढ़ होती थी। पर जिस दिन सक्सेना ने उसका हाथ देखके यह रहस्योद्घाटन किया कि 'यार पार्टनर, तेरे हाथ में तो डबल हेड लाइन है, उसी दिन से विनायक की चिढ़ कम हो गई थी। पामिस्ट्री पर विश्वास करना तो कठिन था पर अपनी विलक्षणता पर अविश्वास करना भी उतना ही कठिन था। डबल हेड लाइन के उस रहस्य की एक तर्कसम्मत व्याख्या भी उसको जल्दी ही सूझ गई थी। उत्साह में आकर उसने सक्सेना को एक दिन मथुर काका और जगन काका के बारे में विस्तार से काफी कुछ बता दिया था। हालाँकि सक्सेना की प्रतिक्रिया देखकर बाद में उसे अपनी भावुकता के लिए काफी पछताना भी पड़ा था।

सक्सेना तकदीर का सिकन्दर था। विनायक ने साल-भर के अन्दर कुछ नहीं तो एक दर्जन कहानियाँ, दो दर्जन कविताएँ और कई लेख लिख डाले थे पर उनमें से एक के भी छपने की नौबत नहीं आई थी। वह राष्ट्रभाषा की हर पत्रिका की दहलीज पर सिर पटक चुका था। अकेले इलाहाबाद से ही आधे दर्जन अखबार और चार-पाँच पत्रिकाएँ निकलती थीं पर वह उन सबके लिए अछूत था। ऐसे में उसके आश्चर्य का ठिकाना न रहा जब सक्सेना का पहला और आखिरी लेख जो उसने अपनी जिन्दगी में लिखा होगा—'अन्धविश्वासों की वैज्ञानिकता—' एक प्रसिद्ध अंग्रेजी अखबार के संडे सप्लीमेंट में छप गया। इतना ही नहीं—उसके बाद उसी लेख का हिन्दी अनुवाद विनायक से ही कराके सक्सेना एक प्रसिद्ध साहित्यिक पत्रिका के सम्पादक को सौंप आया और वह भी प्रेम से छप गया। जिन दिन अंक पहुँचा, विनायक जल-भुनकर खाक हो गया।

साल-भर तक छपास से तड़पते-तड़पते, उसके लिए एड़ी-चोटी का जोर लगा चुकने के बाद विनायक की साहित्यिक जिजीविषा ने एक दिन दम तोड़ दिया। उसने अपनी सारी लौटी हुई रचनाएँ एक झोले में भरीं और फामामऊ जाकर गंगा को भेंट कर आया। अब वह पूर्णतः विज्ञान को समर्पित हो गया। मेघनाद साहा बनने का स्वप्न देखने लगा।

बी.एस-सी. में उसे फिर से फर्स्ट डिवीजन मिल गया था। वजीफे और सक्सेना की मदद से मिले हुए एक ट्यूशन के सहारे अब उसने फिजिक्स में एम.एस-सी. ज्वाइन कर लिया था। वैसे उसका इरादा बी.एस-सी. के बाद एम.ए. अंग्रेजी से करने का था पर अपनी साहित्यिक असफलताओं से कुंठित होकर उसने इरादा बदल दिया। सक्सेना को इस उलट-फेर का पता काफी बाद में लगा। 'यार-पार्टनर, तुम कुछ भी करो, इसको कैसे मिटाओगे ?' उसने उसकी हथेली पर ऐनक गड़ाकर डबल हेड लाइन की ओर इशारा करते हुए कहा, 'यू आर बौर्न विद ए डिवाइडेड माइंड। यह हो ही नहीं सकता– तुम उस हरामगीरी से लाख पिंड छुड़ाने की कोशिश करो, वह तुम्हें नहीं छोड़ने की। तुम उसे गंगा में क्या, बंगाल की खाड़ी में भी डाल आओ तो भी वह तुम्हारी जान को लगी रहेगी। डबल हेड लाइन का क्या मतलब होता है बेटा जानते हो ? रस्साकशी !...टग ऑफ वार बिटवीन टू म्यूच्युअली इर्रिकंसाइलेबल टेंडेंसीज। जस्ट लाइक योर मथुर काका ऐंड जगन काका। तुम एक तरफ तो बेहद लॉजिकल और साफ-सपाट किस्म के आदमी हो और इसी कारण साइंस में आए हो और दूसरी तरफ तुम इस हरामगीरी में फँसे हो। यह हालत तुम्हारी, बेटा, मरते दम तक रहनेवाली है।'

विनायक डर गया। सक्सेना की घोषणा उसे यों एक अनर्गल बकवास लगी– पामिस्ट्री और ज्योतिष जैसी वाहियात चीजों के लिए उसकी बुद्धि में भला कैसे कोई गुंजाइश हो सकती थी–उसी बुद्धि में, जिसने तैंतीस करोड़ देवताओं को रातोरात अपदस्थ किया था ! फिर भी...वह सोच में पड़ गया। साइंस में उसे कहाँ कोई दिलचस्पी थी पहले ! मथुर काका पीछे न पड़ते तो वह भूलकर भी इस ओर रुख न करता। मगर जबर्दस्ती थोपी गई वही विद्या अब उसके सिर पर चढ़के बोल रही थी। उसे साइंस में अपनी ही नहीं, पूरे भारतवर्ष की मुक्ति दिखाई देने लगी। 'साइंस से दलिद्दर दूर होता है,' पिता की उस दस साल पहलेवाली बात का अब वह एक गहरे अर्थ में कायल हो गया था, 'बिना ओवरसियर बने ही। अब उसे विज्ञान के अलावा बाकी सारी विद्याएँ ठग-विद्या मालूम होने लगी थीं। यहाँ तक कि वह यह भी सोचने लगा था कि अगर जगन काका ने साइंस पढ़ा होता तो वे कभी योग-वोग के चक्कर में नहीं पड़ते। बीच-बीच में कभी-कभार वह उनकी उस एकमात्र बची हुई डायरी को ट्रंक से निकालकर पढ़ने भी बैठता तो पाँचेक मिनट में ही उकता जाता और वापस ट्रंक में रख देता। विनायक को साइंस कविता से भी ज्यादा रोमैंटिक लगने लगा था। ऐसा कुछ भी नहीं है जो खुर्दबीन और दूरबीन की पहुँच से बाहर हो–यह उसकी पक्की धारणा बन गई थी। फिर भी इतना तो वह देख ही रहा था कि पहले वह कोरमकोर लेखक था और अब कोरमकोर वैज्ञानिक हो गया था। यानी उसका दिमाग दो साल के अन्दर पूरे एक सौ अस्सी डिग्री से घूम गया था। इसका मतलब, डबल हेड लाइनवाली बात में कुछ दम तो है ही। कहीं वैसा ही न हो जाए जैसा सक्सेना कहता है।

और चुपचाप महीने-भर बाद उसके दिमाग ने फिर पलटा खाया और उसने एम.एस-सी. छोड़कर एम.ए. अंग्रेजी में दाखिला ले लिया। होस्टल का वह तीसरा

साल विनायक के लिए बहुत ही सनसनीखेज साबित हुआ। पंडित गंगादत्त चतुर्वेदी, एम.एस-सी., डी.एस-सी., एफ.एन.आई. की घरेलू पोंगापन्थी का पर्दाफाश होते ही वह एक जबर्दस्त मोहभंग का शिकार हो गया था और उसे अपने चारों ओर पाखंड ही पाखंड नजर आने लगा था। सक्सेना की बदौलत उसे भी उनसे काफी लिफ्ट मिलने लगी थी और वे उसके लिए श्रद्धेय हो गए थे। फिर भी उसे उनके चरित्र के बारे में इस सामान्य ज्ञान तक पहुँचने में पूरे दो साल कैसे लग गए–विनायक के भीतर इससे और भी ज्यादा कड़वाहट भर गई थी। इसी के चलते और कुछ दूसरे कारणों से वह सक्सेना से भी बिदक गया था। अब वह उसका रूम-पार्टनर भी नहीं था। दोनों को सीनियर के नाते सिंगल रूम एलाट हो गए थे। क्या अजब है कि गहरी वितृष्णा के बावजूद विनायक सक्सेना के प्रभामंडल से पूरी तरह मुक्त हो सकने में स्वयं को असमर्थ पाता था। इसका रहस्य आज तक उसकी समझ से बाहर है। दोनों के बीच कहीं भी कुछ भी कॉमन नहीं था, फिर भी वह कौन सा ऐसा समझ में न आनेवाला, निहायत हैवानी किस्म का गुरुत्वाकर्षण था जो बार-बार सक्सेना को विनायक के साथ टकरा देता था ?

सरोज और शान्तम्

तीस

बहुत दिनों से सरोज का भी कोई पत्र विनायक को नहीं मिला था। यह चिन्ताजनक था, क्योंकि इधर एक-डेढ़ साल से सरोज अपने भाई को नियमित रूप से हर महीने एक पत्र लिख रही थी। विनायक भी अगर किसी से अपने मन की बात कहता था तो सिर्फ दीदी से। दो साल से उसकी दीदी से भेंट भी नहीं हुई थी। टनकपुर वह जाना नहीं चाहता था और दीदी ने पता नहीं क्यों अलमोड़े आने की कसम जैसी खा रखी थी। फिर भी–शायद इसी कारण विनायक को लगता था जैसे सरोज के इतना निकट वह कभी नहीं आया था–वह अपने होस्टल के, और घर के किस्से ही नहीं, अपने दिल-दिमाग की भी हर उलझन उसे लम्बी-लम्बी चिट्ठियों में लिखता था। ऐसा कर के उसे गहरी राहत मिलती थी। आत्माभिव्यक्ति के और सारे रास्ते जैसे बन्द हो गए हों, यही एक बचा रह गया हो–उन सबकी क्षतिपूर्ति जैसा, और फिर भी अपने आप में स्वयं पर्याप्त–कुछ ऐसी हालत उसकी थी उन दिनों। सरोज के पत्र उसकी तुलना में संक्षिप्त और सीधे-सादे हुआ करते थे। फिर भी विनायक को लगता था उसकी हर उलझन सुलझ गई है और दीदी से ज्यादा उसे कोई नहीं समझता। अपने बारे में सरोज कभी कुछ नहीं बताती थी। उसके खुद के बारे में पूछे गए भाई के प्रश्नों को सरोज बड़ी चतुरता से टाल जाती थी। आखिर का एक वाक्य हर पत्र में वही रहता, 'मैं यहाँ बिल्कुल अच्छी तरह हूँ गुड्डन, तू मेरी बिल्कुल फिक्र मत करना।' सरोज का यह एक वाक्य विनायक को बहुत क्लेश देता था। भीतर ही भीतर उसे कहीं लगता था कि यह सच नहीं है। दीदी जरूर कुछ छुपा रही हैं। वह सिर्फ एक बार टनकपुर गया था और उसी दिन शाम की गाड़ी से वापस लौट आया था। उसे वह मनहूस दोपहर याद आती...और वह एक अजीब बेचैनी से घिर जाता। उस घर में उसे एक अजीब घुटन का अनुभव हुआ था। उसे एक अजीब अपराध-भाव जकड़ लेता जैसे वही इनके लिए जिम्मेदार हो।

मगर सरोज के पत्रों में वस्तुस्थिति का कोई अनुमान लगा सकना असम्भव था। उलटे विनायक को कभी-कभी अपनी आशंकाएँ ही निराधार लग उठतीं। सरोज जिस उत्साह के साथ विनायक के मामलों में दिलचस्पी लेती...जैसी मजेदार विनोदपूर्ण चुटकियाँ उसके पत्रों में होतीं उसे देखते हुए विनायक के मन में सहज ही यह विश्वास

जमने लगा था कि वे लोग चाहे जैसे भी हों, दीदी ने उनके साथ अपने को एडजस्ट कर ही लिया है, नहीं तो इतने हल्के-फुल्के चित्त से कोई कैसे लिख सकता है। इतना तो विनायक को भी पता था कि उसके जीजाजी ठेकेदार हैं, खूब हराम की कमाई करते हैं और शराब भी पीते हैं पर सरोज जिस हल्के-फुल्के ढंग से उनके बारे में टिप्पणी करती थी उससे विनायक को धीरे-धीरे यह विश्वास हो चला था कि दीदी का जरूर कुछ अच्छा असर उन पर पड़ गया होगा इस बीच। इस विश्वास का एक कारण यह भी था कि सरोज के दो-एक पत्रों में विनायक के किसी मामले में 'तेरे जीजाजी की राय' भी बाकायदा नोट की गई थी।

मगर यदि दीदी ने विनायक से कई बातें छुपाई होंगी तो कम-से-कम एक बात तो ऐसी थी जो विनायक भी दीदी से काफी दिनों तक छुपाता रहा था। हालाँकि पिछले दो महीनों से वह अपने जिस पत्र के उत्तर का इन्तजार इतनी बेसब्री से कर रहा था, उसमें उसने यह रहस्य भी खोल दिया था। मगर दीदी पता नहीं क्यों, चुप्पी साधे बैठी थीं। विनायक बेहद परेशान था। इन दो महीनों में मामला और भी आगे–बहुत आगे बढ़ चुका था और विनायक ने यह सब भी लिखकर रख छोड़ा था दीदी के लिए। मगर पहले उस पत्र का उत्तर तो मिले। पता तो चले कि दीदी का रुख क्या है। एकमात्र दीदी ही इस रहस्य का साझा कर सकती थीं। एकमात्र वही विनायक का साथ दे सकती थीं और किसी से बात करने का कोई मतलब ही नहीं था। अपने घर के लोगों से तो इस बारे में कुछ कहा ही नहीं जा सकता था। माँ तो सुनकर ही बेहोश हो जाएगी। पिता की सहमति-असहमति का कोई अर्थ नहीं; और मथुर काका की प्रतिक्रिया की तो कल्पना मात्र से विनायक के रोंगटे खड़े हो जाते थे। मगर दीदी के बारे में विनायक निश्चिन्त था। जगन काका की प्रणय-कथा उसे अभी भी कल की बात लगती थी। वह भी तो इतना ही टेढ़ा मामला था। भत्ती कौन अपनी जात-बिरादरी की थी। फिर भी सरोज दोनों का ब्याह रचाने के लिए कितनी उत्सुक और अधीर थी और उस प्रेम को विफल होता देखकर उसे कितनी गहरी चोट पहुँची थी। तो फिर अपने भाई की इस प्रणय-कथा के प्रति वह क्यों उदासीन है ? विनायक तो लौटती डाक से स्वीकृति-पत्र पाने की उम्मीद कर रहा था। उसने अगर बात छिपाई भी थी तो इसलिए नहीं कि उसे कोई डर या शंका थी। वह तो सिर्फ मारे संकोच के लिख नहीं पाया था उस लड़की के बारे में। एक बात और भी तो थी। उसे खुद अपने ऊपर विश्वास नहीं था। वह बेहद शर्मीला और घोंचू था। मगर वह लड़की ही नहीं, उसके पूरे घर का वातावरण कुछ ऐसा था कि विनायक एक महीने के अन्दर ही अपने को उस घर के एक सदस्य की तरह अनुभव करने लगा था। ऐसा खुलापन, ऐसी स्निग्धता-शालीनता उसने कभी देखी ही नहीं थी। लड़की बी.ए. में पढ़ती थी और फर्राटे से अंग्रेजी बोलती थी। उसके पिता भी विनायक के सौभाग्य से अंग्रेजी साहित्य के रसिया थे और विनायक से उनकी खासी पटने लगी थी। विनायक से वे इस तरह पेश आते थे जैसे वह बराबरी का दोस्त हो। इस आत्मीय खुलेपन के वातावरण में विनायक की झिझक बहुत जल्दी दूर हो गई थी।

वह और नायर साहब ट्यूशन के बाद घंटों गपशप करते बैठे रह जाते। अक्सर रात का खाना भी विनायक को उन्हीं के साथ खाना पड़ता।

यह ट्यूशन विनायक को सक्सेना ने ही दिलवाई थी। पर उस निमित्त मात्र से, अपने अनुभव का जिक्र तक छेड़ना विनायक को पसन्द नहीं था। जैसे कविता के लिए, वैसे ही प्रेमानुभूति के लिए भी सक्सेना बिल्कुल ठस्स है–ऐसी विनायक की पक्की धारणा बन गई थी। किन्तु सक्सेना इतना विरक्त नहीं था; वह कभी-कभी उसे छेड़ता रहता। यह भी एक कारण था कि विनायक इधर कई महीनों से उससे जान-बूझकर कतराता फिर रहा था। भला जिस अनुभूति को वह खुद ही नहीं समझ पा रहा था, उसे वह कैसे दूसरे को–वह भी सक्सेना जैसे क्रूड आदमी को–समझाता। इच्छा जरूर होती थी कभी-कभी, कि कोई तो अन्तरंग मित्र होता जिसे वह अपने भीतर घट रहे इन रासायनिक परिवर्तनों का साक्षी बनाता। एकाएक वह अपनी ही नजरों में जैसे बहुत ऊँचा उठ गया था और उसके स्वभाव के भीतर की अनेक परतों में लिपटी आत्मदया और बेचारगी को जैसे किसी ने फूँक मारकर उड़ा दिया था। एक अन्धड़ की तरह प्रेम उसके जीवन में प्रवेश कर चुका था और उसके बाद कोई भी चीज अपनी जगह पर नहीं रह गई थी। सब कुछ बदल गया था। सब कुछ रूपान्तरित हो चुका था।

इस अन्धड़ का नाम था शान्तम्। शुरू-शुरू में विनायक को यह नाम बहुत ही हास्यास्पद लगा था क्योंकि इस नाम और इसके धारण करनेवाले व्यक्ति के बीच कहीं कोई तालमेल उसे नहीं दीखता था। पढ़ाते वक्त वह एकटक उसके चेहरे को ताकती रहती और मन्द-मन्द मुस्कुराती रहती। पढ़ाई खत्म होते ही वह पचीस तरह की बातें करने लगती और विनायक को खामखाह उलझाए रहती और बात-बात में खिलखिला पड़ती ! विनायक को अजीब बेचैनी-सी होती और वह उठने का प्रयत्न करता पर बैठा ही रह जाता। एक-दो हफ्ते के अन्दर ही उसकी झिझक गायब हो गई और वह एकदम सहज हो गया। उसे खुद अपने ऊपर अचरज होने लगा। जिस कमरे में वे लोग पढ़ाई करते थे, वहाँ काफी एकान्त था। एक की बजाय दो-तीन घंटे भी लग जाएँ तो भी वहाँ कोई झाँकने को नहीं आता था। सारी परिस्थितियाँ अनुकूल थीं। स्वयं विनायक को ऐसा लगने लगा था जैसे वह उसी घर का एक सदस्य हो। घंटे-भर तक विनायक पूरी कर्तव्यनिष्ठा के साथ गुरुधर्म का पालन करता और अपनी शिष्या को पूरी तरह अनुशासन में रखता। पर उसके बाद आप से आप सम्बन्ध उलट जाते और विनायक की बागडोर शान्तम् के हाथ में आ जाती। इसमें कोई शक नहीं कि प्रेममार्ग की दीक्षा विनायक को शान्तम् से ही मिली। पहल सचमुच वहीं से हुई; नहीं तो विनायक को इस स्टेज तक पहुँचने में कम-से-कम चौगुना समय लग जाता। दरअसल ये स्टेज-विस्टेज की बात भी अभिव्यक्ति के मामले में ही लागू होती है क्योंकि अनुभूति के मामले में तो यहाँ सीढ़ियों का सवाल ही नहीं था। शुरुआत से ही 'सखि कि पूछसि अनुभव मोय' वाली हालत विनायक की थी। मुश्किल जो थी, वह अभिव्यक्ति को लेकर थी। विनायक की समझ में नहीं आता था कि अपनी भावनाओं का वह करे क्या ? कविता का वह

अपनी समझ से सिर्फ प्रतीक-विसर्जन करके आया था। पर वह सचमुच उसके हाथ से छूट गई थी और वापस ही नहीं आ रही थी। आए भी कैसे ? उसके पास भाषा ही नहीं थी। उस वक्त इलाहाबाद में नई कविता का स्वर्ण-युग चल रहा था मगर विनायक अभी तक द्विवेदी युग में ही विचरण कर रहा था। उसकी प्रतिभा कालातीत थी। उधर प्रिया मलयाली थी और हिन्दी पर उसका अधिकार प्रेमालाप के लिए ही पूरा नहीं पड़ता था। यह एक बहुत ही अटपटी स्थिति थी। प्रेमालाप तो उस टूटी-फूटी खिचड़ी भाषा में भी बिना किसी बाधा के चलता रहता था–उसके लिए विनायक को विशेष प्रयत्न भी नहीं करना पड़ता था–प्रिया अपने आप उस ऑर्केस्ट्रा को कंडक्ट करती रहती थी और विनायक का बाजा भी उसके प्रभाव में बिल्कुल स्वाभाविक सुर-ताल से बजता रहता था। एकाध महीने तो मजे में काम चलता रहा पर एक दिन विनायक को यह सहज-स्वाभाविक अभिव्यक्ति भी अधूरी और 'कंडीशंड' लगने लगी और वह एक निहायत निजी मौलिक अभिव्यक्ति के लिए छटपटा उठा। मगर इस छटपटाहट के जो नतीजे निकले, वे इतने निराशानजक थे कि विनायक के भीतर कवित्व की रही-सही गुंजाइश भी खत्म हो गई। वह कविता में अपनी अनुभूतियों का उत्ताप और आवेग भी यथावत् चाहता था और साथ ही अपनी भावनाओं का परिष्कार भी। नतीजा यह होता था कि न परिष्कार हाथ लगता था, न आवेग। विडम्बना यह थी कि विज्ञान का पुजारी विनायक भाषा के मामले में बिल्कुल ठस्स था। लिखने की मेज पर बैठते ही उसकी प्रयोगशीलता छूमन्तर हो जाती थी। भाषा की आत्मीयता हासिल करने के लिए उसके साथ छेड़छाड़ करना जरूरी है, यह बुनियादी-सी बात भी उसकी समझ से बाहर थी। वह समर्पण की मुद्रा में भी स्वामी की तरह अकड़ जाता था और फिर अपने ही वाक्य-विन्यास के ठंडे काठ पर सिर धुनता रहता था। कविता वहाँ कैसे आती ? वह विनायक की प्रेयसी की तरह धैर्यवान नहीं थी।

यह प्रेयसी जो प्रत्यक्ष पदार्थ-पाठ विनायक को रोज-ब-रोज दे रही थी, उनसे भी विनायक सचमुच कुछ ठोस उस वक्त हासिल कर ही रहा था, यह कहना आज कठिन लगता है। विनायक प्रेम में भी योगवादी था–अपने अनजाने ही वह केवल डूबना जानता था; तैरना और उबरना नहीं। न इस गूँगे के गुड़ को चुपचाप चुभलाते-चुभलाते पचा लेना ही उसके बस की बात थी। जो सीखी-सिखाई भाषा शान्तम् की देहरी पर पाँव धरते ही कपूर की तरह उड़ जाती थी, वह अपने कमरे के एकान्त में बैठते ही फिर उससे चिपट जाती थी। लिहाजा जब भी वह अपनी अनुभूतियों की जुगाली करने बैठता, उसे अपनी जीभ और दाँतों के बीच लगातार एक फँसावट और किरकिराहट का अनुभव होता और वह झुंझलाकर फिर उसे निगल जाता। हरकत करना चाहती जीभ एकाएक ऐंठने लगती और अनुभूति रसातल में पहुँच जाती। इन्द्रियों का जागरण और मस्तिष्क की सुषुप्ति...! एक अजीब विरोधाभास था। किन्तु विनायक को इस विरोधाभास से लड़ने का अवकाश उस वक्त नहीं था। कमल-दलों में बन्द भौंरे की तरह वह उन प्रगाढ़ और तीखी ऐन्द्रिक रसानुभूतियों का निरीह आस्वादक भर था। शान्तम् के लिए अपने

प्रेमिक की यह आत्मलीन विह्वलता उसके अपने व्यक्तित्व की, उसके स्त्रीत्व की एक ऐसी असन्दिग्ध और रोमांचकारी स्वीकृति थी कि वह अपनी तरफ से आत्मदान में कोई कसर नहीं छोड़ना चाहती थी। निर्विकार तटस्थता के उस खोल के भीतर ऐसी घनघोर आशुतोष अनुरक्ति विराजमान होगी–इसका अनुमान उसने भी नहीं किया था। वह यूँ भी विनायक से एक-दो साल बड़ी थी और अपने माता-पिता की इकलौती सन्तान होने के कारण उसका हृदय स्नेह के स्वाभाविक अधिकार-सुख से लगभग वंचित ही रहा आया था। अभी तक उसने स्नेह पाया ही पाया था, दिया कुछ नहीं था। विनायक के आने से पूर्व इस उदारता के एकमात्र आलम्बन उसके पिता थे। मनोवैज्ञानिक दृष्टि से यह भी सम्भव है कि अपने आदर्श प्रेमी या पति की उसकी जो भी कल्पना रही होगी उसमें पिता के विलक्षण रूप से आकर्षक और रोबीले व्यक्तित्व की छाया भी अवश्य मौजूद रही हो। यह भी एक तथ्य है कि जैसे-जैसे शान्तम् के पिता के साथ विनायक का परिचय गाढ़ा होता गया, वैसे-वैसे लगभग उसी अनुपात में शान्तम् की भी विनायक में दिलचस्पी सक्रिय होती गई। शान्तम् ने ही तो विनायक को बताया था कि इतनी गहरी रुचि डैडी ने आज तक किसी लड़के में नहीं ली। वे विनायक से बहुत ही प्रभावित हो गए हैं और बड़ी बेचैनी से उसका इन्तजार करते हैं। विनायक के आने में जरा भी देर हो जाए तो बीच-बीच में बाहर जाकर देखते हैं और बड़बड़ाने लगते हैं–

'क्या बात है अभी तक मास्टर साहब क्यों नहीं आए?' विनायक को यह मास्टर साहब का सम्बोधन कुछ अच्छा नहीं लगता था–नायर साहब के साथ अपने सम्बन्ध में जिस बराबरी और मैत्री के अधिकार-सुख का अहसास उसे होता था, उसमें यह सम्बोधन उसे कबाब में हड्डी की तरह गड़ता था। प्रारम्भ के दिनों में वह उनके रोबीले व्यक्तित्व से थोड़ा आतंकित जरूर था–नायर साहब सिर्फ पद से ही नहीं अपने विचारों और तौर-तरीकों से भी पूरे अफसर थे–किन्तु महीने-भर के अन्दर ही साहित्य चर्चा और बहसों के फलस्वरूप वह आतंक न केवल पूरी तरह झड़ चुका था, बल्कि एक विचित्र-से सख्य-भाव से विस्थापित हो चुका था। विनायक के भीतर उमड़ आए इस अभूतपूर्व आत्मविश्वास का एक कारण यह भी था कि कहाँ तो वह बात ही नहीं कर पाता था और कहाँ एक पहुँचे हुए बहुज्ञ अफसर का लौह-कवच तक उसकी सरस्वती के लीला-प्रहारों से ढीला पड़ता जा रहा था। यह चमत्कार नहीं तो क्या था ? नायर साहब का यह सत्संग विनायक की आज तक सिकुड़ी-सिमटी; किन्तु महत्त्वाकांक्षी बुद्धि के लिए एक सान की तरह था, जिसे छूते ही चिनगारियाँ निकलने लगती थीं।

वैसे दोनों के बीच समानता क्या थी, यह कह सकना कठिन है। क्या यह विपरीतताओं का आकर्षण था ? पन्द्रह-बरसों की धुन्ध के पार आँख गड़ाने पर जो दृश्य, उस बैठक का दिखाई देता है उससे आज विनायक नहीं, आर्थर कोएस्लर का वह प्रसिद्ध 'योगी और अधिकारी' वाला वर्णपट का रूपक ही निबट सकता है। निश्चय ही इसमें थोड़ी अतिशयोक्ति हो जाएगी; मगर चूँकि वह दोनों तरफ होगी इसलिए कुल मिलाकर पलड़ा बराबर ही रहेगा और भूल-चूक लेनी-देनी हो जाएगी। इस तरह देखने

पर विनायक अगर वर्णपट का 'अल्ट्रा वायलेट' वाला छोर था तो मिस्टर नायर उसका 'इन्फ्रारेड' वाला छोर थे। और बीच की वह सजीव उपस्थिति ? पिता और प्रेमी के बीच दौड़ती शान्तम् की वे चंचल आँखें...उत्सुक उदग्र होंठ...? और जोर-जोर से हिल पड़ता छोटा सा सिर...! और कभी-कभार टोकने या सराहने को किलक पड़ती वह छोटी सी आवाज...! उन दोनों को जोड़नेवाला सतरंगा पुल...!!!

एक चौथा व्यक्ति भी छाया की तरह कभी-कभी वहाँ आकर बैठ जाता था और जब तक उसकी उपस्थिति का आभास भी हो, तब तक अन्तर्धान हो जाता था। शान्तम् की माँ के बारे में विनायक की प्रतिक्रियाएँ बहुत उलझी-उलझी-सी थीं। कभी वे उसे अत्यन्त स्नेहमयी, साक्षात् करुणा की मूर्ति प्रतीत होती थीं तो कभी उनसे अजीब सा डर भी लगता था। वे शायद ही कभी बोलती थीं। दिखने में ऐसी, जिसे कुरूप तक कहा जा सके—आगे को निकले हुए बड़े-बड़े दाँत...किन्तु एक निरीह सौम्यता उन होंठों और दाँतों से जैसे छन-छनकर प्रकाशित होती रहती थी। इस प्रकाश को काटती और उसे गहरे काले दह की तरह सोख लेतीं उनकी आँखों में एक ऐसा अफाट नैर्जन्य विनायक को कभी-कभी महसूस होता था कि वह भीतर-ही-भीतर सिहर जाता था। उसे वहाँ भय-सन्देह-अविश्वास की भुतैली परछाइयाँ चक्कर काटती प्रतीत होती थीं जो उनके मुस्कुराते ही उड़ जाती थीं। कभी-कभी और बाद-बाद में तो अक्सर ही—जब बहस काफी लम्बी खिंच जाती, तो वे आकर चुपचाप अपने पति के पैताने बैठ जातीं और उनके पाँव दबाती रहतीं एक यन्त्र की तरह। बड़ी देर बाद उनकी आँखें एक विरक्त असहायता में अपने पति और अपनी पुत्री के दमकते चेहरों पर से भटकती हुई विनायक की आँखों से उलझ जातीं और तब विनायक को 'काफी देर हो गई' का अहसास होता और वह तुरन्त उठ खड़ा होता। मिस्टर नायर 'ओ के, गुडनाइट' कहते हुए पूरी तरह पलंग पर पसर जाते। शान्तम् जैसे स्वप्न देखती-देखती हड़बड़ाकर उठ खड़ी होती और विनायक के पीछे चलती हुई दरवाजा बन्द कर देती। हॉलनुमा बैठक के कमरे को पार करके वह बाहर अँधेरे बरामदे में खड़े प्रतीक्षा करते विनायक के गले में दोनों बाँहें डालकर उससे लिपट जाती और बावली की तरह उसे तब तक चूमती रहती जब तक खुद विनायक ही उकताकर अलग नहीं हो जाता। जैसे यह आखिरी मिलना हो और उसका प्रेमी अगले दिन लड़ाई के मोर्चे पर शहीद होने जा रहा हो—हमेशा-हमेशा के लिए उसे अकेला छोड़कर—कुछ ऐसी तड़प उसकी बाँहों में और ओठों में होती थी कि विनायक घबरा-सा जाता था। उसे इस क्षण का उतना अधिक इन्तजार भी नहीं रहता था। हालाँकि यही वह जगह थी, जहाँ उसने पहली बार शान्तम् को अपनी बाँहों में समेटा था—पहली बार अपने प्रेमावेग को एक ठोस पौरुष अभिव्यक्ति दी थी। वरना रूप-रस-गन्ध और स्पर्श के उस सरोवर में जाने कितने दिनों से नहाते हुए भी उसकी भूमिका अभी तक एक लगभग निष्क्रिय रसास्वादक की ही रही थी। अपनी ओर से तो उसकी पहल सिर्फ पहले दिन शान्तम् के हाथ को अपनी दोनों हथेलियों के बीच दबा लेने तक ही सीमित हो रही थी, और जब शान्तम् ने उसकी आशंका के विपरीत

अपना हाथ उसकी काँपती हथेलियों की गिरफ्त से छुड़ा लेने की बजाय अपना दूसरा हाथ भी उसके हाथों पर रख दिया और फिर उसकी दोनों हथेलियों पर काफी देर तक अपनी बड़ी-बड़ी आँखें बिछाते हुए सहसा उन्हें उठाकर अपने गालों से चिपटा लिया और काँपते होंठों और मुँदी आँखों से आधी अंग्रेजी, आधी अटपटी हिन्दी में फुसफुसाते हुए कहा, 'डू यू...डू यू रियली...? क्या आप सच में मुझे इत्ता अच्छा मानते हैं ?'...तो विनायक के मुँह से बोल ही नहीं फूटा था–वह अपने ही भावावेग से मूर्च्छित-सा हो गया था और बजाय उन थरथराते, पुलक-भरी प्रतीक्षा में पसीजते हुए ओठों पर अपना ठोस उत्तर टाँकने के, उसका मस्तक कुछ इतने अवश भाव से उसकी बाँह पर जा टिका था जैसे उस पर शक्तिपात हो गया हो और वह इस अयाचित कृपा को सँभाल पाने में सर्वथा असमर्थ हो। और सचमुच उसका सारा शरीर झनझना उठा था–प्रेमी की पुरुष भूमि उस झनझनाहट में लापता हो गई थी।...'किस मी माइ लव...' का अस्फुट उच्चारण उसके कानों को गुदगुदा रहा था। फिर भी वह निश्चल पड़ा था। उसके स्नायु-तन्त्र और मांसपेशियों के बीच का पुल ही जैसे किसी ने उड़ा दिया था। पल, दो पल...जाने कितने पलों के बाद जब विनायक की उस क्षणिक सकर्मकता से अभिभूत शान्तम् ने अधीर होकर अपनी पलकें खोलीं तो उसकी यह दशा देखकर वह भी अवाक् रह गई। निदान उसी ने झुककर अपने ओठों से उसके ओंठ छुलाए, तब जाकर वहाँ थोड़ी हरकत हुई और चेतना वापस लौटी।

किन्तु लौटकर भी वह लौटी कहाँ ? प्रेमी की किसी नई मौलिक अभिव्यक्ति की भूमिका पर नहीं, बल्कि स्वयं प्रेयसी की ही भूमि पर उसी का निरीह अनुसरण करती हुई। शान्तम् को इससे कोई शिकायत भी नहीं थी। किन्तु उस दिन सदा की तरह बरामदे तक छोड़ने आई शान्तम् को जब विनायक ने सहसा झपट्टा मारती चील की तरह अपनी बाँहों में दबोच लिया तो शान्तम् चकरा गई। यह उसके लिए एक बिल्कुल नया और अप्रत्याशित अनुभव था। उस दिन पहली बार उसने अपने प्रेमी की ललक को थोड़ा प्रतिरोध दिया, थोड़ा मूक मान भी किया जिसे विनायक सौभाग्यवश ही लाँघ गया। उस दिन के बाद शान्तम् की चंचलता एक प्रौढ़ अभिज्ञान में ढलने लगी। अपने प्रेमी से उसकी अपेक्षाओं का रूप भी थोड़ा बदल गया। किन्तु विनायक था, कि बार-बार उसी निष्क्रिय रसास्वादक की मधुमती भूमिका में लौट जाता और बड़ी मुश्किल से, कई-कई झटकों के बाद चेतता।

शान्तम् को ट्यूशन के उस बन्द कमरे की अपेक्षा खुले बरामदे का यह मिलन अधिक सहज-स्वाभाविक लगता था। यहाँ उसकी सावधानता बिल्कुल शिथिल हो जाती और आवेग अपने चरम उत्कर्ष को प्राप्त हो जाता। कभी-कभी तो वह फाटक खोलकर सड़क तक विनायक को पहुँचा आती और वहाँ भी उससे इस तरह लिपट जाती जैसे वह सड़क न होकर उसका कमरा हो। उसे न नौकर-चाकरों की परवाह थी, न सड़क पर चलते लोगों की। ट्यूशन के कमरे में–उस वक्त भी जब विनायक उसकी बाँहों में बेसुध पड़ा होता–उसका स्त्री-विवेक जागता रहता था। उसी के कारण कई बार संकट

टल जाते थे और यथास्थिति बनी रहती थी। इस विश्वास के बावजूद कि उसके डैडी की इच्छा उसके अपने स्वतन्त्र वरण से कदापि भिन्न नहीं हो सकती और मम्मी भी उसमें बाधक नहीं हो सकतीं, वह अपने प्रेमी को ऐसी हर असुविधाजनक स्थिति से बचाए रखने के लिए सतर्क रहती थी जो कहीं से भी उसके गौरव को ढीला करे। वहाँ उसके लिए शिष्या और प्रेयसी का सन्तुलन बनाए रखना ही उचित था और इस औचित्य का निर्वाह वह पूरे कौशल और पूरी गरिमा के साथ करती थी। किन्तु विदा के इन क्षणों में–रात्रि के खुले आसमान की निस्तब्धता में वह सारी संयति और शालीनता उसे व्यर्थ लगने लगती थी। देश, काल और परिस्थिति का सारा विवेक तिनके की तरह उड़ जाता था। विनायक का सामीप्य तक उसे बिल्कुल आत्म-विस्मृत कर देता था और वह...एक स्त्री–पूरी और समूची–उसे दे दिए जाने को विह्वल हो उठती थी...पूरे और समूचे उस अपने पुरुष को...अभी, इसी क्षण। कुछ भी अलंघ्य नहीं था उसके लिए उस वक्त...सब कुछ सम्भव था, सब कुछ सहज और सुन्दर। संसार सिर्फ उतना ही बड़ा, उतना ही सत्य था, जितना उसका आवेग, जितना उसका आत्मदान। दोनों के बीच अन्तराल था ही कहाँ, जहाँ भय और आशंका को जगह मिलती। सब कुछ तो अपना था, सब कुछ तो अभय था।

और उसका प्रेमी–वह पुरुष ?...उस खतरनाक खुलेपन में जकड़ा हुआ विनायक बेचैन हो उठता। वहाँ–उस कमरे में जो सहज और स्वाभाविक लगता था, वही यहाँ उसे आशंकाओं से भर देता। वहाँ की स्नायविक उत्तेजना और नायर साहब के शयन कक्ष की बौद्धिक उत्तेजना से छके हुए उसके मन-प्राण इस आँधी की चपेट में उखड़ने-उखड़ने को हो जाते और वह उन्हें कसकर थाम लेता। उसे जैसे कोई अपनी धुरी से अलग कर देगा और फेंक देगा एक अतलान्त में...जहाँ उसकी और शान्तम् की कोई पहचान शेष नहीं रह जाएगी। वह आतंकित हो उठता अपनी प्रिया के इस पागलपन से–उसे वापस खींच लाना चाहता उसकी अपनी धुरी में, जहाँ नियम है, व्यवस्था है और वह सुरक्षित दूरी है जहाँ प्रिया शान्तम् है–उसकी शिष्या और नायर साहब की पुत्री–अपनी अभिजात गरिमा और संस्कारी शालीनता में स्थापित और सुरक्षित। नहीं, अभी नहीं ! अभी शान्तम् पर उसका अधिकार ही क्या है ? अभी तो उसके पिता को भी कुछ नहीं मालूम...। अभी तो प्रेमी से पति तक की लम्बी यात्रा शेष है। तब जाकर शान्तम् समूची विनायक की होगी। अभी तो विनायक स्वयं ही एक शरण और संरक्षण की जरूरत से परेशान है। अभी तो शान्तम् को पाने के लिए, सारी परिस्थितियाँ अनुकूल होने में जाने कितना समय लगेगा, जाने कितनी प्रतीक्षा करनी होगी। अभी तो विनायक के घर के लोगों को भी कुछ नहीं पता...अभी तो सरू दीदी तक को नहीं लिख पाया। लिखना ही होगा अब। वही पार लगाएगी। वही माँ को मना सकती है। माँ का स्मरण होते ही विनायक के झुरझुरी दौड़ जाती है। सरू दीदी ही मदद करें तभी कुछ हो सकता है। नहीं तो माँ इस खबर को सुनके ही पागल हो जाएगी।

'तुम फिकर मत करो,' यह शान्तम् का तकिया कलाम था, 'तू फिकर मत करना

गुड्डन'...इसी वाक्य के साथ सरोज की भी हर चिट्ठी का उपसंहार होता था। विनायक को इस साम्य पर बहुत हँसी आती थी। और सचमुच इसी बात पर से एक दिन ट्यूशन वाले कमरे में सरोज-प्रकरण शुरू हुआ था। पहली बार विनायक ने अपने घर के किसी सदस्य के बारे में शान्तम् से इतनी चर्चा की थी। वरना शान्तम् के सारे जड़खोद कुतूहल के बावजूद वह अपने घर के लोगों के बारे में चुप रहना ही पसन्द करता था।

ऐसी ही एक रात थी वह, जब शान्तम् से विदा लेकर विनायक अपने कमरे में पहुँचा था और दीदी को चिट्ठी लिखने बैठ गया था। शुरू से लेकर अब तक का सारा वृत्तान्त उसने सरोज को बताया था और कुछ ही दिन पहले घटी उस घटना का भी जिक्र किया था जहाँ से विनायक की असल परेशानी शुरू हुई थी।

आई एम योर वाइफ इफ...

इकतीस

नायर साहब का एक प्रिय विषय था–कालिदास और शेक्सपियर की तुलना। वे बहुत दिनों से इस सवाल को लेकर परेशान थे कि दोनों में बड़ा कौन है। विनायक को यह प्रश्न ही बेतुका लगता था पर इसी बहाने उसे अपनी विद्वत्ता दिखाने का जो मौका मिलता था, उसे वह नहीं छोड़ता था। कई बहसों के बाद भी यह सवाल अनिर्णीत ही चला आ रहा था। नायर साहब विनायक के रसदर्शन की बारीकबीनी में ही उलझकर रह जाते थे। विनायक के चले जाने के बाद ही उनकी समझ में आता कि यह क्या हुआ ? मूल प्रश्न तो जहाँ का तहाँ रह गया। दूसरे दिन वे फिर जोर-जोर से ताल ठोककर मैदान में आते और फिर उन्हें लगता कि उनका प्रतिद्वन्द्वी तो उन्हें बेवकूफ बनाकर चला गया। एक दिन उन्होंने तय कर ही लिया कि यह विवेक की रंगबाजी बहुत हो गई, आज तो इसका फैसला हो के रहेगा।

उस शाम जैसे ही विनायक बँगले के अन्दर दाखिल हुआ, नायर साहब उस पर टूट पड़े, 'तुमने टैम्पेस्ट पढ़ा है ?'

'जी हाँ, क्यों ?' विनायक अचकचा गया।...'और अभिज्ञान शाकुन्तलम् ?' 'जी हाँ, वह भी पढ़ा है। क्यों क्या हो गया ?'

नायर साहब मुस्कुराए। अब आया पकड़ में। अभी पिचकी जाती है इसकी सारी विद्वत्ता। 'बताओ कौन कैरेक्टर ज्यादा पावरफुल है ? मिरांडा या शकुन्तला ?'

विनायक चौंका। क्या बात है ! आज नायर साहब को एकाएक नायिका भेद में कैसे दिलचस्पी हो गई ? उसने कहा, 'माफ कीजिएगा आपका सवाल जरा 'आउट ऑफ फोकस' है। आप यह बताइए कि आप दोनों की तुलना क्यों करना चाहते हैं ? किस नतीजे पर पहुँचना चाहते हैं ?'

'तुम पहले मेरे सवाल का जवाब दो। सीधा और दो टूक,' नायर साहब बोले।

'देखिए पावरफुल-वावरफुल तो मैं कुछ नहीं जानता। दोनों महान् कवियों की कल्पना-सृष्टियाँ हैं। दोनों की अपनी-अपनी विशेषताएँ हैं।'

'वो सब रहने दो,' नायर साहब ने अधीर होकर टोका, 'तुम तो यह बताओ कि नैचुरल कौन है, आर्टिफिशियल कौन है ?'

'यह तो मुझे नहीं मालूम। आप ही बताइए,' विनायक ने व्यंग्य किया।

नायर साहब भावुक हो आए, 'कालिदास की शकुन्तला कितनी नैचुरल, कितनी ग्रेसफुल है। शेक्सपियर की मिरांडा तो जादूगर प्रॉस्पेरो की ही एक जादुई कठपुतली लगती है उसके सामने। कितना फूहड़ लगता है उसका फर्डिनेंड से सीधे-सीधे ये कहना कि 'आई एम योर वाइफ इफ यू विल मैरी मी। इफ नाट आइ'ल डाइ योर मेड।' तुम्हीं बताओ क्या कोई शरीफ खानदान की लड़की इस तरह निर्लज्ज होकर प्रणय-याचना कर सकती है ?'

नायर साहब ने आवेश में आकर एक लम्बा भाषण दे डाला। प्रेम और नैतिकता पर। विनायक सिर झुकाए सुनता रहा। जब भाषण थमा तो उसने सिर उठाकर देखा शान्तम् जाने कब की सामने आकर बैठ गई है और सीधे विनायक की आँखों में देख रही है। 'आप तो बिल्कुल उलटी बात कर रहे हैं,' उसने अपने को कहते हुए सुना, 'सच्चाई तो यह है कि मिरांडा जिन परिस्थितियों में पली है, उन्हें देखते हुए उसका यह उद्‌गार न केवल अत्यन्त सहज और स्वाभाविक है, बल्कि उसके स्त्रीत्व की गरिमा के भी सर्वथा अनुकूल है। वह एक निर्जन द्वीप में, प्रकृति के विराट और अनगढ़ सौन्दर्य के बीच पली-पुसी। अपने पिता को छोड़कर उसने तब तक किसी अन्य पुरुष को देखा तक नहीं था। वह प्रकृति की सन्तान है, लज्जा नाम की चीज उसके अन्दर हो ही कैसे सकती है ? प्रकृति की कन्या पर आप अपने इस अप्राकृतिक सामाजिक अनुभव को कैसे थोप सकते हैं ? प्रकृति न लज्जित होती है, न निर्लज्ज। पुरुष और प्रकृति के बीच ऐसा कोई आवरण नहीं होता। शेक्सपियर की मिरांडा वही है। जिसे आप निर्लज्ज प्रणय-याचना कह रहे हैं, वह प्रकृति का पुरुष को सीधा सम्बोधन है, बिना लाग-लपेट का। उसके लिए वही स्वाभाविक था। दूसरा कोई भी तरीका, कोई भी भाषा गलत होती, अस्वाभाविक होती।

मुझे इस तरह की तुलना अन्याय लगती है। किन्तु आप चूँकि उसी पर जोर दे रहे हैं इसलिए मैं आपसे पूछना चाहता हूँ कि शकुन्तला, जो कि कण्व ऋषि के आश्रम में रह रही है, उसका राजा दुष्यन्त को देखते ही उस तरह अधीर हो जाना—अपनी सखियों से उस तरह बात करना और सन्देशा भिजवाना—वह क्या आपको सहज और गरिमामय जान पड़ता है ? क्या वह 'निर्लज्ज प्रणय-याचना' नहीं है ? कहाँ है उसमें मिरांडा के उद्‌गार की निर्दोष गरिमा ? शकुन्तला का वह कामुक प्रलाप क्या आपको ऊपर से आरोपित नहीं लगता ? शृंगार रस की रूढ़ि के निर्वाह का एक निमित्त-भर बनकर नहीं रह गई है शकुन्तला वहाँ ? इसमें उसके चरित्र या व्यक्तित्व की कौन सी विशेषता उजागर होती दीखती है आपको—मेरी समझ में नहीं आता।'

'तुम्हारी समझ में कैसे आएगा। अभी तुम बच्चे हो,' नायर साहब अजीब ढंग से मुस्कुराए। विनायक थोड़ा हतप्रभ हो गया। किन्तु उसने अपना भाषण जारी रखा, 'अगर आप शकुन्तला को भारतीय नारी के आदर्श चरित्र-चित्रण के रूप में रखते हुए, उसे एक डंडे की तरह इस्तेमाल करते हुए मिरांडा को पीटना चाहते हैं तो मैं आपसे कहूँगा कि इसमें आपकी शकुन्तला खुद पिट जाएगी। मगर यह कालिदास के प्रति भी बहुत

बड़ा अन्याय होगा चूँकि कालिदास ने 'शाकुन्तल' को शकुन्तला का चरित्र-चित्रण करने के लिए नहीं लिखा है। न शेक्सपियर ने ही वैसा किया है। पूरी कृति की मूल प्रेरणाओं पर से ही विचार किया जा सकता है। उस तरह देखने पर...मुझे आश्चर्य होता है कि भारतीय दृष्टि का प्रतिनिधित्व करनेवाला भारत का इतना बड़ा कवि यूरोप के महानतम कवि के कितना निकट है ! 'टैम्पपेस्ट' का जीवन-दर्शन शाकुन्तलम् के ही क्यों, समूचे भारतीय दर्शन के कितना निकट है...।'

नायर साहब बड़ी जोर से हँस पड़े, 'जीवन-दर्शन ! नॉनसेंस। तुम भी क्या फालतू बात करते हो ! शेक्सपियर की सबसे बड़ी कमी ही यह है कि उसकी तमाम कृतियों को पढ़ जाओ कहीं कोई जीवन-दर्शन नहीं मिलेगा। जबकि हमारे कालिदास में वह है। उसकी हर किताब में है। जहाँ तक कवित्व का सवाल है, कालिदास शेक्सपियर से बड़ा नहीं, तो छोटा भी नहीं है। मगर चूँकि कालिदास में दार्शनिकता भी है, इसलिए कालिदास शेक्सपियर से बड़ा है। समझे ?'

इतना कहकर नायर साहब ने सगर्व अपनी पुत्री की ओर देखा। किन्तु पुत्री ने कोई प्रतिक्रिया नहीं दिखाई। वह चिन्तामग्न थी। रोज की तरह वह बीच में बोल भी नहीं रही थी। चुपचाप सिर झुकाए जाने क्या सोच रही थी।

'कविता से अलग दार्शनिकता से न कालिदास को कोई मतलब है, न शेक्सपियर को। मैं तो अनुभूति की बात कर रहा था। आप देखिए जिस वक्त प्रॉस्पेरो अपना इन्द्रजाल समेट लेता है और अपने विस्मित चकित जामाता से कहता है, 'यह पूरा संसार जो तुम्हें इतना ठोस और वास्तविक जान पड़ता है, वह खुद मेरे इस इन्द्रजाल के समान ही क्षणिक और मायावी है'...तब क्या आपको शेक्सपियर की इस अनुभूति के पीछे अपनी ही अनुभूति, अपना ही भारतीय अनुभव नहीं दिखाई देता ? शेक्सपियर ने न तो कालिदास को पढ़ा था, न गीता का नाम तक सुना था, फिर भी उसने प्रॉस्पेरो के मुँह से कहलवाया है 'वी आर सच स्टफ ऐज ड्रीम्स आर मेड आन। ऐंड अवर लिटिल लाइफ इज राउंडेड विद ए स्लीप...।' अब आप खुद ही देखिए कि प्रॉस्पेरो के इस कथन में और गीता के उस अनुभव में कितना जबर्दस्त साम्य है...'

'अब तुम गीता को घसीट लाए,' नायर साहब ने नाराज होकर टोका, 'सवाल यह है कि कौन हमें सही जीवन-दृष्टि देता है। कालिदास या शेक्सपियर ? दोनों में बड़ा कौन है ?'

'इसका फैसला मैं नहीं कर सकता,' विनायक इस वक्त टोके जाने के मूड में नहीं था, 'आप कालिदास को भारत का सबसे बड़ा प्रतिनिधि कवि मानते हैं। मानते हैं कि नहीं मानते ? अगर वह भारत का सबसे बड़ा प्रतिनिधि कवि है तो उसकी कविता में जीवन की भारतीय परिकल्पना, भारतीय दार्शनिक दृष्टि भी जरूर ही होगी। गीता भारत की ही क्यों, शायद संसार की महानतम दार्शनिक कविता है। और गीता कहती है– 'अव्यक्तादीनि भूतानि, व्यक्तमध्यानि भारत। अव्यक्तनिधनान्येव, तत्र का परिदेवना'...क्या फर्क है इसमें और शेक्सपियर के प्रॉस्पेरो के उस मर्म-कथन में ? आप

तुलना करते ही हैं तो एक को बड़ा, दूसरे को छोटा सिद्ध करने के चक्कर में क्यों पड़ते हैं ? समानताएँ क्यों नहीं ढूँढ़ते ? बराबरी क्यों नहीं देखते ?'

'ऑलराइट, पहले इस श्लोक का मतलब समझाओ। मतलब मैं सब समझता हूँ। मगर देखना चाहता हूँ कि तुम कैसे इसे इंटरप्रेट करते हो।'

विनायक ने श्लोक तो ठोक ही दिया था। व्याख्या भी ठोक दी। नायर साहब जरा सोच में पड़ गए, 'ठीक है, ठीक है, तुम एक बार फिर 'टैम्पेस्ट' पढ़ जाओ। फिर डिटेल में बात करेंगे। तुम्हारे पास है न टैम्पेस्ट ?'

'नहीं, मेरे पास तो नहीं है, पर मैंने अच्छी तरह पढ़ी है,' विनायक बोला। वह अपनी बौद्धिक उत्तेजना से अभी उबरा नहीं था। नायर साहब इतनी जल्दी उखड़ जाएँगे, इसकी उसे उम्मीद नहीं थी। उसने हताश होकर अपनी प्रेयसी की ओर देखा। प्रेयसी पूर्ववत् गम्भीर और निश्चल बैठी थी। विनायक से दृष्टि मिलते ही उसकी बड़ी-बड़ी पलकें धीरे से ऊपर को उठीं और होंठों पर हल्का सा स्फुरण जगा।

'अच्छा, अभी मुझे एक पार्टी में जाना है। कल तुमसे फिर मुठभेड़ होगी। तब तक तुम एक बार फिर उसे गौर से पढ़ जाओ।

बेबी, मास्टर साहब को टैम्पेस्ट दे देना जाते वक्त। भूलना नहीं।'

उस दिन पढ़ाई ठीक से हो नहीं पाई। शान्तम् का ध्यान बार-बार उचट जाता था। उसका चेहरा अभी तक उसी उदास गम्भीरता में लिपटा हुआ था। तंग आकर विनायक ने पढ़ाई पटक दी और उसे छेड़ना-गुदगुदाना शुरू कर दिया। फिर भी वह काष्ठवत् बनी रही। सहसा उसकी आँखें छलछला आईं।

'क्या हुआ शान्तम् ?' विनायक एकदम घबरा गया। यह एक नई उलझन थी।

शान्तम् ने अपनी बड़ी-बड़ी आँखें विनायक के चेहरे पर बिछा लीं। फिर वह हौले से–जैसे बहुत ही कष्टपूर्वक मुस्कुराई। उसने विनायक का हाथ अपने हाथ में ले लिया और उससे खेलने लगी। देर तक चुप्पी छाई रही।

'तुम्हें इधर ममी के व्यवहार में कोई बदलाव महसूस नहीं हुआ ?'

नहीं तो। क्यों क्या हुआ ?' विनायक बुरी तरह घबरा गया।

शान्तम् फिर हौले से मुस्कराई। विनायक का सिर अपनी गोद में खींचकर धीरे-धीरे उसके बालों पर हाथ फिराते हुए कहने लगी, 'मम्मी को पता चल गया है। वह बहुत नाराज हो गई हैं। कल तुम्हारे जाने के बाद वह मेरे कमरे में आई और कहने लगी, यह सब क्या है ? मुझे अच्छी तरह पता है तुम्हारी कैसी पढ़ाई चल रही है। अभी तुम्हारे डैडी को पता चल जाएगा तो क्या होगा ? वे तो उस लड़के का विश्वास करके तुम्हें पढ़वा रहे हैं...।'

'फिर क्या हुआ ? तुमने क्या कहा ?' विनायक की आवाज काँपने लगी। उसका दिल जोरों से धड़कने लगा।

'तुम फिकर मत करो,' शान्तम् उसके कान में फुसफुसाई, 'मैंने मम्मी से साफ-साफ बता दिया। वह मुझे समझाते-समझाते खुद ही रोने लगी। मम्मी डैडी से बहुत डरती है। मेरी तो कुछ समझ में नहीं आता कि डैडी क्यों नाराज होंगे। मगर आज उनकी बातें सुनकर मुझे अजीब घबराहट होने लगी थी। तुम फिकर मत करो। मम्मी अभी डैडी से कुछ कहेंगी नहीं—मैं जानती हूँ। फिर भी डैडी को पता चल जाए और वे तुमसे पूछें तो तुम क्या करोगे ?'

विनायक को एकाएक उत्तर नहीं सूझा। शान्तम् टकटकी लगाए उसे देख रही थी। उसका चेहरा जाने कैसा-कैसा तो हो रहा था। विनायक के भीतर तूफान मच गया। उसने शान्तम् को जोर से अपनी बाँहों में भींच लिया और रुँधे कंठ से फुसफुसाया—'मैं साफ-साफ कह दूँगा मैं शान्तम् को प्यार करता हूँ। मैं उसके बिना नहीं रह सकता।...क्या तुम्हें मुझ पर विश्वास नहीं है...?'

शान्तम् ने अपना हाथ उसके मुँह पर रख दिया, 'प्लीज वीनू डार्लिंग...प्लीज...नाउ डोंट स्पीक एनी मोर।'

शान्तम् उस दिन उसके साथ-साथ उसका हाथ पकड़े फाटक तक आई। विनायक ने उसे बरामदे से ही विदा कर देना चाहा—वह इस नई खबर से मन-ही-मन बहुत घबरा गया था। कहीं मम्मी देख न रही हों। और दिन तो वे अपने बेडरूम में होती थीं। आज तो मिस्टर नायर भी घर पर नहीं हैं।

मगर शान्तम् नहीं मानी। तूफान के बाद की शान्ति उसके भीतर भर गई थी। जरा सी देर को डिगा हुआ उसका आत्मविश्वास फिर लौट आया था। उसका पुरुष उसके साथ था। उसका हाथ उसके हाथ में था। फिर काहे का डर ? किस बात की शंका ! सब ठीक हो जाएगा।

फाटक खोलकर शान्तम् ने जैसे जादू के जोर से एक किताब हवा में से निकाली और उसे विनायक को सौंपते हुए कहा, 'तुमसे एक बात कहनी थी...'

'क्या ?' विनायक ने पूछा। शान्तम् ने पहली बार उसे हिन्दी में 'तुम' कहकर पुकारा था।

शान्तम् लजा गई। उसने अपना मुँह विनायक की छाती में छुपा लिया और दोनों बाँहों से उसे घेर लिया। वह कुछ देर मौन खड़ी रही। फिर उसने धीरे से अपना मुँह ऊपर उठाया और कहा, 'तुम घर जाकर इस किताब को खोलोगे तो एक जगह मैंने निशान लगा के कुछ लिखा है। उसे पढ़ लेना बस। अभी यहाँ नहीं। अपने कमरे में।'

डेरे पर पहुँचकर विनायक ने किताब खोलके देखा—एक पूरा पृष्ठ मोड़ रखा था शान्तम् ने। उस मुड़े हुए पृष्ठ को खोलते ही उसकी निगाह लाल स्याही से रेखांकित उन पंक्तियों पर पड़ी...

आई ऐम योर वाइफ इफ यू विल मैरी मी।
इफ नॉट आइ'ल डाइ योर मेड'

नीचे शान्तम् ने अपने दस्तखत कर रखे थे। विनायक ने पुलककर उसे चूम

लिया और किताब को छाती से चिपकाकर बुदबुदाया...'शान्तम् मेरी पगली शान्तम्...' एकाएक उसकी आँखों के सामने नायर साहब का चेहरा घूम गया। उसने तुरन्त लाल स्याही की कलम खींची और उस दस्तखत को काटपीट दिया। कहीं नायर साहब ने देख लिया तो ? किताब तो उन्हीं की है। इस पगली को तो कुछ होश ही नहीं।

खबरदार गुड्डन !

बत्तीस

दो महीने गुजर गए। विनायक सरोज के पत्र का रास्ता देखते-देखते थक गया। उसे भीषण आशंकाओं ने जकड़ लिया। कहीं कुछ हो तो नहीं गया ? न बाबूजी को चिट्ठी लिखने की आदत थी, न माँ को। मथुर काका कोई समाचार ही नहीं देते थे। पहले उनके हर पत्र में वही एक रट रहती थी, 'तू इस साल आई.ए.एस. का फार्म जरूर भर देना ! अब तो तेरी उम्र भी हो गई कम्पटीशन में बैठने की। पहले चांस में ही निकल के दिखा देना।'...मगर इधर उनके पत्र भी आने बन्द हो गए थे और मनीऑर्डर भी। पता नहीं क्या बात थी।

पहले तो नहीं, किन्तु इधर कुछ महीनों से आई.ए.एस. की परीक्षा में बैठने का चाव विनायक के मन में भी जग रहा था। नायर साहब के सम्पर्क ने फिर से उसकी महत्त्वाकांक्षा पर धार चढ़ा दी थी। इस साल वह चांस ले ही लेना चाहता था। फार्म भर दिया था उसने। फिर भी दुविधाग्रस्त था। यूनिवर्सिटी की लेक्चररशिप उसे ज्यादा आकर्षित करती थी।

मुश्किल यह थी कि कोर्स की किताबें पढ़ने में उसका मन ही नहीं लग रहा था। इधर उसकी तैयारी बिल्कुल नहीं हो पा रही थी और इम्तहान करीब आ रहे थे।

इम्तहान को अब कुछ ही महीने शेष रह गए थे और एकाएक विनायक को लगा उसकी याददाश्त बिल्कुल चौपट हो गई है। वह मन लगाकर पढ़ता, उस वक्त उसे लगता उसे सब आता है। पर दूसरे दिन पाता कि वह सब कुछ भूल गया है। वह बहुत परेशान हो गया। एक दिन उसे जाने क्या सूझा वह सीधे सक्सेना के कमरे में जा पहुँचा और इस अचानक स्मृतिभ्रंश का दुखड़ा रोने लगा।

सक्सेना बड़ा मुँहफट था। उसने साफ कह दिया, 'तुम साले उस लौंडिया के चक्कर में पड़ गए हो। घबराओ मत बेटा, इसमें ऐसा ही होता है। मैं तुमसे काफी पहले सब भुगत चुका हूँ। तुम ये हरामगीरी छोड़ो और अपने धन्धे से लगो। रुपये-पैसे की जो दिक्कत हो, मुझसे कहो। मेरे पास बहुत हराम का पैसा पड़ा है। ट्यूशन छोड़के भी तुम्हारा काम अटकेगा नहीं, समझे ?'

विनायक का जी हुआ, धरती फट जाए, वह उसमें समा जाए। उसे सक्सेना से ऐसे उत्तर की उम्मीद नहीं थी। वह भड़कता हुआ उसके कमरे से बाहर निकल आया।

विनायक को इन दिनों शान्तम् के प्रति अपना गुरु-कर्तव्य बहुत परेशान कर रहा था। वह देख रहा था कि शान्तम् का मन आजकल पढ़ने में बिल्कुल नहीं लगता। उसके स्वभाव में बड़े विचित्र परिवर्तन आ गए थे। वह बातूनी लड़की आजकल बड़ी गुमसुम हो गई थी। बीच-बीच में उसका पुराना स्वभाव लौट आता और वह पहले की तरह चहकने-फुदकने लगती। किन्तु विनायक को उसका यह हर्षोन्माद भी अतिरिक्त और असहज लगता। उसकी उदासी और खुशी दोनों पराकाष्ठा पर थीं। रात को जब विनायक उससे विदा होता—वह उसे बड़ी देर तक फाटक पर ही उलझाए रखती और कभी-कभी तो रोने लगती। बड़ी मुश्किल से विनायक उससे समझा-बुझाकर वापस लौटाता। एक दिन तो गजब ही हो गया। विनायक उसे विदा लेकर फाटक से कोई एक फर्लांग आगे निकल चुका था कि इतने में शान्तम् पीछे से उसका नाम पुकारती हुई दौड़ती-हाँफती चली आई और उससे चिपट गई—'डोंट लीव मी एलोन माई लव...आई ऐम सो एफ्रेड ऑफ बीइंग लेफ्ट एलोन दीज डेज। यू डोंट नो माई लव...यू डोंट नो'...वह बड़बड़ाती जा रही थी। विनायक के पसीना छूट गया। उसने बड़ी मुश्किल से उससे अपने को अलग किया और कहा—'आइ'ल स्पीक टु डैडी टुमारो।' उसके इतना कहते ही शान्तम् का बड़बड़ाना बन्द हो गया। लैम्प पोस्ट के फीके उजाले में उसने विनायक के चेहरे को दोनों हथेलियों में भरा और गौर से देखती रही। फिर वह स्वयं ही उसका हाथ पकड़कर वापस अपने घर की ओर चलने लगी। फाटक पर पहुँचकर उसने एक बार फिर उसका आलिंगन किया और उसके कान में फुसफुसाई, 'फॉरगिव मी माई लार्ड, आई वॉज क्वाइट अपसेट। यू नीड नॉट स्पीक टु डैडी टुमारो। नॉट टिल दि इक्जामिनेशंस आर ओवर।'

उस रात विनायक को नींद नहीं आई। वह बड़ी देर तक करवटें बदलता अपने बिस्तरे पर छटपटाता रहा। फिर उसने उठकर बत्ती जलाई और सरोज को चिट्ठी लिखने बैठ गया। उसे पता भी नहीं चला कब रात बीत गई और सुबह की धूप आकर उसके कमरे में भर गई। तब जाकर उसने अपना मुँह ऊपर उठाया। लिखे हुए पन्नों से पूरी मेज भर गई थी। इतना लम्बा पत्र उसने कभी किसी को नहीं लिखा था। वह थककर चूर हो गया था। उसने पन्ने समेटे, ठीक से लगाए और बिना एक बार भी अपने लिखे को दोहराए, उन्हें लिफाफे में भरा और उसी वक्त डाकखाने की ओर रवाना हो गया। वहाँ से लौटकर उसने कमरा भीतर से बन्द किया और उन्हीं कपड़ों में बिस्तर पर पसर गया। तत्काल उसे नींद ने धर दबोचा।

जब वह जगा तो दोपहर ढल चुकी थी। आज वह क्लास भी गोल कर गया था। एकाएक उसकी निगाह दरवाजे की ओर गई। वहाँ एक लिफाफा पड़ा था। विनायक ने झपटकर उसे खोल डाला। सरोज का पत्र था—

गुड्डन !

तू मेरी चिट्ठी का रास्ता देख-देख के थक गया होगा और तुझे मेरे पर बहुत गुस्सा आ रहा होगा। मगर मैं क्या करूँ भइया ! तू अपनी दीदी को माफ कर देना। मैं बहुत बीमार थी। अभी भी तबीयत ऐसी ही चल रही है। पर ठीक हो जाऊँगी। तू मेरी बिल्कुल

फिकर मत करना। ये तूने क्या किया रे ! पहले अपनी पढ़ाई तो पूरी कर लेता। इतनी जल्दी क्या हो रही थी तुझे ? अभी से शादी कर लेगा तो अपनी बहू को कैसे खिलाएगा–कहाँ रखेगा उसे ? तेरे लिखने से तो ऐसा लग रहा है कि वो बहुत बड़े घर की लड़की है। कैसे निभेगा रे तुझसे–तूने सोचा ? और माँ तो तेरे भरोसे ही दिन काट रही है। उसे तेरे ये लच्छन मालूम होंगे तो क्या होगा ? तुझे कुछ मालूम भी है वहाँ घर में क्या हालत हो रही है। संजू की चिट्ठी आई थी कि बाबूजी बहुत बीमार पड़ गए थे। डॉक्टर ने प्लूरिसी बताई थी। अब तो कुछ ठीक हो गए हैं। तुझे फिकर हो जाएगी करके उन्होंने कुछ नहीं लिखा होगा। मेरे तो भाग ही फूटे हैं। अच्छी होती तो बाबू की सेवा-टहल करती, उनके कुछ काम आती। अभी तेरे इम्तहान होंगे, तुझे छुट्टियाँ हो जाएँगी तो तू मेरे पास आना। तब तक मेरी तबीयत ठीक हो जाएगी तो मैं भी तेरे साथ अलमोड़ा जाऊँगी। मेरा तो दिमाग ही खराब हो जाता है रे, क्या करूँ ? अपने कर्मों का फल भुगत रही हूँ। उस साल तू बुलाने आया था–तेरे साथ चली जाती तो अच्छा होता। माँ को बहुत बुरा लगा होगा। अब वो इस जनम में तो मुझे माफ करेगी नहीं। मुझसे ज्यादा कौन कुभागी होगी ? पर तू तो लड़का होके ऐसा मत कर। तुझे मालूम है मथुर काका अलग होने की सोच रहे हैं। तेरे सिवा कौन है जो इस बुढ़ापे में माँ और बाबूजी का खयाल करेगा। वे तेरे आसरे ही दिन काट रहे हैं। संजू-छोटू को अभी क्या अक्ल है। तेरे सँभालने से ही वे भी सँभलेंगे। खैर, तू फिकर मत कर। अलग हो जाने दे इनको। तभी घर में शान्ति होगी। तुझे कितना पैसा भेजते हैं रे वे, जो इतनी धौंस जमा रहे हैं ? तूने तो लिखा है कि इस साल एक पैसा भी नहीं भेजा। पैसा जो भेजते तो तू काहे को इस ट्यूशन के चक्कर में पड़ता। मेरा तो दिमाग ही खराब हो गया है रे ! मैं तेरी दीदी हूँ और इत्ते अमीर घर की बहू हूँ। क्या तुझे कभी ऐसा नहीं लगता होगा कि दीदी मेरी मदद क्यों नहीं करती। उसके पास तो इतना पैसा है, इतनी जमीन-जायदाद है। उलटे जब देखो मुझे उपदेश ही देती रहती है। सच में रे, तू ये जरूर सोचता होगा। तूने कभी मुझे नहीं लिखा इस बारे में, कभी कुछ नहीं माँगा। फिर भी मैं क्या नहीं जानती तेरे मन में इसकी तकलीफ नहीं होती होगी? मुझे तेरे को सीख देने का क्या अधिकार है गुड्डू ! मुझे किसी से कुछ भी कहने का अधिकार नहीं है। अब देख तो सही वहाँ तू कितनी परेशानी में पड़ा है और मैं तेरा दुख तो क्या समझूँगी उलटे तुझी को उलटी-सीधी सुनाने बैठ गई। मुझे तेरे ऊपर पूरा भरोसा है गुड्डन ! कि तू जो भी करेगा सोच-समझ के करेगा। मेरा भइया कभी गलत काम नहीं कर सकता मैं अच्छी तरह जानती हूँ। आखिर उस लड़की ने–क्या नाम है रे उसका, बड़ा अजीब सा नाम है–मैं तो शान्ती ही कहूँगी उसको–उसने तेरे में कुछ देखा होगा तभी तो वह तेरे पीछे पागल हो रही है। तूने उसको अपने घर की हालत सब बता तो दी है न ? कुछ छिपाया तो नहीं ? कुछ मत छिपाना रे, जब तू उसे इतना चाहता है तो बोल क्यों नहीं देता उसके माँ-बाप से ? तू तो कहता है कि उसके पिताजी तुझे बहुत प्यार करते हैं तो फिर डर किस बात का ! अभी सगाई हो जाएगी तो दोनों का दिमाग ठंडा हो

जाएगा। फिर जब तेरी पढ़ाई पूरी हो जाएगी, तू अच्छी नौकरी में लग जाएगा तो शादी कर लेना। तब तक तू-मैं धीरे-धीरे माँ और बाबूजी को समझा लेंगे। मगर तू जल्दबाजी मत करना। तू वहाँ तो फौरन बात कर ले क्योंकि बिना उन्हें बताए तुम लोग जो चोरी-छिपे प्रेम कर रहे हो, ये ठीक नहीं है। तेरा क्या रे ? तू तो हाथ झाड़कर चल देगा। उसका तो लड़की का जनम हुआ, उसकी तो जिन्दगी बर्बाद हो जाएगी। इसलिए अभी तक जो हुआ सो हुआ, आगे तू सँभलकर पाँव रखना और उस शान्ती को भी समझाना-बुझाना। आया समझ में ? अभी तू बच्चा है और वो भी बच्ची है। इस वक्त अच्छा-बुरा कुछ नहीं दिखाई देता। पागलपन ही सूझता है। बाद में फिर पछताना पड़ता है। तू पहले सच्चे मन से पूछ कि क्या तू उसके साथ जिन्दगी-भर ऐसे ही इतने ही प्यार से निभा सकता है ? अगर हाँ, तो फिर लुका-छिपी बन्द कर और सीधे उसके माता-पिता से जाकर सच-सच बोल दे। वे नाराज भी हों, कुछ उलटा-सीधा भी बकें तो बुरा मत मानना। तुझे तेरी शान्ती चाहिए न ? वो तुझे मिल जाएगी, बस। मगर अभी तो उस पर तुझसे ज्यादा हक उनका है जिन्होंने उसे जनम दिया है, पाला-पोसा है और इतना बड़ा किया है। उनको भरोसा तो हो कि ये लड़का हमारी लड़की को जतन से रख सकेगा। और तू तो कहता है वो इकलौती लड़की है। इकलौती लड़की से बिछुड़ना क्या होता है तू क्या जानता है। और गुड्डन तू एक गरीब घर का लड़का है, इस बात को कभी मत भूलना। बड़ा आदमी बन के भी नहीं। मैं तुझे उपदेश नहीं दे रही हूँ रे, एक बात कह रही हूँ। ओ गुड्डन ! इस संसार में मनुष्य के प्रेम से बढ़कर कुछ नहीं है। मैं आज भी यही कहती हूँ। पर कभी-कभी प्रेम की शक्ति भी किस्मत के आगे हार मान जाती है, वह भी कुछ नहीं कर पाती। खैर, तुझे इस तरह लुक-छिपकर प्रेम करने की कोई जरूरत नहीं है। मैं जानती हूँ तेरा प्रेम सच्चा है। पर मुझे तो तुझसे ज्यादा उस लड़की की फिकर हो रही है। मैं अच्छी होती तो जिद करके तेरे जीजाजी को लेके इलाहाबाद आ जाती और उससे भेंट करती। तूने तो अपने मन की तकलीफ अपनी दीदी से कह दी। वो बेचारी किससे कहेगी ? उसके तो कोई छोटी या बड़ी बहन भी नहीं, भाई भी नहीं है। माँ-बाप तो फिर माँ-बाप ही होते हैं रे। लड़की के तो माँ-बाप भी क्या कर सकते हैं ? उसका तो भगवान ही मालिक है जो किसी की नहीं सुनता ! किसी की नहीं सुनता। गुड्डन ! तुझे वो कहानी याद है जगन काका ने एक दिन जो सुनाई थी गोल्ल देवता वाली। सच कहती हूँ गुड्डन ! मुझे आजकल जाने क्या हो गया है, बार-बार वही कहानी मेरे दिमाग में चक्कर काटती रहती है। खबरदार गुड्डन ! अगर तूने उस लड़की के साथ धोखा किया तो देख लेना मैं तुझे किसी जनम में माफ नहीं करूँगी। मैंने उसे देखा तक नहीं है फिर भी मैं उसके मन की हालत अच्छी तरह समझ सकती हूँ। तेरी चिट्ठी से साफ जाहिर है कि वह तेरे साथ अपनी जिन्दगी जोड़ने का फैसला अपने मन में कर चुकी है। तू उसके विश्वास को जतन से सँभालना। प्रेम का मार्ग बहुत कठिन है गुड्डू ! तू अभी छोटा है। तू अपने को बड़भागी समझ कि तुझे इतना बड़ा विश्वास किसी ने सौंपा। हर कोई इस लायक नहीं होता गुड्डन ! उसने तुझे

चुना है तो कुछ सोच-समझकर ही चुना होगा। नहीं रे, सोच-समझ क्या होती है ? सोच-समझ के तो शादी होती है, प्रेम थोड़ी होता है। मगर प्रेम भी तो आखिर सोच-समझ पर ही आ के टिकता है। तुझे बड़े धीरज से काम लेना होगा। मैं जानती हूँ तू भी अभी उसी की तरह पागल हो रहा है। पर जो बातें मैंने तुझे अपनी समझ से बताई हैं, उनका ध्यान रखना। उलटा-सीधा कुछ न कर बैठना नहीं तो पछताएगा। तुझसे ज्यादा तेरी वो शान्ती मरेगी। सच रे ! मुझे ऐसे पागलों से बहुत डर लगता है। एक वो जगन काका थे, एक तू है। तुझे बहुत प्रतीक्षा करनी पड़ेगी रे, बहुत-बहुत सब्र और हिम्मत से काम लेना पड़ेगा और अपनी शान्ती को भी सँभालते रहना पड़ेगा, तब जा के वो तुझे मिलेगी। तू जितना आसान समझ रहा है, उतना आसान नहीं होता, गुड्डन। इस बात को अच्छी तरह गाँठ बाँध ले। भगवान चाहेंगे तो मैं अगले साल जाड़ों तक एक बार कैसे भी करके जरूर इलाहाबाद आऊँगी और तेरी शान्ती से भेंट करूँगी। या फिर तू कह, तो मैं उसे भी चिट्ठी लिख दूँगी। तू उसे दे देना कि मेरी दीदी ने आपको लिखा है। मगर तू तो कहता है, उसे हिन्दी भी नहीं आती। ऐसा कैसे हो सकता है रे ? तू जरूर मेरे को मूरख बना रहा है। हिन्दी नहीं जानती तो तुम लोगों में इतना प्यार कैसे हो गया ? तुझे तो अंग्रेजी बिल्कुल आती ही नहीं थी रे। खैर, तू उसे हिन्दी अच्छे से सिखा देना। नहीं तो दीदी उससे बोलेगी कैसे ? तूने उसे मेरे बारे में कुछ बताया क्या ? बता देना रे, कह देना मेरी दीदी तुमको मुझसे भी ज्यादा प्यार करती है बिना देखे-सुने। क्या वह बहुत सुन्दर है रे ? तुझे भत्ती की याद है कि नहीं ? तेरे कन्धे तक आती है कि कपाल तक ? या तेरे बराबर ही है ? तू कौन बड़ा लम्बा है ? अच्छा तू जल्दी इस चिट्ठी का जवाब देना। देर मत लगाना। अबकी मैं भी जल्दी ही जवाब दे दूँगी। तू भगवान की प्रार्थना करता है कि नहीं ? करता हो तो अपनी दीदी के जल्दी-जल्दी अच्छे हो जाने की प्रार्थना करना। तभी तो मैं तेरे काम आ सकूँगी। मैं बहुत बीमार पड़ गई थी रे। मरते-मरते बची। अब ठीक हो रही हूँ। तू बिल्कुल फिकर मत करना। मुझे मरना ही होगा तो तेरी बहू को तेरे हाथ में सौंपकर मरूँगी। बस तो अच्छे से रहना। अपने खाने-पीने का जतन करना। मन लगाकर पढ़ना। अरे हाँ, यह लिखना तो मैं भूल ही गई कि तेरी पढ़ाई कैसी हो रही है ? फर्स्ट पास होगा न इस बार भी ? कहीं उस शान्ती के पीछे पागल होके पढ़ना-लिखना तो नहीं छोड़ रखा है ? और हाँ ! उसे भी तो तू ही पढ़ा रहा है। अच्छे से पढ़ाना रे उस पगली को। तेरे चक्कर में फँस के कहीं फेल हो गई तो तेरी ही बदनामी होगी और उसके पिताजी तुझे कान पकड़कर निकाल देंगे। फिर तू कैसे उससे मिलेगा ? बस तो मुझे आज हो क्या गया है ! इतनी लम्बी चिट्ठी तो मैंने जगन काका को भी कभी नहीं लिखी। बकती ही जा रही हूँ जो मन में आ रहा है। जल्दी चिट्ठी लिखना और सारी खबर देना और उस शान्ती की बच्ची के गाल पर एक थप्पड़ मेरी तरफ से लगाना जिसने तेरे साथ-साथ मुझे भी चक्कर में डाल दिया है। बस तो बहुत प्यार से !

तेरी दीदी सरोज

अन्धड़ और हितोपदेश की शाम

तैंतीस

उस शाम पढ़ाई बहुत सीरियस हुई। घंटे-भर तक विनायक शान्तम् को सरोज का पत्र ही पढ़ाता रहा। शान्तम् बड़े ध्यान से सुनती रही। बीच-बीच में वह मारे खुशी के किलकने लगती और फिर बेहद गम्भीर हो जाती। फिर उसने प्रश्नों की झड़ी लगा दी जिनके उत्तर में विनायक को अपने घर की, लड़कपन की, दीदी और जगन काका की पूरी हिस्ट्री सुनानी पड़ी और यह वादा भी करना पड़ा कि वह 'सन्देश' पत्रिका का प्रवेशांक भी शान्तम् को अच्छी तरह पढ़ाएगा।

जब यह बौछार थमी तो विनायक को अपना कर्तव्य याद आया। मगर शान्तम् अड़ गई, 'आज पढ़ाई नहीं होगी।' एकाएक उसकी आँखों में आँसू छलछला आए और उसके मुँह से निकला, 'तुम दो-चार दिन को ही सही, वहाँ चले जाओ और अपनी बहन से भेंट कर आओ। मुझे लगता है वे अभी भी बहुत बीमार हैं। तुम्हें देखकर उन्हें बड़ा ढाढ़स बँधेगा।'

विनायक भौंचक्का रह गया। बिल्कुल यही बात उसके मन में भी आई थी सरोज की चिट्‌ठी पढ़ने के तुरन्त बाद। पर... 'अभी जाके क्या करूँगा,' उसने कहा। इम्तहान करीब है। मेरी पढ़ाई भी बिल्कुल नहीं हुई है। फिर इम्तहान के बाद जाना ही है वहाँ। खामखा दूना खर्च होगा। मेरे पास पैसे भी तो नहीं हैं इतने...।'

'पैसे की चिन्ता मत करो,' शान्तम् ने झुँझलाते हुए कहा, 'कितने चाहिए, मुझसे लो, बहाना मत बनाओ।'

विनायक चिढ़ गया, 'मैं बहाना बना रहा हूँ ? क्या वाहियात बात करती हो ? अभी जाने से फायदा क्या है यह तो बताओ। यह जनवरी का महीना है। मई में मुझे जाना ही है। सवाल पैसे का नहीं है...'

शान्तम् की बड़ी-बड़ी पलकें विस्मय से सिकुड़ गईं। वह थोड़ी देर एकटक विनायक को देखती रही जैसे कुछ न समझ पा रही हो। फिर उसका मुँह लटक गया, 'तुम्हें जैसा ठीक लगे वैसा करो। मुझे ऐसा लगा इसलिए मैंने कहा। इसमें नाराज होने की क्या बात है ?'

विनायक झेंप गया। वह सचमुच बुरा मान गई थी। विनायक उसे एकटक देखता रहा, फिर उसके मन में ढेर सारा लाड़ और पछतावा उमड़ आया और वह अधीर होकर

उसकी पलकों और होंठों को चूमने लगा।...शान्तम् ! शान्तम्। मेरी पगली शान्तम्...

सहसा शान्तम् ने विनायक को एक झटके से अलग किया और उठ खड़ी हुई। उसका चेहरा एकदम पीला पड़ गया। उसका एक हाथ अपने-आप उठकर विनायक के सिर पर टिक गया। वह धम्म से फिर कुर्सी पर बैठ गई और विनायक के कान में फुसफुसाई, 'समबडी इज एट द डोर...डिड यू हियर समथिंग ?...आई थिंक आई हर्ड फुटस्टैप्स...'

विनायक सन्न रह गया। विस्फारित आँखों से वह शान्तम् को देखता रह गया। 'डोंट वरी,' शान्तम् फुसफुसाई 'आइ'ल सी टु इट। यू जस्ट सिट क्वायट। लास्ट नाइट डैडी सॉ मी रनिंग आफ्टर यू।'

हौले से दस्तक हुई। 'कौन ईश्वरन् ?' शान्तम् ने चिल्लाकर कहा। दरवाजा खुला और मिस्टर नायर भीतर दाखिल हुए।

'हलो मिस्टर विनायक ! हाउ आर यू ? यू सीम रादर अपसेट टुडे। व्हॉट् द मैटर ?'

'जी !...मैं बिल्कुल ठीक हूँ। क्यों ?' विनायक हकलाते हुए मुस्कुराया।

'डैडी ! विनायक की बहन बहुत बीमार हैं। आज ही उनको खबर मिली,' शान्तम् बोली।

'ओह ! दैट्स वेरी सैड,' नायर साहब ने एक हाथ विनायक के कन्धे पर पटकते हुए कहा, 'आइ होप इट्स नाट वेरी सीरियस।'

'जी नहीं, ऐसी तो कोई बात नहीं,' विनायक बोला। नायर साहब का टोन उसे बिल्कुल अपरिचित लगा। वह थोड़ा तनकर बैठ गया।

'कैसी चल रही है पढ़ाई बेबी की ? पास-वास होगी कि नहीं ?'

विनायक ने चौंककर शान्तम् की ओर देखा। शान्तम् की मुखमुद्रा गम्भीर थी। वह मुस्कुराया, 'आप कैसी बात कर रहे हैं नायर साहब ! मैं तो उसके फर्स्ट डिवीजन की उम्मीद कर रहा हूँ और आप पास की बात कर रहे हैं।'

'हूँ,' नायर साहब हाथ पीछे बाँधे कमरे में टहलने लगे। फिर दरवाजे की ओर बढ़ते हुए बोले, 'सॉरी टु डिस्टर्ब यू।'

विनायक उठ खड़ा हुआ, 'जी नहीं, पढ़ाई तो हो ही चुकी थी।' वह उनके पीछे-पीछे बैठक में चला गया। शान्तम् ने उसे रुकने का संकेत किया पर उसने ध्यान नहीं दिया। वह नायर साहब की बगल में ही सोफे पर धँस गया। उसका दिल अभी भी धड़-धड़ कर रहा था।

'और सुनाइए मास्टर साहब, क्या हालचाल है ? आपकी खुद की पढ़ाई कैसी चल रही है ?' काफी देर की चुप्पी के बाद मौन भंग किया नायर साहब ने।

विनायक ने जान-बूझकर नाराज होने का अभिनय किया, 'आपने फिर मुझे मास्टर साहब कहना शुरू कर दिया। मैंने आपसे कितनी बार कहा आप मुझे विनायक ही कहा करिए।'

हमेशा की तरह इस बात पर मुस्कुराने की बजाय नायर साहब ने विनायक को

सिर से पाँव तक घूरकर देखा और एकदम ठंडे स्वर में कहा, 'इसमें बुरा मानने की क्या बात है ? हमने आपको अपनी लड़की को पढ़ाने के लिए नियुक्त किया है कि नहीं ?'

विनायक एक क्षण चुप रहा फिर बोला, 'मगर आपकी लड़की भी मुझे मास्टर साहब नहीं कहती, विनायक ही कहती है। फिर आप तो शुरू से ही मुझे एक दोस्त की तरह ट्रीट करते आए हैं। आपके मुँह से यह सम्बोधन मुझे बहुत अजीब लगता है।'

नायर साहब की दृष्टि एकटक विनायक के चेहरे पर जमी रही। उस दृष्टि में कुछ ऐसा था कि विनायक को अपना लहू भीतर-ही-भीतर जमता लगा। आसन्न अपमान की आशंका से उसका चित्त अस्त-व्यस्त हो गया। इससे पहले ही उठकर चल देने को छटपटा उठा वह। पर अपनी बहन की सीख को मन-ही-मन जपता हुआ वह बैठा रहा।

'आइ एम सॉरी टु टैल यू मिस्टर विनायक,' नायर साहब ने अपनी दृष्टि विनायक के चेहरे पर गड़ाए हुए धीरे से कहा, 'आइ हैव ए फीलिंग दैट यू आर नॉट डिस्चार्जिंग योर ड्यूटीज एज ए ट्यूटर वेल। सो...' नायर साहब ठिठक गए...विनायक के चेहरे पर अपनी बात की प्रतिक्रिया पढ़ते हुए।

'सो व्हॉट ?' विनायक का चेहरा तमतमा आया। उसने बड़ी कठिनाई से अपनी उत्तेजना को काबू में किया और दृढ़ स्वर में कहा। आप आज कैसी बात कर रहे हैं नायर साहब ! आप नहीं चाहते तो रहने दीजिए। मगर ये आरोप आप मुझ पर नहीं लगा सकते कि मैं अपने कर्त्तव्य का पालन नहीं कर रहा हूँ।'

नायर साहब ने एक जोर का ठहाका लगाया और उनका चेहरा भयानक रूप से सख्त पड़ गया। 'आई नो आई नो...आप जरूर अपने कर्त्तव्य का पालन कर रहे हैं। पर उस कर्त्तव्य का नहीं, जिसके लिए आपको नियुक्त किया गया है। एम आइ राइट ?'

'डैडी ?'...बगल के कमरे से चीखती हुई शान्तम् अचानक दौड़ी आई और नायर साहब से लिपट गई...और बुरी तरह बिलखने लगी, 'व्हॉट हैव यू डन डैडी ?...इट्स नाट हिज फॉल्ट ! इट्स आई, इट्स आई हू लैड हिम टु ऑल दिस। आई लव हिम डैडी ! आई ऐम मैडली इन लव विद हिम। आई थॉट यू न्यू एवरी थिंग...आई थॉट यू न्यू ऐंड लव्ड हिम मोर दैन आई डिड...। इट्स ऑल माई फॉल्ट डैडी...इट्स ऑल माई फॉल्ट...'

नायर साहब हक्के-बक्के रह गए। एकाएक उन्होंने अपनी लड़की को बलपूर्वक अपने से अलग किया और उसे सोफे पर धकियाते हुए बेहद ठंडे और सख्त स्वर में धीरे से कहा, 'गो टु योर रूम। आई कांट स्टैंड दिस नॉनसेंस। गो...आई से, गो टु योर रूम एटवंस। आइ वांट टु स्पीक टु हिम अलोन। यू हैव नो बिजनेस हियर।'

शान्तम् कुछ क्षण पत्थर की तरह बैठी विस्फारित आँखों से अपने पिता को घूरती रही। फिर वह तड़पकर उठ खड़ी हुई और उतनी ही ठंडी और सख्त आवाज में बोली, 'नो, यू डोंट वांट टु स्पीक टु हिम। यू वांट टु इंसल्ट हिम। यू वांट टु ह्यूमिलिएट हिम। आई हर्ड व्हॉट यू सेड जस्ट नाउ।'

एकाएक शान्तम् की निगाह दरवाजे पर जाने कब से खड़ी अपनी माँ पर गई और

वह पागलों की तरह दौड़कर उनसे लिपट गई, 'मम्मी ! मम्मी ! मेरे डैडी को समझाओ। वे उनका अपमान कर रहे हैं। तुम चुप क्यों हो मम्मी ! कुछ तो बोलो–मेरे डैडी को समझाओ–उन्हें क्या हो गया है ?'

'अन्ना ! इसे भीतर ले जाओ फौरन। इसे हटाओ यहाँ से,' नायर साहब एकाएक जैसे नींद में से जगे और पूरी ताकत से चिल्लाए।

'मैं नहीं जाऊँगी, नहीं जाऊँगी, नहीं जाऊँगी,' शान्तम् इतने जोर से चिल्लाई कि विनायक ऊपर से नीचे तक काँप गया।

'शान्तम् !' उसने दो कदम आगे बढ़कर उसे पुकारा पर उसकी आवाज उसके गले में ही फँसकर रह गई।

एकाएक वह होश में आया। नायर साहब उसकी बाँह पकड़कर उसे सोफे पर बिठा रहे हैं। कमरे में कोई नहीं है। उसने घबराकर चारों ओर देखा। बन्द दरवाजे के भीतर से किसी के बिलखने की-सी दबी-घुटी आवाज आ रही है। शान्तम् कहाँ गई, शान्तम् ? और मम्मी ?...

उसने उठने की कोशिश की पर नायर साहब ने कसकर उसका हाथ पकड़ रखा था। उसकी भयभीत आँखें उनके चेहरे पर जा टिकीं। उसके होंठ फड़फड़ाए...पर बस फड़फड़ाकर रह गए।

'आई एम सॉरी मिस्टर विनायक,' उसके कान में पड़ा, 'आई होप यू विल टेक इट इजी। आई ऐम एफ्रेड शी इज वंस अगेन लूजिंग हर सेनिटी।'

'जी,' विनायक के मुँह से निकला। नायर साहब का आशय समझने में उसे कुछ देर लगी। एकाएक वह तड़पकर उठ खड़ा हुआ, 'आप कह क्या रहे हैं ?'

'मैं ठीक कह रहा हूँ,' नायर साहब ने उसका हाथ पकड़कर फिर अपने पास बिठा लिया, 'डू यू रियली बिलीव इन आल दिस नॉनसेंस ?'

'व्हिच नॉनसेंस सर !' विनायक की आवाज में नायर साहब को लड़खड़ाहट का आभास हुआ। वे मुस्कुराए और विनायक की पीठ थपथपाते हुए बोले, 'अभी-अभी मेरी लड़की जो बक रही थी, वह...। क्या तुम उसमें विश्वास करते हो ?'

विनायक को नायर साहब की इस मुस्कुराहट और इस टोन में वही आत्मीयता लौटती दीखी जिसका वह आदी था। उसने गौर से उन्हें देखा। एकाएक उसे जाने क्या हुआ वह घुटनों के बल जमीन पर नायर साहब के सामने बैठ गया और अपना सिर उनके घुटनों पर डालकर बड़बड़ाया, 'यह नॉनसेंस नहीं है मेरे आदरणीय ! यह सच है, बिल्कुल सच है कि वह मुझे बेहद चाहती है और मैं भी उसे बेहद चाहता हूँ और हम दोनों एक-दूसरे के बिना नहीं रह सकते। मैं पहले आपसे नहीं कह सका इस बारे में, लेकिन मैं सिर्फ उसके और अपने इम्तहान खत्म होने का इन्तजार कर रहा था। मैं आपकी अनुमति से, आपके और मम्मी के आशीर्वाद से उसके साथ विवाह करना चाहता हूँ। यह मेरा और उसका दृढ़ निश्चय है। मेरी इस धृष्टता के लिए मुझे क्षमा करें–मेरी विनती स्वीकार करें–यदि आप मुझे इस कृपा का पात्र हृदय से समझते हों

तो मुझे आशीर्वाद दें...'

विनायक शान्त हो गया। नायर साहब के चेहरे पर क्या भाव आए-गए, उसे कोई पता नहीं चला। उसका सिर उसी तरह उनके घुटनों पर ढला रहा। एक अद्भुत शान्ति उसके भीतर भर गई थी। आँखों से अपने आप आँसू बह रहे थे। वह जैसे उस सारे आतंक और अपमान से एकबारगी उबर आया था जो कुछ देर पहले उसे घोट रहा था।

नायर साहब थोड़ी देर तक उसके अपने आप अलग होने का इन्तजार करते रहे। फिर ऊबकर उन्होंने उसे हाथ पकड़कर वापस सोफे पर बिठाया और कुछ देर उसे गौर से देखते रहे। फिर बोले, 'सवाल इस बात का नहीं है बेटा, कि मैं तुम्हें अपनी लड़की के योग्य समझता हूँ या नहीं। तुमने शायद मेरी बात ठीक से सुनी नहीं। मैं तुम्हारे भले के लिए ही कह रहा हूँ। बेबी को मैं तुमसे ज्यादा अच्छी तरह जानता हूँ। वह नार्मल लड़की नहीं है। क्या इतनी सी बात तुम्हारी समझ में नहीं आई ? मैं तो तुम्हें खासा बुद्धिमान समझता था।'

विनायक के अन्दर खलबली मच गई। उसे जैसे बिच्छू ने काट खाया। वह भीतर-ही-भीतर छटपटा उठा। उसकी आँखों के आगे कल रात का दृश्य घूम गया जब शान्तम् हाँफती हुई उसके पीछे-पीछे दौड़ आई थी और बीच सड़क में उससे लिपट गई थी। तो क्या सचमुच...सचमुच वह किसी मानसिक रोग की शिकार है ? मिस्टर नायर उसके साथ कोई चाल तो नहीं खेल रहे ?

उसने सिर उठाया और सीधे नायर साहब की आँखों में झाँका। तुरन्त नायर साहब ने अपना मुँह फेर लिया और उठकर टहलने लगे। कमरे में सन्नाटा था। सिर्फ उस सन्नाटे को तोड़ती हुई भीतर के कमरे से शान्तम् की दबी-घुटी सिसकियों का आभास-भर हो रहा था।

विनायक की अवसन्न चेतना को सहसा एक झटका लगा ! शान्तम् ! शान्तम् ! ...यह शान्तम् है, उसकी सरस्वती, जो सिसक रही है वहाँ उस कमरे में कैद ! और यह आदमी उसका पिता है–विनायक का मित्र–एक निष्ठावान अफसर–जो अपने अचूक ईमान और न्यायशीलता के लिए विख्यात है।

...पन्द्रह वर्षों की धुन्ध के पार...आँख गड़ाकर देखने पर जो दृश्य उस शाम का, उस बैठक का दीख पड़ता है...। इन्फ्रा रेड और अल्ट्रा वायलेट ! योगी और कमिसार ! विनायक और नायर साहब...।

और वह सात रंगों का सजीव वर्णपट ? जीवन्त और व्यक्त प्रकाश का रंगारंग कौतुक ? वह कहाँ गया ?...सिर्फ कभी-कभार सुनाई दे जाता है हिचकियों में डूबा एक स्वर। बन्द कपाटों के पीछे से।

नौकर ईश्वरन् नायर एक बार दबे पाँवों बाहर के बरामदे से झाँककर लौट गया। उसे हिम्मत नहीं होती कि बत्ती जला दे। कमरे में अब कुछ भी नहीं सूझता–न रंग, न रूप, न आकार। सब कुछ गडमड्ड हो गया है उस अकारण और अनर्गल अन्धकार में...।

कि एकाएक उस अँधेरे को फाड़कर एक चीख गरम सलाख की तरह विनायक के कानों में भुँक जाती है, 'खबरदार गुड्डन ! अगर तुमने उस लड़की के साथ धोखा किया तो मैं किसी जनम में तुझे माफ नहीं करूँगी।'

विनायक ने उठकर बत्ती जला दी। नायर साहब की आँखें मिचमिचा गईं। 'आओ भाई बैठो,' उन्होंने सोफे पर धँसते हुए कहा और विनायक की ओर देखकर मुस्कुराए, 'इसकी क्या जरूरत थी–इस उजाले की ? इसके बिना भी हमारा संवाद मजे से चल रहा था।'

अब वे आमने-सामने थे। दो प्रतिद्वन्द्वियों की तरह। भीतर के कमरे से आती वे सिसकियाँ अब सुनाई नहीं पड़ रही थीं।

'तुम समझ गए न मेरी बात ?' नायर साहब ने शुरू किया।

'जी नहीं !' विनायक बोला, 'आप फिर से समझाइए। शान्तम् नार्मल नहीं है इससे आप कहना क्या चाहते हैं ? मैं भी तो उसे साल-भर से देख रहा हूँ। मुझे तो उसमें कोई एब्नॉर्मेलिटी नहीं दिखाई दी।'

नायर साहब मुस्कुराए। विनायक को वह मुस्कुराहट जबर्दस्ती की लगी। उसने अपने आपको कहते सुना, 'नार्मल की आपकी परिभाषा क्या है ?'

नायर साहब को उसकी यह आखिरी बात या तो सुनाई नहीं दी या उन्होंने उसे जान-बूझकर टालना चाहा। 'तुम्हें कैसे दिखाई देगी एब्नॉर्मेलिटी माई डियर ब्वाय ! तुम खुद इस नॉनसेंस में अन्धे हो गए हो। तुम खुद एब्नॉर्मल हो गए हो। मुझे तुमसे हमदर्दी है। मगर तुम्हारे अन्धेपन में और उस लड़की के पागलपन में बुनियादी फर्क है। तुम नशा उतर जाने पर सही हो जाओगे। तुम्हारा अन्धापन–या पागलपन भी कह लो उसे, तो, टैम्परेरी है। जबकि बेबी का उन्माद–जिसे तुम अपने अन्धे मोह में अपने प्रति उसका प्रेम समझ रहे हो–वह एक रोग है जो लाइलाज है, पैदाइशी है...'

'आप कहना क्या चाहते हैं ?' विनायक चीख पड़ा।

नायर साहब ने उसके मुँह पर अपना हाथ रख दिया, 'धीरे बोलो, धीरे। वह बगल के कमरे में है। उसके कान बहुत तेज हैं। तुम्हारी भलाई के लिए मुझे यह नंगा सच तुम्हारे सामने खोलना पड़ेगा। मगर इसकी भनक भी उसके कान में नहीं पड़नी चाहिए। यह उसके लिए घातक होगा। उसे इसका बिल्कुल पता नहीं है। वह बचपन में लगातार चार साल तक बिल्कुल ऐब्नॉर्मल रही। उसकी याददाश्त बिल्कुल चौपट हो गई थी। लन्दन के एक प्रसिद्ध डॉक्टर ने उसका इलाज किया। आठ साल की उम्र में पहली बार उसे अक्षर-ज्ञान कराया गया। तुम देखते नहीं उसकी एजुकेशन कितनी लेट हुई है ? वह तुमसे कम-से-कम चार साल बड़ी होगी।

विनायक चौंका। शान्तम् ने उसे खुद ही बताया था कि वह बाईस साल की है। उससे एक साल बड़ी। तो क्या उसने जानते-बूझते झूठ बोला होगा ? आखिर क्यों ?

'तुम्हें उसने कम बताया होगा,' नायर साहब कुछ भाँपते हुए-से बोले, 'मगर इसमें उसका कोई कसूर नहीं। हमीं ने उसे ऐसा बताया है। सच्ची बात जानना उसको शॉक

पहुँचा सकता है। वह हमारी इकलौती सन्तान है। उससे पहले एक लड़का था जो पाँच साल की उम्र में चल बसा। फिर यह हुई तो ऐसी। इम्बेसाइल। ईडियट। कौन कह सकता था यह बचेगी भी।'

'मगर तब से तो बिल्कुल ठीक है,' विनायक बोला, 'अब वह कहाँ अस्वस्थ है ? जैसा आप कह रहे हैं, वैसा अब भी होता तो वो इतनी तेज और समझदार कैसे होती ? मुझे तो वह असाधारण रूप से बुद्धिमती जान पड़ती है।'

'उससे कोई फर्क नहीं पड़ता,' नायर साहब ने दूसरी तरफ देखते हुए मानो दीवाल को सम्बोधित करते हुए कहा, 'अभी भी उसे बीच-बीच में पागलपन के दौरे पड़ जाते हैं। कभी भी, किसी भी क्षण। इतनी ही गनीमत है कि उसे ऐसे दौरों की याद नहीं रहती। वह भूल जाती है। इसीलिए वह स्वस्थ और सामान्य लगती है। पर अगर कोई भूलकर भी उसका जिक्र छेड़ दे तो उसे फिर से दौरा पड़ जाता है...'

'मगर ऐसा कैसे हो सकता है?' विनायक ने कहा, 'मैं खुद साल-भर से रोज उसे पढ़ा रहा हूँ। मुझे तो कभी ऐसा कुछ नहीं लगा।'

'यह संयोग है; शुद्ध संयोग,' नायर साहब ने एक उड़ती नजर विनायक पर डाली और फिर दीवार को सम्बोधित करते हुए कहा, 'पिछले साल उसे कम-से-कम पाँच बार कई-कई दिनों तक उस कोठरी में बन्द करके रखना पड़ा था। डॉक्टर विलियम्स ने सख्त ताकीद की थी कि इसे हर मानसिक उत्तेजना से बचाया जाए। मुझे बिल्कुल जानकारी न रही हो–ऐसी बात तो नहीं है। एक ऐसी लड़की के लिए जो चौबीस साल की हो चुकी हो और जो अपनी स्नायविक बीमारी से खुद ही अपरिचित हो–तुम्हारे जैसे नवयुवक के सम्पर्क में आने पर आकर्षित होना बिल्कुल स्वाभाविक है। आखिर वह मेरी इकलौती सन्तान है। मैं उसे सुखी देखना चाहता हूँ। मुझे अच्छा लगता था कि तुम्हारे सम्पर्क से उसमें एक नई स्फूर्ति और आत्मविश्वास पैदा हो रहा है। मुझे तुम पर विश्वास था। पर इधर एक-दो महीनों से वह असामान्य रूप से गम्भीर और चिड़चिड़ी हो गई है। मुझे चिन्ता हो गई। मैंने कई बार चाहा तुम्हारे साथ बात करूँ...क्या उसकी मम्मी ने तुमसे कभी कुछ नहीं कहा ?'

'जी नहीं,' विनायक ने संक्षिप्त उत्तर दिया।

'वह बेचारी भी क्या कहतीं ? मेरी तरह वह भी तुम्हें बहुत चाहती हैं। तुम एक होनहार लड़के हो। तुम्हारे माता-पिता को तुमसे जाने क्या-क्या उम्मीदें होंगी। तुम क्या अपने हाथ से अपने पाँव पर कुल्हाड़ी मारना चाहोगे ? तुम्हारा जीवन नरक हो जाएगा। सिवा अन्तहीन पश्चात्ताप के तुम्हारे हाथ कुछ नहीं आएगा। और चूँकि हमारी बेबी तुम्हें सचमुच प्यार करती है, इसलिए तुम्हें दुखी देखकर वह भी सुखी नहीं रह सकेगी। तुम्हारे साथ वह साल-भर भी जिन्दा नहीं रहेगी। हमारी बात और है। आखिर वह हमारा खून है। तुम्हारा साथ उसके बीमार स्नायुओं को लगातार तनाव में रखेगा और साल-दो साल में वह पूरी तरह विक्षिप्त हो जाएगी। तब तुम क्या करोगे ?'

विनायक चुप रहा। उसके भीतर क्या हो रहा है–यह उसकी खुद ही समझ में नहीं

आ रहा था। उसने जैसे अपनी ही सुन्न खाल पर जोर से चिकोटी मारते हुए कहा, 'मैं नहीं जानता मैं क्या करूँगा। पर...यह भी तो हो सकता है कि मेरे साथ विवाह हो जाने पर उसके ये दौरे भी खतम हो जाएँ और वह पूरी तरह स्वस्थ हो जाए। आज जितनी स्वस्थ रहती है, उससे भी ज्यादा। यह भी तो एक सम्भावना है। आप इसे नकार सकते हैं ?'

नायर साहब के होंठों पर एक सूखी हँसी उभर आई, 'तुम एक सीधे-सादे लड़के हो। मेरी लड़की भाग्यवान है कि तुम्हारे जैसा सच्चा और निष्ठावान व्यक्ति उसे मिला। तुम गणित के विद्यार्थी रहे हो। मैं भी रहा हूँ। सम्भावना हर जगह होती है, उससे मैं इनकार नहीं करता। पर इस प्रेम-व्रेम में मेरी कोई आस्था नहीं है। तुम अभी जवान हो। तुम्हें यह एक चमत्कार लगता है। दस बरस बाद तुम भी वहीं आ जाओगे जहाँ मैं हूँ। तब तुम पाओगे कि दो व्यक्तियों के बीच में आग की तरह भभक उठनेवाली यह भावना कितनी एब्सर्ड और वाहियात है। यह प्रकृति का बेहद बारीक छल है और कुछ नहीं बेटा। तुम तो गणित और भौतिकशास्त्र के विद्यार्थी रहे हो। जरा सोचो, इस मैथमेटिकल यूनिवर्स में दो अधकचरे अनुभवहीन व्यक्तियों का पारस्परिक आकर्षण क्या माने रखता है ? जो नियम इस ब्रह्मांड को चला रहे हैं, वे क्या इस प्रेम नाम की बचकानी चीज के नियम हैं ? तुम शेक्सपियर को संसार का सबसे बड़ा कवि मानते हो—जरा याद तो करो उसने क्या लिखा है—'देयर इज ए डेस्टिनी दैट शेप्स अवर एंड्स। रफ ह्यू दैम हाउ यू विल ?' याद आया ? 'हैमलेट' में है। तो यह डेस्टिनी, यह नियति ही हमको, तुमको, बेबी को और इस पूरे संसार को चला रही है। प्रेम अपनी जगह ठीक है। पर इस नियति के सामने वह हमेशा पराजित होता है। तुम समझ रहे हो न मेरी बात ? तुम्हारी डेस्टिनी अलग है। बेबी की डेस्टिनी अलग है। वे मिलने के लिए बनी ही नहीं हैं—यह मैंने तुम्हें अच्छी तरह समझा दिया। अगर तुम इस अन्धेपन के वशीभूत होकर उन्हें मिलाने का हठ करोगे तो याद रखो सिवाय सर्वनाश के कुछ भी हाथ आनेवाला नहीं है।'

नायर साहब चुप हो गए। विनायक थोड़ी देर बिना हिडे-डुले उसी तरह काठ की तरह बैठा रहा। एकाएक वह उठ खड़ा हुआ और दोनों हाथ जोड़ते हुए बोला, 'ठीक है नायर साहब ! मैं आपकी बातों पर ध्यान से विचार करूँगा। मुझे थोड़ी मोहलत दीजिए, सोचने-समझने की। मैं अभी इम्तहान तक इस बारे में आपसे कोई बात नहीं करना चाहूँगा। पर...आशा है, इससे हमारे सम्बन्धों में कोई फर्क नहीं पड़ेगा।'

'तुम बेफिक्र रहो,' नायर साहब उठकर उसके कन्धे पर हाथ रख के बरामदे की ओर बढ़ते हुए बोले, 'यू आर आलवेज वेलकम।...मगर...मैं समझता हूँ अब बेबी को पढ़ाने आने की कोई जरूरत नहीं है। उसका मानसिक तनाव बढ़ता जा रहा है और यह ठीक नहीं है। क्यों ?'

विनायक का माथा घूम गया। दो-एक क्षण तक उसके मुँह से बोल ही नहीं फूटा। उसने बड़ी मुश्किल से अपने को सँभाला और कहा, 'ईश्वर के लिए...यदि आप मेरे मित्र

हैं तो इतनी बड़ी सजा हमें न दीजिए। मुझे उसे पढ़ाते रहने दीजिए इम्तहान तक। फिर आप जैसा कहेंगे वैसा करूँगा।'

'मेरी समझ से तो इसकी कतई कोई जरूरत नहीं है,' नायर साहब के स्वर में एकाएक वही सख्त ठंडापन उभर आया, 'तुम नादान हो। यह कमजोरी तुम्हें खा जाएगी। उसके सामने रहने पर यह नंगा सच फिर तुम्हारी आँखों से ओझल हो जाएगा जो तुम्हारे अन्धेपन के खिलाफ तुम्हारा एकमात्र कवच है। तुम्हें जितने पैसे की जरूरत हो, मुझसे लो, इसमें संकोच मत करो। ट्यूशन छोड़कर भी उतने पैसे तुम्हें हर माह मैं देता रहूँगा।'

मारे ग्लानि के विनायक धरती में गड़ गया। उसने बड़ी मुश्किल से अपने को उखड़ने से रोका और धीरे से बोला, 'मुझे पैसे की चिन्ता नहीं है। आप मुझे शर्मिन्दा न करें। मैं सिर्फ शान्तम् के प्रति अपना फर्ज अभी कुछ दिन और निभाते रहना चाहता हूँ। आप मुझ पर विश्वास कीजिए जैसे मैंने आपकी हर बात पर विश्वास किया है। पर यह अधिकार–शान्तम् को पढ़ाने का अधिकार–मुझसे मत छीनिए।'

नायर साहब हड़बड़ाकर पीछे हट गए, 'ठीक है अगर तुम नहीं मानते तो मैं क्या कर सकता हूँ ? मैं तुम्हारा दिल नहीं दुखाना चाहता। सिर्फ तुम्हें चेतावनी दिए दे रहा हूँ कि इस जिद का नतीजा अच्छा नहीं होगा। अच्छा, गुडनाइट।'

नायर साहब तेजी से भीतर चले गए। विनायक थोड़ी देर वहीं और फिर काफी देर तक बाहर फाटक पर लटका रहा कि शायद कोई चमत्कार घट जाए और शान्तम् दौड़ती हुई आकर उससे लिपट जाए। पर वैसा कुछ नहीं हुआ।

उस रात विनायक को नींद नहीं आई। वह बड़ी देर तक कमरे में बेचैन चक्कर काटता रहा। फिर उसने सरोज का पत्र जेब से निकालकर एक बार फिर पढ़ा। उसे लगा जैसे वह सारा पत्र सिर्फ एक वाक्य का बना हुआ है, 'कभी-कभी प्रेम की शक्ति भी किस्मत के आगे पराजित हो जाती है। वह भी कुछ नहीं कर पाती...वह जितना ही अपना ध्यान इस वाक्य पर से हटाने की कोशिश करता उतना ही उसमें उलझता जाता। क्या नायर साहब ने भी ठीक यही बात नहीं कही थी ? डेस्टिनीवाली बात ? 'तुम्हारी डेस्टिनी अलग है, बेबी की डेस्टिनी अलग है, वे मिलने के लिए बनी ही नहीं हैं।'

क्या यह सारी बात दीदी को लिखना उचित होगा ? और किससे कही जा सकती है यह बात ? दीदी के सिवा कौन है ? पर दीदी तो खुद ही परेशान हैं। वे घबरा जाएँगी। इसमें वे सलाह भी क्या दे सकती हैं। हो सकता है यह सब सच हो। हो सकता है यह एक बहुत बड़ा जाल हो। नहीं, दीदी इसमें क्या कर सकती हैं ? विनायक को खुद ही निर्णय लेना होगा। समय बहुत कम है। बहुत सम्भव है नायर साहब ट्यूशन छुड़वा ही दें। फिर क्या होगा ?

विनायक कमरे से बाहर निकल आया। उसने देखा सक्सेना के कमरे की लाइट जल रही है। उसने झट से कमरे में ताला डाला और सक्सेना की ओर लपक पड़ा। मगर

उसके दरवाजे पर पहुँचते ही वह चौंक गया। वह यहाँ क्यों आया है ? सक्सेना कौन होता है ? वह उलटे पाँव लौट गया और बड़ी देर तक अपने बन्द कमरे के सामने खड़ा रहा। फिर वह पीछे के चोर दरवाजे से बाहर सड़क पर चला आया और निरुद्देश्य यों ही टहलता रहा।

एकाएक उसे महसूस हुआ कि वह शान्तम् के घर को ले जानेवाली सड़क पर चल रहा है। उसे थोड़ा आश्चर्य हुआ कि यह कैसे हो गया ? वह तो यूनिवर्सिटी रोड पर टहल रहा था—इधर कैसे आ निकला ? उसके पाँव यन्त्रचालित-से बढ़े जा रहे थे।... यही वह लैम्पपोस्ट है जहाँ उस रात शान्तम् दौड़ती हुई आकर उससे लिपट गई थी। अरे ! परसों की ही तो बात है। तभी से तो यह सारा कांड शुरू हुआ। नहीं तो सब कुछ ठीक ही चल रहा था। शान्तम् उस दिन इतनी बदहवासी नहीं दिखाती तो यह सारी नौबत ही क्यों आती ?

विनायक को शान्तम् पर बहुत गुस्सा आने लगा। उसी की लापरवाही से यह सारा बखेड़ा शुरू हुआ। क्यों किया उसने ऐसा ? क्या यह एक स्वस्थ सामान्य लड़की का आचरण है ? वैसे भी क्या उसके व्यवहार में—उसके लाड़-प्यार में एक अतिरिक्तता और असन्तुलन नहीं है ? वह क्यों है ? लड़कियाँ तो स्वभाव से ही व्यावहारिक और सतर्क होती हैं, फूँक-फँककर कदम रखनेवाली...। शान्तम् के लिए तो जैसे कोई अर्थ ही नहीं इस सावधानी और सतर्कता का। ऐसा क्यों ?

और अपने पिता के बारे में उसका वह आत्मविश्वास ? मान लो कि नायर साहब ने जो कुछ कहा, वह मनगढ़न्त है, फरेब है। क्या इसका साफ मतलब यह नहीं कि उन्हें शान्तम् का और मेरा निकट आना कतई पसन्द नहीं ? और वे हर कीमत पर इस सम्बन्ध को खत्म कर देना चाहते हैं, मुझे रास्ते से हटाना चाहते हैं। तब शान्तम् ने यह कैसे सोच लिया कि डैडी को कोई ऐतराज नहीं है ? इतनी छूट शुरू से ही लेने की हिम्मत कैसे की ? और अगर वह उनका रुख जानती थी तो मुझे इस बारे में अँधेरे में क्यों रखा ? वह तो मम्मी को ही उलटे बाधक समझ रही थी। फिर ऐसा कैसे हुआ कि मम्मी को मालूम हो जाने के बाद भी यह सब इतने दिन चलता रहा। उन्होंने अपने पति को क्यों नहीं बताया ? यह कैसी लड़की है जिसे न अपनी माँ के स्वभाव के बारे में सही ज्ञान है, न पिता के ? याकि उसने जान-बूझकर...?...'इट्स आई इट्स आई हू लैड हिम टु आल दिस'...यही तो कहा था उसने कल अपने पिता के सामने। इसका क्या अर्थ हुआ ? कहीं ऐसा तो नहीं कि शान्तम् को अपनी बीमारी के बारे में पता हो और यह भी कि इसी कारण उसकी शादी नहीं होने दी जाएगी और इसीलिए उसने मुझे डूबते को तिनके के समान कसकर थाम लिया हो और मेरी जगह कोई दूसरा भी होता तो यही होता जो मेरे साथ हुआ ?

और यदि उसका पिता सही है और शान्तम् इस बारे में बिल्कुल अनजान है...? तो भी क्या इतना बड़ा खतरा उठाने की हिम्मत विनायक में है ? एक पागल के साथ पूरी जिन्दगी...! और वह भी अपने घर के लोगों की सहानुभूति खोकर। माँ क्या

मानेगी ? वह जिन्दगी-भर उसे क्षमा नहीं करेगी। इधर पढ़ाई अलग चौपट हुई जा रही है। पोजीशन टिकेगी नहीं। लेक्चररशिप मिलना असम्भव है। घर की हालत ऐसी है–जो भी नौकरी मिलेगी–सड़ी-गली, फौरन ढूँढ़नी पड़ेगी। घर को हर माह खर्च भेजना पड़ेगा। वो क्या लिखा है दीदी ने कि मथुर काका अलग होने की सोच रहे हैं। पता नहीं क्या हालत हो। कहीं से रत्ती-भर मदद नहीं; दोनों घरों का शाप अपने सर पे लेकर इतनी बड़ी जिम्मेदारी अकेले उठाने की उसमें हिम्मत है ?

विनायक बुरी तरह छटपटा उठा। उसके पाँव थम गए थे। उसने चौंककर देखा वह नायर साहब की कोठी के ठीक सामने खड़ा है। फेंस के उधर–कँटीली झाड़ियों के बीच से साफ दिखाई दे रहा है, वह शान्तम् का कमरा...! विनायक इधर-उधर झाँकता हुआ थोड़ा पास सरक आया और झाड़ी के बीच से एकटक देखता रहा। कमरे में रोशनी है...शान्तम् अभी सोई नहीं है। उसकी प्रिया, उसकी सरस्वती वहाँ कैद है। क्या कर रही होगी वह ? पता नहीं उसके जाने के बाद वहाँ क्या हुआ। कहीं पीटा-वीटा न हो उसे...।

विनायक को जैसे दौरा पड़ गया। क्षण-भर पहले की वह सारी चिन्ता, सारा तर्क-वितर्क आँधी में तिनके की तरह उड़ गया। वह घोर पश्चाताप और ग्लानि में डूब गया। आँखों से आँसुओं की धार बह निकली। 'शान्तम् ! शान्तम् !' वह जैसे सन्निपात में बड़बड़ाने लगा, 'मैं यहाँ हूँ शान्तम् ! तुम्हारे बिल्कुल पास...। आओ, हम अभी इसी वक्त कहीं चले जाएँ–सब कुछ छोड़कर, सब कुछ भूलकर। आओ...जैसे उस दिन चली आई थीं वैसे ही। देखो तो सही, तुम्हारे बिना मैं कैसे उलटी-सुलटी बातें सोचने लगता हूँ। अब मुझसे नहीं रहा जाता, मेरा दिमाग बिल्कुल मेरे वश में नहीं है–तुम मेरे जीवन की धुरी बनो शान्तम्...।'

मम्मी

चौंतीस

दूसरे दिन विनायक को जोरों का बुखार चढ़ आया। तीन दिन तक वह न यूनिवर्सिटी जा पाया, न शान्तम् के घर। तेज बुखार में वह 'शान्तम् ! शान्तम्' बड़बड़ाने लगता। सक्सेना बड़े चक्कर में पड़ गया। उसने अपनी खाट वहीं लगा ली और उसकी भरसक सेवा-टहल की। तब जाकर चौथे दिन विनायक का बुखार उतरा। बुखार उतरते ही वह शान्तम् से मिलने के लिए छटपटा उठा। इस पर सक्सेना बहुत नाराज हो गया। पहरेदार की तरह उसकी चौकसी करता रहा। बड़ी मुश्किल से पाँचवें दिन उसने 'अब तुम जाओ भाड़ में' कहते हुए उस पर से अपनी गिरफ्त ढीली की। शाम के पाँच बजते ही विनायक सीधा शान्तम् के घर की ओर रवाना हो गया।

कोठी में दाखिल होते ही उसकी भेंट सबसे पहले ईश्वरन् नायर से हुई जिसने उसे बताया कि नायर साहब एक हफ्ते के दौरे पर बाहर गए हैं। इस समाचार से विनायक बहुत उल्लसित हुआ। किन्तु ईश्वरन् नायर जो अन्यथा कभी उससे बोलता नहीं था, उस दिन जाने किस मूड में था, उसने यह भी बता दिया कि उस दिन उसके जाने के बाद साहब और बेबी के बीच बहुत झगड़ा हुआ और साहब ने बेबी को बहुत पीटा। मम्मी बीच में पड़ीं तो उन्हें भी साहब ने पीट दिया।

विनायक इस समाचार से सन्न रह गया। पर ऐसी सन्न हालत में भी वह ईश्वरन् नायर की इस अयाचित आत्मीयता का लाभ उठा लेने का अवसर नहीं चूका। ईश्वरन् का हिन्दी-ज्ञान विनायक की गूढ़ जिज्ञासाओं को भेदने में असफल रहा। फिर भी इतनी खबर तो विनायक ने उसमें से खोद ही निकाली कि जब से ईश्वरन् नायर इस परिवार की नौकरी में है, तब से बेबी दीदी को कोई बीमारी उसकी जानकारी में नहीं हुई।

बैठक में घुसते ही विनायक की भेंट शान्तम् की मम्मी से हुई। मम्मी तो जैसे उसकी प्रतीक्षा में ही बैठी थीं। उन्होंने छूटते ही नाराजी जाहिर की, शिकायत की कि विनायक इतने दिन कहाँ लापता रहा। जब विनायक ने कारण बताया तो मम्मी बड़ी परेशान-सी हो गईं। 'हमें भी यही डर था,' उन्होंने कहा, 'पर ईश्वरन् नायर को तुम्हारे होस्टल का पता ही नहीं। नहीं तो हम भेजने ही वाले थे तुम्हारे पास। बेबी तो रोने में ही है। उसने तुमको यूनिवर्सिटी में भी ढूँढ़ा। तुम कैसे मिलता ?'

विनायक को वहाँ बैठे-बैठे ऐसा लग रहा था जैसे वह स्वप्न देख रहा हो। उसे कतई उम्मीद नहीं थी कि अब इस घर में उसका कोई स्वागत सम्भव है। इसी बैठक में चार दिन पहले क्या नाटक हुआ था...। उसकी याद से ही विनायक के रोंगटे खड़े हो गए। छटपटाकर वह पुकार उठा, 'मम्मी !'

विनायक ने पहले कभी उन्हें इस तरह सम्बोधित नहीं किया था। बिना अनुभूति के महज घरेलूपन गाँठना उसे पसन्द नहीं था। पर इस वक्त उसके भीतर से वह सम्बोधन अनायास फूट पड़ा।

मम्मी थोड़ी चौंकीं जरूर पर जल्द उन्होंने सहज भाव से मुस्कुराते हुए विनायक को देखा और उनके मुँह से निकला, 'हाँ बेटा !'

विनायक गद्‌गद हो गया। उसके भीतर एक तूफान-सा मच गया। यही वह समय है–उसके मन ने कहा–जब तुम्हें सब कुछ इनसे खोलकर बता देना चाहिए। यहाँ कोई छल-फरेब नहीं है। जो कुछ है सीधा और साफ है। क्या हर्ज है पूछ लेने में ? मम्मी सब कुछ सच-सच बता देंगी–वे कुछ भी नहीं छिपाएँगी। क्यों नहीं अभी इसी वक्त मन का काँटा निकाल फेंके ? मगर शान्तम् आसपास ही होगी। उसने कहीं सुन लिया तो ? क्यों नहीं मम्मी ही कुछ पूछतीं उस शाम के बारे में कि साहब ने आखिर उससे क्या कहा ?

'मम्मी ! नायर साहब तो कह रहे थे कि अब शान्तम् को पढ़ाने आने की कोई जरूरत नहीं है। क्या आपसे कुछ बात हुई ?'

'नहीं, हमको तो वो ऐसा कुछ नहीं बोला,' मम्मी ने चौंककर कहा, 'फिर तुम क्या बोला ?'

'मम्मी, मैं क्या कहता ? जब उनकी इच्छा नहीं है तो...' विनायक ने उनके मन का भेद लेने के लिए जान-बूझकर झूठ बोल दिया।

मम्मी के चेहरे पर एकदम घबराहट आ गई, 'नहीं-नहीं, तुमको आना पड़ेगा। हम साहब को बोलेगा-समझाएगा। ऐसा कैसे चलेगा ? उसको कौन पढ़ाएगा ? इम्तहान का दिन तो अब आ रहा है। तुमको आना ही पड़ेगा।'

मम्मी, एकाएक जैसे उन्हें कुछ याद आ गया हो, उठ पड़ीं हड़बड़ाती हुई और बोलीं, 'हम तो फालतू की बात में रह गिया। जाओ, भीतर जाओ। बेबी तुम्हारा रास्ता देखता। कितना दिन तो हो गया–बेचारी रोज रास्ता देखता और रोता। आज सबेरे साहब टूर पर गया तो हमको रो-रोकर बोलता था हमारे मास्टर को क्या हो गया है मम्मी ! हमको उनके पास ले जाओ। अब बताओ ऐसी पागल जैसी बात बनाता। हम उसको कहा वो आज जरूर आएगा तुम देखना। अबी तुमको आते देखा तो छिप गिया।'

विनायक के मन में लड्डू फूट आए। उसका मन किया अभी इस स्त्री के पाँवों पर गिर पड़े और कह दे, 'मम्मी, हम तुम्हारी बेबी को बहुत प्यार करता। क्या तुम हमको उसके साथ शादी करने देगा ?' पर उसने इस भावावेग को मन-ही-मन सहेज लिया और जैसे हवा में तैरता हुआ शान्तम् के कमरे की ओर चल दिया।

शान्तम् रोज की तरह ही उसकी प्रतीक्षा करती बैठी थी। विनायक को देखते ही

वह दौड़कर उससे लिपट गई। ऐसा इस ट्यूशन के कमरे में कम-से-कम पहले कभी नहीं हुआ था।

'मैं बीमार पड़ गया था शान्तम्...इसीलिए...' विनायक ने शुरू ही किया था कि शान्तम् ने हथेली से उसका मुँह बन्द कर दिया। उसे इस सफाई की कोई जरूरत नहीं थी।

विनायक ने उसे गोद में उठा लिया और जाकर अपनी जगह बैठ गया। शान्तम् बिना हिले-डुले वैसे ही उसकी गोद में पड़ी रही और टुकुर-टुकुर देखती रही। जैसे ही विनायक कुछ बोलने को होता, वह हथेली से उसका मुँह ढाँप देती। आज वह असामान्य रूप से चुप और शान्त थी। जैसे मारे उत्तेजना के गूँगी ही हो गई हो। बड़ी देर तक यह मूक सम्भाषण चलता रहा। धीरे-धीरे विनायक के मन में एक अजीब सा भय रेंगने लगा। कहीं सचमुच ही गूँगी न हो गई हो। उसने शान्तम् को हौले से अलग किया और जोर से पुकारा, 'शान्तम् ! कुछ बोलो ।'

शान्तम् के होंठ थोड़ा फड़फड़ाए। उसकी बड़ी-बड़ी आँखों ने विनायक की आरती उतारते हुए पूछा, 'क्या बोलूँ ?'

विनायक बेचैन हो उठा। हठात् उसके मुँह से निकला, 'तुम्हारे डैडी कह रहे थे कि अब शान्तम् को पढ़ाने आने की जरूरत नहीं है।'

'क्या ?' शान्तम् का मुँह खुला का खुला ही रह गया। उसका चेहरा एकदम सफेद पड़ गया। उसने अपने दोनों हाथ विनायक के कन्धों पर रख दिए और सीधे उसकी आँखों में झाँकते हुए बेहद ठंडी और सख्त आवाज में पूछा, 'व्हॉट एल्स...व्हॉट एल्स डिड द डेविल टैल यू ?'

शान्तम् के चेहरे का यह भाव और उसकी आवाज में जाने क्या था कि विनायक एकदम सहम गया। उसके पसीना छूट गया। किसी तरह अपनी आवाज को सहज बनाने की कोशिश करते हुए उसने मुस्कुराकर कहा, 'शान्तम्, तुम्हें अपने पिता के लिए ऐसा नहीं बोलना चाहिए। दरअसल उन्हें डर है कि मेरा साथ कहीं तुम्हारे मानसिक तनाव को बढ़ा न दे और तुम्हारी पढ़ाई चौपट न हो जाए। तुम जो उस दिन मेरे पीछे-पीछे आधे रास्ते तक भागी चली आई—उससे उन्हें शंका हो गई है कि मेरे साथ ने तुम्हारा मानसिक सन्तुलन बिगाड़ दिया है। एक पिता के लिए ऐसा सोचना अस्वाभाविक तो नहीं है शान्तम्। पता नहीं, तुम्हें उस दिन क्या हो गया था...'

शान्तम् विस्फारित नेत्रों से उसे घूरती रही जैसे जो कुछ वह कह रहा था उस पर भरोसा न कर पा रही हो। विनायक बुरी तरह झटपटा उठा। यह वह क्या बोल गया ? वह तो कुछ और ही कहना चाहता था। उसने घबराकर शान्तम् की पथराई पलकों को अपनी उँगलियों से मूँद दिया और उन्हें चूमने को झुका ही था कि एकाएक उसके कान में पड़ा, 'व्हॉट एल्स...व्हॉट एल्स डिड द डेविल टैल यू ?'

विनायक को जैसे किसी बिच्छू ने डंक मार दिया। वह सब जो उसे घोंट रहा था भीतर-ही-भीतर...बाहर आने के लिए छटपटा उठा। एकाएक उसकी आँखों के आगे

अँधेरा छा गया और एक टेप पूरे वॉल्यूम में उसके भीतर बज उठा।...'धीरे बोलो धीरे...वह पूरे छह साल बिल्कुल एब्नॉर्मल रही...। अभी भी उसे बीच-बीच में पागलपन के दौरे पड़ जाते हैं...। वह भूल जाती है, इसीलिए स्वस्थ-सामान्य लगती है...। पर अगर कोई भूलकर भी जिक्र छेड़ दे तो उसे फिर से दौरा पड़ जाता है...। तुम्हारी भलाई के लिए यह नंगा सच...इसकी भनक भी उसके कान में नहीं पड़नी चाहिए...। तुम एक होनहार लड़के हो...। साल-दो साल में वह पूरी तरह पागल हो जाएगी...'

विनायक का सिर निढाल होकर शान्तमू के कन्धे पर ढुलक आया। उसके हाथ शान्तमू की पीठ पर कस गए...। 'शान्तमू ! मेरी शान्तमू...!' वह बुदबुदाया और बेचैन होकर अपना मुँह उसकी गर्दन पर रगड़ने लगा।

एकाएक शान्तमू का पूरा शरीर हिल उठा। उसने विनायक को कसकर भींच लिया और फिर उसके चेहरे को अपनी दोनों हथेलियों में भरकर चूमने लगी। वह उसे चूमती जा रही थी और बड़बड़ाती जा रही थी, 'डोंट टेल मी, डोंट टेल मी बिलवेड...आई नो एवरीथिंग, आई अंडरस्टैंड एवरीथिंग...ही वांट बी बैक बिफोर ए वीक। ऐंड यू नीड नॉट वरी ऐट आल।'

'मगर शान्तमू !' विनायक हौले से फुसफुसाया, 'उसके बाद...उसके बाद ?'

'उसके बाद ?' शान्तमू ने ओंठ सिकोड़कर उसकी नकल उतारते हुए एक चपत उसके गाल पर लगाई और लाड़ से रुँधे कंठ से कहा, 'उसके बाद क्या ?'

विनायक एकटक उसे देख रहा था। शान्तमू ने लजाकर पलकें मूँद लीं और दोनों हथेलियों से अपना मुँह ढाँप लिया।

'आई हैव गॉट समथिंग टु टेल यू,' वह उसी तरह मुँह ढापे फुसफुसाई, 'कैन यू बिलिव मी डार्लिंग ?...आई कांट। आई कांट बियर सो मच हैप्पीनेस। आइ'ल गो मैड।'

'टैल मी, टैल मी,' विनायक ने अधीर होकर उसके हाथ उसके मुँह से अलग हटाने की निष्फल कोशिश करते हुए कहा, 'एज इफ यू आर नॉट आलरेडी मैड।'

एकाएक वह सहम गया। शान्तमू उसी तरह अपना चेहरा दोनों हथेलियों से ढाँपे उँगलियों के बीच से उसे देख रही थी। उसने झट से अपने को सँभाल लिया और कहा, 'बताओ न क्या बात है ?'

'मम्मी हैज गिवन अस हर ब्लैसिंग्स,' हथेलियों की ओट से ही शान्तमू फुसफुसाई, 'डिडंट शी टैल यू एनीथिंग ?...शी सेज वी शुड रन अवे ऐंड गेट मैरिड समव्हेयर ऐंड देन कम बैक लेटर ऑन, व्हैन एवरीथिंग इज ओके।'

विनायक एक क्षण को मारे खुशी के बौखला-सा गया, 'सचमुच ?...तुम क्या कह रही हो शान्तमू...?' दूसरे ही क्षण शान्तमू की बात का पूरा अभिप्राय उसके भीतर कौंध गया और वह सोच में डूब गया। यह कैसे होगा ?

शान्तमू ने हाथ चेहरे से हटा लिये थे और उसे एकटक देख रही थी। 'क्या सोच रहे हो ?'...वे आँखें उससे पूछ रही थीं। 'यह कैसे हो सकता है, शान्तमू ?' विनायक ने कहा, 'तुम्हारी मम्मी मजाक कर रही होंगी।'

शान्तम् का चेहरा गम्भीर हो गया, 'मजाक नहीं वीनू ! वो कहती हैं और कोई रास्ता नहीं है इसके सिवा। वो ठीक कह रही हैं वीनू ! तुम डैडी को नहीं जानते।'

'मगर तुम तो...' विनायक बेहद परेशान हो उठा, 'तुम तो मुझसे हमेशा यही कहा करती थीं कि तुम्हारी इच्छा ही डैडी की इच्छा है। जो कुछ विरोध होगा मम्मी की तरफ से होगा। तुम्हें तो अपने डैडी पर ही भरोसा था। अब क्या हो गया ?'

शान्तम् की आँखों से टपाटप आँसू गिरने लगे। 'तुम नहीं जानते वीनू ! तुम नहीं जानते...' उसने कहा। फिर वह थोड़ा घूम गई और अपनी नंगी पीठ विनायक के सामने करती हुई बोली, 'यह देखो।'

विनायक स्तब्ध रह गया। कई नीली धारियाँ वहाँ आर-पार उभरी हुई थीं। उसका दिमाग घूम गया।

'ऐसे ही कोड़े से मम्मी को भी पीटा,' शान्तम् रोती-रोती कह रही थी, 'मम्मी उन्हें समझाने लगीं तो उन्हें भी पीट दिया। मैं तो बेहोश हो गई थी। मैंने नहीं सुना–मम्मी ही बता रही थीं कि डैडी तुम्हें गन्दी-गन्दी गालियाँ दे रहे थे और कह रहे थे कि अब उसने यहाँ कदम भी रखा तो गोली मार दूँगा।'

विनायक के कलेजे में सनाका हो गया। वह यन्त्र की तरह बड़ी देर तक अपनी प्रिया को सहलाता रहा। फिर उसके मुँह से निकला, 'ऐसा क्यों ? ऐसा उन्होंने क्यों किया ? क्या पहले भी कभी उन्होंने तुम्हें पीटा ?'

'नहीं तो,' शान्तम् ने उसके इस प्रश्न पर चकित होते हुए कहा, 'डैडी ने मुझे आज तक कभी हाथ भी नहीं लगाया। मम्मी भी जब मैं बहुत छोटी थी, तब कभी मुझे पीट देती थीं तो डैडी बहुत नाराज हो जाते थे।'

'और तुम्हारी मम्मी को ?'

शान्तम् की आँखों में ढेर सारी कातरता उमड़ आई।

'प्लीज वीनू ! डोंट आस्क सच क्वेश्चंस। इट हर्ट्स मी बिलवेड...इट हर्ट्स मी।'...'नो, प्लीज टेल मी...' विनायक जिद पर अड़ गया। उसके भीतर सहसा जैसे कुछ रेंगने और कुलबुलाने लगा, 'टैल मी द होल ट्रुथ हाउ एवर अनप्लेजैंट इट मे बी।'

शान्तम् की बड़ी-बड़ी आँखों में भर्त्सना का भाव झलका। तुरन्त ही उसका मन विनायक के प्रति करुणा से भर आया और उसने उसका हाथ अपने हाथ में लेकर उसकी उँगलियों से खेलते हुए कहा, 'तुम बहुत खराब हो वीनू ! बहुत बेकार की जिद करते हो। क्या यह अच्छी बात है ?...अपने माता-पिता के बारे में...'

उसका गला भर आया। वह दो-एक क्षण चुप रही जैसे अपने को सँभालने की कोशिश कर रही हो। फिर कहने लगी, 'मम्मी तुमसे कहेंगी कि डैडी ने उन्हें कोड़े से पीटा ?...तुम कितने मूरख हो वीनू ! वे मम्मी के पति हैं। मम्मी उन्हें बहुत प्यार करती हैं। पर डैडी उन्हें नहीं चाहते। डैडी किसी ईसाई लड़की को चाहते थे। पर उनके माँ-बाप ने जबर्दस्ती उनकी शादी मम्मी से कर दी। डैडी जब मम्मी से किसी बात पर गुस्सा हो जाते हैं तो इस बात को जरूर दुहरा देते हैं। बेचारी मम्मी बहुत रोती हैं। कभी-कभी

उनमें झगड़ा भी हो जाता है और मम्मी बुरी तरह चिल्लाने लगती हैं और डैडी गुस्से में आकर दरवाजा बन्द करके उन्हें पीटने लगते हैं। जब मैं छोटी थी तो ऐसा अक्सर होता था। अब बहुत कम होता है।'

विनायक की सारी चेतना शान्तम् के शब्दों पर टँगी हुई थी। उसने अपने आप को कहते पाया, 'बचपन में इस तरह का दृश्य देखकर तुम्हें बहुत घबराहट होती होगी। तुम्हें याद है वह सब ?'

शान्तम् ने अचकचाकर उसके चेहरे को गौर से देखा और उसका चेहरा तकलीफ से ऐंठ गया, 'साफ-साफ तो याद नहीं है वीनू ! मम्मी बताती हैं कि जब मैं छह साल की थी तो बहुत बीमार पड़ गई थी। दो साल खाट से लगी रही। जो कुछ मुझे सिखाया-पढ़ाया गया था, वह सब भूल गई। आठ साल की उम्र में फिर से मेरी पढ़ाई नए सिरे से शुरू हुई।'

'अच्छा ?' विनायक ने अपने ही स्वर की सहजता से विस्मित होते हुए पूछा, 'तुमने पहले कभी बताया नहीं मुझे। उसके बाद तो फिर कभी बीमार नहीं पड़ीं ?'

'नहीं,' शान्तम् ने सिर हिला दिया और चौंककर उसे देखा। वीनू यह सब क्यों पूछ रहा होगा ? वह मुस्कुराई—एक निर्दोष उल्लास से उसका चेहरा जगमगा उठा। 'तुम बहुत खराब हो वीनू।' उसने उसके माथे से अपने ओंठ छुलाते हुए कहा, 'ऐसी बातें नहीं पूछना चाहिए। अगर मैं तुम्हारे माता-पिता के बारे में ऐसी बात पूछूँ तो तुम्हें अच्छा लगेगा ? नहीं न ? फिर तुम क्यों ?...अच्छा चलो अब फालतू बात नहीं। आज क्या पढ़ाओगे ?'

विनायक भीतर-ही-भीतर कट गया। शान्तम् का इस तरह झिड़कना उसे अच्छा नहीं लगा। अभी-अभी तो अपने पिता को 'डेविल' कह रही थी और अब बड़ी सहानुभूति उपज रही है।

'आज पढ़ाई रहने दो शान्तम्,' उसने कहा, 'मेरी तबीयत ठीक नहीं है। कल से पढ़ाऊँगा।'

उसके स्वर में कुछ ऐसा उखड़ा-उखड़ापन था कि शान्तम् एकबारगी सहम-सी गई। उसने कातर दृष्टि से उसे देखा। विनायक का चेहरा उसे बहुत बीमार और सुस्त लगा। कहीं नाराज तो नहीं हो गया ? उसने खींचकर उसका मस्तक अपनी छाती से टिका लिया और उसके रूखे बालों पर धीरे-धीरे उँगलियाँ फिराने लगी। विनायक की आँखें मुँदने लगीं। उस पर एक बेहोशी-सी छाने लगी। शान्तम् अपने आप में खोई हुई थी। कुछ देर बाद उसने झुककर देखा तो उसे हँसी आ गई। यह तो सो ही गया। उसने धीरे से अपना पाँव ऊपर उठाया और पालथी मारकर बैठ गई और धीरे से विनायक का सिर अपनी जाँघ पर रख ही रही थी कि विनायक जग पड़ा और उठने की कोशिश करने लगा।

'सो जा सो जा,' शान्तम् ने अपनी अटपटी हिन्दी में उसे थपकते हुए कहा।

इतने में दरवाजे पर दस्तक हुई और विनायक हड़बड़ाकर उठ बैठा। मम्मी अन्दर

दाखिल हुईं और दरवाजे पर खड़ी-खड़ी मुस्कुराती हुई बोलीं, 'चलो, अब बहुत पढ़ाई हो गई। खाना खा लो।'

विनायक बुरी तरह झेंप गया। शान्तम् उसकी हालत देखकर खिलखिला पड़ी। 'मम्मी, ये सो गया था,' उसने कहा।

विनायक ने गुस्से से आँख तरेरते हुए उसे देखा और कहा, 'चल हट, बड़ी आई। मम्मी ! ये बहुत झूठ बोलती है।'

मम्मी ने उसका हुलिया गौर से देखा और उन्हें भी हँसी आ गई।

'चलो खाना लग गिया है। खाके यहीं सो जाना। कल सुबे चले जाना।'

विनायक की पोल खुल गई, इस बात पर शान्तम् को इतना मजा आया कि वह उछलने लगी और तालियाँ पीटने लगी। विनायक को उसके इस बचपने पर खासी हैरानी हुई और बड़ा प्यार भी आया।

...खाना खाकर वे लोग बैठक में कॉफी की चुस्कियाँ लेते हुए बतिया रहे थे कि इतने में मम्मी आकर सामने बैठ गईं और दोनों के चेहरों को बारी-बारी से पढ़ते हुए सीधे विनायक को सम्बोधित करके बोलीं, 'बोलो, क्या फैसला किया ?'

विनायक ने अकबकाकर मम्मी को देखा, 'कैसा फैसला मम्मी ?'

मम्मी की आँखें विस्मय से फैल गईं, 'अरे तुम लोग अभी तक कोई फैसला नहीं किया ? इत्ता समझाया। अबी साहब आ जाएगा तो क्या करेगा ?'

विनायक परेशान हो गया, 'मम्मी, अभी कैसे होगा ? अभी तो इम्तहान देना है।'

'इम्तहान देना है !' मम्मी बिगड़ उठीं, 'और ये इम्तहान नहीं है ? वो इम्तहान तो अगले साल भी दे देगा। इस इम्तहान में फेल हो जाएगा तो फिर कौन बैठने देगा ? वो तुम्हारी एक नहीं सुनेगा। उसका आने का बाद फिर कुछ नहीं हो सकता। वो तुम्हारा यहाँ आना बिल्कुल पसन्द नहीं करता तुमको मालूम है ?'

'मगर मम्मी ! अभी आप ही तो कह रही थीं कि तुमको बेबी को पढ़ाने रोज आना पड़ेगा,' विनायक बड़े चक्कर में पड़ गया।

'वो तो हम अपनी तरफ से बोला। साहब नहीं मानेगा तो हम क्या बोलेगा ? हमको तो सब पता था। हम फिर भी कुछ नहीं बोला। हम उनका गुस्सा जानता। ये पागल लड़की उस दिन तुम्हारा पीछू-पीछू दौड़ गिया तो उनको खबर पड़ गया। खैर, वो तो कभी-न-कभी पड़ना ही था। कब तक बचा रहता तुम लोग ! साहब तो अपने मुलुक में अपनी जात में ही लड़की का शादी करना माँगता। तुमको सीधा-सादा मास्टर समझ के अपनी लड़की पढ़ाने को बोला। उसको क्या पता कि तुम कैसा क्या पढ़ा रहा है। तुम तो ऐसा पढ़ाया, ऐसा पढ़ाया कि लड़की का दिमाग खराब हो गिया। अब वो तुमारे सिवा किसी से शादी नहीं करेगा। हम तो जिन्दगी में बहुत दुख पाया, अब अपनी लड़की को दुखी नहीं देखना चाहता। तुम इत्ते दिन नहीं आया तो रो-रो के आँख

फोड़ लिया। खाना-पीना कुछ नहीं। हम बोला हमारा भाग में जो कुछ होगा हम बहुत भुगता और भुगत लेगा। तुम बाबा खुशी से रहो, अपना मनपसन्द का शादी बनाओ तो हमको भी मन में शान्ति रहेगा।'

'मगर मम्मी, ये इम्तहान के बाद भी तो हो सकता है ? अभी इतनी जल्दी क्या है ?' विनायक बोला, 'साहब तो दौरे पर जाते ही रहते हैं।'

मम्मी थोड़ी देर चुप रहीं। फिर कहने लगीं, 'हमको क्या है बाबा, हम तो तुम्हारे भले के लिए ही ये रस्ता निकाला। ऐसा कौन माँ होगा जो अपनी लड़की को ऐसा बात बोलेगा। परसों रात को हम भगवान के सामने बहुत रोया। दूसरे दिन सुबे आँख खुलते ही हमारा मन में ये बात आया और हमने बेबी से बोला कि जैसे ही मास्टर आएगा उसको बोलने का कि साहब का कोई ठिकाना नहीं, कब क्या कर बैठेगा। अभी टैम है, तुम भाग जाओ, शादी बना लो–साल-छह महीना हो जाएगा तो वो अपने आप सोचेगा, पछताएगा और तुमको माफ कर देगा। जो गुस्सा निकालेगा, हमारे पर निकालेगा। हड्डी-पसली तोड़ेगा हमारी तोड़ेगा। तुम्हारा क्या करेगा ? देरी करने से सारा मामला गड़बड़ हो जाएगा।'

अचानक मम्मी उठकर चल दीं। विनायक जैसे सोते से जगा और हड़बड़ाकर उनके पीछे भागा। वह अभी शान्तम् का सामना करने से बचना चाहता था। उसके दिमाग में बेतरह शोर मचा था।

मम्मी तब तक किचन में पहुँच चुकी थीं। विनायक जाकर अपराधी की तरह सिर झुकाए खड़ा हो गया, 'मम्मी, मेरी कुछ समझ में नहीं आ रहा है। मैं कैसे क्या करूँ ? मेरी माँ, मेरे पिता, भाई-बहन सब मेरे भरोसे बैठे हैं। मुझे यह इम्तहान अच्छी तरह देने दो मम्मी ! अभी शादी करके मैं कहाँ जाऊँगा ? एक बहन है वो भी बीमार है। वो भी कोई मदद नहीं कर सकती।'

मम्मी अपना काम करती रहीं। फिर उन्होंने विनायक की ओर मुड़कर पूछा, 'तुम्हारा मम्मी बेबी को अपनी लड़की समान रखेगा ?'

विनायक का सिर लटक गया। वह गहरे विषाद में डूब गया। लड़की समान ? माँ शान्तम् को घर में भी नहीं घुसने देगी। इतना ही नहीं, वह उसका भी मुँह देखने से इनकार कर देगी। दो-तीन साल तक तो शान्तम् को वहाँ ले जाने की कल्पना भी नहीं की जा सकती।

पर मम्मी उसके उत्तर की राह देख रही हैं। विनायक ने झूठ बोल दिया, 'क्यों नहीं मम्मी ! मेरी मम्मी तो बिल्कुल आप ही जैसी हैं। वे बेबी को आपसे भी ज्यादा प्यार करेंगी।'

मम्मी का चेहरा प्रसन्नता से जगमगा उठा। 'बस, तो फिर बेटा मुझे कोई फिकर नहीं है। तुम दोनों सुखी रहो, बस...' उनका गला भर्रा आया। वे एक क्षण चुप रहीं फिर कहने लगीं, 'मेरी मानो तो बेटा, तो तुम कल ही बेबी को लेके अपने घर भाग जाओ। मेरा मन नहीं मान रहा है, पता नहीं कल को क्या हो ? साहब का कोई ठिकाना

नहीं। कब क्या कर बैठेगा। वो वैसे अपनी लड़की को बहुत प्यार करता है पर वो किसी हालत में बेबी की शादी तुमसे नहीं करेगा। उसको अपने जैसा ही बड़े घर का, ऊँची अफसरीवाला आदमी होना माँगता। पहले तो वो तुम्हारी कित्ती तारीफ करता था। जब से उसे ये बात मालूम पड़ी, उसका दिमाग ही जाने कैसा हो गया है। तुम्हारी बुराई ही करता है। हमको बोलता वो भिखमंगा साला की ये हिम्मत ! जाने कौन नीच जात है, उठने-बैठने का भी तमीज नहीं है। हम तो उसको सीधा-सादा लड़का समझ के उस पर यकीन किया, उसको नौकरी पर लगाया और वो साला नीच हमको धोखा दिया। हम उसको शूट कर देगा। वो कभी आज तक अपनी लड़की को जोर से डाँट तक नहीं लगाया। पर वो दिन उसका ऐसा दिमाग खराब हो गया कि उसी लड़की को मारने को तैयार हो गया तभी से हमको बहुत डर लग गया कि ये इत्ती जिद में आ गया है और बेबी भी जिद में आके अनाप-शनाप बका तो ये तुम्हारे साथ उसको भी मार डालेगा। इसीलिए हम बेबी को बोला कि अबी भाग जाओ अबी टैम है। बाद में कैसा क्या मुसीबत होगा हम कुछ नहीं कह सकता। वो जैसा भी है हमारा स्वामी है। हमको तो उसी का मुँह देखना। उसी के साथ ही जिन्दगी काटना बाबा। हम क्या बोलेगा ?'

सहसा मम्मी का बोलना थम गया। उन्होंने चकित होकर विनायक को देखा और झिड़कते हुए बोलीं, 'अरे ये क्या बाबा ! तुम मर्द हो के लड़कियों की माफिक रोता ? अरे ! ऐसे कैसे काम चलेगा। तुम अबी से हिम्मत हार गिया तो आगे क्या करेगा ? हमारी लड़की को कैसे सँभालेगा ? हिम्मत नहीं था तो काहे को हमारी लड़की का दिमाग खराब किया ? बेबी देखेगा तो क्या कहेगा कि हमारा आदमी इतना कमजोर निकला। वो तो तुमको अपना डैडी जैसा ही बहादुर समझता। जाओ अभी आराम से सो जाओ। तुम्हारा बिस्तर लगा दिया। कल सुबे सोच-समझ के जो कुछ करना हो, फैसला कर लेना। चलो।'

'नहीं मम्मी। मैं होस्टल में ही जाऊँगा। कल सुबे आऊँगा,' विनायक बिना उनकी ओर देखे झपटता हुआ बैठक में आ गया और सीधे दरवाजे की ओर बढ़ने लगा। 'क्या हुआ वीनू ?' चिल्लाती हुई शान्तम् उसके पीछे लपकी। विनायक ने एक क्षण रुककर उसका हाथ दबाया और 'कल सुबे आऊँगा शान्तम्। एक जरूरी काम याद आ गया,' कहता हुआ बिना उसकी ओर देखे झपटकर बाहर निकल गया। शान्तम् जैसे धरती में गड़ गई हो, उसे जाते देखती रही। वह उसके पीछे नहीं भागी जैसा कि विनायक को डर था।

खुर्दबीन और दूरबीन

पैंतीस

दूसरे दिन सुबह विनायक शान्तम् के घर जाने के लिए निकला पर आधे रास्ते से ही लौट आया। उसकी समझ में नहीं आ रहा था कि शान्तम् को अपने कल रात के व्यवहार के बारे में क्या कहे। शान्तम् ही नहीं, उसकी मम्मी का सामना करने में भी उसे एक विचित्र घबराहट का अनुभव हो रहा था। क्या सोच रहे होंगे वे लोग ?

मगर मम्मी को यह सब उसे बताने की क्या जरूरत थी ? भिखमंगा और नीच जात और जाने क्या-क्या ! यह सब सुनने के बाद भी उस घर में जाना और ट्यूशन पढ़ाना !...इससे ज्यादा शर्मनाक क्या हो सकता है। और जब मारे ग्लानि और अपमान के उसके आँसू निकल आए तो मम्मी ने ऊपर से ये कह दिया कि मर्द हो के लड़कियों की तरह रोते हो ? इसमें मर्दानगी की क्या बात थी ?

विनायक को कल रात भी बड़ी देर तक नींद नहीं आई थी। उसकी आँखों के सामने उसका घर, उसका बचपन, उसका सारा अतीत चलचित्र की तरह घूमता रहा था। उसके भीतर जैसे आग लग गई थी और वह घंटों छटपटाता रहा था। इस तरह तो वह कहीं का न रहेगा। घर के लोग उसी के भरोसे किसी तरह दिन काट रहे हैं। यही सोच के बैठे हैं कि विनायक पढ़ रहा है, बड़ी मेहनत कर रहा है, जल्द ही उसकी नौकरी लगेगी और उनके दिन फिरेंगे। बाबूजी को इतनी भयानक बीमारी हुई, उसे खबर तक नहीं दी गई–सिर्फ इसलिए कि वह घबरा जाएगा–उसकी पढ़ाई में विघ्न होगा और यहाँ उसका यह हाल है कि कभी चिट्ठी तक नहीं लिखता। सरोज के पत्र से यह सब हाल जानने के बाद भी नहीं लिखा उसने। साल-भर से गया भी नहीं। छुट्टियाँ भी दोनों यहीं बिता दीं।

अगर वह गरीब न होता–तो यह सारी उलझन पैदा ही क्यों होती ? अगर उसके पिता उसे सौ रुपए माहवार भेज सकते तो उसे ट्यूशन करने की क्या जरूरत थी ? सक्सेना का अहसान लेने की क्या जरूरत थी ? मथुर काका ने भी उसे मँझधार में छोड़ दिया। बी.एस-सी. में फर्स्ट आ ही गया था;–जैसे दो साल खींचा वैसे ही दो साल और खींच देते तो विनायक जिन्दगी-भर उनका अहसानमन्द रहता। मगर जाने उनके दिमाग ने क्या पलटा खाया; कम करते-करते एकाएक बिल्कुल ही पैसा भेजना बन्द कर दिया। वे समझते होंगे कि वजीफा तो मिलता ही है। अरे वजीफा तो तभी छिन गया था जब

एम.एस-सी. छोड़कर एम.ए. ज्वाइन किया। मगर इसके लिए मथुर काका को भी क्या दोष दिया जाए ? इतना भी कौन करता है अपने भाई के लड़कों के लिए ?...जब से बीड़ी का व्यापार चौपट हुआ, तब से वे भी तो परेशान ही रहते हैं। पैसे भेजेंगे कहाँ से ? बाबूजी ने फिर से सिलसिला शुरू किया था दूकान का–कुछ महीने पैसे भी भेजे थे विनायक को। फिर वे भी बन्द हो गए। इसी से चिढ़कर तो विनायक पिछले साल और इस साल भी छुट्टियों में घर नहीं गया था। उसे क्या पता कि उन्हें प्लूरिसी हो गई थी। सारे रोग-शोक भी विनायक के घर के लोगों को ही क्यों व्यापते होंगे ? एक तो गरीबी, तिस पर ये महँगी-महँगी बीमारियाँ। जगन काका को ही देखो...अगर उनका ठीक से इलाज होता तो क्या वे नहीं बच जाते ? वे जिन्दा होते तो विनायक को इस तरह भटकना पड़ता ? भिखमंगा कहलाना पड़ता ? क्या गलत कहा उस नायर के बच्चे ने ? उसकी लड़की को पढ़ा के जो सौ रुपए मिलते हैं, उसी से तो होस्टल का सारा खर्चा चल रहा है। अगर विनायक वेतनभोगी ट्यूटर की हैसियत से नहीं, किसी और हैसियत से उसके सम्पर्क में आता और बाकी सारी परिस्थिति ऐसी ही रहती तो क्या उसकी ये हिम्मत होती ? उस रात क्या कहा था उसने, 'पढ़ाने आने की कोई जरूरत नहीं है। जितना पैसा चाहिए मुझसे ले लो।' अगर मेरा और उसका सम्बन्ध इस पैसे की जरूरत से मुक्त होता तो क्या उसे ये कहने की हिम्मत होती ?

नहीं, मथुर काका का भी कोई दोष नहीं। सारे अनर्थ की जड़ विनायक के पिता का आर्थिक रूप से आत्मनिर्भर न होना ही है। आखिर उनकी लगातार की इस असफलता का क्या कारण है ? ठीक कहा है आदमी का चरित्र ही उसकी नियति है। विनायक के अपने चरित्र की, उसके अपने मनोविज्ञान की जड़ें भी तो वहीं हैं–उसके पिता के चरित्र में। वही महत्त्वाकांक्षा का अभाव, वही अकर्मण्य भावुकता, वही ऐन मौके पर सही निर्णय न ले सकने की आदत, वही ढुलमुलपन, वही परिस्थिति से जूझने की बजाय उसके सामने आत्म-समर्पण कर देने की विवशता। ऐसा व्यक्ति जीवन में क्या कर सकता है? कुछ नहीं कर सकता। फिर भी जगन काका उनका कितना आदर करते थे ? कितना उन्हें मानते थे ? हो सकता है कि जब जगन काका छोटे रहे हों, तब बाबूजी में यह निष्क्रियता न रही हो, वे कुछ दूसरे किस्म के आदमी रहे हों–जगन काका को उनका एक दूसरा ही रूप देखने को मिला हो। मगर विनायक ने तो उन्हें शुरू से ही ऐसा देखा। क्या बात हुई होगी ? अगर उनमें व्यक्तित्व था, तो वह कुंठित क्यों हो गया।

इसका सीधा और साफ कारण यही है। बाबूजी का अपनी स्वतन्त्र आर्थिक स्थिति को बनाए न रख सकना–मथुर काका के ऊपर निर्भर हो जाना। मथुर काका उन्हें जड़भरत कहते थे। जड़भरत की पौराणिक कथा विनायक को मालूम है। ऐसा उच्चकोटि का वैराग्य और आध्यात्मिक ऊँचाई, जहाँ आदमी सांसारिक मान-अपमान की भावना से ऊपर उठ जाता है। मथुर काका इसी आध्यात्मिकता से बहुत चिढ़ते हैं। मगर ये तो बाबूजी में शुरू से ही रही होगी। जब तक उनकी स्वतन्त्र आर्थिक हैसियत थी, तब

तक वह घर में किसी को खटकती भी न रही होगी।

मगर आज विनायक को इस तरह अपने अतीत और वर्तमान का विश्लेषण करने की जरूरत क्यों महसूस हो रही है ? पहले तो कभी इस तरह के विचार दिमाग में नहीं आए। आज ही क्यों उसे यह सब सूझ रहा है? कहीं यह सारा सोच-विचार भी अपनी असमर्थता को ही ढकने का एक सूक्ष्म मनोवैज्ञानिक छल तो नहीं है? उसके सामने एक ठोस समस्या है। समय बहुत कम है। उसे निर्णय लेना है—इस तरफ या उस तरफ।

मगर वह क्या निर्णय ले सकता है ? परिस्थितियाँ ही उसकी तरफ से निर्णय ले रही हैं।

सहसा विनायक के मन में बिजली की तरह कुछ कौंध उठा। यह वह क्या सोच रहा है ? क्या यह उसकी अपनी प्रतिक्रिया है ? यह तो कहीं पढ़ा है या सुना है। तो क्या वह दूसरों का जीवन जी रहा है ? जीवन के ऐसे गम्भीर क्षण में...क्या उसकी छटपटाहट भी उसकी अपनी नहीं ?...यह कौन है जो उसकी तरफ से सोच रहा है, उसकी तरफ से बोल रहा है ?

'जगन काका ! यह तुम्हारी डायरी है !'...सरोज का खिलखिलाता स्वर उसके कानों में गूँज गया है...।

विनायक ने घड़ी की ओर देखा, पाँच बज गए। शान्तम् उसकी राह देखती बैठी होगी। उसका भी क्या कसूर है आखिर ? उसकी तकलीफ क्या विनायक से कम बड़ी है ? विनायक की आँखों के आगे शान्तम् की नंगी पीठ पर उभरी वे नीली धारियाँ छा गईं। वह अकुला उठा। नहीं, कोई निर्णय लेना ही होगा। जगन काका की बात दूसरी थी। विनायक की उनसे क्या तुलना !

क्या जगन काका भी भत्ती को इतना ही प्यार करते रहे होंगे जितना विनायक शान्तम् को करता है ? क्या भत्ती भी जगन काका के लिए इतनी ही व्याकुल रही होगी ? फिर उसने धोखा क्यों दिया ? सरोज दीदी तो ऐसा ही सोचती थीं। मगर सरोज दीदी तो जगन काका से भी नाराज थीं। पता नहीं जगन काका ने भत्ती को क्या लिखा होगा। सरोज दीदी तो यहाँ तक कहती हैं कि जगन काका ने अपनी मौत आप ही बुलाई। उन्हें टी.बी.-वी.बी. कुछ नहीं हुई थी।

कितना सुदूर और स्वप्नवत् लगता है वह सब ?...जैसे विनायक के अपने जीवन की घटना न होकर किसी दूसरे की हो ? और फिर भी आज विनायक का दिमाग उसी तरफ क्यों दौड़ रहा है ? क्या दीदी को भी वह सब याद आता होगा ? बल्कि उन्हें तो बहुत सारी ऐसी चीजें भी मालूम होंगी जो विनायक को नहीं हैं। दीदी को विश्वास था कि भत्ती का प्रेम जगन काका के लिए उनकी योग-साधना से ज्यादा जरूरी है। क्या उनका सोचना गलत था ? भत्ती भी तो बड़े ब्राह्मण घर की लड़की थी। उसकी जात भी अलग थी। दीदी ने ही तो बताया था बाद में, कि भत्ती भुवन काका की चचेरी बहन है। उन दिनों ऐसे विवाह की कल्पना भी उस छोटे से कस्बे में किसी को नहीं हो सकती थी। फिर भी दीदी को गहरा विश्वास था कि भत्ती और जगन काका की शादी हो

जाएगी। क्या फल निकला उस विश्वास का ? दीदी ने जो एक जगह लिखा है कि 'कभी-कभी प्रेम की शक्ति भी किस्मत के आगे पराजित हो जाती है,' वह लिखते हुए क्या जगन काका और भत्ती के प्रेम-सम्बन्ध की ट्रैजेडी ही उनके मन में न रही होगी ?

नहीं, बात इतनी ही नहीं हो सकती। विनायक उन दिनों बच्चा ही तो था। फिर भी उसने उन्हें लिख ही दिया था कि काकी के मायकेवाले ऐसे हैं और जीजाजी के बारे में ये-ये बातें सुना जाती हैं। उन्होंने क्यों नहीं ध्यान दिया ? वह कौन सी परिस्थिति थी जिसने दीदी जैसी लड़की से आत्मसमर्पण करवाया ? कहीं ऐसा तो नहीं, कि विनायक की तरह उनके मन में भी अपने घर की परिस्थितियों के प्रति, घर के लोगों के प्रति एक प्रच्छन्न विद्रोह भाव था जिसने यह रूप ले लिया ? जैसे विनायक के विद्रोह ने महत्त्वाकांक्षा का रास्ता पकड़ा। और चूँकि सरोज के लिए वह दरवाजा बन्द था, इसलिए उसने जानते-बूझते आत्मसमर्पण और आत्मपीड़न का रास्ता चुना। मगर क्यों ? दीदी तो सबसे ज्यादा जगन काका के निकट थीं। उनमें जगन काका का आदर्शवाद था, जगन काका की भावुकता थी। क्या आदर्शवाद और भावना ही ठेस खाकर आत्मदया और आत्मपीड़न में बदल जाती है ?

नहीं-नहीं, विनायक अपने ही विचारों से आतंकित हो उठा। वह सरोज का पत्र एक बार फिर से बाँच रहा है। यह आत्मपीड़न नहीं है विनायक ! यह क्या है, इसे समझने की कोशिश करो। दीदी–जो कभी अपने बारे में कुछ नहीं कहतीं, कुछ नहीं लिखतीं–निश्चय ही इन तीन-चार सालों में गहरी मानसिक यन्त्रणा से गुजरी हैं। प्रेम पात्र-अपात्र कुछ नहीं देखता विनायक ! दीदी के जीवन में कोई वैसा व्यक्ति आया ही नहीं, जिसे वे अपने समूचे व्यक्तित्व से अपना सकतीं। जगन काका की मृत्यु ने सरोज के उस मर्मस्थल को ही चोट पहुँचाकर सुन्न और जड़ बना दिया जहाँ से उन्हें स्वतन्त्र निर्णय लेने की प्रेरणा मिल सकती थी। जब जगन काका ही नहीं रहे तो उनके लिए उपयुक्त घर के चुनाव की चिन्ता किसे होती ? जगन काका से ज्यादा सरोज के अन्तर्मन की बनावट को, उसकी जरूरतों को कौन समझ सकता था ? एक बात और भी तो थी। दीदी को जाने क्यों ऐसा लगने लगा था कि वे घर पर एक बोझ हैं। 'मैं किसी पर बोझ नहीं बनना चाहती गुड्डन,' उन्होंने कहा था।

विनायक को फिर अपने पिता पर ही बेतरह गुस्सा आने लगा। दीदी उनका कितना खयाल रखती थीं। फिर भी अपनी इकलौती लड़की के विवाह जैसे गम्भीर मामले में भी उनकी उस जड़भरत उदासीनता में रत्ती-भर भी हलचल नहीं हुई। दीदी के उस निराश आत्मसमर्पण के पीछे अपने पिता की असहायता का बोध भी निश्चय ही रहा होगा। खुद विनायक के भीतर जो कुंठा है, हीन भावना है, उसका स्रोत कहाँ है ? कौन उसके लिए सीधा जिम्मेदार है ? पिता ! सिर्फ पिता।

जो सरोज जगन काका की, बाबूजी की, विनायक की इतनी चिन्ता कर सकती है, उसने अपने पति के लिए क्या नहीं किया होगा ! नहीं, दीदी तब टूटी नहीं थीं; अब वह जरूर टूट गई हैं। एक गरीब लेकिन संस्कारी परिवार में पली दीदी उस अमीर और

ऐय्याश घराने के साथ अपने व्यक्तित्व को नहीं घुला सकीं। बहुत सम्भव है, उनके पति भी उनसे इसी तरह विमुख हों जैसे मिस्टर नायर अपनी पत्नी के प्रति हैं। नहीं...दीदी चाहे जितना अपने को मिटाने की कोशिश करें, उनका स्वाभिमानी व्यक्तित्व कैसे मिट सकता है। दीदी का जीवन सच पूछो तो जगन काका से भी ज्यादा ट्रैजिक है। वह ऊँचाई के अकेलेपन की ट्रैजेडी थी, यह गहराई में अकेले छूट जाने की ट्रैजेडी है।

तो क्या गहरी भावना और अपने आदर्शों की ऊँचाई के लिए जीने-मरनेवालों की यही नियति अनिवार्यतः होती है? क्या मथुर काका का यथार्थवाद ही—जीवन जिन शर्तों पर दिया गया है उन्हें देखते हुए—एकमात्र सही दृष्टि है ? क्या मिला जगन काका को ? क्या मिला सरोज दीदी को ? वैसे तो बेचारे मथुर काका को ही क्या मिल गया ? मगर उन्हीं की बदौलत विनायक यहाँ तक पहुँचा तो। नहीं तो वह कभी नहीं जान पाता कि फर्स्ट क्लास आना क्यों जरूरी है ? और अपनी हालत सुधारने का, आगे बढ़ने का, दूसरों से स्पर्धा करने का संकल्प क्या होता है ? इस तरह देखो तो, विनायक को लगता है, वह जगन काका की अपेक्षा मथुर काका के अधिक निकट है। सामाजिक जीवन की जो असलियत है, ठोस असलियत, उसकी पकड़ तो मथुर काका को ही है।

मगर यदि सचमुच वह मथुर काका के दृष्टिकोण से प्रभावित है तो फिर यह असहायता, यह बेचारगी का भाव रह-रहकर क्यों उस पर छा जाता है ? क्यों नहीं वह डटकर एक ठोस लक्ष्य सामने रख के उसकी ओर बढ़ पाता ? आई.ए.एस. की प्रतियोगिता में बैठने का निश्चय करके भी क्यों बीच-बीच में उसका उत्साह ढीला पड़ जाता है जैसे कोई गलत काम करने जा रहा हो ? बी.एस-सी. में फर्स्ट आ के फिजिक्स में एम.एस-सी. करने का विचार छोड़ के वह अंग्रेजी में क्यों घुस गया ? यह ढुलमुलपन क्या जताता है ? आखिर वह चाहता क्या है ? अभी तक उसके दिमाग में अपने भविष्य की कोई स्पष्ट कल्पना क्यों नहीं है ?

और यह अन्धा आवेग...! उसके शान्त-सपाट घटनाविहीन जीवन में अन्धड़ की तरह घुस आया यह प्रेम ? मथुर काका के जीवन-दर्शन में क्या इसके लिए कोई जगह हो सकती है ? यह तो शुद्ध अपव्यय, शुद्ध भटकाव होगा उनके हिसाब से ? फिर विनायक इस चक्कर में क्यों फँसा ? एक ब्रिलियंट कैरियर है उसके पास। थोड़ा सा जोर लगाने की जरूरत और है। वह कलेक्टर हो सकता है, इनकम टैक्स आफिसर हो सकता है, प्रोफेसर हो सकता है, क्या नहीं हो सकता है? उसके लिए लड़कियों की क्या कमी थी ? शान्तम् में ही ऐसी क्या खूबी है ?

और शान्तम् के प्रति उसका यह पागलपन तो बाद की चीज है। पहले जिन दिनों परिचय हुआ था, उन दिनों उसके मन में उस पूरे परिवार के प्रति आकर्षण क्या सिर्फ शान्तम् के कारण था ? क्या उसमें कहीं यह अहसास भी निहित नहीं था कि उसने जैसा संसार देखा-जाना है, उससे अलग और ऊँचे एक भद्रलोक में उसका स्वागत हो रहा है—एक उच्चकोटि का अधिकारी उससे प्रभावित होकर उसे बराबरी की मैत्री के स्थान पर प्रतिष्ठित कर रहा है। तो क्या शान्तम् के प्रति उसके आकर्षण के मूल में

कहीं उसकी वह महत्त्वाकांक्षा, वही अपने वर्ग से ऊपर उठकर भद्रलोक का सदस्य बनने की लालसा ही तो काम नहीं कर रही है ?

'नहीं, अपने वर्ग की चेतना से पलायन असम्भव है। पर मैं पलायन कर ही कहाँ रहा हूँ ?'

...विनायक ने चौंककर इधर-उधर नजर फिराई। वह शान्तम् के घर को कभी का लाँघ चुका था। उससे कम-से-कम एक मील आगे बढ़ आया था। यह कैसे हुआ ? वह लौट चलने को हुआ। फिर उसके मन में आया–इतना आ ही गया है तो सिविल लाइंस तक हो ही आए। कितने दिन हो गए–कॉफी हाउस भी नहीं गया–थोड़ी तबीयत ही बहलेगी! उसके पाँव उसी दिशा में आगे बढ़ चले–शान्तम् के घर थोड़ी देर में ही पहुँचे तो क्या हर्ज है। खाना वहीं खा लेगा–खाने के बाद उसे पढ़ा लेगा और रात को वहीं सो भी रहेगा। कल का प्रायश्चित भी हो जाएगा। शान्तम् जरूर रूठी होगी पर उसे मना लेगा। वह जल्दी ही खुश हो जाती है। कह देगा तबीयत ठीक नहीं थी। और कल रात के बारे में ? शान्तम् को क्या पता कि वह इस बीच कैसे भीषण अन्तर्द्वन्द्व से गुजर चुका है। वह चाहे भी तो क्या ये सारी बातें उसे समझा सकता है ?

विनायक इस अचानक घिर आई विरक्ति के वार को जितना ही टालने की कोशिश कर रहा है, उतनी ही वह उस पर हावी होती जा रही है। यह कर्म का, ठोस निर्णय और संकल्प का क्षण है और वह उसे टालता जा रहा है। किससे कहे अपने मन की बात ? किसके पास जाए ? सक्सेना वैसे अच्छा आदमी है पर सिनिक है; उसका कोई भरोसा नहीं। उसके लिए इस सारे अन्तर्द्वन्द्व का कोई अर्थ नहीं। उससे बात करना ही व्यर्थ है। आज पहली बार विनायक को एक घनिष्ठ पुरुष मित्र का अभाव बेहद खटक रहा है। कहीं उसी में तो कोई ऐसी बुनियादी कमी नहीं है जिसके कारण उसका कोई मित्र नहीं बन पाता ? स्त्री का प्रेम अपनी जगह ठीक है। पर कोई भी स्त्री, चाहे वह शान्तम् ही क्यों न हो, पुरुष-मित्र की कमी को कैसे पूरा कर सकती है ?

कुल मिलाकर बात लौट-फिरकर वहीं आती है जहाँ कल रात पहुँचा था। दीदी ही एकमात्र शरण हैं। उन्हीं की राय लेनी होगी। वे ही सही मार्ग सुझा सकती हैं। यदि जैसी धाक उनकी जगन काका पर थी, अपने मायके के परिवेश पर थी, वैसी ही ससुरालवालों पर भी होती तो विनायक मम्मी की चुनौती स्वीकार कर लेता–शान्तम् को ले भागता रातोरात वहीं टनकपुर। दीदी वहीं मामले को निपटा देतीं और रख लेतीं शान्तम् को अपने पास। दीदी के पास शान्तम् बड़े सुख से रहती। विनायक लौट आता, ठाठ से इम्तहान देता और जल्दी ही किसी नौकरी का बन्दोबस्त करके तब फुर्सत से शान्तम् को अपने साथ ले जाता।

मगर दीदी तो वहाँ खुद ही तकलीफ से दिन काट रही हैं। जिस घर में उनके लिए ही जगह नहीं, वहाँ उनके भाई के लिए कैसे होगी ? नहीं, विनायक कदापि यह मूर्खता नहीं करेगा। इससे तो दीदी का क्लेश दूना हो जाएगा। उनके ससुरालवाले भी उसकी हँसी उड़ाएँगे, उसे अपमानित करेंगे। कैसा लगेगा शान्तम् को ?

कल रात विनायक के मन में एक बात आई थी कि शान्तम् को लेकर तो नहीं–पर वैसे ही बहन से मिल आए, एक दिन वहीं रहे, ये सारी बातें विस्तार से आमने-सामने बैठ के उसे बताए और उसकी राय मालूम करे। फिर वो जैसा कहे। यह तो वह नहीं ही कहेगी कि शान्तम् की मम्मी जैसा कह रही है वैसा करो। वह चाहे जितनी भावुक हो, चाहे जितनी संवेदनशील हो, उसके पाँव हमेशा जमीन पर ही रहते हैं। वह ऐसी राय कदापि नहीं दे सकती। यही कहेगी कि प्रतीक्षा करो, धीरज रखो। पहले अपनी पढ़ाई पूरी करो, जिम्मेदारी उठाने लायक बनो। फिर उसके बाद चाहे भगा के लाओ, चाहे उसके माँ-बाप का आशीर्वाद प्राप्त करके लाओ–मैं तुम्हारे साथ हूँ।

मगर इतना तो विनायक जानता ही है। फिर जाने हुए को जानने के लिए उतनी दूर जाने से फायदा ?

कॉफी हाउस

छत्तीस

कॉफी हाउस में विनायक को सक्सेना दीख गया। वह दो-चार दोस्तों के साथ एक टेबल को घेरकर बैठा था। विनायक जाकर एक अलग कोने में बैठ गया। दो-चार मिनट के अन्दर ही सक्सेना अपने दोस्तों को छोड़कर उसकी टेबल पर आ गया और उसके गले में हाथ डालते हुए बोला, 'अबे रोमियो के बच्चे ! मैं तेरे कमरे पे गया था। तू कहाँ था ?'

'अच्छा !'...और दिन होता तो विनायक चिढ़ जाता। पर आज वह चिढ़ने के मूड में नहीं था। उसे सक्सेना को देखकर खुशी ही हुई थी। दरअसल उस पर नजर पड़ते ही उसे लगा था जैसे वह उसी को खोजने यहाँ आया हो।

'मैं आज बहुत अच्छे मूड में था,' सक्सेना बोला, 'दोपहर से ही सोच रखा था कि आज तुझे जबर्दस्ती खींचकर ले जाऊँगा। तेरे कमरे में ताला लटकता देखा तो ऐसी कोफ्त हुई कि उसी ताले से अपना सिर फोड़ लूँ। रास्ते-भर तुझे गाली बकता रहा। तू गया कहाँ था बे ? यहाँ कैसे आ गया ? आज जूलियट ने लिफ्ट नहीं दिया क्या ?'

'अबे ? मैं जूलियट को छोड़कर तेरे पास आया हूँ और तू जूलियट-जूलियट चिल्ला रहा है,' विनायक बोला, 'मैं निकला वहीं के लिए था पर फिर मन में आया बहुत दिनों से कॉफी हाउस नहीं गया। क्या पता तू भी मिल जाए। जानता है साले, पैदल चला आ रहा हूँ पैदल। तू कुछ जादू-टोना तो नहीं जानता ? मुझे खुद अभी तक अचरज हो रहा है कि मैं यहाँ कैसे आ गया। जरूर तूने मन्त्र पढ़ा है।'

सक्सेना इतनी जोर से हँसा कि आसपास की मेजों पर बैठे लोग चौंककर उनकी तरफ देखने लगे। सक्सेना उसके एकदम पास झुककर फुसफुसाया, 'मन्तर तो साले उसने फूँक दिया है जिसके चक्कर में तूने आजकल मुझे लिफ्ट देना ही बन्द कर दिया है। देख, सच-सच बता, तेरा उससे झगड़ा तो नहीं हो गया ?'

'बकवास बन्द कर,' विनायक बोला, 'मुझे भूख लगी है। पहले कुछ खिला-पिला।'

सक्सेना ने उसे गौर से देखा। क्या बात है, विनायक आज कुछ बदला-बदला लग रहा है। उसने एक धौल उसकी पीठ पर जड़ते हुए कहा, 'ये साले, कोई खाने-पीने की जगह है ? यहाँ तो लोग हरामगीरी करने आते हैं। तू अब लेखक तो रहा नहीं। अगर तुझे सड़ी कॉफी ही पीनी है तो उस बड़ी टेबल पर जा जहाँ तेरे बिरादर बैठे हैं। और

अगर सचमुच रिलैक्स करने के मूड में है तो मेरे साथ चल।'

विनायक ने एक नजर उस बड़ी टेबल पर डाली। वहाँ अंग्रेजी विभाग के एक प्रोफेसर बैठे थे। उनकी बगल में दो नामी लेखक बैठे थे। वह दोनों को पहचानता था शक्ल से। उनमें से एक उसी साहित्यिक पत्रिका का सम्पादक था जिसने दो साल तक लगातार उसकी रचनाएँ लौटाई थीं और सक्सेना का लेख छाप दिया था।

'चल यार, मैं आज सचमुच रिलैक्स करने के मूड में ही हूँ,' उसने उठते हुए कहा, 'कल रात-भर खुर्दबीन पर आँख गड़ाए-गड़ाए थक गया।'

सक्सेना ने चौंककर उसकी ओर देखा, 'तू और खुर्दबीन ! अबे साले ! अपनी शकल तो देख जरा आईने में। यह बोल कि कोटेशन रटते-रटते थक गया। कैसी चल रही है तेरी पढ़ाई ? टॉप करने का विचार है कि नहीं ?'

'नहीं यार,' विनायक का स्वर उदास हो आया, 'टॉप मैं क्या करूँगा ? प्रीवियस में फिफ्थ पोजीशन थी। इस साल पढ़ाई बिल्कुल चौपट है। पिछले साल जमके पढ़ा था फिर भी पचपन परसेंट टिकाए। इस साल तो वैसे ही हालत खराब है। याद-वाद कुछ रहता नहीं।'

सक्सेना गम्भीर हो गया। विनायक की बाँह पकड़कर उसने सहसा चलते-चलते बीच में ही रुककर कहा, 'तू एक काम क्यों नहीं करता यार, ड्रॉप क्यों नहीं ले लेता एक साल ? मैं खुद ऐसा सोच रहा हूँ।'

विनायक के चेहरे पर एक क्षण के लिए चमक आई और दरिद्र के मनोरथ की तरह दूसरे ही क्षण विलीन हो गई। 'तू कैसी बात करता है यार ?' उसने कहा, 'यहाँ तो यही साल काटना मुश्किल हो रहा है और तू ड्रॉप की बात कर रहा है। जैसी मेरे घर की हालत है, वैसी तेरी होती तो तू कभी का मैदान छोड़कर भाग खड़ा होता।'

'वो तो मैं सब जानता हूँ,' सक्सेना बोला, 'मगर तू आई.ए.एस. की तैयारी भी तो कर रहा है। तू क्या समझता है एम.ए. सेकेंड डिवीजन किसी तरह से पीट के किसी फटीचर स्कूल में मास्टरी करते-करते तू आई.ए.एस. हो जाएगा। अबे कुछ तो दिमाग से काम ले। क्यों अपनी ऐसी-तैसी करवा रहा है ? एक बार इलाहाबाद छोड़ा नहीं कि फिर देख लेना तू किसी काम का नहीं रह जाएगा। इसीलिए कहता हूँ, बेटा, मेरी मान और ड्रॉप ले ले। एक साल तेरा-मेरा साथ और बदा है। पैसे की चिन्ता मुझ पर छोड़। तू क्या मुझे अपना दोस्त नहीं समझता ? मैं तेरा दोस्त होके तेरे इतना काम भी नहीं आ सकता ? अबे साले ! इतनी ही अकड़ है तो कर्जा समझ के ले लेना। जब इनकम टैक्स आफिसर बन जाएगा तो अपनी हराम की कमाई में से मेरा कर्जा चुका देना, बस ?'

विनायक इस आत्मीयता से अभिभूत हो गया। सक्सेना का हाथ अपने हाथ से दबाते हुए बोला, 'ठीक है, ठीक है, मैं इस बारे में फुर्सत से सोचकर तुझे बताऊँगा। मुझे तुझसे पैसा लेने में कोई शरम नहीं है यार, मेरी समस्या दूसरी है और वह बहुत जटिल है। मेरे ऊपर जिम्मेदारियों का पहाड़ टूट पड़ा है–तू नहीं जानता। मेरे अकेले

का सवाल नहीं है। मेरे भरोसे कई लोग बैठे हैं। वे मेरे आई.ए.एस. होने तक इन्तजार करना एफोर्ड नहीं कर सकते।'

सक्सेना चिन्तामग्न हो गया। विनायक की घरेलू हालत के बारे में उसकी जानकारी कम ही थी।

'तू मुझे ले कहाँ जा रहा है यार ?' विनायक ने चौंककर अपने सामने देखते हुए कहा, 'मैं तो समझा तू मुझे लोकनाथ लिये चल रहा है।'

'आ गया न अपनी औकात में ?' सक्सेना झुँझलाकर बोला, 'बनिए के बच्चे को सिवा लोकनाथ के और सूझ भी क्या सकता है। अबे साले ! लस्सी पी के भी कहीं रिलैक्स हुआ जाता है। चल चुपचाप।'

विनायक ने कोई प्रतिरोध नहीं किया। वह सचमुच रिलैक्स करना चाहता था। वह पहले भी सक्सेना के साथ दो-तीन बार इस होटल में आ चुका था।

विनायक जब दो घंटे बाद सक्सेना की बाँह पकड़े होस्टल की तरफ जा रहा था तो उसका दिमाग पूरी तरह साफ और निरुद्विग्न था। शान्तम् उसका इन्तजार करती बैठी होगी यह सोचकर वह मन-ही-मन मुस्कुरा रहा था। उसके मन में यह भी सन्तोष था कि वह इतनी बड़ी आसक्ति को लाँघ गया। आखिर आदमी में इतना प्रतिरोध तो होना ही चाहिए। शान्तम् के बिना भी, उसे घंटों भूले रहकर भी वह मजे में एक शाम बिता सकता है, वह भी सक्सेना के साथ–यह बात उसकी कल्पना से बाहर थी। उसका पुरुष-भाव इस समय एक गहरी तृप्ति का अनुभव कर रहा था।

विनायक जब अपने कमरे में पहुँचकर आराम से पलंग पर गिरा, उसकी सारी समस्याएँ हल हो चुकी थीं। इस साल वह ड्रॉप ले रहा है। अगला साल पूरा पड़ा है। डटकर आई.ए.एस. की तैयारी करनी है। उसने आई.ए.एस. में टॉप कर दिया है। नियुक्ति पत्र लेकर वह सीधा शान्तम् के पिता के पास जाता है और 'प्रोपोज' कर देता है। अपनी बराबरी के अफसर को दामाद के रूप में पाकर नायर फूला नहीं समाता। विनायक मथुर काका को पहले आई.ए.एस. में सफल होने का तार देता है और फिर अपने विवाह का। मथुर काका बढ़िया नया सूट डाटे नायर से हाथ मिला रहे हैं। शादी हो गई है। वह और शान्तम् हनीमून मनाने जा रहे हैं। सक्सेना की भी शादी हो गई है। वह भी साथ में जा रहा है।

विनायक इलाहाबाद जिले का मजिस्ट्रेट नियुक्त हो गया है। नायर के रिटायर होने में अभी एक साल और बाकी है। एक दिन विनायक सबके सामने उसकी पोल खोल देता है। नायर दुःखी होकर त्यागपत्र दे देता है और संन्यास लेकर कन्याकुमारी चला जाता है।

जिरह

सैंतीस

शराब के बाद का सबेरा...कोई दरवाजा पीट रहा है। विनायक ने एक बार रजाई से मुँह बाहर निकाला और फिर भीतर कर लिया। बार-बार यही भ्रम क्यों होता है कि कोई दरवाजे पर दस्तक दे रहा है। सारी रात यही होता रहा। रह-रहकर नींद उचटती रही। यह भी सपना है। अभी बहुत रात बाकी है। अभी-अभी तो वह सोया है।

दरवाजे पर फिर से दस्तक पड़ रही है। यह क्या तमाशा है ? विनायक रजाई से फिर मुँह बाहर निकालता है। उसकी आँख खुल जाती है और चौंधियाकर फिर मुँद गई है। ढेर सारा पिसा हुआ काँच जैसे आँखों में दे मारा हो किसी ने। सचमुच...सचमुच कोई दरवाजा पीट रहा है। यह स्वप्न नहीं है, विनायक ! यह हकीकत है।

विनायक रजाई फेंककर धीरे से उठता है। सक्सेना होगा। सारा बदन टूट रहा है जैसे रात-भर पीटा गया हो। माथे पर की नसें तड़तड़ा रही हैं मारे दर्द के।

दरवाजा खुलता है और विनायक बुरी तरह चौंक पड़ता है, 'अरे तुम ? तुमको कैसे पता चला ?'

ईश्वरन् नायर मुस्कुराता है। उसकी मुस्कुराहट में से विनायक का भूला हुआ डर सहसा उछलकर उसकी खोपड़ी को दबोच लेता है।

'मैं कल शाम भी आया था। दो बार,' वह दो उँगलियाँ उठाकर विनायक की झपकती आँखों में घुसेड़ देता है।

'मम्मी बहुत गुस्सा है। आप कल क्यूँ नहीं आया ? बेबी हमारे साथ आने को तैयार हो गया था। मम्मी बहुत गुस्सा किया तब माना।'

विनायक अपना सर पकड़कर बैठा है। ईश्वरन् नायर सामने कुर्सी पर बैठा उसे घूर रहा है।

'तुम चलो, कहना मैं अभी-अभी उठा हूँ। कल मेरी तबीयत ठीक नहीं थी। नहा-धोकर आ रहा हूँ,' विनायक कहता है।

ईश्वरन् नायर अविश्वास से घूरता है, 'ऐसा कैसा चला जाएगा ! मम्मी बहुत गुस्सा करेगा। बेबी हमारा खोपड़ा खा जाएगा। मम्मी बोला है मास्टर को अपने साथ लेकर आना। नहीं तो खाना नहीं मिलेगा।'

विनायक परेशान होकर कमरे में चक्कर काट रहा है। कैसे क्या होगा ? अभी तक कोई फैसला नहीं किया। उस रात क्यूँ उस तरह भाग आया, कल दिन-भर कहाँ गायब रहा–इसका उसके पास क्या जवाब है ? कोई बहाना तो बनाना ही पड़ेगा। उसकी आँखें ईश्वरन् नायर की आँखों से टकराती हैं और...और वह तुरन्त मुँह फेर लेता है। जैसे वह ईश्वरन् नायर नहीं, स्वयं शान्तम् सामने बैठी है। नहीं, शान्तम् के सामने कोई झूठ, कोई बहाना नहीं चलेगा। सब कुछ बताना पड़ेगा साफ-साफ कि क्यों भाग आया था, क्यों बुरा लगा था। पर सबसे पहले तो उसकी नाराजगी झेलनी पड़ेगी, उसे मनाना पड़ेगा। फिर ये बात कैसे मुँह-जबानी समझाई जाए। गहरी चोट की अभिव्यक्ति भी तो गहरी होनी चाहिए।

विनायक ने ईश्वरन् को पलंग पर बैठने का इशारा किया और खुद कुर्सी खींच कर मेज पर जा बैठा। वह शान्तम् को चिट्ठी लिखेगा–अपने मन की तकलीफ उसे समझाएगा। और फैसला ? ड्रॉप ? आई.ए.एस. ? नहीं ! वह बाद में। पहले आत्माभिव्यक्ति, फिर भविष्य-दर्शन...।

और उसकी मम्मी ? नहीं ! भविष्य-दर्शन अभी नहीं। वह सीधे अपनी बेबी से पूछेंगी, 'क्या फैसला किया ?' तो बेबी क्या कहेगी ? चलो परसों रातवाला फैसला ही फिलहाल टाँक दिया जाए। वह बेबी को लेकर सरोज दीदी के पास जाएगा। यदि दीदी सहमत हो गई तो वहीं शादी करके शान्तम् को वहीं छोड़ के वापस...

एकाएक विनायक के सामने मिस्टर नायर का चेहरा घूम गया। 'मैं उसे शूट कर दूँगा'...है हिम्मत विनायक में शान्तम् को टनकपुर भगा के वापस इलाहाबाद आ के तीन महीने अमरनाथ झा होस्टल में जिन्दा रहने की ? यह तो सूझा ही नहीं था। आत्मरक्षा का प्रबन्ध सबसे पहले होना चाहिए।

नहीं, यह असम्भव है। शान्तम् भी उसी के साथ लौट आएगी। दीदी का आशीर्वाद लेके। तीन दिन लगेंगे मुश्किल से लौटने में। नायर साहब के आने से पहले ही शान्तम् को सकुशल लौटा देगा। उन्हें पता नहीं चलना चाहिए, बस। और मम्मी इतना तो मैनेज कर ही लेंगी।

मगर वह मानें, तब न ? क्यों नहीं मानेंगी ? कोई हर्ज नहीं, न मानें तो यह तो कहने को हो ही जाएगा कि विनायक ने तो एक दिन एक रात पूरा सोच-विचार करके अपनी तरफ से यह प्रस्ताव रख ही दिया था।

विनायक लिख रहा है एक-एक वाक्य सोच के, सजा के; यहाँ गांधीजीवाली अंग्रेजी नहीं चलेगी। वह विरोध-पत्र था। यह प्रेम-पत्र है। यहाँ इंग्लिश लिटरेचरवाली अंग्रेजी चाहिए। यह पहला अवसर है शान्तम् से इस तरह लिखित सम्भाषण का। उसे कुछ अटपटा-सा लग रहा है। शान्तम् इस पर भी बुरा मान सकती है। चिट्ठी लिखने की क्या जरूरत थी ? जब खुद आ रहे थे। मगर कई बातें ऐसी होती हैं जो मुँह के सामने नहीं कही जा सकतीं, जिन्हें कलम से ही खोदकर निकाला जा सकता है। शान्तम् उसकी प्रेयसी है, होनेवाली पत्नी है। उसे विनायक के भीतर की हलचलों का पूरा पता चलना

ही चाहिए। आखिर वह पुरुष है...उसके दिलो-दिमाग की ढेर सारी उलझनें हैं, जिनसे निबटना जरूरी है। उसे अपनी जड़ों की भी चिन्ता करनी है, अपने हिस्से के आसमान को भी टटोलना है, तब जाकर उसमें घोंसला टिकेगा। शान्तम् की बात दूसरी है। वह स्त्री है। प्रेम ही उसका सर्वस्व है। इसी में उसके व्यक्तित्व की गरिमा और चरितार्थता है। पर विनायक पुरुष है और उसे एक नहीं, चार-चार पुरुषार्थ साधने हैं और हरेक के साथ न्याय करना है–सभी में सन्तुलन बिठाना है। प्रेम सुन्दर है, दिव्य है पर उसके अलावा और भी तो चीजें हैं, और भी गम हैं जमाने में...'लव इज ए थिंग एपार्ट इन ए मैंस लाइफ। इट्स वूमंस होल एक्जिस्टेंस'...किसी ने लिखा है और ठीक ही लिखा है। कौन कहता है विनायक की याददाश्त खराब है ? क्या मौके से याद आया? टाँक दूँ इसे भी पत्र में ? नहीं, वह इससे नाराज ही होगी। 'आई डिस्लाइक दोज बुकिश ब्लॉकहैड्स...' उसने कहा था एक दिन अपने प्रोफेसरों के बारे में। नहीं, इसे रहने दो। लेखन में उद्धरणबाजी नहीं होनी चाहिए। आत्माभिव्यक्ति होनी चाहिए। तो क्या यह आत्माभिव्यक्ति है ? और नहीं तो क्या है ? आत्म-निवेदन, आत्म-विश्लेषण, मनोविज्ञान, सभी कुछ तो है। आत्माभिव्यक्ति और क्या होती है ? इसका मतलब वह मुझे उन 'बुकिश ब्लॉकहैड्स' से अलग कुछ समझती है। सक्सेना तो मुझे खुलेआम किताबी कीड़ा बोलता है। उल्लू का पट्ठा। आदमी का सही मूल्यांकन तो स्त्री ही कर सकती है। वह स्त्री जो तहेदिल से प्रेम करे। मगर प्रेम तो अन्धा होता है। तो क्या...तो क्या ?...छोड़ो फालतू बातें। चिट्ठी लिखो, चिट्ठी।

पत्र समाप्त करके विनायक ने उसे एक लिफाफे में बन्द किया, उस पर अपनी प्रेयसी का नाम सुन्दर-सुन्दर अक्षरों में टाँका और उसे हतबुद्धि ईश्वरन् के हाथ में पकड़ाते हुए बोला, 'ये चिट्ठी बेबी को देना और बोलना कि मैं नहा-धोके तैयार होके घंटे-भर के अन्दर पहुँच रहा हूँ।'

ईश्वरन् नायर हकबका गया। विनायक ने तौलिया-साबुन उठाके उसे बाहर धकेलते हुए दरवाजा बन्द किया, तब जाकर उसकी समझ में आया कि विनायक ने उससे क्या कहा। वह भयभीत होकर विनायक के पीछे लपका। 'मैं यहीं खड़ा हूँ ! आपके साथ ही जाऊँगा।'

'तू जाता है कि नहीं ?' विनायक ने डपटकर कहा, 'नहीं जाएगा तो देख लेना मैं मम्मी से कहके तुझे पिटवाऊँगा।'

ईश्वरन् नायर पर इस धमकी का फौरन असर हुआ। वह सरपट तीर की तरह भागा।

विनायक को नहा-धोकर तैयार होने में और शान्तम् के घर तक पहुँचने में एक की बजाय तीन घंटे लग गए। वह अपने को काफी स्वस्थ और तरोताजा महसूस कर रहा था।

फाटक पर से ही उसे दीख गया कि शान्तम् बरामदे में खड़ी उसी का इन्तजार कर रही है। विनायक की जान में जान आई। पर उसे थोड़ा आश्चर्य हुआ जब उसने देखा कि शान्तम् बजाय उसकी तरफ लपकने के उस पर दृष्टि पड़ते ही भीतर भाग गई है।

बैठक में प्रवेश करते ही वह मम्मी से टकरा गया। मम्मी उसी पर दृष्टि गड़ाए मुस्कुरा रही थीं। विनायक ने झेंपकर गर्दन नीची कर ली। 'कितनी देर लगा दिया ? चलो, डाइनिंग रूम में ही चलो। खाने का टैम हो गया है कि नहीं ?'...विनायक मम्मी के पीछे-पीछे डाइनिंग रूम में चला गया। शान्तम् वहाँ नहीं थी।

'मम्मी ! शान्तम् कहाँ है ?' उसने पूछा।

'तुमको क्या मतलब है शान्तम् कहाँ है !' मम्मी ने हाथ का डोंगा मेज पर पटकते हुए कहा और कमर पर हाथ रखके लड़ने की मुद्रा में विनायक के सामने खड़ी हो गईं। विनायक ने घबराकर उनकी ओर देखा। वे मुस्कुरा रही थीं। विनायक भी झेंपते हुए मुस्कुराया, 'मुझको मतलब नहीं होगा तो किसको होगा, मम्मी ?'

'हाँ-हाँ, तुम्हारा मतलब तो हम देख लिया। अपना लड़का समझ के तुमको सच्ची-सच्ची बात बताया तो बुरा मान गिया। हम इधर लड़की को सँभालेगा कि तुम्हारा पीछू-पीछू भागेगा ? ऐसे तुम हमारी लड़की को सताएगा तो हम कैसा क्या करेगा ? ओ लड़की भी तुम्हारी तरफदारी करता। हमको उलटा डाँटता। अरे भगवान् ! हमारा तो सबी तरफ मुसीबत हो गिया। तुमको जो करना है करो बाबा ! हमारा बात अच्छा नहीं लगता तो अपना मन-माफिक करने का। हमको जो हमारा भगवान बताया वो तुमसे बोला। अभी तुम्हारा समझ में नहीं आएगा। बाद में रोएगा। हम तुमसे ऐसा क्या बोला जो इतना गुस्सा किया ? नौकर को भेजा, तब आया। तुम आज भी नहीं आने का था न?'

'नहीं मम्मी ! मैं तो वैसे भी आ ही रहा था,' विनायक बोला। उसे मम्मी की बातों में मजा आ रहा था। एकाएक उसे याद आया कि वह इसी स्त्री के बारे में कल क्या सोच रहा था। उसे अपने पर बेहद ग्लानि हुई। उसने भावावेश में आकर मम्मी के पाँव छू लिये और कान पकड़कर खड़ा हो गया, 'बस मम्मी, बस। हम माफी माँगते हैं। हमसे गलती हुआ। अब से कभी ऐसा नहीं करेगा।'

मम्मी ने उसके सिर पर हौले से एक चपत जमाई, 'तुम बहुत थिएटर करता। जाओ, बेबी को बुलाके लाओ।'

विनायक भीतर जाने को मुड़ा ही था कि शान्तम् उधर से आती दिखाई दी। विनायक उसे देखता रहा, पर वह बिना उसकी ओर एक नजर भी डाले सीधे जाकर खाने की मेज पर जा बैठी। विनायक एक क्षण असमंजस में खड़ा रहा। फिर धीरे से जाकर उसकी बगल में बैठ गया।

'बेबी तुमसे बहुत गुस्सा है,' मम्मी ने प्लेट में खाना लगाते हुए कहा, 'तुम है ही ऐसा नालायक लड़का।'

शान्तम् चुपचाप सामने देखती हुई बैठी रही। विनायक उसकी प्लेट में खाने की

चीजें रखने लगा। वह निर्विकार उसी तरह बैठी रही और जब खाना लग गया तो बिना उसकी ओर देखे चुपचाप खाने लगी।

'मम्मी तुम भी आओ न,' विनायक ने खुशामदी लहजे में कहा। मम्मी शान्तम् के सामने बैठ गईं और कभी लड़की की ओर, कभी विनायक को बारी-बारी से देखते हुए हँसने लगीं। हँसती हुई मम्मी कितनी अच्छी लगती हैं, विनायक ने सोचा और तत्काल उसके मुँह से निकल पड़ा, 'मम्मी जब तुम इस तरह हँसती हो तो मुझे बहुत अच्छा लगता है। मुझे अपनी माँ याद आ जाती है। वो भी इसी तरह हँसती है। मगर मम्मी, वो भी तुम्हारी तरह बड़ी मुश्किल से हँसती है। हँसाओ, तब भी नहीं हँसती।'

शान्तम् का मुँह झुकता-झुकता जैसे प्लेट के अन्दर धँसा जा रहा था। एकाएक बड़े जोर से हँस पड़ी और हँसते-हँसते कुर्सी की पीठ से टिककर लटक गई।

मम्मी ने मगन होकर अपनी लड़की को देखा। फिर बोलीं, 'तुम्हारा मम्मी का बात तो हम क्या जानेगा ? मगर हम जब अपना बाप का घर में रहता था तो एई बेबी का माफिक हँसता था। ससुराल में आकर हँसना भी भूल गिया।'

मम्मी की इस बात पर शान्तम् फिर गम्भीर हो गई। पहली बार उसने विनायक की ओर दृष्टि फिराई। विनायक की जान में जान आई। उसने आँखों ही आँखों में उसे सहलाया और फिर मम्मी की ओर मुखातिब होकर बोला, 'हमारी मम्मी ने न तो मायके में सुख देखा, न ससुराल में। रात-दिन बीमार रहती है। फिर भी सुबह से शाम तक काम में ही लगी रहती है।'

मम्मी ने सहानुभूति से उसकी ओर देखा, 'खाना तो नौकर बनाता होगा।'

'जी नहीं,' विनायक ने उनके अज्ञान पर जैसे तरस खाते हुए कहा, 'नौकर हमारे यहाँ कहाँ से होगा ! हम लोग...' एकाएक वह चुप हो गया। क्या जरूरत है सारी हिस्ट्री खोलने की।

'ई बाबा ! ये तो बड़ी मुसीबत है। बेचारा बीमार नहीं पड़ेगा तो क्या होगा ?' मम्मी का चेहरा उदास हो आया, 'तुम्हारी कोई बहन नहीं है ?'

'है, मगर उसकी शादी हो गई है,' विनायक ने कहा।

शान्तम् विनायक की ओर देखकर मुस्कुरा दी। विनायक के मन में लड्डू फूट आए, 'मेरी दीदी बेबी को बहुत प्यार करती हैं, मम्मी ! मैंने उनको बेबी के बारे में सब कुछ बता दिया है। और किसी को नहीं बताया अभी।'

मम्मी ने विनायक को घूरकर देखा, 'क्यों ! अपनी मम्मी को क्यों नहीं बताया ? तुम तो बोलता था तुम्हारा मम्मी बेबी को अपना लड़की माफिक रखेगा।'

विनायक को कोई उत्तर नहीं सूझा। वह बिल्कुल ही हकबका गया।

'और तुम्हारा डैडी ? वो क्या बोलता ?' मम्मी ने एक और सवाल जड़ दिया।

विनायक बिल्कुल गूँगा हो गया। शान्तम् ने उसकी घबराहट देखी और तुरन्त स्थिति सँभाल ली, 'मम्मी अभी हम दीदी के पास जाकर रहेंगे। फिर दीदी के साथ वीनू के घर जाएँगे। वहाँ दीदी का ही हुक्म चलता है अभी भी। विनायक अपने डैडी से बहुत

डरता है। मगर दीदी सब ठीक कर देगा।'

विनायक ने जोरों से सिर हिलाया समर्थन में। मम्मी ने राहत की साँस ली, 'तो ठीक है। तुम लोग फैसला कर लिया ?'

विनायक के प्राण-पखेरू लौटते-लौटते फिर उड़ गए। उसने दीन आँखों से शान्तम् की ओर देखा। मगर शान्तम् भी उसी की ओर देख रही थी। उसकी आँखों में भी वही प्रश्न मुखर था, 'क्या फैसला लिया ?'

विनायक हड़बड़ा गया। उत्तर देना ही पड़ा। उसने अपने स्वर को यथासम्भव सन्तुलित रखने की कोशिश करते हुए कहा, 'मम्मी, अभी शान्तम् से बातचीत करके फैसला हो जाएगा। वैसे मैं यह सोच रहा था कि अभी मैं आज रात की गाड़ी से शान्तम् को लेके दीदी के पास चला जाऊँ और शान्तम् को उनसे मिला के दो दिन के अन्दर ही वापस आ जाऊँ।'

मम्मी के माथे पर बल पड़ गए, 'उई भगवान् ! तेरा दिमाग तो नहीं खराप हो गिया ? बेबी को लेके जाएगा और बिना शादी करे वापस यहाँ पटक जाएगा। तीन दिन खराब करके ये फैसला तूने किया है ? और यहाँ अड़ोस-पड़ोस में पता नहीं चलेगा ? हल्ला नहीं हो जाएगा कि मास्टर के साथ लड़की गिया और तीन दिन भटक के आया। तुझे कुछ अक्कल नहीं ? उदर से साहब आएगा और सीधा बन्दूक लेके तेरा होस्टल में घुसके तुझे शूट कर देगा।'

विनायक का मुँह सूख गया। उसने अपने ओठों पर जीभ फिराई और कहा, 'मगर मम्मी, मान लो हमने शादी कर ही ली और शान्तम् को वहीं छोड़के आ गया यहाँ इम्तहान देने, तो भी क्या साहब मुझे छोड़ देगा ?'

'तुम तो बिल्कुल गधा है,' मम्मी ने माथा पीट लिया, 'अरे वहाँ जाके शादी कर लेने का और शादी हो गिया–इसकी पक्की खबर तार से साहब को दे देने का। अखबार में फोटू भी छाप देने का। फिर एकाध हफ्ता उदर ही पै रहने का। साहब माफ कर दिया तो बेबी को साथ लेके यहाँ आने का। और वो अपनी अकड़ में रहा तो बेबी को अपना दीदी का पास सौंप के सीधे होस्टल में जाने का और ठाठ से इम्तहान देने का। अरे जब तुमारा शादी हो गिया, ओकी लड़की का तुम स्वामी बन गया, तो फिर ओका दिमाग क्या खराब होगा कि वो तुमको शूट करने आएगा–अपनी लड़की को विडो बनाएगा अपने हाथ से ? तुम क्या हमारा साहब को कसाई समझता ? तुमको मालूम नहीं वो अपनी लड़की को कितना चाहता ?'

विनायक सिर झुकाए सुनता रहा। सचमुच यह सब उसे बिल्कुल नहीं सूझा था। अपने अनाड़ीपन पर उसे बड़ी शर्म आई। मम्मी के प्रति उसका हृदय कृतज्ञता से छलक उठा।

'इसमें बदनामी क्या है, बाबा ?' तुम शादी बनाने को भागा, हमको तुमारे पर भरोसा हुआ कि हमारी लड़की अपना मनमाफिक आदमी के साथ अपना घर बसाने के वास्ते गिया। इदर रात में तुम भागा, उदर सुबे उठके हमने हल्ला-गुल्ला मचाया,

साहब को खबर भिजवाया। तब तक तुम कहाँ का कहाँ पहुँच गिया। इतने बड़े मुलुक में तुमको पुलिस भी कहाँ ढूँढ़ता फिरेगा ? और जहाँ तुमने चार गवाहों का सामने, भगवान का सामने बेबी का हाथ पकड़ लिया, बस तबी से बेबी तुम्हारा औरत बन गया। उसी बखत कानून भी इसका डैडी की तरह से तुम्हारा तरफ चला गिया।'

एकाएक मम्मी का गला भर आया। विनायक ने चौंककर सिर उठाया और देखा शान्तम् अपनी जगह नहीं है। जाने कब उठकर चली गई है। मम्मी की आँखों से टपटप आँसू गिर रहे हैं।

'हम तुम्हारा खुशी का आखिर, अपनी औलाद का मुँह देखके इतनी हिम्मत किया। अपना माया-ममता छोड़ा, अपना स्वामी का साथ कपट करने को राजी हुआ और तुम...बेबी की खुशी के लिए इतना हिम्मत भी नहीं बाँध सकता...?'

विनायक बौखला-सा गया। मम्मी चुप हो गई थीं। सहसा उन्होंने आगे बढ़ के विनायक का हाथ पकड़ लिया।

'हमारा दिमाग ठीक नईं। हम जाने क्या-क्या बक जाता। जाओ आराम करो। नाराजी होके चला नहीं जाना–ठीक ?' और उसे वहीं छोड़ के बेडरूम की ओर चली गईं। विनायक एक क्षण किंकर्त्तव्यविमूढ़-सा वहीं खड़ा रहा। फिर बैठक में आ गया और सोफे में पसर गया। शान्तम् वहाँ होगी अपने कमरे में...। उसका मन हुआ वह उसी के पास चला जाए पर वह चुपचाप पड़ा रहा। अपने विचारों के अन्धड़ में जैसे वह एकदम अकेला छूट गया था। आखिर शान्तम् भी तो वही चाहती है जो उसकी मम्मी चाहती हैं। नहीं तो वह उसे उनके पास अकेला छोड़कर क्यों उठ जाती ? तो क्या उस चिट्ठी का भी उस पर कोई असर नहीं हुआ होगा ? वह कर क्या रही है ? क्या उसे पता नहीं है कि मम्मी अपने कमरे में चली गई हैं और मैं यहाँ अकेला घुट रहा हूँ ? अगर मैं अभी यहाँ से उठकर चल दूँ तो उसे पता भी नहीं चलेगा। वह क्या चाहती है ? उसने क्या मम्मी को मेरी परिस्थिति नहीं समझाई ? ये लोग क्यों मुझ पर इतना दबाव डाल रहे हैं ?

वह वहाँ अपने कमरे में आराम कर रही है। उसे कोई मतलब नहीं कि मैं यहाँ अकेला बैठा हूँ। उसे भी दो-टूक फैसला चाहिए। प्रेम सचमुच अन्धा है। उसे कुछ नहीं दीखता, कुछ नहीं सूझता। तभी तो इतने महीनों से घर की याद तक नहीं आई। सारा संसार 'शान्तम्' में सिकुड़ गया, शान्तम् में सिमट रहा। वह भी तो मुझे समूचा अपने लिए, केवल अपने लिए चाहती है। न उसे अपने और मेरे भविष्य की कोई चिन्ता है, न मेरे घरवालों का उसके प्रति क्या रुख होगा–इसी का कोई खयाल है। जैसे उसका अन्धा आवेग और समर्पण ही मेरी सारी समस्याओं का हल हो; जैसे उसका प्यार ही मेरा भविष्य हो। अगर वह एक दिन भी रह ले उस घर में–जहाँ न बिजली है, न पानी है, जहाँ सुबह से शाम तक धुआँ भरा रहता है, जहाँ बिना गाली-गलौज और रोआ-पीटी के एक दिन भी नहीं गुजरता, जहाँ बच्चे उदास ही जन्म लेते हैं, जहाँ न ताजी हवा है, न प्रकाश, जहाँ कोई एकान्त नहीं–जहाँ संवेदनशीलता हास्यास्पद है, जिज्ञासा

निरर्थक है–सब कुछ सपाट है, सब कुछ सार्वजनिक है–कुछ भी व्यक्तिगत नहीं, सिवा अन्तहीन कुंठा और धीरे-धीरे तेजाब की तरह रिसती कड़वाहट के–अगर शान्तम् एक दिन भी रह ले उस घर में, तो उसके इस अन्धे आवेश का क्या होगा ?

नहीं, यह असम्भव है। शान्तम् वहाँ एक दिन भी नहीं टिक सकती। तब ? तब क्या विनायक अपने घर से अपने को शान्तम् की खातिर, पूरी तरह काट ले ? कैसे ? मान लो एक चमत्कार घट जाता है और वह टॉप कर देता है और किसी कॉलेज में प्रोफेसर बन जाता है या कि चलो आई.ए.एस. में ही आ जाता है, बँगला-कोठी, नौकर-चाकर सब कुछ जुटा लेता है !...क्या यह असम्भव है ? क्यों असम्भव है ? मथुर काका कब से उसके लिए यह सपना सँजोए बैठे हैं। फिर...? क्या है जो उसे अनमना और हताश करता है ? वह जब महसूस करता है कि उसे कम्पटीशन-माइंडेड होना चाहिए, उन लड़कों के साथ उठना-बैठना चाहिए जो आई.ए.एस. की तैयारी कर रहे हैं...तो वह चाहता हुआ भी उनके साथ घुल-मिल क्यों नहीं पाता ? क्यों नहीं उनमें से एक हो पाता? उसे उनसे ईर्ष्या क्यों नहीं होती ? क्यों उसे अपने होस्टल का यह बेहद खुशगवार और युवा ऊर्जा और उमंगों में महकता हुआ, महत्त्वाकांक्षी वातावरण अपने लिए गलत और बेमेल लगता है ? तीन-साढ़े तीन साल इसमें बिताकर भी, इसके साथ अपने को एडजस्ट करने की सारी कोशिश के बावजूद वह क्यों अभी तक इससे समरस नहीं हो सका ?

नहीं विनायक, यह आत्म-छल है, यह इन्फीरियोरिटी काम्प्लेक्स है। ठीक कहता है सक्सेना–'यू आर ए वीक मैन'–तुम एक कमजोर आदमी हो। तुम हीनभाव से पीड़ित हो। यह नहीं कि तुम नहीं चाहते। चाहते सब कुछ हो, पर...! याद नहीं, तुम बचपन से ही अपने कस्बे की ढलान पर बसे हुए उन बँगलों की ओर कितनी हसरत से ताकते रहते थे ? याद करो उस दिन नित्यानन्द के घर से लौटकर तुम किस कदर अपनी कोठरी में बन्द हो के फूट-फूटकर रोए थे। क्यों रोए थे ? इसलिए कि तुम्हारे कमरे की खिड़की से तो क्या, घर की छत से भी हिमालय क्यों नहीं दीखता ? कि तुम्हारा घर इतना कुबड़ा और ठिगना क्यों है ? और उसके कमरे दड़बों जैसे क्यों हैं ? याद है तुम एक बार जिद करके नारायण के साथ उसके घर गए थे और फिर उसके बाद कभी नहीं गए थे, क्योंकि वहाँ मारे दुर्गन्ध के तुम्हारी नाक फट गई थी और तुम्हें अचरज हुआ था कि जानवरों के गोठ से भी ज्यादा बदबूदार और गन्दे उस डुमौड़ के मुहल्ले में तुम्हारा लँगोटिया यार नारायण कैसे रहता होगा ?

महत्त्वाकांक्षा तुममें शुरू से ही थी। क्या तुमने ब्राह्मण और ठाकुर लड़कों की गुटबाजी की प्रतिक्रिया में अपना एक बजरिया गुट नहीं बनाया था ? क्या वह स्वाधीन क्लब तुम्हारी नेतागीरी की लालसा पूर्ति का ही साधन नहीं था ?...वह महत्त्वाकांक्षा नहीं तो क्या थी ? और जब तुम्हारे क्लब में वही रग्घू मुच्ची, वही नित्यानन्द, वही तुम्हारे प्रतिद्वन्द्वी दल बदलकर आ मिले तो तुम्हें कितना सन्तोष हुआ था ! अपनी ही उदारता से फूलकर जब तुमने त्रिभुवन को भी अपनी पत्रिका में छापने का लालच देकर फोड़

लिया था–लच्छू के विरोध को कुचलकर–तो तुम्हें कितनी खुशी हुई थी ! और जगन काका की साधना और संघर्ष के उन खंडित बिम्बों को त्रिभुवन के 'माइ डॉग' और सरू दीदी की 'कुमाउँनी लोकगीत' के बीच में ठूँसने की वह उतावली, वह जिद क्या थी? जिसे तुम आज भी–अपने सारे फर्स्ट क्लास कैरियर के बावजूद, अपनी बाईस वर्षीय किताबी जिन्दगी के बाद भी समझने में नितान्त असमर्थ हो, उस जगन काका की डायरी का उस तरह इस्तेमाल करने की जिद तुम्हारे मन में उस वक्त क्यों पनपी ? इसलिए कि तुम कुछ अनोखा, कुछ अद्भुत कर दिखाना चाहते थे। इसलिए कि तुम उन भोले-भाले बजरिया लड़कों पर ही नहीं, उन चुस्त और चालाक और मेधावी ब्राह्मण-ठाकुर साथियों पर भी रौब गाँठना चाहते थे। तुम्हारी महत्त्वाकांक्षा उस वक्त भी इतनी साफ थी कि वह जगन काका की मर्मान्तक तकलीफ के सिरहाने बैठकर भी उनका शोषण करने में तनिक भी नहीं हिचकिचाई थी। और जगन काका का ही क्यों ? महीन लिखावट के वे एक सौ बीस पृष्ठ तुमने किससे नकल करवाए थे ? अपनी उसी बहन से तो, जो जगन काका के शब्दों में उस घर की 'अन्तर-आत्मा' थी। वह तुम्हें बराबर मना करती रही थी कि यह ठीक नहीं है। पर उसके सहज विवेक को भी तुमने इसी महत्त्वाकांक्षा की मार से धुँधला दिया था। कहो, कि तुम स्नेह की आड़ में अपनी बहन का भी भावनात्मक शोषण ही जाने-अनजाने नहीं करते रहे। क्या आज भी तुम वही नहीं कर रहे हो, याद करो उस मनहूस दोपहर को, जब तुम उसे लिवाने उसकी ससुराल पहुँचे थे...।

हाँ, यह सच है विनायक ! यह सच है। तुम कवि हो और इसलिए बरसों पहले अपनी बहन के घर में बिताई एक मनहूस दोपहर के छोटे से अनुभव को लेकर तुम्हारी कल्पना आज इतनी बौखलाई हुई है। उसने तुम्हें कभी कुछ नहीं बताया। क्यों नहीं बताया? वह अपनी माँ को, बाबूजी को नहीं बताए, यह तो समझ में आता है। पर तुम तो उसके बालसखा रहे हो; तुम तो उसके भाई हो, तुम्हें उसने क्यों नहीं कभी कुछ बताया ? यह धीरज, यह संयम स्वाभाविक नहीं है विनायक। यह अमानुषिक है–क्या तुम्हें ऐसा नहीं लगता ? क्या तुमने कभी समझने की कोशिश की, कि ऐसा क्यों है ? मरते-मरते बची, ऐसी बीमारी में भी उसने तुम्हें क्यों अपने पास नहीं बुलाया ? इसलिए कि वह गहरे कहीं इस बात को जानती है कि उसके प्रति तुम्हारी सारी सहानुभूति अकर्मक है, निष्क्रिय है। इसलिए, कि उस दोपहर अपनी बहन के परिवेश के प्रति तुम्हारी प्रतिक्रिया एक कवि की थी, भाई की नहीं। मगर तुम्हें तो वहाँ भाई की हैसियत से भेजा गया था। क्या तुम इतने अबोध हो कि आज तक नहीं समझ सके कि सरोज ने तुम्हारे साथ जाने से इनकार क्यों किया ? तुम जिस कवि-सुलभ दूरी से उसे और उसके परिवेश को देख रहे थे, उससे उसे तकलीफ हुई थी। वह अपने रक्त-सम्बन्ध को, तुम्हारे भीतर के भाई को कोंचकर जगाने के लिए छटपटा उठी थी। वह बात उसने इसीलिए कही, जिसे सुनकर तुम तिलमिला उठे थे और उसी शाम की गाड़ी से वापस लौट गए थे। क्या तुम नहीं जानते कि कभी-कभी अपनत्व की रक्षा के लिए, उसकी पहचान तक के लिए

कड़वाहट अनिवार्य हो जाती है। सरोज का वह वाक्य, सरोज का वह व्यंग्य उसी चोट खाए हुए अपनत्व की रक्षा का उपक्रम था। वह तुम्हारी भावुकता पर तेजाब छिड़ककर अपने भाई के स्नेहाधिकार को जिलाना चाहती थी। मगर तुम पर उसका उलटा असर हुआ था। तुमने उसे एक अमीर घर की बहू द्वारा अपने गरीब मायके का तिरस्कार समझा था। और उसी के साथ तुम्हारे मन में सुरक्षित सरोज की इमेज भी चकनाचूर हो गई थी। मगर तुम क्या अपनी बहन की 'इमेज' से मिलने गए थे ?

मैं जानता हूँ विनायक, कि मैं तुम्हारे साथ थोड़ा अन्याय कर रहा हूँ। मैं जानता हूँ तुम बहुत भावुक हो। पर तुम अपनी भावुकता को अपना कवच नहीं बना सकते। सरोज तुमसे कहीं ज्यादा भावुक है। पर उसने कभी अपनी भावुकता को अपना कवच नहीं बनाया। सुनो, तुम उस वक्त भी अपने घर के प्रति इतने ही भावुक हुए थे। तब तुम्हारी इस भावुकता ने सरोज के व्यक्तित्व की पहचान डुबोई थी। क्या तुम आज वही गलती फिर से दुहराने नहीं जा रहे हो ? तब अपने घर के प्रति बेइख्तियार उमड़ आई तुम्हारी यह भावुकता अपनी बहन के विरुद्ध गई थी। आज वह तुम्हारी शान्तम् के विरुद्ध जा रही है। इतना ही न ? क्या यह एक जिम्मेदार और वयस्क आदमी का आचरण है ? तुम कब वयस्क होगे विनायक ? क्या आज भी तुम वही गुड्डन नहीं हो, जिसने जगन काका की डायरी में झाँकने के लिए–एक निषिद्ध, और अनधिकृत अनुभव को हथियाने के लिए–छीनाझपटी करते हुए अपनी बहन के बाल नोचे थे ?

...जाड़े की उस दोपहर नायर साहब की बैठक में सोफे पर ऊँघते हुए विनायक ने एक अद्भुत स्वप्न देखा...घने जंगल के भीतर वह और शान्तम् एक-दूसरे का हाथ पकड़े एक पतली-सी पगडंडी पर चढ़ते चले जा रहे हैं...ऊपर से घंटियों की आवाज सुनाई पड़ती है और मन्दिर का कलश भी चमकता हुआ दिखाई देता है...इतने में सामने से मथुर काका आते दिखाई पड़ते हैं। विनायक शान्तम् का हाथ पकड़े एक पेड़ के पीछे छिप जाता है।...मथुर काका उन्हें देख लेते हैं और अपने झोले में से एक नासपाती निकालकर हँसते हुए उनकी ओर उछाल देते हैं और बिना कुछ बोले आगे बढ़ जाते हैं।...मथुर काका ! विनायक पुकारता है पर मथुर काका नहीं सुनते और पेड़ों के बीच ओझल हो जाते हैं...इतने में जिस पेड़ के नीचे वे लोग खड़े हैं उसमें से तरह-तरह की आवाजें सुनाई देने लगती हैं और शान्तम् घबराकर विनायक से चिपट जाती है। विनायक ऊपर को देखता है और वहाँ देवदारु की घनी शाखाओं के बीच में से पहले जगन काका का चेहरा उभरता है और फिर लच्छू, चन्दू, अहमद, नारायण और त्रिभुवन का। अचानक धब्ब की आवाज होती है और जगन काका नीचे कूद आते हैं और उनके पीछे-पीछे खिलखिलाते हुए लच्छू, चन्दू, अहमद, नारायण और त्रिभुवन...। शान्तम् उछलकर जगन काका के कन्धों पर सवार हो जाती है और सब लोग नाचते-गाते हुए पगडंडी पर चलने लगते हैं...इतने में विनायक क्या देखता है कि वह मन्दिर गायब हो गया है और वहाँ बहुत ऊँचा एक बरफ का पहाड़ खड़ा है। 'वो देखो' जगन काका हाथ से इशारा करते हुए दिखाते हैं, 'वो देखो कैलाश पर्वत !'...विनायक देखता है

सामने से अलूणिया बाबा चले आ रहे हैं और उनके पीछे-पीछे बाबूजी। जगन काका शान्तम् को कन्धे से उतार देते हैं और उनकी ओर दौड़ पड़ते हैं और एकाएक वह पहाड़ उन पर कूद पड़ता है और बड़े जोर का अट्टहास सुनाई देता है और एक बहुत बड़ी नदी विनायक की तरफ झपटती चली आ रही और सबके-सब बहे जा रहे हैं उसी के साथ और वह भी बहा जा रहा है कि इतने में उसके बिल्कुल कान के पास सुनाई पड़ता है—गुड्डन ! और वह पाता है कि वह बह नहीं रहा है, एक मन्दिर के चबूतरे पर खड़ा है और नदी में से निकलकर लाल घाघरा पहने घुटनों तक लम्बे छितरे बालों से ढकी एक स्त्री उसकी ओर दौड़ती हुई चली आ रही है...

'दीदी...!' विनायक चिल्ला पड़ा। 'क्या हुआ वीनू ! क्या हुआ ?' विनायक की आँख खुल गई। शान्तम् का चेहरा उस पर झुका हुआ था। उसका सिर शान्तम् की गोद में था।

त्रिपार्श्व और वर्णपट

सैंतीस

टियर्स, आइडिल टियर्स...आइ नो नॉट व्हॉट दे मीन
टियर्स फ्रॉम द डैप्थ्स आव सम डिवाइन डिस्पेयर
राइज टु द हार्ट ऐंड गैदर टु द आइज
इन थिंकिंग ऑफ द डेज दैट आर नो मोर

विनायक कविता पूरी पढ़के उसे समझाने जा रहा था कि शान्तम् ने झपटकर किताब उसके हाथ से छीन ली और उसे एक तरफ पटकते हुए बोली, 'नहीं !'

विनायक इस विघ्न से बौखला गया, 'देखो शान्तम्, पढ़ाते वक्त मुझे डिस्टर्ब मत किया करो। तुम्हें इम्तहान देना है कि नहीं ?'

'नहीं,' शान्तम् ने उसकी बौखलाहट पर मुदित होकर सिर हिला दिया।

'देखो शान्तम्,' विनायक ने गम्भीर स्वर में कहा, 'तुम्हारे डैडी ने मुझे तुम्हें पढ़ाने के लिए रखा है। दीदी ने भी लिखा है कि उस लड़की को ठीक से पढ़ाना नहीं तो उसके डैडी तुम्हें कान पकड़कर निकाल बाहर करेंगे।'

शान्तम् खिलखिलाकर हँस पड़ी। उसने विनायक का हाथ अपने हाथ में लेकर अपने गाल पर चिपका लिया और आँखों में ढेर सारा उलाहना भरकर कहने लगी, 'मुझे यह कविता नहीं पढ़ना।'

'क्यों ?' विनायक ने चकित होकर पूछा।

'मुझे अच्छी नहीं लगती,' शान्तम् ने ओंठ सिकोड़ते हुए कहा, 'यह कविता मन को उदास करनेवाली है।'

विनायक की गम्भीरता तितर-बितर हो गई। वह हँस पड़ने को हुआ पर फिर अनमना हो गया। उसे कुछ याद आने लगा। उसने एकदम व्यस्त होकर किताब फिर से उठा ली और बोला, 'तो चलो, कोई दूसरी कविता पढ़ें, चित्त प्रसन्न करनेवाली।'

शान्तम् का मुँह लटक गया। वह बेबस भाव से विनायक को किताब के पन्ने उलटते देखती रही। एकाएक उसे जाने क्या हुआ, उसने किताब छीनकर दूर फेंक दी और उछलकर विनायक की गोद में जा चढ़ी और दोनों हाथ उसके गले में डालकर उसे अन्धाधुन्ध चूमने लगी।

विनायक थोड़ी देर चुपचाप इस बौछार के थमने का इन्तजार करता रहा। फिर

तंग आकर उसने उसका सिर अपने कन्धे पर पटक दिया और कहा, 'तुम्हें यही पढ़ना है तो आज से तुम्हारी छुट्टी।'

शान्तम् ने उसे भर आँख देखा और पलकें फिर मूँद लीं फिर वह धीरे से फुसफुसाई, 'आज से नहीं, कल से। कल डैडी आ जाएँगे न।'

विनायक को जैसे बिजली का झटका लगा, 'क्या ! इतनी जल्दी एक हफ्ता बीत गया ?' फिर वह सँभलकर मुस्कुराया और बोला, 'तो क्या हुआ ? पहले भी तो डैडी यहीं रहते थे।'

'पहले की बात और थी,' शान्तम् की आँखों ने कहा। उसके ओठ फिर विनायक के ओठों से जा उलझे, 'लव मी...लव मी बिलवेड...लव मी टुडे ऐज यू हैव नेवर लव्ड मी टिल नाउ...' वह पागलों की तरह उसे चूमती जाती थी और बड़बड़ाती जाती थी। एकाएक वह जोर-जोर से उसकी छाती पर सिर पटकने लगी और रोने लगी, 'यू डोंट नो...यू डोंट नो वीनू...हीज कैपेबूल ऑफ एनीथिंग...ऐंड मम्मी सेज यू हैवंट डिसाइडेड एनीथिंग ऐंड ही विल बी हियर टुमारो...'

विनायक ने छटपटाकर उसका मुँह बन्द कर दिया और चिल्लाया, 'तुम्हें क्या हो गया है शान्तम्, मैं कल से भी आता रहूँगा। तुम्हारे डैडी से मैंने कह तो दिया है। तुम क्यों पागल की तरह...' एकाएक वह सहम गया। शान्तम् उसे घूर रही थी आँखें फाड़कर। एकाएक वह खिलखिला पड़ी और उन्मत्त की तरह उसे फिर चूमने लगी।

विनायक सिर से पाँव तक सिहर उठा। शान्तम् को क्या हो गया ? अभी-अभी तो बिल्कुल ठीक थी। उसके मुँह से सहसा निकल पड़ा, 'तुम्हारे डैडी ठीक कहते थे...'

शान्तम् का उन्माद यह सुनते ही शिथिल पड़ गया। उसने सीधे विनायक की आँखों में झाँका और पूछा, 'क्या कहा मेरे डैडी ने ?'

विनायक सन्न रह गया। एक क्षण उसकी समझ में नहीं आया वह क्या कहे। दूसरे ही क्षण उसने अपनी आँखें उसके चेहरे से हटा लीं और दीवाल की ओर देखता हुआ बोला, 'तुम्हारे डैडी ने मुझे भिखमंगा कहा। क्या इसके बाद भी मुझे तुम्हें पढ़ाने आना होगा ?'

शान्तम् की भवें सिकुड़ गईं। उसने दोनों हथेलियों में विनायक का चेहरा भरकर अपने सामने घुमाया और सीधे उसकी आँखों में झाँका। 'तुम क्या कह रहे हो ?' उसके ओठ बुदबुदाए, 'यह सब तो तुमने अपनी चिट्ठी में लिखा ही था। तुम कुछ और कहना चाहते थे।'

विनायक का सिर लटक गया। ओठ एक-दूसरे पर कस गए। बड़ी मुश्किल से उसने उन्हें खोला और कहा, 'कुछ नहीं शान्तम् ! कुछ नहीं,' और उसे अपनी छाती से चिपटा लिया।

मगर शान्तम् ने तुरन्त उसकी गिरफ्त से अपना मुँह छुड़ा लिया और एकटक उसके चेहरे को देखती रही। फिर उसकी आँखें डबडबा आईं और उसने विनायक का हाथ

अपने सिर पर रखते हुए कहा, 'तुम्हें मेरी सौगन्ध। मुझे सच-सच बताओ मेरे डैडी ने उस दिन तुमसे क्या कहा ? तुम जरूर कुछ छिपा रहे हो। तुम्हें मुझ पर भी भरोसा नहीं...?'

उसके चेहरे में, उसकी आवाज में जाने क्या था कि विनायक एकदम निरस्त्र हो गया। उसने मिस्टर नायर के साथ की उस दिन की बातचीत आदि से अन्त तक अक्षरशः उगल डाली। बिना रत्ती-भर भी इधर-उधर किए।

शान्तम् बिना हिले-डुले पत्थर की मूर्ति की तरह बैठी सुनती रही। विनायक चुप हो गया उसके बाद भी वह उसी तरह निःशब्द बैठी रही। विनायक धीरे-धीरे उसके सिर पर और पीठ पर हाथ फेरता रहा।

एकाएक उसके कान में पड़ा, 'व्हॉट एल्स, व्हॉट एल्स डिड द डेविल टैल यू ?' उसने चौंककर देखा शान्तम् हौले से मुस्कुरा रही थी। विनायक को जैसे कोई खोई हुई दुर्लभ चीज सहसा मिल गई। उसने पुलककर उसके ओठ चूम लिये और लाड़ में भरकर मुस्कुराते हुए कहा, '...नथिंग एल्स बिलवेड...दिस इज द होल ट्रुथ !'

'नो, दिस इज नॉट द होल ट्रुथ...' शान्तम् की आवाज विनायक को जैसे किसी गहरे कुएँ के भीतर से आती प्रतीत हुई। उसकी वह मुस्कुराहट जाने कहाँ गायब हो गई थी और आँखों में एक अफाट नैर्जन्य छा गया था !

'तुम उस दिन बहुत जिद कर रहे थे न—बार-बार मुझसे कर रहे थे, मुझे पूरा सच बताओ शान्तम् ! आज मैं तैयार हूँ।—तुम जानना चाहते हो न पूरा सच वीनू !'

विनायक का मन एक अजीब आशंका से काँप उठा। शान्तम् की आँखों में उसे सहसा एक भुतैली परछाईं दिखाई दी। छटपटाकर उसने अपने दोनों हाथों की उँगलियों से उसकी पलकें मूँद लीं, 'शान्तम् ! मेरी शान्तम् ! मुझे कुछ भी नहीं जानना, कुछ भी नहीं सुनना। मेरा सब कुछ सन्दिग्ध है तुम्हारे बिन शान्तम् !...मैं बुरी तरह घिर गया हूँ।...सच्चाइयाँ ! सच्चाइयाँ ! अब और नहीं शान्तम् ! मेरा दम घुटता है। तुम क्या इतना भी नहीं जानतीं ? इतना भी नहीं समझतीं ?'

'मैं सब कुछ देखती हूँ, वीनू ! सब कुछ समझती हूँ। तुम्हारे मेरे जीवन में आने से पहले मुझे कल्पना भी नहीं थी कि मैं इस कदर किसी को चाह सकती हूँ। मुझे 'विवाह' नाम की चीज से ही घृणा थी। तुम्हीं ने तो मुझे अपनी पहचान कराई, वीनू। वह तुम्हें भिखमंगा नहीं समझता। यह उसके मन की बात नहीं है। तुमने मुझे चिट्ठी लिखी थी न—उस दिन भी मैं तुमसे कहना चाहती थी वह अब भी तुम्हारा प्रशंसक है, वीनू ! उसे अब भी तुम्हारी मैत्री की उतनी ही जरूरत है। वह जिस आग से झुलस रहा है वह मेरे और तुम्हारे सम्बन्ध की है। उससे अलग और बिल्कुल स्वतन्त्र भी मेरा व्यक्तित्व है जो वरण कर सकता है एक दूसरी स्वतन्त्रता का, यह उसके लिए असह्य है वीनू।'

'तुम कहना क्या चाहती हो शान्तम् ?' विनायक बेतरह उद्विग्न हो उठा।

'तुम सह सकोगे, वीनू !...तुम्हारी और मेरी मुक्ति के लिए...ओ वीनू ! मैं तुम्हें भी

तो तभी मुक्त कर सकूँगी जब मैं स्वयं मुक्त हो जाऊँ। मैं बिल्कुल नहीं जानती थी– मुझे कल्पना भी नहीं थी कि उस दुःस्वप्न की परछाईं अब भी मेरे आसपास मँडरा रही है। जैसे ही तुमने अभी उस दिन की घटना मुझे सुनाई...वैसे ही मुझे उसकी आहट सुनाई दी। अब मैं पूरी तरह उससे उबर सकूँगी, वीनू ! और तुम्हें सचमुच पा सकूँगी। अब मैं उसे देख सकती हूँ। अब वह मेरे भीतर उतना नहीं, जितना मेरे बाहर है।

'यह दो साल पहले की बात है, वीनू ! तुमसे मिलने के कोई सवा साल पहले की। हम लोग कन्याकुमारी गए थे। एक शाम मैं और डैडी वहाँ समुद्र-तट पर टहल रहे थे। इतनें में डैडी के कोई पुराने जान-पहचान के व्यक्ति उधर आ निकले और उन्होंने पास आते ही मेरी ओर इशारा करते हुए डैडी से पूछा, 'इज शी योर वाइफ मिस्टर नायर ?' इस पर डैडी ने मुस्कुराते हुए उनसे कहा, 'नो, शी इज माई डॉटर ! डू आई लुक यंग इनफ टू बी हर हजबैंड ?' इस पर उन्होंने सकुचाते हुए क्षमा माँगी और कहा, 'आई ऐम सारी। बट यू रियली डोंट लुक ओल्ड इनफ़ टु बी हर फादर।'

वे महाशय चले गए और हम लोग अपने होटल में लौट आए और मेरे दिमाग से यह बात उतर भी गई। किन्तु जब हम लोग यहाँ लौट आए तो अचानक मैंने महसूस किया कि डैडी का व्यवहार मेरे प्रति कुछ बदलने-सा लगा है। बात करते-करते अचानक उनके चेहरे का भाव कुछ अजीब सा हो जाता और मुझे घबराहट होने लगती। वे लगातार मुझे घूरते रहते और जहाँ भी मैं जाती वहीं मेरे पीछे-पीछे लगे रहते। मैं परेशान हो उठी और तब मुझे अचानक कन्याकुमारी के समुद्र-तट पर मिले उस आदमी का चेहरा याद आया और मैं भय से काँप उठी। तत्काल मेरे मन में आया कि मैं यह बात मम्मी से कह दूँ पर मुझे हिम्मत नहीं पड़ी और मैं टालती रही...टालती रही। दिनोदिन डैडी का बर्ताव मेरे लिए तकलीफदेह होता गया और लाचार होकर एक दिन मैंने मम्मी से अपनी परेशानी कह ही डाली और वह कन्याकुमारीवाली घटना भी बता दी। सुनकर मम्मी ने अपना सिर पीट लिया और बुरी तरह रोने लगीं। मुझे बड़ा पछतावा हुआ कि मैंने क्यों यह बात उन्हें बताकर उनके पहले से जर्जर मन को चोट पहुँचाई। खैर, मैंने उन्हें समझा-बुझाकर किसी तरह डैडी के सामने यह प्रसंग न उठाने के लिए राजी किया और यह भी कहा कि, हो सकता है कि डैडी का यह बदलाव जो मुझे महसूस हो रहा है, वह मेरा भ्रम ही हो।

'पर मैं जानती थी कि ऐसा नहीं है। वह मेरा भ्रम नहीं था। डैडी की नजर वास्तव में बदल गई थी। पहले वे मुझे प्यार से अपने पास बिठाते थे, मेरे बालों पर हाथ फेरते थे, मेरी पीठ सहलाते थे। साथ चलते हुए शायद ही कभी ऐसा हुआ हो जब मेरा हाथ उनके हाथ में न रहा हो। मैं भी जब बहुत खुशी की कोई बात होती थी, उनके गले में दोनों हाथ डालकर झूल जाती थी। कभी-कभी तो मम्मी तक मुझे ऐसा करते देखकर झिड़क देती थीं कि इतनी बड़ी हो गई हो फिर भी बच्चों की तरह अपने बाप की गोद में लटकते तुम्हें शर्म नहीं आती ? तो मुझे बहुत बुरा लगता था और मैं मम्मी को चिढ़ाने के लिए और भी ज्यादा उन्हीं के सामने डैडी पर लाड़ जताने लगती थी।

'पर अब वह सब एकबारगी खत्म हो चुका था। उनकी दृष्टि मुझे अजीब लगती थी। मुझे उनकी ओर देखने में भी संकोच होता था। मम्मी ने मुझसे कहा कि मैं अब से कभी उनके कमरे में अकेले न जाया करूँ। हमेशा मम्मी के आसपास ही रहा करूँ। मैंने वैसा ही किया।

'एक दिन—इतवार की दोपहर थी वह—मैं अपने कमरे में बैठी पढ़ रही थी। मम्मी जाने कहाँ गई हुई थीं। इतने में डैडी भीतर आए और मेरे सामने बैठ गए। मैंने उनकी ओर देखा और कहा, 'क्या है डैडी ?'

'कुछ नहीं बेबी,' उन्होंने दूसरी तरफ मुँह फिराते हुए कहा, 'तुम्हारी मम्मी कहाँ गई है ?'

'उनकी आवाज में एक अजीब घरघराहट थी। मैं घबरा गई और एकदम उठकर खड़ी हो गई। डैडी ने देखा तो वे भी हड़बड़ाकर उठ खड़े हुए और कहने लगे, 'क्या बात है बेबी ! तुम आजकल मुझसे भागी-भागी क्यों फिरती हो ? पहले तो तुम मुझे कितना प्यार करती थी। बिना मुझे खिलाए खाती नहीं थी, मेरे पास ही बैठती थी, मेरे साथ ही घूमने जाने की जिद करती थी। तुम्हें आजकल हो क्या गया है ?'

'मैं एकदम घबरा गई। मुझे कुछ नहीं सूझा। मेरी घिग्घी बँध गई।

'मुझे चुप देखकर डैडी फिर अपनी जगह बैठ गए और कहने लगे, 'बैठो बेबी, क्या मैं तुम्हारा दुश्मन हूँ जो तुम मुझसे इस तरह भागी-भागी फिरती हो ? आखिर मैंने तुम्हारा क्या बिगाड़ा है ?'

'मेरे मुँह से बोल नहीं फूटा। डैडी की आवाज अजीब रोनी-सी हो गई थी। एकाएक मेरे भीतर कुछ पिघलने-सा लगा। मुझे लगा सचमुच मुझे वहम ही हो गया है। मैं अन्याय कर रही हूँ—मेरे डैडी ऐसे नहीं हो सकते...। सहसा मेरी आँखों के सामने वह कन्याकुमारीवाला चेहरा कौंध गया और मैं बुरी तरह छटपटा उठी—सच बात बताकर एकबारगी इस त्रास से मुक्त हो जाने को मेरा मुँह खुल गया। पर उसमें से वह बात नहीं निकली जो मैं कहना चाहती थी। उसके बदले मैंने अपने को कहते सुना, 'तुम मम्मी को आखिर क्यों इतना सताते हो ?'

'डैडी एक क्षण आश्चर्यचकित-से देखते रहे। फिर बोले, 'मैं क्या करूँ बेबी...मैं उसे जानबूझकर नहीं सताता। पता नहीं मुझे क्या हो जाता है। तुमने पहले भी मुझे सैकड़ों बार टोका है। तब तुम छोटी थी, मैं तुम्हें क्या बताता।'...

'यह झूठ है डैडी !'...मैंने बीच में ही टोका, 'तुमने कितनी ही बार उनकी बुराई मुझसे की है, जबकि उन्होंने कभी तुम्हारे खिलाफ एक शब्द भी मुझसे नहीं कहा। क्या तुम नहीं जानते कि इसका कितना बुरा असर मेरे ऊपर पड़ा है ?'

'मैं सब जानता हूँ, बेबी,' डैडी का स्वर एकदम कातर हो आया, 'मुझे टोको मत, बेबी ! मुझे आज कह लेने दो जो कुछ मेरे मन में घुटता रहा है इतने सालों से...फिर मैं कभी कुछ नहीं कहूँगा, कभी कुछ नहीं बोलूँगा। मैं बिल्कुल अकेला हूँ, बेबी ! मेरे इस अकेलेपन को तुम्हीं नहीं समझोगी तो और कौन समझेगा ? जिन बातों को आदमी

खुद अपने आपके सामने भी कबूल नहीं कर सकता...क्या यह अकारण है ?...यह नरक, जो मैं झेल रहा हूँ–तुम्हारे सिवा कौन है बेबी, जो इसे समझ सके और खुद मुझे समझा सके ? मैंने तुम्हें अपनी लड़की की तरह नहीं, एक मित्र की तरह जाना है। एक तुम्हीं से तो मैं अपने मन की बात कह सकता हूँ। तुम्हारे कारण ही यह घर मुझे घर जैसा लगता है। जब कभी मुझे खयाल आता है कि तुम्हारा विवाह हो जाएगा और एक दिन तुम इस घर को छोड़कर चली जाओगी हमेशा के लिए...तो मेरी आँखों के आगे अँधेरा छा जाता है और इस औरत के साथ अकेले छूट जाने की कल्पना से ही मेरे रोंगटे खड़े हो जाते हैं। सोचो बेबी ! मैं इतना बड़ा दफ्तर चलाता हूँ, हजारों लोग मेरे हाथ के नीचे काम करते हैं–किसी को मुझसे शिकायत नहीं–मेरी न्यायशीलता पर सभी को भरोसा है। मेरे ही कारण सारी चीजें अपनी जगह पर हैं। जो मैं सोचता हूँ, वही सही है, जो मैं करता हूँ, वही कर्त्तव्य है। मेरी इच्छा के बाहर कोई इच्छा नहीं। जब मैं ही इस सबके लिए जिम्मेदार हूँ तो किसी को भी अपने लिए अलग से सोचने की क्या जरूरत है ?. ..अपनी इस दक्षता पर, अपनी इस क्षमता पर मैं खुद विस्मित हो उठता हूँ। लोगो ! मैं कहता हूँ–तुम्हें चीटियों की तरह निर्मम और कर्मकुशल होना चाहिए। एक-दूसरे की तरफ मत देखो–इससे ध्यान बहकता है। अपनी तरफ भी मत देखो–यह कमजोरी है और वहाँ कुछ भी नहीं है। तुम्हारी प्रेरणा मैं हूँ–तुम्हें जिस चीज की जरूरत हो, मुझसे कहो–मैं तुम्हें सब कुछ दूँगा और जो तुम्हारे भीतर के भीतर की भूख है–एक देवता पूजने के लिए, डरने-गिड़गिड़ाने के लिए–उसे भी मैं ही बुझाऊँगा–तुम निश्चिन्त रहो। और यह सुनकर उन सबकी आँखें चमकने लगती हैं, वे उछलने लगते हैं और मेरी जय-जयकार से आसमान गुँजा देते हैं। मेरी आँखें मुँद जाती हैं। मैं निर्लिप्त भाव से उनका यह उन्माद झेलता हूँ और मेरे विश्वासपात्र चेले उनका ही चढ़ाया फल-फूल उन्हें बाँट देते हैं। वह मेरा प्रसाद है–उसे पाकर उन्हें लगता है, उनका जीवन धन्य हो गया–अब कोई उन्हें नहीं सता सकता। स्वतन्त्रता, अभय सब यहाँ हैं–मेरे चरणों में...।

'पर वहाँ से निकलते ही मुझे लगता है–मुझसे ज्यादा अकेला और निस्सहाय कोई नहीं है...। मुझे अपनी स्त्री सामने खड़ी दिखाई देती है और वह सारा आत्मविश्वास कपूर की तरह उड़ जाता है। मैं जो इस सारे संसार का केन्द्र था–तब एकाएक अपनी धुरी से उखाड़ दिया जाता हूँ और फेंक दिया जाता हूँ अपनी कुर्सी समेत एक खड्ड में...और वही लोग, जो अभी-अभी मेरे चरणों पर लोट रहे थे मुझ पर पत्थर फेंकने लगते हैं। मुझे किसी चीज में अपनी पहचान नजर नहीं आती। मुझे लगता है मेरे वे मातहत, वे सारे विश्वासपात्र मन-ही-मन मुझसे नफरत करते हैं और किसी भी क्षण मेरा गला दबोच सकते हैं...और मैं पागल हो जाता हूँ और उन्हें एक-एक करके शूट करने लगता हूँ। मेरे स्नायु जवाब दे जाते हैं और मैं ढेर हो जाता हूँ अपनी पलंग पर और पाता हूँ कि उसमें भी आग लगी हुई है। पानी-पानी चिल्लाता हुआ मैं सब तरफ दौड़ता हूँ और सब तरफ लपटें-ही-लपटें नाचती दिखाई देती हैं। मेरे हाथ-पाँव, आँख-मुँह सब

झुलस जाते हैं और मैं बेहोश होकर गिर पड़ता हूँ।...दूसरे दिन सुबह आँख खुलते ही मुझे अपने भीतर एक अथाह खालीपन का अनुभव होता है और तब एकाएक मेरे हाथ मचलने लगते हैं और वे सारे नियम-सूत्र मुझे फिर से दिखाई देने लगते हैं और मैं फिर से उलझ जाता हूँ अपनी कठपुतलियों के खेल में...

'मगर अब तो वह खेल भी मुझे नहीं बहला पाता। जब से तुमने मेरा तिरस्कार करना शुरू किया, तब से मैं मानो एक प्रेतलोक में भटक रहा हूँ। मेरी समझ में नहीं आता मैंने तुम्हारा क्या बिगाड़ा है ? मैंने क्या कभी तुम्हें उसके विरुद्ध भड़काया है ? मैं एक अनुशासनप्रिय आदमी हूँ—मेरे दफ्तर में तो अनुशासन हो, और घर में स्वच्छन्दता, इसका विचार तक मुझे असह्य है। नहीं बेबी ! तुम मुझ पर यह आरोप नहीं लगा सकतीं कि मैंने उसके प्रति न्याय नहीं किया। निश्चय ही मैं उससे नफरत करता हूँ। पर आदमी के साथ न्याय करने के लिए उससे प्रेम करना कतई जरूरी नहीं है। उसे समाज ने मेरी पत्नी बनाया और मैं समाज के प्रति अपनी जिम्मेदारी बखूबी निभा रहा हूँ। इतनी पढ़ी-लिखी होकर भी तुम क्या इतनी सी बात नहीं समझती ? मेरा क्या कसूर है, तुम मुझे बताओ।'

'डैडी चुप हो गए और गौर से मुझे देखने लगे। मारे गुस्से और ग्लानि के मुझे कुछ क़हना ही नहीं आया। यह सब मैं जानती थी और फिर भी मुझे जैसे उस जाने हुए को भी इस तरह महसूस करने की कभी फुर्सत ही नहीं मिली थी। तो क्या मैं आज तक अँधेरे में थी ? एकाएक मेरे भीतर कुछ बुरी तरह चीख उठा। मैं तड़पकर उठ खड़ी हुई और मेरे मुँह से निकल पड़ा, 'यह तुम नहीं, तुम्हारे मुँह से शैतान बोल रहा है। जिसके हृदय में प्रेम नहीं है, उसे न्याय की डींग हाँकने का कोई हक नहीं है। बिना प्रेम का न्याय मनुष्य के लिए तो क्या, जानवरों तक के लिए कोई मतलब नहीं रखता।'

'डैडी जिस तरह मुँह फाड़े हक्के-बक्के-से मुझे देख रहे थे, उससे उस बौखलाहट के बीच भी मुझे हँसी आ गई। मैंने कहा, 'अब समझ में आया डैडी, कि आपकी इस सारी परेशानी की असली वजह क्या है ? वह मम्मी नहीं हैं, कुछ और है। ईश्वर के लिए, डैडी, इस वाहियात विचार को अपने मन से निकाल फेंकिए। इससे बड़ा झूठ, इससे बड़ा अन्याय और क्या होगा ? आप जिस न्याय की बात कर रहे हैं वह उस प्रेम का प्रतिदान नहीं हो सकता जो उन्होंने आपको हमेशा दिया। आप ऐसा क्यों सोचते हैं, डैडी ? आप तो ऐसे नहीं थे।'

'डैडी का चेहरा यह सुनते ही एकदम स्याह पड़ गया। मुझे अपनी ओर देखते पाकर उन्होंने धीरे से अपना मुँह दीवाल की ओर फेर लिया और कहा, 'छोड़ो बेबी, मैं तुमसे बहस करने नहीं आया। मुझे गलतफहमी थी कि तुम मेरी मित्र हो। अच्छा हुआ वह भी मिट गई। पर तुम भी इस गलतफहमी में मत रहो कि तुम्हारी माँ मुझसे प्रेम करती है। दो व्यक्तियों के बीच क्या है, इसे उन दोनों के अलावा संसार में कोई नहीं जान सकता। समाज ने मुझे उसका पति बनाया। वह भी मेरे प्रति एक पत्नी का फर्ज निभाती है। यह प्रेम नहीं है; एक लाचार समझौता है। उसके प्रतिदान में मैं भी एक पति का

फर्ज निभा रहा हूँ। वह मेरे प्रेम की पात्र कतई नहीं है, फिर भी मैं उसके साथ न्याय करता हूँ। यही क्या कम है ?'

'यह झूठ है,' मैं चीख पड़ी, 'आप उन्हें अपने प्रेम का पात्र नहीं समझते, यह दूसरी बात है। पर वह तो आपको अपने प्रेम का पात्र समझती ही हैं...'

'शट-अप !' डैडी बौखला गए, 'वह होती कौन है मुझे पात्र समझनेवाली ?...एक दो कौड़ी की औरत, जिसे किसी बात का शऊर नहीं—जो मेरे जूते के फीते बाँधने लायक तक नहीं...क्या करूँ मैं उसके प्रेम को लेकर ? चाटूँ...? मुझे उसकी सूरत से नफरत हो गई है।'

'मारे उत्तेजना के डैडी हाँफने लगे। दो-एक मिनट मैं सुनती रही, सुनती रही। फिर एकाएक मेरा धीरज जवाब दे गया और मेरे मुँह से निकल गया, 'मुझे भी तुमसे नफरत हो गई है। मैं भी तुम्हारी सूरत नहीं देखना चाहती।'

'मैं कहना कुछ और चाहती थी पर माँ के लिए उनके ये उद्गार सुनकर मैं बुरी तरह भड़क गई थी। अपनी ही आवाज पर मैं स्तम्भित रह गई। डैडी मुझे बेहद प्यार करते थे। जब कभी मैं माँ का पक्ष लेकर उनसे झगड़ पड़ती थी तो वे चुपचाप सुनते रहते थे। बाद में चाहे जितनी बुराई करें, उस वक्त कुछ नहीं कहते थे। और माँ की बुराई सुनकर जब मैं बहुत गुस्सा हो जाती, तो वे मुझसे उलटे माफी माँगने लगते थे।

'यह सब उस वक्त मेरी आँखों के आगे खड़ा हो गया और मेरे मन में पछतावा उमड़ आया। मेरी आँखों में आँसू आ गए। मैंने देखा कि मेरा वह वाक्य सुनकर वे जैसे सकते में आ गए हैं और फटी-फटी आँखों से मुझे घूर रहे हैं।

'आइ.एम.सॉरी, डैडी,' मेरे मुँह से निकला।

डैडी का चेहरा वैसा का वैसा बना रहा। उस पर कोई हरकत नहीं हुई। मैं घबरा गई। और पास जाकर उनके कन्धे पर हाथ रखके थपथपाते हुए बड़बड़ाने लगी, 'आइ. एम. सॉरी, डैडी। व्हाई डिड यू इरिटेट मी ? आई हैव आलवेज बीन प्राउड ऑफ यू...'

'डैडी ने मेरा हाथ अपने हाथों में ले लिया और उसे चूमने ही जा रहे थे कि...मैंने छटपटाकर हाथ खींच लिया। मेरी आँखों के आगे कन्याकुमारी का वह चेहरा खड़ा हो गया और डैडी का खिलखिलाता स्वर बहुत पास से मेरे कानों में गूँज उठा, 'डू आई लुक यंग इनफ टु बी हर हजबैंड ?'

'डैडी !' मैं चीख पड़ी।

'क्या हुआ बेबी ?' डैडी आँखें फाड़े मुझे देख रहे थे जैसे समझ न पा रहे हों यह क्या हो गया ? अब मेरे लिए अपने को रोक पाना असम्भव था। मैंने हिम्मत बाँधकर सीधे उनकी आँखों में देखा और कहा, 'डैडी ! मुझे इधर कई दिनों से आपसे बहुत डर लगने लगा है।'

'डैडी सकपका-से गए। उनकी आँखें झपकती हुई दीवाल की तरफ मुड़ गईं, 'क्यों बेबी, क्यों ?'...उनकी आवाज में मुझे अजीब सी लड़खड़ाहट महसूस हुई। मैंने अपनी घबराहट को किसी तरह काबू में किया और कहा, 'मुझे इधर कई दिनों से आपका

व्यवहार बहुत ही अटपटा लगने लगा है। मैं पहले की तरह मुक्त और सहज भाव से आपके साथ बात नहीं कर पाती—इसकी क्या वजह है ?'

'मैं क्या जानूँ ?' डैडी बौखला गए, 'यह सब तुम्हारा वहम है।'

'नहीं,' मैं सहसा सख्त पड़ गई, 'यह कतई मेरा वहम नहीं है। तुम्हें सचमुच कुछ हो गया है। तुम मेरे पहले के डैडी नहीं रहे। तुम्हारी दृष्टि ही बदल गई है। जब से वहाँ कन्याकुमारी में...'

'सहसा मेरा मुँह बन्द हो गया। मेरी आवाज मेरे गले में ही अटक गई। 'हाँ-हाँ कहो-कहो जब से कन्याकुमारी में'...वह हौले से फुसफुसाए और उनकी आँखें मुँद गईं और चेहरा अजीब हो गया। मेरे होश ही उड़ गए...मेरा खून भीतर-ही-भीतर जम गया। मैं चिल्ला पड़ी, 'मम्मी !' और झपटकर कमरे से बाहर निकल आई बैठक में।

'मेरा उस तरह चिल्लाना था कि डैडी मेरे पीछे-पीछे दौड़े और फूट-फूटकर रोने लगे। मैं अवाक् रह गई। 'मुझे माफ कर दो, बेबी, 'मेरे कान में पड़ा।' ईश्वर के लिए इस बात को भूल जाओ और अपनी मम्मी से इस बारे में कुछ भी मत कहना। नहीं तो मैं कहीं का न रहूँगा। तुम्हारी ही बात सच है, बेबी। मैंने उसके साथ न्याय नहीं किया। मैं तुम्हें वचन देता हूँ...आखिर उसका भी क्या कसूर है। मेरी डेस्टिनी अलग थी, उसकी डेस्टिनी अलग थी—हमें जबर्दस्ती एक-दूसरे के साथ बाँधा गया। नहीं...बेबी मुझे आज कहने दो...मैं जानता हूँ तुम्हारे मन में क्या है। तुम्हें बहुत बड़ी गलतफहमी हो गई है, बेबी ! मेरे दुर्भाग्य पर तरस खाओ, मुझे समझने की कोशिश करो। तुम्हारा मुँह देख-देखकर मैंने अपने जीवन की कटुतम विडम्बना को झेला और पचाया है। मैंने इस दुनिया में न्याय के सिवा कुछ नहीं जाना। मेरा यह दाम्पत्य मेरी सारी कोमल भावनाओं की कब्र साबित हुआ। मेरे भीतर धुआँ-ही-धुआँ है, कड़वाहट-ही-कड़वाहट है। जब कभी मैं दो प्रेमियों को पास बैठे देखता हूँ, मेरी आत्मा कराह उठती है। इसीलिए मैं जिन्हें पसन्द करता हूँ, उनके भी निकट जाने से घबराता हूँ—उन्हें भी एक दूरी पर ही रखता हूँ। जरा सोचो तो सही, बेबी ! अपने अभागे पिता के जीवन की इस विडम्बना को—जो हजारों का भाग्य-निर्माता होते हुए भी किसी पर विश्वास नहीं कर सकता, किसी से अपना दिल नहीं खोल सकता। जो सबको देखता है, सबकी सुनता है, पर जिसकी अपनी तकलीफ को कोई नहीं देखता, कोई नहीं सुनता। तुमने ठीक कहा, बेबी ! मैं पहले ऐसा नहीं था। पर यह तो सोचो मुझे किसने ऐसा कर दिया। नहीं, तुम कुछ मत कहो, बेबी ! वह सब भूल जाओ. ..आखिर वह तुम्हारी माँ है। उसके प्रति तुम्हारी भावनाओं का मैं आदर करता हूँ। क्या तुम समझती हो उसकी इस शान्त और सपाट कर्त्तव्यपरायणता के नीचे मेरे प्रति अन्तहीन कड़वाहट और बदले की आग नहीं होगी ? जो कि तुम्हारी इस बात को सुनते ही भड़क उठेगी और मेरे इस घर को, मेरे सारे संसार को जलाकर रख देगी। क्या तुम यही चाहती हो ? क्या उसके बाद भी तुम्हारा बाप जिन्दा रह सकता है ? एक पूरी जिन्दगी झोंककर जो कीर्ति और प्रतिष्ठा मुझे मिली है वह तुम्हारे एक जरा से वाक्य से, जरा सी मूर्खता और जिद के कारण धूल में मिल जाएगी... ।'

'मुझे लगा वीनू ! यदि मैंने और कुछ उलटा-सीधा बोला या मम्मी को चिल्लाना शुरू किया तो वे कहीं पिस्तौल निकालकर खुद को ही गोली न मार लें। मुझे उस दिन बेहद डर लगा। तुम उस दृश्य की कल्पना भी नहीं कर सकते, वीनू ! तुम्हें यह सब एक स्वप्न सरीखा लग रहा होगा...। मैं सब कुछ भूल गई थी पर इस क्षण वह सारा दृश्य मेरी आँखों के सामने है। उन्होंने तुमसे ठीक ही कहा था, वीनू।...यह सब देख लेने के बाद कोई कैसे ठीक-ठाक रह सकता है ? अगर उन्होंने तुम्हारी शान्तम् को पागल बताया तो क्या गलत बताया ?...

'उसके बाद कोई महीने-भर तक डैडी से मेरी बोलचाल बन्द रही। धीरे-धीरे अपने आप मैं उस घटना को भूलती गई। फिर एकाएक तुम मेरे जीवन में आए और तुम्हारे मेरे जीवन में आते ही–तुम्हें विश्वास नहीं होगा, वीनू, कुछ ऐसा चमत्कार हुआ कि उस घटना का रहा-सहा दंश भी मेरे मन से जाता रहा और डैडी के प्रति मैं फिर से सहज हो गई। इतना ही नहीं, वीनू ! तुम्हारे आते ही डैडी में भी ऐसा बदलाव आया कि वही सहज वात्सल्य उनमें एकाएक उभर आया और सब कुछ बदल गया। और मुझे ऐसा लगा जैसे मेरा दूसरा जन्म हुआ हो। सच मानो वीनू, मैं बिल्कुल भूल गई थी उस घटना को–जैसे वह इस जन्म की नहीं, किसी पूर्वजन्म की घटना रही हो। पर उस दिन...जैसे ही उन्होंने दरवाजा खटखटाया और कमरे में दाखिल हुए उस दिन एकाएक उनके चेहरे पर नजर पड़ते ही मुझे अजीब सी बेचैनी होने लगी और जब उन्होंने मुझे बैठक के कमरे से धकेलकर तुम्हारी उपस्थिति से मुझे जबरन ही काट दिया तो एकाएक वह सारी घटना मेरी स्मृति में कौंध उठी।'

'फिर ?...फिर क्या हुआ ?' विनायक को अपनी ही आवाज भयावह लग उठी।

'फिर ?'...शान्तम् का स्वर डबडबा आया। 'फिर मेरी हालत सचमुच पागल सरीखी हो गई। मुझे दहशत हो गई कहीं वह तुम्हें मार ही न डालें। मैं जोर-जोर से रोने-चीखने लगी। फिर दरवाजा खुला और डैडी भीतर आए और बोले, 'अब वह नहीं आएगा पढ़ाने। मैंने उससे बोल दिया है। वह अच्छा आदमी नहीं है। फिर भी...तुम कहो तो इम्तहान तक उसे रहने दूँ।' इस पर मम्मी बुरी तरह भड़क उठीं और उन्होंने डैडी को इतनी बुरी तरह फटकारा कि मैं स्तम्भित रह गई। इस तरह उन्हें चिल्लाते मैंने कभी नहीं सुना था। डैडी उनका यह रूप देखकर पहले तो बड़े सहम-से गए। फिर एकाएक उन्हें अन्धाधुन्ध गुस्सा चढ़ आया और चाबुक निकालकर मम्मी को पीटना शुरू किया ही था कि मैं बीच ही में कूद पड़ी और चाबुक उनके हाथ से छीनने की कोशिश करने लगी। इस पर उन्होंने मुझे भी सड़ासड़ चाबुक मारना शुरू कर दिया। और फिर खुद ही रोने लगे जोर-जोर से और दीवाल से माथा फोड़ने लगे और फिर अपने ही हाथ से अपनी ही पीठ पर चाबुक मारने लगे। तब मम्मी ने झपटकर उनके हाथ से चाबुक छीन लिया और कहा, 'बन्द करो यह थिएटर। बहुत हो गया।'...फिर पता नहीं उन दोनों के बीच क्या बातचीत हुई।'

विनायक बड़ी देर तक संज्ञाहत-सा बैठा रहा। जैसे उसे न तो कुछ दिखाई दे रहा हो, न कुछ सुनाई दे रहा हो। जैसे वह यही नहीं समझ पा रहा हो कि वह कहाँ बैठा है, क्यों बैठा है। उसकी आँखों में सामने बैठी शान्तम् का अक्स ही नहीं पड़ रहा है...। वह भाप बनकर उड़ गई और वह फटी-फटी आँखें सिर्फ एक खाली जगह को घूर रहा है...।

कैसे क्षण थे वे !...दोनों में से कोई हिल-डुल तक नहीं रहा था। शान्तम् ऐसी गूँगी बैठी थी जैसे अब कभी उसकी वाणी नहीं खुलेगी...जैसे किसी निर्जन में बहुत ऊँचाई से गिरता हुआ प्रपात सहसा मुड़कर लौट रहा हो अपने स्रोत में...टँगा रह गया हो हवा में...। जैसे इतनी देर से कमरे के सन्नाटे में गूँजती हुई आवाज उसकी नहीं, किसी और की थी–और वह सिर्फ सुनती रही थी...सुनती रही थी और एकाएक अब कुछ भी नहीं समझ पा रही हो कि वह कैसा शोर था और अब कहाँ बिला गया।

वह सिर झुकाए बैठी थी और उसकी दृष्टि गड़ी थी जमीन पर। जैसे अभी-अभी वहाँ एक दरार फटने ही वाली हो और वह उसी में...

सहसा विनायक ने उसका हाथ पकड़ा और कहा, 'चलो चलें शान्तम् ! अभी इसी वक्त यहाँ से निकल चलें।'

शान्तम् ने चौंककर अपना सिर ऊपर उठाया। विनायक की आँखों में उसे एक अद्‍भुत चमक दिखाई दी, 'कहाँ वीनू ! क्या कह रहे हो ?'

तुरन्त वह चमक विलीन हो गई और एक अफाट नैर्जन्य वहाँ आर-पार बिंध गया, 'नहीं शान्तम्, नहीं ! अब बहुत देर हो गई। अब कुछ भी नहीं हो सकता ?'

दोनों सहमकर एक-दूसरे से लिपट गए, 'क्या उनको यह नहीं सूझा होगा कि मम्मी की सहानुभूति हमारे साथ भी हो सकती है और हम भाग भी सकते हैं–मम्मी की मदद से ? फिर क्यों उन्होंने यही वक्त छाँटा बाहर जाने के लिए ?'

'नहीं वीनू, नहीं। तुम मेरे डैडी को नहीं जानते। देखा नहीं, मम्मी अब भी कितनी डरती हैं ?...वह सोच भी नहीं सकता वीनू, कि मैं या मम्मी उसके खिलाफ कोई कदम उठा सकते हैं। वह अपनी शक्ति जानता है। उसे विश्वास है कि हम सदा उसकी पहुँच के अन्दर हैं। उसे तुम्हारे बारे में भी अच्छी तरह पता है कि तुम किस सीमा तक जा सकते हो। एक अपने अलावा वह हर किसी की सीमाएँ अच्छी तरह जानता है। मम्मी जितना तुम्हें उकसा सकती थीं, उतना तुम्हें उकसाया, जहाँ तक वे जा सकती थीं, वहाँ तक जाने की उन्होंने हिम्मत बाँध ही ली थी। फैसला अब तुम्हारे, सिर्फ तुम्हारे हाथ में था। मेरी इच्छाशक्ति मैंने तुम्हीं को सौंप दी थी। पर...उस दिन तुम्हारा वह पत्र पढ़कर मैं अच्छी तरह समझ गई थी कि तुम यह फैसला नहीं कर सकोगे। मम्मी से पहले ही मैंने उम्मीद छोड़ दी थी। मैं तुमसे कुछ कहती भी तो दीदी के बारे में जैसा तुमने लिखा था–उससे मुझे यही लगा कि अगर मैंने अपनी ओर से तुम्हारे निर्णय को प्रभावित करने की कोशिश भी की, तो वह व्यर्थ होगी। और तुम्हें अच्छा भी नहीं लगेगा...।'

'नहीं शान्तम् ! यहीं तुमने गलती की,' विनायक सहसा उत्तेजित हो उठा, 'आज जो कुछ तुमने बताया, वह उसी दिन बता दिया होता तो मैं शायद...शायद क्या, निश्चय ही दूसरी तरह सोचता और तुम्हें लेकर चला जाता।'

शान्तम् की आँखें उसके चेहरे पर गड़ी थीं। एक क्षीण मुस्कुराहट उसके ओठों पर रेंग आई, 'नहीं वीनू, नहीं। मैं तुम्हारा दिल नहीं दुखाना चाहती। पर मैं जानती हूँ इससे कोई फर्क नहीं पड़ता। तुम फैसला तभी कर चुके थे जब तुमने वह चिट्ठी मुझे लिखी थी। मैं तभी समझ गई थी कि मम्मी जैसा सोच रही हैं, वैसा नहीं हो सकेगा। मैं जानती हूँ, वीनू ! तुम्हारे मन में क्या है ? तुम अब डैडी से नहीं मिलना चाहते। तुम अभी तक उस दिन की घटना से उबरे नहीं हो। इसीलिए मैं कह रही थी जब तुम मुझे पढ़ाने जा रहे थे कि तुम्हें कल से यहाँ आने की कतई कोई जरूरत नहीं। मैं भी नहीं चाहती अब तुम उनका अहसान लो, उनके सामने गिड़गिड़ाओ। तुम भरोसा रखो मैं अपनी पढ़ाई कर लूँगी पर तुम मुझे विश्वास दिलाओ कि तुम भी अपने को ठीक से सँभालकर यह बीच का समय बिता लोगे। मुझे तुमसे बहुत डर लगता है, वीनू ! तुम बहुत ज्यादा सोचते हो। वादा करो कि तुम अपनी शान्तम् से अलग होकर भी ठीक से रह लोगे और इम्तहान की तैयारी कर लोगे।...तुम क्या सोच रहे हो, वीनू ! ऐसे क्यों हो रहे हो...?'

विनायक चौंक गया और मुस्कुराने लगा, 'कुछ नहीं शान्तम्।' एकाएक शान्तम् को बड़ी-बड़ी आँखों में आँसू भर आए और ओठों पर हँसी। उसने विनायक के चेहरे को अपनी हथेलियों में भरकर चूम लिया और एकटक उसकी आँखों में झाँकते हुए कहा, 'इम्तहान के बाद तो मुझे ले जाओगे न ?...या कि उस वक्त भी इस तरह सोचते रह जाओगे।'

विनायक झेंप गया, 'मगर हम यूनिवर्सिटी में तो मिलते रहेंगे न इस बीच ?'

शान्तम् हँसी। एक फीकी हँसी, 'हाँ, मगर ऐसे नहीं जैसे यहाँ मिलते थे।...तुम्हें चिट्ठी लिखना बहुत अच्छा लगता है न ? अब से हमारी बातचीत ज्यादातर चिट्ठियों में हुआ करेगी। है न ?'

विनायक उदास हो गया। पर इतने में मम्मी की पुकार सुनाई दी, 'चलो खाना लग गया।' दोनों हड़बड़ाकर उठे। सहसा विनायक ने शान्तम् को खींचकर छाती से लगा लिया और उसके कान में फुसफुसाया, 'आज मैं तुम्हारे पास आऊँगा आधी रात में शान्तम्! तुम मम्मी के पास नहीं, कमरे में ही सोना।'

शान्तम् को हँसी आ गई। पर विनायक का चेहरा देखकर वह सोच में डूब गई। 'नहीं वीनू, नहीं। यह ठीक नहीं मम्मी के साथ धोखा करना...।' फिर उसकी आवाज काँपने लगी, 'बस दो महीने और वीनू। सिर्फ दो महीने...। इतना ही अधीरज था तो मम्मी जैसा कह रही थीं, वैसा क्यों नहीं किया ?...नहीं वीनू, नहीं...यह ठीक नहीं है पागल ! बस दो महीने और...।'

तेरी दीदी सरोज

अड़तीस

पन्द्रह वर्षों की धुन्ध के उस पार...आँख गड़ाकर देखने पर जो कुछ मुझे दीखता है...जो कुछ मुझे दीखा।

क्या इसके आगे विनायक की कथा नहीं है ? सचमुच नहीं है ? वह अपनी कब्र को फोड़कर बाहर निकल आया है। जीवित समाधि के ये पन्द्रह साल उसने कैसे बिताए इसका कोई हिसाब उसके पास नहीं है और जीवित समाधि की कोई भाषा नहीं होती। वह वर्णन से परे है।

शान्तम् आज कहाँ है, किस तरह है, उसे नहीं मालूम। जीवित समाधि में गड़े इन पन्द्रह वर्षों के बाद भी उसकी समझ में नहीं आता कि उससे अलग, उसके बिना भी अगर उसका अस्तित्व है, तो क्यों है ?

इलाहाबाद छोड़ने के बाद विनायक ने सात पत्र उसे लिखे थे–एक का भी उत्तर नहीं लौटा–और एक दिन वे सातों पत्र उसके पास लौट आए–सबके-सब खुले हुए–एक अलग लिफाफे में बन्द...और उस लिफाफे पर लिखा था–'फॉरगेट एवरीथिंग ऐज इफ नथिंग हैपेंड।'

यह लिखावट शान्तम् की ही जान पड़ती थी। नीचे दस्तखत भी उसी के थे। साल-भर तक विनायक रोज उस लिखावट पर आँख गड़ा-गड़ाकर अपने को दिलासा देता रहा, कि नहीं ! यह उसका भ्रम है, यह शान्तम् के हाथ की लिखावट नहीं है, यह उसी शैतान की करतूत है, उसी की चाल है।

फिर एक दिन इस रहस्य से तंग आकर उसने वह सब जला दिया...और शान्तम् के वे थोड़े से पत्र भी और चित्र भी।

हाँ, कुछ गुमनाम लाल चिट्ठियाँ उसके पास उस दौरान लगातार पहुँचती रहीं। हर एक में वही इबारत होती...वही एक टेक, 'मैं तुम्हें शूट कर दूँगा। मैं तुम्हें जिन्दा नहीं, छोड़ूँगा। तुम उसे कभी नहीं पा सकते। अगर जान प्यारी हो तो यह इरादा छोड़ दो।'

इरादा उसने छोड़ा नहीं था। सिर्फ स्थगित किया था। वह अक्टूबर में इलाहाबाद जानेवाला था। आई.ए.एस. की परीक्षा देने। उसे थोड़ी मोहलत चाहिए थी। परीक्षा तो सिर्फ एक बहाना थी। परीक्षा की उस वक्त पड़ी ही किसे थी। उसके पाँव तले जमीन

ही नहीं थी। वह एक बाजी लड़ रहा था–सबसे बड़ी बाजी अपनी जिन्दगी की–वह अपने मानसिक सन्तुलन के लिए लड़ रहा था।

इलाहाबाद पहुँचकर विनायक सबसे पहले उसके घर गया। वह सब कुछ के लिए तैयार होकर गया था। उस 'फॉरगेट एवरीथिंग ऐज इफ नथिंग हैपेंड' का भी उस पर कोई असर नहीं पड़ा था। शान्तम् की अटूट और अव्याख्येय चुप्पी का भी नहीं। उसने फैसला कर लिया था–यही काफी था। और शान्तम् उसकी है–यह एक ध्रुव अकाट्य सत्य था।

पर वह वहाँ नहीं थी। पता चला कि मिस्टर नायर लम्बी छुट्टी–छह महीने की छुट्टी लेकर गए हैं। कहाँ ?...कुछ पता नहीं...!

छह महीने बाद सक्सेना के पत्र से विनायक को मालूम हुआ कि नायर साहब का तबादला हो गया है। वहीं अपने प्रान्त में।

विनायक ने सक्सेना को लिखा कि वह किसी तरह उन लोगों का पता मालूम करे और उसे बताए। सक्सेना का उत्तर आया कि यह असम्भव है। क्योंकि नायर साहब के साथ उसके कभी किसी प्रकार के टर्म्स नहीं रहे। वह तो एक तीसरे व्यक्ति के माध्यम से उसने उसे वह ट्यूशन दिलवाया था, जो कि कभी का इलाहाबाद छोड़कर जा चुका।

विनायक ने जाने कितनी बार खुद केरल जाकर नायर साहब का पता लगाने और उनसे मिलने की योजना बनाई पर नहीं गया। क्यों नहीं गया ?

पर विनायक तो इम्तहान के तुरन्त बाद शान्तम् को लेके अपनी दीदी के पास टनकपुर जानेवाला था न ? उस निर्णय का क्या हुआ।

विनायक के पर्चे खत्म हो गए थे। कहने की जरूरत नहीं कि पर्चे अच्छे नहीं हुए थे। उसकी दिमागी हालत किसी तरह भी परीक्षा देने लायक नहीं थी। वह किसी प्रकार निपटा रहा था–बस। शान्तम् के पर्चे शुरू होनेवाले थे। पर्चा करके वह आती तो विनायक को हॉल के बाहर अपना इन्तजार करते पाती। विनायक उसको उसके घर के फाटक तक छोड़ आता।

सरोज का कोई पत्र नहीं आया था। विनायक इस बीच तीन-चार चिट्ठियाँ उसे लिख चुका था पर वहाँ का कोई समाचार उसे नहीं मिल रहा था। उसके हृदय में भीषण आशंकाएँ घर कर रही थीं। पर शान्तम् उन्हें गम्भीरतापूर्वक लेने को तैयार नहीं थी। विनायक को साफ लग रहा था कि शान्तम् के साथ भागकर दीदी के यहाँ शरण लेने की पूर्वयोजना पर अमल कर सकना असम्भव है। पर शान्तम् से ऐसा साफ-साफ कहने की हिम्मत उसे नहीं पड़ रही थी। मन-ही-मन उसने एक दूसरी योजना गढ़ ली थी कि अभी तो वह अकेला ही टनकपुर और अलमोड़ा जाएगा और कोई सी भी नौकरी ढूँढ़ लेगा और आई.ए.एस. की तैयारी करता रहेगा और फिर अक्टूबर में जब इम्तहान देने आएगा, तभी शान्तम् को ले जाएगा। इस योजना को सक्सेना तक की स्वीकृति भी

मिल चुकी थी पर शान्तम् को अभी तक इस बारे में कुछ भी पता नहीं था। विनायक रोज उससे यह बात कहने का इरादा करके आता और इतने में शान्तम् का घर आ जाता और वह अपनी हिचकिचाहट पर झुँझलाता हुआ होस्टल लौट आता।

शान्तम् इन दिनों बड़ी प्रफुल्ल और शान्त दिखाई देती थी। तय यह हुआ कि नायर साहब के दौरे पर निकलते ही ईश्वरन् नायर सूचना लेकर विनायक के होस्टल आएगा और तब वे दोनों जल्दी से जल्दी इलाहाबाद से निकल भागेंगे। शान्तम् यह योजना बनाकर पूरी तरह आश्वस्त थी। विनायक बिल्कुल दूसरी तरह सोचता हुआ भी शान्तम् की हाँ में हाँ मिला रहा था। अप्रैल और अक्टूबर के बीच का अन्तराल उसे कोई बड़ा अन्तराल नहीं लगता था। यह तो उसकी कल्पना से बाहर था कि इस अवधि में कुछ प्रतिकूल भी घट सकता है और शान्तम् उसके हाथ से निकल भी सकती है। आज यह कहना पड़ेगा कि ऐसा आत्मविश्वास और धीरज वैसी परिस्थितियों में उसी आदमी के अन्दर सम्भव है जो या तो बुनियादी तौर पर गैर-जिम्मेदार हो या फिर जिसका चेतन मन अपने अचेतन मन की अँधेरी चालों को छिपाते और दबाते रहने में माहिर हो गया हो।

उसके पक्ष में सिर्फ इतना कहा जा सकता है कि उसकी परिस्थितियाँ हर तरह से प्रतिकूल और भयावह थीं। लेकिन उसके विपक्ष में सबसे बड़ा तर्क यह है कि वह तब भी इस बात को अच्छी तरह जानता था कि शान्तम् को खो देना उसके जीवन की सबसे बड़ी हार होगी। उसके लिए वह जीते जी कभी अपने आपको माफ नहीं कर सकेगा और आत्महीनता के जिस दलदल से निकला था, उसी में फिर से गले-गले तक धँस जाएगा।

परिस्थिति सचमुच खराब थी। मथुर काका ने एकाएक कुछ जमीन-जायदाद जोड़ ली थी और जाने किसकी सलाह से अपने बड़े भाई और उनके परिवार को अलग कर दिया था। इन्हीं दिनों जीवन में पहली बार उसकी माँ ने भी उसे अपने टेढ़े-मेढ़े और काँपते अक्षरों में एक चिट्ठी लिखी थी जिसमें मथुर काका की निर्दयता के साथ-साथ बाबूजी की गिरती हुई हालत और दो जून ठीक से बच्चों को पेट-भर खिला न पाने का जिक्र था। दरअसल इसी पत्र के बाद विनायक को सक्सेना के ड्रॉपवाले सुझाव की व्यर्थता पूरी तरह समझ में आई थी। उस पत्र में यह भी लिखा था कि अभी वह सरोज को न लाए। बाद में बाबू की तबीयत सुधरने पर वह उसे खुद ही बुलाएगी।

शान्तम् के सिर्फ दो पर्चे बाकी थे। उसे उसके बँगले पर पहुँचा के वह वापस अपने कमरे में पहुँचा तो एक लिफाफा फर्श पर पड़ा उसका इन्तजार कर रहा था। देखते ही वह समझ गया कि दीदी का पत्र है उसने काँपते हाथों से लिफाफा खोल डाला–

गुड्डन !

तेरी दोनों चिट्ठियाँ मिली थीं। मेरे पास कुछ था ही नहीं लिखने को, मैं तुझे क्या जवाब देती ?...तेरे इम्तहान होनेवाले होंगे...मैं तुझे इस वक्त यह सब लिखने नहीं बैठती। पर मैं डर रही हूँ कि कहीं तू सचमुच शान्ती को लेकर यहाँ न आ जाए, इसलिए

मुझे लिखना पड़ रहा है। तू किसी हालत में मत आना। तू इन लोगों को नहीं जानता। मैं अपनी आँखों के सामने तुम लोगों की बेइज्जती नहीं होने दूँगी। तू मुझसे क्यों कहलवा रहा है भइया, तू मुझे क्यों लाचार कर रहा है–यह तेरी बहन का घर नहीं है–मैंने आज तक तुझे धोखे में रखा–अब नहीं रखूँगी। तू पूछेगा क्यों रखा मुझे धोखे में ?...कुछ तो इसलिए कि मैं खुद धोखे में रही और कुछ इसलिए कि मैं किसी पर शरीर से ही नहीं मन से भी बोझ नहीं बनना चाहती थी। चाहे वह मेरा सगा भाई ही क्यों न हो। और फिर तू इसमें क्या कर सकता था ? मैं ठहरी तेरी दीदी, मेरा काम तेरा बोझ हल्का करना है कि बढ़ाना ?

पर बिना सच-सच बात तुझे बताए अब मेरी मुक्ति नहीं है। नहीं तो तू भी अपने मन में जाने क्या-क्या सोचेगा। जाने क्या-क्या सोच रहा होगा। पूरी बात जाने बिना तू कैसे समझ पाएगा कि तेरी दीदी ने समर्थ होते हुए भी तेरी मदद क्यों नहीं की। तूने मुझे इस शादी के लिए मना किया था न ? अपने जीजाजी के बारे में जो कुछ तूने सुना था, मुझे भी बताया था वह सब सच था। मैंने जानते-बूझते भी चुपचाप अपने घरवालों की इच्छा के आगे सर डाल दिया–इस पर तुझे मन-ही-मन दुःख भी हुआ होगा–मैं जानती हूँ।

मैंने तुझसे उस दिन कहा था, 'गुड्डन ! हम लड़कियों की कोई इच्छा नहीं होती।' और भी जाने क्या-क्या बक दिया था। तू बुरा मान गया था। पता नहीं मुझे उस वक्त क्या हो गया था। तूने भी जाने क्या समझा था। आज मैं तुझे सच बात बता देना चाहती हूँ, ताकि मेरे मन में जो कुछ गलतफहमी हो, मिट जाए और तू–कम-से-कम तू–मुझे हृदय से क्षमा कर दे।

मेरे मन में कहीं एक लालसा थी–सचमुच तेरी कुछ ठोस मदद करने की। तू पढ़ने जा रहा था–घर की हालत जैसी थी, वैसे में मुझे यही लगता था कि तुझे कहीं बीच में ही पढ़ाई न छोड़नी पड़े। मैं खुद घरवालों पर एक बोझ जैसी थी। मुझे लगता था मेरे जाने से एक तो यह बोझ हल्का हो जाएगा और दूसरे, तेरे जीजाजी खूब रुपए-पैसेवाले आदमी हैं तो मैं तेरे लिए उनसे मदद माँग सकूँगी। तू बेफिकर होकर अपनी पढ़ाई पूरी कर सकेगा।

पर मैं जिस दिन से इस घर में आई उसी दिन से मुझे अपने इस विचार पर ग्लानि होने लगी। मैं सचमुच बहुत मूरख थी। मुझे पता नहीं था कि पैसा किस तरह कमाया जाता है। बहुत जल्दी मेरे समझ में आ गया कि यह ईमान-धरम का पैसा नहीं है। यह सीधे-सादे गरीब लोगों का खून चूसकर, उनके साथ पचास तरह के कपट करके आता है। गुड्डन ! मैंने उसी दम ठान लिया कि मैं अपने भाई के लिए इस घर का एक पैसा भी नहीं लूँगी। अब ये सब मैं तुझसे कैसे बताती ? कैसे तुझसे अपने पति की बुराई करती ? उन दिनों मेरे मन की हालत भी कैसी अजीब थी ! एक तरफ मुझे तेरे जीजाजी से घिन होती थी–जैसे-जैसे उन्हें जान रही थी–उनके कारनामों को देख रही थी, वैसे-वैसे मेरा मन उनसे कटता जाता था और दूसरी तरफ मैं अपने को ही कोसती, अपने को

ही समझाती कि मुझे उनके बारे में ऐसा नहीं सोचना चाहिए। मैंने उनके काम में खुद आगे बढ़के दिलचस्पी लेना शुरू कर दिया। आखिर वे मेरे पति थे। इसीलिए जहाँ मुझे बहुत बुरा लगता था, वहाँ भी उन्हें नहीं टोकती थी। अपना मन मारकर भी उनके अहंकार को चोट न लगे, इसका ध्यान रखती थी। उनके स्वभाव को समझने की और जहाँ तक हो सके, उसके साथ अपने को घुलाने की कोशिश भी करती थी। मुझे यह भरोसा था कि हमारे फार्म पर जो मजदूर लगे रहते थे, उनकी दुर्दशा मुझसे देखी नहीं जाती थी और मैं तेरे जीजाजी से छिपाकर उनको अनाज बाँट देती थी और कभी-कभी पैसे भी दे देती थी। एक दिन मेरी सास ने मुझे ऐसा करते देख लिया और इनसे शिकायत कर दी। उस दिन पहली बार मेरी आँखें खुलीं और मुझे पता चल गया कि मेरे प्रति इनका लगाव कितना है। मैंने सोचा भी नहीं था कि ये इस कदर आग-बबूला हो जाएँगे। आखिर मजदूर इनके थे। इन पर अपना कुछ हक समझकर ही तो मैं उनकी मदद करती थी। मुझे इसमें गलत कुछ नहीं लगता था। उन दिनों मेरा इनके हर काम में दिलचस्पी लेना और हाथ बँटाना भी इन्हें अच्छा ही लगता था। मैं मूरख उसी को अपने प्रति इनका लगाव समझके सास के बोली-ताने चुपचाप बर्दाश्त करती चली आ रही थी। वह मुझे बात-बात में जली-कटी सुनातीं, मेरे मायके के लोगों के बारे में अपमान-भरी बातें करतीं और मैं उनका मुँह देखकर चुपचाप रहती। उसी दिन मेरी आँख खुली जब इन्होंने भी अपनी माँ के सुर-में-सुर मिलाकर मुझे अनाप-शनाप बकना शुरू किया। उस दिन पहली बार मेरा मुँह खुला और मैंने इनसे साफ कह दिया कि मैं सीधे-सादे गरीब लोगों का पेट काटकर अपना घर भरना पाप समझती हूँ। बस, तभी से ये मुझसे खिंच गए। शराब तो ये पहले से ही पीते थे। अब मुझे जलाने के लिए इन्होंने ज्यादा पीना शुरू कर दिया। उन्हीं दिनों इन्होंने एक तारपीन का तेल बनाने की फैक्टरी डाली। उस सिलसिले में ये महीने-के-महीने बाहर रहते थे। एक बार मैं भी जिद करके इनके साथ गई। वहाँ मैंने देखा कि ये सीधे-सादे गाँव के लड़कों को शराब की बोतलें बाँटते हैं और बदले में रात में उनसे लीसे की चोरी कराते हैं। मुझसे नहीं रहा गया तो मैंने इनसे कहा कि यह तो बहुत ही गन्दी बात है। मुझे आपसे यह उम्मीद नहीं थी। ये नशे में धुत्त थे। मेरी बात से झल्ला गए और पास पड़ी लकड़ी उठाकर मुझ पर फेंक मारी। मेरा हाथ टूट गया था। तीन महीने प्लास्टर बँधा रहा।

इनकी माँ भी इन्हीं का पक्ष लेती हैं। घर में सिर्फ एक बहन थी, इनकी, जिसे मेरा दर्द था। मगर वह भी शादी होके चली गई है और अब इन्हें किसी की परवाह नहीं है। मेरी ये बिल्कुल उपेक्षा करते हैं। रात-रात भर गायब रहते हैं। इनका एक ओवरसियर दोस्त है। मुझे उसकी सूरत से ही चिढ़ है। वह बहुत ही मक्कार और बेईमान है मगर वही इनका सब कुछ है। हराम की कमाई से गुलछर्रे उड़ाने को उससे अच्छा साथी भी भला कौन मिल सकता है। दोनों एक-से हैं।

तेरी यह दूसरी चिट्ठी भी उन्होंने मुझसे छिपाके पढ़ डाली और लगे अंट-शंट बकने। उस दिन भी मुझसे चुप नहीं रहा गया। अभी परसों के दिन मुझे पता चला कि

वह चिट्ठी उन्होंने मथुर काका को भिजवा दी है। मुझे तो सुनते ही आग लग गई। अब तू ही बता ऐसे अधर्मियों के घर में तुझे कैसे बुलाऊँ...?

...मगर अभी मैंने तुझसे वो बात तो बताई ही नहीं, जिसे सुनके, तू हो सकता है, मुझी से घृणा करने लगे। क्या तू विश्वास कर सकता है कि तेरी सीधी-सादी दीदी अपने पति के मुँह पर थप्पड़ मार सकती है ? नहीं करता है तो अब कर ले। मुझे अब किसी की परवाह नहीं रह गई है। मैंने ये चिट्ठी दो महीने पहले लिख के रखी थी। मगर मुझसे छोड़ी नहीं गई। रोज सोचती कि आज डालूँगी, कल डालूँगी, मगर तुझ पर इसका क्या असर होगा इस विचार से ही मैं मन-ही-मन कलपकर रह जाती। शायद यह चिट्ठी इसी तरह पड़ी रह जाती अगर अभी परसों के दिन यह घटना नहीं घटी होती। अब इसके बाद मेरा चुप रहना पाप है। तुझे यह सब मालूम होना ही चाहिए। अब वह मेरा पति नहीं है। मैंने उसे अपने मन से उखाड़कर फेंक दिया है। मुझे अपने किए पर कोई पछतावा भी नहीं है। मेरी अन्तरात्मा ही जब मुझे नहीं धिक्कारती–मेरी अन्तरात्मा ही जब मुझसे कहती है–सरोज ! तूने जो किया बिल्कुल ठीक किया। तू अगर ये नहीं करती तो सरोज नहीं रह जाती, कुछ और हो जाती–तो फिर मुझे और किसी के कुछ भी कहने-सुनने की क्या परवाह हो सकती है ? मेरे कोई आन-औलाद भी नहीं है, जिसके कारण झगड़ा हो। पहले मैं बहुत रोती थी और भगवान को कोसती थी कि जब उसने मुझे हर तरफ से मारा था तो कम-से-कम यह सहारा तो नहीं छीनता। पर अब मुझे लगता है अच्छा ही हुआ जो इस घर से बाँध रखने को मेरे भीतर-बाहर कुछ नहीं बचा। वरना मैं शायद इस तरह सोच भी नहीं सकती। मेरे जाने से इसकी माँ का भी कलेजा ठंडा हो जाएगा। ओ गुड्डन ! मैंने इस औरत को खुश करने के लिए दिन-रात एक कर दिया। इसकी खातिर अपनी माँ को भुला दिया। मगर यह कैसी दुनिया है मेरी समझ में नहीं आता। आजकल वो यहाँ है नहीं, लैंसडाउन गई है अपने मायके। इसलिए जरा चैन की साँस ले ही रही थी कि ये कांड हो गया।

तू मुझसे घृणा तो नहीं करने लगेगा रे ? वैसे तो अब मुझे किसी की परवाह नहीं है। पर तेरी नजरों में मैं नहीं गिरना चाहती। तू विश्वास कर, मेरा दिमाग बिल्कुल ठीक है और मैं पूरे होश-हवास में तुझे लिख रही हूँ। अभी तीन-चार दिन पहले की बात है मुझे एक पड़ोसिन ने बताया कि इनका अपने ही एक मजदूर की औरत से सम्बन्ध हो गया है। ये उसे किसी काम के बहाने बाहर भेज देते हैं और फिर रात वहीं बिताते हैं। खैर, उस दिन तो मैं उसकी बात का यकीन नहीं किया–पर मुझे रात-भर नींद नहीं आई और दूसरे दिन मुझसे रहा नहीं गया। मैंने उस पड़ोसिन को बुलाया और उसे रात में आने को कहा। रात करीब साढ़े ग्यारह बजे मैं उसे लेकर उस मजदूर के घर गई। वहाँ जो दृश्य मैंने देखा मेरे होश ही उड़ गए। मैं पागलों की तरह दौड़ती हुई घर की ओर जा रही थी और रास्ते-भर कोई मेरे कान में चिल्ला रहा था, 'सरोज ! सरोज ! यह तुम्हारा पति नहीं है, राक्षस है।' मेरे सामने एक-एक करके उन सारे लोगों के चेहरे नाच रहे थे जिन्हें इसने बेरहमी से लूटा था। उस आदमी की औरत का चेहरा मेरी आँखों

के सामने खड़ा हो गया जिसकी जमीन इसने हड़प ली थी पिछले साल। और जो बिलखती हुई मेरे पास आई थी और जिसे मेरे घंटों रोने-धोने के बाद इसने सौ रुपए दे के बिदा किया था। मुझे इसका वह ओवरसियर दोस्त दिखाई दिया, वह पटवारी दिखाई दिया जो इसके खरीदे हुए गुलाम हैं। मुझे लगा उन्हें भी गोली मार देनी चाहिए। इससे बड़ा पुण्य और कोई नहीं होगा।

पर जब मैं घर पहुँचती और दीवाल पर टँगी बन्दूक मैंने छुई, सहसा मेरा उन्माद ठंडा पड़ गया और मैं पलंग पर गिरकर फूट-फूटकर रोने लगी। मुझे लगा इतने बड़े मकान में रात-रात-भर अकेले रहते-रहते मेरा दिमाग खराब हो गया है और जो मेरे मन में इसका खून कर देने की बात आई, वह बदले की आग के सिवा कुछ नहीं है। अगर इसने मेरे साथ धोखा न किया होता, अगर मैंने अपनी आँखों से इसे उस औरत के साथ मुँह काला करते हुए न देखा होता तो क्या होता ?

एकाएक वह सारी नफरत और गुस्सा मुझी पर आ पलटा। मुझे अपने ऊपर घिन आने लगी कि मैंने सब कुछ जानते-बूझते भी इस आदमी का साथ क्यों दिया। आखिर मैं भी तो इसके पाप की सहभागिनी हूँ। क्या मेरा प्रेम भी मेरी लाचारी ही नहीं थी। इसलिए, कि औरत के लिए अपने पति को छोड़कर दूसरी कोई गति नहीं है, ऐसा मैं बचपन से ही सुनती आई थी। तो इसी की इच्छा मेरी इच्छा है, इसी की बुद्धि मेरी बुद्धि है–क्या मैंने बरसों तक इसी तरह नहीं सोचा–बरता ? या फिर मुझे यह भ्रम था कि मेरी सेवा और भक्ति इसका हृदय बदल सकती है। क्या मैं सचमुच ऐसा सोचती थी या खाली अपने को धोखा दे रही थी ? मुझे इस घर की शान-शौकत बढ़ाने के लिए लाया गया था या भीतर-ही-भीतर उसकी जड़ काटने ? जब तक मैं चुप रही, तभी तक मैं इसे प्रिय थी। जिस दिन मैंने इसके स्वामीपन के साथ-साथ इसकी विवेक-बुद्धि को टटोलना चाहा, उसी दिन से मेरे प्रति इसका लगाव खत्म हो गया। उसी दिन इसने मुझे बता दिया कि तुम्हारी जगह ये है। क्या फर्क है मुझमें और इसके उन मजदूरों में ? सिवा इसके कि वे इसके खेतों में और मिल में काम करते हैं और मैं इसके घर में।

मैं जितना सोचती, उतनी ही मेरी छटपटाहट बढ़ती जाती। उस मजदूर को मैं बहुत अच्छा मानती थी। वह मुझे दीदी-दीदी कह के बुलाता है। उसी का सीधा-सादा गऊ जैसा चेहरा मेरी आँखों के आगे बार-बार छा जाता और बार-बार मेरी नजर बन्दूक की तरफ उठ जाती। आखिर उसके इस अपमान का बदला कौन लेगा ? उसे खुद लेना था। पर वह तो यहाँ है नहीं। मगर मैं तो हूँ उसकी मुँहबोली बहन। जो वह करता, वह मैं क्यों नहीं करती ?

एकाएक मुझे लगा वह भी कुछ नहीं करेगा। ज्यादे-से-ज्यादा वह अपनी औरत को पीटेगा। इस पिशाच का तो वह भी कुछ नहीं बिगाड़ सकता। हो सकता है, उसी पैसे से वह उसका मुँह भी बन्द कर दे, जिसके बल पर वह उसकी इज्जत लूट रहा है। क्यों न मैं अभी जाके उसके सारे साथ के लोगों को जगा दूँ, उन्हें अपने साथ वहाँ ले जाकर यह दृश्य उन्हें दिखाऊँ। फिर वे जो चाहें करें। मैं उसे मारूँगी तो कानून भी मुझी को

हत्यारिणी ठहराएगा। इनसानियत की हत्या करनेवाले को कोई कुछ नहीं कहेगा। सब उलटे मुझी को नाम धरेंगे कि इस औरत ने अपने आदमी को दूसरी औरत के पास जाते देखकर गोली मार दी।

रात एकाएक मेरी नींद खुल गई। कोई दरवाजा भड़भड़ा रहा था। कहीं वही तो नहीं ? दीवाल घड़ी चार बजा रही थी। यह उसके आने का समय नहीं था। वह या तो बारह बजे तक आ जाता था या फिर सबेरा करके ही आता। मैंने जाकर दरवाजा खोला तो देखा वही था। वह डगमगाता हुआ भीतर आया। वह उस वक्त भी नशे में धुत्त था। मैं दरवाजा भीतर से बन्द कर ही रही थी कि मेरे कान में पड़ा, 'क्यों साली ! तू कहाँ गई थी ?'...उसकी आवाज बुरी तरह लड़खड़ा रही थी। मैंने घूमकर देखा वह डगमगाता हुआ मेरी ओर बढ़ रहा था। मेरी आँखों के आगे अँधेरा छा गया। मैंने पूरी ताकत से एक झापड़ उसके मुँह पर कस दिया। वह लड़खड़ाकर दीवाल से जा टकराया और अपने को न सँभाल पाने के कारण जमीन पर गिर पड़ा। मुझे जाने क्या हुआ मैंने दोनों हाथों की मुट्ठियाँ कसके उसका सिर कूटना शुरू कर दिया। ओ गुड्डन ! मैं क्या कर रही हूँ इसका होश ही मुझे नहीं था। वह इस तरह अचानक पत्थर के फर्श पर गिरने से बेहोश हो गया था या मेरे कूटने से बेहोश हुआ—मैं नहीं जानती। जाने कितनी देर तक मैं उसे कूटती रही। तब जाकर मेरी समझ में आया कि यह मेरा पति है और बेहोश पड़ा है और मैं दोनों हाथों से उसका सिर कूट रही हूँ। मैंने चीखना चाहा पर मेरे मुँह से चीख भी नहीं निकली। बदहवासी में किसी तरह उसे उठाकर पलंग पर पटका और उसे होश में लाने की कोशिश करने लगी। बड़ी देर बाद उसमें हरकत हुई और वह आँखें फाड़कर मुझे घूरता रहा जैसे मुझे पहचानने की कोशिश कर रहा हो। एकाएक वह उठ बैठा और मुझे लगा वह बन्दूक की तरफ बढ़ रहा है। मैंने झपटकर बन्दूक उठा ली और उसकी ओर तानते हुए चिल्लाई, 'हाँ-हाँ' मैं वहीं गई थी जहाँ तुम गए थे। मैंने तुम्हें अपनी आँखों से अपना मुँह काला करते देखा है। फलाँ-फलाँ आदमी गवाह हैं, उन्होंने भी मेरे साथ तुम्हें देखा। तुम्हारी माँ यहाँ होती तो मैं उसे भी घसीटकर वहीं ले जाती और उसके बेटे की बहादुरी दिखाती। तुम्हारे, मेरे बीच अब सब कुछ खत्म हो चुका है पर मैं तुम्हें जिन्दा भी नहीं छोड़ूँगी। तुमने पहले भी कितनी बार मुझसे धोखा किया पर आज जो कुछ तुमने किया है उसकी कोई क्षमा नहीं है। तुमने मेरी आत्मा की हत्या की है। अब इसके बाद मेरे भी जिन्दा रहने का कोई अर्थ नहीं है। मगर पहले मैं तुम्हारा खून करूँगी, तुम्हें मिटाऊँगी। फिर इसी बन्दूक से अपनी जान लूँगी।'

गुड्डन ! मैं अब पछताती हूँ मैंने वैसा ही क्यों नहीं किया। वही सबसे अच्छा होता मेरे लिए भी और उसके लिए भी। पर मैं अभागन जाने कैसे कमजोर पड़ गई उसका मुँह देखकर। तू वहाँ होता तो देखता। उसकी यह हालत देखकर मेरे हाथ अपने आप ढीले पड़ गए। वह बुरी तरह काँप रहा था। मारे ग्लानि के मैंने बन्दूक उठाकर फेंक दी और अपना सर पीटने लगी। वह मेरे पास आके मुझे चुप करने की कोशिश करने लगा, 'भगवान के लिए इतनी जोर से मत चिल्ला, सरोज ! नौकर-चाकर जग जाएँगे।

मेरी इज्जत मिट्टी में मिल जाएगी सरोज ! मैं तुझे वचन देता हूँ वगैरह-वगैरह...।'

तब से वह रोज वक्त से लौट आता है और मुझे खुश करने की कोशिश करते रहता है। पर अब मुझे उसकी सूरत से नफरत हो गई है। जब उसके प्रति मेरी सारी भावनाएँ ही मर गई हैं तो मैं क्या करूँ ? कैसे उसे अपने पति की तरह स्वीकार करूँ। अब वह मेरे सामने अपनी माँ की बुराई करता है और कहता है कि उसी ने उसके कान भरे। मुझे यह सब एक स्वाँग सरीखा लगता है। अब तू बता कि मुझे क्या करना चाहिए ? अपने माँ-बाप के पास भी क्या मुँह लेकर जाऊँ ? झूठ मैं बोलना नहीं चाहती और सच उनसे बर्दाश्त होगा नहीं। पर तेरा अहसान मैं जरूर ले सकती हूँ। उसमें मुझे कोई शरम नहीं है। जगन काका ने मुझसे मरते दफे कहा था, 'सरू बेटा ! मैं जा रहा हूँ। पर तुझे अकेला छोड़के नहीं जा रहा हूँ। तू वीनू को मेरी ज़गह समझना।' गुड्डन ! मैंने आज तक तुझे यह बात नहीं बताई। आज बता रही हूँ। इसलिए, कि बताने का समय आ गया है। तू मुझे पढ़ा देना–कोई ट्रेनिंग करा देना। जब तक मैं अपने पाँवों पर खड़ी नहीं हो जाती तब तक यह बोझ तुझे सँभालना ही पड़ेगा।

लेकिन सवाल यह है कि जब तक तेरी नौकरी नहीं लगती–पता नहीं कब लगेगी–तब तक मैं यहाँ रहूँ कैसे ? अगर मैं इसे पति की तरह नहीं स्वीकारती, तो मुझे यहाँ रहने का हक क्या है ? और अगर मैं अपनी अन्तरात्मा के खिलाफ इस आदमी के साथ पत्नी का नाटक करूँ तो इससे बड़ा अधर्म क्या होगा ? फिर तो मैं अपनी ही आँखों में हमेशा-हमेशा के लिए गिर जाऊँगी और इसे त्यागने का कारण ही खत्म हो जाएगा। मेरी अक्ल बिल्कुल काम नहीं कर रही है। होश-हवास ठिकाने नहीं हैं। तू ही जल्दी से सोच के कुछ फैसला कर। बाबूजी अभी-अभी वैसी बीमारी से उठे हैं–मैं उन्हें धक्का नहीं पहुँचाना चाहती। तू भी अभी कुछ मत कहना वहाँ। तू जैसा कहेगा, मैं वैसा ही करूँगी।

शान्ती के बारे में ऐसा है कि अभी तो हो नहीं सकता–तू हालत देख ही रहा है। तू ये सारी बातें उसे बता दे। इसमें कोई शरम-झिझक नहीं है। सच्ची बात उसे साफ-साफ पता चलनी चाहिए। नहीं तो बेचारी भी क्या सोचेगी ? तू उसे समझा के कहना कि नौकरी लगते ही तू अपनी दीदी के साथ आकर उसे ले जाएगा। मैं तुम दोनों की सेवा करूँगी। तू क्या अभी यहाँ आने की सोच रहा है ? एक मन तो कहता है तू आ ही जाए तो कितना अच्छा हो। मेरा तो यहाँ दम घुट रहा है। मगर यहाँ आ के भी तू क्या करेगा ? तू तो जल्दी से नौकरी ढूँढ़। अभी मेरा चित्त ठिकाने नहीं है और इन्होंने जैसा तेरे लिए किया है, वैसे में तुझे यहाँ आने को भी कैसे कहूँ ? तू तो अभी सीधा घर जा। या फिर तू जैसा ठीक समझे। मेरी अकल बिल्कुल काम नहीं कर रही है। जल्दी से चिट्ठी लिख, मैं रास्ता देख रही हूँ।

–तेरी दीदी सरोज

शान्तम् ! मेरी शान्तम् !

उनतालीस

विनायक सिर थामकर बैठ गया। पन्द्रह वर्षों की धुन्ध के उस पार अमरनाथ झा होस्टल के उस बत्तीस नम्बर के कमरे पर आँख गड़ाकर देखने पर जो दृश्य आज उसकी पश्चाद्-बुद्धि को दिखाई देता है, वह एक जबर्दस्त रस्साकशी का है। उसकी दोनों बाँहें अधर में लटकी हुई हैं और दोनों पर बारी-बारी से झटके पड़ रहे हैं। वह बुरी तरह छटपटा रहा है और इस छटपटाहट में उसकी आँखों के सामने रूम नम्बर तिहत्तर में खुर्दबीन पर झुका एक चेहरा उभरता है। वह यन्त्रचालित-सा उठता है और कराहता हुआ फिर बैठ जाता है। उसके कानों में एक अट्टहास पिघले गरम सीसे की तरह भर जाता है, 'टग आफ वार बिटवीन टू म्यूच्युअली इर्रिकंसाइलेबल फोर्सेज...जस्ट लाइक योर मथुर काका ऐंड जगन काका...जस्ट लाइक योर सरोज ऐंड योर शान्तम्।'

वह दूसरे दिन वादे के मुताबिक शान्तम् से मिलने परीक्षा हॉल भी नहीं गया। अपने कमरे में बैठे-बैठे ही उसने उस रस्साकशी का भुक्त-भोग एक कागज पर उतारा, और अन्त में यह सूचना टाँकी कि वह टनकपुर जा रहा है, शान्तम् कोई चिन्ता न करे, जल्द ही वह लौटकर फिर इलाहाबाद आ रहा है उसे लिवाने। दूसरे दिन शान्तम् से मिलकर उसे उसके घर तक पहुँचाकर उसने मुस्कुराते हुए फाटक पर वह पत्र उसे सौंप दिया और बिना विदा का कोई लक्षण जाहिर किए होस्टल लौट आया और अपना बक्स-बिस्तरा बाँधने लगा।

टनकपुर के लिए गाड़ी रात के दस बजे छूटती थी ! रेलवे स्टेशन होस्टल से चार मील दूर था। साढ़े आठ बजे विनायक रिक्शा ढूँढ़ने निकला और घंटे भर तक यूनिवर्सिटी रोड से गुजरते हुए हर खाली रिक्शे को बुलाता और भगाता रहा। तब जाकर उसने एक रिक्शे का चुनाव किया और दसेक मिनट तक उस पर अपना सामान लादता रहा। जब रिक्शा रेलवे क्रॉसिंग पर पहुँचा तो विनायक की घड़ी के मुताबिक अभी दस बजने में पाँच मिनट बाकी थे। मगर टनकपुर जानेवाली ट्रेन बुरी तरह चिहुँकती और रम्भाती हुई आ रही थी। उसके इंजन की हेडलाइट जैसे एक दैत्य की तरह उसे लीलने को मुँह फाड़े चली आ रही थी। विनायक के पसीना छूट गया। रास्ते-भर वह सीटी उसका पीछा करती रही।

जब वह वापस होस्टल पहुँचा तो रात के ग्यारह बज चुके थे। घंटे-डेढ़ घंटे वह यूँ ही अपने कमरे में चहलकदमी करता रहा। फिर उसने टॉर्च निकाला और कमरा बन्द करके बाहर निकल आया।

अब वह नायर साहब की कोठी के ठीक सामने खड़ा था। कोठी में आधी रात का सन्नाटा था। विनायक थोड़ी देर सड़क पर ही टहलता रहा। फिर धीरे से फाटक खोलकर अन्दर हो गया और दबे पाँव शान्तम् के कमरे की ओर बढ़ा।

शान्तम् के कमरे की खिड़की खुली थी। उसने टॉर्च का बटन दबाया। रोशनी के वृत्त में शान्तम् के पाँव दिखे। विनायक ने रोशनी सीधे उसके मुख पर तान दी और वह धड़धड़ाता हृदय थामे खड़ा रहा। सहसा वह कुनमुनाई और आँख मलते हुए उठ बैठी। विनायक को लगा अब वह चीखने ही वाली है। पर दूसरे ही क्षण शान्तम् ने उस चोर उजाले के स्रोत को भाँप लिया। वह अपने मुँह पर हथेली दाबे धीरे से अपने पलंग से उतरी और पिछवाड़े बाथरूम के दरवाजे की ओर बढ़ गई–विनायक को उधर से घूमकर आने का इशारा करती हुई।

विनायक भीतर दाखिल हुआ तो शान्तम् दरवाजे को वैसा ही खुला छोड़कर उसे हाथ पकड़कर अपने कमरे में खींच लाई और उससे लिपट गई। वह उसकी इस अप्रत्याशित दिलेरी पर आतंकित और विह्वल थी।

'शान्तम्, मेरी शान्तम् !...तुम मुझसे नाराज तो नहीं हो ? मैं गाड़ी में चढ़ जाने के बाद फिर वापस लौट आया। गाड़ी ने सीटी दी तो एकाएक मुझे लगा यह तुम्हारी आवाज है, तुम ही मुझे बुला रही हो। मैं...'

शान्तम् ने अपना हाथ उसके मुँह पर रख दिया और उसके कान में फुसफुसाई, 'आई नो, आई नो, बिलवेड ! प्लीज डोंट स्पीक...ही इज हियर।'

'हू केयर्स फार हिम ?'...विनायक फुसफुसाया। उसकी धड़धड़ाहट अब प्रेयसी के आलिंगन में शान्त हो गई थी। वह कुछ और बोलने ही जा रहा था कि शान्तम् ने कसकर अपनी हथेली से उसका मुँह दबा दिया।

'वीनू ! तुम्हें मेरी सौगन्ध, तुम बिल्कुल मत बोलो। तुम्हारी फुसफुसाहट भी बहुत तेज है। डैडी जग जाएँगे वीनू ! उन्हें जरा भी शक हो गया तो वो हम दोनों को बिल्कुल इसी हालत में शूट कर देंगे।'

'इससे अच्छी बात और क्या हो सकती है,' विनायक अपना मुँह छुड़ाते हुए उसके कान में फुसफुसाया, 'मैं तुम्हारे बिना एक क्षण भी नहीं रह सकता। और मुझे जाना है तुम्हें छोड़कर !'

'तो मैं भी तुम्हारे साथ चलती हूँ, वीनू,' शान्तम् बोली, 'अब कुछ सोचो मत। निकल चलो अभी।'

विनायक चकरा गया, 'तुम कैसी बात करती हो शान्तम् ! यह नामुमकिन है, तुम जानती हो। मैं तुमसे विदा लेने आया हूँ ! अक्टूबर में आकर तुम्हें...'

शान्तम् ने फिर अपना हाथ उसके मुँह पर दबा दिया, 'ईश्वर के लिए...वीनू,

तुम्हारी फुसफुसाहट बहुत तेज है। तुम कितना हाँफ रहे हो। तुमने यह क्या किया पागल ?...अभी कोई देख लेता तो ?...नहीं वीनू ! तुम बिल्कुल मत बोलो, बस इसी तरह पड़े रहो। मैं सब समझती हूँ, वीनू ! मैं सब जानती हूँ। तुम फिकर मत करो।'

विनायक ने घड़ी देखी। कितनी जल्दी दो बज गए। वह घबराकर उठ बैठा। 'अब मैं चलूँ शान्तम्,' उसने कहा।

शान्तम् ने उसे कसकर चिपटा लिया, 'नहीं वीनू ! अभी नहीं। अभी मुझे तुमसे बहुत कुछ कहना है....अभी नहीं जाने दूँगी।'

फिर वह हौले से फुसफुसाई, 'आई ऐम योर वाइफ,' और फिर थोड़ी देर बाद, 'मेक मी योर वाइफ बिलवेड बिफोर यू गो।'

विनायक उसकी बाँहों में बेसुध पड़ा था। उसका मुँह चूमते हुए बुदबुदाया, 'यू आर माई वाइफ बिलवेड। आलरेडी।'

'नहीं वीनू !...तुम...' शान्तम् चुप हो रही और उसकी पीठ सहलाने लगी। थोड़ी देर बाद वह फिर उसके कान में फुसफुसाई, 'मेक मी योर वाइफ बिलवेड...आई ऐम सो एफ्रेड...डोंट लीव मी एलोन बिलवेड...मेक मी योर वाइफ...'

'शान्तम्, मेरी शान्तम् !'...विनायक का गला रुँध गया... 'तुम्हें क्या मुझ पर यकीन नहीं है ? मैं तुम्हारे सिवा...मैं बहुत जल्दी तुम्हें लेने आ रहा हूँ, शान्तम् !...थोड़ा धीरज रखो। तुम्हीं ऐसे करोगी तो मैं कैसे अपने को सँभालूँगा ?

और उसका पूरा शरीर पत्ते की तरह काँपने-थरथराने लगा। शान्तम् ने उसे अपनी बाँहों में जकड़ लिया और उसे अच्छी तरह उढ़ाते हुए फुसफुसाई, 'तुम इतना काँप क्यों रहे हो, वीनू ? तुम्हें क्या हो गया है ? तुम समझते क्यों नहीं, वीनू ?...मैंने कब कहा कि मुझे तुम्हारे ऊपर यकीन नहीं है। पर तुम जा रहे हो...पता नहीं क्या होगा। मुझे बहुत डर लगता है, वीनू, मुझे बहुत डर लगता है...'

सहसा उसने विनायक के तलवों में अपना मुँह गाड़ दिया और रोने लगी। विनायक एक क्षण स्तब्ध हो रहा। फिर उसने उसे खींचकर अपनी छाती से चिपटा लिया, 'ईश्वर के लिए...ईश्वर के लिए...कोई सुन लेगा शान्तम् ! प्लीज चुप हो जाओ।'

'...मेक मी योर वाइफ बिलवेड,' शान्तम् बड़बड़ाई और पागलों की तरह उसे जहाँ-तहाँ चूमने लगी।

विनायक की आँखें फिर घड़ी पर जा टिकीं और वह बुरी तरह चौंक पड़ा। चार बज गए थे, 'शान्तम् ! मेरी शान्तम् ! सुबह हो गई। अब मैं जाऊँगा। मुझे अच्छे मन से विदा दो शान्तम् ! मैं जल्दी ही आऊँगा तुम्हारे पास...'

शान्तम का उन्माद यह सुनते ही शिथिल पड़ गया। वह कुछ देर यों ही निश्चल पड़ी रही पत्थर की तरह। फिर वह झटके से उठी और विनायक का हाथ पकड़कर धीरे-धीरे दरवाजे की ओर बढ़ने लगी। एकाएक वह पीछे हट गई जैसे साँप पर पैर पड़ गया हो। उसने विनायक को कसकर चिपटा लिया और उसके कान में फुसफुसाई, 'वीनू ! गजब हो गया। ईश्वरन् नायर दरवाजे पर खड़ा है।'

विनायक के, काटों तो खून नहीं।

'तुम फिकर मत करो, वीनू !' शान्तम् उसके कान में फुसफुसाई, 'मैं तुम्हें कल ग्यारह बजे यूनिवर्सिटी में मिलूँगी। म्यूजिक डिपार्टमेंट के पास। तुम जाओ। वह तुम्हारा कुछ नहीं बिगाड़ सकता।'

'ईश्वरन् !'...शान्तम् ने मलयालम में फुसफुसाते हुए उसे डाँटा, 'छोड़ दरवाजा, अलग हट।'...ईश्वरन् अलग हट गया, विनायक बिना उस पर नजर डाले सीधा लपककर कोठी से अहाते से बाहर हो गया।

दूसरे दिन विनायक ठीक ग्यारह बजे शान्तम् की बताई हुई जगह पर पहुँच गया। शान्तम् वहाँ पहले से मौजूद थी। विनायक को देखकर वह हौले से मुस्कुराई। उसका चेहरा एकदम पीला, बीमार लग रहा था। 'कुछ नहीं वीनू,' शान्तम् ने उसे दिलासा देते हुए कहा और उसकी आँखों से आँसू गिरने लगे।

'क्या हुआ शान्तम्,' विनायक एकदम घबरा गया और इधर-उधर देखने लगा।

'वीनू ! तुम जल्दी-से-जल्दी यहाँ से चले जाओ,' शान्तम् ने रोते-रोते कहा, 'ईश्वरन् ने मुझसे वादा किया था। पर मुझे उस पर भरोसा नहीं होता। आज मम्मी भी सुबह से मुझसे नहीं बोल रही हैं। लक्षण कुछ अच्छे नहीं दिखाई देते। तुम यहाँ से फौरन चले जाओ।'

'मगर हुआ क्या शान्तम् ! यह तो बताओ,' विनायक ने हकलाते हुए कहा।

'कुछ नहीं वीनू,' शान्तम् ने सिर झुका लिया, 'हुआ तो कुछ नहीं, पर मुझे बेहद डर लग रहा है। मम्मी को शायद पता चल गया है।'

'तो क्या हुआ पता चल गया तो ?' विनायक बोला, 'मैं जाने से पहले तुमसे मिलने ही तो आया था। ऐसा क्या पाप किया हमने ?'

शान्तम् की बड़ी-बड़ी आँखें उठीं और विनायक के चेहरे पर विस्मय से फैल गईं, 'पाप ! पाप क्या होता है, वीनू ?'

सहसा उसने कातर होकर कहा, 'वीनू ! तुम आखिर मुझे अपने साथ क्यों नहीं ले जाना चाहते ?'

विनायक ने चकराकर उसे देखा, 'शान्तम् यह तुम क्या कह रही हो ? क्या तुमने मेरी चिट्ठी नहीं पढ़ी ?'

शान्तम् का स्वर बेहद थका-थका था, 'वीनू ! तुम्हें चिट्ठी लिखने की क्या जरूरत थी ? क्या तुम मुझे मुँहजबानी नहीं बता सकते थे ? मैं सब समझती हूँ, वीनू ! तुम अकेले कुछ नहीं सुलझा सकोगे। मुझे अपने साथ ले चलो। सब ठीक हो जाएगा, वीनू ! मेरा मन कहता है मैं तुम्हारे साथ रहूँगी, तो सब ठीक हो जाएगा।'

'मगर यह कैसे हो सकता है ?' विनायक झुँझला गया।

शान्तम् का ध्यान उसकी झुँझलाहट पर नहीं टिका। वह बड़बड़ाती जा रही थी, 'मैंने कल रात तुमसे क्या कहा...क्यों कहा, तुम समझे नहीं वीनू, मुझे तुम्हारी तरह सोचना नहीं आता...तुम बहुत ज्यादा सोचते हो...। मुझे तुम्हारी इसी आदत से सबसे

ज्यादा चिढ़ होती है। तुम्हें अकेला छोड़ने को मेरा मन इसलिए नहीं मानता। मैं जितना समझाती हूँ खुद को, उतना ही मेरा डर बढ़ता है। तुमने दीदी का पत्र मुझे क्यों नहीं पढ़ाया ? तुम जो समझते हो कि तुम पहले उनकी समस्या हल करोगे, फिर मेरा उद्धार करोगे, तुम्हारी भूल है, वीनू ! ये दोनों चीजें अलग नहीं हैं, इन्हें एक साथ क्यों नहीं देखते ? तुम्हारी दीदी क्या मेरी नहीं, वीनू ?'

'मगर दीदी ने भी तो यही राय दी है शान्तम्,' विनायक ने अपनी झुँझलाहट दबाते हुए कहा।

'दीदी कुछ भी कहें,' शान्तम् का स्वर सहसा उत्तेजित हो आया, 'वे मुझे नहीं जानतीं। सिर्फ तुम्हें जानती हैं। तुम मेरे साथ मिलकर सोचो, वीनू ! मुझे इस तरह अलग मत करो। तुम्हारी चिट्ठी पढ़के मुझे कितनी तकलीफ हुई है—मैं तुम्हें बता नहीं सकती। तुम समझते क्यों नहीं, वीनू ! क्या तुम्हारे ऊपर मेरा इतना भी अधिकार नहीं ? तुम जितना सोचोगे, उतना ही अकेले पड़ोगे। तुम्हारी समस्याओं का भी अन्त नहीं होगा और तुम न दीदी का उद्धार कर सकोगे, न मेरा। मेरे उद्धार की चिन्ता मत करो, वीनू ! मुझे अपने साथ लो। तुम खामखा मुझे एक समस्या क्यों बना रहे हो ? तुम आखिर चाहते क्या हो ? तुमने मम्मी की भी सहानुभूति गँवा दी। अब उसका भी, पता नहीं क्या रुख हो। एक बात पूछूँ वीनू, तुम्हें अपने घर के लोगों की मजबूरियाँ तो इतनी साफ दिखाई देती हैं मगर मेरी बिल्कुल नहीं दिखाई देतीं। ऐसा क्यों है ? तुम कल रात क्यों आए थे, वीनू ?'

विनायक चौंक पड़ा बुरी तरह। उससे कुछ कहते नहीं बना। वह बिल्कुल ही हकबका गया।

शान्तम् की आँखें फिर डबडबा आईं, 'मैंने समझा तुम सचमुच कुछ फैसला करके आए हो। मैं भ्रम में थी। तुम सिर्फ अपने को यह विश्वास दिलाने आए थे कि तुम मुझे सचमुच चाहते हो और मेरे लिए खतरा भी उठा सकते हो। मुझे तो इस दिलासे की कोई जरूरत थी नहीं। और जब तुमने मुझे यहाँ छोड़कर दीदी के पास जाने का फैसला कर ही लिया था तो फिर उसी पर दृढ़ क्यों नहीं रहे ? मेरे पास आधी रात को क्यों आए? किसलिए आए ? क्या इसलिए, कि तुम्हें मेरी नाराजगी का डर था ? क्यों था ? बोलते क्यों नहीं ?

विनायक तिलमिला गया, 'तुमने मुझे क्या आज इसीलिए बुलाया कि मुझे जी भर कोस सको ?'

शान्तम् विनायक के चेहरे को गौर से देख रही थी। वह हौले से मुस्कुराई और उसका हाथ अपने हाथों में लेकर उसकी उँगलियों से खेलती हुई बोली, 'हाँ वीनू, मैंने तुम्हें सचमुच इसीलिए बुलाया। पर सिर्फ इसलिए नहीं। मुझे तुमसे बहुत झगड़ना है पर उसके लिए अभी वक्त नहीं है। हम रास्ते में झगड़ लेंगे। कान खोलकर सुनो, मैं तुम्हारे साथ जाने के लिए तैयार होकर आई हूँ। तुम अब कुछ मत कहो, कुछ मत सोचो। सोच-सोचकर ही तो तुम अपने हाथ से सारे रास्ते बन्द करते आए हो। ईश्वर के लिए,

अब मुझे फैसला करने दो। मेरे पास अपने तीन हजार रुपए हैं–फिकर मत करो। तुम तो अपना सामान उठाओ और सीधे स्टेशन चलो। जो भी गाड़ी दिखेगी, उसी को पकड़ लेंगे। चलो, अब सोचने का वक्त नहीं है वीनू, जल्दी करो।'

विनायक हैरान रह गया। उसने जल्दी से अपना हाथ शान्तम् की गिरफ्त से छुड़ा लिया और बोला, 'पागल मत बनो, शान्तम् ! तुम जानती हो, यह असम्भव है। जिद मत करो। मैं अक्टूबर में आकर तुम्हें ले जा रहा हूँ, यह मेरा दृढ़ निश्चय है। मुझे कमजोर मत बनाओ, शान्तम् ! अभी मुझे अकेले ही जाने दो। तुम्हारे साथ मेरी मुश्किलें ही बढ़ेंगी। तुम मेरे घर के लोगों को नहीं जानतीं। वहाँ तुम्हारा कतई स्वागत न होगा और मेरा वहाँ जाना जरूरी है। तुम समझतीं क्यों नहीं ? क्या यह इतना आसान है ?'

शान्तम् सिर झुकाए सुनती रही। उसका चेहरा सख्त पड़ गया। वह थोड़ी देर वैसे ही बिना हिले-डुले बैठी रही। फिर एकाएक उठ खड़ी हुई। विनायक भी उठ खड़ा हुआ, 'क्यों शान्तम् क्या हुआ ?'

'कुछ नहीं, वीनू,' शान्तम् ने अपना पर्स खोलकर एक लिफाफा निकाला और उसे विनायक की ओर बढ़ाते हुए बोली, 'लो इसे सँभाल लो। तुम आज ही जा रहे हो न ?'

'यह क्या है, शान्तम् ?' विनायक ने जानते-बूझते अनजान बनने की कोशिश की। कहा, 'ये वे रुपए हैं, वीनू, जो मैं अपने साथ लेकर आई थी। तुम्हारे काम आएँगे, मुझे तो इनकी कोई जरूरत नहीं।'

'नहीं शान्तम्,' विनायक ने लिफाफा वापस उसके पर्स में रखते हुए कहा, 'मेरे पास काफी पैसे हैं। अपने एक दोस्त से ले लिये थे। मुझे जरूरत होती तो मैं खुद ही तुमसे माँग लेता।'

विनायक उसी शाम की गाड़ी से इलाहाबाद छोड़कर चला गया। लालकुआँ जंक्शन पहुँचकर उसका इरादा बदल गया और वह बजाय टनकपुर की गाड़ी पकड़ने के सीधा काठगोदाम और वहाँ से अलमोड़े चला गया। वहाँ पहुँचकर उसने सरोज को पत्र लिखा–

दीदी,

मैं टनकपुर के लिए ही चला था। अभी तक पहुँच भी गया होता। पर तुमने मना किया था न, इसलिए मेरी हिम्मत जवाब दे गई और मैं सीधे यहाँ आ गया। मेरे इम्तहान कुछ खास नहीं हुए हैं। पर पास हो जाऊँगा। मैं नौकरी की ढूँढ़-खोज में लगा हूँ। जैसे ही कुछ ठिकाना होगा, तुम्हें आके ले जाऊँगा।

तुमने सही निर्णय लिया है, दीदी। मैं मन-ही-मन जानता था तुम्हें वहाँ बहुत तकलीफ है। पर तुम्हारी चिट्ठी पढ़के मैं सन्न रह गया। मैं तो तुम्हें अभी इसी वक्त यहाँ ले आता। पर तुम आना नहीं चाहती थीं और मुझे यहाँ आकर यही लग रहा है कि तुम्हारा सोचना भी ठीक ही है। घर की हालत बहुत खराब है। बाबूजी अभी थोड़ा उठने-बैठने लायक हुए हैं। दूकान तो चौपट ही समझो। ऐसे में तुम भी यहाँ आ के क्या करतीं ? अभी मैंने भी इन लोगों को तुम्हारे बारे में कुछ नहीं बताया है। मेरी नौकरी लग जाने दो, दीदी, मैं सब सँभाल लूँगा, तुम फिकर मत करो। मैं शान्ती को भी समझा

के आया हूँ। वह मेरे साथ तुम्हारे पास आने की जिद कर रही थी। मैंने मना कर दिया तो बहुत नाराज हो गई। उसका स्वभाव बहुत ही अजीब है।

मैं जल्दी ही तुमको खबर दूँगा, दीदी। नौकरी मिलते ही तुम्हें अपने साथ ले जाऊँगा। हाँ, तुमने मुझसे पूछा है कि तुम्हें अब इस घटना के बाद कैसे रहना चाहिए। मैं तुम्हें क्या बताऊँ दीदी, तुम खुद समझदार हो। पर मुझे अभी नौकरी मिलते-मिलते जाने कितना वक्त लगे। तब तक इस निर्णय को टाला तो नहीं जा सकता न। कहो तो मैं यहाँ इन लोगों को सच्ची बात बता ही दूँ और आकर तुम्हें ले जाऊँ। बस तो दीदी, फौरन चिट्ठी देना।

–तुम्हारा गुड्डन

शान्तम् को उसने एक बहुत लम्बी चिट्ठी लिखी। फिर उसे फाड़कर फेंक दिया और एक छोटा सा पत्र लिखा–

प्रिय शान्तम् !

मैं रास्ते-भर तुम्हारे ही बारे में सोचता रहा। सोच-सोचकर थक गया, पर कोई रास्ता नहीं सूझता। हर तरफ अँधेरा-ही-अँधेरा नजर आता है। मैं तुम्हारे विश्वास के योग्य नहीं हूँ, शान्तम्। मेरी सामर्थ्य क्या है, यह मुझे यहाँ आकर मालूम हो गया। वह इस तंग-अँधेरे घर से बड़ी नहीं है। मैं उतना ही बौना और बन्द हूँ। अब मुझे लगता है मेरी सारी आकांक्षाएँ गलत थीं। मुझे भूल जाओ, शान्तम्, अगर मैं सचमुच उस विश्वास के योग्य होता तो तुम्हारा दिल नहीं दुखाता। मुझसे तुम्हारे प्रति जो कुछ अन्याय हुआ, उसे क्षमा कर देना। अधिक क्या लिखूँ। तुम्हें वैसे भी मेरा पत्र लिखना अच्छा नहीं लगता।

–तुम्हारा वीनू

इस पत्र को छोड़ने के बाद विनायक कई दिनों तक पश्चात्ताप और ग्लानि में झुलसता रहा। फिर उसने एक दूसरा पत्र लिखा–

मेरी शान्तम् !

तुम्हें मेरा एक पत्र मिला होगा। तुम उसे अभी फाड़कर फेंक दो। वह तुम्हारा वीनू नहीं था। मैं अब अच्छी तरह समझ गया हूँ कि तुम्हारी बात न मानकर मैंने भयंकर भूल की। मुझे तुम्हें साथ ले ही लेना था। हम कहीं भी जा सकते थे और वहाँ से परिस्थिति को अपने मन-मुताबिक मोड़ने की कोशिश कर सकते थे। तुमने बिल्कुल ठीक कहा था। मेरा सोच-विचार ही मुझे पंगु बनाता है। ईश्वर के लिए, मुझे क्षमा कर दो और जल्दी से मुझे लिखो। अब तुम जैसा कहो, मैं वैसा करने को तैयार हूँ। मेरी इच्छा-शक्ति अब बिल्कुल तुम्हारे अधीन है। इस पत्र को तार समझना।

–तुम्हारा वीनू।

महीना-भर बीत गया मगर विनायक को शान्तम् का कोई पत्र नहीं मिला। और न सरोज

का। हाँ, बिना हस्ताक्षर के लाल स्याही में घसीटे गए गाली-गलौज और धमकी भरे कागज अवश्य मिले जिनमें उसे शान्तम् से विवाह करने का इरादा छोड़ देने वरना शूट करने की धमकी दी गई थी। उसके बाद भी यही क्रम चलता रहा। विनायक शान्तम् को लम्बे-लम्बे पत्र लिखता रहा और जवाब में वही एकरस धमकियाँ बटोरता रहा।

इसी बीच विनायक का रिजल्ट भी आ गया। वह थर्ड डिवीजन से बाल-बाल बच गया था। उन्हीं दिनों उसका परिचय एक स्वामीजी से हुआ जिन्होंने अलमोड़े से कोई पाँच मील दूर डीनापानी में एक नया-नया स्कूल खोला था। उन्होंने विनायक को अपने स्कूल में लगा लिया। विनायक रोज पैदल ही स्कूल जाता और पैदल ही वापस लौट आता। वह वहाँ कोई साल-भर रहा। फिर उसे दिल्ली के एक पब्लिक स्कूल में नौकरी मिल गई। बीच में वह आई.ए.एस. की परीक्षा देने इलाहाबाद भी गया था। पर एक भी पर्चा दिए बिना वापस लौट आया।

तृतीय खंड

अपने हिस्से का आसमान

घर की घड़ी

चालीस

'प्रिय ब्रूस्टर के लिए–वह जो कलाकार है; उसे नहीं, जो योगी है।'

विनायक को अपनी आँखों पर एकाएक विश्वास नहीं हुआ। पर विश्वास न होने का कोई कारण नहीं था। वह डी.एच.लॉरेंस का प्रसिद्ध उपन्यास था–'संस ऐंड लवर्स'...और वह प्रति लॉरेन्स ने खुद अपने हाथ से ब्रूस्टर नाम के किसी एक दोस्त को भेंट की थी। नीचे लॉरेंस के दस्तखत थे।

कौन था यह ब्रूस्टर ?...यह अंग्रेज साधु जो अपना सारा पुस्तकालय हमारे स्कूल को दान कर गया ?

विनायक दौड़ा-दौड़ा अपने पिता के पास गया, 'हाँ-हाँ, वह बहुत बड़ा आर्टिस्ट था। बहुत ही बड़ा। तुम मिले नहीं कभी उनसे ? देखा तक नहीं ? ऐसा कैसे हो सकता है ? जगन्नाथ तो उन्हीं को अपना गुरु मानता था। वो ले नहीं गया कभी तुम्हें उनके पास ?...अरे ! यहीं तो रहते थे कलमटिया में।'

और एकाएक विनायक को किसी ने गहरे कुएँ में धकेल दिया। जगन काका ! जगन काका !...

ऐसा लगता है जैसे पूर्वजन्म की बात हो। नहीं, है तो इसी जनम की। यहीं इसी शहर की। यहीं इसी घर की।

तो वे ही थे ब्रूस्टर ! कब की बात है यह ? जब विनायक तीन में पढ़ता था–बस नया-नया ही दाखिल हुआ था। जी.आई.सी. में ? नहीं, जगन काका तो बाद में जेल से छूटे थे। फिर कब ? हाँ याद आया–होली के दिन थे–जगन काका ने कहा था। चलो आज तुम्हें एक बढ़िया जगह ले चलते हैं। भुवन काका भी थे क्या ? नहीं, भुवन काका नहीं थे। सरू दीदी भी नहीं थीं, हाँ, अब याद आया...चारों तरफ देवदारों से घिरा हुआ एक बहुत ही सुन्दर बँगला! शाम का वक्त था। वहाँ से लौटते-लौटते काफी अँधेरा हो गया था।

मगर वे तो–मुझे अच्छी तरह याद है–उस वक्त भी चित्र ही बना रहे थे। और हाँ, कमरे में बहुत सारे चित्र लगे थे और जगन काका घूम-घूमकर देखते रहे थे। उन्हें बड़ी देर तक।

क्या बात हुई थी ? कुछ याद नहीं पड़ता। विनायक बहुत छोटा था–क्या समझ

में आता ? उस कलाकार योगी और जगन काका के वार्तालाप से कहीं ज्यादा मजेदार बात थी वह जगह, वह दृश्य...सूर्यास्त का। विनायक टहलते-टहलते बाहर बरामदे में निकल आया था और देखता रह गया था उस दृश्य को। 'ढलते सूरज की आग में रँगी हुई' बर्फीली चोटियों को।

उन्होंने उसे बुलाया था। उसकी पीठ थपथपाई थी। कुछ कहा भी था। याद नहीं, क्या कहा था। कुछ खाने को भी दिया था। रास्ते-भर अँधेरा था। जगन काका लगातार बोल रहे थे...घर आ जाने तक बोलते ही रहे थे। विनायक के पल्ले कुछ नहीं पड़ा था। विनायक बच्चा था। जगन काका भूल जाते थे कभी-कभी, कि विनायक बच्चा है। क्यों भूल जाते थे ?

उस रात रास्ते का वह अन्धकार जगन काका की बड़बड़ाहट का ही दरिया था...दरिया उमड़ता जा रहा था...विनायक की अँधेरी बाल-चेतना को थपकाता...

वे अलूणिया बाबा जैसे नहीं थे। पर कपड़े गेरुवे ही पहने थे ? अलूणिया बाबा से ज्यादा चमकीले...। बहुत अच्छे लग रहे थे। वे चित्र बनाने में इतने डूबे हुए थे कि जगन काका और विनायक कमरे में घुसकर काफी देर तक दरवाजे पर ठिठके रहे थे और उन्होंने देखा ही नहीं। और जब जगन काका ने पुकारा तो कितने खुश होकर लपके थे उनकी ओर। और अंग्रेजी में कुछ बोला था। अरे हाँ, अंग्रेजी में ही तो हो रही थीं सारी बातें। इसीलिए तो कुछ समझ में नहीं आया। यह भी एक कारण है कुछ भी याद न रह पाने का।

मगर जगन काका तो विनायक से अंग्रेजी में नहीं बोल रहे थे...वह अन्धकार तो शुद्ध हिन्दी का दरिया था...विनायक उस वक्त कुछ और सोच रहा होगा। लच्छू, चन्दू, अहमद, नारायण के बारे में...स्वाधीन क्लब के बारे में। स्वाधीन क्लब–जिसकी नींव खुद जगन काका ने रखी थी। कहाँ गया वह सब ? कहाँ गए जगन काका ? कहाँ गईं सरू दीदी ? कहाँ गईं जगन काका की वे डायरियाँ ?

विनायक ने बरसों बाद जगन काका की वह बची-खुची डायरी खोज निकाली जो सरोज उसे जाते समय सौंप गई थी। एकाएक उसे याद आया कि बरसों पहले एक बैशाख की दोपहर उसने जगन काका की कोठरी में सरोज से छिपाकर जो डायरी उलटी-पुलटी थी, वह यही थी, बिल्कुल यही।...

शकुना दे शकुना दे काज ये अती नीको सो
रँगीलो आँचलो कमलौ को फूल...

मनुष्य की यह स्मृति भी कितनी विचित्र और रहस्यमयी है ! जिस क्षण विनायक को यह याद आया, उसी क्षण उसकी आँखों के सामने वह पूरी सुबह, वह पूरी दोपहर...आरती लेकर गोल घूमती हुई दीदी, गिदारी अम्मा की आवाज...मथुर काका की बौखलाहट...और हाथ में दरी में लिपटा बिस्तर लिये सीढ़ियाँ उतरते जगन काका और...खिड़की से झाँककर देखा हुआ भत्ती-त्रिपुरसुन्दरी का वह चेहरा...और आवाज...सब कुछ चलचित्र की तरह घूमने लगा। जैसे डायरी हाथ में लेने भर की देर थी।

फार ब्रूस्टर दि आर्टिस्ट; नॉट फॉर दी योगी।

विनायक सोचने लगा–जगन काका यह इबारत पढ़ते तो उन्हें कैसा लगता ? कौन जाने उन्होंने यह किताब देखी भी हो उस योगी-कलाकार के कमरे में ही...! पढ़ी भी हो...। उस दिन भी तो वे ढेर सारी किताबें उठाकर लाए थे वहाँ से। कैसा लगा होगा उन्हें डी.एच.लॉरेंस का यह वाक्य पढ़कर–कैसा लगा होगा उन्हें ?–वे जो योगी भी थे और कलाकार भी। वे जो योगी भी नहीं रह सके और कलाकार भी नहीं बन सके। कुछ भी नहीं बना सके अपने जीवन का–कुछ भी नहीं कर सके।

...और सीढ़ियों पर पैर पटकता हुआ वह शाप, 'भीख भी नहीं मिलेगी सालो, भीख...।' और कोठरी की दहलीज पर ठिठका हुआ वह वाक्य, 'मुझे काम चाहिए सरोज, भीख नहीं...'

बेकार चेतना का विलाप। 'जगन काका, यह तुम्हारी डायरी है।'

विनायक की डायरी से

इकतालीस

मथुर काका को हो क्या गया है ? यह अच्छा नाटक उन्होंने शुरू कर दिया। मुझसे पूछे बिना, मेरे आने की भी राह देखे बिना, मेरी अनुपस्थिति में अपने भइया और भाभी को निकाल बाहर किया और अब मुझसे क्या चाहते हैं—समझ में नहीं आता ! रोज एक डेपुटेशन मेरे पास भेज देते हैं। परसों लच्छू को भेजा था तो मैंने उसी के मार्फत दो टूक जवाब भिजवा दिया था। उसके बाद फिर नारायण को भेजने का क्या मतलब है ? क्यों घसीटते हैं मेरे दोस्तों को बीच में ? ऐसा ही दर्द है तो सीधे घर में आके मुझी से बात क्यों नहीं करते ? यह राजनीति खेलने की क्या जरूरत है ? लच्छू तो वैसे भी उन्हें टका-सा जवाब थमा आया था। पर बेचारा नारायण बहुत सीधा है। उसे उन्होंने ऐसा घोटा कि वह सचमुच अपने को उनका दूत ही मान बैठा और मुझ पर दबाव डालने लगा। कहने लगा रोज मेरी दूकान में आ के धरना देके बैठ जाते हैं—'ओ नरैण ! मैं तेरे हाथ जोड़ता हूँ। मेरा यह काम तू ही कर सकता है। वो तेरी बात जरूर मानेगा। तू बस इतना ही बोल देना कि तेरा चाचा तुझसे मिलने को तड़प रहा है। तू एक बार आ तो सही। बस एक बात कहनी है—उसे सुन जा। घर पर नहीं आना चाहता तो कोई बात नहीं; दूकान पर ही मिल ले।'

क्या करूँ मैं उनसे मिलकर ? यह सब फालतू की बात है। बाबूजी को बगल की कोठरी से हम दोनों की बातचीत सुनाई दे गई तो बिस्तर से उठकर खाँसते-खाँसते चले आए और कहने लगे, 'जा जा, सुन तो आ। ऐसी कौन सी बात है जो वह तुझसे और सिर्फ तुझी से कहना चाहता है। ठीक तो कह रहा है नरैण। इसमें हर्ज क्या है ?' मुझे गुस्सा आ गया। मैंने कहा, 'मैं क्यों जाऊँ ? मैं हर्गिज नहीं जाऊँगा। तुम्हें क्या ? तुम तो जाते ही हो। इस बीमार हालत में भी तुम्हें उनकी सूरत देखे बिना चैन नहीं पड़ता। ठीक है, भाई तुम्हारा है। मुझे क्या लेना है ? तुम्हीं दोनों भाइयों ने तो मिलके मेरी जिन्दगी चौपट की है। जब मैं नहीं चाहता तो क्यों जबर्दस्ती करते हो ?' बेचारे चले गए चुपचाप वापस अपनी कोठरी में और बड़बड़ाने लगे, 'मुझे क्या करना है। जैसा तुम्हारा मन हो वैसा करो...।' मैं और चिढ़ गया। मेरे मुँह से निकल पड़ा, 'मेरा क्या मन होगा। मेरा कोई मन नहीं है। मुझे तुम लोगों ने कुछ करने-धरने लायक रखा भी है ? मैं तो इसी घर में घुट-घुट के मरने के लिए पैदा हुआ हूँ। अपने साथ-साथ तुमने

मेरा भी नाश किया। तुम्हीं अच्छे होते तो फिर रोना काहे का था ! क्या किया है तुमने मेरे लिए ? बताओ।'

मुझे आज पता नहीं क्यों, बहुत ही गुस्सा आ गया था। नहीं तो ऐसी जली-कटी नहीं सुनाता। पता नहीं मुझे आजकल हो क्या गया है...जब-जब उनके साथ मैं अच्छी तरह बात करना चाहता हूँ—तब-तब अपने बावजूद इसी तरह झुँझला जाता हूँ और कुछ तो भी बक जाता हूँ। आज तो माँ ने भी मुझे बहुत डाँटा। उसे भी बुरा लग गया। उसे क्या पता मैं कैसे नरक में से गुजर रहा हूँ। न मैं उससे अपने मन की तकलीफ कह सकता हूँ, न बाबूजी से ही। इतने बड़े कस्बे में एक भी आदमी ऐसा नहीं, जिसके साथ मेरी बात हो सके। बचपन के दोस्त तो बचपन के दोस्त ही होते हैं। या फिर मैं ही शायद बदल गया हूँ, वे बेचारे भी क्या कर सकते हैं। बस एक लच्छू है ले-देकर, जिसके पास बैठकर जी कुछ बहलता है। पर बीच के इन बरसों का क्या करूँ जो एक खाई की तरह उसके-मेरे बीच आ गई है और जो मेरी आवाज को मेरे ही पास लौटा देती है—उस तक नहीं पहुँचने देती। वह भी मुझसे निराश हो गया है। उसे उम्मीद थी कि मैं बड़ा आदमी बनूँगा। कल मुझसे कह रहा था कि परमेसरी तो डिप्टी कलेक्टर बन गया है। जब मैंने उसे बताया कि मैं इससे भी बड़े इम्तहान में बैठ रहा हूँ, तो वह बहुत खुश हो गया और जाकर मथुर काका से कह भी आया। अब यह तो मैं ही जानता हूँ कि मेरी क्या तैयारी है। अक्टूबर में इम्तहान है और मैंने अभी तक किताबें खोलकर भी नहीं देखीं। मैं लच्छू को क्या बताऊँ ? वह समझ नहीं सकता। सक्सेना मेरी मदद करना तो दूर, मेरे पत्रों का जवाब तक नहीं दे रहा है। फिर भी मुझे जाकर रहना तो उसी के पास होगा।

दीदी ने भी तब से कोई पत्र नहीं दिया। शान्तम् की तरह वे भी मुझसे अबोला ठान बैठी हैं। समझ में नहीं आता, कैसे क्या करूँ ? स्कूल से लौटने के बाद बेहद थक जाता हूँ। छोड़ भी नहीं सकता। बाबूजी ने तो हद ही कर दी। इतनी बड़ी जिन्दगी में एक पैसा भी जोड़ के नहीं रखा। अगर ये सौ रुपए भी न हों तो घर में चूल्हा तक न जल पाए। क्या मथुर काका को यह सब मालूम नहीं होगा ? फिर जानते-बूझते उन्होंने यह क्या किया ? मेरी अनुपस्थिति में मेरे माँ-बाप को अपनी तरफ से तो उन्होंने भुखमरी के हवाले कर दिया था। अब वे मुझसे क्या चाहते हैं ?

मैं जान रहा हूँ वे मुझसे क्या कहेंगे। उनके हृदय में पछतावा हो सकता है। एक भड़क में आकर उन्होंने जो कुछ कर डाला—वह नहीं करना चाहिए था, यह शायद अब उनकी समझ में आया है। मगर मुझे लगता है यह होना ही था देर-सबेर। अब इस पर सिर धुनना व्यर्थ है। उनका क्या दोष देखूँ ? आखिर उनके भी बाल-बच्चे हैं। वे कब तक हमारा बोझ ढोएँ और क्यों ढोएँ ! मगर वे जो जहाँ-तहाँ हमारी बदनामी करते फिर रहे हैं और अपने पक्ष में सबकी सहानुभूति बटोरने के लिए जमीन-आसमान एक कर रहे हैं, इसका क्या मतलब है ? और फिर तमाशा तो देखो। बहाना क्या बनाया था उन्होंने अलग होने के लिए, 'मुझे मेरे गुरु ने स्वप्न में आदेश दिया है कि अब तुम्हारा

अलग हो जाना ही ठीक है।' यही तो बताया था उन्होंने अपने भाई और भाभी को। कौन बेवकूफ होगा जो उनकी इस बात पर विश्वास करेगा ? मथुर काका कब से गुरुवाले हो गए ? माँ कहती है कि भैरवजी के मन्दिर में कोई बाबा आकर रहने लगे हैं इधर दो-तीन साल से और मथुर काका हर शनीचर को नियम से वहाँ जाते हैं। कितने सीधे हैं ये लोग ! मथुर काका ने कह दिया और इन्होंने सुन लिया सिर झुकाकर। सारी दुनिया भी एक स्वर में चिल्लाकर कहे कि हाँ, यही सच है, तो भी मैं नहीं मानूँगा।

इलाहाबाद पढ़ रहा था–अभी तीन साल पहले की ही तो बात है, तब मथुर काका वहाँ आए थे। उस नागपुरवाले सेठ से मिलकर आए थे। 'टाइगर' की एजेंसी तो खैर कभी की छिन गई थी, पर कर्जा माफ करा के लाए थे और शायद कोई और जुगाड़ भी करके लाए थे, इसलिए काफी मगन मुद्रा में थे। बनारस देखने की बड़ी लालसा थी उनकी। मुझे भी साथ ले गए। काशी विश्वनाथ मन्दिर में एक पंडे ने उनको तंग करना शुरू कर दिया। वे वहाँ गए तो आखिर दान-पुण्य करने को ही थे। मगर पंडे ने जैसे ही उनको घेर-घारकर उनकी खोपड़ी पर हाथ फिराया, वैसे ही उन्होंने उसे ऐसा धक्का मारा कि वह गिर पड़ा। मुझे याद है, मथुर काका बिना पूजा किए मेरा हाथ पकड़कर मन्दिर से बाहर निकल आए थे और रास्ते-भर विश्वनाथ मन्दिर की बुराई करते रहे थे। मुझे यह भी याद है कि रास्ते में मैंने उन्हें गांधीजी की आत्मकथा का वह प्रसंग सुनाया था जहाँ गांधीजी ने विश्वनाथ मन्दिर के पंडों के बारे में अपना कटु अनुभव बहुत ही मजेदार ढंग से बयान किया है और उस पर तीखी टिप्पणी भी की है। उस दिन पहली बार मथुर काका को गांधीजी के बारे में अपनी राय बदलने की जरूरत महसूस हुई थी।

वही मथुर काका कहते हैं, 'मेरे गुरु बाबा ने मुझे स्वप्न में आदेश दिया है कि अपने भाई से अलग हो जाओ। इसी में तुम्हारा और उसका कल्याण है।'

आखिर वे मुझसे कहना ही क्या चाहते हैं जो उन्होंने अपने भाई और भाभी से नहीं कहा ? क्या वे मुझसे यही कहना चाहते हैं कि 'वह स्वप्नादेशवाली बात मनगढ़न्त थी। मेरा दिमाग फिर गया था उस वक्त। तुम तो मुझे जानते हो। यही समझ लो कि मेरा चित्त ठिकाने नहीं था। अब तुम लोग यह सब भूल जाओ और फौरन वापस आ जाओ। यही समझ लेना कि सपना देखा था।'

नहीं-नहीं, मथुर काका ऐसा कभी नहीं कर सकते। वे नम्बर एक के अकड़बाज हैं। झूठ बोल दिया तो बोल दिया। अब क्या किया जाए ? वे उस झूठ की रक्षा भी उतनी ही अकड़ और मुस्तैदी के साथ करेंगे। मैं अच्छी तरह जानता हूँ उन्हें क्या खास बात मुझसे करनी है।

नहीं मथुर काका ! अब नहीं। अब बहुत देर हो चुकी है। यह टूट अब नहीं जुड़ेगी। कभी नहीं। तुम्हें जो स्वप्नादेश हुआ, ठीक हुआ। तुमने जो किया, बिल्कुल ठीक किया।

अपने हिस्से का आसमान

बयालीस

दाउ वॉस्ट नॉट बौर्न फार डैथ, इम्मोर्टल बर्ड
नो हंग्री जेनरेशन ट्रैड दी डाउन
द वाइस आई हियर दिस पासिंग नाइट...

...मेरे गले में हठात् कुछ फँस गया था। मेरे लिए उस पंक्ति को पढ़ाना तो क्या पढ़ना भी मुश्किल हो गया था...कई सारी आँखें मुझ पर आ टिकी थीं...मैं उनसे कतराता हुआ अपने ऊपर काबू पाने की कोशिश में और फिसलता जा रहा था। पहले ऐसा कभी नहीं हुआ था।

मैंने किसी तरह अपने पर काबू पा लिया था। मुझे थोड़ा वक्त चाहिए था सँभलने के लिए...। मैंने कहा, 'लिखो, इसकी व्याख्या लिखो। यह बहुत महत्त्वपूर्ण है परीक्षा की दृष्टि से–एक्सप्लेन विद रेफरेंस टु दि कान्टेक्स्ट...' और सब लड़के जुट गए लिखने में।

'...लिखो-लिखो–'दीज लाइंस आर टेकेन फ्रॉम कीट्स' ओड टु द नाइटिंगेल...'

मैं लिखा रहा था एक्सप्लेनेशन। पर मैं वहाँ नहीं था। मुझे एक मोहलत मिल गई थी। लाँगफेलो का गुलाम स्वप्न देख रहा था–'स्वतन्त्रता का स्वप्न'...। बरसों गुजरे एक दूर देहात के बच्चों को मैंने पढ़ाई थी वह कविता–'स्लेव्स ड्रीम'। मैंने हिन्दी में कर दिया था उस कविता को उन्हीं की मदद से; अब वह उनके लिए हिन्दी की ही कविता थी, अंग्रेजी की नहीं। बच्चे किस कदर खुश हुए थे ! मुझे भी कितना अच्छा लगा था। यह भी एक स्कूल ही है। मैं अब भी कविता ही पढ़ा रहा हूँ। पर वैसा कुछ करने की यहाँ कल्पना भी नहीं होती। यह राजधानी का पब्लिक स्कूल है–यहाँ मन्त्रियों, अफसरों, बड़े व्यापारियों के बच्चे पढ़ने आते हैं। मुझे लगता है जब नेता लोग कहते हैं देश का भविष्य विद्यार्थियों के हाथ में है तो उनका आशय ऐसे ही स्कूलों के बच्चों से होता होगा... फर्र-फर्र अंग्रेजी बोलनेवाले बच्चे...सिद्धार्थ की तरह रोग और शोक और दैन्य और दारिद्र्य के दृश्यों से बचा-बचाकर गमलों में पाले गए बच्चे...

...यस...लिखो...'थ्रू दि सैड हार्ट ऑफ रूथ...रूथ इज सैड बिकॉज शी इज नॉट एलाउड टु सी हर लैंड ऐंड हर पीपुल...'

'एक्सक्यूज मी सर,' आगे की कतार का एक लड़का उठ खड़ा हुआ, 'व्हाई शुड

रूथ बी सो सेंटिमेंटल एबाउट इट ? शी मस्ट एडजस्ट, शी मस्ट फॉरगेट आल दैट नान्सेंस एबाउट हर लैंड ऐंड हर पीपुल...'

'व्हाई ?' अगले ही क्षण मुझे अपना यह सवाल खुद अटपटा लग उठा। वह वही पूछ सकता था जो वह पूछ रहा था।

'आल लैंड्स आर एलाइक। ऑल पीपुल आर एलाइक। व्हाई शुड रूथ प्रिफर हर पीपुल टु...?'

'इट्स नॉट ए क्वेश्चन ऑफ प्रिफरिंग...' मेरा स्वर क्लास में एक सिरे से दूसरे सिरे तक गूँजती खिलखिलाहट में डूब गया था। मैं भी मुस्कुरा रहा था क्या ?... मुझे भी कोई स्मार्ट बात कहनी चाहिए–मैंने सोचा।

'डू यू नेवर फील होमसिक ?' मेरे मुँह से निकलने को ही था कि उसे फौरन दबाकर मैंने सीधा सवाल किया, 'व्हाई डू यू फाइंड इट सेंटीमेंटल ? टेल मी।'

'शी इज चाइल्डिश,' उस लड़के के बगल में बैठे एक लड़के ने कहा, 'वन मस्ट ग्रो।'

'इट्स द पोएट सर,' एक और आवाज आई पिछली बेंचों से, 'इट्स द पोएट हू इज सेंटीमेंटल।'

'ऐंड यू टू सर,' एक बहुत ही पतली आवाज मेरे कानों से टकराई ! या फिर वह मेरा वहम था–पता नहीं, क्यों मुझे ऐसा लगा। 'व्हाट डू यू मीन व्हेन यू से वन मस्ट ग्रो ?'–मैंने स्वयं को कहते पाया। एकाएक मैं जैसे टूटकर दो हो गया। वे दोनों टुकड़े अलग-अलग चक्कर काटने लगे–अलग-अलग बड़बड़ाने लगे। कितने होशियार और तेज-तर्रार लड़के हैं। ऐसे सवाल बी.ए., एम.ए. वाले भी नहीं पूछते। यह तर्क-बुद्धि, यह आत्मविश्वास इनमें कहाँ से आता है ? मैं तो नहीं था इनकी तरह। इनकी तुलना में मैं तो बिल्कुल घोंचू था। ऐसे ही लड़कों को पढ़ाने में मजा आता है...तन्दुरुस्त हँसते हुए चेहरे।...तन्दुरुस्त हँसते हुए दिमाग !...ये कभी मार नहीं खा सकते। कभी जिन्दगी में असफल नहीं हो सकते। ये ही लड़के शासन करेंगे, ये ही कल देश को नचाएँगे।

'व्हॉट डू यू मीन व्हेन यू से वन मस्ट ग्रो ?'...मेरा प्रश्न हवा में ही झूलता रह गया था। घंटी बज गई थी। लड़कों के चेहरे पर झुँझलाहट थी। आज कुछ भी काम नहीं हुआ। सर ने कुछ भी नहीं लिखाया-पढ़ाया।

'ठीक है, कल लिखाएँगे,' मैंने कहा और दरवाजे की ओर बढ़ गया।

'प्लीज सर, टैल अस व्हॉट यू मीन बाइ ग्रोइंग अप ?' वही लड़का मुझसे पूछ रहा था। मैंने अपनी घड़ी पर नजर डाली और घड़ी को ही सम्बोधित करते हुए कहा, 'वेल, ग्रोइंग अप मींस ग्रोइंग अप इमोशनली ऐज वैल ऐज इंटैलैक्चुअली। फॉर वन मे बिकम मैंटली एडल्ट, ऐंड यट रिमेन इमोशनली क्वाइट स्टंटेड...लाइक मोस्ट आव अस।'

और बिना अपनी बात की प्रतिक्रिया देखे, एक स्मार्ट मुस्कुराहट वहीं फेंककर मैं कक्षा से बाहर आ गया। तत्काल एक अजीब सी ग्लानि ने मुझे धर दबोचा। मुझे लगा मैं दोनों जगह 'मिसफिट' हूँ। न मैं यहाँ खप सकता हूँ इन तेज-तर्रार पब्लिक स्कूल के

लड़कों के साथ, न वहाँ उन देहाती बच्चों के साथ–जहाँ से शुरुआत की थी। अगर वहीं मन लगा होता तो काहे को यहाँ आता ? हालाँकि सवाल सिर्फ मन लगने का नहीं था। और भी बहुत सी बातें थीं। फिर भी...

थ्रू दि सैड हार्ट आफ रूथ व्हेन सिक फॉर होम
शी स्टुड इन टियर्स एमिड द एलियन कॉर्न

उस पंक्ति को छूते ही जैसे झन्नाकर कोई चीज मेरे अन्दर फूट गई थी। मेरे गले में हठात् कुछ फँस गया था...।

फूली गेछ दैणा नरैणा
ऐगै रितू रैणा
कफुवा बासण लागो हो मेरी बैणा
ऐगै रितू रैणा

खेतों में सरसों फूल गई। कफुवा पक्षी का स्वर भी वनों में गूँजने लगा। तेरा भाई तुझे लिवाने आया है। ओ मेरी बहन !

यह गीत मेरी बहन बहुत गाती थी। उस मनहूस दोपहर को मैं गया था वहाँ उन्हें लिवाने। यूनिवर्सिटी में पढ़ता था, तभी। मेरी माँ बीमार थीं। बहन के ससुरालवालों ने लिखा था किसी को भेज दें–आकर लिवा ले जाएँ। मैं वहाँ पहुँचा तो उनकी सास बीमारी का बहाना किए पड़ी थीं। बहन ने मेरे साथ जाने से इनकार कर दिया। मुझे खाली हाथ लौटना पड़ा। 'वहाँ जाके मैं क्या करूँ ?' उन्होंने कहा था, 'अब यही मेरा घर है।'

तब मैं छोटा ही था। ज्यादा अक्ल नहीं थी। पर बहन को उपदेश देने लायक सयानापन आ चुका था। मैंने भड़ककर कहा, 'जहाँ तुमने अपनी जिन्दगी के बीस-इक्कीस साल बिताए, उस घर से तुम्हारा कोई लेना-देना नहीं और जहाँ तुम्हें अभी साल-भर भी नहीं हुआ, उससे तुम्हें इतना लगाव हो गया कि अपनी बीमार माँ को देखने भी तुम नहीं जा सकतीं ?'

बहन के होंठ फड़फड़ाए। आँखें बड़ी देर तक मेरे चेहरे पर भटकती रहीं। फिर एक गहरी साँस छोड़ते हुए उन्होंने कहा, 'तुम अभी बच्चे हो गुड्डन ! कुछ दिन और ठहर जाओ। फिर जैसे अपने माता-पिता की सीख सुनती आई वैसे ही तुम्हारी भी सीख सुनने लगूँगी। मेरी इच्छा-अनिच्छा का सवाल ही कहाँ उठता है, गुड्डन ! हम लड़कियों की कोई इच्छा नहीं होती। तुम माँ से बता देना सरोज की सास बहुत बीमार हैं। सरोज उन्हें छोड़कर तुम्हारे पास कैसे आ सकती है ? तुम्हीं ने तो कहा था मुझसे ज्यादा अपनी सास को मानना, मुझसे ज्यादा अपनी सास की सेवा-टहल करना।'

दो-एक साल मैं भी बहन के साथ लड़कियों के स्कूल में पढ़ता रहा था। आर्य कन्या पाठशाला के सालाना जलसे में बहन को पहला इनाम मिला था–अच्छे गायन के लिए। मुझे अच्छी तरह याद है बहन ने जो लोकगीत सुनाया था :

छाना-बिलौरी झन दिया बौज्यू।
लागला बिलौरी का घामा...

(हे पिता ! और चाहे जो कुछ करना, पर मुझे छाना-बिलौरी जैसी गरम घाटियों को मत देना। वहाँ की धूप देह और आत्मा को झुलसा देनेवाली होती है, पिता ! मुझे भूलकर भी वहाँ मत ब्याहना।)

पर उस वक्त मुझे यह सब याद नहीं आया। कैसे आता ?...ऐसी ही एक रात थी, जब मैं बहुत देर तक जागता रहा था। तब पहली बार मैंने उन्हें एक लम्बी चिट्ठी लिखी थी। माफी माँगी थी अपने उस दिन के—उस मनहूस दोपहर के—बरताव के लिए। फौरन ही उनका जवाब भी आ गया था। 'मैं तुझसे बिल्कुल नाराज नहीं हूँ, गुड्डन ! मैं किसी से भी नाराज नहीं हूँ। पता नहीं मुझे हो क्या गया है ! मैं तो ऐसी नहीं थी रे। कैसी-कैसी फालतू बातें दिमाग में आती रहती हैं और अपने आप से ही मुझे डर लगने लगता है। तूने जो कहा था न कि मैं बिल्कुल बदल गई हूँ तो मुझे बहुत बुरा लगा था। पर कभी-कभी लगता है तेरी ही बात सच है। मैं सचमुच बदल गई हूँ और इसी से मुझे डर लगता है। खैर, तू मेरी बिल्कुल फिकर मत करना। मुझे यहाँ किसी किस्म की कोई तकलीफ नहीं है। होती तो क्या मैं तुझे नहीं बताती ? तू मेरी बिल्कुल फिकर मत करना—मुझे किसी बात की कमी नहीं है। मेरा स्वभाव ही ऐसा है कि जिनको सबसे ज्यादा चाहती हूँ उन्हीं को मेरे कारण तकलीफ हो जाती है। क्या करूँ—तू तो खुद ही समझदार है। मेरा तो ये हाल है कि इतने दिन हो गए तुझे एक चिट्ठी भी नहीं लिखी। आज जब मेरी चिट्ठी आई तो उसे पढ़ने से पहले ही मुझे रोना आ गया। तू अब तो नाराज नहीं होगा न ? इसी तरह मुझे चिट्ठी लिखता रहेगा न ? मुझे कितनी खुशी हुई तुझे बता नहीं सकती। तू खूब मन लगाकर पढ़ना रे। बहुत बड़ा आदमी बनना। जगन काका मुझसे कहा करते थे वीनू बहुत बड़ा आदमी बनेगा। तुझे जगन काका की याद आती है रे ? मुझे तो आजकल उनकी बहुत ही याद आ रही है। कई बार तो ऐसा लगता है जैसे वे मेरे आसपास ही कहीं मँडरा रहे हों और पुकार रहे हों, 'सरू बेटा !...सरू बेटा !...' गुड्डन । तूने वह डायरी तो सँभाल के रखी है न, जो मैं तुझे जाते वक्त सौंप गई थी ? उसे खो मत देना रे। वही तो एक यादगार उनकी हमारे पास बची है। बाकी तो सब खत्म ही हो गया। यह डायरी भी जाने कैसे बची रह गई। तुझे मैंने बताया तो था न, उन्होंने जाने क्या समझ के अपने सारे कागज-पत्र जला डाले थे। मैं यह डायरी अपने पास ही रखना चाहती थी पर फिर मैंने सोचा मैं तो मूरख हूँ। मुझे क्या आता है, मैं इससे क्या करूँगी ? गुड्डन को दूँगी तो उसके काम आएगी। तूने जो अपनी चिट्ठी में लिखा है कि तूने कविता-कहानी लिखना छोड़ दिया है तो मुझे बहुत दुख हुआ। मैं तो समझती थी तू किसी दिन बड़ा लेखक बनेगा और जगन काका के बारे में भी लिखेगा और सारी दुनिया को बताएगा कि उनकी कहानी ये है। मगर तू तो मथुर काका के कहने में आ गया और जगन काका को बिल्कुल ही भुला बैठा। मेरी बातों का बुरा मत मानना, गुड्डन। मैं मथुर काका की बुराई नहीं कर रही हूँ। तेरे लिए जो कुछ कर रहे हैं, आखिर वे ही तो कर रहे हैं, तुझे उनका अहसान मानना ही चाहिए। मैं तो सिर्फ बातें ही बना सकती हूँ; तेरी कोई मदद तो कर सकती नहीं। जगन काका

जिन्दा होते तो बात ही दूसरी होती। मगर उन्होंने तो आप अपनी मौत बुलाई। वे हिम्मत हार गए थे। तू कहेगा दीदी आज कैसी ऊटपटाँग बातें कर रही है। पर जाने क्यों मुझे यही लगता है कि जगन काका अगर चाहते तो किसी की ताकत नहीं थी जो उन्हें हमसे छीन सकती। उन्होंने खुद ही हमें छोड़ दिया। तूने लिखा है कि जबर्दस्ती लेखक बनने की कोशिश करने से क्या फायदा ? बिल्कुल ठीक है, जबर्दस्ती तो कोई कुछ भी नहीं बन सकता। मगर तू क्या ये समझता है कि जगन काका भी जबर्दस्ती लेखक बने थे ? नहीं न ? तो फिर उन्होंने क्यों लिखना छोड़ा ? तुम लोगों की यही बातें तो मेरी समझ में नहीं आतीं। पता नहीं, तुम लोग चाहते क्या हो ? चाहते कुछ हो, सोचते कुछ हो, करते कुछ हो। इससे तो मथुर काका ही अच्छे हैं। तू डिप्टी कलेक्टरी के इम्तहान में बैठना चाहता है तो जरूर बैठ। तेरे जीजाजी की भी यही राय है। उनका कहना है कि इसमें बहुत आमदनी होती है। मगर तू इस चक्कर में मत पड़ना। आखिर सभी बेईमान तो नहीं होंगे रे। तेरे जीजाजी की बातें सुनके तो ऐसा लगता है कि जैसे ऊपर से नीचे तक सभी बेईमान और घूसखोर ही होते हैं इस दुनिया में। मुझे तो भरोसा नहीं होता। मैं तो सोच भी नहीं सकती थी कि मेरा भाई भी ऐसा ही करेगा। इनसे कहती हूँ तो ये मेरी हँसी उड़ाते हैं और मुझे बहुत बुरा लगता है। दोस्त भी इनके सब ऐसे ही हैं। क्या ये ठीक कहते हैं ? तू भी ऐसा ही समझता है ? फिर क्यों बैठ रहा है ? तू तो इतना होशियार है। तुझे नौकरी की क्या कमी है, पढ़-लिख जाएगा तो इससे अच्छी भी नौकरी मिल सकती है। खैर, ये सब मैं क्या जानूँ ? तू जो करेगा सोच-समझ के ही करेगा–मुझे तेरे ऊपर भरोसा है। बाबूजी क्या कहते हैं ? उनकी चिट्ठी आती है ? मुझे तो वे भी चिट्ठी नहीं लिखते। मेरी समझ में नहीं आता...खैर, तू, अपना मन लगा के पढ़ना, किसी बात की चिन्ता मत करना।'

कुछ लोग दुनिया में सिर्फ असफल होने के लिए ही पैदा होते हैं; हर मोर्चे पर पिटने और मार खाने के लिए और उन्हें इस पर कभी अचरज भी नहीं होता, क्योंकि वे आखिर-आखिर तक यही तय नहीं कर पाते कि उन्हें यहाँ भेजा किसलिए गया है। मूर्खता उनमें कूट-कूटकर भरी होती है और फिर भी वे तीक्ष्ण बुद्धिवाले होते हैं जिसका वे कुछ नहीं कर सकते। शायद यह तीक्ष्ण बुद्धि भी उन्हें इसीलिए दी जाती है कि वे सब कुछ जानें...सब कुछ अनुभव करें...वह सब कुछ, जो जीवन को असह्य बनाता है। और कर कुछ भी न सकें। अपने जीवन का कभी कुछ न बना सकें। मेरे पिता ऐसे ही लोगों में थे। उन्हें विश्वास था कि उनकी लड़की बहुत ही अच्छे घर में गई है। और यह भ्रम पूरे चार सालों तक बना रहा, जबकि उन चार सालों में उन्होंने एक बार भी अपनी लड़की का मुँह नहीं देखा–उसी लड़की का, जिसे वे सबसे ज्यादा चाहते थे और जिसे उन्होंने अपना सर्वोत्तम दिया भी था।

इसीलिए तो उसने उन्हें पहचान भी लिया था। इसीलिए तो वह चुपचाप उनके साथ मायके चली भी आई थी। मुझे उसने नहीं पहचाना था। मैं उसे लिवाने गया था। मैं दोनों को लिवाने गया था। शान्तम् को और सरोज को। शान्तम् वहाँ नहीं थी। मैं

खुद ही पागलों जैसी हालत में वहाँ टनकपुर पहुँचा था। उसने मेरे उस पत्र का कोई उत्तर नहीं दिया था। चार महीने बीत चुके थे। शान्तम् की ही तरह वह भी चुप थी। क्यों चुप थी।

वह वहाँ थी और मैं उसके सामने खड़ा था। पर वह मुझे नहीं पहचान रही थी। वह कुछ बोल भी नहीं रही थी। सिर्फ मुझे देख रही थी। नहीं, मुझे भी नहीं, मैं उसके लिए जैसे वहाँ होकर भी नहीं था। वह मुझे बिल्कुल नहीं पहचान रही थी।

मुझे बताया गया कि वह महीने-भर से ऐसी ही है। कितने ही डॉक्टरों को दिखा दिया, कोई कुछ नहीं बताता। किसी की समझ में नहीं आता, यह कैसा रोग है। वैसे उसे कोई तकलीफ नहीं है। डॉक्टरों का कहना है कि ऐसे ही ठीक हो जाएगी। भूख-प्यास सभी कुछ नॉर्मल है। ठीक हो जाएगी, इसी उम्मीद में मायकेवालों को भी खबर नहीं दी थी अभी तक, कि खामखाह घबरा जाएँगे। पर परसों जब जबान भी बन्द हो गई तो तार करना पड़ा।

तार मुझे नहीं, बाबूजी को मिला था। मैं पहुँचा, उसके कोई चारेक घंटे बाद वे भी पहुँच गए।

'सरोज !... सरोज !'...बाबूजी उसे पुकार रहे थे और वह वैसे ही सिर झुकाए बैठी थी। 'वह किसी को नहीं पहचानती,' उसके पति ने कहा। 'इसको भी नहीं पहचाना–अपने भाई को,' उसकी सास ने मेरी ओर इशारा करते हुए कहा।

सहसा बहन ने सिर उठाया और उन्हें देखा और धीरे से बुदबुदाई, 'बाबू...।' मैंने सुना। 'कोई फायदा नहीं,' उसकी सास ने कहा, 'वह किसी को नहीं पहचानती।'

पिता ने उसका हाथ पकड़ा और मुझसे कहा, 'चलो फौरन अभी। इसी गाड़ी से। देर करने का कोई मतलब नहीं,' फिर उसकी सास से कहा, 'मैं वैसे भी, ये अच्छी भी होती तो मैं कैसे रुक सकता था। मैं ठहरा पुराने जमाने का आदमी। आप तो जानती ही हैं, पुरखों की रस्म है कि लड़की के घर का अन्न-जल भी पिता ग्रहण नहीं कर सकता।'

'वो तो ठीक है मगर...यह कैसे हो सकता है?' सास ने अपने लड़के की ओर देखते हुए कहा, 'क्यों भइया ?'

लड़के की आँखें अपनी माँ की आँखों से मिलीं। वह मुस्कुराया। बोला, 'वैसे भी ये इस हालत में जाएगी कैसे ? कल मैं इन्तजाम कर दूँगा। आज तो आपको यहाँ ठहरना ही होगा। फालतू के अन्धविश्वास में क्या रखा है–आप तो खुद ही समझदार हैं...'

पिता तमककर उठ खड़े हुए, 'समझदार ही होता तो यह दिन नहीं देखना पड़ता। मैं समझता था मेरी लड़की वहीं जाएगी जहाँ उसका अन्न-जल होगा। अन्धविश्वास वह था, यह नहीं। समझे ?'...पिता आवेश में हाँफने और बुरी तरह हकलाने लगे, 'मुझे सब मालूम है...कहाँ है मथुरिया ?...अब बोलता क्यों नहीं ?...अन्न-जल।...तुम्हारे घर का अन्न-जल...जो इसी को नहीं पचा...तुम्हारे घर की बहू को...वह मुझे पचेगा ?...शरम नहीं आती ?...धिक्कार है...धिक्कार है, तुम्हारे खानदान को...मैं सब जानता हूँ...मुझे

सब कुछ मालूम है ?...सब कुछ...' एकाएक उनकी निगाह मुझ पर पड़ी और वे बुरी तरह चीख पड़े, 'अब खड़े-खड़े मुँह क्या देख रहे हो ! ताँगा लेके क्यों नहीं आते फौरन ! क्या कहा था मैंने तुमसे !...' मैं हड़बड़ाकर भागा ताँगा लेने। जाते-जाते मेरे कान में पड़ा, 'छोड़ो माँ, जाने दो, इनका दिमाग ठिकाने नहीं है। जो इनका मन हो करने दो। खामखाह क्यों मुँह लगती हो...?'

गाड़ी आकर प्लेटफार्म पर लगी, तब तक–उन तीन-चार घंटों के दौरान पिता एकदम गुमसुम रहे। गाड़ी में बैठ चुकने के बाद उन्होंने एकाएक मेरी ओर इशारा करते हुए बहन से पूछा, 'इसे पहचानती है ? कौन है यह ?'

बहन का चेहरा वैसा ही गुमसुम, निर्विकार बना रहा, उस पर कोई हरकत नहीं हुई। 'देख रहे हो ?' पिता की आवाज काँपने लगी, 'यह तुम्हें नहीं पहचानती।'

पिता ने खिड़की से अपना मुँह बाहर निकाल लिया। मैं चुपचाप उनकी हिलती हुई पीठ को देखता रहा। कुछ भी कहने-सुनने का कोई मतलब नहीं रह गया था। 'मुझे सब कुछ मालूम है ?'...उन्होंने कहा था अभी-अभी। इसका क्या अर्थ है ? कहीं ऐसा तो नहीं कि वह चिट्ठी ही कहीं अचानक इनके हाथ में पड़ गई हो ? मगर ऐसा कैसे हो सकता है ?

मैंने बहन की ओर देखा। वह उसी तरह बैठी थी गुमसुम, भावहीन। वह मुझे देखकर भी नहीं देख रही थी। 'दीदी,' मैं चीख पड़ा, 'दीदी दीदी ! तुम्हें हो क्या गया है ? तुम मुझे पहचान क्यों नहीं रही हो ?...मैं गुड्डन हूँ दीदी ! तुम्हारा गुड्डन !'...और फूट-फूटकर रोने लगा।

...जाने कितनी देर...। पूरी बर्थ खाली हो गई थी। पिता ने सरोज को लिटा दिया था। उसकी आँखें मुँदी थीं...वह सो गई थी एक आज्ञाकारी बच्चे की तरह...और पिता का हाथ मेरी पीठ पर था, 'चुपो चुपो...सब ठीक हो जाएगा भगवान चाहेगा तो।... घबराओ मत। इस तरह धीरज खोने से कैसे काम चलेगा ? अभी घर पहुँचने पर सब ठीक हो जाएगा। उसे नींद पड़ गई है। पता नहीं उसे नींद आती थी कि नहीं ? कब से नहीं सोई है।'

गाड़ी अँधेरे में चीखती-चिंघाड़ती भागी जा रही थी पूरी रफ्तार से...। अभी कुछ ही दूर में लालकुआँ आ जाएगा, फिर हलद्वानी...और वहाँ से अलमोड़ा। डिब्बे के सारे यात्री ऊँघ रहे थे...मुझ पर भी एक बेहोशी-सी छाने लगी। उस बेहोशी में ही मुझे लगा कोई बुदबुदा रहा है...मेरे कान में ही...

अनन्याश्चिन्तयन्तो माँ ये जनाः पयुपासते
तेषां नित्याभियुक्तानां योगक्षेमं वहाम्यहम्।

और...अन्त में

तैंतालीस

तब लू थी। अब शरद ऋतु है। दिशाएँ प्रसन्न हैं और निर्मल वायु बह रही है। आसमान एकदम नीला-निथरा हुआ है जैसे बूढ़ी आँखों में बालापन तैर आया हो। क्या सचमुच मेरा शोक श्लोकत्व को प्राप्त हो चुका और यही वह समय है जब एक धमाके के साथ 'मधुरेण समापयेत्' हो जाना चाहिए ?

मगर कैसे ? तब जेठ था। आज कतकी पूनो है और मेरी रामायण अधूरी पड़ी है। पूरा क्वार का क्वार चला गया–मैं अभी किष्किन्धाकांड में ही भटक रहा हूँ।...अरे नहीं ! यह तो उत्तरकांड आ गया। यह किसने मुझे उठाकर जबर्दस्ती यहाँ पटक दिया ? मेरा युद्धकांड कहाँ है ? मेरी स्वयंवरा जो मेरे देखते-देखते ही धरती फाड़कर समा गई–उसका साक्षी कौन है ? कौन है मेरे सिवा, जो मेरे पराक्रम की गाथा लोगों को सुनाएगा–मुझे मरणोत्तर जीवन देगा ?–ओ लच्छू ! चन्दू ! अहमद ! नारायण ! सक्सेना !...तुममें से कौन है जो मुझ मरते हुए हैमलेट का भाट बनेगा ? जैसे विनायक जगन काका का बना था, वैसे ही।–विनायक, जो लेखक था जन्मजात, स्टेनो महाशक्तियों का; स्वयं देवताओं ने जिसके हाथ में कलम पकड़ाई थी–उसका होरेशियो कौन बनेगा ?

नहीं, मेरी कुंडली में वैसा कोई 'मित्रलाभ' नहीं है। हाँ, 'सुहृद्-भेद' जरूर है...बरसों मैं मायावी दुन्दुभि के साथ जूझता रहा...वह मुझे अपने पीछे-पीछे पाताल-लोक में सोख ले गया था।...बरसों मैं उसकी सड़ी हुई लाश के साथ उस ताबूत के अन्दर छटपटाता रहा...मेरा ही सहोदर उस गुफा के मुँह पर पत्थर रख के लौट गया था और निष्कंटक होकर मेरी आयु भोग रहा था। आज भी वह निष्कंटक है–हालाँकि मैं बाहर आ गया हूँ उस पत्थर को हटाकर–फिर भी मेरी आँखें अभी तक इस उजाले की आदी नहीं हुईं। उस अँधेरी गुफा की वे दुःस्वप्न आकृतियाँ मेरा पीछा नहीं छोड़तीं। बरसों मैं घिरा रहा उनसे और बहलाता रहा खुद को, कि वे असत् हैं, मिथ्या हैं। अब मैं उन्हें देख सकता हूँ आर-पार...। वे अब मेरे भीतर उतनी नहीं, जितनी मेरे सामने हैं।

क्या इसीलिए इस वैशाख ने मेरी राख को कुरेदा, एक फूँक मारी और कहा–उठो, जागो फिर एक बार; अपनी आत्मकथा लिखो, 'सिंहावलोकन' करो; न सही सत्य के, झूठ के साथ ही कुछ प्रयोग करो। कुंडली जगाओ अपनी; चेतो।

'तथास्तु !' मैंने कहा और अपनी पेटी से वह कपड़ा-चिपके कागजवाली, अनेक

तहों में लिपटी रंगीन स्याही से चित्रित जनमकुंडली निकाली–नकल नहीं, असल। नकल तो सक्सेना के पास ही छूटी रह गई थी। उस पर से मेरा विश्वास जो उठ गया था। 'धर्मकर्माधिपत्य' में मुझे कोई दिलचस्पी नहीं थी और वह 'महान प्रतिभाशाली' मुझे तीस साल से मुँह चिढ़ा रहा था। मुझे दिल्ली में रहते-रहते बरसों गुजर चुके थे। दिल्ली मेरे लिए बरफ की सिल्ली साबित हुई थी और मैं उसके नीचे दबा किसी चमत्कार की प्रतीक्षा में तेजी से अपनी उम्र की ढलान पर फिसलता जा रहा था।

ऐसे में एक दिन वह मेरे पास आई और बोली, 'शब्द मत चाहो। उससे कुछ नहीं होगा।'

उसने यह बात शब्दों में नहीं कही थी; एक अजीब सी भाषा में कही थी जिसका अक्षरशः अनुवाद मैंने किया है।

मैंने उससे कहा, 'शब्द न चाहूँ, यह तुम कह रही हो–तुम, जो अब स्वयं एक शब्द हो ?'

उसी निःशब्द निष्ठुरता के साथ उत्तर आया, 'यह तुम्हारा भ्रम है। जहाँ शब्द की आहट भी मिलती है, वहाँ मैं नहीं आती।'

'पर क्यों ?' मैंने कहा, 'तुम क्यों आई ? मैंने तो तुम्हें नहीं बुलाया।'

'मेरा आना, न आना अब तुम्हारे बुलाने, न बुलाने पर निर्भर नहीं है।'

'यही सही,' मैंने कुढ़कर कहा, 'मगर पहले मेरी खोपड़ी पर अपनी पकड़ तो ढीली करो। मुझे दर्द हो रहा है। मुझे अभिव्यक्ति चाहिए, यह गूँगा अभिनय नहीं। ईश्वर के लिए मुझे छोड़ दो।'

'ईश्वर के लिए ही तो मैंने तुम्हें पकड़ रखा है,' वह बोली।

'ईश्वर नहीं है,' मैंने कहा और छटपटाने लगा।

'पर मैं तो हूँ,' उसने कहा। मेरे धड़कते हृदय को उसने अपनी मुट्ठी में भींच लिया। मैंने घबराकर आँखें खोल दीं और मेज को दोनों हाथों से कसकर पकड़ लिया। मुझे लगा वह अब भी मेरे आसपास मँडरा रही है। मैंने निश्चय किया कि बहुत ज्यादा एकान्त से मुझे परहेज करना चाहिए। दिन-भर दोस्तों से घिरा रहना और रात-भर किताबों से, यह मेरी दिनचर्या हो गई।

एक दिन की बात है, रात के बारह-एक बजे होंगे, मैं एक उपन्यास में डूबा हुआ था। पढ़ते-पढ़ते भावातिरेक से मेरी आँखों में आँसू छलछला आए...वह दोस्तोएव्स्की का उपन्यास था। मित्या का वह स्वप्न मेरी रीढ़ में बज रहा था।

...कि एकाएक सरसराहट-सी हुई और इससे पहले कि मैं कुछ सोचूँ, सँभलूँ, उसने आकर मुझे दबोच लिया।

'क्यों ? मिल गई अभिव्यक्ति ?' उसने शुरुआत ही व्यंग्य से की।

'नहीं !' मैंने कहा, 'पर तुम क्यों फिर चली आई ? तुम तो मेरी अभिव्यक्ति नहीं हो।'

'तुम झूठ बोलते हो,' उसने कहा और मेरे गाल पर ढुलक आए आँसू को मेरी जीभ

से छुला दिया, 'यह तुम्हारी अभिव्यक्ति नहीं तो क्या है ? इतना मगन तो तुम्हें पहले कभी देखा नहीं।'

'तुम क्या देखती हो ?' मैंने चिढ़कर कहा, 'तुम कुछ भी नहीं देख सकतीं, कुछ भी नहीं सुन सकतीं। तुम्हें क्या पता मुझ पर क्या बीत रही है ?'

वह कुछ नहीं बोली। चुपचाप मेरी खोपड़ी पर, होंठों पर, दाँतों की जड़ों पर, जीभ पर, गर्दन और पीठ पर हाथ फेरती रही। मुझ पर एक बेहोशी-सी छाने लगी। सारा शरीर मुर्दे की तरह अकड़ गया। मैंने बोलना चाहा पर मेरे होंठ एक-दूसरे पर बुरी तरह कस गए। मैंने उठना चाहा पर मेरे आर-पार जैसे एक कील ठोंक दी गई। मेरी इच्छा-शक्ति ने बिल्कुल जवाब दे दिया। अब मैं पूरी तरह उसके वश में था।

क्या मैं भयभीत था ? हाँ और नहीं भी। वह अनुभूति भय और उत्तेजना, आतंक और आह्लाद का एक अद्‌भुत मिश्रण थी। वह जीते जी मर जाना था। वह अपनी ही कब्र में सहसा जगकर आँख खोल देने जैसा था। हालाँकि मेरा अस्तित्व सुन्न पड़ गया था तो भी एक बिन्दु बेहद चौकन्ना था और सब देख रहा था। मेरा दिमाग भी चालू था; पर शोर नहीं कर रहा था। सारी चौकड़ी भूलकर चुपचाप एक कोने में दुबक गया था। पिता के आ जाने पर सहमे हुए शरारती बच्चे-सा।

रसोईघर में कुछ खटर-पटर हो रही थी। मैंने उसी को कसके पकड़ लिया और उसके सहारे उस कब्र से बाहर की ओर रेंगने लगा। तुरन्त ही मुझे रँगे हाथ पकड़ लिया गया, 'कहाँ जा रहे हो ?'

'तुमसे दूर...तुम्हारी पहुँच से बाहर।'

'क्या ऐसी भी कोई जगह है ?'

'तुम मेरे पीछे क्यों पड़ी हो ?'

'तुम्हीं तो मुझे बुलाते हो ?'

'नहीं-नहीं,' मैं घबरा गया, 'ऐसा तो नहीं कह सकता।'

'तब ? क्या मैं केवल एक शब्द हूँ तुम्हारे लिए ? जीवन और मृत्यु के अलंघ्य अन्तराल में ? इसका क्या भरोसा, कि और भी सारे शब्दों से तुम्हारा रिश्ता इतना ही उथला और अवास्तविक न होगा ? फिर भी तुम उम्मीद करते हो कि शब्द तुम्हारे पास आएँगे और तुम्हें सत्य का साक्षात्कार कराएँगे। क्यों ?'

'जाने भी दो। सब शब्द तुम्हारी तरह नहीं होते।'

'मेरी तरह ? क्या मतलब ? मैं कैसी लगती हूँ तुम्हें ?'

'असह्य।'

'डरते हो ?'

'हाँ, उस अनुभव से डरता हूँ जो मेरे जाने-पहचाने अनुभवों को मिट्‌टी में मिला दे।'

'तुम ठीक कह रहे हो। मैं तुम्हें मिट्‌टी में ही मिला रही थी। जानते हो न, मिट्‌टी के बने हो और मिट्‌टी में ही मिलोगे।'

'हाँ, यह कहावत मैंने सुनी तो है।'

'सुनी है तो गुन भी लो। बिना मिट्टी में मिले मिट्टी गढ़ना चाहते हो ?'

'पहेली मत बुझाओ।'

'मैं मृत्यु हूँ।'

'मैं अभी जिन्दा हूँ।'

'क्यों जिन्दा हो ?'

'...'

'जिन्दा रहने का क्या अर्थ है ? कोई उद्‌देश्य है जिसके लिए जिन्दा हो ?'

'मैं नहीं जानता। जानना जरूर चाहता हूँ पर...' एकाएक तड़पकर मैं खड़ा हो गया। मेरी मुट्ठियाँ भिंच गईं। मैं अपनी पूरी मनुष्यता में तन गया और चीख पड़ा, 'लखूखा आदमी दुनिया में रहता है। संसद से सड़क तक। उनके पास क्यों नहीं जातीं ? उनसे क्यों नहीं पूछतीं ? जानने का ठेका क्या मैंने ही ले रखा है ? जैसे वे जिन्दा हैं, वैसे ही मैं भी जिन्दा हूँ...।'

'पाखंडी !' उसने कहा, 'किताबी स्वप्न पर आँसू बहा रहे थे। क्यों बहा रहे थे ?'

'क्या तुम नहीं जानतीं ?' मैं सहसा बेहद उत्साह से भर उठा। मैंने लपककर वह उपन्यास उठाया और पढ़ने लगा जोर-जोर से। आवेग से मेरा गला रुँध गया, 'यह साक्षात्कार है मनुष्य की हालत का,' मैंने कहा।

'कैसे मालूम ? तुम कैसे जानते हो ?'

'अपने अनुभव से।'

'पर मुझे तो ऐसा कुछ भी अनुभव नहीं हुआ।'

'तुम्हें क्यों होने लगा ? तुम्हें अनुभव छूता ही कहाँ है ?'

'पर मैं तुम्हारी आत्मा हूँ। मुझी में तुम्हारे अस्तित्व की जड़े हैं। और वे जड़ें जो जन्म-जन्मान्तरों में फैली हुई हैं।'

'जन्मान्तर में मैं विश्वास नहीं करता।'

'मुझमें तो करते हो ?'

'नहीं। हाँ, नहीं करता था। अब करना पड़ा है। पर...यह विश्वास भ्रम से भी ज्यादा बुरा है। मैं भूल जाना चाहता हूँ।'

'अपनी सरस्वती को ?'

'उसकी मैं क्या जानूँ ? मैं सिर्फ अपनी जानता हूँ।'

'चलो गनीमत है। मगर तुम्हें अभिव्यक्ति की क्या जरूरत है ? तुम तो जीने के लिए किसी उद्‌देश्य की जरूरत महसूस नहीं करते।'

'वह बैठे-ठालों का धन्धा है। मुझे जीने के ही लाले पड़े हैं और तुम्हें उद्‌देश्य की सूझ रही है। जाओ, और इतने सारे लोग पड़े हैं। उनके पास क्यों नहीं जाती ?'

'उनके पास क्यों जाऊँ ? मैं तो तुम्हारी अन्तरात्मा हूँ।'

'क्या प्रमाण है इसका ?' मैंने कहा और उठकर बाहर आ गया। बड़ी देर तक

भीड़-भरी सड़कों पर टहलता रहा। फिर एक दोस्त के घर चला गया और वहाँ से लौटकर बत्ती बुझाकर लेट गया। पर नींद नहीं आई। मेरे पैरों के तलवों में रह-रहकर कोई शॉक मारने लगा। उसने फिर उसी निर्मम त्वरा से मेरे स्नायुओं को उमेठना शुरू कर दिया।

'प्रमाण मिला ?'

'हाँ। मगर मेरे दुख-सुख से, मेरे दिलो-दिमाग से तुम्हारा क्या रिश्ता है, मेरी समझ में नहीं आता। क्या तुम मेरी एक मदद कर सकती हो ?'

'कैसी मदद ?'

'लिखने में। मुझे शब्द चाहिए। उन्होंने मेरे पास आना बन्द कर दिया है। मेरी साँस घुटती है। मेरे सारे कार्य-कलाप मुझे अवैध लगते हैं। मैं झूठ से घिर गया हूँ। मुझे लगता है मैं नहीं हूँ। मुझे इस सन्दिग्धता से उबारो किसी तरह। मुझे शब्द दो।'

'मैं शब्दातीत हूँ। मैं वहाँ हूँ जहाँ वाणी चुक जाती है और मन की जड़ें भी खो जाती हैं। मैं तुम्हारी मदद कैसे कर सकती हूँ ?'

'तो तुम आती क्यों हो ? तुम्हें बुलाता कौन है ? तुम अगर मेरी अभिव्यक्ति नहीं हो तो इस तरह बार-बार बलात् मुझ पर हावी क्यों हो जाती हो ?'

'...'

'क्या तुम ही मेरी अभिव्यक्ति हो–परम अनिवार आत्म-सम्भवा ?'

'यह तो तुम्हीं जानो।'

'मैं क्या खाक जानूँगा ? तुम्हारा स्पर्श मिलते ही मेरे होंठ भिंच जाते हैं, कंठ अवरुद्ध हो जाता है, वाणी के सारे स्रोत सूख जाते हैं, मैं जैसे कुछ हूँ ही नहीं, यह संसार भी कुछ नहीं; कोई समस्या नहीं, कोई संघर्ष नहीं। अर्थ न पाने की बेकली खुद निरर्थ हो जाती है। क्या यह मेरे अनुभव का, मेरी मनुष्यता का अपमान नहीं है ? मैं मर जाता हूँ...पर वह मुर्दनी मुझे अच्छी लगने लगती है। मैं जड़ हो जाता हूँ, पर वह जड़ता मुझे संसार से ऊपर उठा लेती है। मैं अपनी सारी पहचान खो देता हूँ पर इस व्यक्तित्व हीनता में ही मुझे एक ऐसे निषिद्ध सुख की अनुभूति होती है कि उससे वापस लौटकर अपने असली संसार में आने की इच्छा ही मर जाती है।'

'तो और तुम क्या चाहते हो ?'

'मैं क्या चाहता हूँ ?'

'तुम्हीं ने तो कहा अभी-अभी, कि तुम्हें ऐसी अभिव्यक्ति चाहिए जो तुम्हें उस सन्दिग्धता से उबार ले जो तुम्हारा जीवन तुम्हें लगता है।'

...

'चुप क्यों हो गए ? क्या सोच रहे हो ?'

'यह जीवन नहीं, मृत्यु है। मुझे जीवन चाहिए–असन्दिग्ध जीवन; कोई असन्दिग्ध उद्देश्य–इस अर्थहीन, न्यायहीन जीवन के लिए।'

'अपने दोस्तोएव्स्की से पूछो।'

'मैं तुमसे पूछता हूँ।'

'बुद्ध ने भी नर-कंकालों को देखा था। उनसे नहीं पूछा ?'

'मैं किसी बुद्ध-वुद्ध को नहीं जानता। मुझे जीवन का तिरस्कार नहीं, जीवन का रूपान्तरण चाहिए।'

'राम राम ! ऐसा तो दोस्तोएव्स्की ने भी नहीं कहा कि मैं किसी ईसा-वीसा को नहीं जानता।'

'दोस्तोएव्स्की ने मित्या को सिरजा है। और ईवान को, और अल्योशा को। उसने सन्त को भी मनुष्य बनाकर संसार के बीचोबीच पटका है।'

'और तुमने ?'

'मैंने ? मैंने कुछ नहीं सिरजा। हम कैसे सिरज सकते हैं ? हम केवल देख सकते हैं। सिरजना जीने से बड़ा होता है। हमारा दुःख हमें सृजन की प्रेरणा नहीं देता। हमारे दुःख में आशा नहीं है। हमारी आँखों में भी नर की नहीं, नारायण की व्यथा है। 'गोदान' का अन्त मुझे किसी भी ट्रैजेडी से ज्यादा भयावह लगता है।'

'क्यों लगता है ?'

'क्योंकि वह सृजन नहीं है, यथार्थ है। होरी को मैंने देखा है। धनिया को मैंने देखा है। होरी मेरा बाप था। धनिया मेरी माँ है।'

'तब तो तुम गोबर हुए।'

यह संवाद वहीं का वहीं टूट गया। मैंने इसे आगे बढ़ाने की बहुत कोशिश की मगर असफल रहा। मुझे लगता था कि एक रेखा है जिसे लाँघे बिना उसके साथ आगे संवाद सम्भव नहीं है और वहाँ पहुँचकर मेरी हिम्मत जवाब दे जाती थी। मुझे जगन काका की डायरी याद आती थी। मैं बार-बार उसे उठाकर पढ़ता था। उसके आगे जाना चाहता था। किन्तु कोई चीज ऐन मौके पर मेरा हाथ पकड़ लेती थी और मैं उस अन्धे कुएँ में छलाँग मारता-मारता रुक जाता था।

पूरे साल-भर तक यह लीला चलती रही। इस लीला की शुरुआत कैसे हुई, यह जानने में भला किसी को क्या दिलचस्पी हो सकती है। मगर अब यूँ तो इस पूरे किस्से में ही आपकी क्या दिलचस्पी हो सकती है, इसकी परवाह किए बगैर मैंने इतना सब कुछ आपके गले से उतार दिया तो यह भी सुनिए।

छुट्टियों की एक शाम मैं यूँ ही टहलता-टहलता कर्बला चुंगी तक चला गया। कर्बला चुंगी में कब्रिस्तान है। शहर से कोई तीनेक मील। लड़कपन में अक्सर उधर घूमने जाता था। जगन काका को बहुत पसन्द थी वह जगह। अलमोड़ा शहर दो नदियों के बीच में उभरे हुए एक पहाड़ की पीठ पर बसा है। दूर से आप देखें तो वह ठीक घोड़े की पीठ सरीखा दीखेगा। अगर कासार देवी को इस घोड़े का मुँह समझ लें तो कर्बला चुंगी उसकी पूँछ लगेगी। यानी कासार देवी अलमोड़े का उत्तरायण है तो कर्बला

चुंगी दक्षिणायन।

उस शाम मैं जो उस ओर निकला तो रास्ते में मथुर काका मिल गए। कहने लगे, 'तूने स्वामी विवेकानन्द की यादगार में जो विश्राम-भवन वहाँ बना है, देखा है ?' मैंने कहा, 'नहीं।' इस पर उन्होंने मुझे खासी लताड़ बताई और कहने लगे, 'हद हो गई, अभी तक तूने नहीं देखा ? जा देख आ, मैं वहीं से आ रहा हूँ।'

'ठीक है, मैं देख आऊँगा,' मैंने कहा। मथुर काका का उत्साह मुझे बहुत ही हास्यास्पद लगा। खैर, मैं चला गया।

जब मैं वहाँ पहुँचा तो स्याही देवी के पहाड़ के पीछे सूरज डूब चुका था। मेरे सामने एक उजाड़ कब्रिस्तान फैला हुआ था। उसके बीचोबीच हलद्वानी जानेवाली पैदल सड़क के किनारे बना हुआ था वह विश्रामगृह। चारों तरफ से खुला हुआ एक छोटा सा कमरा, जिसकी दीवालों पर स्वामीजी के प्रवचन खुदे हुए थे। मैं यों ही घूम-घूमकर पढ़ता रहा। एक जगह लिखा था, 'हलद्वानी से पैदल अलमोड़ा आते हुए स्वामी विवेकानन्द इसी जगह पर थकान और प्यास से मूर्च्छित होकर गिर पड़े थे। उस समय इस कब्रिस्तान की रखवाली करनेवाले एक मुसलमान फकीर ने ककड़ी खिलाकर उनकी प्राणरक्षा की थी।'

यह कहानी–मुझे सहसा याद आया–जगन काका ने भी मुझे सुनाई थी एक दिन। ठीक इसी जगह। तब यह विश्राम-भवन नहीं बना था। मैं बैठ गया एक बेंच पर वहीं। सामने दीवाल पर स्वामीजी का एक वाक्य खुदा हुआ था–'संसार दुखों से जल रहा है। ओ प्रबुद्ध आत्माओ ! उठो और मनुष्य की सेवा में जुट जाओ। यही मोक्ष है।'...एकाएक मुझे लगा मुझे कुछ हो रहा है। मेरी आँखें आप-से-आप मुँदी जा रही हैं।

मैं कितनी देर तक वहाँ उसी हालत में बैठा रहा...मुझे पता ही नहीं चला। जब मेरी आँख खुली तो घटाटोप अँधेरा मेरे चारों ओर घिरा था। मैं उठा और तेज-तेज कदम रखता हुआ वापस घर की ओर लौट चला।

मैंने पहले भी योग-वोग की किताबें पढ़ी थीं...कुतूहलवश कुछ अभ्यास भी किया था। किन्तु मुझे भीतर-भीतर यही लगता था कि यह सब बकवास है। उस शाम पहली बार मुझे पता चला कि ध्यान क्या होता है। बैठे-बैठे मुझे लगा मेरा शरीर एकदम हवा में घुल गया है और मैं एकदम हल्का, भारहीन हो गया हूँ और दिमाग बिल्कुल सुन्न हो गया है...एकदम विचारशून्य। आँखों में अपने-आप पानी भर आया है...वह एक अद्‌भुत रोमांचकारी अनुभव था।

घर पहुँचकर मैंने बरसों बाद 'सन्देश' पत्रिका का वह अंक ढूँढ़कर निकाला और जगन काका की वह दूसरी डायरी भी पढ़ी। एकाएक मुझे लगा कि वहाँ उस कब्रिस्तान के किनारे बैठे-बैठे मुझमें जगन काका का प्रेत ही प्रवेश कर गया था। उस दिन के बाद मेरी हालत कुछ अजीब ही हो गई। मुझे रोज ध्यान होने लगा। मैंने सोचा कि दिल्ली लौट जाने के बाद वहाँ की व्यस्त दिनचर्या में यह सब अपने-आप खत्म हो जाएगा।

पर वैसा कुछ नहीं हुआ। अपने बावजूद मैं उस ओर तेजी से खिंचता चला गया। यहाँ तक कि मेरे लिए अपना सामान्य जीवन चला पाना ही कठिन हो गया।

पूरे साल-भर तक यह खींचतान चलती रही। आकर्षण और विकर्षण का वह एक भयंकर दौर था। मेरी कुंडली के बारे में उस इलाहाबादवाले ज्योतिषी की बात सच होने जा रही थी। आध्यात्मिक सिद्धि–मुझे लगता था–मुझ पर अब टूटी, अब टूटी। एक भयानक विरोधाभास मेरे जीवन को चला रहा था। मैं विश्वास नहीं करता और विश्वास करता हूँ। उधर आध्यात्मिक अनुभव जितना तीव्र होता जा रहा था, मानसिक और नैतिक अनिश्चय भी उतना ही गहरा होता जा रहा था। स्त्री...केवल स्त्री ही तुम्हारा उद्धार कर सकती है यह कोई मुझसे बार-बार कहता था। पर उस आवाज को काटती हुई एक दूसरी आवाज मेरे कानों से टकराती थी, 'नहीं, अब कुछ नहीं हो सकता। स्त्री का प्रेम तुम्हारे लिए नहीं है। वह रास्ता तुम्हारे लिए कभी का बन्द हो चुका।' और समाज ? समाज क्या होता है ? समाज पहले घर होता है, फिर स्कूल-कॉलेज होता है और फिर एक पब्लिक स्कूल बन जाता है। हाँ, स्त्री की तरह मुझे उस समाज की भी प्रतीक्षा है जिससे मैं प्रेम कर सकूँ और जो मुझे अपना सके। 'क्या करूँ, क्या करूँ कि मुझे अपनापा मिले समुदाय में...?' मगर न समाज मुझे अपनाता है, न स्त्री मुझे अपनाती है। और ईश्वर ?...वह क्या है ? ईश्वर क्या यह विचित्र शक्ति है जो ध्यान की अवस्था में मेरे इन अंगों से खेलती है उन्हें मनचाहे ढंग से लचाती-मोड़ती है...?

तो वैशाख की एक दोपहर मैं बैठा-बैठा अनमना खिड़की के बाहर उड़ती धूल को देख रहा था। एकाध हफ्ता हो गया था–मैंने ध्यान में बैठना छोड़ दिया था–सक्सेना के कहने से। यह सक्सेना मुझे कहाँ मिल गया ? सक्सेना मुझे...माफ कीजिएगा मेरे लिए सच और झूठ के बीच की सीमा रेखा सचमुच ही मिट गई है। क्या यह पागलपन के लक्षण हैं ? जी नहीं, मैं एक जिम्मेदार आदमी हूँ और अगले महीने गृहस्थाश्रम में प्रवेश करने जा रहा हूँ। मैंने अपनी पत्नी को अभी तक देखा भी नहीं है पर इसीलिए मुझे विश्वास है कि मैं उससे प्रेम कर सकूँगा और घर-धाम बसा सकूँगा।...तो सक्सेना उस दिन मुझे एकाएक मिल गया कनॉट प्लेस में। वह वैसे कानपुर में रहता है। दिल्ली किसी काम से आया था। मैं उसे घर ले गया और अपनी पूरी दास्तान कह सुनाई। वह इतनी गम्भीरता के साथ सिर झुकाकर सुनता रहा कि मुझे यकीन हो गया मैंने गलत जगह भरोसा नहीं किया है।

मगर उसने अचानक एक धौल मेरी पीठ पर जमाया और 'छोड़ो यार इस हरामगीरी को' कहता हुआ उठ खड़ा हुआ। फिर वह कमरे में टहलने लगा, 'यह तो बताओ तुमने इस बीच क्या-क्या लिख मारा ?'–उसने पूछा और आलमारी में रखी कापियों को उलटने-पुलटने लगा। मैंने लपककर उसके हाथ से कापियाँ छीन लीं और कहा, 'जब मैं लिखता था तो मेरा लिखना तुम्हारे लिए हरामगीरी था। अब मैं ध्यान कर रहा हूँ; योगी हुआ जा रहा हूँ, तो यह भी तुम्हारे लिए हरामगीरी है ?'

सक्सेना पहले तो खी-खी कर हँसता रहा, फिर एकाएक गम्भीर हो गया और बोला, 'लिखना हरामगीरी नहीं है बेटा ! योग भी हरामगीरी नहीं है। पर तुम जो लिखना-पढ़ना छोड़कर इस योग के चक्कर में फँस गए हो, यह जरूर हरामगीरी है। छोड़ो इसे। तुम्हारी कुंडली में लेखक होना बदा है बेटा, लेखक।'

मैं बिफर गया। 'कुंडली की ऐसी-तैसी,' मैंने झल्लाकर कहा, यहाँ मेरी कुंडलिनी जाग रही है और तुम्हें मेरी जन्मकुंडली की पड़ी है। याद है वह इलाहाबादवाला ज्योतिषी क्या कहता था ? तुम्हीं तो रिपोर्ट लेके आए थे उसकी–कि मेरी कुंडली में 'धर्मकर्माधिपत्य' नामक योग है। और मुझे उच्चकोटि की आध्यात्मिक सिद्धि होनेवाली है। तो...

'तो कुछ नहीं,' सक्सेना बोला, 'वो ज्योतिषी ईडियट था। तुम भी ईडियट हो। कुंडली को चलो मारो गोली–मगर इसका क्या करोगे ? इस डबल हेड लाइन का ?'

और उसने मेरी दोनों हथेलियाँ खोलकर मेज पर फैला दीं और ऐनक गड़ाकर देखने लगा।

सक्सेना पूरे पन्द्रह दिन मेरे साथ रहा। मेरे कहने से उसने अपनी छुट्टी बढ़ा ली। मुझे उसके इस अप्रत्याशित और दैवी आगमन ने बड़ा ढाढ़स बँधाया। वह मेरा ओझा सिद्ध हुआ। वह दिवाली में फिर आनेवाला है सपरिवार। मैं बड़ी उत्सुकता से उसके आने की बाट जोह रहा हूँ। आखिर वह मेरे भाग्य का पाठक है। उसे मेरे व्यक्तित्व या चरित्र के विकास में नहीं, मेरी नियति में दिलचस्पी रही है। उसके साथ मेरी मैत्री है भी निहायत आध्यात्मिक किस्म की। उसकी एक आँख में खुर्दबीन ठुँकी है और दूसरी में दूरबीन। और वही हालत मेरी है। साहित्य-वाहित्य से उसे कुछ भी लेना-देना नहीं है। अतः यह पुस्तक उसी को समर्पित है।

●●●